MIRJA HEIN

Australia – Goldzeit

MIRJA HEIN

AUSTRALIA
Goldzeit

Roman

LYX
EGMONT

Originalausgabe Mai 2015 bei LYX
verlegt durch EGMONT Verlagsgesellschaften mbH,
Gertrudenstr. 30–36, 50667 Köln

1. Auflage
Redaktion: Antje Steinhäußer
Satz: Greiner & Reichel, Köln
Printed in Germany (670421)
ISBN 978-3-8025-9568-4

www.egmont-lyx.de

MIX
Papier
FSC® C083411

THE SONG OF AUSTRALIA

There is a land where summer skies
Are gleaming with a thousand dyes,
Blending in witching harmonies,
And grassy knoll and forest height,
Are flushing in the rosy light,
And all above is azure bright – Australia!

There is a land where honey flows,
Where laughing corn luxuriant grows,
Land of the myrtle and the rose,
On hill and plain the clust'ring vine
Is gushing out with purple wine,
And cups are quaffed to thee and thine – Australia!

There is a land where treasures shine
Deep in the dark unfathom'd mine
For worshippers at Mammon's shrine;
Where gold lies hid, and rubies gleam,
And fabled wealth no more doth seem
The idle fancy of a dream – Australia!

There is a land where homesteads peep
From sunny plain and woodland steep,
And love and joy bright vigils keep,
Where the glad voice of childish glee
Is mingling with the melody
Of nature's hidden minstrelsy – Australia!

There is a land where, floating free,
From mountain-top to girdling sea,
A proud flag waves exultingly;
And freedom's sons the banner bear,
No shackled slave can breathe the air,
Fairest of Britain's daughters fair – Australia!

Caroline J. Carleton

1. TEIL

Bearbrass lautete einer der zahlreichen Namen für die Ansiedlung am Yarra River und an der Port-Phillip-Bucht, bevor sie 1837 ihren heutigen Namen erhielt: Melbourne. Diese Kolonialstadt diente im Gegensatz zu anderen Orten auf dem australischen Kontinent nie als Straflager für britische Schwerverbrecher, sondern wurde zum Wohnen mit breiten Straßen und Parks angelegt.

Bereits damals sagte man Melbourne eine große Zukunft voraus. So hieß es 1839 im Cornwall Chronicle, einer Zeitung aus dem tasmanischen Launceston, dass Port Phillip das Zeug habe, eines Tages zur Königin der australischen Kolonien aufzusteigen.

Im Juli 1851 feierten die 29 000 Melbournians ihre Unabhängigkeit von New South Wales: Die neue britische Kolonie Victoria war aus der Taufe gehoben. Wenige Wochen zuvor hatte man Gold in Victoria gefunden, was der Bevölkerung aber erst nach den Feierlichkeiten bekannt gegeben werden sollte, um Tumulte zu vermeiden. Eine kluge Entscheidung, denn als die Goldfunde vier Tage später öffentlich gemacht wurden, war in Melbourne der Teufel los. Alles drehte sich nur noch um das gelbe Edelmetall. Aus der beschaulichen Kolonialstadt Bearbrass wurde innerhalb weniger Jahre die Handelsmetropole Melbourne. Die Bevölkerung der neuen Kolonie wuchs zu Zeiten des Goldrausches stetig an. Hatte Victoria 1851 noch 75 000 Einwohner, waren es zehn Jahre später bereits über eine halbe Million.

Das Gold machte die Stadt und die Kolonie reich, aber in dem Maß, in dem Goldsucher aus aller Welt in die Stadt strömten, stieg auch die Kriminalität in der Hauptstadt. Zur Aufrechterhaltung der öffentlichen Ordnung wurden Richter und Polizisten aus dem Mutterland ins ferne Australien geschickt.

So auch Richter Samuel Stewart, der mit seiner Familie 1851 auf dem Auswandererschiff Parland von London nach Sydney und im Anschluss auf einem kleineren Schiff nach Melbourne gelangte, um am obersten Gericht der Stadt fortan Recht zu sprechen. Dieser Roman erzählt die Geschichte seiner Familie. Sie beginnt an einem heißen Februartag im Jahre 1853.

1

Sophie Victoria Stewart, die wegen ihrer Bewunderung für die englische Königin mit ihrem zweiten Namen gerufen werden wollte und von allen nur Vicky genannt wurde, hasste ihre neue Heimat Melbourne abgrundtief. Es gab nicht einen einzigen Tag, seit sie vor mehr als zwei Jahren mit dem Schiff aus London in der Bucht Port Phillip angekommen waren, an dem sie nicht über die Hitze, den Gestank oder die vom Regen und den Überschwemmungen schlammigen Straßen geschimpft hatte. Sie verabscheute den heißen Sommer, und besonders den Spätfrühling, an dem Wetterumschwünge, Temperaturstürze und Stürme an der Tagesordnung waren. Dann gebärdete sich das Wetter in dieser Stadt wie eine launische Diva. Wenn man Pech hatte, wechselte es binnen Sekunden von trocken und warm zu nass und kalt. Im Volksmund nannte man Melbourne deshalb auch die »Stadt der vier Jahreszeiten an einem Tag«. Melbourne war, seit man in Ballarat und Bendigo Gold gefunden hatte, zu einem regelrechten Hexenkessel geworden, in den es Glückssucher aus der ganzen Welt trieb. Davor sei es ein beschauliches, verschlafenes Städtchen gewesen, behaupteten die Einwohner Melbournes, die schon vor dem Goldrausch dort gelebt hatten. Doch die Geschichte dieser Stadt interessierte Vicky nicht, weil sie ohnehin nicht vorhatte, in Melbourne zu bleiben.

Am ehesten fand noch das kalte Winterwetter, das zuverlässiger war als die anderen Jahreszeiten, Gnade vor Vickys kritischem Auge, weil es sie entfernt an den Londoner Winter erinnerte. Aber nicht nur das Wetter glorifizierte Vicky, seit sie die alte Heimat hatte verlassen müssen, sondern alles an London geriet im Nachhinein zu einem romantischen Idealbild. Ob es die sauberen Straßen, die schönen Häuser, das großstädtische Ambiente oder der Nebel waren, Vicky schwärmte von London, wie sie es niemals auch nur annähernd getan hatte, als sie noch in der Stadt lebte.

Jedes Mal, wenn sie an den Tag dachte, an dem sie gegen ihren erklärten Willen mit ihrer Familie, zwei Hausangestellten und einem halben Hausstand auf einem Auswandererschiff die Themse flussabwärts gefahren war, und das in dem Wissen, für lange Zeit fortzubleiben, spürte sie nackte Wut in sich aufsteigen. Besonders auf ihren Vater, der sie dazu gezwungen hatte, ihr Zuhause zu verlassen, weil die Regierung ausgerechnet ihn für geeignet hielt, dieses hohe Richteramt in der Kolonie wahrzunehmen. Für ihn war das eine große Ehre und unbedingte Verpflichtung gewesen. *Bei mir können sie sicher sein, dass meine Vorfahren keine Strafgefangenen sind, und sie brauchen jetzt dringend Männer wie mich …* Mit diesen Worten hatte er der Familie mit stolzgeschwellter Brust seine Entscheidung, nach Australien zu gehen, eröffnet. *Verabschiedet euch von London, am besten für immer, meine Kinder*, hatte ihr Vater verlangt, aber Vicky hatte seine Worte ignoriert, und tat das bis heute. Nein, sie würde zurückkehren, sobald sie einen heiratsfähigen Engländer gefunden hatte, den es so wie sie in die Heimat zurücktrieb. Das hatte sie sich an jenem grauen Tag geschworen. Aber das war keineswegs so einfach. Rückkehrwillige und überdies heiratskompatible Engländer waren in Melbourne eine Seltenheit.

Vicky ballte bei dem Gedanken an ihren ersten mutigen Vorstoß in diese Richtung, der allerdings in einem schrecklichen Fehlschlag geendet war, die Fäuste. Doch selbst diese kleine körperliche Anstrengung brachte sie mächtig ins Schwitzen, denn von Melbournes wolkenlosem Himmel brannte an diesem Februarnachmittag die alles versengende Sonne herunter. Sie hatte Angst, ihr Haar könnte in Brand geraten. So heiß war es auf ihrem Kopf, hatte sie doch in der Wut nach dem Streit mit ihrer Schwester vergessen, ihr Hütchen aufzusetzen. Dass Louise sich aber auch immer so aufspielen musste, dachte Vicky erbost, man könnte meinen, sie sei schon uralt und nicht erst neunzehn Jahre.

Ach, wie gern würde Vicky das alles hinter sich lassen. Ihrer Familie würde sie kaum eine Träne nachweinen. Jedenfalls bildete sie sich das ein, solange sie mit ihnen unter einem Dach leben musste und sie ihr mächtig auf die Nerven gingen, allen voran die Petze Louise.

Es ist wirklich verhext, dass sich keiner findet, der sich erbarmt, mich nach London mitzunehmen, ging es Vicky trübsinnig durch den Kopf. Der erste Vorstoß, ihre Rückkehr nach London in die Wege zu leiten, war jedenfalls zum Fiasko geraten. Wenn sie an ihren völlig unüberlegten Auftritt neulich in der Küche dachte, spürte sie sofort die Schamesröte in ihren Wangen aufsteigen. Sie hatte sich Richard regelrecht an den Hals geworfen. Er war ein Polizist aus London, einer der vielen, die die Regierung in Scharen ins Land geholt hatte, um der durch den Goldrausch explodierenden Kriminalität in Melbourne Herr zu werden. Richard war ein gutmütiger Hüne und der Verlobte von Mary, der Köchin. Vicky saß gern bei Mary in der Küche und schwärmte gemeinsam mit ihr von London. Die Köchin hatte mindestens so viel Heimweh wie sie. Und an jenem Tag, an den sie sich gerade erinnerte, obwohl sie ihn vor lauter Peinlichkeit am liebsten für immer aus ihrem Gedächtnis streichen wollte, war Richard vorbeigekommen, um mit Mary einen Tee zu trinken. Er war weit über dreißig, was der siebzehnjährigen Vicky bereits als steinalt galt. Außerdem war er übergewichtig und litt außerordentlich unter der Hitze. Sein Gesicht glühte in allen erdenklichen Rottönen, und er wischte sich ständig den Schweiß aus dem Gesicht. Doch als er an diesem Tag schnaufend preisgegeben hatte, er würde, sobald seine Pflicht in zwei Monaten getan wäre, mit dem nächsten Schiff in die Heimat zurückkehren, war Vicky hellhörig geworden.

»Du gehst wirklich nach London zurück?«, fragte sie neugierig.

»So sicher wie das Amen in der Kirche. Und zwar zusammen mit meiner Frau.« Er strahlte Mary dabei an, über deren Gesicht jenes dümmliche Grinsen huschte, das Vicky schon von ihrer Schwester Louise kannte, wenn Vaters Freund, der Gefängnisdirektor Archibald Cumberland, zu Besuch kam. Obwohl sie hoffte, dass sie einen Mann niemals so schwärmerisch anschauen würde, fasste sie blitzschnell einen Plan und versuchte, dieses Lächeln nachzuahmen.

»Richard?«, säuselte sie. »Kannst du dir vorstellen, mich zu heiraten?«

Der Polizist musterte sie fassungslos, während ihm der Schweiß aus allen Poren gleichzeitig tropfte, sodass er gar nicht mit dem Wischen nachkam.

»Sophie Victoria, schäm dich!« Marys Stimme überschlug sich beinahe vor lauter Empörung.

Vicky ignorierte die Schelte der Köchin und trat einen Schritt auf den sichtlich verwirrten Polizisten zu.

»Heirate mich!«, verlangte sie.

»Aber, aber, du bist viel zu jung, und ich … ich liebe doch …«

»Bitte! Doch nur zum Schein. Wir werden uns gleich in London wieder scheiden lassen. Vater lässt mich niemals allein gehen! Wo denkst du hin? Ich will dich nicht wirklich zum Mann, sondern nur auf dem Papier, um dieses schreckliche Land zu verlassen.«

»Sophie Victoria! Schluss mit dem Unsinn!« Mary war außer sich.

»Aber was hast du denn? Natürlich kommst du mit, und dann heiratest du ihn. Und ich gehe zu meiner Tante Charlotte und wohne dort. Sie würde sich riesig freuen. Ich wollte doch ohnehin bei ihr bleiben, aber Vater hat es nicht erlaubt.«

Mary stieß einen tiefen Seufzer aus. »Genau, du sagst es. Einmal abgesehen davon, dass ich es nicht erlauben würde, wenn du Richard heiratest, dein Vater wäre entsetzt. *Meine Tochter und ein einfacher Polizist.*«

Mary hatte den Tonfall von Richter Samuel Stewart perfekt nachgeahmt und Vicky wider Willen zum Lachen gebracht. Doch das war ihr schon Sekunden später vergangen. »Du verpetzt mich doch nicht, oder? Wenn Dad erfährt, dass mir jedes Mittel recht wäre, nach London zurückzukehren, dann …«

»… dann wird er sagen. *Sophie Victoria! Wann benimmst du dich endlich wie eine Lady? Nimm dir ein Vorbild an Louise.*«

Mary hatte den Ton ihres Arbeitgebers erneut so echt getroffen, dass Vicky zusammenzuckte. Mary hatte recht. Ihr Vater würde eine solche Verbindung niemals dulden. Er war streng und doch der Einzige in der Familie, der sie trotz ihrer wilden Art von Herzen liebte. Nach jedem Streit nahm er sie in den Arm und bat sie inständig, Besserung zu geloben. Nein, Richard, der Polizist, war keine Lösung. Aber es musste doch in dieser Stadt irgendwo ein Mann zu finden sein, der den hohen Ansprüchen ihres Vaters gerecht wurde, der sie heiraten wollte und mit dem sie nach England zurückkehren konnte!

Wie soll ich denn in dieser Stadt eine Lady sein? Dass ich nicht lache, dachte Vicky, während sie die lange, schmutzige Straße hinuntersah. Ihr Zorn nach einem bösen Streit mit ihrer

Schwester hatte sie ohne Begleitung aus dem Haus und in das verbotene Viertel getrieben, in dem sich das berüchtigte Melbourner Gefängnis und auch das Oberste Gericht, der Arbeitsplatz ihres Vaters, befanden.

Sie konnte sich im Übrigen lebhaft vorstellen, wie die Familienmitglieder reagierten, wenn sie erfuhren, dass sie, jederzeit und ohne auch nur mit der Wimper zu zucken, das nächste Schiff nach London besteigen würde, wenn man es ihr doch nur erlaubte. Das ein oder andere Mal hatte sie schon mit dem Gedanken gespielt, sich heimlich an Bord eines Schiffes zu schleichen, aber das wollte sie ihren Eltern dann doch nicht antun. Sie traute sich ja nicht einmal, ihrer Familie zu gestehen, wie unendlich groß ihre Sehnsucht nach London war, dass sie dafür nahezu alles in Kauf zu nehmen bereit war. Das schrieb sie nur heimlich ihrer Tante Charlotte. Ihr Vater würde ihr auf diesen Wunsch hin wahrscheinlich ordentlich den Kopf waschen und ihr deutlich machen, dass es ihre Pflicht wäre, in der Kolonie zu bleiben. Und dann würde er sie lange und traurig ansehen. Ihre Mutter würde nach ihrem Riechwasser verlangen, während Louise lästern würde, dass das mal wieder typisch für Vicky wäre.

Vicky fragte sich manchmal, warum sie so anders war als ihre Mutter und ihre Schwester. Die beiden waren einander zum Verwechseln ähnlich. Sie hatten feine rotblonde Löckchen, rundliche Gesichter mit roten Apfelbäckchen, grüne, große Augen und herzförmige Münder. Auch von der Figur her ähnelten sie einander wie Schwestern. Sie waren beide klein und zart, wobei sie durchaus weibliche Rundungen besaßen, dort, wo sie hingehörten. Das jedenfalls behauptete Vickys Vater manchmal mit einem wohlwollenden Blick auf seine Frau.

Vicky hingegen kam voll und ganz nach ihrem Vater. Richter Samuel Stewart war ein hagerer, hochgewachsener Mann mit blondem, dickem Haar und einem kantigen Gesicht. Vicky war groß, schlank und hatte blondes, glattes Haar. Schon in London hatte sie die gleichaltrigen Jungen der Knabenschule um Haupteslänge überragt. Das mit der Schule war auch so eine Sache, die Vicky an Melbourne ganz und gar missfiel. Es gab hier noch nicht einmal eine Mädchenschule, sodass Richter Stewart seine Töchter von einem Privatlehrer hatte unterrichten lassen. Doch auch der war jüngst nach England zurückgekehrt. Beim alten Mister Cook war Vicky allerdings gar nicht erst auf den Gedanken gekommen, sich ihm anzudienen. Mister Cook war ein alter Herr jenseits der sechzig, der aus Gesundheitsgründen zurück in die kalte Heimat gegangen war, nachdem seine Frau an einem Fieber gestorben war.

Und was wird mein Bruder wohl sagen, wenn er erfährt, dass ich lieber heute als morgen nach London zurückkehren möchte?, fragte sich Vicky, während sie die Häuser, die die Straße säumten, skeptisch betrachtete. Nein, sie wusste partout nicht, wo sie sich gerade befand. Nur eines war auffällig: Die Gebäude wurden immer einfacher, je weiter sie sich aus der Gegend entfernte, in der ihr Vater ihnen ein nobles Anwesen mit einem Prachthaus gekauft hatte. Ihr neues Zimmer in Melbourne war das Einzige, das Vicky an ihrer neuen Heimat zu schätzen wusste. Das Haus war viel größer als ihre Stadtvilla in London, und Vickys Zimmer doppelt so groß wie ihr Mädchenzimmer in England. Ihre Gedanken kehrten zu ihrem Bruder Steven zurück. Was würde ihr großer Bruder zu ihren Plänen sagen? Wahrscheinlich würde er dem Gespräch nur mit halbem Ohr zuhören, weil er wie meist mit den Gedanken woanders ist, wenn es nicht um ihn geht, mutmaßte Vicky.

Steven würde die Familie ohnehin bald verlassen. In einigen Monaten begann sein Studium der Rechtswissenschaft an der Universität in Sydney. Für ihren Vater war es gar keine

Frage gewesen, dass sein ältester Sohn beruflich in seine Fußstapfen trat. Steven widersprach den väterlichen Plänen zwar nicht, aber Vicky ahnte, dass ihm die Aussicht, Richter zu werden, überhaupt nicht behagte. Steven war im Grunde seines Herzens ein verhinderter Musiker. Nur, wenn er am Klavier saß und Sonaten von Händel spielte, bekam er diesen gewissen Glanz in den Augen, den Vicky sonst gar nicht von ihrem Bruder kannte. Manchmal begleitete er sie auf dem Klavier, wenn sie Lieder von Henry Purcell sang. Sie besaß eine wunderschöne Altstimme und liebte den Gesang. Die Musikalität lag in der Familie, denn der Vater ihrer Mutter, Anne Stewart, war ein bekannter Kirchenmusiker gewesen. Trotzdem würde Samuel Stewart es niemals gutheißen, wenn sein Sohn in die Fußstapfen des Großvaters trat. Er hörte seinen Kindern wirklich gerne zu und schmückte sich mit ihren Talenten, wenn sie ihr Können zu Festlichkeiten vorführten, aber beruflich würde er eine Musikerkarriere bei Steven niemals akzeptieren. Und, was Vicky anging, kam der Richter nicht einmal auf den Gedanken, dass sie überhaupt einen Beruf ausüben könnte. Junge Damen gehörten schließlich an die Seite eines Ehemannes. Er verhehlte allerdings nicht, dass er sich um Louises Zukunft keinerlei Gedanken machte, während er Zweifel daran hegte, ob Vicky überhaupt eine Chance auf dem Heiratsmarkt hatte.

Genau um diese Frage war es bei dem Streit der Schwestern vorhin gegangen. Vicky hatte sich darüber lustig gemacht, dass ihre Schwester sich wie ein Äffchen vor dem Spiegel hin und her gedreht hatte, weil ihr Verehrer sie zu einem kurzen Spaziergang abholen wollte. Louise hatte ihrer kleinen Schwestern daraufhin an den Kopf geworfen, dass sie sich darum keinerlei Sorgen machen müsste, weil sie ohnehin niemals in ihrem Leben in die Verlegenheit kommen würde, dass ein Mann sie zu einem Spaziergang abholen würde, schließlich sei sie hässlich wie die Nacht. Vicky hatte sich nicht anders zu helfen gewusst, als ihrer Schwester kurz entschlossen das Hütchen von den wohlfrisierten Locken zu reißen und darauf herumzutrampeln. Daraufhin war Louise empört zu ihrer Mutter gerannt und hatte die kleine Schwester verpetzt. Die Mutter war natürlich wieder einmal auf Louises Seite gewesen und hatte Vicky eine Strafpredigt gehalten. *Wie kannst du dich nur so kindisch verhalten?*, hatte sie ihrer Tochter vorgeworfen. Das tat Vicky natürlich weh. Sie war alles andere als ein Kind, aber eben auch keine Lady, wie man das von ihr erwartete. Dabei wusste Vicky ganz genau, warum sich ihre Mutter so über ihr »kindisches Verhalten« aufgeregt hatte. Anne Stewart war selbst ganz vernarrt in Archibald Cumberland und geradezu darauf versessen, dass er alsbald um die Hand ihrer älteren Tochter anhielt. Vicky war es allerdings ein Rätsel, was alle an dem Gefängnisdirektor fanden. Er war so groß wie Vicky und hatte zugegebenermaßen schöne dunkle Locken. Aber sahen sie denn alle nicht, dass ihm die Falschheit geradezu aus den Augen blitzte und er einen brutalen Zug um den meist zusammengekniffenen Mund hatte? Vicky verstand überhaupt nicht, dass offenbar die ganze Familie darauf erpicht war, Mister Cumberland als neues Familienmitglied willkommen zu heißen. Sie konnte auf diesen Kerl gut und gern verzichten. Und nun hatte sie das Hütchen ihrer Schwester beschädigt, mit dem sie vor ihrem Galan eine gute Figur hatte machen wollen. Eine Todsünde, wie Vicky vorhin schmerzhaft hatte erfahren müssen.

Sie hatte nicht lange überlegt, sondern war aus dem Haus, in den Garten und dann geradewegs hinaus auf die Straße gerannt. Sie kannte die ungefähre Richtung, in der das Oberste Gericht der Stadt zu finden war, doch sie war noch nie allein in der Russell Street gewesen. Ihr Vater hatte sie ein paarmal in der Kutsche mit dorthin genommen und ihr strengstens untersagt, sich jemals auf eigene Faust in diese Gegend aufzumachen, denn dort befand sich nicht nur das Gericht, sondern auch das Gefängnis, das man an der Grenze zum Buschland errichtet hatte. Wieder einmal hatte sie die Verbote ihres Vaters missachtet.

Bis zur Elizabeth Street hatte sie sich noch orientieren können. Diese Straße war ihr so verhasst, dass sie sie nicht verfehlen konnte. Es gab in der ganzen Stadt keinen Weg, der bei Regen derart im Moder versank wie diese Straße. Neulich erst hatte sie mit angesehen, wie eine Kutsche regelrecht in einem Schlammloch verschwunden war. Das Pferd hatte dieses Unglück mit dem Leben bezahlt. Nein, das war nicht der Ort, an dem Vicky ihre Zukunft sah. Trotzdem hätte sie jetzt gern gewusst, wo sie sich befand. Hier hatten die Straßen jedenfalls nicht einmal mehr Beschilderungen.

Vater wird sicher fuchsteufelswild werden, wenn ich in seinem Büro auftauche, sollte ich das Gerichtsgebäude jemals finden, dachte sie, als sie aus den Augenwinkeln drei finstere Kerle wahrnahm, die sich ihr näherten.

Die Kerle hatten struppige Bärte, langes ungepflegtes Haar und trugen zerschlissene Bekleidung. Sie sind entweder entflohene Sträflinge oder Glückssucher, denen das Schicksal nicht hold gewesen ist, mutmaßte Vicky, und sie vergaß, den Blick züchtig zu senken. »Wenn du jemals solchen Strolchen allein begegnen solltest, was ich nicht hoffen möchte«, hatte ihr die Mutter eingeschärft, »dann tu so, als ob du sie nicht siehst. Dann werden sie erkennen, dass du eine Dame bist und dich ignorieren.«

Schon traf sich der Blick von einem der Kerle mit ihrem. Ein begehrliches Funkeln sprach aus seinen Augen. Er pfiff anerkennend durch die Zähne. Alle drei Männer glotzten sie gleichermaßen gierig an.

»Na, mein Vögelchen, was möchtest du dafür haben, wenn du uns allen dreien ein kleines Vergnügen machst?«, erkundigte sich einer von ihnen grinsend.

Vicky wusste, dass es besser wäre, die Angebote der Burschen zu ignorieren und schnellstens das Weite zu suchen, aber es war nicht ihre Art, Frechheiten anderer schweigend hinzunehmen. Voller Verachtung musterte sie die abgerissenen Gestalten von oben bis unten. »Ihr irrt euch! Die Frauen, die ihr sucht, findet ihr unten am Hafen. Wenn ihr es auch nur wagt, mich anzurühren, bekommt ihr es mit meinem Vater zu tun.«

Der eine Kerl, ein kleiner, hagerer mit einem chinesischen Einschlag, trat bedrohlich einen Schritt auf sie zu, obwohl sie ihn um einen halben Kopf überragte. »Da machst du uns aber richtig Angst! Wenn du halbwegs eine Lady wärest, würdest du dich nicht allein in dieser Gegend aufhalten, zudem züchtig den Blick senken und einen Hut tragen. Also, was kostet der Spaß? Oder sind wir dir zu dreckig? Aber du …« Er sah ihr jetzt unverschämt auf den Busen. »… du bist auch nicht gerade das, was wir uns nach den anstrengenden Wochen in Bendigo erträumt haben. Also zier dich nicht, Bohnenstange!«

Vicky war weiß Gott kein ängstlicher Mensch, aber als in diesem Augenblick auch die beiden anderen, die im Gegensatz zu ihrem Freund wahre Hünen waren, Anstalten machten, sie mit ihren widerlichen, schmutzigen Händen zu begrapschen, wurde ihr mulmig zumute. Die dachten doch nicht etwa wirklich, dass sie eines der käuflichen Mädchen war?

Sie versuchte, den gierigen Männern, die sie gegen eine Häuserwand drücken wollten, auszuweichen, indem sie sich duckte, aber der hagere Chinese griff ihr grob unter das Kinn und zwang sie, ihn anzusehen. Ihr wurde speiübel, als er ihr seinen stinkenden Atem entgegenhauchte, aber sie saß in der

Falle, wie sie mit klopfendem Herzen feststellen musste. Seine Lippen kamen näher, und Vicky musste würgen, aber das hielt den Kerl nicht davon ab, sich mit halb geöffnetem Mund ihrem zu nähern. Vicky konnte mit Schaudern erkennen, dass ihm mehrere Zähne fehlten und der Rest gelblich verfärbt war. In diesem Augenblick bedauerte sie zutiefst, dass sie von zu Hause abgehauen war, und spürte, wie ihr vor lauter Verzweiflung die Tränen kamen. Aber das erweichte die Herzen der drei Kerle mitnichten. Im Gegenteil, der Chinese hielt zwar kurz inne, aber nur um sie zu verspotten. »Oh, jetzt weint unsere kleine Hure!« Der eine Hüne schubste seinen chinesischen Kumpan daraufhin zur Seite und zerrte grob an Vickys Kleid. »Wir haben nicht ewig Zeit«, grunzte er, als er mit einem Mal seinerseits von ein paar starken Händen gepackt und zu Boden geschleudert wurde. Eine schneidende männliche Stimme sagte: »Wagt es nicht noch einmal, meine Braut anzufassen, ihr miesen Schweine. Sonst seid ihr schneller im Melbourner Gefängnis, als ihr denken könnt!«

Die Männer warfen einander unschlüssige Blicke zu, während der Fremde Vicky seine Hand reichte. »Komm zu mir. Sie werden dir nichts mehr tun.« Sie nahm die rettende Hand entgegen. Er legte beschützend den Arm um sie. Die drei Kerle glotzten ihn dümmlich an, besonders der, den er zu Boden geschleudert hatte. »Ich zähle bis drei. Wenn ihr mir dann nicht aus den Augen seid …« Er drehte sich um und reckte den Hals. »Ach, da kommt ja ein Ordnungshüter des Weges …«

Der Fremde hatte den Satz noch gar nicht zu Ende gesprochen, da hatten sich die Angreifer getrollt, und Vicky musterte mit großen Augen ihren heldenhaften Retter.

2

Es kam selten vor, dass Vicky sprachlos war, aber in diesem Moment war sie es. Vicky sah den Fremden an, als hätte sie noch nie zuvor einen Mann gesehen. Und das hatte sie bislang auch noch nicht, jedenfalls nicht mit dem Blick einer Frau.

»Oh, entschuldigen Sie bitte«, sagte er höflich und zog seinen Arm fort. »Ich wollte mich Ihnen nicht derart vertraulich nähern, aber mir fiel in dem Augenblick nichts Besseres ein, als mich als Ihr Verlobter auszugeben.«

Seine tiefe, wohlklingende Stimme ging ihr durch und durch. Wenn es nach ihr gegangen wäre, hätte er sie gern noch länger im Arm halten können. Sie hatte sich unendlich beschützt gefühlt.

»Aber, das haben Sie doch wunderbar gemacht. Sie sind mein Held«, erwiderte Vicky, ohne den Blick von ihm zu lassen. Sie blieb an einem Paar graugrüner Augen hängen. Die Intensität, die aus ihnen sprach, fesselte Vicky derart, dass sie den Rest des Mannes erst musterte, nachdem er sich ihr mit den Worten vorstellte: »Mein Name ist Jonathan Bowl.« Er streckte ihr seine Hand nun zur Begrüßung entgegen.

Jonathan war über einen Kopf größer als sie und schlank. Wie mein Zwilling, ging es Vicky durch den Kopf, während sie seine Hand nahm. Sein Händedruck war kräftig und angenehm. »Ich bin Victoria Stewart und danke Ihnen ganz herzlich, dass Sie mich vor diesen Strolchen gerettet haben. Die haben offenbar gedacht …« Vicky unterbrach sich hastig. Es gehörte sich nicht für eine junge Lady, über die käuflichen Mädchen am Hafen zu sprechen.

Jonathan verstand, was sie hatte sagen wollen. »Sie müssen sich nicht wundern. In dieser Gegend treibt sich bekanntlich allerlei Gesindel herum. Und junge Damen, die offenbar keine Furcht kennen. So wie Sie.«

»Wie kommen Sie denn darauf?«

»Na ja, nun, dafür, dass die Kerle drauf und dran waren, Sie in einen dunklen Hauseingang zu schleppen und sich an Ihnen zu vergreifen, waren Sie verdammt ruhig.«

»Was hätte ich denn tun sollen? Schreien? Zetern? Nein, ich musste doch überlegen, wie ich unbeschadet aus der Situation entkommen konnte. Und gerade, als sie mich gerettet haben, kam mir der Gedanke, dass, wenn er es wagen sollte, meinen Mund zu berühren, ich ihm die Zunge abbeißen sollte.«

Ein Lächeln erhellte seine Züge. Er hatte ein kantiges, bartloses Gesicht, was Vicky auf Anhieb gefiel. Noch nie war sie einem so gut aussehenden jungen Mann begegnet.

»Sie sind mir eine. Ja, in der Tat habe ich von einer jungen Lady erwartet, dass sie in einer solchen Lage um Hilfe ruft.«

»Dann hätten die Kerle mich geschlagen. Womöglich mitten ins Gesicht«, entgegnete sie ungerührt.

»Sie sind eine kluge junge Frau und nicht auf den Mund gefallen«, erklärte er lächelnd. »Aber was treibt Sie nur in diese unwirtliche Gegend?« Er musterte sie prüfend und blieb an ihrem Kleid hängen, das aus teurem Stoff gemacht war.

»Ich suche meinen Vater und habe mich verirrt.«

»Ihren Vater?«

»Ja, er ist Richter am Obersten Gericht, und ich wollte ihn in seinem Büro besuchen.«

Täuschte sie sich oder verdunkelte sich seine freundliche Miene?

»Soso, Ihr Herr Vater ist also am hiesigen Gericht tätig.«

Vicky nickte eifrig. »Ja, ich hatte einen hässlichen Streit mit meiner Schwester und war so aufgebracht, dass ich fortgelaufen bin und zu meinem Vater wollte.«

»Hm, und Sie meinen wirklich, dass er sich über Ihren Besuch freuen würde?« Das klang spöttisch.

»Das nicht gerade. Er wäre bestimmt einer Meinung mit meiner Schwester und meiner Mutter gewesen, aber er hätte mich wenigstens in den Arm genommen und mich dann erst gescholten. Außerdem hat er mir verboten, jemals zu Fuß in diese Gegend zu marschieren …«

»Was haben Sie denn Schlimmes angestellt?«

Vicky stieß einen tiefen Seufzer aus. Eigentlich sollte sie diesem Fremden gar nicht ihre ganze Lebensgeschichte erzählen, aber er machte so einen vertrauenerweckenden Eindruck, wenngleich … Ihr Blick blieb an seiner verschlissenen Kleidung hängen. So edel wie Louises Verehrer war er nicht gekleidet. Zur feinen Gesellschaft von Melbourne, auf die ihr Vater immer so viel Wert legte, gehörte er wohl eher nicht.

»Ich habe meiner Schwester den Hut vom Kopf gerissen und darauf rumgetrampelt«, gab sie zögerlich zu.

»Nicht gerade eine damenhafte Geste«, erwiderte er lachend. Sein Lachen war herzlich und kam aus voller Kehle.

Sie hatte sich niemals, wie Louise es so oft getan hatte, in allen erdenklichen Einzelheiten ausgemalt, wie der Mann, in den sie sich verlieben könnte, wohl aussehen müsste, aber wenn, so wurde ihr in diesem Augenblick klar, dann hätte es ein großer, hagerer Mann mit kantigem Gesicht und pechschwarzen Locken sein müssen … Sie konnte gar nichts dagegen tun; seit Jonathan den Arm um sie gelegt hatte, vermochte sie an nichts anderes mehr zu denken als daran, dass er das bitte noch einmal machen möge.

»Was hätten Sie denn getan, wenn Ihnen Ihr Bruder gesagt hätte, Sie seien so hässlich wie die Nacht und würden niemals eine Frau bekommen …«

»Ich habe keinen Bruder«, lachte er. »Aber, sollte Ihre Schwester Ihnen an den Kopf geworfen haben, dass Sie hässlich sind, hat sie keine Augen im Kopf. Sie sind wunderschön, und die Herren werden sich um Ihre Gunst reißen.«

Vicky sah Jonathan fassungslos an und spürte zu ihrem Ärger, dass sich ihre Wangen röteten. So etwas Nettes hatte noch nie jemand zu ihr gesagt. Kein Familienmitglied und schon gar kein junger Bursche. Ohne weiter nachzudenken, hörte sie sich da bereits fragen: »Sagen Sie, Jonathan, wollen Sie vielleicht demnächst nach London zurück?«

Nun war es an ihm, fassungslos zu gucken. »Äh, nach London? Mit Verlaub, was soll ich da? Nach England zieht mich gar nichts. Ich bin hier zu Hause, beziehungsweise drüben in Van Diemen's Land geboren und nun auf der Suche nach dem großen Glück.«

»Sagen Sie bloß nicht, dass Sie einer von den Goldsuchern sind!« Das blanke Entsetzen stand ihr ins Gesicht geschrieben, denn sofort gingen ihr all die Sätze durch den Kopf, die ihr Vater für »dieses Gesindel«, wie er die Schürfer nannte, übrighatte. *Sie sind arbeitsscheue Nichtsnutze, die früher oder später hinter den dicken Mauern des Gefängnisses landen, wenn sie nicht zu den wenigen gehören, die tatsächlich etwas finden … Aber auch die sind Abschaum!*

»Sie sehen mich ja an, als wäre ich der leibhaftige Beutelteufel«, lachte Jonathan.

»Beutelteufel?«

»Das ist ein Raubbeutler aus Van Diemen's Land. Er hat ein pechschwarzes Fell, und bei Aufregung bekommt er glühend rote Augen und fängt zu kreischen an.« Jonathan hob die Arme und machte das Schreien des gefürchteten Tieres nach.

Statt sich zu erschrecken, brach Vicky in lautes Lachen aus. Was für ein unterhaltsamer Mann, der mit kindlicher Freude Tierlaute imitiert, dachte sie. Ihr Herzschlag beschleunigte sich merklich.

»Sie sind entzückend«, bemerkte Jonathan plötzlich ernst und blickte ihr intensiv in die Augen. »Und Sie haben das herzlichste Lachen, das ich je aus dem Munde einer jungen Dame gehört habe.«

»Mutter sagt immer, das ziemt sich nicht für eine Lady.«

Er legte den Kopf schief und betrachtete sie schmunzelnd.

»Ladys sind langweilig. Sie hingegen scheinen eine richtige Frau zu sein. Eine Frau, die ein Mann wie ich auf der Stelle küssen möchte.«

Das brachte Vickys Herz nur noch mehr zum Rasen, vor allem, als sich sein Mund ihren Lippen näherte. Er wollte sie doch nicht etwa wirklich … in diesem Augenblick spürte sie, wie sie ein Schwindelgefühl ergriff. Ihr Kopf fühlte sich seltsam leer an, und sie kam ins Wanken. Allein die Vorstellung, er könnte es wagen und sie würde es zulassen …

Wenn Jonathan sie nicht aufgefangen hätte, sie wäre wohl zu Boden gestürzt.

»Mir ist so schummrig«, flüsterte sie, als sie sich in seinen Armen in Sicherheit fühlte.

Jonathan strich ihr über den Kopf und rief entsetzt aus: »Ihr Kopf steht ja förmlich in Flammen. Kommen Sie, nehmen Sie den.«

Mit der einen Hand hangelte er nach seinem breitkrempigen Sonnenhut und stülpte ihn Vicky über ihr blondes Haar.

»Aber jetzt sind Sie doch völlig ungeschützt der Sonne ausgeliefert«, protestierte sie halbherzig. Obwohl ihr sehr flau im

Magen war, fühlte sie sich in seinem Arm wunderbar geborgen.

»Keine Widerrede. Und jetzt haken Sie sich bitte bei mir ein. Ich werde Sie auf schnellstem Weg bei Ihrem Herrn Vater abliefern.«

Vicky tat, was er verlangte.

»Sie kennen den Weg?«, fragte sie zaghaft, während sie an seinem Arm die staubige Straße entlangeilte, denn er konnte es nun offenbar kaum mehr erwarten, sie loszuwerden.

Kurze Zeit später tauchte auch schon das Gerichtsgebäude vor ihnen auf. Vor dem Portal entzog er ihr seinen Arm. »Schaffen Sie es allein?«, fragte er besorgt.

»Ich glaube nicht. Sie müssen mich noch hineinbegleiten«, stöhnte Vicky, obwohl sie sehr wohl spürte, dass ihr kleiner Schwächeanfall vorüber war.

»Ungern«, seufzte er. »Ich glaube nicht, dass Ihr Vater über meine Begleitung sehr erfreut sein wird.«

»Sie irren sich, Jonathan. Ich muss ihm doch meinen Retter vorstellen«, entgegnete sie entschlossen, nahm ihn bei der Hand und zog ihn in den Eingang des Gerichtsgebäudes.

»Ich weiß nicht recht«, murmelte Jonathan.

»Doch, oder haben Sie was auf dem Kerbholz, dass Sie sich scheuen, das Gerichtsgebäude zu betreten?«, fragte sie scherzend.

Jonathan wurde blass. »Nein, ich glaube nur, dass Ihr Vater keinen Wert darauf legt, mich kennenzulernen«, entgegnete er.

Vicky blieb abrupt stehen. »Mein Vater beißt nicht. Und ich möchte, dass er den wunderbarsten Mann kennenlernt, der mir in dieser Stadt jemals begegnet ist«, flüsterte sie. »Oder mögen Sie mich nicht?«, fügte sie erschrocken hinzu.

»Sie sind bezaubernd, aber ich … ich … wir kommen aus

zwei Welten, die nicht zueinander passen. Wir müssen uns … also hier trennen sich unsere Wege«, stammelte er.

»Wollen Sie das wirklich?«, fragte Vicky und streichelte ihm zärtlich über seine glatte Wange.

»Ich, ich … ach, ich …« Und schon hatte er ihr Gesicht in beide Hände genommen und seinen Mund auf ihre Lippen gepresst. Vicky öffnete leicht den Mund und ließ sich auf das Spiel ihrer Zungen ein, als hätte sie schon hundertmal geküsst. Dabei hatte sie Louise gerade heute während des Streits noch voller Abscheu geschworen, dass sie allein den Gedanken, jemals einen Mann zu küssen, ekelhaft fände … Sie hatte natürlich an Archibald Cumberland gedacht. Wie hätte sie ahnen können, dass ihr nur wenig später ein Mann begegnen sollte, bei dem sie sich wünschte, der Kuss würde niemals enden.

Als sie ihre Lippen voneinander lösten, hatte Vicky weiche Knie und blickte Jonathan beseelt an.

In seinen Augen aber konnte sie keine Spur von strahlendem Glück erkennen, sondern eher einen Ausdruck gequälter Zerrissenheit.

Vicky zuckte erschrocken zurück. »Oh, das hätte ich nicht tun sollen. Das macht eine Lady nicht, oder?«

Jonathan atmete ein paarmal tief durch. »Wir beide, du und ich, Victoria …«

»Nenn mich einfach Vicky.«

»Vicky …«, flüsterte er.

Ihr Herz klopfte bis zum Hals. Noch nie zuvor hatte jemand ihren Namen so zärtlich ausgesprochen. Und trotzdem ahnte sie, dass ihr das, was ihm auf der Zunge lag, nicht gefallen würde. Sie schluckte.

»… es ist besser, wenn wir uns auf diesem Flur verabschieden. Ich komme aus einer ganz anderen Welt als du. Und glaube mir, dein Vater wird niemals dulden, dass ich auch nur einen Fuß über eure Schwelle setze.«

»Hab doch keine Angst. Mein Vater ist im Grunde seines Herzens ein gutmütiger Mensch, der mir keinen Wunsch abschlagen kann. Und außerdem wird es ihn beruhigen, dass es einen Mann gibt, der mich mag. Er glaubt doch, ich würde nie einen Mann zum Heiraten finden …« Vicky schlug sich die Hand vor den Mund. »Das hätte ich niemals so direkt sagen dürfen. Junge Damen warten, bis der Mann ihnen einen Antrag macht, sagt meine Mutter immer. Und deshalb warten Louise und sie ja auch so fieberhaft darauf, dass ihr Verehrer endlich den Mund aufmacht.«

Zu ihrer Überraschung huschte über Jonathans Gesicht ein warmherziges Lächeln. »Weißt du eigentlich, wie bezaubernd du bist?«, sagte er. Die Qual aus seinen Augen war wie weggeblasen. Vicky konnte nur noch Zuneigung in ihnen lesen.

»Findest du wirklich? Du musst nämlich entschuldigen, ich habe keinerlei Erfahrungen im Umgang mit jungen Männern.«

»Du bist offen und unverstellt, und du glaubst gar nicht, wie herzerfrischend das ist.«

»Heißt das, du bringst mich zu meinem Vater?«

Jonathan rollte mit den Augen. »Gut, aber sei nicht enttäuscht, wenn er mich achtkantig hinauswirft.«

»Niemals!«, erwiderte Vicky voller Inbrunst, ergriff erneut seine Hand und zog ihn mit sich bis in die obere Etage. Vor einer großen Tür aus Eichenholz blieb sie stehen.

»Bist du bereit?«, lachte sie.

Jonathan nickte, aber glücklich sah er nicht aus.

Vicky klopfte energisch an die Tür, bis von innen die vertraute Stimme ihres Vaters »Herein!« rief.

Bevor sie die Tür öffnete, entzog Jonathan ihr seine Hand. »Es ist besser so«, raunte er.

Ihr Vater saß hinter einem Berg Akten am Schreibtisch. Als er aufsah, verhärteten sich seine Gesichtszüge.

»Sophie Victoria, was tust du hier?«

Vicky aber kümmerte sich nicht um seinen strengen Tonfall, sondern lief um den Schreibtisch herum und umarmte ihren Vater herzlich. »Schön, dich zu sehen, Vater«, säuselte sie. Jetzt erst schien der Richter auch den jungen Mann wahrzunehmen, der sich dezent im Hintergrund hielt.

»Und wer sind Sie?«, fragte er und musterte den Fremden voller Skepsis.

Bevor Jonathan antworten konnte, erzählte Vicky atemlos, wie er sie vor drei finsteren Kerlen gerettet hatte. Richter Stewart versuchte ein paarmal, den Redefluss seiner Jüngsten zu unterbrechen, aber sie ließ sich nicht beirren, sondern berichtete die Geschichte bis zu ihrem Ende. Dabei verschwieg sie natürlich, wie sehr es ihr der junge Mann angetan hatte. Das konnte sich Samuel Stewart aber offenbar selbst zusammenreimen, denn die Wangen seiner Tochter glühten, und sie strahlte in einer Art, wie er es noch nie bei ihr erlebt hatte.

»Schön«, sagte er knapp, nachdem sie ihre Schilderung beendet hatte. »Ich meine, schön, dass Sie im rechten Augenblick dazugekommen sind. Das ändert aber nichts an der Tatsache, dass ich es nicht gutheiße, dass du …« Er wandte sich mit zusammengekniffenen Augen an seine Tochter. »… dass du einfach blindlings von zu Hause losgerannt bist. Darüber werden wir unter vier Augen zu reden haben.« Er griff nach seiner Geldbörse, holte einen Schein hervor, winkte Jonathan heran. »Das ist für Sie!« Mit diesen Worten drückte er dem verblüfften Jonathan das Geld in die Hand. Der blieb wie angewurzelt stehen, woraufhin der Richter ihm ein Zeichen gab, dass seine Anwesenheit nicht länger erwünscht war. Ganz so, als wollte er eine lästige Fliege verscheuchen.

»Aber Vater, du willst mich den langen Weg doch nicht ohne Begleitung zurückschicken?«, bemerkte Vicky empört, als sie begriff, dass ihr Vater Jonathan soeben loswerden wollte.

»Nein, das ganz sicher nicht!«, entgegnete Samuel streng. »Ich habe gleich noch eine Sitzung. Und du, mein liebes Kind, wirst brav in einem Zimmer warten, um anschließend mit mir in der Kutsche nach Hause zu fahren. Wir brauchen die Dienste des jungen Mannes nicht mehr.« Das verkündete er in einem Ton, der keinen Widerspruch duldete.

Jonathan zögerte einen Augenblick, warf Vicky einen bedauernden Blick zu, bevor er sich zum Gehen bereit machte.

»Aber du kannst doch nicht einfach gehen. Ich weiß doch gar nicht, wo ich dich finden kann«, versuchte Vicky, ihn zurückzuhalten.

»Das ist auch gar nicht nötig. Siehst du nicht, dass der junge Mann gehen möchte«, fügte Richter Stewart unmissverständlich hinzu.

»Aber Vater, du kannst ihn doch nicht einfach hinauswerfen«, protestierte Vicky, stellte sich Jonathan in den Weg und sah ihn flehend an, als erwartete sie, dass er sich ihrem Vater offenbarte.

»Ich glaube, der junge Mann versteht mich«, sagte der Richter mit drohendem Ton, nicht ohne einen abschätzigen Blick auf Jonathans zerschlissene Hose zu werfen. »Oder?«

»Jawohl, Sir, ich denke, ich habe hier nichts mehr verloren«, gab Jonathan zurück.

»Aber Vater, das kannst du nicht machen. Ich dachte, du lädst ihn vielleicht zum Dank dafür, dass er mich gerettet hat, zum Essen zu uns ein.«

»Ich denke, der junge Mann hat einen ausreichenden Lohn für seine gute Tat bekommen«, ergänzte Mister Stewart.

»Ach, ja, das ist sehr großzügig von Ihnen«, entgegnete Jonathan mit versteinerter Miene, kehrte zum Schreibtisch des Richters zurück und legte ihm den Schein hin. »Das ist wirklich nicht nötig. Es war mir eine Ehre, der jungen Lady aus der Verlegenheit zu helfen.«

Samuel sah ihn irritiert an. »Nun nehmen Sie die Belohnung schon. Sie haben es sich verdient!«, befahl er mit Nachdruck, doch Jonathan drehte sich wortlos um und trat einen Schritt auf Vicky zu, die das Ganze mit großen Augen verfolgte.

»Habe ich es dir nicht gesagt? Zwischen unseren Welten gibt es keine Brücken«, flüsterte er und streichelte ihr liebevoll über die Wange, bevor er zur Tür ging, ohne sich noch einmal umzudrehen.

Vicky blieb einen Augenblick wie betäubt stehen, nachdem die Tür hinter ihm geräuschvoll zugefallen war.

Erst das empörte Schnaufen ihres Vaters riss sie aus ihrer Erstarrung. »Was hast du dir denn dabei gedacht?«, schimpfte der Richter. »Dass du mir einen Kerl von der Straße anschleppst?«

Vicky lagen die Widerworte bereits auf der Zunge, aber sie schluckte sie hinunter. Was sollte sie ihrem Vater sagen? Nein, Jonathan ist ein junger Mann aus den besten Kreisen von Melbourne? Sie kannte die Meinung ihres Vaters über Goldsucher nur zu gut. Damit würde sie ihren Vater bloß noch mehr aufbringen. Deshalb versuchte sie es auf die sanfte Art. Sie ging zu ihrem Vater, legte ihm die Hände auf die Schulter. »Vater, er ist ein durch und durch guter Mann. Glaub es mir. Und was wäre denn schon dabei, wenn du dir in aller Ruhe ein Urteil über ihn bildest? Komm, gib deinem Herzen einen Stoß. Er kann ja auch nur zum Tee zu uns kommen und nicht zum Essen.«

»Ich habe ihm das da gegeben …« Samuel Stewart deutete auf den Schein. »Mehr kann ich nicht tun. Ist das meine Schuld, dass er das Geld nicht nimmt?«

»Nein, Vater, natürlich nicht. Nur ist er zu stolz, um deine Almosen anzunehmen. Er möchte kein Geld, sondern deine Tochter näher kennenlernen …«

»So weit kommt das noch, dass ich mir Schwiegersöhne aus der Gosse holen muss«, unterbrach er Vicky schnaufend.

»Aber wer redet denn gleich davon? Nur gibt es jetzt endlich einen, der mich wirklich gernhaben könnte, und da wäre es doch schade, wenn wir uns nicht einmal kennenlernen dürften …«

»Papperlapapp! Ich habe zwar gesagt, es wird nicht einfach, für dich einen Mann zu finden. Jedenfalls nicht so einfach wie bei Louise. Aber mach dir in dem Punkt keine Sorgen. Ich habe da schon jemanden im Auge. Er wird demnächst zum Essen kommen. Und was hast du da überhaupt für einen lächerlichen Hut auf dem Kopf? Der gehört doch nicht etwa dem Burschen?«

Vicky ignorierte die Bemerkung ihres Vaters, soweit sie Jonathans Hut betraf. »Aber ich möchte nicht, dass jemand zum Essen kommt, den du im Auge hast. Ich möchte Jonathan Bowl wenigstens zum Tee einladen! Wir sind es ihm schuldig. Er hat mich vor den ekelhaften Kerlen gerettet!«, rief sie empört aus.

»Ach, du kennst also schon seinen Namen. Das ist ja nicht zu fassen. Und er weiß, dass du die Tochter von Richter Stewart bist. Hoffentlich treffe ich den Kerl nicht vor meinem Richtertisch wieder, und er pocht dann auf die Beziehung zu meiner ihm ach so vertrauten Tochter!« Richter Stewart hatte sich regelrecht in Rage geredet. Sein Gesicht glühte rot wie die untergehende Sonne. Er schnappte nach Luft. »Du machst uns nichts als Ärger, Sophie Victoria!«

Seine Worte rauschten jedoch ungehört an Vicky vorüber. Ganz gleich, was ihr Vater anstellte, um Jonathan zu einem hergelaufenen Nichtsnutz zu stempeln, sie würde um ihn kämpfen! Es konnte doch nicht rechtens sein, dass sie den Mann, der ihr Herz derart zum Pochen brachte, von dem sie sich nichts sehnlicher wünschte als einen zweiten Kuss, bei dem sie sich geborgen fühlte und der sie so mochte, wie sie war, und nicht ummodeln wollte, einfach ziehen ließ, nur, weil er ihrem Vater nicht gut genug war.

»Nein, Vater, das akzeptiere ich nicht. Ich möchte, dass du ihm eine Chance gibst. Und wenn du es nicht tust, werde ich ihn ohne deine Erlaubnis zum Tee einladen. Ich glaube kaum, dass du so unhöflich sein wirst, ihn vor die Tür zu setzen!«

Und schon war Vicky zur Tür gerannt.

»Sophie Victoria, du bleibst hier!«, brüllte ihr Samuel hinterher.

Vicky kümmerte sich nicht um die Stimme in ihrem Rücken. Sie war allein von dem Wunsch getrieben, Jonathan nicht tatenlos aus ihrem Leben verschwinden zu lassen, wo sie ihn doch gerade erst gefunden hatte. Nein, sie musste ihn um jeden Preis zurückhalten. Und wenn sich Sophie Victoria Stewart etwas in den Kopf gesetzt hatte, dann gab es kein Halten mehr.

»Vicky, verdammt, komm sofort zurück!« Dieser Aufschrei ihres Vaters war das Letzte, was sie hörte, bevor sie seine Bürotür hinter sich zuschlug und den Flur entlangraste. Von Jonathan keine Spur. Kein Wunder, dachte Vicky betrübt, er muss ja glauben, dass ich mich dem Willen meines Vaters widerspruchslos füge.

Als Vicky aus dem Gerichtsgebäude ins Freie trat, wurde sie von der gleißenden Sonne geblendet. Jonathan schien wie vom Erdboden verschluckt. Er hätte doch wenigstens hier draußen auf mich warten können, dachte sie betrübt, während sie intensiv in beiden Richtungen die Straße hinauf- und hinunterblinzelte.

In dem Augenblick meinte sie, ihn in der Ferne an seinem pechschwarzen Schopf zu erkennen. Sie zögerte nicht eine Sekunde, sondern raffte ihr Kleid und lief los. Rennen war bei dieser Hitze eine Qual, aber es störte sie nicht, dass ihr der Schweiß in den Nacken und über das Gesicht ran. Keuchend holte sie ihn schließlich ein.

»Jonathan, warte!«, rief sie.

Er blieb stehen, musterte sie wie einen Geist.

»Vicky! Geh zurück!«, befahl er streng. Aus seinem Blick sprach das Gegenteil. Sie kümmerte sich nicht um seine Worte, sondern stürzte sich in seine Arme. »Hast du etwa geglaubt, ich würde nichts von dir wissen wollen, nur weil du ein Goldgräber bist?«, rief sie voller Empörung aus.

Er zog sie ganz fest zu sich heran. »Wenn das alles wäre, aber es gibt da noch etwas anderes, das …«

»Es ist mir egal, vollkommen egal!«, unterbrach sie ihn leidenschaftlich.

»Wenn es doch nur so einfach wäre, aber dein Vater …«

Vicky legte ihm sanft den Finger auf den Mund zum Zeichen, dass er schweigen möge. Sie wusste in diesem Augenblick, dass es verrückt wäre, sich über den erklärten Willen ihres Vaters hinwegzusetzen, aber sie konnte nicht anders. Nichts auf der Welt würde sie davon abbringen, Jonathan zum Tee einzuladen. Sie musste ihn unbedingt wiedersehen.

»Vater hat ein Einsehen. Es tut ihm leid, dass er so abweisend war«, stieß sie aufgeregt hervor.

Jonathan musterte sie skeptisch.

»Und ich kann es beweisen. Im Namen meines Vaters lade ich dich morgen Nachmittag zum Teetrinken in unser Haus ein«, erklärte sie feierlich.

Jonathan musterte sie mit ungläubigem Erstaunen. »Der Herr Richter lädt mich in sein Haus ein?«

»Ja, sage ich doch. Er hat eingesehen, dass ein Geldschein nicht der Lohn ist, den du verdient hast. Um fünf in der Spencer Street?« Vicky beschrieb ihm, wo sich das Haus ihrer Eltern befand. »Ich freue mich.«

Jonathan schien noch etwas auf der Zunge zu liegen, doch Vicky sagte streng: »Keine Widerrede. Vater ist gar nicht so schlimm. Du kennst doch sicher den Spruch: Hunde, die bellen, beißen nicht!«

Jonathans Miene war wie versteinert. Als Vicky das wahrnahm, fuhr ihr der Schreck durch alle Glieder. »Oder magst du mich gar nicht wiedersehen? Vielleicht … weil ich mich so gar nicht wie eine Lady benehme?«

Ein Lächeln huschte über sein Gesicht. »Du kennst meine Ansicht, die sogenannten Ladys betreffend doch bereits. Ich meine es ganz ernst. Ich möchte gar keine von diesen englischen Ladys, deren Lächeln genauso steif ist wie ihre Röcke. Und wie gern ich dich wiedersehen möchte! Du bringst die Sonne in mein Leben.« Er nahm sie stürmisch in den Arm und drückte sie beinahe verzweifelt an sich.

Vicky konnte ihr Glück kaum fassen. Was für ein Mann, der ihr solche wunderschönen Dinge sagte!

»Dann ist doch alles gut.« Sie strahlte über das ganze Gesicht. »Bis morgen!«

»Bis morgen«, erwiderte Jonathan immer noch nicht annähernd so begeistert, wie sie sich das gewünscht hätte.

»Halt, bevor ich es vergesse.« Vicky nahm seinen Hut ab und setzte ihn Jonathan schräg auf die dunklen Locken.

Jonathan rang sich zu einem Lächeln durch und warf ihr zum Abschied eine Kusshand zu.

Wie auf Wolken eilte Vicky zurück zum Büro ihres Vaters. Kaum hatte sie, ohne zu klopfen, die Tür aufgerissen, sah sie in sein zorniges Gesicht.

»Ich wollte dich gerade suchen«, bellte ihr Vater, bevor eine wahre Schimpftirade auf sie niederging. Der Richter warf ihr vor, dass sie nichts als Unsinn im Kopf hätte, nie eine Dame werden würde und es das Allerletzte wäre, einem hergelaufenen Kerl nachzurennen, dessen pechschwarzes Haar den Verdacht nahelegte, dass es sich bei ihm um einen Mischling, einen Abo-Bastard, handelte.

Vicky verstand nicht, was er damit sagen wollte, denn das Wort hatte sie noch nie zuvor gehört.

»Was ist das, ein Abo-Bastard?«, wagte sie es, ihren Vater zu unterbrechen.

»Ach, das muss eine Dame aus deinen Kreisen gar nicht wissen«, sagte er und fuhr mit seiner Standpauke fort, die er mit den Sätzen beendete: »Tu das nie wieder! Du hast in diesem Viertel nichts zu suchen, es sei denn, du fährst mit mir in der Kutsche her.« Schnaufend hielt er inne. »Aber das ist ja noch mal gut gegangen. Ich glaube, der junge Mann hat begriffen, dass er sich dir nie wieder zu nähern hat.«

»Ich habe ihn …« Vicky stockte. Nein, es war kein guter Zeitpunkt, ihren Vater mit der Wahrheit zu konfrontieren, nachdem er sich doch gerade etwas beruhigt hatte. Sie nahm sich vor, es ihm lieber morgen schonend beizubringen, denn sonntags war sein freier Tag, und da hatte er meist bessere Laune als an Werktagen.

Vicky senkte den Blick. »Es tut mir so leid, dass ich dir immer wieder solchen Kummer mache«, seufzte sie. »Aber Louise war so gemein zu mir. Da musste ich einfach fort.«

Und nun schilderte Vicky ihrem Vater in aller Ausführlichkeit, was zu Hause vorgefallen war.

Der Richter stöhnte ein paarmal missbilligend, das sichere Zeichen, dass er wieder einmal Anne und Louise recht gab.

»Ich denke, du entschuldigst dich bei deiner Schwester und

deiner Mutter«, seufzte er, nachdem sie mit ihrer Erzählung fertig war. Aber in seinen Augen konnte sie jetzt jene Wärme erkennen, die ihr immer wieder bewies, dass er sie trotz allem von Herzen lieb hatte. Etwas, das sie im Blick ihrer Mutter kaum je zu lesen vermochte.

»Ach, wenn sich Mister Bradshaw doch nur für dich erwärmen könnte«, stöhnte er.

Vicky ging der Schreck durch Mark und Bein. Ihr Vater hatte doch nicht wirklich vor, sie an einen Fremden förmlich zu verscherbeln. Das war ja wie auf dem großen Markt, wo die Farmer ihre Tiere verkauften.

»Niemals, Vater, das schwöre ich dir. Du brauchst diesen Mister gar nicht erst einzuladen. Wenn du das tust, blamiere ich euch bis auf die Knochen. Ich schwöre dir, ich werde alles tun, damit mich dieser Mister abscheulich findet. Versuche es gar nicht erst!«

»Aber, Vicky, es wäre doch nur zu deinem Besten. Er ist ein angesehener Bürger dieser Stadt, wohlhabend und gebildet …«

»Vater, ich will ihn nicht, und er wird mich nicht wollen. Also, gib dir keine Mühe!«

»Aber du willst doch nicht als alte Jungfer enden wie meine arme Schwester«, seufzte er. Auch diesen Vergleich kannte Vicky schon zur Genüge. Dabei war Tante Charlotte eine unterhaltsame, eigenwillige Person, von der man sich sagte, sie hätte sich einst vehement dagegen gewehrt, den Mann zu heiraten, den ihre Eltern für sie ausgesucht hatten. Vicky mochte ihre Tante, und es gab in ihren Augen weit Schlimmeres, als so zu leben wie Tante Charlotte. Bis gestern hatte sie so ein Leben ohne Ehemann sogar noch erstrebenswert gefunden. Bis heute Jonathan aufgetaucht war …

»Ach, Vater, mach dir keine Sorgen!«, lachte Vicky und umarmte den Richter stürmisch. Ob sie die Gelegenheit beim

Schopf packen sollte, ihm nun zu gestehen, dass morgen jemand zu Besuch kam, der sie vom Fleck weg heiraten würde?

»Schwöre mir, dass du mir nie wieder so einen Kerl von der Straße anschleppst!«, sagte der Richter in diesem Augenblick und musterte Vicky durchdringend.

Nein, das ist kein günstiger Moment, Vater zu offenbaren, dass ich den »Kerl von der Straße«, wie er ihn nannte, für morgen zum Tee eingeladen habe, ging es Vicky durch den Kopf. Ach, wenn es bloß schon morgen Nachmittag wäre. Sie konnte nur beten, dass ihr Vater Jonathan nicht aus dem Haus warf, ohne sich zunächst ein Bild von ihm gemacht zu haben. Vicky redete sich ein, dass er Jonathan, wenn er ihn erst einmal kennengelernt hatte, genauso schnell in sein Herz schließen würde, wie sie es getan hatte. Er ist doch ein richtiger Gentleman, auch wenn er nicht ganz zu der für ihren Vater so wichtigen feinen Gesellschaft von Melbourne gehörte, dachte Vicky schwärmerisch. So engstirnig konnte ihr Vater doch gar nicht sein, dass er einem Menschen wie Jonathan keine Chance einräumte!

»Schwörst du es?«, hakte der Richter nach.

Vicky nickte und kreuzte die Finger hinter dem Rücken.

3

Das Haus der Familie Stewart in der Spencer Street war das auffälligste Bauwerk weit und breit. Ein Regierungsbeamter hatte es sich vor ein paar Jahren im Stil einer italienischen Villa errichten lassen. Ins ferne Australien war diese Art von Architektur, die man Italianate-Stil nannte, noch nicht wirklich vorgedrungen, aber der Bauherr und vorherige Eigentümer hatte sich einen bekannten Architekten aus London geleistet, der das Modernste geschaffen hatte, was im Empire gerade im Kommen war. Das Haus war rechteckig, bestand aus zwei symmetrischen Flügeln und hatte ein flach abfallendes Walmdach, das rundherum von einer Balustrade gesäumt war. Die großen Fenster waren in Bogenform geschwungen. Das Haus stand auf einem parkähnlichen Grundstück, und vor dem Eingang waren zwei prächtige Palmen gepflanzt worden. Der Regierungsbeamte war dann allerdings gar nicht in sein Haus eingezogen, nachdem seine Frau bei der Geburt des ersten Kindes gestorben war. Samuel Stewart hatte das Haus auf diese Weise zu einem verhältnismäßig günstigen Preis erwerben können. Dass sich ein von Grund auf konservativer Mann wie der Richter für ein derart modernes Wohnhaus entschieden hatte, lag darin begründet, dass ihn die Symmetrie des Gebäudes begeistert hatte. *Es ist ein Sinnbild der Waage der Justitia,* soll er schwärmerisch ausgerufen haben, nachdem man ihm dieses Haus gezeigt hatte.

Auf der Rückseite befand sich eine überdachte Veranda, die auf den Wunsch seiner Frau Anne gleich nach dem Einzug der

Familie angebaut worden war. Dort wurde sonntags der Lunch eingenommen und jeden Nachmittag der Tee.

Vicky war schon seit dem Aufwachen furchtbar nervös. Den ganzen Morgen lang war sie um ihren Vater herumgeschlichen, um ihm endlich zu beichten, dass sie Jonathan zum Tee eingeladen hatte. Ihr Vater aber war an diesem Sonntag schrecklich schlecht gelaunt, weil die letzte Verhandlung, die er am Vortag geführt hatte, nicht zu seiner Zufriedenheit verlaufen war. Es war ihm nicht gelungen, einen Goldgräber des Mordes an einem Ladenbesitzer zu überführen, weil es eine Zeugin gab, die beschwor, zur Tatzeit mit dem Glückssucher zusammen gewesen zu sein. Für Richter Stewart gab es keinen Zweifel, dass die Dame eine Falschaussage gemacht hatte, aber die Geschworenen hatten ihr geglaubt.

Den ganzen Morgen hörte Vicky ihren Vater über diese vermaledeiten Glückssucher schimpfen, die das beschauliche Melbourne in ein Sodom und Gomorrha verwandelt hatten. Keine gute Voraussetzung, um Vater schonend darauf vorzubereiten, dass ich einen dieser »vermaledeiten Glückssucher« hinter seinem Rücken und gegen seinen erklärten Willen in sein Haus eingeladen habe, dachte Vicky resigniert. Und ihrer Mutter konnte sie sich auf keinen Fall anvertrauen. Die war immer noch böse auf sie, weil sie ihrer Schwester das Hütchen vom Kopf gerissen und es dann mit dem Fuß unrettbar zerstört hatte. Dabei hatte sie sich ihrem Vater zuliebe, kaum dass sie mit der Kutsche zu Hause eingetroffen waren, bei Louise und ihrer Mutter entschuldigt. Offenbar hatten die beiden durchschaut, dass Vicky den tätlichen Angriff auf die Kopfbedeckung ihrer Schwester nicht wirklich bereute. Jedenfalls brachten sie ihr seit gestern nichts als vorwurfsvolle Blicke entgegen. Kein Lächeln, kein freundliches Wort. Sie sehen sich nicht nur ähnlich, sie verhalten sich auch gleich, dachte Vicky, als sie den beiden auf dem Weg zum Arbeitszimmer ihres Vaters auf dem Flur begegnete. Die anklagenden Blicke aus zwei Augenpaaren würden ihr normalerweise aufs Gemüt schlagen und sie in ihrem Entschluss bestärken, Melbourne und damit ihre Familie auf dem schnellsten Wege zu verlassen. An diesem Tag richteten sie keinen Schaden in ihrer Seele an, denn sie war in Gedanken allein mit der Frage beschäftigt: Wie und wann sage ich es meinem Vater?

Zaghaft klopfte sie schließlich an seine Tür.

»Herein!«, brummte er nicht gerade freundlich.

Vicky nahm all ihren Mut zusammen und betrat sein Arbeitszimmer.

»Vater, ich muss mit dir reden«, brachte sie gefasst heraus.

»Das trifft sich gut. Ich habe auch mit dir zu reden, und zwar darüber!«, entgegnete er in scharfem Ton und deutete auf einen Brief, der vor ihm auf dem Schreibtisch lag. Vicky konnte sich allerdings keinen Reim darauf machen. Wer hatte ihrem Vater etwas geschrieben, das ihn dermaßen verärgern konnte? Dass er erbost war, bewies die steile Zornesfalte auf seiner Stirn.

»Vater, ich hätte da eine Bitte, ich meine …«

»Ich weiß, was du sagen willst, und glaube mir, es missfällt mir zutiefst! Wie konntest du nur?«

Vicky verstand nicht. Wie konnte ihm jemand von einem Tag auf den nächsten einen Brief geschrieben haben mit der Nachricht, dass heute Nachmittag ein Goldgräber zum Tee kommen würde? Und wer konnte außer Jonathan überhaupt davon wissen? Sie hatte mit keiner Menschenseele darüber gesprochen.

»Vater, ich wollte es dir doch selbst sagen. Ich konnte nicht anders. Versteh doch, es ist mein größter Wunsch …«

Richter Stewart machte eine abwehrende Geste. »Ich will nichts mehr hören. Hast du verstanden? Geh und schick deine Mutter her!« Er sagte das in einem Ton, der keinen Widerspruch duldete.

Mit gesenktem Kopf verließ sie das Arbeitszimmer und suchte nach ihrer Mutter. Sie fand sie stickenderweise mit Louise auf der Veranda sitzen. Vicky erschauderte bei dem Anblick. Sie verabscheute Handarbeiten und hatte zwei linke Hände, wenn es um die Sticknadel ging.

»Mutter, Vater bittet dich, in sein Büro zu kommen«, teilte sie ihr mit. Ihre Mutter ließ sofort alles stehen und liegen und verließ die Veranda, ohne ihre Jüngste auch nur eines Blickes zu würdigen.

Vicky setzte sich auf den Korbstuhl und ließ ihren Blick über den wunderschönen Garten schweifen, in dem zahlreiche bunte Pflanzen wuchsen und in den Baumkronen Scharen von Papageien hockten und um die Wette kreischten. Flora und Fauna ihrer neuen Heimat waren bis auf das schöne große Zimmer, das sie bewohnte, bislang die einzigen Lichtblicke gewesen. Bis gestern, dachte Vicky versonnen und stellte sich gerade vor, sie würde Arm in Arm mit Jonathan einen Spaziergang durch den wunderschönen botanischen Garten der Stadt machen.

»Was gibt es denn da so dümmlich zu grinsen? Du solltest dich lieber was schämen!« Die durchdringende Stimme ihrer Schwester riss Vicky aus ihren schwärmerischen Gedanken. Sie spürte, wie ihr die Hitze in die Wangen schoss. Sie guckte doch nicht etwa so verräterisch aus der Wäsche wie es ihre Schwester und Mary stets taten, wenn sie an ihre Verehrer dachten. Vicky sprang auf und rannte geradewegs zum Garderobenspiegel. Es gab keinen Zweifel. In ihrem Spiegelbild erkannte sie durchaus etwas von jenem Grinsen wieder, das sie bei Louise und Mary so schrecklich peinlich gefunden hatte.

Ihre Gedanken schweiften zu dem merkwürdigen Gespräch im Arbeitszimmer ihres Vaters ab. Eigentlich ist es ja ein gutes Zeichen, dass Vater zwar verärgert ist, überlegte Vicky, aber nicht mit einem Ton erwähnt hat, dass Jonathan keinen Fuß über seine Schwelle setzen darf.

Ein Gong ertönte, und Mary rief laut: »Bitte zu Tisch!«

Ach, wenn es doch endlich fünf Uhr wäre, dachte sie, während sie sich an den Tisch setzte. Sie bekam allerdings keinen Bissen herunter, obwohl Mary ihr Lieblingsessen, Lamm mit Minzsoße, gekocht hatte. Sie war so in Gedanken versunken, dass sie erst aufhorchte, als ihr Vater mit tragender Stimme verkündete, dass er einen Brief seiner Schwester aus London erhalten hatte. Jetzt verstand Vicky mit einem Mal, was ihr Vater vorhin gemeint hatte. Er hatte nicht den Schimmer einer Ahnung, was ihn heute noch zum Tee erwarten würde. Er war verärgert über den letzten Brief, den sie ihrer Tante geschrieben hatte. In diesem hatte sie Charlotte regelrecht angefleht, ein gutes Wort bei ihrem Vater einzulegen, damit er sie allein zurück nach London reisen ließ.

Bevor ihr Vater überhaupt einen Ton gesagt hatte, traf sie nicht nur ein vernichtender Blick ihrer Mutter, sondern auch ihrer Schwester. Die wusste also auch schon Bescheid. Vicky hatte bereits jetzt das Gefühl, auf der Anklagebank zu sitzen. Nur Steven starrte unbeteiligt Löcher in die Luft, als würde ihn das alles gar nichts angehen.

Ihr Vater musterte Vicky einen Augenblick mit stillem Vorwurf, bevor er endlich mit seiner Anklagerede begann. »Charlotte hat mir unter anderem mitgeteilt, dass du, liebe Vicky, ihr geschrieben hast, wie unglücklich du in Melbourne bist. Und dass du in London noch ein Jahr die Schule besuchen möchtest …«

»Ach, Vater, ich habe es aus einer Laune heraus geschrieben.

Ich würde euch doch niemals verlassen können«, entgegnete sie hastig.

Der strenge Blick des Richters wurde weicher. »Das weiß ich doch, mein Kind. Natürlich wird dir das schwerfallen, aber es muss ja nicht für immer sein …«, sagte er.

Vickys Herz pochte bis zum Hals. Das hört sich ja so an, als würden sie meinem Wunsch nachgeben, schoss es ihr erschrocken durch den Kopf … oh nein, wo sie doch gerade jetzt gar nicht mehr sicher war, ob sie dies wirklich wollte!

»Vater, bitte, es war nicht ernst gemeint. Das war das schreckliche Heimweh, das mir zu schaffen gemacht hat. Ich … ich, nein, ich könnte euch niemals verlassen, ich …«, stammelte sie.

»Du musst dich nicht entschuldigen. Mutter und ich haben nämlich beschlossen, dass wir deinem Wunsch nachgeben«, verkündete er. »Du kannst mit Mary und ihrem Mann nach London reisen, da wenig Hoffnung besteht, dass du dich an das Leben in der Neuen Welt gewöhnen wirst. Wir haben schweren Herzens davon Abstand genommen, Mister Bradshaw einzuladen«, fügte er seufzend hinzu.

»Das passt doch gut zu dir, dass du bei einer alten Jungfer versauerst«, bemerkte Louise bissig.

»Louise, bitte, diese Entscheidung ist uns nicht leichtgefallen, aber nun sollten wir sie mit Fassung tragen«, sagte Samuel in strengem Ton.

Vicky aber erstarrte innerlich. Noch vor ein paar Tagen wäre sie ihrem Vater angesichts dieser Nachricht jubelnd um den Hals gefallen, aber inzwischen hatte sie das klare Gefühl, dass ihr Leben soeben dabei war, sich grundlegend zu ändern. Sie verspürte gar nicht mehr den dringenden Wunsch, nach London zu reisen, wo sich doch endlich eine noch nebulöse, aber doch so verheißungsvolle Perspektive für ein Leben in Australien aufgetan hatte. Sie hatte Jonathan Bowl getroffen! Ihre Gedanken allerdings durfte sie natürlich nicht vor ihrer Familie zugeben. Nicht, bevor ihr Vater den Goldgräber in sein Herz geschlossen hatte! Aber wie sollte sie das London-Angebot ablehnen, ohne Argwohn zu erwecken?

»Das ist sehr großzügig von dir, Vater«, stieß sie schließlich hervor. »Aber ich war verzweifelt. Ich würde doch niemals ohne euch leben können.« Vicky atmete tief durch und blickte schuldbewusst in die Runde.

Ihr entging nicht das hämische Grinsen ihrer Schwester, auf das sie normalerweise sofort heftig reagiert hätte, aber nun musste sie die arme Sünderin perfekt spielen. Nicht auszudenken, wenn ihr Vater ernst machte und sie wirklich auf das Schiff nach England setzte. Das durfte nicht geschehen.

»Dann bedauerst du den schrecklichen Brief an Tante Charlotte also?«, hakte ihre Mutter nach. »Es war nicht nett, was du über deine Schwester und mich geschrieben hast«, fügte sie vorwurfsvoll hinzu.

»Ich weiß. Es tut mir unendlich leid. Ich habe mich nach einem Streit zu diesen Worten hinreißen lassen«, seufzte Vicky und hoffte, dass ihr geheucheltes Bedauern echt wirkte.

Die Miene ihrer Mutter erhellte sich. »Dann wollen wir die leidige Angelegenheit vergessen und hoffen, dass du dich in Zukunft besser benimmst«, stöhnte sie kopfschüttelnd.

»Danke, Mutter. Ich werde mich bemühen, euch keinen Kummer mehr zu bereiten«, log Vicky, während sie sich voller Sorge vorstellte, wie ihre Mutter wohl reagieren würde, wenn heute Nachmittag Jonathan auftauchte.

»Gut, dann ist dieser Brief erledigt, und ich erwarte von dir, dass du meiner Schwester schreibst, dass du diese Anschuldigungen bitter bereust«, erklärte ihr Vater. Die Erleichterung war ihm sichtlich anzumerken. Vicky verspürte den Anflug eines schlechten Gewissens in Anbetracht dessen, was heute noch auf ihn zukommen würde.

Das angespannte Schweigen bei Tisch wurde von einem lauten Würgen Stevens unterbrochen. Er war leichenblass und hielt sich die Hand vor den Mund.

»Was ist mit dir, mein Junge?«, fragte Anne erschrocken.

»Ich, äh, mir ist nicht gut«, erwiderte Steven. Seine Stimme klang merkwürdig verwaschen. Die ganze Aufmerksamkeit richtete sich nun auf ihn. »Ich … ich …«, stammelte er, bevor er vom Tisch aufsprang und nach draußen stürzte.

»Das darf doch nicht wahr sein!«, rief ihr Vater empört aus und folgte seinem Sohn mit zorniger Miene.

Vicky konnte sich zusammenreimen, was die Szene zu bedeuten hatte. Steven hatte sich erst neulich an Vaters Whiskyflasche vergriffen. Vicky hatte das Gebrüll ihres Vaters durch die geschlossene Tür seines Arbeitszimmers bis auf den Flur gehört.

Louise verdrehte die Augen. »Hoffentlich macht er so etwas nicht, wenn Mister Cumberland heute Abend zum Dinner kommt.«

Für einen Moment vergaß Vicky die Rolle der reuigen Sünderin, die sie gerade spielte. Ihr tat Steven nämlich leid. Offenbar begriff sie als einziges Familienmitglied, wie sehr er darunter litt, dass in diesem Haus über ihn und seine Zukunft bestimmt wurde, ohne zu berücksichtigen, was er selbst mit seinem Leben anfangen wollte.

»Freu dich doch, wenn er sich vor Mister Cumberland betrinkt. Dann sieht der vielleicht davon ab, dir einen Heiratsantrag zu machen, und du musst diesen schrecklichen Kerl nicht ehelichen«, entfuhr es Vicky.

»Das ist doch wohl die Höhe.« Louises Stimme schnappte schier über vor Empörung.

»Sophie Victoria, das nimmst du sofort zurück«, verlangte ihre Mutter mit Nachdruck. »Mister Cumberland ist ein grundanständiger Mann, und wir wären eine Sorge los, wenn sich so ein feiner Herr auch für dich interessieren würde.«

Vicky lag eine Erwiderung auf der Zunge, nämlich, dass sie dem Himmel danken würde, wenn das niemals der Fall wäre, aber sie schluckte sie im letzten Augenblick herunter. Es wäre unklug, ihre Mutter gegen sich aufzubringen, bevor sie Jonathan kennengelernt hatte.

»Und nur dass du es weißt, wenn wir dich nun doch nicht nach England schicken, wird mich nichts auf der Welt davon abbringen können, demnächst Mister Bradshaw einzuladen und zu Gott zu beten, dass er sich für ein renitentes Frauenzimmer wie dich erwärmen kann.«

Vicky schloss die Augen und zählte innerlich von zehn rückwärts, um sich zu beruhigen und ihre Mutter nicht noch mehr gegen sich aufzubringen.

»Sie könnte Glück haben«, hörte sie da ihre Schwester kichern. »Er ist Witwer und sucht händeringend nach einer Mutter für seinen Sohn. Da schaut er vielleicht nicht so genau hin!«

Vicky riss die Augen auf, obwohl sie erst bei fünf angekommen war, und funkelte Louise wütend an. »Dann nimm du ihn doch!«, fauchte sie.

»Hört auf, euch zu streiten!«, befahl Anne. »Mister Bradshaw ist eine gute Partie. Er besitzt das größte Handelshaus in ganz Melbourne und gehört zu den wohlhabendsten Bürgern der Stadt. Außerdem sieht er gut aus!«

»Oje, dann hat unsere Vicky aber schlechte Karten. Denn mit Sicherheit haben es einige junge Damen auf ihn abgesehen. Bis auf mich!«, spottete Louise.

Vicky jedoch hörte gar nicht mehr richtig hin. Sie hing ihren eigenen Gedanken nach und zerbrach sich den Kopf darüber, was ihre Eltern wohl unternehmen würden, wenn Jonathan um fünf vor der Tür stehen würde. Denn die Hoffnung, dies ihrem Vater noch schonend beizubringen, hatte sie aufgegeben. Aber sie würde es keine Sekunde länger in dieser beklemmenden Atmosphäre mit ihrer Mutter und ihrer Schwester aushalten.

»Ihr entschuldigt mich. Ich fühle mich nicht gut«, sagte sie leise und verließ den Tisch, ohne eine Antwort abzuwarten, um sich im Garten unter ihre Palme zu setzen. Das war seit jeher der Ort, an den sie sich vor dem häuslichen Unfrieden flüchtete.

Vicky fühlte sich wie immer leicht und unbeschwert, als sie sich ins grüne Gras unter ihren schattigen Lieblingsbaum setzte. Hier ließ es sich bis zum Tee aushalten. Von hier aus hatte sie einen wunderbaren Blick über die Blumen, die in allen erdenklichen Farben blühten. Eine tiefe Müdigkeit überkam sie, und sie lehnte den Kopf gegen den Stamm. Gegen ein kleines Schläfchen war nichts einzuwenden, zumal ihr das die Wartezeit verkürzen würde.

4

Vicky erwachte von der angsterfüllten Stimme ihres Vaters. »Nicht rühren!«, zischte er aufgeregt. Sie öffnete die Augen, blinzelte vorsichtig in seine Richtung und begriff sofort, wovor ihr Vater sie zu warnen versuchte. Kaum einen Fuß entfernt hatte sich eine braune Schlange in Angriffsstellung gebracht. Vicky wusste sofort, dass es sich um die hochgiftige Braunschlange handelte, denn das hatte ihnen ihr ehemaliger Hauslehrer beigebracht. *Bevor ihr die Geschichte dieses Landes lernen müsst, sollt ihr wissen, dass es der Kontinent mit den giftigsten Tieren auf der ganzen Welt ist,* hatte er ihnen eingeschärft und Zeichnungen der Giftschlangen gezeigt.

Vicky wagte nicht zu atmen, obwohl ihr der Schweiß in Strömen von der Stirn rann. Sie wusste, dass sie nur diese eine Chance hatte: sich tot zu stellen. Es dauerte ein paar schreckliche Augenblicke, die ihr wie eine Ewigkeit vorkamen, bis die Schlange im Gras abtauchte und verschwand. Ihr Vater stürzte auf sie zu, umarmte und herzte sie. »Oh, mein liebes Kind, das war knapp. Du bist sehr tapfer.« Vicky genoss diesen Liebesbeweis ihres Vaters in vollen Zügen. Er war leichenblass, als er ihr die Hand reichte, um ihr aus dem Gras zu helfen. Auch ihm tropfte der Schweiß in Strömen von der Stirn. »Die verdammten Viecher kriechen bei der Hitze in die Gärten. Du darfst dich im Sommer nicht mehr ins Gras setzen. Hörst du?«, redete er beschwörend auf sie ein.

So sehr Vicky der Schreck in allen Gliedern saß, so sehr genoss sie auch die Zuwendung ihres Vaters.

Arm in Arm traten sie auf die Veranda.

»Samuel, was ist geschehen? Du bist bleich wie der Tod«, rief Anne panisch aus.

»Vicky wäre beinahe von einer Schlange gebissen worden«, stöhnte er und ließ sich auf einen Stuhl fallen.

»Oh, mein Gott. Vicky«, schrie ihre Mutter und riss ihre Tochter überschwänglich in die Arme, was Vicky ebenfalls sichtlich genoss.

»Es war eine Braunschlange«, flüsterte sie. »Die giftigste von allen«, fügte sie hinzu. Das verfehlte seine Wirkung nicht, denn nun sprang sogar Louise von ihrem Stuhl auf und strich ihrer Schwester mitfühlend übers Haar.

»Aber sie war so tapfer, unser Mädchen, und hat sich nicht gerührt«, erklärte ihr Vater nun voller Stolz.

Vicky fühlte sich wie im Paradies. So viele Liebesbeweise wie in diesem Augenblick bekam sie selten von ihrer Familie.

»Soll ich dir ein Glas Saft holen?«, bot ihr Louise an.

»Komm, setz dich. Erhol dich von dem Schrecken«, sagte ihre Mutter und schob sie auf einen der Korbstühle. Obwohl Vicky den Schock bereits überwunden hatte, gab sie sich ein wenig leidend und nahm dankbar das Glas Ananassaft entgegen, das ihr Louise nun reichte.

Einen kurzen Moment spielte sie mit dem Gedanken, die günstige Gelegenheit beim Schopf zu packen und zu beichten, dass sie einen Besucher zum Tee eingeladen hatte. Zu groß aber war die Versuchung, die Erleichterung ihrer Familie, dass sie dem Tod so knapp entronnen war, in vollen Zügen zu genießen, bevor sie sich wieder in ihre Rolle des schwarzen Schafs der Familie zurückkatapultierte. Es war einfach zu verführerisch, die Liebe im Blick ihrer Mutter und die Fürsorge ihrer Schwester zu genießen. Wer wusste besser als sie, dass dieser Ausnahmezustand spätestens um fünf Uhr ein jähes Ende finden würde.

»Wo ist Steven?«, fragte sie mit schwacher Stimme.

»Er schläft jetzt«, erwiderte der Vater übellaunig und schlug vor, dass sie alle auf den Schrecken einen kleinen Mittagsschlaf halten sollten. Damit war der paradiesische Zustand vorüber, denn ihre Eltern und Louise zogen sich in die kühlen Innenräume zurück und ließen Vicky allein auf der Veranda zurück. Sie war jetzt hellwach, und ihre Gedanken schweiften zu Jonathan. Noch einmal erlebte sie vor ihrem inneren Auge die gestrige Begegnung mit ihm. Sie spürte seine weichen Lippen auf ihren so intensiv, dass sie sich zärtlich mit den Fingern über ihren Mund fuhr. Je intensiver sie an Jonathan dachte und ihn vor sich sah mit seinen graugrünen Augen, seinem markanten Gesicht und seinem schwarzen Haar, desto mehr beschleunigte sich ihr Herzschlag. Sie hatte jetzt die Augen geschlossen, um sich jede Einzelheit noch einmal ins Gedächtnis zu rufen.

»Woran denkst du denn, Schwesterchen?« Die Stimme ihres Bruders riss Vicky aus ihrer schwärmerischen Erinnerung. »Wenn ich es nicht besser wüsste, würde ich denken, du bist verliebt«, fügte er lachend hinzu. Er sprach wieder mit normaler Stimme. Offenbar hatte er seinen kleinen Rausch ausgeschlafen.

»Blödsinn! Du weißt doch, was ich von diesen Kerlen halte …«, fauchte sie, aber dann stutzte sie. Ob sie Steven einweihen sollte? Es wäre vielleicht gar nicht so verkehrt, im Vorfeld wenigstens einen Verbündeten zu gewinnen.

»Was verheimlichst du mir, Schwesterchen?« Vicky fühlte sie ertappt.

Sie atmete ein paarmal tief durch, bevor sie ihm von ihrer Begegnung mit Jonathan Bowl erzählte und beichtete, dass sie ihn im Namen des Vaters zum Tee eingeladen hatte.

»Oje!«, stöhnte ihr Bruder und kratzte sich nachdenklich am Kopf. »Und du möchtest jetzt, dass ich dir helfe?«

Vicky zuckte hilflos die Schultern. »Vielleicht kannst du einfach nett zu Jonathan sein, ich meine, falls Vater ihn nicht gleich wieder vor die Tür setzt.«

»Lass mich mal kurz überlegen«, erwiderte ihr Bruder und verschwand im Haus, um wenig später mit einem Glas mit einer bräunlichen Flüssigkeit in der Hand zurückzukehren.

»Aber Steven, du sollst doch nicht trinken«, seufzte Vicky.

»Siehst du irgendwo Whisky?«, lachte ihr Bruder und schüttete das Teufelszeug mit einem kräftigen Schluck in sich hinein.

»Bitte, lass das doch«, flehte Vicky ihren Bruder an, aber der war schon wieder auf dem Weg nach drinnen, um sich Nachschub zu besorgen.

Als er mit einem zweiten Glas in der Hand zurück auf die Terrasse trat, runzelte sie missbilligend die Stirn, aber sie schwieg. Offenbar war er bereit, ihr zu helfen, wenn er sie im Gegenzug zu seiner Mitwisserin machte.

»Gut«, sagte Steven, nachdem er einen kräftigen Schluck genommen hatte. »Ich werde dafür sorgen, dass dieser Kerl die Gelegenheit bekommt, Vater zu imponieren, obwohl, seien wir ehrlich, ich kann dir keine allzu großen Hoffnungen machen, dass sich ein Goldgräber in die Herzen unserer Eltern spielt. Der Herr ist kein Jurist und gehört nicht zu der feinen Melbourner Gesellschaft.«

»Das weiß ich selbst«, entgegnete Vicky betrübt. »Aber ist er deswegen ein schlechterer Mensch als Archibald Cumberland?«

Steven lachte. »Dazu gehört nicht viel. Archibald Cumberland ist ein verschlagener, mieser Geselle, aber er hat in Vaters Augen die einzig richtige Ausbildung. Mister Cumberland ist schließlich Jurist.«

»Als ob das ein Zeichen für guten Charakter wäre!«, zischte Vicky.

»Mir musst du das nicht sagen. Ich könnte mich übergeben bei dem Gedanken, dass ich bald zu ihnen gehöre.«

Vicky musterte ihren Bruder voller Sorge. »Ist das der Grund, warum du dieses Zeug wie Wasser in dich hineinschüttest? Warum sprichst du nicht mit Vater und sagst ihm, was du wirklich werden möchtest?«

»Genau, er wird jubeln, wenn ich ihm verrate, dass ich am liebsten Pianist werden möchte …« Steven sah seine Schwester aus glasigen Augen mitleidig an. »Sei nicht so naiv, Kleine. Vater wird weder dulden, dass ich Musiker werde, noch, dass du die Frau eines Goldgräbers wirst.«

»Aber du hast versprochen, mir zu helfen«, empörte sich Vicky.

»Ich habe gesagt, ich werde dafür sorgen, dass dieser Jonathan beim Tee freundlich behandelt wird, jedenfalls von mir. Aber jemand wie er wird niemals als möglicher Ehemann für dich in Betracht gezogen werden. Sie haben doch längst einen passenden Gatten für dich ausgesucht. Frederik Bradshaw.«

»Aber den werde ich, wenn sie ihn einladen sollten, umgehend vergraulen, worauf du dich verlassen kannst«, erwiderte Vicky und ballte die Fäuste.

»Schade, Frederik ist ein echt netter Kerl«, bemerkte Steven, während er das Glas in einem Zug leerte.

»Du kennst ihn?«, fragte Vicky erstaunt.

»Kennen ist zu viel gesagt. Wir sind uns ein paarmal auf Herrenabenden begegnet. Er sieht sehr gut aus, aber er redet nicht viel. Ihn umflort eine gewisse Melancholie, die, wie ich hörte, bei der Damenwelt sehr gut ankommt. Es gibt diverse Ladys, die die arme Seele retten wollen, zumal der Gute zu den wohlhabendsten Bürgern der Stadt gehört. Mister Bradshaw aber soll gegenüber diesen Avancen relativ immun sein. Der Tod seiner Frau soll ihm sehr nahegegangen sein. Daran könnte der ehrgeizige Plan unserer Eltern scheitern, denn sie stehen nicht allein im Wettkampf um den begehrtesten Junggesellen.«

Vicky machte eine wegwerfende Handbewegung. »Sollen sie doch. Ich werde alles tun, dass er sein Herz bestimmt nicht an mich verliert …«

Mit Missfallen nahm Vicky zur Kenntnis, dass ihr Bruder erneut im Haus verschwand und mit einem dritten Glas in der Hand wiederkehrte.

»Steven, bitte! Nicht, dass dir wieder übel wird!«

Ihr Bruder lächelte wissend, während er das Glas ansetzte. »Keine Sorge, gestern Nacht habe ich übertrieben und heute Morgen, als ihr alle noch schlieft, weitergetrunken. Das war zu viel. Aber von drei Gläsern werde ich ganz sicher nicht betrunken.«

»Versprichst du, dass du jetzt aufhörst?«

»Ja, Kleines, schon in meinem eigenen Interesse. Du hättest Vater vorhin hören sollen. Er hat mir sogar Prügel angedroht, aber das traut er sich nicht. Keine Sorge. Wenn ich erst in Sydney bin und nicht mehr unter diesem Dach leben muss, werde ich damit wieder aufhören. Aber jetzt zu deinem Tee-Besuch. Also, ich werde kurz vor fünf vor die Tür gehen und deinen Verehrer abfangen. Dann bringe ich ihn direkt auf die Terrasse und stelle ihn als meinen Freund vor …«

»Aber Vater weiß doch, wer er ist«, widersprach Vicky hitzig.

»Natürlich weiß er das, aber glaubst du allen Ernstes, er würde vor Mutter zugeben, dass an unserem geheiligten Tisch ein Goldgräber sitzt? Nein, er wird gute Miene zum bösen Spiel machen, und so kann es doch ein lustiges Teetrinken werden, wenn Mutter und Louise nichts ahnen.«

Vicky wusste nicht recht, was sie von diesem Plan ihres Bruders halten sollte. Es war schon etwas dran an der Idee, Jonathan nicht ins offene Messer laufen zu lassen. Doch würde ihre

Mutter nicht argwöhnisch werden, wenn sie Jonathans verschlissene Kleidung bemerkte?

»Man sieht es ihm einfach an, dass er nicht zur feinen Gesellschaft gehört. Seine Hosen sind nicht mehr die neuesten.«

»Na und? Ich werde ihm etwas von mir zum Anziehen geben …« Steven musterte seine Schwester verschmitzt. »Oder ist er ein Zwerg wie Archibald Cumberland?«

Wider Willen musste Vicky lachen. »Nein, er dürfte ziemlich genau deine Figur haben«, erklärte sie. Steven war wie sein Vater von großer, schlanker Gestalt und hatte wie Vicky das weizenblonde Haar Samuels geerbt.

Steven warf einen flüchtigen Blick auf seine Taschenuhr. »Willst du dich nicht umziehen? Du hast noch eine Stunde Zeit bis zu dem Auftritt deines Galans.«

Vicky wurde das Gefühl nicht los, dass Steven das Ganze als Spiel betrachtete, während es für sie so schrecklich ernst war.

»Ich weiß nicht, ob das so eine gute Idee ist«, murmelte Vicky, doch Steven klopfte ihr brüderlich auf die Schulter und versicherte ihr, dass sein Plan der einzig machbare wäre, der es Jonathan ermöglichte, dem sofortigen Rausschmiss aus dem Hause Stewart zu entgehen.

»Ich bin mir nicht sicher, ob er da mitmacht. Jonathan hat seinen Stolz, auch wenn er ›nur‹ ein Glückssucher ist.«

»Lass mich mal machen! Das bringe ich ihm schon bei, dass es die einzige Möglichkeit ist, sich an unseren Tisch zu setzen.«

»Aber er glaubt doch, dass ich ihn in Vaters Auftrag eingeladen habe. Wenn er erfährt, dass ich gelogen habe, lässt er sich womöglich nicht darauf ein und verschwindet auf Nimmerwiedersehen.«

»Schwesterchen, wenn er das tut, dann liegt ihm nichts an dir. Ich kenne die Männer. Wenn wir eine Frau wollen, dann entwickeln wir einen eisernen Willen, um sie auch zu bekommen.«

»Du scheinst dich ja auszukennen. Hat deine Flamme auch einen Namen?«, scherzte Vicky, woraufhin ihr Bruder puterrot anlief.

»Oh, ich wollte dich nicht in Verlegenheit bringen«, fügte sie hastig hinzu.

Steven stieß einen tiefen Seufzer aus. »Ach, Vicky, es ist besser, wenn du nichts davon weißt. Ja, es gibt jemanden, aber sie entspricht Vaters Vorstellungen von meiner zukünftigen Frau mindestens genauso wenig wie dein Jonathan. Deshalb werde ich für dich tun, was ich kann ...« Er erhob sich hastig mit dem Glas in der Hand.

»Halt! Du hast gesagt: Drei Gläser kannst du vertragen, ohne dass Vater es dir anmerkt. Dann belasse es dabei!«

»Du hast ja recht, aber zumindest muss ich dieses Beweisstück schnellstens verschwinden lassen, denn sie werden sich sicher gleich alle auf der Terrasse versammeln. Bist du bereit?«

Vicky nickte und verwarf ihre Restbedenken. Richtig wohl war ihr bei der Vorstellung von dem Teetrinken nämlich immer noch nicht, aber hatte sie eine andere Wahl? Prüfend sah sie an sich hinunter. Sollte sie sich wirklich noch umziehen? Sie trug ein schlichtes, helles Kleid. Nein, sie würde ihn so empfangen, erinnerte sie sich doch gerade an seine Abneigung gegen die steifen Röcke der feinen Ladys. Allerdings würde sie ihr Haar noch einmal bürsten und hochstecken.

Als sie vor dem Spiegel in ihrem Zimmer stand, sah sie es: das verräterische Strahlen in ihren Augen. So wie sie ihre Mutter kannte, würde sie sofort Verdacht schöpfen.

Um kurz vor fünf saßen die anderen bereits um den Verandatisch. Vickys Herz klopfte ihr bis zum Hals, während sie ihren Platz einnahm.

»Wo ist denn Steven schon wieder?«, fragte ihr Vater ungehalten. »Schläft er etwa immer noch?«

»Nein, er macht einen kleinen Spaziergang. Ihm geht es gut«, entgegnete Vicky rasch und versuchte, das Zittern in ihrer Stimme zu verbergen. Sie war dermaßen aufgeregt, dass sie befürchtete, gleich, wenn Jonathan auf der Veranda erschien, kein einziges Wort mehr herauszubringen. Alles in ihrem Körper war in Aufruhr: der Magen, das Herz, der Kopf. Ihre Hände zitterten leicht. Wie soll ich das bloß überstehen, fragte sie sich und spielte mit dem Gedanken, Jonathan vor dem Eingang abzufangen und das ganze Unternehmen abzublasen. Doch in dem Augenblick erschien Steven im Türrahmen, schüchtern gefolgt von Jonathan in einem Anzug ihres Bruders. Er sieht blendend aus, keine Frage, wie ein Herr der feinen Gesellschaft, durchfuhr es Vicky, nur werde ich das nicht mehr miterleben, weil ich gleich in Ohnmacht falle. Sämtliches Blut war aus ihrem Kopf gewichen, in ihren Adern kribbelte es, als würden Ameisenstraßen hindurchlaufen, ihr Mund war so trocken, dass ihre Zunge am Gaumen klebte.

»Darf ich euch meinen Freund Jonathan Bowl vorstellen. Ich habe ihn gerade beim Spaziergang getroffen und zum Tee eingeladen«, sagte Steven mit einem Lächeln auf den Lippen.

Vicky wagte nicht einmal, einen Blick in Jonathans Richtung zu riskieren. Stattdessen sah sie ihren Vater an, der beim Anblick des Goldgräbers bleich geworden war.

»Habt ihr etwas dagegen, wenn er den Tee mit uns einnimmt?«, fragte ihr Bruder und zog Jonathan näher heran.

»Aber nein, dein Freund ist uns willkommen«, flötete Anne und bot Jonathan einen Platz an. Sie wandte sich an ihren Gast. »Woher kennen Sie meinen Sohn? Er hat noch nie von Ihnen erzählt«, erkundigte sie sich interessiert.

»Er kommt aus Sydney und wird mit mir zusammen studieren«, antwortete Steven für ihn.

»Hörst du, Samuel, noch ein angehender Jurist. Davon können wir in diesen Zeiten gar nicht genug haben. Ist das nicht ein Irrsinn, was sich alles an Gesindel in der Stadt herumtreibt, seit man das Gold gefunden hat?«

Jonathan nickte artig.

»Dann greifen Sie nur zu«, ermutigte Anne Jonathan, Marys köstliche Ingwerkekse zu probieren.

Vicky atmete tief durch, während sie aus den Augenwinkeln die Reaktionen ihres Vaters verfolgte. Er schien noch mit sich zu kämpfen, ob er der Farce ein Ende bereiten oder mitspielen sollte. Nun galt es abzuwarten, wie er sich entscheiden würde. Erst, wenn er mitmachte, würde sie es wagen, Jonathan anzusehen.

»Kennen Sie vielleicht Archibald Cumberland, den Gefängnisdirektor?«, fragte Louise den Gast neugierig.

»Nicht persönlich, dem Namen nach«, gab Jonathan mit gepresster Stimme zurück.

Damit kehrte Leben in Vicky zurück. Sie musste diesem Schauspiel ein Ende bereiten und ihrem Freund erklären, dass sie mit dieser Einladung im Namen ihres Vaters einen Riesenfehler gemacht hatte. Vicky straffte die Schultern und suchte Jonathans Blick. Sie erschrak, als sie seinen gequälten Gesichtsausdruck wahrnahm, und erhob sich von ihrem Platz.

»Mister Bowl, darf ich Ihnen einmal unseren wunderschönen Garten zeigen?«

»Sophie Victoria!«, mahnte ihre Mutter, aber Vicky kümmerte sich nicht darum, sondern blickte Jonathan flehend an. Sie atmete auf, als er aufstand. »Aber sehr gern doch, Miss Stewart«, sagte er mit leicht belegter Stimme und folgte Vicky in den Garten.

Als sie außer Sicht der Familie waren, blieb sie abrupt stehen und sah ihn schuldbewusst an. »Es tut mir so entsetzlich leid, dass ich dich unter falschen Voraussetzungen hergelockt habe. Ich hatte doch solche Angst, dass ich dich sonst niemals wiedersehen würde.« Ihr traten Tränen in die Augen vor lauter Sorge, Jonathan würde ihr diesen kleinen Trick nie verzeihen.

Er aber nahm sie sanft in den Arm und drückte sie fest an sich. »Ich habe dir doch gleich gesagt, dass unsere Welten nicht zusammenpassen«, raunte er.

Vicky sah ihn tränenblind an. »Aber was kann ich denn dafür, dass ich die Tochter des Richters bin? Das ist doch kein Grund, dass wir beide uns nicht wiedersehen dürfen, oder? Und lieb haben …«

»Wer sagt denn, dass ich so einfach aufgebe?«, fragte er zärtlich.

»Na, du. Du hast von nichts anderem geredet als davon, dass es nicht geht mit uns beiden und …«

Jonathan zog sie in den Schatten einer Palme und verschloss ihren Mund mit einem Kuss.

Als sich ihre Lippen nach einer halben Ewigkeit voneinander gelöst hatten, räusperte er sich. »Ich nehme es dir nicht übel, nur möchte ich nie wieder in eine so unwürdige Lage geraten. Wobei ich zugeben muss, dass du einen sehr netten Bruder hast. Aber ich gehe auf keinen Fall zurück. Mir ist nicht entgangen, dass dein Vater mich mit seinen Blicken förmlich aufgespießt hat.«

»Dann gehe ich mit dir. Jetzt sofort!«, stieß Vicky verzweifelt hervor.

»Nein, das wirst du nicht tun. Ich werde dir nicht zumuten, mich in den Höllenpfuhl Ballarat zu begleiten. Das ist kein Leben für ein Mädchen wie dich. Das ist eine raue Männerwelt. Es gibt keine Häuser, sondern Zelte, die Bedingungen sind in jeder Hinsicht unzumutbar für eine Lady. Nein, ich werde allein gehen, aber ich werde wiederkommen. Und zwar als reicher Mann, und dann werde ich mich nicht scheuen, ganz offiziell bei deinem Vater um deine Hand anzuhalten, wenn du das dann möchtest.«

Vicky wurde innerlich ganz ruhig. Natürlich wollte es ihr schier das Herz brechen, ihren Liebsten jetzt ziehen zu lassen, aber sie wusste, dass es eine vernünftige Entscheidung war. Es half nichts, wenn sie zeterte und sich jammernd an ihn klammerte. Nein, sie setzte nahezu unerschütterliches Vertrauen in Jonathan. Etwas an ihm, seine einzigartige Persönlichkeit, sein Stolz, seine Souveränität hatten sie wie verzaubert, sie in einen Bann geschlagen, dem sie nie wieder zu entkommen hoffte. Etwas war mit ihr geschehen, etwas Wunderbares, etwas Verheißungsvolles, wenn auch so vieles gegen sie und ihr gemeinsames Glück stand …

»Gut, mein Liebster, ich werde auf dich warten«, erklärte sie tapfer und wischte sich zur Bekräftigung, dass sie keine Heulsuse war, entschieden eine Träne aus dem Gesicht.

»Aber es kann dauern. Willst du das wirklich auf dich nehmen?«

»Wo denkst du hin? Glaubst du, das bisschen Zeit könnte mich davon abhalten, auf dich zu warten? Wir haben jetzt Februar, und im Dezember werde ich achtzehn. Vielleicht kannst du es sogar bis dahin schaffen. Das wäre das schönste Geschenk. Ich glaube an dich, und ich weiß, dass du es schaffen wirst. Aber wir müssen uns wenigstens schreiben …«

Vicky stockte. Doch wie sollte das gehen? Wie sie ihre Eltern kannte, würden sie die Briefe von Jonathan mit Sicherheit unterschlagen. Doch dann erhellte sich ihre Miene. Ihr fiel Martha Cunningham ein, die sie auf dem Schiff nach Sydney kennengelernt hatte. Sie war ebenfalls mit ihrer Familie nach

Australien ausgewandert, weil ihr Vater einen Posten bei der Regierung von New South Wales bekommen hatte. Martha war auf der langen Überfahrt ihr einziger Trost gewesen, denn sie war ebenfalls sehr traurig gewesen, dass sie London verlassen musste, zumal sie sich dort gerade verliebt hatte. Doch dann hatte sie sich auf dem Schiff gleich mit mehreren neuen Verehrern getröstet, die sich um ihre Gesellschaft rissen. Wenngleich Martha das alles nicht sonderlich ernst genommen hatte. Vicky, der es im Traum nicht eingefallen wäre, auch nur einem der Kerle ein Lächeln zu schenken, bewunderte insgeheim die unbeschwerte Art ihrer neuen Freundin, die, kaum, dass sie sich an Deck oder im Speisesaal zeigte, die Augen sämtlicher Männer auf sich zog. Natürlich rümpfte Vicky die Nase, wenn sich die Burschen gegenseitig zu übertrumpfen versuchten, um Marthas Gunst zu gewinnen. Dabei war sie nicht einmal eine klassische Schönheit, sondern eine quirlige kleine Person mit einem roten Lockenkopf, einem Gesicht voller Sommersprossen und grünen Katzenaugen. Aber mit ihrem ansteckenden Lachen bezauberte sie jeden.

Vicky und sie hatten sich so gut verstanden, dass reichlich Tränen geflossen waren, als sie sich in Sydney hatten trennen müssen, weil die Stewarts dort auf das Schiff nach Melbourne umgestiegen waren. Seitdem schrieben sich die beiden Mädchen regelmäßig, doch im Gegensatz zu Vicky hatte Martha sich ziemlich schnell in ihre neue Heimat verliebt und dachte nicht mehr daran, nach London zurückzukehren. Der Grund war offenbar ein junger Arzt, in dem sie mehr sah als einen ihrer zahlreichen Verehrer, die sie lediglich mit einem Lächeln abspeiste. Martha hatte Vicky in einem ihrer Briefe verraten, dass sie sich bereits geküsst hatten. *Diesen Mann würde ich auf der Stelle heiraten*, hatte sie ihrer Freundin euphorisch geschrieben. Vicky hatte ihr geantwortet, dass sie sich das lieber nicht vorstellen wollte … Weder das Küssen noch die Hochzeit. Doch nun würde sie ihre Freundin so schnell wie möglich in die Neuigkeit einweihen, dass es seit Kurzem auch in ihrem Leben einen jungen Mann gab. Martha würde mit Sicherheit nichts dagegen haben, wenn er ihr seine Briefe mit dem Absender »Martha Cunningham« sandte. Und ihre Eltern würden keinerlei Argwohn hegen, wenn Vicky in Zukunft noch mehr Post aus Sydney bekam.

»Was brütest du in deinem hübschen Köpfchen nun wieder für Dinge aus? Ich nehme an, du überlegst, wie ich dir schreiben kann, weil die Post von Jonathan Bowl mit Sicherheit von deinen Eltern zensiert und einbehalten wird«, lachte er.

»Genau darüber habe nachgegrübelt und eine Lösung gefunden.« Sie nannte ihm den Namen ihrer Freundin und schärfte ihm ein, ihn als Absender für seine Post aus Ballarat zu verwenden.

»Du bist nicht nur hübsch, sondern auch äußerst klug«, seufzte Jonathan und strich ihr liebevoll über die Wangen, die vor Aufregung ganz gerötet waren. »Aber nun wird es Zeit für mich zu gehen, bevor deine Familie dich sucht aus lauter Sorge, ich könnte dich entführt haben, denn ich bin mir sicher, dein Vater wird ihnen inzwischen die Wahrheit über den angeblichen Freund deines Bruders offenbart haben. Grüß deinen Bruder schön von mir. Er ist ein feiner Kerl, und sage ihm, dass ich ihm bei meiner Rückkehr seinen Anzug mitbringe. Vielleicht ist es gar nicht so verkehrt, in der Kleidung eines feinen Herren zu reisen.«

Sie küssten sich zum Abschied noch einmal inniglich, bevor Jonathan im Dickicht des Gartens verschwunden war. Vicky blieb eine ganze Zeit regungslos stehen. Nun gab es keinen Grund mehr, ihre Tränen zurückzuhalten. Dann aber wischte sie die Spuren ihrer Trauer entschlossen fort und kehrte auf die Terrasse zurück. Sie war auf alles gefasst, auch darauf, dass man sie mit einem Donnerwetter empfangen würde, aber damit, dass ihr Vater, der soeben von seinem Stuhl aufgesprungen war, um sie zu holen, ihr eine Ohrfeige versetzen würde, hatte sie nicht gerechnet. Sie jedoch verzog keine Miene und ließ das, was nun auf sie niederprasselte, stoisch über sich ergehen. Der Gedanke daran, dass Jonathan eines Tages zurückkehren und hocherhobenen Hauptes um ihre Hand anhalten würde, verlieh ihr geradezu übermenschliche Kräfte.

»Wie konntest du uns so etwas nur antun?«, schrie Anne. »Einen Goldgräber an unserem Tisch! Impertinent!«

»Natürlich kennt er Archibald. Wahrscheinlich hat er schon einmal bei ihm eingesessen«, giftete Louise.

»Sophie Victoria, du gehst sofort auf dein Zimmer und kommst erst wieder, wenn du dich für dein unsägliches Verhalten in aller Form entschuldigst«, schimpfte ihr Vater. »Und dann schwörst du uns, dass du diesen Kerl nie wiedersehen wirst!«

Vicky erhob sich von ihrem Stuhl und zog sich ohne ein weiteres Wort ins Haus zurück. Im Esszimmer begegnete sie ihrem Bruder, der sich gerade an der Whiskyflasche des Vaters zu schaffen machte. Sie kommentierte sein Verhalten mit keinem einzigen Wort.

»Danke, dass du uns geholfen hast. Es hat zwar nicht viel genützt, aber es ist tröstlich, dass zumindest einer in dieser Familie auf meiner Seite steht.«

Steven rollte mit den Augen. Sie waren schon leicht gerötet, wie Vicky teilnahmslos feststellen musste. »Du kannst dir sicherlich vorstellen, Schwesterchen, was mir das für eine gepfefferte Strafpredigt seitens unseres Herrn Vaters eingebracht hat!«

»Oh ja, das kann ich mir in der Tat denken«, entgegnete Vicky schwach. »Jonathan lässt dich grüßen. Er wird dir deinen schönen Anzug eines Tages ersetzen, wenn er wiederkommt und um meine Hand anhält.«

»Träum schön weiter, Kleines! Vater wird ihn mit Schimpf und Schande aus dem Haus jagen, selbst wenn er dann der reichste Mann Australiens wäre!« Vicky hörte jetzt, dass ihr Bruder schon leicht lallte. Nun fühlte sie sich doch bemüßigt, ihn zu ermahnen, seinen Kummer nicht im Whisky zu ertränken. »Steven, bitte!« Vicky deutete auf das volle Glas in seiner Hand. »Du machst doch alles noch viel schlimmer. Was meinst du, was dir blüht, wenn Vater das hier sieht?«

Er musterte seine Schwester aus glasigen Augen. »Diese Gelegenheit werde ich ihm gar nicht geben, denn ich verschwinde jetzt.«

»Wie meinst du das?«, fragte Vicky erschrocken.

»Keine Sorge, ich werde bei jemandem Zuflucht finden, der mich versteht. Morgen früh bin ich wieder da.«

Vicky unterdrückte ihre neugierige Frage, wer dieser jemand war, aber sie hatte da schon eine Ahnung. Wahrscheinlich war es diese Frau, die er vorhin flüchtig erwähnt hatte.

In diesem Augenblick beneidete sie ihren Bruder ein wenig. Ihn würde der Vater mit Sicherheit nicht dafür maßregeln, wenn er das Haus verließ und irgendwo in der Stadt übernachtete. Und Steven würde er auch nicht mit einer Ohrfeige strafen.

Mit gesenktem Kopf machte sich Vicky auf den Weg zu ihrem Zimmer. Unterwegs begegnete ihr die schluchzende Mary. Einen Augenblick war ihr eigener Kummer vergessen. »Mary, was ist mit dir?«

Die Köchin brachte vor lauter Weinen kein verständliches Wort heraus. Vicky verstand nur Bruchteile wie »Richard« und »Mörder«. Vicky packte Mary kräftig bei den Schultern. »Mary, sag doch endlich, was geschehen ist!«

Die Köchin schluchzte noch einmal laut auf und holte tief Luft. »Eben war der Kollege von Richard hier, der mit ihm Streife geht. Sie haben heute Nacht im Hafenviertel versucht, ein paar betrunkene randalierende Goldgräber festzunehmen. Einer von ihnen hat …« Erneut schluchzte sie laut auf.

Vicky trat nervös von einem Fuß auf den anderen. Was war Schreckliches geschehen, dass Mary so außer sich war? Statt sie weiterhin mit neugierigen Fragen zu löchern, nahm sie die Köchin in den Arm und strich ihr tröstend über das Haar.

Es dauerte eine halbe Ewigkeit, bis Mary zu weinen aufhörte. »Einer von ihnen hatte ein Messer dabei und hat es Richard mitten ins Herz gerammt. Er war sofort tot!«

Mary ließ sich an der Wand entlanggleiten und rutschte zu Boden. Sie sah schrecklich aus. Ihre Augen waren verquollen und ihr Gesicht leichenblass.

»Warte, ich hole Hilfe.« In diesem Augenblick vergaß Vicky, was ihr gerade auf der Veranda widerfahren war. Sie rannte los und stürzte nach draußen.

»Komm schnell, Vater, Richard ist etwas zugestoßen. Man hat ihn umgebracht. Und ich glaube, Mary braucht Hilfe!«

Sofort sprangen ihre Eltern und ihre Schwester von ihren Stühlen auf und liefen ins Haus. Vicky folgte ihnen. Ihre Mutter bot Mary ihre Hand an, um ihr vom Boden aufzuhelfen, doch die Köchin rührte sich nicht. Sie schien unter Schock zu stehen.

Vickys Vater, ihre Mutter und ihre Schwester redeten gleichzeitig auf Mary ein, um zu erfahren, was geschehen war, doch sie antwortete nicht, sondern starrte mit dumpfem Blick die gegenüberliegende Wand an. Es sollte Wochen dauern, bis Mary überhaupt wieder ein Wort von sich gab. Sie blieb vorerst stumm und kleidete sich ganz in Schwarz, die Farbe der trauernden Witwen. Eine Farbe, die sie bis zu ihrem Ende nie mehr ablegen würde. Und den Namen ihres Verlobten erwähnte sie kein einziges Mal mehr. Aber das ahnte in diesem Augenblick noch niemand. Am allerwenigsten Vicky, deren Gedanken in dieser Situation ausschließlich um die arme Mary kreisten und die in ihrer Sorge um die Köchin gar nicht mehr an den Kaffeebesuch dachte.

»Richard ist heute Nacht von ein paar Goldgräbern am Hafen erstochen worden«, erklärte Vicky ihrer Familie mit bebender Stimme. »Ich denke, ich sollte schnell loslaufen, um einen Arzt zu holen.«

Vicky hatte sich bereits auf dem Absatz umgedreht, als eine schwere Hand in ihrem Nacken sie daran hinderte.

Verstört drehte sie sich um. Sie blickte in die vor Zorn funkelnden Augen ihres Vaters. »Du verlässt das Haus nicht! Wer weiß, ob dieser hergelaufene Bursche nicht noch irgendwo auf dich lauert.«

»Hast du nicht gehört? Du sollst auf dein Zimmer gehen. Du stehst unter Hausarrest«, schrie ihre Mutter sie an.

»Da siehst du, zu was dieses Gesindel fähig ist! Das sind doch alles Kriminelle und Mörder!«, fügte Louise abschätzig hinzu.

Vicky wollte nicht glauben, dass ihre Familie in dieser Notsituation überhaupt noch einen Gedanken an Jonathans Besuch verschwendete und sie sogar daran hinderte, Hilfe zu holen.

»Aber seht ihr denn nicht, dass Mary dringend einen Arzt benötigt?«

Ehe sie sich versah, spürte sie die fünf Finger ihres Vaters auf der anderen Wange. »Ab in dein Zimmer! Und du, Louise, schick jemanden nach einem Arzt!«

Vicky setzte wie betäubt einen Fuß vor den anderen. Während sie in ihr Zimmer ging, fasste sie einen Entschluss. Sie würde weder ihrem Vater noch ihrer Mutter und auch nicht ihrer Schwester gegenüber jemals wieder ehrlich sein. Im Gegenteil, sie würde sich in der kommenden Zeit äußerlich dem Stil des Hauses anpassen, aber nur, weil sie wusste, dass sie eines nicht allzu fernen Tages mit Jonathan Bowl fortgehen und niemals wiederkehren würde. Nein, sie hatte keine Familie mehr, auf die sie Rücksicht nehmen musste! Auch keinen Vater! Die beiden Ohrfeigen werde ich ihm nicht verzeihen, so lange ich lebe, ging es ihr bekümmert durch den Kopf.

5

Seit Jonathans missglücktem Besuch im Hause Stewart waren drei Monate vergangen. Vicky hatte konsequent nach ihrem Vorsatz gehandelt. Nach außen war sie höflich und tat alles, was ihre Eltern von ihr verlangten. Selbst als ihre Mutter an diesem Morgen mit einem triumphierenden Lächeln auf den Lippen ankündigte, dass heute Abend auch Frederik Bradshaw zum Dinner kommen würde, hatte sie keine Miene verzogen. Wenn meine Eltern doch nur wüssten, wie gleichgültig mir das alles ist, dachte sie, während sie sich vor dem Trubel, den ihre Mutter für dieses Essen veranstaltete, zu Mary in die Küche flüchten wollte. Ob der begehrte Junggeselle am Tisch saß oder nicht, war ihr herzlich egal. Sie würde ihn einfach nicht beachten! Natürlich ahnte Vicky, was der Anlass für dieses besondere Dinner war. Offenbar hatte Archibald Cumberland ihrer Schwester endlich einen Antrag gemacht, denn sowohl Louise also auch ihrer Mutter stand seit einigen Tagen so ein verräterisches Dauerlächeln ins Gesicht geschrieben.

Auf dem Weg zur Küche warf sie einen sehnsüchtigen Blick auf den Garderobentisch. Dort legte das Dienstmädchen Jane die eingehende Post ab, damit sich jeder seine Briefe nehmen konnte. Vicky stockte der Atem, als sie nicht nur einen Brief von ihrer Freundin Martha vorfand, sondern einen zweiten. Sie nahm ihn wie eine Kostbarkeit zur Hand und drückte ihn an ihre Brust. Erleichterung machte sich in ihr breit, dass sie diese Post gefunden hatte. Nicht auszudenken, wenn die beiden Briefe in die Hände ihres Vaters gefallen wären. Zwei Briefe aus Sydney an einem Tag? Darüber hätte sich ihr Vater sicherlich gewundert. Daran hatte sie nicht gedacht, dass die Briefe ihrer Freundin Martha, die ihr fleißig schrieb, und Jonathans sie an ein und demselben Tag erreichen würden. Ihr Herzschlag beschleunigte sich. Mit den beiden Briefen begab sie sich nach draußen unter ihre Lieblingspalme. Ende Mai war es zwar immer noch angenehm warm draußen, aber nicht so heiß, dass sich die Giftschlangen in die Gärten der Stadt flüchteten.

Aufgeregt ließ sie sich am Stamm der Palme ins Gras hinuntergleiten. In der linken Hand hielt sie nun Martha Cunninghams Brief, in der rechten den von Jonathan unter dem Absender ihrer Freundin. Es war seine zweite Nachricht, seit er an jenem Februartag fortgegangen war. Im ersten Brief hatte er ihr versichert, dass er sein Versprechen wahrmachen würde und dass er sie von Herzen liebte. Natürlich hatte sie ihm sofort geantwortet und sich alles von der Seele geschrieben. Von ihrem Vorsatz und der Familie, die glaubte, sie wäre geläutert … Voller Sehnsucht hatte sie auf seine Antwort gewartet, und eben deshalb würde sie sich nun noch ein wenig länger gedulden können … Zielstrebig öffnete sie den Brief ihrer Freundin. Zu ihrer großen Enttäuschung war es dieses Mal keine persönliche Nachricht, sondern eine mit sorgfältiger Handschrift verfasste Einladung zu Marthas achtzehntem Geburtstag nach Sydney Ende November. Martha hatte genau fünf Tage vor ihr Geburtstag. Obwohl sie sich über die Einladung freute, fragte sie sich bang, ob Jonathan dann schon zurückgekommen und um ihre Hand angehalten hatte … In diesem Zusammenhang stellte sie sich zunehmend die Frage, was wohl wäre, wenn ihr Vater Jonathans Antrag ablehnte. Für sie gab es keinen Zweifel. Sie würde auch ohne die Erlaubnis ihrer Eltern mit ihm gehen, aber wie würde Jonathan reagieren? Wie wichtig war es ihm, Vicky zu einer ehrbaren Ehefrau zu machen?

Hastig legte sie die Einladung beiseite, doch dann sah sie, dass Martha auf die Rückseite noch einige persönliche Worte gekritzelt hatte.

Natürlich kannst du deinen Jonathan mitbringen, wenn sich bis dahin die Wolken verzogen und die Verhältnisse geklärt haben … In Liebe, deine Martha

Martha Cunningham war Vickys einzige Vertraute in dieser vertrackten Angelegenheit. Sie war in die ganze Geschichte mit Jonathan involviert. Sosehr sie ihrer Freundin das Glück gönnte, verlieh sie immer wieder ihrer Hoffnung Ausdruck, dass Vickys Vater dem Antrag zustimmen würde, wenn Jonathan erst als wohlhabender Mann von den Goldfeldern zurückgekehrt war. Diffuse Fluchtpläne hielt sie hingegen für unvernünftig. Das war natürlich leicht gesagt, war doch der Mann, der sich für sie interessierte, ein angesehener Arzt, also durchaus eine gute Partie, der Marthas Eltern ihre Tochter anvertrauen würden.

Anfangs hatte Vicky auch noch mit ihrem Bruder über diese Angelegenheit gesprochen, aber Steven war zunehmend desinteressierter an ihrem Leben geworden. Im Nachhinein wusste Vicky, wo ihr Bruder mit seinen Gedanken gewesen war. Einerseits beim Alkohol, andererseits bei diesem Mädchen vom Hafen. Als ihr Vater rausbekommen hatte, dass sein Sohn ein Verhältnis zu einem käuflichen Mädchen hatte, war im Hause Stewart die Hölle los gewesen. Samuel hatte seinen Sprössling, ohne lange zu fackeln, ein paar Monate vor Studienbeginn nach Sydney geschickt und ihn bei einem befreundeten Richter einquartiert, der selbst zwei Söhne um die zwanzig hatte und über Stevens Doppelleben Bescheid wusste. Offenbar hielt er ihn auf Geheiß seines Freundes Samuel in Sydney unter scharfer Beobachtung. Das wusste Vicky aus dem einzigen Brief, den ihr Bruder ihr geschrieben hatte. Er hatte keinen Hehl daraus gemacht, dass es ihm in Sydney dreckig ging. Vicky sah die Angelegenheit mit gemischten Gefühlen. Einerseits war sie sehr traurig, dass Steven fort war, andererseits hegte sie die Hoffnung, dass ihm der gestrenge Richter in Sydney den Alkohol austreiben würde.

Nun aber hielt Vicky nichts mehr zurück, und sie öffnete Jonathans Brief mit klopfendem Herzen.

Mein Engel,
hier tobt die Hölle. Du kannst dir gar nicht vorstellen, was hier los ist. Wir leben Zelt an Zelt am Flussufer, lauter ungepflegte, bärtige und rohe Kerle, denen die Gier in den Augen flackert. Selbstverständlich werde ich mich niemals dem Vorurteil deines Vaters über Goldgräber anschließen, denn schließlich bin ich selbst einer, aber ich kann es schon verstehen, dass wir diesen Ruf genießen. Gewalt ist hier an der Tagesordnung. Jeden Tag gibt es irgendwelche Schlägereien. Meist geht es um die Goldfunde. Was meinst du, wie viele Freundschaften hier in Ballarat schon zerbrochen sind, weil sich die Freunde gegenseitig beschuldigen, den anderen übervorteilt zu haben?

Wir sind jeden Tag bis spät in die Nacht am Fluss, stehen knietief im Wasser und versuchen, Gold zu finden. Noch war mir das Glück leider nicht hold, aber, Liebling, mach dir keine Sorgen, ich weiß, dass ich ein großes Nugget finden werde, das mir eine Zukunft als ehrenwerter Geschäftsmann erlaubt.

Der Ort Ballarat auf dem Hügel wächst täglich. In der Hauptstraße entstehen immer neue Häuser. Es gibt schon zwei Hotels und diverse Geschäfte. Im Pub kommt es allerdings fast täglich zu schlimmen Auseinandersetzungen. Oft auch mit den umliegenden Farmern, die sich durch unsere Existenz auf ihrem Land bedroht fühlen. Außerdem werden die Gesetze immer strenger. Fast täglich finden hier Razzien statt, um zu über-

prüfen, ob wir Lizenzen besitzen. Und täglich kommen neue Glückssuchende hinzu, die sich, wie ich, das große Wunder versprechen. Kein Mensch kann sich vorstellen, was das für harte Arbeit ist. Es ist ja nicht so, dass du nur ins Wasser greifen musst, und schon hast du einen Goldklumpen in der Hand. Wir stehen beinahe Mann an Mann im eiskalten Wasser und müssen hart arbeiten, um den Flussboden umzupflügen, Steine aus dem Weg zu räumen, und trotzdem haben wir an manchem Abend nicht mehr als ein wenig Goldstaub, den wir zwischen unseren schwieligen Händen zerbröseln. Natürlich hofft jeder andere der Männer genau wie ich, eines Tages das Nugget zu finden, das sein Leben verändert.

Ich habe dir versprochen, dass ich zu deinem achtzehnten Geburtstag zurückkehre. Davon träume ich jede einzelne Nacht. Aber nicht nur davon, sondern auch von deinen weichen Lippen, deinem süßen Lächeln und deiner herzerfrischenden Art. Was kann es für mich Schöneres geben, als ein Leben mit dir zusammen. Dieser Gedanke beflügelt mich, wenn ich nachts todmüde auf mein Lager falle.

Du bist ein vernünftiges Mädchen, dass du deiner Familie keinen Anlass zur Kritik gibst. Es wird ohnehin schwer genug sein, deinen Vater davon zu überzeugen, dass er meinem Antrag zustimmt. Ach, mein Herz, wie sehne ich den Tag herbei, an dem du womöglich meine Frau wirst. Es gibt ein paar Männer, mit denen ich sehr gut auskomme. Allerdings hänseln sie mich, weil ich sie niemals nach Ballarat in den Saloon begleite, wo halb nackte Frauen auf den Tischen tanzen und gegen das entsprechende Geld bereit sind, ihnen zu Diensten zu sein. Du siehst also, dass sich nicht allein dein Bruder zu diesen Damen hingezogen fühlt. Es tut mir übrigens sehr leid, dass dein Vater ihn nach Sydney abgeschoben hat. Aber vielleicht hilft es ihm, vom Alkohol, diesem Teufelszeug, wegzukommen. Auch der, wie du dir wahrscheinlich vorstellen kannst, rinnt hier durch einige Kehlen wie Wasser.

Verzeih mir, wenn ich dir wie Kraut und Rüben schreibe, aber ich bin abends so unendlich erschöpft und müde. Bald auf immer dein Jonathan.

Nachdem Vicky den Brief ein paarmal laut gelesen hatte, drückte sie ihn fest an ihr Herz und stieß einen tiefen Seufzer aus. »Ach, mein Lieb, du musst Glück haben, du musst, musst!«, murmelte sie. Manchmal, wenn sie nachts aufwachte und eine düstere Stimmung sich über sie legte wie ein dunkles Tuch, ließ sie die Frage zu, was geschehen würde, wenn er sein Glück nicht machte. Würde er dann auch um ihre Hand anhalten? Vicky befürchtete, dass er dazu zu stolz sein würde.

»Vicky! Wo bist du?« Die Stimme ihrer Mutter riss sie aus ihren Gedanken. Vicky sprang hoch und nahm die beiden Briefe in eine Hand. Sie besaß leider keine Taschen im Kleid, um die verdächtigen Schriftstücke verschwinden zu lassen. Jetzt konnte sie nur hoffen, dass ihre Mutter nicht entdeckte, dass sie zwei Briefe bekommen hatte.

Anne stand bereits auf der Terrasse und hatte ihr feinstes Kleid angezogen. Sie sieht umwerfend aus, dachte Vicky, so jugendlich, als wäre sie wirklich Louises Schwester. Die Mutter strahlte über das ganze Gesicht, und ihre Wangen glühten rosig. Nun hatte Vicky wirklich keinerlei Zweifel mehr daran, dass heute Verlobung im Hause Stewart gefeiert würde. Wann man wohl gedachte, ihr das mitzuteilen? Dass Louise sie nicht in diese Angelegenheit einweihte, war kein Wunder, denn die Schwestern gingen sich aus dem Weg. Louise zu meiden war eine reine Vorsichtsmaßnahme Vickys, denn wenn sie sich auch ihren Eltern gegenüber einigermaßen zu beherrschen verstand, das überhebliche Benehmen ihrer Schwester würde sie wahrscheinlich vergessen lassen, sich nach außen hin in Gehorsam und Demut zu üben. Und es war noch aus einem anderen Grund sehr gut, dass Louise ihr die freudige Nachricht noch nicht offiziell überbracht hatte, konnte sie doch nicht dafür garantieren, dass sie ihre Meinung über Archibald Cumberland für sich behalten hätte.

Als ihre Mutter mit ausgebreiteten Armen auf sie zukam und sie fest an sich drückte, ahnte Vicky, dass der große Augenblick der Offenbarung gekommen war. »Mein Kind, zieh dir dein schönstes Kleid an. Heute gibt es etwas Großes zu feiern.« Anne senkte verschwörerisch ihre Stimme. »Stell dir vor, der gute Archibald hat unserer Louise bei ihrem letzten Spaziergang einen Antrag gemacht. Sie werden sich heute verloben.«

Vicky schenkte ihrer Mutter ein falsches Lächeln. »Ach so, deshalb gibt es heute dieses festliche Dinner, zu dem du auch Mister Bradshaw eingeladen hast«, säuselte sie.

Ihre Mutter kicherte. »Na ja, wer weiß, vielleicht gibt es in unserem Haus bald eine zweite Braut. Zeig dich nur von deiner besten Seite, mein Kind. Die Damenwelt Melbournes liegt unserem begehrten Junggesellen zu Füßen. Aber bislang hat es noch keine der Ladys geschafft, sein Herz zu erobern. Also streng dich an. Es wäre doch zu schön, wenn meine beiden Töchter eine gleichermaßen gute Partie machen würden«, seufzte sie schwärmerisch, bevor sie ihre Tochter kritisch von unten bis oben musterte. »Was hältst du davon, wenn du zur Feier des Tages dein schönes rosafarbenes Rüschenkleid anziehst?«

Vicky wollte gerade heftig protestieren, als ihr der Vorsatz einfiel, die brave Tochter zu spielen. Sie nickte eifrig und wollte sich gerade auf dem Absatz umdrehen, als ihre Mutter auf die Briefe in ihrer Hand deutete.

»Oh, so viel Post? Wer hat dir denn alles geschrieben? Martha, Tante Charlotte?« Und schon hatte ihre Mutter nach einem der Briefe gegriffen und ihn Vicky aus der Hand genommen. Vickys Puls beschleunigte sich merklich, und sie betete, dass ihre Mutter den echten Brief von Martha erwischt hatte. Sie beobachtete gebannt, wie sie reagierte, als sie auf den Absender blickte.

»Oh, Post von deiner treuen Freundin.« Ohne zu fragen, nahm Anne den Brief aus dem Umschlag und sah sich die Einladung zu Marthas achtzehntem Geburtstag an. Vicky atmete auf. Sie hielt den echten Brief von Martha in der Hand. Ihre Mutter aber schien ganz begeistert zu sein. »Das ist doch eine wunderbare Gelegenheit, nach Sydney zu reisen. Ich werde dich natürlich begleiten.«

»Ich weiß doch noch nicht einmal, ob ich überhaupt hinfahren werde«, brummte Vicky unwirsch. Sie konnte ihrer Mutter schlecht sagen, dass sie ja gar nicht wusste, ob im Dezember nicht schon Jonathan um ihre Hand angehalten hatte und sie keine Aufpasserin wie ihre Mutter mehr benötigte.

»Aber du wirst dir doch nicht so ein schönes Fest entgehen lassen!«, stieß Anne empört hervor.

»Aber das ist noch so lange hin, und ich habe doch kurz darauf selbst Geburtstag. Vielleicht möchte ich ja auch ein Fest feiern«, säuselte sie.

Das schien ihrer Mutter einzuleuchten. »Natürlich, mein Kind, wir sollten vielleicht selbst ein Fest geben.« Ihr Blick wanderte jetzt zu Jonathans Brief, den Vicky eisern umklammert hielt. »Und von wem ist der? Von Tante Charlotte?«

Vicky nickte eifrig und hielt ihn so fest, dass ihre Mutter, sollte sie sich auch den Brief ungefragt greifen wollen, es nicht schaffen würde, ihn ihr zu entreißen. Glücklicherweise machte sie aber keinerlei Anstalten, auch noch den zweiten Brief ihrer Tochter zu lesen.

Vicky nahm ihrer Mutter rasch Marthas Brief aus der Hand.
»Ich muss mich jetzt umziehen«, sagte sie und wandte sich zum Gehen. Unabhängig von der Tatsache, dass es ein Donnerwetter gegeben hätte, wenn Anne Jonathans Brief erwischt hätte, fand Vicky es auch sonst sehr befremdlich, dass ihre Mutter so distanzlos ihre Post las. Das nahm sie als Hinweis, in Zukunft noch vorsichtiger und immer als Erste zur Stelle zu sein, wenn die Briefe gebracht wurden. Vielleicht sollte ich Mary Bescheid sagen, dass sie mir meine Post in Zukunft lieber persönlich aushändigen und nicht für jedermann sichtbar auf dem Flurschrank ablegen soll, dachte Vicky.

Sie war überhaupt nicht in der Stimmung, sich in das rosafarbene Rüschenkleid zu zwängen, aber sie tat, was ihre Mutter erwartete. Als sie sich damit vor dem Spiegel einmal um die eigene Achse drehte, kam sie sich furchtbar verkleidet vor. Es gab ihr eine ganz und gar märchenhafte Note. Es wollte so überhaupt nicht zu dem mürrischen Gesicht passen, das ihr entgegenblickte. Sie versuchte, zu lächeln, doch mehr als ein schiefes Lächeln brachte sie nicht zustande.

Am liebsten würde sie das Dinner schwänzen, aber sie befürchtete, dass sie ihre Eltern dann wieder gegen sich aufbringen würde. Und das durfte nicht geschehen. Sie sollten sich in der Sicherheit wiegen, dass sie die folgsamste und liebreizendste Tochter von ganz Melbourne hatten. Nun gelang es ihr sogar, so zu lächeln, dass jedermann ihr diese Rolle uneingeschränkt abnehmen würde.

6

Vicky kam genau in dem Augenblick die Treppe herunter, als Jane, das Hausmädchen, Frederik Bradshaw die Tür öffnete. Was Vicky da sah, passte genau auf die Beschreibung, die ihre Mutter und ihre Schwester von dem wohlhabenden Witwer gegeben hatten. Frederik Bradshaw war groß und wirkte sehr muskulös. Das konnte Vicky selbst unter seinem feinen Abendanzug erkennen. Er hatte braune Augen, aus denen die reine Melancholie sprach. Oh weh, dachte Vicky, er sah so aus, als ob er niemals lachte. Ob das der Kummer über den Verlust seiner Ehefrau oder einfach in seinem Charakter begründet war? Vicky konnte sich nicht helfen, diese melancholische, zudem feinsinnige und nachdenkliche Ausstrahlung machte ihn attraktiv. Der Kontrast zu seiner sonstigen Virilität war reizvoll. Es erweckte selbst in Vicky, die sich vorgenommen hatte, diesen Mann mit Nichtachtung zu strafen, eine gewisse Sympathie. Ich kann ihn trotzdem nicht ausstehen!, ging es Vicky trotzig durch den Kopf. In diesem Augenblick trafen sich ihre Blicke. Frederik Bradshaw schien genauso erstaunt zu sein wie sie. In seinem Blick lag wohlwollende Überraschung. Ihm schien zu gefallen, was er sah. Er trat auf Vicky zu, reichte ihr seine Hand und stellte sich förmlich vor, sie aber verschränkte die Hände hinter dem Rücken und bat ihn kühl, ihr in den Salon zu folgen. Als sie gemeinsam das Zimmer betraten, waren alle Augen auf sie beide gerichtet. Mutter guckt, als würde sie vor Glück platzen, dachte Vicky und warf Frederik einen verstohlenen Seitenblick zu. Ob er ahnte, dass er ins Haus Stewart eingeladen war, weil ihre Mutter sie mit ihm verkuppeln wollte? Vicky war sich beinah sicher, dass er sehr wohl wusste, warum er in alle Häuser der Stadt eingeladen wurde, in denen es Töchter im heiratsfähigen Alter gab. Selbst Louise schien von dem Neuankömmling hingerissen zu sein, denn sie begrüßte ihn überschwänglich. Vielleicht ist es aber auch nur die Vorfreude auf die Verkündung der Verlobung, dachte Vicky und wollte sich neben ihre Schwester setzen. Louise jedoch protestierte energisch. »Nein, nein, dieser Platz ist für Archibald!«

»Setz dich neben Mister Bradshaw, Vicky«, säuselte ihre Mutter und schob sie beinahe auf den freien Platz neben den Gast. Vicky war das Verhalten ihrer Mutter unendlich peinlich. Der Besucher musste ja glauben, dass sie selbst es darauf anlegte, ihn als Ehemann einzufangen. Und ehe sie darüber nachgedacht hatte, raunte sie Frederik Bradshaw zu: »Sie müssen sich ja vorkommen wie auf dem Viehmarkt in Melbourne. Nur damit Sie es wissen, keine Sorge, ich suche keinen Ehemann!«

Das Geflüster brachte ihr einen mahnenden Blick ihrer Mutter ein. Frederik Bradshaw hingegen verzog sein Gesicht zu einem Anflug von einem Lächeln. Er beugte sich zu Vicky hinüber und raunte ihr ins Ohr: »Schade eigentlich, im Gegensatz zu den sonstigen Damen der feinen Gesellschaft, die mir in der Hoffnung der Mütter vorgestellt wurden, dass ich sie heirate, könnte ich mir vorstellen, dass Ihre Gegenwart durchaus unterhaltsam sein kann.«

Eigentlich war das ja ganz nett, was er da von sich gab und auch wie er es sagte, aber Vicky wollte ihn nun einmal partout nicht mögen.

Empört schnappte sie also nach Luft: »Machen Sie wildfremden Frauen immer gleich solche Komplimente? Bei mir beißen Sie auf Granit«, erklärte sie laut und vernehmlich, was ihr ein strenges »Sophie Victoria, bitte!« seitens ihres Vaters bescherte.

»Lieber Richter Stewart, schelten Sie nicht Ihre Tochter, ich bin schuld daran. Sie hat völlig recht. Man sollte eine Frau nicht gleich mit Nettigkeiten überfallen. Wir kennen uns ja schließlich gar nicht. Und zu nette Männer haben bei der holden Weiblichkeit kaum Chancen!« Er lachte laut und herzlich. Vicky hatte große Mühe, nicht einzufallen in sein Lachen, schon allein weil der Rest der Familie ihn ziemlich verstört musterte.

Sie konnte sich nicht helfen. Er war wirklich klug, amüsant und nicht auf den Mund gefallen, was sie umso mehr ärgerte, als er doch ihr erklärter Feind war. Was für ein Gegensatz, dachte sie, auf der einen Seite dieser melancholische Blick und auf der anderen sein ansteckendes Lachen. Aber mit Jonathan kann er es im Leben nicht aufnehmen, sagte sie sich entschieden, und ihr wurde ganz warm ums Herz bei dem Gedanken an ihren Liebsten in der Ferne.

Etwas verspätet kam der Gefängnisdirektor hinzu. Er war ein lauter Mann, der sich nicht nur durch harte Schritte, sondern auch eine durchdringende Stimme ankündigte. Vicky vermutete, dass er damit von seiner untersetzten Figur abzulenken versuchte. Sie warf ihrer Schwester einen prüfenden Blick zu, als Archibalds laute Worte bis zum Esstisch drangen. »Sie können jetzt servieren, Jane, ich sterbe vor Hunger. Was gibt es denn?« Ja, Archibald Cumberland betrat nicht einfach einen Raum, sondern er hatte jedes Mal einen regelrechten Auftritt.

Vicky wäre ein derart gepoltertes Verhalten ihres zukünftigen Verlobten eher peinlich gewesen, aber Louise blickte ihn verzückt an, während er mit ausladender Geste die Gesellschaft begrüßte.

»Verzeihung bitte allerseits, dass ich mich ein wenig verspätet habe, aber wir hatten Ärger mit einem neuen Gefangenen.

Er wollte sich partout nicht in seine Zelle bringen lassen. Wir mussten Gewalt gegen ihn anwenden. Aber was rede ich? Lieber guter Samuel, du kennst den Knaben ja, es ist einer dieser Goldgräber, den du neulich zu einer Gefängnisstrafe verurteilt hast. Das war dieser Kerl, der den armen Richard erstochen hat. Also bei mir wäre er nicht mit einer Gefängnisstrafe davongekommen. Ich hätte ihn zum Tode verurteilt.«

Mit einem Seitenblick stellte Vicky fest, dass ihr Tischnachbar leicht die Lippen kräuselte. Offenbar war ihm der Neuankömmling nicht besonders sympathisch.

Doch nun stürzte sich Archibald Cumberland direkt auf Frederik Bradshaw und reichte ihm überschwänglich die Hand. »Das ist ja eine positive Überraschung, Sie hier an unserem Tisch willkommen zu heißen. Man hat übrigens den schlitzäugigen Goldgräber, der in Ihr Handelshaus eingestiegen ist, zu einer saftigen Gefängnisstrafe verurteilt. Ich hoffe, das ist ganz in Ihrem Sinne. Ich bin nämlich der Meinung, man ist noch viel zu milde gegenüber diesem Geschmeiß.«

Frederik Bradshaw räusperte sich ein paarmal. »Ich bin der Meinung, dass der Mann ein armer Schlucker war, der kein Glück auf den Goldfeldern gehabt und etwas zum Essen gesucht hat. Meinetwegen hätten sie ihn nicht zu einer Freiheitsstrafe verurteilen müssen. Und ich bin übrigens auch nicht Ihrer Meinung, höhere Freiheitsstrafen wären die Lösung für unser Problem, dass die Stadt zunehmend von Goldsuchern übervölkert wird. Im Übrigen teile ich Ihre Wortwahl nicht, Mister Cumberland. Ich bin mir durchaus dessen bewusst, dass die Flut von Chinesen ein echtes Problem für unsere Stadt darstellt. Aber trotzdem sind es ja Menschen, die einem Traum hinterherjagen, und kein, wie Sie es nennen, Geschmeiß.«

Archibald Cumberlands Augen verengten sich zu gefährlichen Schlitzen. »Soso, Sie hegen also Sympathien gegenüber diesem asozialen Pack«, murmelte er, und es war ihm anzumerken, dass sich Frederik Bradshaw mit seinen Worten keinen neuen Freund gemacht hatte.

Am Tisch herrschte für einen Augenblick peinliches Schweigen. Nur Vicky gefielen diese Worte. Endlich hatte jemand offen ausgesprochen, dass nicht jeder Glückssucher ein Krimineller war.

»Sehr geehrter Mister Bradshaw, es ehrt Sie, dass Sie offenbar ein Herz für diese Menschen haben, aber Sie müssen doch zugeben, dass die Kriminalität in unserer Stadt auf ein Vielfaches angestiegen ist. Das werden Sie doch nicht leugnen können«, erklärte Samuel Stewart in vermittelndem Ton.

»Nein, ich leugne durchaus nicht, dass wir in Melbourne ein großes Problem mit der zunehmenden Kriminalität haben. Dennoch werden wir dieser nicht Herr, indem wir die Goldsucher verteufeln. Man sollte vielleicht eher etwas an den Bedingungen ändern, unter denen sie dort in Ballarat und Bendigo schürfen.«

Archibald Cumberland ließ ein lautes meckerndes Lachen ertönen. »Was wollen Sie diesen Kerlen denn noch bieten? Wollen Sie ihnen Häuser bauen, Frauen ranschaffen, wobei, auch davon haben sie zur Genüge. Es gibt in ganz Australien nicht so viele Prostituierte wie in den Goldgräberorten«, giftete er.

»Darum geht es nicht. Das wissen Sie genau. Es geht darum, dass die Goldsucher zu Menschen zweiter Klasse degradiert werden. Sie haben weder ein Wahlrecht, noch sind sie vor der Willkür von Beamten und Polizisten geschützt. Und sie sind gezwungen, hohe Lizenzgebühren zu zahlen.«

Vicky wunderte sich, dass ihr Vater bei diesen in seinen Ohren ketzerischen Worten nicht einen seiner berühmt berüchtigten Wutausbrüche bekam. Offenbar wertschätzte er Frederik Bradshaw als Mitglied der feinen Melbourner Gesellschaft in einer Weise, dass er ihm das durchgehen ließ. Das allerdings brachte Archibald, dem das nicht entging, erst recht in Rage.

»Wer hat Ihnen denn solche Flausen in den Kopf gesetzt? Das erzählen Sie mal unserem Gouverneur! Der wird Ihnen was husten. Und Sie haben zudem gut reden. Sie verdienen sich mit dem florierenden Handel eine goldene Nase und haben mit dem Pack gar nichts weiter zu tun. Unser tägliches Brot ist es, für Recht und Ordnung in der Stadt zu sorgen und diesen Elementen ihre Grenzen zu zeigen.«

Er deutete auf Richter Stewart, um zu unterstreichen, dass sie gemeinsam auf der Seite der Gesetzeshüter standen.

»Ah, da kommt ja das Essen«, unterbrach Anne eifrig das Streitgespräch zwischen den beiden Männern.

Archibald Cumberland setzte eine mürrische Miene auf, während Louise ihn völlig verzückt anlächelte, was er aber gar nicht wahrnahm. Daraufhin schickte sie einen wütenden Blick über den Tisch zu Frederik Bradshaw, was Vicky belustigt beobachtete. Offenbar hat er sich nicht nur einen Feind gemacht, sondern auch gleich eine Feindin mit dazu, ging es ihr durch den Kopf. Noch während Jane das Essen auftrug, erhob sich Archibald und schlug mit seiner Gabel gegen sein Weinglas.

»Ich habe dir, werter Samuel, und Ihnen, hochgeschätzte Misses Stewart, etwas Wichtiges zu sagen.« Er machte eine bedeutungsschwangere Pause und blickte wichtig nach allen Seiten. »Ich bitte darum, die Gläser zu erheben.«

Louise hing ihm förmlich an seinen Lippen. Auch Samuel und Anne sahen Archibald jetzt in freudiger Erwartung an.

»Der Herr wird doch nicht etwa um die Hand Ihrer Schwester anhalten?«, flüsterte Frederik Vicky belustigt ins Ohr.

Sie nickte grinsend und war froh, dass die Blicke ihrer Eltern jetzt fest auf den zukünftigen Schwiegersohn geheftet waren und sie nicht mitbekamen, wie Frederik und sie sich über Archibalds wichtigtuerisches Gehabe amüsierten.

»Ich möchte hier und heute um die Hand eurer Tochter Louise anhalten. Lieber Samuel und liebe Anne, liebe Schwiegereltern, ich freue mich, nun zu eurer Familie zu gehören und erhebe mein Glas auf euch beide …«

Vicky beobachtete, wie die Miene ihrer Schwester versteinerte. Ihr Bräutigam hatte sie mit keinem Blick gewürdigt.

»Haben Sie nicht jemanden vergessen, Mister Cumberland?«, mischte sich Vicky vorlaut ein.

»Sophie Victoria!«, wurde sie sogleich von ihrer Mutter getadelt.

Archibald Cumberland rang sich zu einem gequälten Lächeln durch. »Junge Dame, sollte es dir etwa in den Sinn gekommen sein, dass ich auch dich um die Hand deiner Schwester bitten sollte?«

»Mich müssen Sie nicht fragen. Aber wie wäre es, wenn Sie das Glas auch auf die Braut erheben würden?«, fügte Vicky spöttisch hinzu. Für den Bruchteil eines Augenblickes war sie aus ihrer selbst auferlegten und mühsam gespielten Rolle gefallen und war wieder ganz die Alte, die kein Blatt vor den Mund nahm. Sie ahnte sogar, woran es lag. Es war die Anwesenheit von Frederik Bradshaw, der sie in ihrer unverhohlenen Abneigung Archibald gegenüber bestärkt hatte. Wenn sie sich auch niemals im Leben mit ihm würde verkuppeln lassen, als guten Freund konnte sie sich diesen Mann sehr wohl vorstellen.

»Danke, liebe Schwägerin in spe, aber das lass getrost meine Sorge sein. Selbstverständlich hätte ich meine zukünftige Frau noch ganz besonders erwähnt.« Demonstrativ griff er nach Louises Hand und drückte sie fest. Louise schien von dieser Geste regelrecht verzückt, denn sie murmelte gerührt: »Danke!« Vicky schüttelte sich innerlich vor Abscheu. Archibald

Cumberland war ihr an diesem Abend noch unsympathischer geworden, als er es ihr ohnehin schon gewesen war.

Plötzlich stieß ihr Frederik sanft in die Seite, deutete auf sein Glas und gab ihr damit ein Zeichen, dass sie ihrem zukünftigen Schwager nun wohl oder übel würde zuprosten müssen. Vicky rang sich zu einem schiefen Lächeln durch und hielt ihr Glas hoch. »Alles Gute euch beiden!«, gratulierte sie halbherzig.

Auch Frederik Bradshaw wünschte den Verlobten formvollendet und höflich alles Gute.

Beim Essen hing Vicky ihren Gedanken nach. Dieser Witwer ist wirklich ein ausgesprochen interessanter Mann und nicht so ein grober Klotz, der voller Vorurteile gegen alles Andersartige steckt wie Louises zukünftiger Mann. Sie horchte erst auf, als ihre Mutter Frederik nun regelrecht nach seinem Unternehmen ausfragte. Es fehlt nur noch, dass sie sich nach seinen Bilanzen erkundigt, dachte Vicky, aber sie hörte trotzdem interessiert zu. Frederik Bradshaw exportierte vor allem Schafswolle nach London und Hamburg. Damit ließ sich offenbar viel Geld machen, denn Frederik erzählte nun freimütig, dass er jede freie Minute zusammen mit seinem Sohn William in seinem Strandhaus in St. Kilda verbrachte, und fügte bedauernd hinzu, dass er aber leider viel zu selten dazu käme. Ein Strandhaus in St. Kilda, dachte Vicky, das können sich nur wirklich wohlhabende Melbournians leisten.

Annes peinliche Befragung aber war noch nicht zu Ende. Jetzt erkundigte sie sich nach seiner Familie. Geduldig stand Frederik Vickys Mutter Rede und Antwort. Sein Vater, Sohn eines Londoner Handelsherrn, war bereits in den Dreißigerjahren nach Australien ausgewandert und hatte in Melbourne eine Niederlassung gegründet. Seine Eltern waren aber schon lange tot, und er betrieb das Handelshaus zusammen mit seinem Bruder Benjamin.

Mit einem Seitenblick auf ihren zukünftigen Schwager konnte Vicky nicht ohne Schadenfreude erkennen, dass dieser sichtlich beleidigt war, weil sich bei diesem Dinner inzwischen alles um Frederik Bradshaw drehte.

»Wie alt ist Ihr Sohn denn?«, fragte Anne jetzt neugierig.

Frederiks Miene verdüsterte sich. »William ist inzwischen neun Jahre alt, und er wächst, weil ich viel arbeite, mit einem Kindermädchen auf. Die beiden haben ein sehr gutes Verhältnis, aber trotzdem fehlt ihm die Mutter. Meine Frau starb ja, als er vier Jahre alt war.«

Es fehlt nur noch, dass Mutter mich ihm jetzt als Ersatzmutter für seinen Sohn anpreist, schoss es Vicky durch den Kopf. Ihr stockte der Atem, als sie Anne säuseln hörte: »Ja, das verstehe ich gut. So ein Kind braucht eine weibliche Bezugsperson, die eine feste Größe in seinem Leben wird. Kindermädchen kommen und gehen. Die heiraten ja auch selbst eines Tages, und dann sind sie fort.«

Da überlegte Vicky nicht lange, sondern zupfte Frederik am Ärmel. »Kommen Sie, ich zeige Ihnen unseren Garten, bis das Dessert kommt«, schlug sie vor. Sie hatte das dringende Bedürfnis, ihn vor einer weiteren Überprüfung seitens ihrer Mutter zu retten.

»Das ist eine sehr gute Idee, Miss Stewart«, erwiderte er sichtlich erleichtert, stand auf und reichte ihr seinen Arm. »Sie entschuldigen uns«, sagte er wohlerzogen.

»Aber natürlich. Geht nur Kinder«, seufzte Anne gerührt, und sie konnte ihre Freude darüber, dass es zwischen Vicky und Frederik offenbar gefunkt hatte, nur schwerlich verbergen.

Kaum waren sie auf der Veranda angekommen, entzog Vicky ihrem Begleiter den Arm und stöhnte laut auf. »Sie müssen entschuldigen, aber meine Mutter möchte mich dringend unter die Haube bringen. Seien Sie froh, dass ich Sie vorerst erlöst habe«, fügte sie lachend hinzu.

»Ach, Miss Stewart, seien Sie nicht allzu streng mit Ihrer Frau Mutter. Sie glauben ja gar nicht, wie offensiv andere Damen der feinen Gesellschaft ihre Töchter anpreisen. Und in dem Punkt war Ihre Mutter doch eher diskret. Ich musste jedenfalls keine Lobreden auf Sie über mich ergehen lassen. Wie gut Sie sticken können und …«

Vicky verdrehte die Augen. »Sticken?«, spottete sie. »Wenn Sie eine solche Frau suchen, sind Sie bei mir ohnehin an der verkehrten Adresse. Ich hasse Handarbeiten!«

»Nun, das war ja nur ein Beispiel. Sie hat auch weder etwas über Ihr sanftmütiges Wesen noch über Ihre ausgeprägte Kinderliebe verlauten lassen«, lachte er.

»Dann hätte sie auch lügen müssen, ich meine, was das Wesen angeht. Kinder finde ich großartig, ich meine, wenn sie nett sind.«

»Ich glaube, Sie wären gewiss eine wunderbare Mutter und könnten meinen oft sehr mürrischen Sohn sicherlich zum Lachen bringen.«

Vicky erschrak. Frederik war auf einmal so ernst. Er hatte doch nicht etwa Feuer gefangen? Sie hatte gehofft, dass sie genauso durch das Raster fallen würde wie die anderen heiratswilligen Kandidatinnen Melbournes. Nicht eine Sekunde lang hatte sie damit gerechnet, dass er ausgerechnet an ihr Gefallen finden könnte.

»Sie sind eine ungewöhnliche junge Frau. Das habe ich auf den ersten Blick gesehen«, bemerkte Frederik versonnen.

»Ja, genau, meine Schwester sagt immer: Als der liebe Gott Anmut verteilt hat, muss er dich übersehen haben«, versuchte Vicky zu scherzen.

»Reizend von Ihrer Schwester und überdies völlig verkehrt.

Sie verfügen über eine natürliche Anmut, nicht über dieses gekünstelte und anerzogene Junge-Damen-Gehabe, was ich persönlich, mit Verlaub, affig finde. Meine Frau war zwar ein ganz anderer Typ als Sie, aber auch nicht die Art Schönheit, in die sich die meisten Männer verlieben würden. Sie besaß einen natürlichen Charme, und ihre Gegenwart war so erfrischend wie ein kühles Bad an einem heißen Sommertag. Aber nicht etwa ernüchternd, sondern ...« Frederik unterbrach seine Schwärmerei hastig und blickte sie schuldbewusst an. »Entschuldigen Sie, das ist mir so rausgerutscht, weil Sie mir ... so vertraut sind ...«

»Sie brauchen sich nicht zu entschuldigen. Aus jedem Ihrer Worte spricht die reine Liebe, und vor mir müssen Sie nicht verstecken, wie sehr Sie Ihre Frau geliebt haben und noch immer lieben«, entgegnete Vicky mit sanfter Stimme.

Täuschte sie sich, oder bekam Frederik bei ihren verständnisvollen Worten feuchte Augen? Das schreckte sie aber keinesfalls ab. Im Gegenteil, sie hatte Mister Bradshaw durch diese Liebeserklärung an seine verstorbene Frau soeben wirklich in ihr Herz geschlossen. Am liebsten hätte sie ihn umarmt und getröstet, aber das hätte er mit Sicherheit falsch verstanden.

»Sie sind eine wunderbare Frau«, seufzte er und schenkte ihr einen intensiven Blick aus seinen melancholischen braunen Augen. »Ich möchte nicht nassforsch wirken, aber könnten Sie sich vorstellen, dass wir beide uns näher ...«

Vicky legte ihm ihren Finger auf den Mund. »Bitte, reden Sie nicht weiter«, bat sie ihn. »Ich muss Ihnen etwas anvertrauen. Wenn meine Familie das erfährt, dann kann ich etwas erleben, aber Ihnen will ich die Wahrheit sagen.« Während Vicky diese Worte aussprach, wunderte sie sich selbst darüber, wie vorbehaltlos sie diesem Fremden vertraute.

»Ich liebe einen Goldgräber, der sich zurzeit auf den Feldern in Ballarat befindet und der zu meinem achtzehnten Geburtstag als reicher Mann nach Melbourne zurückkehren und um meine Hand anhalten will. Davon ahnen meine Eltern allerdings nichts, und ich wäre Ihnen dankbar, wenn Sie mein kleines Geheimnis für sich behielten.«

Aus Frederiks Augen sprach eine Mischung aus Enttäuschung und Bewunderung. »Von mir wird das keiner erfahren«, erwiderte er schließlich mit belegter Stimme.

Er mag mich wirklich, dachte Vicky bedauernd, aber gerade weil sie ihn auch gernhatte, brachte sie es nicht übers Herz, ihn zu belügen oder ihm falsche Hoffnungen zu machen.

»Könnten Sie vielleicht meinen Eltern gegenüber so tun, als hätte ich keinerlei besonderen Eindruck auf Sie gemacht?« Vicky legte den Kopf schief und sah ihn flehend an.

»Ungern«, sagte er leise. »Sie sind nämlich die erste junge Dame auf dem Melbourner Heiratsmarkt, die mir wirklich gefällt«, fügte er seufzend hinzu.

»Sie gefallen mir auch, aber als Freund«, gab Vicky zögernd zu. »Ich habe mein Herz nun einmal an Jonathan verschenkt, ich liebe ihn, und da kann ich nicht einfach einen anderen zum Mann nehmen, nur weil es bequemer wäre und er meinen Eltern zusagt«, fügte sie hastig hinzu.

Frederik stieß einen tiefen Seufzer aus. »Meine Eltern waren damals alles andere als erfreut über die Wahl meiner zukünftigen Frau. Christine arbeitete als Kindermädchen bei Freunden meiner Eltern. Sie stammte aus keiner der sogenannten besseren Familien der Stadt, sondern ihr Vater war ein kleiner Farmer, der seine Familie so gerade eben durchbringen konnte. Deshalb hatte er auch seine Tochter zum Arbeiten in die Stadt geschickt. Was meinen Sie, was da bei uns zu Hause los gewesen ist? Sogar mit Enterbung hat mir mein Vater gedroht, ich habe mich aber durch nichts von meinem Weg abbringen lassen. Schließlich haben meine Eltern eingelenkt.«

»Ja, Mister Bradshaw, es ist auch meine große Hoffnung, dass meine Eltern ein Einsehen haben. Ich liebe diesen Mann von Herzen und wünsche mir, dass nichts unsere Liebe verhindern wird.«

War es Skepsis, die in diesem Augenblick aus Frederiks Augen sprach? Oder Enttäuschung?

»Sie glauben nicht daran, dass ich meinen Vater jemals werde umstimmen können, oder?«

Frederik wand sich ein wenig. »Nun, ich habe jedenfalls gewisse Bedenken, ob Ihre Familie jemals einen Goldsucher in ihren Reihen akzeptieren wird. Ich meine, Sie haben ja selbst gehört, welche Reden Ihr zukünftiger Schwager im Munde führt. Ich gehe davon aus, dass Ihr Vater als Richter ähnlich denkt. Aber eines sei Ihnen versichert: Sollten Sie einmal in Schwierigkeiten geraten, Sie können sich jederzeit an mich wenden. Wenn ich auch nicht mehr erreiche, so möchte ich Ihnen immerhin meine Freundschaft anbieten.«

»Sie sind ein Schatz«, stieß Vicky dankbar hervor und umarmte Mister Bradshaw überschwänglich. »Das habe ich mir auch gewünscht, dass Sie mein Freund werden.«

Er schenkte ihr ein warmes Lächeln. »Und wenn dieser Goldgräber sich als Hallodri entpuppen sollte und es nichts wird mit Ihnen beiden, auch dann hab ich ein offenes Ohr für Sie.«

»Das wird nicht geschehen. Und wenn, werde ich bei Ihnen vorsprechen, aber ich befürchte, dann sind Sie bereits vergeben. Jetzt verstehe ich, warum es heißt, dass die Damen sich um Sie reißen würden. Sie sind wirklich wunderbar!«

Über seinen Augen hing jetzt wieder dieser melancholische Schatten. »Ich möchte nicht irgendeine Frau, Miss Stewart, ich möchte die richtige Frau finden.«

»Und Sie glauben, ich wäre richtig für Sie?«, erkundigte sie sich vorsichtig. »Sie können übrigens Vicky zu mir sagen.« War es denn möglich, dass sie diesen begehrten Junggesellen im Sturm erobert hatte?

»Ich kann Ihnen sogar verraten, warum. Abgesehen davon, dass Sie bildhübsch und begehrenswert sind, sind Sie eine bezaubernde, mitfühlende und kluge Frau. Bei Ihnen wäre ich mir beinahe sicher, dass Sie mir den Raum geben würden, um meine Frau zu trauern. Ja, ich vermute, Sie würden sie nie als Konkurrenz begreifen und versuchen, sie aus unserem Leben zu verdrängen.«

»Aber welche Frau würde denn so etwas verlangen?«, fragte Vicky empört.

Frederik strich ihr versonnen über die Wange. »Viele der verwöhnten jungen Damen dulden nicht einmal die Erinnerung an eine geliebte Frau neben sich. Einmal habe ich eine sehr hübsche Lady zu mir zum Tee eingeladen. Ohne ihre Frau Mama. Sie hatte nichts Besseres zu tun, als sofort mit der Umplanung meines Hauses zu beginnen. Sie wollte alle Dinge verbannen, die einmal meiner Frau gehört haben. Als sie schließlich das Bild meiner geliebten Frau einfach umgedreht und sich beschwert hat, dass Christine sie so anklagend anschauen würde, habe ich die feine Lady gebeten, mein Haus zu verlassen. Ich werde Ihnen jetzt nicht verraten, wer die Dame war, aber seitdem gelte ich in der Gesellschaft als äußerst schwierig, was meine Vermittelbarkeit auf dem Heiratsmarkt angeht.«

»Ach, das ist doch dumm, ein Bild Ihrer Frau zu verbannen. Hat die Dame denn überhaupt nicht an Ihren Sohn gedacht? Eine neue Frau an Ihrer Seite muss doch seine Mutter immer in Ehren halten.«

Frederiks Miene erhellte sich wieder ein wenig. »Reden Sie jetzt nur nicht weiter Vicky, sonst komme ich noch in Versuchung, gegen Ihren Glücksritter anzutreten und Sie ihm auszuspannen. Sie sind einfach entzückend. Ich würde Sie vom Fleck weg …«

»Wo bleibt ihr denn?«, erklang jetzt die vorwurfsvolle Stimme von Anne Stewart. »Das Dessert ist angerichtet.« Annes Blick war allerdings ganz und gar nicht böse, sondern sie schien bereits in dem Glück zu schwelgen, dass sie mit Frederik Bradshaw einen zweiten passenden Schwiegersohn an Land gezogen hatte.

Im Salon wurde gerade eifrig diskutiert. Samuel und Archibald ereiferten sich über ihr Lieblingsthema, die Plage der Goldsucher und die damit verbundene wachsende Kriminalität in der Stadt.

»Meine Herren, es wundert mich ein wenig, dass sie nur Schlechtes gegen die Goldgräber vorzubringen haben. Unsere Stadt hätte niemals einen solch blühenden Aufschwung genommen, wenn dort oben kein Gold gefunden worden wäre«, mischte sich Frederik ein und zwinkerte Vicky verschwörerisch zu.

»Ja, schon, aber der Frieden ist dahin, und Sie werden ja wohl kaum leugnen, dass diese Kerle nichts als Weiber, Saufen und Schlägereien im Sinn haben«, brummte Richter Stewart.

»Aber das sind doch nur einige, die aus dem Ruder laufen. Und es sind hauptsächlich diejenigen, die nicht ihr Glück gemacht haben. Die alles in der Heimat hinter sich gelassen haben, um als reiche Männer zurückzukehren, und jetzt feststellen müssen, dass sie gar nichts gewonnen haben, außer dass sie entwurzelt sind. Es ist nicht mehr so einfach, dort oben Gold zu finden. Die Nuggets liegen nicht am Boden herum, und die Leute müssen sich nur danach bücken. Das ist verdammt harte Arbeit …«

»Wenn man Sie so reden hört, müsste man annehmen, Sie

hegen selbst den Wunsch, das Abenteuer auf den Goldfeldern zu suchen«, bemerkte Archibald spitz.

Frederik musterte Archibald durchdringend. »Sie mögen durchaus recht haben. Wäre ich nicht mit dem goldenen Löffel im Mund geboren, würde ich sicherlich alles tun, um mein Glück zu finden. Ich möchte nicht ausschließen, dass ich es auf den Goldfeldern versucht hätte, denn ich verurteile diese Menschen nicht …«

»Aber Sie müssen doch zugeben, dass es zum großen Teil arbeitsscheues Gesindel ist. Warum haben die Männer keine anständigen Berufe erlernt?«

»Weil nicht alle Menschen so privilegiert sind wie Sie, Richter Stewart, Sie, Mister Cumberland, oder ich«, entgegnete Frederik mit fester Stimme.

»Wollt ihr nicht endlich zugreifen?«, mischte sich Anne energisch ein. Ihr war anzumerken, dass sie keine weiteren Streitgespräche bei Tisch wünschte, sondern darauf brannte, endlich etwas darüber zu erfahren, wie es mit Vicky und Frederik Bradshaw im Garten gelaufen war.

»Sie sagten, Ihr Sohn wäre bereits neun Jahre alt. Glauben Sie, dass eine Siebzehnjährige mit so einem Bengel überhaupt klarkommen würde? Ich meine, meine Schwester ist doch selbst noch ein Kind«, giftete Louise plötzlich. Vicky ahnte, warum sie so garstig war. Das galt ausnahmsweise einmal nicht ihr, nein, sie hatte es darauf angelegt, Mister Bradshaw zu treffen, weil sie offenbar auch schon bemerkt hatte, dass Vicky es ihm angetan hatte. Doch da er sich mit ihrem Verlobten angelegt hatte, wollte sie ihn spüren lassen, dass sie ihn ablehnte.

Deshalb bekam Vicky auch sofort Rückendeckung von ihrer Mutter, die Louise einen vorwurfsvollen Blick schickte.

»Verehrte Miss Stewart, was den Charakter Ihrer Schwester angeht, gehe ich mit Ihnen nicht konform«, entgegnete Frederik in fast geschäftsmäßigem Ton. »Vicky ist eine durchaus erwachsene Person, die das Leben klüger betrachtet als manch ältere Herrschaften.«

»Ach, so vertraut ist man einander schon, dass man den Anwalt für meine Schwester spielt«, bemerkte Louise mit gekräuselten Lippen.

»Louise Charlotte, bitte!«, ermahnte die Mutter ihre Ältere.

Frederik legte Vicky zum Zeichen, dass er auf ihrer Seite stand, die Hand auf den Arm.

»Ach, das ist ja herrlich«, stieß Anne begeistert aus. »Ein so schönes Paar.«

Vicky lief knallrot an. Hatte Frederik nicht versprochen, kein Interesse an ihr zu zeigen? Und nun vermittelte er der Familie den Eindruck, sie ständen kurz vor der Verlobung.

»Verehrte gnädige Frau«, hörte sie Frederik in diesem Augenblick sagen. »Ich finde, dass Sie eine reiz-, ich meine, reizende Töchter haben, aber sehen Sie. Ich bin immer noch nicht über den Tod meiner geliebten Frau weg und werde keine junge Frau ins Unglück stürzen, indem sie sich an einen Trauerkloß wie mich bindet. Schauen wir einmal, wie es in einem Jahr aussieht. Nun, wenn Ihre Vicky dann noch keinem anderen jungen Mann den Kopf verdreht hat, wäre sie die Erste, der ich einen Antrag machen würde.«

Vicky hätte in diesem Augenblick nicht zu ihrer Mutter schauen dürfen, denn die sah aus wie ein Fisch auf dem Trockenen, der in den letzten Zügen nach Luft schnappte. Dieser Anblick war so komisch, dass Vicky ein gefährliches Kitzeln in der Kehle verspürte. Das kannte sie schon, wenn sich bei ihr ein Lachkrampf ankündigte, aber sie schaffte es, sich zu beherrschen, beugte sich zu Frederik und flüsterte: »Mein Kompliment, wie galant Sie sich aus der Affäre gezogen haben, und das, ohne mich zu kompromittieren.

»Das war mir doch ein Vergnügen«, erwiderte er schmunzelnd.

»Ich verspreche Ihnen, wenn ich herausfinde, dass Jonathan ein Heiratsschwindler ist, der bereits Familie hat, dann heirate ich Sie nach dem Trauerjahr«, raunte sie ihm zu. »Meiner ewigen Freundschaft können Sie ohnehin sicher sein!«

Sein Blick bestätigte ihr, dass er ihr das Gleiche zusagte.

Samuel, Anne und Louise saßen immer noch da wie vom Donner gerührt. Ihnen hatte das offene Geständnis des Gastes offenbar die Sprache verschlagen. Lediglich Archibald redete und redete, nur dass ihm keiner zuhörte, aber das schien den Gefängnisdirektor nicht zu stören.

Nach dem Dessert verabschiedete sich Frederik Bradshaw hastig. Vicky wollte sich, nachdem er gegangen war, ebenfalls unauffällig in ihr Zimmer zurückziehen, aber da brach es von allein Seiten über sie herein. Am liebsten hätte sie sich die Ohren zugehalten.

»Was hast du da draußen im Garten angestellt, dass er dir einen Korb gibt?«, fragte Anne entrüstet.

Vicky zuckte mit den Achseln.

»Ich bin froh, dass dieser Kerl kein Familienmitglied wird«, schimpfte Archibald.

»Es ist unglaublich, wie du dich dem Mann an den Hals geschmissen hast. Da blieb ihm ja gar nichts anderes übrig, als Fersengeld zu geben«, fügte Louise bissig hinzu.

»Ruhe!«, bot Samuel Stewart dem Ganzen erbost Einhalt. »Bis auf seine abwegigen Ansichten zu der Goldgräberfrage ist er durchaus ein netter Mensch«, fügte er energisch hinzu. »Und ich glaube, er hat unsere Vicky wirklich gern. Ich prophezeie euch, dass er in einem Jahr um ihre Hand anhalten wird, und dann sollten wir dankbar sein.«

»Wieso bist du so ruhig? Der Kerl hat dir gerade einen Korb

gegeben.« Louise sprach mit dieser schrillen Stimme, die Vicky gar nicht an ihrer Schwester leiden konnte.

»Er hat deiner Schwester keinen Korb gegeben«, widersprach Richter Stewart streng. »Im Gegenteil, er hat deutlich signalisiert, dass er noch ein Jahr wartet, bis er unsere Vicky heiratet.« Im Ton ihres Vaters schwang ein gewisser Stolz mit.

»Meinst du wirklich? Er wird sie zur Frau nehmen?« Annes Stimme klang leicht hysterisch.

»Natürlich, mein Schatz!«, erklärte der Richter mit Nachdruck.

»Hat er dich geküsst?«, hakte Louise nach.

Vicky kämpfte mit sich. Eigentlich wollte sie sich auf dieses Scharmützel nicht einlassen, aber es reizte sie unendlich, ihre Familie ein wenig zu schockieren. Deshalb erfand sie eine kleine Lüge. »Da schweigt eine Lady, aber nur so viel, liebes Schwesterlein, er küsst wie ein junger Gott.«

»Mein Riechsalz«, rief Anne. »Er hat dich geküsst und will dich nicht heiraten. Ein Skandal. Wenn sich das herumspricht.«

»Nun beruhige dich doch. Mister Bradshaw will unsere Vicky doch heiraten, ich finde das sehr vernünftig, noch ein Jahr zu warten«, redete Samuel Stewart auf seine Frau ein.

Vicky gähnte demonstrativ. »Ich würde mich gern für heute Abend verabschieden und in mein Zimmer zurückziehen.«

Der Richter musterte seine Tochter prüfend. »Du magst ihn doch, oder?«

»Ja, ich mag ihn«, seufzte Vicky. »Er ist wesentlich unterhaltsamer, intelligenter und toleranter als viele andere Männer der sogenannten feinen Gesellschaft.« Sie konnte sich nicht verkneifen, ihrem zukünftigen Schwager einen Blick zuzuwerfen. »Aber warten wir ab, was in einem Jahr ist.«

»Ich verstehe dich nicht, Sophie Victoria«, warf ihre Mutter ein. »Du müsstest doch vor Glück, dass dieser Mann an dir

Interesse hat, schier platzen. Und Vater hat recht. In gewisser Weise bist du mit ihm verlobt.«

Archibald lachte spöttisch auf. »Ich halte den reichen Pinkel für einen Heuchler. Wahrscheinlich charmiert er sich durch alle Salons der Stadt und macht den Müttern Hoffnung darauf, ihr Schwiegersohn zu werden. Die Masche mit der Trauer zieht doch bei den Ladys.«

Vicky sah ihn kampfeslustig an. »Du solltest nicht von dir auf andere schließen. Du würdest es vielleicht als Masche verwenden, Mister Bradshaws Trauer ist echt. Er hat seine Frau Christine wirklich geliebt, und sie wird immer ein Teil seines Lebens bleiben.«

»Wie furchtbar. Stell dir vor, ihr heiratet tatsächlich und überall mischt das Gespenst seiner toten Frau mit. Das würde ich mir verbitten«, giftete Louise.

»Das glaube ich dir aufs Wort«, erwiderte Vicky, während sie aufstand und den Salon verließ.

Kaum in ihrem Zimmer angekommen, warf sie sich in ihrem rosafarbenen Rüschenkleid auf ihr Bett und hing ihren Gedanken nach. Es überfiel sie plötzlich eine nahezu schmerzhafte Sehnsucht nach Jonathan. Wie gern würde sie jetzt in seinen Armen liegen und ihn küssen. »Bitte, lieber Gott, steh ihm bei und lass ihn einfach Glück haben«, murmelte sie. Ja, das brauchte er, um sein Versprechen wahrzumachen und spätestens an ihrem achtzehnten Geburtstag um ihre Hand anzuhalten. Sollte sich die Familie doch bis dahin ruhig Hoffnungen auf eine Beziehung zwischen Frederik und ihr machen. Ihr Herz war vergeben!

Vicky erhob sich von ihrem Bett und setzte sich an ihren kleinen Schreibtisch, um Jonathans Brief zu beantworten. Sie schrieb ihm, dass die Zeit des Wartens nur zäh verrann und es keinerlei ablenkende Zerstreuung gäbe. Dass sie sich vor nicht einmal einer Stunde sehr angeregt mit einem jungen Mann unterhalten hatte, verschwieg sie ihm vorsichtshalber. Man konnte ja nie wissen, was für Fantasien er darüber dann im fernen Ballarat entwickelte. Plötzlich fiel ihr ein, dass vorhin bei Tisch von den vielen käuflichen Mädchen in den Goldgräberstädten die Rede gewesen war. Ob Jonathan ihre Dienste wohl auch in Anspruch nahm?

Am liebsten hätte sie ihm diese Frage in ihrem Brief gestellt, aber das wäre ungehörig gewesen, und sie wollte ihn nicht verärgern.

Also schloss sie ihr Schreiben mit Liebesschwüren, denn sie war selbst erstaunt, wie all die Wochen, in denen sie ihn nicht mehr gesehen hatte, ihren starken Gefühlen für ihn nichts anhaben konnten. Tief in ihr war die Gewissheit, dass sie dem Richtigen begegnet war, einem Mann, der genau das an ihr liebte, wofür die Familie sie permanent kritisierte: dass sie offen und unverstellt war. Außerdem sehnte sie sich nach seinen Küssen. Ach, wie sehr sie doch hoffte, dass er nun bald als reicher Mann nach Melbourne zurückkehren und damit in den Augen ihres Vaters im Ansehen steigen würde.

7

An diesem Tag spürte Jonathan seine Erschöpfung in jeder Pore. Er arbeitete Tag für Tag im Fluss wie ein Wahnsinniger, aber alles, was er aus dem Fluss wusch, war nicht mehr als flüchtiger Goldstaub, der ihm das Überleben im Goldgräberlager ermöglichte.

Er fiel jeden Abend ermattet auf sein Lager, und seine einzige Freude waren Vickys Briefe. Bislang hatte ihn der Mut nicht verlassen, aber langsam machte sich eine gewisse Verzweiflung in ihm breit, und er quälte sich zunehmend mit der Frage, was geschehen würde, wenn ihm das Glück nicht hold sein würde. Bis zu Vickys Geburtstag waren es nur noch wenige Wochen, und er konnte doch unmöglich derart abgerissen und vom Pech verfolgt an der Tür des überheblichen Richters läuten …

Jonathan hatte unter den Goldgräbern einen treuen Freund gewonnen. Chui, einen jungen Chinesen, den er eines Abends vor zwei brutalen Schlägern gerettet hatte und der seitdem unter seinem Schutz stand. Außerdem hatte er sich mit zwei jungen Iren angefreundet, die genau wie er davon träumten, als reiche Männer in ihr Land zurückzukehren.

Jonathan hatte sich gerade gewaschen und auf sein Lager gelegt, als seine Freunde ihn besuchten. Sie hatten ihre Ausgehanzüge an und wollten nach Ballarat reiten, um sich im Saloon zu amüsieren. Jonathan nahm an solchen Ausflügen niemals teil. Er war weder ein Trinker, noch reizten ihn die Mädchen dort.

An diesem Tag aber ließen sich seine Freunde nicht so einfach abwimmeln. Offenbar ahnten sie, dass Jonathan sich nicht besonders gut fühlte.

»Jonathan, begleite uns. Du brauchst eine Ablenkung von deinen trüben Gedanken«, sagte Chui in seinem lustig klingenden Englisch, in dem der Buchstabe »R« grundsätzlich zu einem »L« wurde.

»Nein, ich bin müde«, gab er unwirsch zurück. »Amüsiert euch nur.«

»Heute lassen wir uns nicht abwimmeln«, widersprach Ian, der rothaarige Ire mit der versoffenen Stimme. »Wir sind deine Freunde und sehen doch, dass es dir nicht gut geht.«

»Richtig, du kommst mit«, pflichtete ihm Sam bei, ein kleiner, wieselflinker Kerl, der immer fröhlich war, ganz gleich, wie schwielig seine Hände waren und wie wenig Goldstaub in seinem Sieb auch hängen blieb.

Jonathan setzte sich auf und musterte seine Freunde gerührt. Was für ein Glück, dass ich solche feinen Kerle kenne, dachte er und überlegte. Vielleicht half ein Besuch in der Stadt tatsächlich, um seine trüben Gedanken zu verscheuchen.

»Gut, ihr habt mich überredet, aber zu den Mädchen gehen, das müsst ihr allein, solltet ihr gehofft haben, ich würde mich euch anschließen.«

»Mädchen? Welche Mädchen?«, fragte Chui grinsend.

»Aber das würden wir doch auch nicht tun«, lachte Ian. »Meine Braut würde mich umbringen, wenn sie davon erführe. Und ihr womöglich noch eine schlimme Krankheit mitbrächte. Dann bräuchte ich nämlich gar nicht nach Irland zurückzukehren, auch nicht als reicher Mann.«

Knurrend bat Jonathan seine Freunde, draußen auf ihn zu warten, weil er sich für den Bummel in die Stadt umziehen wollte. Den feinen Anzug, den er von Vickys Bruder bekommen hatte, hatte er noch nicht ein einziges Mal auf den Goldfeldern getragen, sondern sorgfältig in seinem hölzernen Handkoffer verstaut. Er holte ihn wie einen Schatz hervor und zog ihn an. Leider besaß er keine anständigen Schuhe, die dazu passten, aber auf den ersten Blick machte er in diesem Zwirn wirklich etwas her.

Das fanden auch seine drei Freunde, die bewundernde Pfiffe ausstießen, als Jonathan aus dem Zelteingang ins Freie trat.

»Das Aussehen eines reichen Mannes hast du schon«, scherzte Sam und strich sich über seinen Rauschebart. »Mir ist das ein Rätsel, wie du es schaffst, dich unter diesen Bedingungen zu rasieren.« Die beiden anderen nickten zustimmend. Diese Mühe machte sich kaum einer der Männer.

»Wo hast du denn diesen Anzug geklaut?«, lachte Chui.

»Es ist eine Leihgabe meines zukünftigen Schwagers«, erklärte Jonathan nicht ohne Stolz. »Wenn ich wieder in Melbourne bin, werde ich ihm einen neuen kaufen.«

Die drei Männer gingen zu ihren Pferden, die sie günstig in Ballarat auf dem Viehmarkt erstanden hatten. Es waren keine rassigen Tiere, sondern gemütliche ältere Gäule, aber um den Berg hinauf in die Stadt zu reiten, taugten sie allemal.

Jonathans drei Freunde steuerten zielsicher den größten Saloon an der Hauptstraße an, aus dessen Innerem laute Musik bis auf die Straße schallte. Jonathan missfiel dieser Lärm, und er bereute, dass er sich von seinen Freunden zu diesem Ausflug hatte überreden lassen. Er blieb auf seinem Pferd sitzen und sann nach einer Ausrede, wie er sich unauffällig aus der Affäre ziehen konnte. Da hatte Ian bereits sein Pferd angebunden und forderte ihn auf, ihnen in das Innere des Etablissements zu folgen. Widerwillig ließ sich Jonathan von seinem Gaul gleiten.

Im Saloon herrschte ohrenbetäubender Lärm, aber der kam nicht von der Musik. Der Platz auf der Bühne war leer. Dafür johlten betrunkene Männer von allen Seiten, manche hatten junge Frauen auf dem Schoß und poussierten ungeniert mit ihnen herum. Jonathan war schrecklich unwohl, und er wäre am liebsten sogleich wieder hinausgegangen. Als seine Freunde im Gewühl verschwunden waren, schien der richtige Augenblick für den diskreten Rückzug gekommen. Er drehte sich auf dem Absatz um und steuerte gezielt den Ausgang an. In der Tür stieß er beinahe mit einer schwarzhaarigen jungen Frau zusammen. Er schätzte sie auf höchstens achtzehn. Sie trug ein knallrotes Kleid, das in der Taille so eng geschnürt war, dass er sich fragte, wie sie bei dieser Hitze überhaupt noch atmen konnte. Es hatte an diesem Tag an die dreißig Grad gehabt. Gegen Abend hatte es sich zwar abgekühlt, aber im Saloon herrschten tropische Temperaturen.

»Sie wollen doch nicht etwa schon gehen?«, fragte die schöne Dame und strich sich verführerisch durch ihre langen, dunklen Locken.

»Ich befürchte, das da ist nichts für mich«, seufzte Jonathan.

»Aber Sie müssen mir wenigstens kurz bei der Arbeit zusehen«, entgegnete sie bittend.

»Bei Ihrer Arbeit zugucken?«, fragte Jonathan sichtlich verwirrt. »Ich, ich glaube, das, das ist doch, äh …«, stammelte er.

Die junge Frau musterte ihn verdutzt, bis sie in wildes Gelächter ausbrach.

»Ach, jetzt verstehe ich, was Sie denken. Sie halten mich für ein Animiermädchen, oder? Das wäre allerdings ein seltsames Anliegen, wenn ich Ihnen anböte, mir da bei der Arbeit zuzusehen«, lachte sie aus voller Kehle.

»Sie sind also keine von den käuflichen jungen Damen?«, gab er erstaunt zurück.

»Nein, wo denken Sie hin! Ich bin hier die Sängerin. Und ich würde mich riesig freuen, wenn Sie im Publikum sitzen würden. Sie sind eine angenehme Ausnahmeerscheinung bei all diesen ungepflegten Burschen.«

»Ich weiß nicht recht. Mir ist das alles viel zu voll und zu laut. Außerdem trinke ich in der Regel keinen Alkohol.«

Die junge Frau sah ihn fordernd an. »Bitte, mir zuliebe. Ich bin Nicoletta. Und wie heißen Sie?«

»Jonathan«, seufzte er und gab sich geschlagen. Er folgte ihr zurück in das Lokal.

Nicoletta nahm ihn bei der Hand, zog ihn durch das Gedränge in die erste Reihe und schob ihn auf einen Stuhl an einem freien Tisch vor der Bühne.

»Den lasse ich immer freihalten für besondere Gäste«, raunte sie ihm verschwörerisch zu. »Und ich hole Ihnen jetzt wenigstens einen Whisky, damit Sie etwas lockerer werden und mir nicht weglaufen«, fügte sie lachend hinzu. Inzwischen hatten ihn auch seine Freunde erspäht und sich mit ihren randvoll gefüllten Gläsern zu ihm gesetzt.

»Du hast aber eine schicke Eroberung gemacht. Wer war die Dame?«, flüsterte ihm Sam zu. »Also, die würde ich nicht von der Bettkante stoßen.«

»Sie ist keines der Animiermädchen, sie singt hier«, entgegnete Jonathan entschieden. Ihm war noch immer nicht ganz wohl bei der Aussicht, den Abend in diesem Etablissement zu verbringen. Doch dann kehrte Nicoletta mit dem Whisky in der Hand zurück und wurde von seinen Freunden überschwänglich begrüßt.

»Und ihr sorgt mir dafür, dass dieser Mann nicht fortläuft. Verstanden?«, befahl sie, bevor sie auf die aus Brettern nur notdürftig zusammengezimmerte Bühne sprang und sich neben das Klavier stellte. Ein dicker, schwitzender Mann setzte sich an das Instrument und begann zu spielen. Es hörte sich in Jonathans Ohren ganz schrecklich an, aber als dann Nicoletta freche Dirnenlieder sang, entspannte er sich. Sie hatte eine raue, tiefe Stimme, mit der sie das Publikum augenblicklich in ihren Bann zog. Das Gejohle der Männer verstummte, kaum dass der erste Ton erklungen war.

Jonathan war es ein wenig peinlich, dass sie beim Singen immerzu nur ihn ansah, was natürlich auch seinen Freunden nicht entging. Chui klopfte ihm freundschaftlich auf die Schulter. »Bei der Dame hast du einen Stein im Brett«, kommentierte er in seinem lustig klingenden Englisch.

Aber auch Jonathan konnte sich ihrem Charme, ihrer Stimme und ihrer Bühnenpräsenz nicht gänzlich entziehen. Mit jedem Lied fühlte er sich entspannter, wozu auch der Whiskygenuss beitrug.

Nach dem letzten Song applaudierte er mindestens so euphorisch wie die anderen Gäste. Ihr letzter Ton war noch nicht verklungen, als sie von der Bühne sprang und direkt auf Jonathan zukam.

»Wollen wir noch einen trinken?«, fragte sie keck. Er nickte und kramte in seiner Jackentasche nach ein paar Penny, die er ihr in die Hand drückte. »Ich lade Sie ein«, sagte er.

»So kenne ich dich ja gar nicht«, scherzte Ian.

»Ich mich auch nicht«, gab Jonathan knurrend zurück, denn er empfand durchaus gemischte Gefühle. Einerseits lenkte ihn dieser Abend tatsächlich ein wenig von seinen Sorgen ab, andererseits bereitete ihm der Gedanke an Vicky ein schlechtes Gewissen. Was sie wohl dazu sagen würde, dass er in einem Saloon abhing und mit einer schönen Sängerin Whisky soff? Seine Bedenken verflogen aber in dem Augenblick, als Nicoletta sich neben ihn setzte, nachdem Ian den Platz an seiner Seite rücksichtsvoll geräumt und einen Stuhl weiter gezogen war.

»Zum Wohl, Jungs!«, sagte Nicoletta, hob ihr Glas und prostete zu allen Seiten. »Zum Wohl, Jonathan.« Sie war nun ganz nahe an ihn herangerückt, und er roch ihr betörendes Parfüm, was ihm schier die Sinne verwirrte. Diese Frau versteht es, Männer zu verführen, obwohl sie gar keines von den einschlägigen Mädchen ist. Trotzdem oder gerade deshalb nahm er sich vor, das Lokal nach dem zweiten Whisky auf schnellstem Weg zu verlassen, denn er befürchtete, über kurz oder lang den Verführungskünsten der vor Erotik nur so sprühenden Nicoletta zu erliegen. Sie erinnerte ihn stark an jene käufliche Dame, bei der er seine Unschuld verloren hatte. Eigentlich hatte er in seinem zwanzigjährigen Leben nur solche Frauen kennengelernt. Vicky war die Erste, bei der er auf den Gedanken gekommen war, sie zu heiraten. Die anderen legten es gar nicht darauf an, sondern verkauften ihre Körper an jeden, der dafür bezahlte. Nein, verliebt hatte er sich in keine von ihnen. Das war ihm zum ersten Mal bei Vicky passiert, und ihm war der Gedanke ein Gräuel, sie zu betrügen. Deshalb, so beschloss er in diesem Augenblick, würde er jetzt verschwinden, bevor es zu spät war.

»Ich glaube, wir sollten jetzt gehen«, sagte er schließlich mit belegter Stimme und stellte mit Schrecken fest, dass er mit Nicoletta, die ihn verträumt ansah, allein am Tisch saß.

»Wo sind meine Freunde?«, fragte er und sah sich irritiert um.

»Sie haben auf ein Zeichen des Chinesen ganz leise den Tisch verlassen, als du eben vor dich hingeträumt hast«, entgegnete Nicoletta, legte ungezwungen ihre Hand auf seine und streichelte sie. Jonathans Körper reagierte sofort auf diese zarte Berührung. Kein Wunder, dachte er, war er doch seit Monaten mit keiner Frau mehr zusammen gewesen.

»Machen wir einen kleinen Spaziergang?«, lockte sie ihn.

Jonathan, der sich von dem Whisky leicht benebelt, aber nicht betrunken fühlte, nickte. Ein Spaziergang ist ungefährlich, redete er sich ein. Und schon hatte Nicoletta seine Hand genommen und ihn vom Stuhl hochgezogen. Willenlos folgte er ihr nach draußen. Die Luft war frischer als am Tag, aber es war immer noch warm genug, um einen Spaziergang im Mondschein zu machen. Kaum waren sie vor der Tür, hakte sich Nicoletta bei ihm unter und kuschelte sich dicht an ihn heran.

»Wie kommt einer wie du nach Ballarat?«, fragte sie ihn. »Du wirkst wie ein Gentleman, wenn man einmal von deinen Schuhen absieht.«

Jonathan stieß einen tiefen Seufzer aus. »Das wäre ich wohl gerne, und ich werde alles in meiner Macht Stehende tun, um eines Tages ein wohlhabender Bürger zu sein, der nicht bei den Herren der feinen Gesellschaft zu Kreuze kriechen muss.« Das klang bitter.

Sie hatten jetzt die Hauptstraße verlassen und gingen auf einem dunklen Pfad, der aus der Stadt herausführte, doch der helle Mond leuchtete ihnen den Weg.

»Woher kommst du?«

»Ich bin drüben in Van Diemen's Land geboren«, erwiderte er.

Nicoletta blieb abrupt stehen und musterte ihn prüfend. »Kann es sein, dass Aborigines-Blut in dir fließt?«

Jonathan zuckte zusammen. Mit dieser Frage hatte er nicht gerechnet. Über dieses heikle Thema redete er grundsätzlich nicht, aber Nicoletta hatte mit feinem Gespür etwas bemerkt; als würde sie ihn schon viel länger kennen, und bei ihr machte er eine Ausnahme. »Meine Mutter war Ureinwohnerin. Sie sollte damals 1830 wie die restlichen an die hundert gefangen gesetzten Ureinwohner nach Flinders Island deportiert werden, aber mein Vater versteckte sie in seinem Haus. Das war nur möglich, weil er behauptete, dass meine Mutter ein Mischling war, denn sie hatte tatsächlich europäische Züge, sodass mein Vater sie retten und heiraten konnte. Sie starb bei meiner

Geburt, und ich wurde wenig später, nachdem mein Vater …«
Er stockte. Noch nie zuvor hatte er das jemandem anvertraut, aber er spürte, wie ihn der Gedanke, es endlich loszuwerden, auch befreien könnte von der Schmach, für die er überhaupt nichts konnte, die aber auf seiner Seele lastete, als hätte er ein Verbrechen begangen.

»Du musst es mir nicht erzählen, wenn es dir so schwerfällt«, raunte Nicoletta, lehnte sich mit dem Rücken an den Stamm eines Eukalyptusbaums und zog ihn ganz nahe zu sich heran.

»Ich will es aber«, erwiderte Jonathan gequält. »Mein Vater wurde kurz nach meiner Geburt in das berüchtigte Gefängnis nach Port Arthur gebracht. Dort sollte er gehängt werden. Er hatte auf einem seiner Raubzüge einen Farmer ermordet. Ihm gelang jedoch die Flucht. Nachdem die Wächter die halb verhungerten Hunde auf ihn gehetzt hatten, sprang er in Todesangst in das haifischverseuchte Wasser. Und was dann geschah, erspare ich dir. Ich wurde zur Adoption an einen kleinen Farmer gegeben. Mister Bowl, dessen Nachnamen ich heute trage. Es waren einfache, aber herzliche Leute, doch dann starben sie kurz hintereinander an einem Fieber. Ich war dreizehn und kam nach einem Diebstahl in das Point Puer Boys' Prison nach Port Arthur. Ich weiß nicht, ob du je von diesem schlimmen Gefängnis gehört hast. Das war das erste und letzte Jungengefängnis im ganzen Empire. Wir mussten hart arbeiten, und wer es nicht schaffte, wurde windelweich geschlagen, und so flüchtete auch ich, aber ich hatte mehr Glück als mein Vater. Wir konnten uns ein Boot verschaffen und wurden nicht zu Haifutter.«

»Du Armer«, seufzte Nicoletta und fuhr ihm durchs Haar. Erst zärtlich, dann immer fordernder. Jonathan liefen heiße Schauer durch den Körper. Er fühlte sich plötzlich von einer seelischen Last befreit und spürte zugleich die drängende Begierde, ihr näherzukommen.

»Und du? Wie kommst du hierher? Und wie konntest du ahnen, dass ich ein Mischling bin? War einer deiner Eltern auch ein Ureinwohner?« Jonathan atmete einmal tief durch, weil die Blätter des Eukalyptusbaumes einen erfrischenden Duft ausstießen.

Nicoletta tat es ihm gleich, bevor sie sich verlegen räusperte. Offenbar war sie es ebenso wenig gewohnt wie er, freimütig über ihre Herkunft zu plaudern.

»Ich meine, weil du so dunkel bist«, fügte er beinahe entschuldigend hinzu.

»Meine dunkle Gesichtsfarbe habe ich von meiner Mutter geerbt. Sie war das uneheliche Kind einer Magd. Ihr Vater gehörte zum fahrenden Volk und stammte aus Spanien.«

»Fahrendes Volk? Was ist das?«, fragte Jonathan neugierig nach.

»Eins nach dem anderen. Ich weiß von dem Schicksal der Mischlingskinder, weil mein Liebhaber ein ähnliches Schicksal hatte wie du. Sein Vater war Bewacher der letzten Ureinwohner, die man von Van Diemen's Land nach Flinders Island gebracht hatte. Sein Vater hatte eine der Frauen vergewaltigt … Was schaust du denn so entsetzt? Weil ich einen Liebhaber hatte? Weil sein Vater eine Frau vergewaltigt hat?«

Jonathan fühlte sie ertappt. Es stand ihm nicht zu, auf sie herabzusehen. Selbst wenn sie doch ihren Körper verkauft hatte, was er insgeheim vermutete.

»Er war ein guter Mann, der mich dem Mädchenhändler abgekauft hat. Sonst wäre ich wahrscheinlich längst tot oder eine Prostituierte geworden.«

»Du musst mir das nicht erzählen, wenn du nicht möchtest«, erklärte Jonathan rasch. Dabei wollte er lieber nichts Näheres über Nicolettas mögliche Lebensgeschichte erfahren. Die Erwähnung des Mädchenhändlers machte ihm Angst, doch Nicoletta überhörte seine Worte und fuhr fort, ihm Einzelheiten über ihre Herkunft zu verraten.

»Ich heiße eigentlich Wilhelmine und bin das zehnte Kind armer Tagelöhner aus Espa. Das liegt in Hessen. Und Hessen ist in Deutschland …«

Jonathan sah sie mit großen Augen an. Jetzt verstand er, warum sie eine so harte Aussprache besaß, wie sie für deutsche Auswanderer typisch war.

»Ich war dreizehn, als mich der Mädchenhändler meiner bitterarmen Mutter abkaufte und mit nach England nahm. Er verkaufte Fliegenwedel auf Märkten, während ich die Kunden mit meinem Drehleierspiel anlockte und dazu sang. Dass ich nicht in einem Bordell landete, hatte ich meiner Stimme zu verdanken. Und der Tatsache, dass er mich allein besitzen wollte. Als in Victoria Gold gefunden wurde, brachte er mich her, und ich nannte mich Nicoletta … und dann kaufte mich ein Mann, der es auf den Goldfeldern zu Reichtum gebracht hatte, damit ich ihm jederzeit zu Diensten war …«

Jonathan versuchte, sich nicht anmerken zu lassen, dass er genau das befürchtet hatte.

»Als Robert nach Van Diemen's Land und zu seiner Familie zurückkehrte, war ich frei, denn er gab mir eine beträchtliche Summe, damit ich mich nicht an andere Männer verkaufen musste. Und der Wirt des Saloons bat mich händeringend, bei ihm aufzutreten. Und das mache ich nun schon eine ganze Weile …«

Während Nicoletta redete, sog sie sich schier in seinen Augen fest. »Ist es nicht merkwürdig, dass wir beide uns begegnet sind? Ich glaube, das ist Schicksal.« Ohne Vorwarnung legte sie ihre Hände nun an den Stoff seiner Hose und strich über seine fordernde Männlichkeit.

Jonathan stöhnte auf. Er befand sich in einem Zustand äußerster Erregung. Nicoletta hatte etwas Animalisches an sich, das ihn gleichermaßen abstieß wie anzog. Sein Körper reagierte jedenfalls in einer Heftigkeit auf sie, die er so nicht kannte. Das war keine Liebe und sanfte Zuneigung wie bei Vicky, das war die pure Begierde zweier verlorener Existenzen im Nirgendwo …

Nicoletta, die ihm immer noch tief in die Augen blickte, hob mit der einen Hand den Rock ihres roten Kleides, nahm mit der anderen Hand seine und führte sie zwischen ihre Schenkel.

»Oh!«, stöhnte Jonathan, denn sie trug nichts unter dem Kleid und war mehr als bereit für ihn. Immer wieder stöhnte er: »Oh!«

»Komm!«, lockte sie ihn, nahm seine Hand und legte sie auf seine Hose zum Zeichen, dass er sie öffnen sollte. Wie ein Getriebener machte er sich daran, die Hose aufzuknöpfen, wobei er einen Knopf abriss. Nachdem er seine Hose ausgezogen hatte, nahm er Nicoletta bei der Hand und wollte sie zu Boden ziehen, um sie dort zu lieben, aber sie schüttelte leise den Kopf. »Es gibt hier Unmengen von Schlangen«, flüsterte sie.

Jonathan hielt inne und schien zu überlegen, wie sie sich trotz ihrer Röcke im Stehen lieben könnten. »Warte«, hauchte Nicoletta. »Ich weiß, wie wir es machen und …« Sie stockte. »Wenn du jetzt denkst, ich tue das öfter, irrst du dich. Robert war der letzte Mann, mit dem ich geschlafen habe …« Dann drehte sie ihm den Rücken zu, schaffte es mit einem gezielten Griff, den Rock ihres Kleides so geschickt zu heben, dass er nicht über ihren nackten Hintern rutschte, und bückte sich leicht.

Jonathans Atem ging stoßweise, als er sie an den Hüften packte und in sie eindrang. Sie schrien beide gleichzeitig auf vor Lust. Jonathan musste sich sehr beherrschen, um nicht sofort zu kommen, denn in dieser Position hatte er noch niemals zuvor eine Frau geliebt, und es erregte ihn unendlich. So dauerte es nicht lange, bis er mit einem lauten Aufschrei zum Höhepunkt kam. In diesem Augenblick drehte sich Nicoletta um, legte Jonathans Hand fordernd zwischen ihre Schenkel und animierte ihn, rhythmische Bewegungen mit den Fingerspitzen zu machen, bis sie einen nie enden wollenden Lustschrei ausstieß. Am liebsten hätte er sich auf den Boden gelegt, um wieder zu sich zu kommen. Nicolettas schwarzes Haar hing ihr feucht und verschwitzt ins Gesicht. Ihre Lippenschminke war verschmiert, und aus ihren Augen funkelten tausend Sterne.

»Es ist Schicksal, dass wir beide einander begegnet sind«, wiederholte sie verzückt.

Das war der Augenblick, in dem Jonathan aus seinem Rausch erwachte. Es gab keinen Zweifel: Nicoletta hatte sich in ihn verliebt und sah mehr in dieser Angelegenheit als er. Oh Gott, Vicky, dachte er erschrocken. Er hatte nicht eine Sekunde an die Frau seiner Träume gedacht, während er Nicoletta wie von Sinnen geliebt hatte. Jetzt überkam ihn das schlechte Gewissen mit aller Macht. Hastig zog er sich die Hosen wieder an, so als könnte er damit ungeschehen machen, dass er sich derart hatte vergessen können.

»Was ist mit dir, mein Liebling?«, fragte Nicoletta mitfühlend, denn auch ihr war nicht entgangen, wie verstört Jonathan plötzlich wirkte. Sie streichelte ihm zärtlich über die Wange.

Jonathan holte ein paarmal tief Luft. Dann blickte er an ihr vorbei nach oben zum sternenklaren Himmel, als ob von dort eine Antwort kommen könnte. »Wir werden uns niemals wiedersehen, Nicoletta. Ich habe eine Braut in Melbourne, und nichts auf dieser Welt wird mich davon abbringen, bei ihrem Vater um ihre Hand anzuhalten, sobald ich mein Glück gemacht habe.«

Nicoletta verzog keine Miene. »Warum erst, nachdem du dein Glück gemacht hast. Liebe stellt keine Bedingungen. Ich würde dich auch nehmen, wenn du arm bleibst.«

Jonathan sah sie mit einem warmherzigen Blick an. Nicoletta war eine wunderbare, mitfühlende Frau, aber sein Herz gehörte nun einmal Vicky. Vielleicht hätte aus Nicoletta und mir etwas werden können, dachte Jonathan, wenn ich sie früher getroffen hätte.

»Es ist nicht sie, die Bedingungen stellt, sondern es ist ihrer gesellschaftlichen Stellung geschuldet. Ihr Vater ist Richter am Obersten Gericht in Melbourne, und er hat die üblichen Vorbehalte gegen Goldsucher, die in der feinen Gesellschaft vorherrschen. Ich kann ihm so nicht vor Augen treten und um die Hand seiner Tochter anhalten. Er würde mich hinauswerfen.«

»Aber wenn sie dich wirklich liebt, soll es ihr doch herzlich gleichgültig sein, was ihr Vater zu dieser Verbindung sagt. Wenn sie dich wirklich liebt, würde sie dich auch als armen Schlucker zum Mann nehmen.« Das klang trotzig und entschieden.

Jonathan stieß einen tiefen Seufzer aus. »Wahrscheinlich denkt sie genauso wie du, aber ich wäre nicht glücklich, würde ich sie aus ihrem goldenen Käfig in die Hölle der Armut befördern. Das könnte ich mir niemals verzeihen. Vicky hat es verdient, wie eine Prinzessin behandelt zu werden, und so werde ich sie niemals zur Bettlerbraut machen.«

»Das heißt, du wirst sie nicht heiraten, wenn du kein Riesennugget findest, das dich auf einen Schlag reich macht?«

»Das bedeutet, dass ich einen solchen Klumpen oder am besten gleich mehrere finden muss!«

»Du weißt, dass so ein Fund nicht mehr so wahrscheinlich ist wie vor zwei Jahren, oder?«, fragte sie kritisch nach.

»Natürlich weiß ich das, aber ich habe im Busch versteckt

einen Felsen gefunden, wo noch keiner von den anderen gewesen ist, und ich bin mir sicher, dort werde ich fündig«, erklärte Jonathan mit Nachdruck.

»Bislang hast du dort aber noch nichts gefunden, oder?«, hakte Nicoletta neugierig nach.

»Was willst du damit sagen?«, fauchte Jonathan sie an. Mit jeder Nachfrage seitens dieser Frau wurde Jonathan immer bewusster, dass er sich an eine Illusion klammerte. Wenn er es sich richtig überlegte, blieb ihm kaum mehr Zeit, sein Glück zu machen. Und wenn er ganz ehrlich sich selbst gegenüber war, wusste er, dass er verloren hatte, aber das würde er Nicoletta gegenüber nicht zugeben.

»Ich möchte wissen, was du tun wirst, wenn sich das Glück, das du dir so sehnlich wünschst, nicht einstellt?«

»Dann werde ich auf den Goldfeldern so lange Staub zusammenklauben, bis ich genügend verdient habe, um mir wenigstens ein kleines Stück Land zu kaufen«, erwiderte Jonathan entschieden.

»Und würdest du das allein bewirtschaften wollen?« Nicolettas Blick war zu entnehmen, dass sie mit dieser Frage auf ihre eigene Person abzielte.

»Nein, es könnte sein, dass ich dann eine andere Frau bitten werde, mit mir zu kommen«, sagte Jonathan leise und sah Nicoletta tief in die Augen.

»Dann weiß ich gar nicht, ob ich dir wirklich das große Glück wünschen soll«, entgegnete Nicoletta zögernd.

Er sah sie leicht verärgert an. »Ich werde es auch ohne deine Wünsche haben«, murmelte er. »Und jetzt würde ich gern zurückgehen. Ich bringe dich noch nach Hause. Es ist zu gefährlich, wenn du allein durch die nächtlichen Straße gehst.«

»Diese Vicky ist wirklich zu beneiden. Was würde ich darum geben, wenn mir so ein Kerl wie du sein Herz zu Füßen legen würde. Und hast du gar keine Angst, dass der Vater dir die Hand seiner Tochter verweigert, selbst wenn du der wohlhabendste Mann von ganz Victoria werden würdest, weil du ein Abo-«

»Sprich es nicht aus!«, zischte Jonathan. »Ich würde es immer abstreiten, denn meine Eltern, Mister und Misses Bowl, waren ein weißes Farmerehepaar. Und jetzt lass uns gehen.«

Jonathan hielt einen beträchtlichen Abstand zu Nicoletta, während sie zurück in die Stadt gingen. Zu groß war seine Angst, dass eine zufällige körperliche Berührung mit dieser Frau das Feuer in seinen Lenden erneut anfachen und zum Vulkan werden lassen könnte.

Nicoletta machte ihrerseits keinerlei Anstalten, ihm näherzukommen. Im Gegenteil, sie hielt Abstand, vermied es, ihn anzusehen, und zog es vor zu schweigen.

Vor dem Saloon hielt sie an. »Mein Zimmer ist oben über dem Gastraum«, sagte sie. »Danke für die Begleitung.«

Plötzlich bereute Jonathan, dass er so hart mit ihr umgegangen war. Sie war eine großartige Frau und konnte rein gar nichts dafür, wenn er sein Ziel verfehlen würde. Er konnte wirklich schlecht von ihr verlangen, dass sie für sein Glück mit einer anderen Frau betete.

Jonathan umfasste ihre Taille und sah ihr in die Augen, aus denen es verdächtig feucht schimmerte. Das rührte ihn zutiefst. Nicoletta begann, echte Gefühle für ihn zu hegen, und er war gerade im Begriff, ihr wehzutun.

Dabei hatte sie doch nur die Wahrheit gesagt: Das Spiel war längst aus. Und er hatte verloren. Er wäre ein Narr, wenn er sich weiterhin derartigen Illusionen hingeben würde. Ein einziges Mal in der ganzen Zeit hatte er Glück gehabt und ein Nugget gefunden, aber nicht am Fluss, sondern auf einer kleinen Ebene hinter der Stadt bei den Sümpfen. Für ein paar Stunden hatte er geglaubt, am Ziel seiner Träume zu sein. Er hatte so viel von dem Land erworben, wie der Wert des Nuggets hergab, und einen Zaun um seinen Claim gezogen. Jeden Abend nach der harten Arbeit am Fluss war er hergekommen und hatte im Mondschein jeden Millimeter abgesucht, aber nicht einmal Goldstaub hatte er gefunden. Weiß der Teufel, wie das Nugget dort hingelangt ist, vielleicht hat es jemand dort versteckt, mutmaßte Jonathan. Auf eine Goldader war er jedenfalls nicht gestoßen.

»Verzeih mir, dass ich dich so hart angegangen bin«, murmelte er entschuldigend. »Ich will partout nicht wahrhaben, dass ich womöglich einer Chimäre nachrenne. Aber ich würde jetzt gern allein sein. Es geht mir so viel im Kopf umher.«

Jonathan drehte sich auf dem Absatz um und verschwand im Dunkel der Nacht.

Nachdenklich machte er sein Pferd los und ritt zurück in das Zeltlager der Goldgräber unten am Fluss.

In der Nacht wachte er wiederholt schweißgebadet auf und hatte schreckliche Albträume, in deren Mittelpunkt stets Vicky stand, aber eine andere, als er sie kennengelernt hatte. Eine verhärmte, frühzeitig ergraute Frau, die in einem zerschlissenen Kleid eine ärmliche Hütte kehrte. Sie beklagte sich mit keinem einzigen Wort, aber aus ihren Augen sprach die Frage: Warum, Jonathan, warum hast du mir das angetan?

Als der Morgen graute, hatte er rasende Kopfschmerzen und das Gefühl, der Schädel würde ihm platzen. Und auch im wachen Zustand sah er immer wieder diese bitterarme Vicky vor seinem inneren Auge. Mühsam versuchte er fortwährend, sich einzureden, dass ihn doch nur ein Nugget von dem Reichtum trennte, der einer Vicky würdig war, aber sein Optimismus, sein Kampfgeist schienen über Nacht verschwunden …

Gebeugt wie ein alter Mann schlurfte er zum Tisch und holte seine Schreibutensilien hervor. Die Worte flossen nur so aus ihm heraus. Dann las er sein Werk und war versucht, es zu vernichten, weil ihm die Aussicht, Vicky niemals wiederzusehen, schier die Kehle zuzuschnüren drohte. Aber wollte er seine Liebste wirklich in tiefste Armut und damit in ihr Unglück stürzen? Denn er glaubte nicht mehr an ein Wunder. Dort, wo vorher Hoffnung gewohnt hatte, war nichts als Leere. Ja, er würde diesen Brief abschicken und hoffte, dass Vicky nach dem ersten Schock bald einen anderen Mann finden würde. So wunderschön wie sie ist, wird das nicht lange dauern, redete sich Jonathan gut zu, während sich sein Herz verkrampfte. Es tat ihm so unendlich weh, sie gehen zu lassen und freizugeben, aber es war das Beste, was er für sie tun konnte. Alles andere wäre entsetzlich egoistisch und würde das Leben dieser bezaubernden Frau zerstören. Sie hatte etwas Besseres verdient, als an der Seite eines glücklosen Goldgräbers zu leben, von ihrer Familie verstoßen und in Verhältnisse gedrängt, die ihr völlig fremd waren.

Und während sich Verzweiflung und Mutlosigkeit in ihm ausbreiteten, durchfuhr ihn wie aus heiterem Himmel ein Gefühl von Sieg. Und vor seinem inneren Auge entstand ein Bild, das ihn zeigte: in einem feinen Zwirn vor einem riesigen Haus, seinem Haus. Ja, er hatte es geschafft. Wie eine lästige Fliege verscheuchte er diese Fata Morgana, die er seiner Übermüdung zuschrieb. Er zog sich rasch an, schnappte sich den Brief und machte sich auf nach Ballarat, um ihn noch heute auf den Weg zu bringen, denn wenn er es nicht sofort erledigte, würde ihn sein Mut doch noch verlassen. Ich tue es aus Liebe, sprach er sich gut zu, aus Liebe zu der Frau meines Lebens. Tränenblind ritt er durch den Morgen.

8

»Meine Geliebte,
es sind nur noch ein paar Wochen bis zu deinem Geburtstag, und ich bin meinem Ziel, als gemachter Mann um deine Hand anzuhalten, ferner denn je. Das Gold, das ich gefunden habe, reicht gerade eben zum Überleben. Und nicht dazu, eine Familie zu gründen.

Ich liebe dich und würde dir alles geben, wenn ich etwas hätte, aber ich werde dir nicht zumuten, an der Seite eines glücklosen Goldsuchers in ärmlichen Verhältnissen zu leben. Selbst wenn du dieser Vorstellung jetzt noch etwas Romantisches abgewinnen könntest, so würde sich das im Alltag früher oder später verflüchtigen und schlimmstenfalls in das Gegenteil umschlagen. Ja, ich befürchte, du würdest mich früher oder später dafür hassen, dass ich dich aus deiner Familie gerissen und in meine Niederungen herabgezogen habe. Ich bin gezwungen, unter großen seelischen Schmerzen, meine Träume und Illusionen zu begraben. Stattdessen werde ich so lange auf den Goldfeldern schuften, bis ich wenigstens das Geld beisammen habe, um ein klein wenig Land zu kaufen und mir ein Haus zu bauen. Vielleicht wirst du jetzt denken, dass das doch eine Perspektive auch für dich sein könnte, aber mach dir nichts vor. Du bist nicht die Frau, die eine Farm bewirtschaftet, um das Überleben zu sichern. Du bist ein großes Haus und Hausangestellte gewohnt, die dich bedienen. Glaub mir, mein Schatz, es will mir schier das Herz brechen, aber ich darf nicht so egoistisch sein, dich an mich zu binden. Ich gebe dich frei und wün-

sche mir von ganzem Herzen, dass du einen guten Mann findest, der dir all das bieten kann, was mir niemals vergönnt sein wird …«

Obwohl Vicky sich Jonathans Brief bereits drei Mal laut vorgelesen hatte, wurde sie an dieser Stelle jedes Mal aufs Neue fuchsteufelswild. Sie ballte die Fäuste und murmelte wütend: »Du willst mich in den Armen eines anderen sehen? Ich fasse es nicht. Warum denken immer alle, sie müssten entscheiden, was gut für mich ist und was nicht!«

Zornig warf sie den Brief zu Boden. Warum fragte er sie nicht? Warum stellte er sie vor vollendete Tatsachen?

»Kind, das Essen steht auf dem Tisch!«, hörte sie von draußen die Stimme ihrer Mutter rufen, doch sie entgegnete in gequältem Ton: »Mutter, mir ist nicht wohl. Lass mich ruhen. Ich kann nichts essen.«

Und schon konnte Vicky dabei zusehen, wie die Türklinke heruntergedrückt wurde, aber das ließ sie kalt, denn sie hatte sich mit dem Brief in ihrem Zimmer eingeschlossen.

»Sophie Victoria, mach sofort die Tür auf!«, befahl ihre Mutter, aber Vicky kümmerte sich nicht um das Gezeter und Klopfen. Es war ihr in diesem Moment völlig gleichgültig, ob ihr Ungehorsam Konsequenzen haben würde. Vicky hatte ganz andere Sorgen. Sie musste eine Entscheidung treffen, denn sie war keinesfalls gewillt, sich Jonathans selbstherrlich getroffener Entscheidung unterzuordnen. Nein, sie würde ihn nicht einfach sang- und klanglos aufgeben. Die Frage war nur, wie sie vorgehen sollte. Und ganz langsam reifte ein gefährlicher Plan in ihr. Wenn er nicht zu ihr kam, würde sie eben bei ihm auftauchen und ihn davon überzeugen müssen, dass sie kein verwöhntes Prinzesschen war. Nur, wie sollte sie das bewerkstelligen, ohne dass ihre Eltern dahinterkamen? Selbst wenn sie vorgab, nach Sydney zu Marthas Geburtstag zu reisen, würde das nicht funktionieren, weil ihre Mutter darauf bestehen würde, sie zu begleiten ... Plötzlich fiel Vicky siedend heiß eine zufällige Begegnung mit Mister Bradshaw ein. Es hatte an jenem Tag in Strömen geregnet, und die Elizabeth Street war wie so oft im Herbst schier unpassierbar gewesen. Da war der edle Retter Frederik erschienen und hatte sie zu den ein Stück weiter über die Straße gelegten Brettern geführt, die eigens dafür gedacht waren, dass Damen bei ihren Einkäufen keine nassen Füße bekamen. Sie waren kurz ins Gespräch gekommen, und Frederik hatte ihr erzählt, dass er Ende November für längere Zeit beruflich nach Sydney müsse. Sie hatte ihm von ihrer Einladung zu Marthas Geburtstag berichtet und versprochen, dass sie, wenn sie wirklich fahren würde, dieselbe Postkutsche nehmen würde. Daran hatte sie gar nicht mehr gedacht, weil sich ihre ganzen Gedanken ausschließlich um die Frage gedreht hatten, ob Jonathan es schaffte, vor ihrem eigenen Geburtstag aus Ballarat zurückzukehren und um ihre Hand anzuhalten. Als sich abzeichnete, dass das wohl nichts werden würde, hatte sie schweren Herzens abgesagt. Für den Fall, dass Jonathan sie überraschte und doch noch rechtzeitig vor ihrer Tür stand. Denn dann konnte sie schließlich unmöglich in Sydney sein. Und nun würde sie Frederik mitteilen, dass sie doch mit derselben Postkutsche reisten, jedenfalls offiziell ... Vicky klatschte vor Begeisterung über ihre geniale Idee in die Hände. Jetzt wusste sie, was sie zu tun hatte. Rasch zog sie sich eines ihrer hübscheren Kleider an, ließ den Brief in der Schublade ihres Sekretärs verschwinden und schloss die Tür auf. Fröhlich vor sich hinsummend verließ sie ihr Zimmer, doch die gute Laune verging ihr, als sich ihr im Flur ihre Mutter Anne in den Weg stellte.

»Sophie Victoria! Bist du von allen guten Geistern verlassen? Ich habe dich schon halb tot in deinem Bett liegen sehen.«

»Ach, Mutter, es war nur ein kleiner Schwächeanfall. Es geht mir schon viel besser. Ich glaube, ich kann sogar zum Mittagessen kommen«, gab Vicky hastig zurück.

»Sophie Victoria, es ist doch irgendetwas faul. Das spüre ich. Was führst du im Schilde, Kind?«

Vicky setzte eine Unschuldsmiene auf. »Also wirklich, Mutter, freu dich doch, dass es mir wieder besser geht.«

Sie folgte ihrer Mutter an den Mittagstisch, wobei sie kaum einen Bissen hinunterbekam. Wie durch einen Schleier nahm sie das Geplapper ihrer Mutter und Louises wahr. Fieberhaft dachte sie an ihren Plan und fragte sich, ob Frederik mitspielen würde.

»Träumst du? Ich habe dich etwas gefragt.« Die Stimme ihrer Mutter riss sie aus ihren Gedanken.

»Mutter fragt nach, welche Gäste du zu deinem Geburtstag einladen möchtest. Ich gehe doch mal schwer davon aus, dass mein Verlobter willkommen ist.«

»Geburtstag?«, gab Vicky irritiert zurück.

»Schon vergessen? Es ist nur noch vier Wochen hin.«

Jetzt oder nie, schoss es Vicky durch den Kopf, und sie holte tief Luft. »Ich werde nicht in Melbourne sein, weil ich es mir doch anders überlegt habe. Ich fahre zu Marthas Geburtstag nach Sydney und bleibe auch über meinen eigenen dort. Sonst lohnt sich die lange Reise nicht.«

Ihre Mutter und ihre Schwester warfen sich fragende Blicke zu.

»Aber hattest du nicht neulich erst abgesagt?«

Vicky nickte eifrig. »Ja, aber nun habe ich es mir noch einmal anders überlegt.« Innerlich zählte sie bis drei. Wenn ihre Mutter jetzt nicht mit dem Vorschlag kam, sie zu begleiten, hatte sie gewonnen. Und zwar auf ganzer Linie. Dann musste sie nämlich gar nicht erst Frederik in ihre Pläne involvieren.

»Gut, machen wir es so«, seufzte Anne, als Vicky noch nicht bei der Drei angekommen war.

»Du musst auch gar nicht mitkommen. Ich kann sehr gut allein mit der Kutsche reisen. Du wirst dich nur unnötig langweilen.«

Anne musterte ihre Tochter entgeistert. »Sophie Victoria, was redest du für einen Unsinn. Ich würde mich sehr freuen, Misses Cunningham wiederzusehen.«

Vicky kam ins Schwitzen. Wenn sie das nicht rechtzeitig verhindern konnte, war ihr ganzer schöner Plan durchkreuzt. Sie musste alles auf eine Karte setzen, selbst auf die Gefahr hin, dass Frederik Bradshaw ihr noch einen Strich durch die Rechnung machen würde. »Mutter, ich wollte es dir eigentlich in Ruhe und unter vier Augen sagen. Mister Bradshaw fährt an demselben Tag nach Sydney auf eine Geschäftsreise, und es wäre natürlich eine günstige Gelegenheit, ich meine, natürlich könntest du mitkommen, aber ich habe das Gefühl, er hat etwas auf dem Herzen …« Vicky zwinkerte ihrer Mutter verschwörerisch zu. Anne verstand sofort, und ein Strahlen ging über ihr Gesicht. »Da will ich natürlich nicht stören. Ja, wenn das so ist.«

»Findest du das nicht ein bisschen seltsam, dass der feine Herr erst mit deiner Tochter verreisen möchte, um ihr einen Antrag zu machen?«, fasste Louise nach. »Wenn der Herr seriöse Absichten hat, fresse ich einen Besen.«

Vicky vergaß für einen kleinen Augenblick ihre guten Vorsätze und streckte ihrer Schwester die Zunge heraus.

»Mutter? Hast du das gesehen?«, empörte sich Louise, aber Anne schien so angetan von der Aussicht, auch Vicky bald unter der Haube zu haben, dass sie die Beschwerde ihrer Älteren völlig ignorierte.

»Du erlaubst es also?«, fragte Vicky, sprang auf und umarmte ihre Mutter überschwänglich. Damit war schon einmal eine große Hürde genommen. Nun hing alles an Mister Bradshaw.

»Mutter, gestattest du, dass ich ihm die gute Nachricht persönlich überbringe?«

»Ja, geh nur«, sagte Anne gönnerhaft.

»Sag mal, wo hast du deinen Galan überhaupt wiedergetroffen? Bei uns war er jedenfalls nicht mehr zu Besuch. Oder seht ihr euch heimlich auf Parkbänken?«, hakte Louise misstrauisch nach.

»Neulich auf dem Weg zur Schneiderin bin ich ihm in der Elizabeth Street zufällig begegnet. Da berichtete er, dass er demnächst nach Sydney reisen müsse«, sagte Vicky wahrheitsgemäß.

»Was für Zufälle es doch gibt«, murmelte Louise spöttisch.

»Louise, jetzt gehst du aber zu weit!«, rügte Anne ihre Tochter. »Für Mister Bradshaw würde ich die Hand ins Feuer legen. Er wird sich doch nicht mit Vicky auf dunklen Parkbänken herumdrücken!«

»Schon vergessen, dass er sie in unserem Garten geküsst hat!«, gab Louise bissig zurück.

»Bist du etwa neidisch, weil dein Mister Cumberland dich noch nicht geküsst hat?«, bemerkte Vicky und weidete sich daran, dass ihre Schwester knallrot anlief. »Oder hat er dich etwa auch schon im Garten geküsst?«

»Das ist doch etwas ganz anderes. Er ist mein Verlobter!«, knurrte Louise.

»Darf ich jetzt zu ihm, Mutter?«

Anne musterte ihre Jüngste kritisch. »Ja, lass dich zu ihm bringen. Du siehst ganz passabel aus, aber sag dem Herrn, dass ich ihn auch noch zu sprechen wünsche, bevor ihr abreist. Lad ihn doch einfach übermorgen zum Tee zu uns ein.«

»Gut, Mutter«, versprach Vicky und verließ eilig das Haus. Bei jedem Schritt, mit dem sie sich dem Handelshaus Bradshaw näherte, wurde ihr allerdings mulmiger zumute. Wenn Frederik nicht ihre einzige Hoffnung wäre, sie würde auf dem Absatz umdrehen. Was, wenn er sie auslachen oder ihr die Bitte einfach abschlagen würde?

Ihr Herz pochte bis zum Hals, als sie das hochherrschaftliche Gebäude an der Flinders Street betrat. Sie hatte jetzt so ein unerträgliches Lampenfieber, dass sie Sorge hatte, keinen Ton herauszubringen. Doch dann stand sie schließlich vor seiner Bürotür und klopfte beherzt. Als seine tiefe Stimme sie hereinbat, atmete sie ein paarmal tief durch, trat ein und erstarrte. Frederik Bradshaw hielt eine bildhübsche Brünette in ihrem Alter im Arm und gab ihr vor Vickys Augen einen Kuss auf die Wange. Das hätte ich mir ja gleich denken können, dass er alle Frauen mit seinem Charme einlullt, um sich nicht festlegen zu müssen, dachte Vicky leicht verärgert, hoffentlich kann er sich überhaupt noch daran erinnern, dass er mir seine Hilfe angeboten hat.

Frederik Bradshaw warf ihr einen flüchtigen Blick zu. »Einen kleinen Augenblick bitte«, verkündete er lächelnd und wandte sich wieder der Dame zu. Die Brünette gab ihm nun ihrerseits einen Kuss auf die Wange. Dass sich die beiden vor mir gar nicht genieren, ging es Vicky gereizt durch den Kopf.

Endlich lösten sie sich aus ihrer Umarmung, und Frederik trat auf Vicky zu. Er reichte ihr die Hand, während die brünette Schönheit, die sich, wie Vicky grimmig feststellte, vom Typ in die Riege der Frauen einreihen konnte, zu der auch ihre Mutter und ihr Schwester gehörten: zart, lockig und mit Puppengesicht, winkend zur Tür ging und das Büro verließ.

»Sie haben sich ja schnell getröstet«, hörte sich Vicky da bereits sagen und hielt sich erschrocken den Mund zu. »Verzeihen Sie, Mister Bradshaw, das war dumm, ich meine, das ist mir nur so herausgerutscht«, stammelte sie.

Er lächelte breit. »Na ja, schnell will ich nicht gerade sagen. Oder haben Sie schon vergessen, dass wir uns bereits vor Wochen an der schlammigsten Stelle der Elizabeth Street gesehen haben, und jetzt haben wir Ende November.«

»Ich sagte ja bereits, dass es mir leidtut. Ich habe kein Recht, Sie auf solche persönlichen Dinge anzusprechen«, bemerkte Vicky entschuldigend.

»Ach, das finde ich eigentlich ganz charmant. Das könnte immerhin bedeuten, dass ich Ihnen doch nicht ganz gleichgültig bin«, lachte Frederik.

»Sie sind wohl gar nicht eingebildet«, entgegnete Vicky, der es furchtbar unangenehm war, dass sie ihn überhaupt auf diese Frau angesprochen hatte. »Mich geht es jedenfalls nichts an, wenn Sie sich mit einer hübschen Dame treffen.«

»Darf ich ihr das ausrichten, dass Sie sie hübsch finden?«

»Jetzt nehmen Sie mich aber auf den Arm. Lassen Sie uns bloß das Thema wechseln.« Vicky rollte genervt mit den Augen.

»Nein, das meine ich ganz ernst. Ich glaube, meine Schwägerin würde sich über das Kompliment wirklich freuen. Aber was führt Sie zu mir?«

Vicky räusperte sich verlegen. Ihr war es nicht nur furchtbar peinlich, dass sie seine Schwägerin für seine neue Flamme gehalten hatte, sondern vor allem, dass sie sich so zickig benommen hatte. Selbst wenn es seine zukünftige Frau gewesen wäre, würde sie das gar nichts angehen.

»Mister Bradshaw, ich brauche Ihre Hilfe.«

Er musterte sie prüfend. »Ist was mit Ihrem Goldgräber?«

Vicky wand sich ein wenig. »Ja, es geht um ihn, aber ich möchte Sie lieber nicht in die Geschichte involvieren. Wenn etwas schiefgeht, ist es besser, Sie wissen von nichts.«

»Sie machen es aber spannend. Hört sich nach einem Komplott an.«

»Na, etwas in der Art«, gab Vicky zu. »Sie müssen gar nicht viel tun. Nur am Sonntag kurz zum Tee bei uns erscheinen und meinem Vater von Ihrer Reise nach Sydney berichten.«

Frederik sah sie entgeistert an.

»Sie fahren doch noch nach Sydney, oder hat sich etwas an Ihren Plänen verändert?«, fügte sie besorgt hinzu.

»Nein, ich nehme am Mittwoch um sieben Uhr früh die Postkutsche nach Sydney und kehre so zurück, dass ich rechtzeitig zu Weihnachten wieder in Melbourne bin, denn das würde mir William nie verzeihen, auch wenn er sich im Hause meiner Schwägerin und meines Bruders ausgesprochen wohlfühlt. Aber mögen Sie einmal erklären, warum ich zu Ihnen zum Tee kommen soll, um Ihren Vater mit meiner anstehenden Geschäftsreise zu langweilen?«

»Ich habe Ihnen doch erzählt, dass ich eine Einladung zu Martha Cunninghams Geburtstag habe und dass ich, wenn ich fahre, dieselbe Kutsche nehmen würde ...«

Ein Lächeln umspielte seine Lippen. »Das ist eine ausgesprochen angenehme Überraschung. Natürlich werde ich Ihren Eltern beim Tee versichern, dass es mir eine Ehre ist, Sie nach Sydney zu begleiten.«

Vicky wand sich. Wie sollte sie ihm möglichst schonend beibringen, dass die Sache einen Haken hatte?

»Also, es ist so, also ... es ist durchaus möglich, dass ich, also, ich gar nicht in der Kutsche sitzen werde ... und Sie das nicht meinen Eltern sagen. Ich meine, wenn Sie meinen Eltern nicht beim Tee versichern, dass Sie auch mit der Postkutsche fahren, käme meine Mutter mit ...«, stammelte Vicky.

»Ich verstehe kein Wort. Ich soll Ihren Eltern also erzählen, dass ich nach Sydney reise, damit sie Ihnen erlauben, ohne Ihre Frau Mutter mit der Postkutsche zu fahren, in der Sie aber dann vielleicht gar nicht reisen werden?«

Vicky stieß einen tiefen Seufzer aus.

»Ja, Frederik, ich brauche Sie als Alibi!«

»Das ist aber eine reizende Aufgabe, die Sie mir da zugedacht haben«, spottete er.

»Bitte, Frederik, ich weiß, das wäre sehr viel von Ihnen verlangt, wenn Sie mir dadurch ermöglichten, allein zu reisen, aber mir fällt keine andere Lösung ein. Ich muss dringend etwas klären«, flehte sie ihn an.

Frederik Bradshaw legte die Stirn in Falten. »Hm, ich weiß nicht so recht. Ich habe ein ungutes Gefühl.«

»Bitte! Lieber Frederik, Sie sind meine einzige Rettung. Jonathan will mich nicht wiedersehen, weil er mir nicht zumuten möchte, die Frau eines armen Schluckers zu werden, aber er darf die Hoffnung doch nicht einfach aufgeben. Und wenn er noch ein Jahr länger braucht, um reich zu werden.«

Frederik hatte jetzt die Augen fest zusammengekniffen und musterte Vicky voller Skepsis. »Ihr Freund scheint sehr vernünftig zu sein. Sie kommen nun mal aus einer anderen Welt als er …«

»Das hat er wortwörtlich gesagt«, unterbrach sie ihn aufgeregt.

»Vicky, am Anfang mag es so gewesen sein, dass wenige Leute viel Gold gefunden haben, aber die Zeiten sind vorbei. Jetzt ist es wirklich Glückssache, wenn jemand dadurch reich wird. Was meinen Sie, wie viele von den Männern auf den Goldfeldern völlig ausgebrannt und krank zurückkommen? Machen Sie keinen Unsinn. Hören Sie auf Ihren Freund.«

Vicky sah Frederik herausfordernd an. »Was ist nun? Tun Sie mir den Gefallen oder nicht? Merken Sie gar nicht, dass Sie nun auch noch versuchen, mich zu bevormunden? Ich bin kein Kind mehr!«

»Nein, das sind Sie ganz gewiss nicht. Sie sind eine äußerst mutige junge Frau, aber ich würde es mir niemals verzeihen, wenn Ihnen etwas zustieße.«

Vicky rollte genervt mit den Augen. »Ich begebe mich doch nicht in Gefahr. Wo denken Sie hin! Ja oder nein?«

Frederik stöhnte laut auf. »Sie sind eine echte Nervensäge. Ja, ich mache es …«

Er hatte noch gar nicht ausgeredet, als Vicky ihn stürmisch umarmte. »Sie sind ein Schatz. Das werden Sie niemals bereuen.«

»Dann verraten Sie mir jetzt, was Sie vorhaben?«

»Nein, und zwar zu Ihrem Schutz. Wenn die Sache auffliegt, können Sie sich mit ruhigem Gewissen damit aus der Affäre ziehen, dass Sie mir nur einen kleinen Gefallen tun wollten, aber keinen Schimmer hatten, warum Sie sich als mein angeblicher Reisebegleiter ausgeben sollten. Behaupten Sie einfach, ich hätte Ihnen mein Leid geklagt, dass ich auf keinen Fall mit meiner Mutter hatte reisen wollen, weil sie mir dann sechs Tage in den Ohren gelegen hätte, was Sie für eine wunderbare Partie sind …«, lachte Vicky.

Frederik machte eine abwehrende Handbewegung. »Hauptsache, Sie haben Spaß an der Angelegenheit. Aber gut, ich werde Ihnen diesen Gefallen tun, allerdings nur unter einer Bedingung: Wenn Sie Ihren Freund nicht davon überzeugen können, Sie zu heiraten, dann denken Sie an mich.«

»Und ob«, rief Vicky übermütig und war bereits bei der Tür.

»Vicky, und Sie müssen mir noch etwas versprechen: Sie nutzen mein Alibi nicht, um von zu Hause durchzubrennen, oder?«

»Nein, wobei ich Ihnen nicht versprechen kann, dass ich dies zu einem späteren Zeitpunkt nicht tatsächlich in Erwägung ziehe. Aber nur, wenn Jonathan Manns genug ist, mitzumachen und meine Eltern sich stur stellen. Doch damit haben Sie dann rein gar nichts zu tun«, entgegnete sie überzeugend.

»Und Vicky, noch etwas. Sagen Sie Ihrer Mutter, dass ich zum Tee komme, aber wundern Sie sich nicht, wenn am Sonntagvormittag eine Nachricht von mir kommt, dass ich unpässlich bin. Ich werde Ihren Eltern nicht noch ins Gesicht lügen.«

»Das tun Sie doch gar nicht! Sie berichten nur von Ihrer Geschäftsreise! Und das ist doch nichts als die Wahrheit.«

»So kann man sich das auch zurechtlegen«, erwiderte er kopfschüttelnd. »Ich ahne doch, dass Sie gar nicht in derselben Kutsche reisen werden wie ich.«

»Das stimmt, ich nehme die Kutsche nach Balla-« Erschrocken schlug sie sich die Hand vor den Mund.

Frederik runzelte kritisch die Stirn. »Ich habe nichts gehört«, brummte er. »Aber Sie verstehen, warum ich keine Lust habe, bei Ihnen Tee zu trinken. Es ist schon schlimm genug, dass ich mich überhaupt in Ihre Pläne verwickeln lasse.«

»Oh, da fällt mir noch etwas ein. Einen kleinen Gefallen müssten Sie mir vielleicht noch tun. Mich mit Ihrer Kutsche in der Spencer Street abholen. Sonst bekommt mein Vater es fertig, bringt mich mit seiner Kutsche zur Station und wartet, bis sie abfährt. Und dann muss ich tatsächlich mit Ihnen nach Sydney reisen.«

»Was auch das Vernünftigste wäre. Sie hätten mal Abstand von der ganzen Sache, könnten sich durch den Kopf gehen lassen, ob Ihr Freund nicht ganz recht damit hat, Sie in Ihrer Welt zu lassen, und würden sich vielleicht solche Flausen aus dem Kopf schlagen, einen Mann zu überfallen.«

Vicky lief knallrot an. »Wie kommen Sie denn darauf?«

Er zuckte die Achseln. »Na ja. Er wird sicher nicht ahnen, dass Sie ihn in Ballarat aufsuchen wollen. Sie wissen, dass das ein ziemlich finsterer Ort ist, oder?«

»Jonathan wird mich beschützen!«, entgegnete sie trotzig.

»Sie sind wirklich ein Teufelsweib«, stieß er halb bewundernd hervor.

»War das jetzt ein Kompliment?«, gab sie zurück.

»Bilden Sie sich ja nichts darauf ein. Ich mache das nur, damit Sie mir nicht mein ganzes Leben lang Vorwürfe machen, ich hätte verhindert, dass Sie nicht mit Ihrer großen Liebe zusammengekommen sind.«

Vicky stutzte. Hatte er das gerade wirklich gesagt? Ihr wurde heiß und kalt. Wenn Sie das richtig verstand – und so viele Möglichkeiten, seine Worte zu deuten, gab es nicht –, ging er davon aus, dass die ganze Sache mit Jonathan schiefgehen und sie doch früher oder später seine Frau werde würde. Am liebsten hätte sie ihm an den Kopf geworfen, dass das nie geschehen würde! Aber sie durfte ihn jetzt nicht verärgern, auch wenn es sie maßlos reizte, ihn von seinem hohen Ross zu holen. Wie konnte er es nur für möglich halten, dass aus ihnen beiden doch etwas werden könnte. Ich werde ihn vom Gegenteil überzeugen, wenn ich erst Misses Bowl bin, dachte sie trotzig.

»Drücken Sie mir die Daumen, dass alles glattgeht.«

»Die Daumen drücke ich Ihnen gern, aber dafür, dass Sie gesund und munter zurückkehren und das tun, was vernünftig ist.«

Vicky hätte am liebsten erwidert, dass diese Reise das Vernünftigste war, was sie jemals tun würde, aber sie hauchte nur ein leises »Danke!«.

9

Vicky verließ das Handelshaus Bradshaw mit gemischten Gefühlen. Jetzt hatte sie zwar freie Bahn, aber Frederiks offene Worte hatten ihr schwer zugesetzt. Was, wenn Jonathan nicht begeistert war, wenn sie im Goldgräberlager auftauchte? Wenn es ihn in seinem Stolz verletzte, dass sie dort keinen strahlenden Glückssucher vorfand, sondern einen zutiefst enttäuschten und desillusionierten armen Schlucker? Würde er es ihr wirklich hoch anrechnen, dass sie sich auf den Weg zu ihm machte, weil sie an die Zukunft ihrer Liebe glaubte, oder würde er sie mit der nächsten Kutsche fortschicken? Nein, der Abenteuergeist, der sie bei diesem Plan vorhin geradezu beflügelt hatte, war einer dumpfen Sorge gewichen. Nun stand ihrem Plan nichts mehr im Weg, und sie war eher niedergeschlagen. Ihr fiel ein, dass sie Martha noch Bescheid geben musste. Dazu suchte sie das Postamt auf und schrieb ihrer Freundin in verschlüsselten Sätzen, dass sie nicht nach Sydney kommen würde, aber die Eltern glaubten, dass sie dort wäre. Den Brief gab sie sofort am Schalter ab und hoffte, dass er mit der morgigen Postkutsche transportiert wurde. Zudem nahm sie sich vor, ihren Eltern vor der Abreise anzukündigen, dass sie wahrscheinlich während ihrer Zeit in Sydney gar nicht dazu kommen würde, ihnen gelegentlich eine Depesche zukommen zu lassen, da sie so viel mit Martha zu besprechen und zu unternehmen hätte. Sie würde ihnen dafür nach ihrer Rückkehr umso ausführlicher Bericht erstatten.

Die folgenden Tage waren eine einzige Qual für Vicky. Sie zogen sich in die Länge und wollten niemals enden. In den Nächten warf sie sich aufgekratzt und erschöpft zugleich von einer Seite zur anderen. Sie fand keine Ruhe mehr. Ständig hatte sie das Gefühl, ihr Plan könnte aufgeflogen sein. In jedem strengen Blick ihres Vaters glaubte sie zu erkennen, dass die Eltern Bescheid wussten. Dabei war ihre Mutter so zugewandt wie selten. Ja, sie ließ es sich nicht nehmen, Vicky beim Packen ihres Reisekoffers zu helfen, und es kostete Vicky einige Mühe, die Festkleider heimlich wieder auszupacken und in den hintersten Winkel ihres großen Schrankes zu hängen. Was sie brauchte, waren robustere Kleider, keine rosafarbenen Rüschengewänder oder gar die Krinolinen aus Rosshaar. Sie ersetzte die feine Garderobe durch ein paar schmucklose Kleider und einfache Stoffunterröcke. Dafür packte sie ein Paar Stiefeletten zum Wechseln ein und genügend Chemisen und Unterhosen. Nur ein einziges schönes Kleid nahm sie mit.

Alles Weitere, was sie für die Reise zu den Goldgräberfeldern als überflüssig erachtete, versteckte sie ganz unten in einer Truhe.

Ihre Mutter war untröstlich, als am Sonntag die Absage von Frederik Bradshaw kam. Pünktlich zum Mittagessen brachte einer seiner Lehrjungen ein Schreiben, in dem er sich höflich entschuldigte und vorgab, ein Magenproblem zu haben. Louise und Archibald nahmen diese Absage zum Anlass, am Mittagstisch ihre Giftpfeile gegen den »Herrn mit den dubiosen Ansichten« zu verschießen. Vicky blieb ruhig, was zumindest Louise verärgerte. Sie hatte gehofft, dass ihre Schwester, die gerade so hoch in der Gunst ihrer Eltern stand, nur, weil sie nun mit Mister Bradshaw nach Sydney reiste und man sich davon einen Antrag erhoffte, einen ihrer Wutanfälle bekommen und sich von ihrer wenig damenhaften Seite zeigen würde.

Doch Vicky war brav wie ein Lamm, ließ alles stoisch über sich ergehen und benahm sich geradezu mustergültig. Das fiel sogar Samuel auf, der seine Jüngste daraufhin vor allen lobte. »Ach, Sophie Victoria, dass du zu einer solchen Lady heranreifst, erfreut mein väterliches Herz zutiefst.«

»Danke, Vater«, flötete Vicky und warf einen verstohlenen Seitenblick in Richtung ihrer Schwester, die bei den Worten ihres Vaters einen hochroten Kopf vor lauter Zorn bekommen hatte.

»Ich verstehe dich nicht, Samuel. Nur, weil dieser Bradshaw Geld hat, müsst ihr ihn ja nicht derart hofieren«, bemerkte Archibald bissig.

»Frederik Bradshaw ist kein neureicher Niemand, der es auf den Goldfeldern zu Reichtum gebracht hat, sondern ein Mitglied der ersten Melbourner Gesellschaft. Er hat immerhin den Vorsitz im Herrenclub …«

»Das ist mir wohl bekannt, und übrigens hat man mir gegenüber Andeutungen gemacht, dass auch ich in absehbarer Zeit damit rechnen könnte, in den feinen Club aufgenommen zu werden. Aber für was für einen hanebüchenen Unsinn hat er seinen Einfluss geltend gemacht? Dass das asoziale Einwanderergesindel dort drüben in der verwahrlosten Zeltstadt medizinische Hilfe und Speisungen erhält. Dafür haben die feinen Herren ihre Börsen geöffnet, und wem nützt es? Die Kerle aus Canvas Town landen doch früher oder später bei mir im Gefängnis!«, erwiderte Archibald erbost.

»Frederik hat recht. Das ist doch kein Leben mehr in dieser Stadt, wenn auf der anderen Seite des Flusses eine ganze Zeltstadt existiert, in der dieses Goldgräber-Pack lebt. Dafür sollte sich Mister Bradshaw starkmachen! Dass dieser ganze Abschaum verschwindet!«

Vicky, die zwar so tat, als würde jedes Wort ihrer Schwester sie kaltlassen, spürte in jeder Pore, dass sie nicht mehr lange so damenhaft würde den Mund halten können. Die Widerworte lagen ihr bereits auf der Zunge, doch da ergriff ihr Vater schon Partei für Mister Bradshaw.

»Du weißt, wie ich zu diesen vermaledeiten Glückssuchern stehe, aber drüben in Canvas Town leben auch Frauen und Kinder. Glaub mir, es wäre mir ebenfalls lieber, wenn diese Leute eher heute als morgen verschwinden würden, doch es ist unserem christlichen Glauben geschuldet, dass wir den Armen helfen.«

»Dass ich nicht lache. Den Armen!«, keifte Louise. »Bei denen gilt keine Moral. Weißt du, was die Frauen dort machen, wenn ihre Männer auf die Goldfelder gehen?«

»Nein, aber du wirst es uns bestimmt verraten!«, mischte sich Vicky ein. Noch ein Wort aus dem Mund ihrer Schwester und ihres Schwagers, und sie würde sich vergessen.

»Sie heiraten einfach einen anderen. Canvas Town ist ein Ort der Bigamie und des Verbrechens, der Unmoral und ... ach, Vater, wer weiß es denn besser als du. Bei dir stehen sie dann vor Gericht und jammern über ihre schrecklichen Verhältnisse. Dann sollen Sie doch auf dem schnellsten Wege dahin zurückgehen, wo sie herkommen, diese Einwanderer!« Louise hatte wieder diese schrille Stimme bekommen, wie immer, wenn sie sich aufregte.

»Wir sind auch Einwanderer. Schon vergessen?« Vicky sagte das provozierend ruhig.

»Aber Vicky, das kannst du ganz und gar nicht vergleichen«, widersprach ihre Mutter heftig. »Dein Vater wurde von der Regierung dazu auserwählt, nach Melbourne zu gehen, damit dieses hohe Amt in zuverlässige Hände kommt. Diese Menschen, die unsere Stadt überfluten, hat hingegen keiner gebeten herzukommen.«

Vicky rollte mit den Augen und zog es vorerst vor, wieder in die Rolle der lieben Tochter zu verfallen. Ihre Gedanken schweiften zu Frederik Bradshaw ab. Sie konnte nicht abstreiten, dass der Mann ihr zunehmend imponierte. Er war kein reicher Müßiggänger, sondern ein engagierter Mann, dem das Elend der Menschen in Canvas nicht so schrecklich gleichgültig war wie diesem Archibald Cumberland. Wenn sie sich vorstellte, wie viele dieser armen Menschen ihm auf Gedeih und Verderb ausgeliefert waren. Natürlich war sie auch dafür, dass die Verbrecher bestraft wurden, aber in Mister Cumberlands Gefängnis einzusitzen bedeutete mit Sicherheit eine zusätzliche Strafe für diese Leute.

Und dann war es endlich so weit! Als an diesem Tag der dumpfe Ton der Glocke erklang, pochte ihr Herz bis zum Hals. Sie durfte sich ihre Aufregung nur nicht anmerken lassen, weil ihre Mutter wie eine aufgeregte Glucke um sie herumwuselte und wie ein Blitz zur Tür schoss.

Vicky hatte den Augenblick, in dem Frederik sie endlich mit der Kutsche abholen würde, in den vergangenen Tagen immer wieder herbeigesehnt, doch als er tatsächlich vor ihrer Tür stand, war alles anders. Es war etwas in seinem Blick, das sie faszinierte. Der schwere melancholische Ausdruck, den sie so anziehend gefunden hatte, war zwar verschwunden, stattdessen aber strahlten seine Augen einen verheißungsvollen Glanz aus. Was sie zudem wahrnahm, war, wie gut er an diesem Morgen aussah. Es waren aber nicht nur seine schlichte, edle Kleidung, sein eleganter Hut und seine Stiefel, die Vicky gefielen, sondern seine gesamte Ausstrahlung. Er hätte ihr als Mann wirklich gefallen können, wenn ihr Herz nicht bereits vergeben gewesen wäre.

»Willst du Mister Bradshaw gar nicht begrüßen?«, hörte sie

von ferne ihre Mutter mahnen. Vicky erschrak. Sie hatte ihn doch nicht etwa gedankenverloren angestiert?

»Schön, dass Sie da sind, Frederik«, sagte sie hastig und spürte, wie sie errötete. Nun trat auch Samuel Stewart auf den Flur und begrüßte ihn. Sogar Louise ließ sich blicken, aber nur, dessen war sich Vicky sicher, um ihr vor ihrer Abfahrt noch eine kleine Spitze mit auf den Weg zu geben.

Mister Bradshaw nahm ihren Koffer und stöhnte auf: »Haben Sie Steine im Gepäck?«

»Nein doch, wo denken Sie hin, aber was glauben Sie denn, was so eine Krinoline wiegen kann. Sie wissen doch, wenn der Rock sich nicht wie ein Zelt ausbreitet, fühlen wir Ladys uns nicht wohl.« Sie blickte demonstrativ in Louises Richtung, die stets nach der neuen Mode gekleidet und deren Rock von üppiger Weite war, während sich Frederiks verwunderter Blick auf Vickys relativ flachen Rock heftete.

»Sie tragen aber kein Zelt, und mit Verlaub, ich halte nicht viel von dieser neuen Mode«, sagte er und hatte gar nicht bemerkt, dass Vicky eine Anspielung auf Louises Kleid gemacht hatte. »Meinetwegen können Sie die Krinolone wieder auspacken«, fügte er augenzwinkernd hinzu.

»Das war ja klar, dass Sie alles an meiner Schwester mögen, was sich von dem Stil unterscheidet, den Sie üblicherweise in der modernen Damenwelt finden werden. Außerdem heißt es Krinoline.«

»Louise, bitte, über solche Dinge spricht man nicht«, ermahnte Anne ihre Tochter.

»Stimmt, ich darf auch nie über meine Unterhosen schimpfen, wenn sie so pludrig sind, dass der Wind von unten durchpfeift«, ergänzte Vicky, die sich langsam entspannte, lachend.

»Sophie Victoria!«, schimpfte Misses Stewart entrüstet.

Vicky sah aus den Augenwinkeln, dass es um Frederiks Mundwinkel leicht zuckte.

»So, Kinder, jetzt ist aber genug geplaudert. Ihr verpasst noch eure Kutsche.«

»Ja, Sir, dann werde ich die Krinoline mal stemmen«, erwiderte Frederik ungerührt und hob den Koffer hoch.

Ihre Eltern begleiteten sie noch zur Kutsche, während Louise in der Tür stehen blieb. Vicky wusste auch nicht, was sie in diesem Augenblick umtrieb, aber sie trat auf ihre Schwester zu und umarmte sie. Louise war so überrascht über diese schwesterliche Zuneigung, dass sie ihr alles Gute wünschte.

Ihre Mutter hatte Tränen in den Augen, nachdem das Gepäck verstaut war und Vicky in der Kutsche Platz genommen hatte. »Grüß die Cunninghams, und komm gesund zurück«, gab sie ihr mit auf den Weg.

Vicky rang sich zu einem Lächeln durch und hoffte, die Kutsche würde sich endlich in Bewegung setzen. Doch dann rief ihr Anne etwas zu, was ihr den Atem stocken ließ. »Und denk daran, Steven einzuladen. Ich habe ihm geschrieben, dass du kommst, und er wird dich sicher bei den Cunninghams aufsuchen. Ich finde ja, er würde sehr zu Martha passen. Was meinst du?«

Oh Gott, an Steven und dass er ja auch in Sydney ist, habe ich überhaupt nicht gedacht, durchfuhr es Vicky eiskalt. Was, wenn er bei den Cunninghams auftaucht und denkt, ich wäre dort? Nicht auszudenken! Dann würde alles auffliegen, was dann wiederum Martha in furchtbare Verlegenheit brachte. Schließlich deckte sie ihren Plan. Vicky fühlte sich entsetzlich schlecht. War es richtig, dass sie ihre Freundin und auch Frederik zu ihren Helfershelfern gemacht hatte? Furchtbare Skrupel erfassten sie. Aber was sollte sie tun? Aussteigen und beichten, dass sie die Familie seit Monaten aufs Übelste belogen hatte? Mit nach Sydney fahren und Jonathan einen Brief schreiben?

Als sich die Kutsche endlich in Bewegung setzte, griff Frederik nach ihrer Hand und drückte sie zart. »Ich hatte schlaflose Nächte. Hoffentlich tue ich das Richtige«, stöhnte er.

»Fragen Sie mich mal! Ich habe seit Tagen kein Auge mehr zugetan. Und manches Mal habe ich mit mir gekämpft, ob ich nicht von meinem kühnen Vorhaben Abstand nehme, aber ich habe keine Wahl. Wenn ich Jonathan nicht mehr wiedersehe, werde ich mich mein ganzes Leben lang fragen, ob ich nicht zu früh aufgegeben habe.«

»Ich verstehe das, aber wohl ist mir trotzdem nicht. Am liebsten würde ich Sie begleiten und auf Sie aufpassen.«

»Das ist keine gute Idee. Das wissen Sie genau.« Vicky rang sich zu einem Lächeln durch und entzog ihm vorsichtig ihre Hand. Nicht, weil es ihr unangenehm war. Im Gegenteil, eher, weil es sich zu gut anfühlte.

»Und was wollen Sie bezüglich Ihres Bruders unternehmen?«

Ja, was? Das fragte sich Vicky auch. Sie konnte Frederiks Hilfsbereitschaft doch nicht noch mehr strapazieren.

»Könnten Sie ihm bald nach Ihrer Ankunft einen Besuch abstatten, ihm die Wahrheit sagen und ihn bitten, die Cunninghams aufzusuchen, aber mit keinem Wort zu erwähnen, dass er mich dort vorzufinden meinte?«

»Und Sie glauben, bei Ihrem Bruder ist Ihr Geheimnis gut aufgehoben? Ich meine, ich kenne ihn ja flüchtig. Er ist ein netter Kerl und ein begnadeter Pianist. Wir waren mal gemeinsam auf einem Herrenabend, an dem er zu später Stunde geradezu göttlich in die Tasten griff. Wenn er nicht so betr-« Frederik unterbrach sich.

»Ich kenne sein Problem. Glauben Sie mir, aber ich weiß

auch, dass er einen ordentlichen Zorn auf unseren Vater hegt. Sie wissen, warum er Melbourne so überstürzt verlassen musste und unter Kuratel eines Bekannten meines Vaters in Sydney gestellt wurde?«

»Na ja, man munkelt, er habe vorgehabt, heimlich die Frau eines Goldgräbers aus Canvas Town zu heiraten, nachdem ihr Mann zu den Goldfeldern aufgebrochen war.«

Vicky sah ihn mit großen Augen an. »Ich dachte, er hätte ein Verhältnis zu einem Mädchen am Hafen?«

Frederik wand sich. »Das eine schließt das andere nicht aus. Sie glauben gar nicht, was für eine Not unter den Familien der Glückssucher herrscht. Da bleibt für die hübschen Frauen oft kein anderer Ausweg, als sich zu verkaufen.«

»Oje«, seufzte Vicky in einer Mischung aus Mitgefühl und Entrüstung. »Jedenfalls weiß Steven von Jonathan, und ich glaube kaum, dass er mich angesichts seines eigenen Schicksals unserem Vater ausliefern wird. Im Übrigen spricht er von Ihnen nur in den höchsten Tönen. Ich glaube, er würde sich freuen, wenn Sie mit ihm mal zu den Cunninghams führen. Martha und mein Bruder, das würde ich mir wünschen, aber leider ist Martha in einen anderen verliebt. Doch wer weiß, sie ändert, was die Herren der Schöpfung angeht, auch durchaus mal ihre Meinung.«

»Dann ist ja alles gut«, erwiderte Frederik, doch sowohl er als auch Vicky wussten, dass gar nichts in Ordnung war und dass dieser Plan, würde er jemals herauskommen, gleich mehreren Menschen schaden konnte. Er darf einfach nicht auffliegen!, sprach sich Vicky gut zu.

Das Halten der Kutsche an der Poststation riss sie aus ihren quälerischen Gedanken. Dort warteten bereits beide Kutschen und wurden beladen. Sie würden zeitgleich abfahren, nur in unterschiedliche Richtungen. Ballarat lag etwa dreiundsechzig

Meilen im Nordwesten von Melbourne, Sydney an die vierhundertfünfzig Meilen im Osten. Die Kutsche nach Ballarat schaffte die Strecke an einem Tag, während man an die Ostküste über fünf Tage benötigte.

»Ich bringe Sie aber noch sicher zu Ihrer Kutsche«, sagte Frederik Bradshaw bestimmt.

»Nicht, dass Sie Ihre Kutsche verpassen«, entgegnete Vicky und versuchte, stark zu wirken, wenngleich sich in ihrem Inneren die Bedenken nur so überschlugen, vor allem als sie ihre Mitreisenden wahrnahm. Es waren ziemlich wild aussehende Kerle. Die Sachen, die aufs Dach geladen wurden, ließen keinen Zweifel übrig, dass diese Männer auf der Suche nach dem großen Glück waren. Außer Spaten und Spitzhacken wurden Mengen von Goldpfannen und einige Goldwiegen verpackt.

»Sie kaufen es in Melbourne, weil die Sachen in Ballarat doppelt so teuer sind«, flüsterte ihr Frederik zu.

Vicky nickte geistesabwesend und fragte sich, wie sie diese Reise unbeschadet überstehen sollte, denn sie befürchtete, dass alle zwölf Plätze besetzt sein könnten und sie eingezwängt zwischen zwei solchen Kerlen würde reisen müssen.

»Vicky, Sie sind so blass um die Nase. Noch können Sie es sich überlegen und mit mir nach Sydney reisen«, flüsterte Frederik ihr ins Ohr. Ein gewisser spöttischer Unterton war nicht zu überhören. »Dann wäre ich wenigstens eine Sorge los.«

In dem Augenblick aber sah Vicky zu ihrer großen Freude einen schnaufenden Polizisten mit seinem Koffer herbeieilen. Dann bin ich wenigstens sicher, dachte sie. Der Ordnungshüter war allerdings sichtlich irritiert, als er mitbekam, wie Vickys Koffer auf dem Dach verschnürt wurde.

»Entschuldigen Sie, Miss, aber Sie werden tatsächlich mit dieser Kutsche fahren?«, fragte er ungläubig. »Wissen Sie denn …«

»Mein Herr, machen Sie sich keine Gedanken um meine Schwester. Sie trifft dort ihren Ehemann, der zu den glücklichen Gewinnern des Goldrausches zählt.«

»Ach so, entschuldigen Sie bitte meine Neugier. Doch man weiß ja, wie es dort draußen zugeht. Ich meine, für mich ist es nicht bedrohlich, nachdem ich jetzt mehrere Monate in Canvas Town Dienst getan habe, und das ist an Hölle nicht zu überbieten. Wenn Sie erlauben, steht Ihre Schwester unter meinem persönlichen Schutz. Wenn ich bitten darf.« Er reichte Vicky seinen Arm.

»Das ist sehr freundlich von Ihnen, aber wir wollen uns noch verabschieden. Gehen Sie doch schon vor. Ich bringe meine Schwester gleich selbst zur Kutsche.«

Mit diesen Worten zog Frederik sie unter das überdachte Vordach der Station in eine Ecke, wohin ihm der Blick des Ordnungshüters nicht folgen konnte. Dort nahm er sie fest in den Arm. »Ich weiß nicht so recht, was ich Ihnen wünschen soll«, sagte er leise.

»Wünschen Sie mir, dass Jonathan das Glück hold sein wird und er sich traut, bei meinem Vater um meine Hand anzuhalten«, entgegnete sie hastig.

»Gut, dann drücken wir mal die Daumen. Das wäre doch die beste Lösung«, spottete er verhalten. »Nein, ich wünsche Ihnen, dass Sie gesund zurückkehren, ohne dass ihre Eltern Wind von dieser Geschichte bekommen, und dass Sie bei Ihrer Rückkehr Klarheit haben, wie Ihre Zukunft aussehen soll.«

»Das weiß ich doch!«, erwiderte Vicky trotzig.

»Gut, dann nur noch eines: Sollten Sie sich nicht an unsere Abmachung halten und nicht nach Melbourne zurückkehren, dann würde ich Himmel und Hölle in Bewegung setzen, Sie zu finden.«

Vicky zuckte zusammen. Das klang entschlossen, fast ein wenig gefährlich. Wollte er damit sagen, dass er alles tun würde, damit sie nicht mit Jonathan durchbrannte?

»Sie würden also alles tun, damit ich Jonathan aufgebe, nicht wahr?«

»Nein, das würde ich nicht! Sollten Sie heil zurückkommen und dann eines Tages mit Ihrem Jonathan verschwinden, geht mich das nichts an. Ich möchte mich nur nicht zu Ihrem Fluchthelfer machen. Sobald Sie gesund und munter aus Ballarat nach Melbourne zurückgekehrt sind, können Sie tun und lassen, was Sie wollen.«

Vicky fühlte nicht jene Erleichterung, die sie angesichts dieser klaren Worte nun eigentlich empfinden sollte.

»Dann ist ja alles gut«, entgegnete sie stattdessen leicht verschnupft.

»Kommen Sie, ich bringe Sie zur Kutsche«, erklärte Frederik förmlich und bot ihr seinen Arm, in den sie sich missmutig einhakte. »Halten Sie schon mal Ihr Billett bereit.«

Billett? Der Schreck fuhr Vicky durch alle Glieder. »Muss man das vorher kaufen?«, fragte sie und merkte, wie ihr alle Farbe aus dem Gesicht wich, denn im selben Atemzug fiel ihr ein, dass sie nicht einmal Geld bei sich hatte. Sie hatte noch nie eigenes Bargeld besessen. Alles, was sie sich in den Geschäften kaufte, wurde auf eine Rechnung gesetzt, die ihr Vater monatlich beglich.

Wie blauäugig kann man nur sein, schalt sie sich und sah Jonathan bestürzt an. »Ich habe weder eine Fahrkarte noch einen Penny«, gab sie zerknirscht zu.

»Na, dann sollten wir erst einmal schauen, ob es überhaupt noch einen freien Platz in der Kutsche gibt«, sagte er und verzog keine Miene, sondern steuerte auf den Schalter zu, an dem die Karten verkauft wurden.

Vicky beobachtete mit klopfendem Herzen, wie Frederik

einen Disput mit dem Mann am Schalter führte, doch dann triumphierend mit einer Karte wedelte.

»Das war die letzte«, verkündete er und reichte sie ihr. Dann griff er in seine Jackentasche, holte seine Geldbörse hervor und drückte ihr wortlos einen Geldschein in die Hand.

»Aber das kann ich nicht annehmen«, stieß Vicky beschämt hervor.

»Das gebe ich Ihnen nur, damit Sie sich in Ballarat im ersten Haus am Platz …« Er stockte. »Also, es ist zwar lange nicht so gut wie die besseren Hotels in Melbourne, aber besser, als wenn sie in einem Goldgräberzelt nächtigen.«

Vicky sah ihn erschrocken an.

»Ja, haben Sie gedacht, dass die Goldsucher solche Häuser bewohnen wie Sie und ich?«

»Sie halten mich für ziemlich naiv, oder?«, bemerkte sie kleinlaut.

»Ganz und gar nicht. Es ist vielmehr so, dass Sie bislang in recht paradiesischen Verhältnissen gelebt haben«, entgegnete er ungerührt. »Versprechen Sie mir, dass Sie sich das beste Zimmer nehmen, das Sie bekommen können?«

Vicky nickte eifrig.

»So, und jetzt müssen wir uns sputen. Sonst fährt die Kutsche ohne Sie«, fügte er rasch hinzu.

Als sie wenig später in die Kutsche einstieg, wurde ihr schwer ums Herz. Sie drehte sich noch einmal um, aber da war Frederik Bradshaw bereits verschwunden.

Der Polizist deutete überschwänglich auf den Platz neben sich. »Den habe ich für Sie frei gehalten«, verkündete er. Ungeachtet der verstohlenen Blicke der übrigen Mitreisenden zwängte sie sich zwischen ihn und einen beleibten Goldsucher.

Als die Kutsche anfuhr, wurden Vickys Augen feucht. Warum?, fragte sie sich, ich sollte mich doch freuen, da ich nun auf dem Weg zu meinem Liebsten bin. Aber nein, wohl war ihr nicht, und sie wünschte sich für einen kurzen Augenblick zurück in das Haus in der Spencer Street, bereit, sogar das Gerede ihrer Mutter und die Sticheleien ihrer Schwester zu ertragen. Der Polizist, der sich ihr inzwischen als Constable Clarence vorgestellt hatte, versuchte, sie in ein Gespräch zu verwickeln, doch weil sie nur knapp antwortete, verstummte er schließlich, und Vicky konnte ungestört ihren Gedanken nachhängen. Erst nach ein paar Stunden verflüchtigten sich ihre düsteren Gedanken, verbunden mit der diffusen Sehnsucht, in den Schoß ihrer Familie zurückzukehren, und sie stellte sich vor, wie Jonathan reagieren würde. Würde er sie mit der nächsten Kutsche nach Hause zurückschicken? Oder würde er sich darüber freuen, dass sie für ihn gerade all das aufs Spiel setzte, was ihr bisheriges Leben ausgemacht hatte?

10

Jonathan, der sich von seinem Brief an Vicky endlich inneren Frieden erhofft hatte, war kurz nachdem er ihn abgeschickt hatte, an einem unbekannten Fieber erkrankt, das schon einige der Goldgräber in Ballarat ans Bett gefesselt hatte. Zunächst hatte er sich müde und abgeschlagen gefühlt, diese Symptome allerdings ignoriert und weitergearbeitet. Seinen Zustand hatte Jonathan zunächst auf seine Entscheidung geschoben, Vicky aufzugeben, und überhaupt auf diese Hoffnungslosigkeit, die ihn ohnehin immer matter werden ließ. Doch als dann hohes Fieber und Gelenkschmerzen hinzugekommen und schließlich seine Hände bis zur Unbeweglichkeit versteift waren, konnte Jonathan seiner Arbeit auf den Goldfeldern nicht mehr länger nachgehen. Anfangs hatte er es trotz unerträglicher Schmerzen und des stets steigenden Fiebers noch versucht, aber er war nicht einmal mehr in der Lage gewesen, das Goldsieb zu halten, geschweige denn im kalten Wasser zu stehen, ohne dass ihn der Schmerz unerträglich peinigte.

Schließlich hatten ihn seine drei Freunde eines Tages ohnmächtig am Ufer des Flusses gefunden und ihn in sein Zelt getragen. Abwechselnd kümmerten sie sich nun um den Kranken. Sie hatten es sogar geschafft, den einzigen Arzt aus Ballarat herbeizuholen. Der hatte auf die Frage der drei, wie lange diese Krankheit dauern würde, nur achselzuckend erwidert, dass er keine Prognose abgeben könnte. Und er hatte ihnen von anderen Männern berichtet, die bereits wochenlang mit diesem Fieber daniederlagen und unter großen Schmerzen vor sich hindämmerten. Er hatte seinem Patienten nicht einmal ein Medikament geben können, da er die Ursachen dieses Fiebers selbst nicht kannte. Allerdings hatte er die Vermutung geäußert, dass die Krankheit von Stechmücken übertragen wurde, denn Jonathans Körper wies etliche entzündete Stiche auf.

Jonathan selbst befand sich in einem Zustand absoluter Teilnahmslosigkeit. Er klagte nicht, ja, er redete kaum noch. Nur in seinen nächtlichen Fieberträumen rief er manchmal laut nach Vicky. Seine Freunde wechselten sich mit der Pflege ab und einer von ihnen schlief immer bei ihm im Zelt.

An diesem heißen Dezembertag schien sich Jonathans Zustand allerdings rapide zu bessern. Das Fieber war heruntergegangen, und Jonathan aß sogar ein bisschen von der Suppe, die Sam für ihn gekocht hatte. Er hatte selbst das starke Gefühl, dass seine Lebensgeister zurückgekehrt waren, denn er wollte alles wissen, was in der Zwischenzeit in Ballarat und unten am Fluss geschehen war.

Sam druckste ein wenig herum, denn er wollte die Genesung seines Freundes nicht dadurch gefährden, dass er ihm eine schlechte Nachricht überbrachte.

»Ich sehe es doch deinem Gesicht an, alter Junge. Verschon mich nicht. Ich habe mich während der letzten Zeit gut erholt und faul herumgelegen. Sag nur frei heraus, was geschehen ist«, forderte ihn Jonathan zum Reden auf.

»Sie haben schon wieder die Lizenzen erhöht, und ein paar reiche Leute errichten auf ihren Claims neue Bergwerke und werben unsere Leute als billige Arbeitskräfte an. Es geht das Gerücht, dass wir in Zukunft kein Gold mehr im Fluss finden werden, sondern früher oder später alle in den Bergwerken arbeiten müssen.«

»Und warum tun wir uns nicht zusammen und machen auf

meinem Claim draußen bei den Sümpfen unser eigenes Bergwerk auf?«, fragte Jonathan unternehmungslustig.

»Weil du bislang nicht mehr als den einen Klumpen dort gefunden hast, den du für deine Lizenzgebühr auf den Kopf gehauen hast. Und weil du nun zwar einen Claim dein Eigen nennst, sich darauf aber kein Staubkorn Gold befindet«, entgegnete Sam.

Jonathan legte seine Stirn in Falten. »Wenn doch nur einer von uns einen zweiten Goldklumpen finden würde, wir ihn zu Geld machen und die Werkzeuge kaufen könnten, um herauszufinden, ob nicht doch eine Miene auf dem Grundstück ist und wir dann unsere eigenen Schächte abteufen«, seufzte er und versuchte, vor dem Freund zu verbergen, dass seine linke Hand immer noch sehr schmerzte und dass er sie nicht strecken konnte.

»Werde du erst einmal wieder ganz gesund«, bemerkte Sam, dem das schmerzverzerrte Gesicht seines Freundes keineswegs entgangen war.

»Und was gibt es sonst Neues?«, fragte Jonathan, weil er die mitleidige Miene seines Freundes kaum ertrug.

»Die junge Lady hat mich jedes Mal nach dir gefragt, wenn ich im Saloon war«, gab Sam zögernd zu.

»Und was hast du ihr gesagt?«

»Die Wahrheit. Sie hat mehrfach gefragt, ob sie dich besuchen darf und …«

»Das fehlte mir noch, dass sie mich in diesem erbärmlichen Zustand sieht!«, unterbrach ihn Jonathan unwirsch.

»Du bist wieder ganz der Alte, mein Freund. Stur, herrisch und eitel«, scherzte Sam. »Und du vertraust deinen Freunden nicht. Glaubst du allen Ernstes, ich hätte sie hergebeten? Nein, niemals, ohne dich vorher zu fragen. Aber vielleicht könnte ich ihr heute Abend einen kleinen Hinweis geben, wo sie dein Zelt finden kann. Es könnte dir nichts schaden, deine Manneskraft mal wieder auszuprobieren.«

»Idiot!«

Sam legte den Kopf schief. »Du willst mir doch nicht weismachen, dass da nichts zwischen euch gelaufen ist. Du hättest mal das Strahlen in Nicolettas Augen sehen sollen, als sie von dir gesprochen hat.« Sam versuchte, ihr Lächeln zu imitieren und flötete übertrieben: »Jonathan, oh, Jonathan!«

»Lass den Blödsinn!«, entgegnete Jonathan, aber das sagte er keineswegs in bösem Ton. Er hatte ja selbst heute Morgen beim Aufwachen daran gedacht, sie aufzusuchen, sobald er wieder unter den Lebenden weilte.

»Habt ihr, oder habt ihr nicht? Sie ist jedenfalls die begehrenswerteste Braut in ganz Ballarat. Oder trauerst du immer noch deiner Prinzessin nach? Du hast manchmal nachts nach ihr gerufen.«

»Woher weißt du das?«

Sam rollte theatralisch mit den Augen.

»Wir haben abwechselnd über deinen Schlaf gewacht und wurden manches Mal von deinem glockenhellen ›Vicky! Oh, Vicky‹ geweckt.«

Jonathan stieß einen Seufzer aus. »Ich habe oft von ihr geträumt. Aber das war dem Fieber geschuldet. Ich habe das Richtige getan, indem ich ihr geschrieben habe, dass es vorbei ist. Ich denke, sie war im Grunde ihres Herzens erleichtert. Oder kam ein Brief von ihr an, während ich im Fieber lag?«

Sam schüttelte den Kopf.

»Sag ich doch. Sie hat mich längst vergessen und bereits einen Ehemann gefunden, der ihrem Vater genehm ist.«

»Es ist alles richtig. Was willst du denn auf lange Sicht mit einer verwöhnten Lady, und vor allem, was will sie mit dir armem Schlucker?«

Jonathan drohte seinem Freund scherzhaft mit der Faust. »Von wegen armer Schlucker. Ich werde mir in meinem eigenen Bergwerk eine goldene Nase verdienen, und dann ziehe ich nach Melbourne als reicher Bürger und heirate …«

»Du hast den Traum also immer noch nicht aufgegeben?«, fragte Sam skeptisch.

»Doch, doch, ich werde mich, sobald ich wieder auf den Beinen bin, um Miss Nicoletta kümmern. Sie ist aus demselben Holz geschnitzt und nicht so ein Püppchen …« Jonathan stockte. »Vicky ist alles andere als ein Püppchen. Sie ist eine mutige junge Frau. Und sie ist von einer ganz besonderen Schönheit …«

Ein Räuspern am Eingang ließ ihn seine Schwärmerei abrupt unterbrechen.

»Da ist ein gewisser Constable Clarence, der dich unbedingt persönlich sprechen möchte«, raunte sein Freund Chui, als er ins Zelt trat, und deutete nach draußen.

Jonathan setzte sich irritiert auf. »Polizei? Ich habe mir nichts zu Schulden kommen lassen«, murmelte er.

»Er kommt im Auftrag einer Dame, aber mehr will er nicht verraten. Er macht sich unglaublich wichtig und hat überall in der Stadt nach dir gefragt.«

Sam und Jonathan sahen einander fragend an.

»Dann bitte ihn in die gute Stube«, sagte Jonathan mit leisem Spott.

Auf einen Wink Chuis betrat Mister Clarence schwer atmend das Zelt. Er hatte einen hochroten Kopf, und der Schweiß rann in Strömen unter seinem schwarzen, riesigen zylinderartigen Hut hervor. Er ließ seinen Blick skeptisch zwischen Jonathan und Sam hin und her schweifen.

»Wer von den beiden Herren …« Er machte eine Pause, nachdem er das Wort »Herren« mit gekräuselten Lippen hervorgepresst hatte, so als wäre das zu viel der Ehre für die in seinen Augen heruntergekommenen Kerle. »Wer von Ihnen ist Mister Bowl?«

»Warum fragen Sie? Was ich auch immer verbrochen haben soll, ich habe ein Alibi. Seit zwei Wochen liege ich nun schon auf meinem Lager mit einem gemeinen Fieber.«

Constable Clarence trat sofort einen Schritt zurück: »Sind Sie ansteckend, Mann?«

»Ist er nicht!«, antwortete Sam. »Ich habe ihn gewaschen, gefüttert und noch mehr. Und sehen Sie mich an: Ich bin kerngesund!«

»Dann sind also Sie Mister Jonathan Bowl. Ich habe Ihnen etwas Vertrauliches mitzuteilen. Unter vier Augen. Von Ihrer Frau!«

»Meine Frau. Aha!«, lachte Jonathan. Sam und Chui fielen in das meckernde Gelächter ein.

»Was gibt es denn da zu lachen?«, empörte sich der Constable.

»Die Tatsache, dass ich nicht verheiratet bin«, gab Jonathan gut gelaunt zurück.

»Dann, mein Herr, entschuldigen Sie die Störung. Dann hat mich dieses Schlitzauge absichtlich in diese Räuberhöhle gelockt …«

»Hehehe«, schimpfte Chui und drohte ihm mit der Faust. »Sie haben nach Mister Jonathan Bowl gefragt, Sie haben ihn mir beschrieben, und ich habe Sie hergeführt.«

»Es muss noch einen zweiten Herrn dieses Namens geben. Die vornehme Lady sprach von einem Gentleman, den ich hier nirgendwo sehen kann. Und die Dame muss es wissen, denn sie sprach von ihrem Ehemann.«

Sam trat kämpferisch einen Schritt auf den Polizisten zu. »Was wollen Sie wirklich hier?«

»Ich muss doch sehr bitten«, empörte sich der Constable.

»Moment!« Jonathan war aus dem Bett gesprungen und hatte sich vor dem Polizisten aufgebaut. »Sie sagten, Sie seien im Auftrag einer vornehmen Dame hier. Wie ist ihr Name?«

»Was fragen Sie denn? Zu Ihren Kreisen gehört die Lady sicherlich nicht …«

»Den Namen!«

»Ist ja schon gut. Misses Sophie Victoria Bowl.«

Jonathan kam ins Wanken. Seine beiden Freunde sprangen gerade noch rechtzeitig hinzu, um ihn zu stützen und zum Bett zurückzubringen. Er war noch blasser geworden, als die Krankheit ihn sowieso hatte werden lassen.

»Wie sieht sie aus?«

»Ungewöhnlich, wenn Sie mich fragen. Sie ist sehr groß und schlank, hat helles Haar und ein markantes Gesicht…«

»Wo ist sie jetzt?«

Der Polizist tippte sich an die Stirn. »Das werde ich Ihnen nicht verraten. Womöglich wollen Sie die Dame noch ausrauben!«

»Wo?«

»Im Victoria-Hotel, dem einzigen Haus in diesem verdorbenen Ort, in dem keine Prostituierten ein und aus gehen und in dem anständige Leute logieren können.«

»Und wie und wo bitte haben Sie die Lady kennengelernt?«

»Ich weiß nicht, ob ich Ihnen das sagen sollte.«

»Wo?«, fragte Sam und ließ seine Muskeln unter dem kaputten Hemd spielen.

Die Gesichtsfarbe von Constable Clarence ging jetzt ins Violette, ein sicheres Zeichen, dass er Herzprobleme hatte. Der Schweiß strömte ihm bis in die Augen, sodass er ständig damit beschäftigt war, ihn fortzuwischen, damit er überhaupt sehen konnte.

»In Melbourne an der Poststation. Ihr Bruder brachte sie zur Kutsche. Und als ich meinem Erstaunen Ausdruck gab, ob die Dame tatsächlich in diesen Moloch zu reisen gedachte, teilte mir ihr Bruder mit, dass ihr Ehemann hier auf sie warten würde. Schließlich kam ich in der Kutsche mit der Dame ins Gespräch, wobei ich sagen muss, sehr gesprächig war sie nicht, aber immerhin sagte sie mir Ihren Namen. Ich wartete dann in Ballarat in einiger Entfernung darauf, dass der Ehemann sie abholen würde. Ich fühlte mich ja in gewisser Weise für die Lady verantwortlich, musste ich sie in der Kutsche doch schon vor den lüsternen Blicken der mitreisenden Kerle beschützen. So eine Lady kann man doch nicht allein durch Ballarat laufen lassen. Und das bei Nacht. Es war ja schon dunkel.« Erschöpft hielt der Polizist inne, holte ein frisches Schnupftuch hervor und fuhr mit dem Wischen fort.

»Weiter, Mann!«, befahl ihm Jonathan heiser.

»Na ja, es kam kein Ehemann. Stattdessen näherte sich ihr allerhand Gesindel. Bis ich dann zu ihr trat. Sie war lange nicht mehr so überheblich wie in der Kutsche, wo sie ja kaum die Zähne auseinanderbekommen hat. Im Gegenteil, auf meine Frage, wo ihr Mann wäre, brach sie in Tränen aus und schluchzte, dass er ihre Nachricht wohl nicht rechtzeitig erhalten hätte. Dann fragte sie, wo das beste Haus am Platz wäre, und ich brachte sie sicher zum Victoria-Hotel. Das aber war voll belegt. Doch da ich dort ein Zimmer vorbestellt hatte, überließ ich der Dame meines und stieg nebenan in der Spelunke ab. Sie wissen schon, das Etablissement über dem Saloon. Und dann bat mich die Dame um einen Gefallen. Ich sollte herausfinden, wo sich ihr Ehemann, dieser Jonathan Bowl, befindet, und ihn auf der Stelle zu ihr bringen.«

»Warum sagen Sie das nicht gleich?«, fuhr Jonathan den Constable an und sprang erneut aus seinem Bett.

»Was hast du vor?«, fragte Chui besorgt.

»Das ist doch nicht etwa das, was ich denke?«, hakte Sam nach.

Jonathan aber sah und hörte nichts mehr. Stattdessen griff er in seinen Koffer und holte den guten Anzug hervor, den er eilig anzog.

»Mann, lass uns das doch erledigen. Das kannst du noch nicht. Du wirst umkippen«, mahnte Sam.

»Was hat er vor?«, wollte der Constable wissen.

»Nach was sieht es denn aus?«, entgegnete Jonathan, während er sich an dem Polizisten vorbeidrückte und in Richtung Ausgang strebte.

»Nein, Sie werden nicht allein zu dieser Dame gehen. Nur über meine Leiche! Und wenn überhaupt, dann suchen wir sie gemeinsam auf. Nachher tun sie ihr noch etwas an! Meine Kutsche steht am Ende der Straße …«

»Haltet ihn einen Augenblick fest, bis ich genügend Vorsprung habe!«, ordnete Jonathan an und verließ eilig das Zelt. Ihm war ein wenig schummrig, aber der Gedanke, dass Vicky nach Ballarat gekommen war, verlieh ihm Flügel. Was bin ich doch nur für ein Idiot gewesen, dass ich alles hinwerfen wollte, dachte er grimmig, während er auf sein Pferd stieg und wie der Teufel nach Ballarat ritt.

11

Als Jonathan in Ballarat das sogenannte erste Haus am Platz betrat, wollte ihn der Kerl an der Rezeption gleich wieder auf die Straße setzen, und das trotz seines feinen Zwirns. Jonathan sah an sich hinunter und erstarrte. Er hatte in seiner Aufregung vergessen, sich Schuhe anzuziehen. Kein Wunder also, dass er in diesem Haus unerwünscht war.

»Entschuldigen Sie, dass ich barfuß bin, ich habe mir neue Schuhe machen lassen, die sind aber nicht fertig geworden, und meine alten sind beim Schuhmacher unauffindbar, aber meine Frau hat mir welche aus Melbourne mitgebracht.

»Soso, wie heißt denn Ihre Frau?«

»Sophie Victoria Bowl.«

»Moment, ich muss erst nachsehen, ob ein Gast dieses Namens bei uns logiert«, verkündete der Portier wichtigtuerisch und vertiefte sich in ein Buch. Jonathan war sich sicher, dass dies die einzige Herberge in der ganzen Stadt war, in der die Gäste namentlich registriert wurden.

»Es tut mir leid, eine Dame mit diesem Namen beherbergen wir nicht.«

Jonathans Gelenke pochten, alles tat ihm weh, er fühlte sich einer Ohnmacht nahe. Noch schwächte ihn die frisch überstandene Krankheit stark. Er musste zu Vicky, und zwar sofort. Jonathan setzte alles auf eine Karte.

»Entschuldigen Sie bitte, das ist ihr Mädchenname. Wir sind noch nicht so lange verheiratet. Der Name meiner Frau ist Sophie Victoria Stewart.« Er tippte sich gegen die Stirn. »Seinen eigenen Namen sollte man schon kennen, nicht wahr. Aber kennen Sie das? Wenn man jung verliebt ist, geht da oben einiges durcheinander.«

Die strenge Miene des Portiers erhellte sich merklich. Jonathan atmete erleichtert auf. Offenbar hatte er den richtigen Ton getroffen, um sich bei dem Portier einzuschmeicheln. Jedenfalls hielt Jonathan seine Regung für Wohlwollen. Nun konnte er nur noch hoffen, dass er auch den richtigen Namen genannt hatte. Er war in diesem Punkt zuversichtlich, denn er hielt Vicky nicht für so durchtrieben, sich einen völlig falschen Namen auszudenken. Wobei … er stutzte … sie hatte schließlich auch behauptet, dass sie Misses Bowl und er ihr Ehemann war …

»Dann werde ich der Dame Bescheid sagen, dass sie Besuch hat. Denn wenn Sie ihr Ehemann sind, fresse ich einen Besen. Um mich zu verschaukeln, müssen Sie früher aufstehen.«

Jonathan aber rannte, ohne sich um die Worte des Portiers zu kümmern, die Treppe nach oben zu den Fremdenzimmern. In der Mitte des Flurs blieb er stehen und rief laut Vickys Namen.

Vicky horchte auf. Jemand schien dort draußen auf dem Flur herumzubrüllen. Doch dann meinte sie, ihren Namen zu verstehen. Sie lauschte angestrengt. »Vicky!!!« Tatsächlich, das Geschrei galt ihr, und im selben Augenblick erkannte sie auch seine Stimme. Ihr Herzschlag drohte auszusetzen. Es war Jonathan! Also hatte der Polizist Glück bei seiner Suche gehabt. Sie hatte ihm ja auch genügend Geld gegeben, damit er Jonathan Bowl für sie fand. Mit Grauen dachte sie an ihre gestrige Ankunft in Ballarat. Es war stockdunkel gewesen, und natürlich hatte keiner sie abgeholt. Wie auch? Sie hatte Jonathan ja nicht in ihre Reisepläne eingeweiht.

Und nun rief er dort draußen auf dem Flur verzweifelt ihren Namen. Bei dem Gedanken, in ein paar Minuten womöglich in seinen Armen zu liegen, wurden ihre Knie weich. Sie hatte Mühe, zur Tür zu gelangen.

Sie öffnete sie ganz langsam und entdeckte ihn am Ende des Flurs. Trotz der Entfernung erschrak sie bei seinem Anblick. Er war schrecklich dürr geworden, seine Haut hatte eine graue Farbe, die schwarzen Locken hingen ihm ungekämmt ins Gesicht, und er trug einen ungepflegten, pechschwarzen Vollbart. Kurz, er sah zum Fürchten aus. Noch hatte er sie nicht gesehen, denn er sah gerade angestrengt den langen Flur in die andere Richtung hinunter. Sie konnte ihn nur im Profil sehen, aber das genügte, um seinen elenden Zustand zu erfassen. Als er sich in diesem Augenblick zu ihr umdrehte, erblasste sie vor Sorge um den Geliebten, aber nichts auf der Welt würde sie davon abhalten, sich ihm in die Arme zu werfen.

»Vicky«, stöhnte er. »Vicky!«

Sie rannte geradewegs auf ihn zu. Er hob sie hoch und wirbelte sie herum; entwickelte so viel Kraft wie ein kerngesunder Mann. Sie strich ihm zärtlich durch den Rauschebart, und dann küssten sie sich. Es gab nur noch sie beide auf dieser Welt.

Bis der zeternde Portier angerannt kam. »Ich habe es doch geahnt, dass Sie der Lady nichts Gutes wollen.« Vicky und Jonathan stoben auseinander. Der Mann packte den verblüfften Jonathan am Arm und wollte ihn mit sich ziehen. »Sie und der Ehemann dieser Dame. Dass ich nicht lache.« Jonathan ließ sich widerstandslos mitzerren, er fühlte sich innerlich wie betäubt. Vicky hatte so entsetzt bei seinem Anblick ausgesehen, wie ihm jetzt wieder in den Sinn kam.

»Lassen Sie sofort meinen Mann los!«, herrschte Vicky den Portier an, nachdem sie ihre Fassung wiedererlangt hatte. Fassungslos nahm der Mann seine Hände weg. »Dieser Kerl ist wirklich Ihr Ehemann?« Die pure Ungläubigkeit sprach aus seinen Augen.

»Ja, und jetzt lassen Sie uns bitte allein!«, fauchte Vicky so entschieden, dass der Mann mit hängenden Schultern verschwand.

»Komm«, sagte sie leise, während sie Jonathan bei der Hand nahm und in ihr Zimmer zog. Er aber spürte in dem Augenblick, wie ihn seine Kräfte verließen. Ihm wurde schwarz vor Augen, und er deutete auf das Bett. Vicky verstand und bat ihn, sich bei ihr aufzustützen. So vereint steuerten sie geradewegs auf das mit schneeweißem Leinen bezogene Bett zu. Stöhnend ließ er sich auf die sauberen Laken fallen. Schweiß rann ihm von der Stirn, und in seinen Gelenken pochte es, als würden kleine Hämmer in einem fort auf Muskeln und Knochen schlagen.

»Verzeih mir, Vicky, aber ich komme geradewegs aus dem Krankenbett und hätte wohl noch nicht aufstehen dürfen«, entschuldigte er sich leise.

»Pst, Liebster«, flüsterte sie. »Nicht sprechen.«

Jetzt erst wurde ihr klar, dass Jonathan offenbar nur knapp dem Tod entronnen war.

»Ich hole einen Arzt«, sagte sie heiser.

»Nein, bitte nicht. Das haben meine Freunde schon getan. Er kann nichts für mich tun. Bitte, lass mich nur ein wenig ruhen, und ich verspreche dir, gleich ist alles wieder gut.«

Vicky legte sanft die Hand auf seine Stirn. Fieber hat er keines mehr, dachte sie erleichtert, denn sie fühlte sich nicht heiß an. Sie strich ihm die verschwitzten Locken aus dem Gesicht. Aus seinen Augen sprach jene Wärme, die ihr so vertraut war. Heiße Wallungen der Zuneigung durchfluteten ihren Körper.

»Jonathan«, flüsterte sie. »Oh, Jonathan!«

Er schien mit sich zu kämpfen, wollte wach bleiben, sie begrüßen, mit ihr reden, aber alles, was er von sich gab, war ein heiseres: »Ich muss nur einen Augenblick ruhen, dann ist alles gut.«

Während er diese Worte unter großer Anstrengung hervorstieß, fielen ihm seine Augen zu. Das ging noch ein paarmal hin und her. Er wollte sich seiner Erschöpfung partout nicht hingeben, doch dann hatte das Schlafbedürfnis des geschwächten Körpers seinen Willen bezwungen.

Vicky betrachtete ihren schlafenden Liebsten, während eine Flut gemischter Gefühle über sie hereinbrach: Liebe, Empathie, Angst, Sorge, Hoffnung und das alles im regen Wechsel. Ihr wurde ganz schummrig.

Sie zuckte zusammen, als es an der Tür ihres Zimmers klopfte. Hastig erhob sie sich, weil sie verhindern wollte, dass Dritte den kranken Jonathan in ihrem Bett liegen sahen.

Also öffnete sie die Tür nur einen kleinen Spalt, sodass sie ihren Kopf herausstrecken konnte. Sie sah in das knallrote Gesicht des Constables. »Hat er Ihnen etwas getan?«, fragte er aufgebracht. »Seine Männer haben mich festgehalten, damit er allein zu Ihnen kann. Ich hoffe, er hat sich keinen Zutritt zu Ihrem Zimmer verschafft. Seien Sie bitte vorsichtig. Ich habe Ihren Mann nämlich nicht gefunden, sondern nur einen abgehalfterten Burschen, der wie der Blitz davongeritten ist, nachdem er erfahren hat, dass im Victoria-Hotel eine schöne Frau auf ihren Mann wartet und …« Mister Clarence keuchte und schnaubte.

»Nun beruhigen Sie sich doch erst einmal. Falls Sie meinen Mann meinen, ja, der hat mich inzwischen aufgesucht, aber bitte seien Sie leise. Er schläft.«

»Ihren Mann? Nein, ich bewege mich nicht vom Fleck, bevor Sie mir nicht bewiesen haben, dass der Kerl Sie nicht in seiner Gewalt hat und womöglich mit einer Waffe hinter Ihnen steht.«

Vicky rollte genervt mit den Augen. »Gut, aber Sie rühren sich nicht vom Fleck. Und nur einen einzigen prüfenden Blick, verstanden?«

Constable Clarence nickte eifrig, und Vicky öffnete die Tür so weit, dass er einen freien Blick bis zu dem schlafenden Jonathan hatte.

»Und das ist wirklich Ihr Mann?«, japste der Polizist.

»Aber lieber Mister Clarence, Sie wollen mir doch nicht absprechen, dass ich meinen eigenen Ehemann erkenne, oder?«, flötete Vicky.

»Natürlich nicht! Ich dachte nur, ich meine … ja, dann nichts für ungut, dann werde ich mal …« Constable Clarence trag eilig den Rückzug an.

Jonathan war von den Stimmen aufgewacht und musterte Vicky mit einer Mischung aus Rührung und Skepsis. Er war einerseits trunken vor Glück, dass seine Liebste bei ihm war, andererseits war es ihm unangenehm, dass sie ihn in diesem Zustand vorgefunden hat. Aber die Tatsache, dass sie sich trotz seines Briefes auf den Weg nach Ballarat gemacht hatte, bewies doch, dass sie eine starke, mutige Frau war, die ihre eigenen Entscheidungen traf.

»Ich bin froh, dass du trotz meines Briefes zu mir gekommen bist«, seufzte er.

Sie strich ihm liebevoll über die eingefallenen Wangen.

»Und ich bin bitterböse, dass du mir nicht mitgeteilt hast, dass du krank bist. Wenn ich das gewusst hätte«, entgegnete sie, aber sie konnte ihm nicht böse sein. Jetzt war sie ja in Sicherheit bei ihrem Liebsten. Jetzt würde alles gut!

»Wir schaffen das«, flüsterte sie.

Ein Lächeln erhellte sein Gesicht. »Ja, wir schaffen das«, wiederholte er, und zum ersten Mal seit Langem glaubte er selbst daran.

»Weiß deine Familie, dass du hier bist? Der Polizist hat mir erzählt, dass dein Bruder dich zur Kutsche gebracht hat. Hast du Steven eingeweiht?«

»Nein, Vater hat ihn nach Sydney geschickt, nachdem seine Affäre mit einer Frau aufgeflogen ist, die mein Vater nicht für die richtige Gesellschaft hielt.«

Erstaunt musterte Jonathan Vicky. »Und wer war dann der Mann, der sich als dein Bruder ausgegeben hat?«

»Es war Frederik Bradshaw, ein Bekannter«, erklärte Vicky ausweichend und spürte, wie verräterische Röte in ihren Wangen aufstieg.

»Ein Bekannter?«, gab Jonathan mit skeptischer Miene zurück. Vicky setzte sich zu ihm auf den Bettrand und nahm seine Hand. Dann klärte sie ihn darüber auf, wer Frederik Bradshaw war und dass ihre Mutter beabsichtigte, sie mit ihm zu verkuppeln. Allerdings verschwieg sie Jonathan, wie sympathisch Frederik ihr war. Schließlich berichtete sie in allen Einzelheiten davon, wie sie ihren Plan, nach Ballarat zu reisen, mit seiner Hilfe durchgeführt hatte.

»Er ist wirklich ein guter Freund«, beeilte sich Vicky zum Schluss ihrer Schilderung zu betonen.

Jonathan sah sie durchdringend an. »Er liebt dich«, bemerkte er schließlich mit unbewegter Miene.

Vicky zuckte zusammen. »Nein, nein, Jonathan, das ist völliger Unsinn. Er ist wirklich nur ein guter Freund.«

»Na ja, solange du seine Liebe nicht erwiderst«, seufzte er.

»Wäre ich dann hier?«

Jonathan streckte die Arme aus und zog sie zu sich auf das Bett. »Nein, das wärest du gewiss nicht. Aber du weißt, was dein Freund hofft, nicht wahr? Er geht davon aus, dass du niemals bei so einem armen Schlucker wie mir bleiben willst und in die Welt der Reichen zurückkehrst. Unser Wiedersehen sozusagen als heilsamer Schock.«

Vicky traute sich kaum, ihren Liebsten anzusehen, denn Jonathan hatte den Nagel auf den Kopf getroffen.

»Nein, das glaube ich nicht«, versuchte sie abzuwiegeln.

»Warum sollte dir ein Mann wie er sonst dabei behilflich sein, ein Treffen zwischen uns beiden zu ermöglichen?«

Vicky zuckte die Achseln. Sie wollte lieber das Thema wechseln. Ihr war nicht wohl dabei, mit Jonathan über Frederik zu reden.

»Wenn er mich lieben würde, hätte er es doch eher verhindert«, entgegnete sie schließlich schwach.

»Nein, das würden die dummen Männer machen, Männer wie dein Schwager, dieser unsägliche Mister Cumberland. Dein Mister Bradshaw hingegen scheint ein kluger Kopf zu sein, der wusste, dass es dich schockiert, ein menschliches Wrack vorzufinden.«

Vicky musterte ihn entsetzt. »Wie kannst du nur so hässlich von dir selbst sprechen?«

»Glaubst du, du konntest deinen Schock vor mir verbergen? Ich bin zurzeit gewiss keine Zierde. Aber ich werde alles tun, damit ich dich wie eine Prinzessin auf Händen tragen kann. Der Brief hat mir schier das Herz gebrochen.«

»Mir auch«, seufzte Vicky.

»Nein, in dir, mein Lieb, hat es den Kampfgeist geweckt. Sonst wärest du nicht gekommen. Aber was, wenn ich kein Nugget finde?«

Vicky setzte sich abrupt auf. Das wollte sie nicht hören. Sie war hergekommen, um festzustellen, ob er es wirklich übers Herz brachte, auf sie zu verzichten. Sein Verhalten sprach Bände. Er wollte sie mehr als alles auf der Welt und sie ihn. Sie glaubte fest an die gemeinsame Zukunft.

»Schluss mit dem Gerede. Entweder du glaubst wieder an dich und uns, und ich bleibe bei dir, oder du verharrst in deiner Resignation und hast den Mumm, mich fortzuschicken. Dann bist du mich für immer los.«

Ein gequälter Ausdruck lag in Jonathans Blick. »Ich … ich würde alles tun, um dir eine Zukunft zu bieten, die dir gebührt, aber …«

Vicky war vom Bett aufgesprungen und hatte die Arme vor der Brust verschränkt. »Dann sag mir jetzt sofort, dass ich gehen soll!«

»Das kann ich nicht!«

»Dann tu etwas!«, forderte Vicky streng.

Jonathan wirkte verzweifelt. »Ich will ja versuchen, wieder an das Glück zu glauben. Lass mich nur wieder ganz gesund werden«, seufzte er.

An seine Krankheit hatte Vicky gar nicht mehr gedacht, während sie sich in ihren Zorn hineingesteigert hatte. Ein Schamgefühl durchfuhr sie. Seine Krankheit, die hatte sie tatsächlich für einen Augenblick verdrängt. »Verzeih mir. Ich hätte dich nicht mit meinen Ansprüchen quälen dürfen!« Zur Bekräftigung ihrer Worte setzte sie sich zurück auf das Bett und nahm sein Gesicht zärtlich in beide Hände.

»Soll ich nicht doch einen Arzt holen?«

Jonathan schüttelte den Kopf. »Nein, er kann nichts machen, und ich fühle mich auch schon viel besser.« Er setzte sich im Bett auf. »Was meinst du? Sollen wir einen kleinen Spaziergang unternehmen? Hinter der Stadt liegt Wendouree, ein Sumpfgebiet, das man zu Fuß umrunden kann. Auf dem Weg dorthin möchte ich dir etwas zeigen.«

»Alles, was du willst, mein Lieb«, entgegnete Vicky zärtlich, und ihr Herz lief förmlich über vor Gefühlen für diesen Mann. Da kann er noch so zum Fürchten aussehen, dachte sie, ich glaube an unsere Zukunft.

»Willst du deinem geschwächten Körper diese Anstrengung wirklich zumuten?«, fragte sie zweifelnd.

»Ja, es ist ein erster Schritt, um zu meinem von Optimismus

getriebenen Kämpfergeist zurückzufinden«, erklärte er in feierlichem Ton und nahm sie in den Arm. »Und ich werde noch viel aktiver werden, aber ich glaube, ich brauche erst einmal ein Wannenbad. Ich bin, ohne mich zu waschen, direkt vom Krankenlager in meine Hosen gesprungen.«

»Du hast Glück, eine Wanne befindet sich im Badezimmer genau gegenüber. Dort findest du auch Handtücher.«

»Du bist ein Schatz. Dann werde ich mir all das Gezeter, Gejammer und Selbstmitleid abwaschen und mir ein Beispiel an meiner mutigen Braut nehmen. Was du alles riskiert hast, um mich aufzurütteln, das werde ich dir nie vergessen. Wobei ich bete, dass die Kunde von dem kleinen Ausflug nicht deinen Eltern zu Ohren kommt. Das wäre nicht auszudenken … dann würden sie uns niemals die Erlaubnis zur Hochzeit geben, ganz gleich, wie reich ich dann wäre …«, murmelte Jonathan.

»Mach dir keine Gedanken. Wenn die Geschichte rauskommt, dann höchstens, wenn meine Eltern Marthas Eltern treffen, aber wie sollte das geschehen? Sie sind in Sydney, meine in Melbourne, oder denkst du, dass Frederik es ihnen verraten könnte?«

»Nein, nein, ich sagte doch bereits: Der Mann ist nicht dumm, und er wird nichts unternehmen, um dich gegen ihn aufzubringen.«

»Gräm dich nicht. Sollten meine Eltern es je erfahren, dann sind wir längst verheiratet … Wir könnten uns doch auch einfach in Ballarat trauen lassen, sobald ich achtzehn geworden bin.«

»Das wäre gegen das Gesetz, mein Liebes, wir bräuchten die Zustimmung deiner Eltern, bis du mit einundzwanzig volljährig wirst …« Er unterbrach sich und musterte sie durchdringend. »Dann müssten wir schon durchbrennen, und das hieße, dass du deine Eltern wahrscheinlich niemals wiedersehen würdest. Willst du das wirklich?«

»Nein, ich muss nach drei Wochen zurück. Das habe ich Frederik …« Vicky stockte. Es war nicht klug, ihn schon wieder zu erwähnen.

»Was hat dieser Frederik damit zu tun?«, hakte Jonathan nach.

»Ich musste ihm versprechen, dass ich seine Unterstützung nicht dazu missbrauche durchzubrennen.«

»Was ist denn das für ein merkwürdiges Versprechen?«

»Bitte, Jonathan, wenn es nicht anders geht, brenne ich mit dir durch, aber später und ohne Frederik in meine Pläne zu involvieren.«

»Ja, gut, ich bin sowieso nicht für das Durchbrennen«, murmelte er und verließ das Zimmer.

Vicky blieb mit gemischten Gefühlen zurück. Einerseits empfand sie eine gewisse Erleichterung, dass Jonathan sie nicht zu einer unüberlegten Flucht drängte, andererseits spürte sie, dass Frederik Bradshaw irgendwie zwischen ihnen stand.

Als Jonathan aus dem Bad zurückkehrte, wirkte er unbeschwert. Fast so wie bei ihrem ersten Treffen.

»Mich wundert, dass du bei meinem Anblick nicht tot umgefallen bist«, scherzte er. »Im Bad war ein Spiegel. Das bleiche ausgezehrte Wesen, das mir da grimmig entgegengeschaut hat, kann doch nicht ich sein, habe ich gedacht. Aber jetzt fühle ich mich tausend Mal besser.« Jonathan nahm sie in den Arm und küsste sie. Es kam ein wenig überraschend, aber sie erwiderte seinen leidenschaftlichen Kuss. Es fühlte sich mindestens so vertraut an wie damals in Melbourne, und sie wünschte sich mehr Nähe, doch Jonathan löste sich aus der Umarmung und strebte zur Tür. Er reichte ihr seine Hand. »Komm, ich brenne darauf, dir etwas zu zeigen.«

Vicky stellte erleichtert fest, dass er inzwischen wesentlich besser aussah als vorhin. Das Bad hatte ihm offenbar nicht nur seine Lebensgeister, sondern auch eine gesündere Gesichtsfarbe zurückgebracht. Und sein düsterer Bart war fort.

12

»Und wird Ihr Mann jetzt bleiben? Das wird dann teurer«, knurrte der Portier, als Vicky und Jonathan wenig später Hand in Hand an ihm vorübergingen.

»Schreiben Sie es mir auf die Rechnung«, flötete Vicky. Vor der Tür stellten sie fest, dass es geregnet hatte, aber immerhin war es sehr warm.

»Ich weiß nicht.« Jonathan warf einen skeptischen Blick auf Vickys Schuhe. »Die werden schmutzig. Nach dem Regen werden die Straßen hier zu wahren Schlammlöchern.«

»Das kenne ich aus Melbourne«, erklärte Vicky. Sie war sehr neugierig, was ihr Jonathan so dringend zeigen wollte, und sie hatte das Gefühl, es würde seiner Genesung förderlich sein. Doch dann blieb ihr Blick an seinen nackten Füßen hängen.

»Wo sind deine Schuhe?«, fragte sie.

Jonathan tippte sich gegen die Stirn.

»Jetzt habe ich es wieder nicht gemerkt. Sollte das Fieber meinen Verstand angegriffen haben? Ich habe sie im Zelt vergessen, weil ich so schrecklich aufgeregt war, als ich von deiner Ankunft in Ballarat erfahren habe. Wenn du erlaubst, reite ich eben zurück und hole meine Stiefel. Und ich sage meinen Freunden Bescheid, dass alles in Ordnung ist.«

»Nein, ich habe nichts dagegen, aber nur, wenn du mich mitnimmst.«

»Ich weiß nicht, ob das der rechte Ort für dich ist«, widersprach Jonathan.

»Ach, Jonathan, du vergisst, dass ich auf eigene Faust nach

Ballarat gereist bin, ich deinen Anblick überlebt habe und mich also nichts mehr schrecken kann«, scherzte Vicky.

»Gut, dann steig auf. Ich denke, mein guter alter Jimmy ist so ein kräftiger Kaltblüter, der locker uns zwei tragen kann.«

Jonathan half Vicky auf den Pferderücken und setzte sich hinter sie. In gemächlichem Trab brachte das schwere Tier sie zum Zeltlager am Fluss. Jonathan wollte Vicky eigentlich davon abhalten, ihn in das Innere seines Zelts zu begleiten, aber sie folgte ihm neugierig.

»Ich weiß, es sieht entsetzlich aus«, entschuldigte er sich, nachdem sie das Zelt betreten hatten. »Ich habe tagelang nur dort auf dem Lager vor mich hingedämmert, und meine drei Freunde, die mich gepflegt haben, sind alle nicht die Ordentlichsten.«

»Ach, das ist doch gar nicht schlimm«, schwindelte Vicky, die nicht nur das Chaos befremdlich fand, sondern auch den Geruch nach Essensresten und alten Stoffen, der in dem überhitzten Zelt stand.

Jonathan zog hastig seine Schuhe an, weil es ihm peinlich war, dass Vicky seine Bleibe in diesem Zustand gesehen hatte. Doch in diesem Augenblick traten seine drei Freunde an das Zelt heran und blieben neugierig und schweigend im Eingang stehen.

»Darf ich vorstellen, diese drei Ölgötzen sind meine Freunde, Ian, Chui und Sam. Ob ihr mal die Hüte lüftet. Vicky ist nämlich eine Lady.«

Die drei Männer zogen gleichzeitig den Hut vor ihr. Einer nach dem anderen ging auf sie zu und begrüßte sie mit Handschlag. Die Verwunderung stand ihnen gleichermaßen auf die Stirn geschrieben.

»Ich reite jetzt mit Vicky nach Wendouree«, erklärte Jonathan, als wäre es das Selbstverständlichste der Welt. »Ach so, der ganze Name meiner Verlobten lautet Sophie Victoria Stewart. Sie besucht mich für ein paar Tage.«

Sam fand als Erster die Sprache wieder. »Herzlich willkommen in der Hölle«, scherzte er und wandte sich dann verschwörerisch an Jonathan. »Was soll ich dem Herrn im Saloon sagen, der dich so gern besuchen würde?« Sam zwinkerte Jonathan zu.

»Sag ihm, ich wäre wieder gesund und würde ihn besuchen, sobald mein Gast abgereist ist«, erwiderte Jonathan. »Und jetzt entschuldigt ihr uns bitte.« Er schob Vicky förmlich aus dem Zelt ins Freie.

»Was wollte dir dein Freund denn da für eine verschlüsselte Botschaft übermitteln, die ich nicht verstehen sollte?«, kicherte Vicky.

»Das musst du missverstanden haben«, wiegelte Jonathan ab und half ihr wieder aufs Pferd. Auf Höhe des Hotels ließ er den Gaul anhalten, glitt vom Pferderücken und hob die Arme, um Vicky herunterzuhelfen.

»Von hier aus gehen wir zu Fuß. Hier kann ich Jimmy im Schatten anbinden. Und der Weg im Sumpf ist ziemlich schmal. Da ist schon manches Pferd vom Pfad abgekommen, und Gaul und Reiter wurden nie wieder gesehen.«

»Ich gehe mit dir bis ans Ende der Welt«, lachte Vicky und rutschte vom Pferd direkt in Jonathans Arme.

»Gut, dann haken Sie sich bei mir unter, Mylady«, erwiderte Jonathan.

Mittlerweile hatte sich die Sonne wieder zwischen den Wolken hervorgekämpft. Sie besaß im Dezember bereits viel Kraft. Jonathan und Vicky schlenderten die Hauptstraße entlang, bis sie die Zivilisation hinter sich ließen. Jonathan musste unwillkürlich an sein Erlebnis mit Nicoletta denken, als er in der Ferne den Baum sah, doch er ließ sich nichts anmerken. Die Geschichte gehörte der Vergangenheit an, denn in Jonathans

Augen sah jetzt alles anders aus: Vicky war keineswegs ein verwöhntes Püppchen aus gutem Hause, das aus falsch verstandener Romantik ihr Herz an einen Goldsucher hängte, sondern eine mutige Frau, die so viel riskierte, weil sie ihn liebte und nicht einmal durch seine flügellahmen Worte davon abzuhalten gewesen war, ihn aufzusuchen.

Er blieb abrupt stehen. »Du bist wunderbar. Und ich werde ab jetzt wieder an mich glauben und an unsere Zukunft!«, verkündete er gerührt.

»Das will ich hoffen. Ich bin mir sicher, dass du das Gold findest, das du für unsere gemeinsame Zukunft brauchst«, rief Vicky begeistert über seinen wiedergewonnenen Optimismus aus.

Und wenn nicht, dann finden wir eine Lösung, dachte Jonathan und umarmte sie überschwänglich. Über ihre Schulter hinweg sah er, dass sie ausgerechnet vor dem gewissen Baum stehen geblieben waren. Einen winzigen Augenblick sehnte er sich danach, sich mit Vicky ebenso leidenschaftlich zu lieben, aber den Gedanken verwarf er sofort wieder. Sie war kein käufliches Mädchen, sondern eine unberührte Frau, die er sanft in die Geheimnisse der körperlichen Liebe einweihen sollte.

»Jetzt siehst du aus, als hättest du ein Gespenst gesehen«, bemerkte Vicky, nachdem sie sich aus der Umarmung gelöst hatte.

»Nein, nein, es ist nur so, hier wimmelt es vor Schlangen. Da muss man immer ein Auge auf den Boden haben«, versuchte er, sich herauszureden.

»Du hast aber den schönen Eukalyptusbaum hinter mir angestarrt«, bemerkte Vicky und näherte sich unbekümmert dem kräftigen Stamm. »Wie das hier duftet«, rief sie begeistert aus.

Jonathan jedoch hatte nur den einen Wunsch: weit wegzukommen von diesem magischen Baum mit seiner betörenden Aura aus Eukalyptusdüften.

»Ja, aber nun folge mir. Ich will dir doch etwas zeigen.« Mit diesen Worten zog er sie von dem Baum der Erinnerung fort.

Zu ihrer Linken lag nun der Sumpf, zu ihrer Rechten Wald. Plötzlich blieb Jonathan stehen und führte sie nach rechts. Ein sandiger Pfad wand zwischen den Bäumen hinauf zu einer kleinen Ebene, auf der sich gerade eine Horde Kängurus tummelte, was Vicky einen Entzückensschrei entlockte.

Jonathan wollte ungeduldig weitergehen, doch Vicky hielt ihn am Arm fest. »Lass uns doch ein wenig zuschauen, wie sie toben«, flüsterte sie. Er tat, was sie verlangte, und zügelte seine Ungeduld. Plötzlich ertönte ein Schuss, und eines der Tiere sackte in sich zusammen, während die anderen flüchteten. Vicky wollte sofort loslaufen, sich um das arme Tier kümmern, aber Jonathan hielt sie fest.

»Komm bloß keinem dieser Kerle ins Gehege. Sie leiden Hunger und werden das Tier essen.«

Vicky schüttelte sich. Jonathan musterte sie belustigt.

»Tja, Liebste, manche Leute können sich nichts anderes zum Essen leisten. Ich nehme an, dass ein Känguru bei euch in Melbourne nicht auf dem Teller landet.«

»Gut, wenn es sein muss, dann werde ich sogar Känguru essen«, seufzte sie.

Jonathan nahm sie in den Arm. »Nein, das musst du nicht, denn siehst du dort hinten den Holzzaun?«

Vicky reckte den Hals. »Ja, warum? Wollen wir hinlaufen?«

»Gleich, wir warten, bis sich die Jäger ihre Beute geholt haben.« Im selben Augenblick tauchten auch schon drei bärtige, abgerissene Gestalten auf, die Gewehre noch im Anschlag. Sofort verstand Vicky, warum es besser wäre, vorerst in der Deckung des Waldes zu verharren. Vertrauenerweckend sahen sie nicht gerade aus. Die Kerle banden das Tier an einen langen Ast und schleppten es schließlich auf diese Weise weg.

Erst als über der Ebene nichts mehr zu hören war als das Zwitschern, Singen und Gackern der Vögel, das aus dem Wald drang, setzten Jonathan und Vicky ihren Weg fort und gelangten zu einem Stück Land, das von einem notdürftig zusammengeschusterten Zaun eingegrenzt wurde.

»Siehst du das Schild?«, fragte Jonathan voller Stolz. Vicky hatte Mühe zu erkennen, was in das verwitterte Holz geschnitzt war, doch schließlich dämmerte es ihr. »Jonathan Bowl«, las sie laut vor. »Gehört dir das Land?«

Er nickte voller Stolz und erzählte ihr, wie er eines Tages kurz nach seiner Ankunft in Ballarat einen Goldklumpen gefunden und das ganze Geld in dieses Stück Land gesteckt hatte. Er verschwieg ihr auch nicht, dass er bis zu seiner Krankheit beinahe jeden Tag vergeblich nach mehr Gold gesucht hatte.

Jonathan hatte sogar eine kleine Pforte aus Ästen gebaut, die er jetzt mit einer Geste für Vicky öffnete, als handelte es sich um den Eingang zu einem Schloss.

Ehrfurchtsvoll betrat sie Jonathans Claim.

»Ruh dich ein wenig aus, mein Liebling«, riet er ihr. »Ich werde zur Abwechslung mein Goldfeld abernten«, scherzte er. Dann trampelte er an einer Stelle das Gras herunter, um sicherzugehen, dass dort keine Schlangen versteckt waren, und bot Vicky den Platz im Schatten eines Baumes an. Er zog die Jacke seines Anzugs aus, krempelte die Hemdsärmel hoch und machte sich mit einer Spitzhacke daran, den Sandboden auf seinem Grundstück aufzuwühlen.

Vicky hing ihren Gedanken nach, während sie ihn nicht aus den Augen ließ. Auch wenn er wirklich abgezehrt aussah, während er so im Sonnenschein schwer arbeitete, er weilte doch unter den Lebenden, und das erfüllte sie mit tiefer Freude. Und eine Lust, ihm noch näher zu sein, machte sich in ihrem Körper bemerkbar. Seine Arme hatten nämlich nichts an Muskelkraft verloren und waren von der ständigen Arbeit an der Sonne ansehnlich gebräunt. Sie hatte nur eine Sorge: dass er sich ihretwegen nicht wieder übernahm und einen Rückfall erlitt. Doch was war das? Seine linke Hand schien sich verkrampft zu haben, denn Jonathan, der sich offenbar unbeobachtet fühlte, versuchte, mit der anderen Hand seine Finger auseinanderzubiegen, die wie Krallen gebogen waren. Hastig wandte sie den Blick ab. Sie ahnte, dass er dabei nicht gesehen werden wollte. Das änderte aber nichts daran, dass sie sich Sorgen machte. Ob das eine Folge seiner Krankheit war? Sie wunderte sich ein wenig, dass es ihr nicht vorher aufgefallen ... sie stutzte ... er hatte alle Verrichtungen mit seiner rechten Hand erledigt und die linke die meiste Zeit in der Jackentasche verborgen ... Sie würde es im Auge behalten, ob er einen guten Arzt benötigte, wenn der auch mit Sicherheit sehr teuer wäre.

Wenn sie ehrlich mit sich war, hatte sie sich das Goldgräberleben romantischer vorgestellt. Daran hatten auch weder die Vorurteile ihres Vaters noch die Hetztiraden ihres Schwagers und auch nicht Frederiks warnende Worte etwas ändern können. In ihrer Fantasie hatte sie sich jubelnde Männer vorgestellt, die alle paar Sekunden über einen Goldklumpen stolperten. Das, so war ihr jetzt klar geworden, vermochte in den ersten Tagen des legendären Goldrausches so gewesen sein, aber das schien lange vorüber. Offenbar lag das glitzernde Gold gar nicht mehr offen herum. So war wohl auch die Hoffnung, dass es auf diesem Stück Land jemals mehr gegeben hatte als den einen Klumpen, den er bereits gefunden hatte, sehr gering. Womöglich hatte Jonathan mit seinem Brief gar nicht so unrecht gehabt. War es nicht wirklich Augenwischerei, auf das große Wunder zu setzen? Aber hätte mich das daran gehindert, nach Ballarat zu kommen, fragte sich Vicky und warf einen weiteren verstohlenen Blick auf Jonathans linke Hand. Er hatte sie inzwischen in die Hosentasche gesteckt. Ob er einen bleibenden Schaden davongetragen hatte? In diesem Augenblick überkam sie eine fast schmerzhafte Sehnsucht nach ihrer Freundin Martha und … sie traute sich kaum, den Gedanken zu Ende zu denken, und nach Frederik. Wie unbeschwert wäre es doch, mit ihm auf Marthas Geburtstagsparty zu gehen und an seinem Arm über die Tanzfläche zu schweben …

Ich darf nicht so einen Unsinn denken, ermahnte sie sich und verließ ihren Platz im Schatten des Baums. Sie schlenderte gedankenverloren am Zaun des Grundstücks entlang. Sie hatte, so wie es auch Jonathan machte, die Augen auf den Boden geheftet. Plötzlich sah sie etwas in der Sonne blinken. Sie bückte sich und wollte ihren Augen nicht trauen. Wie ein Goldnugget aussah, wusste jeder. Auch Sophie Victoria Stewart. Man kam in Melbourne an den Goldgeschäften nicht vorbei, bei denen die Abbildungen der größten Klumpen zu jeder Schaufensterdekoration gehörten.

Vicky wagte es gar nicht, den Klumpen aus dem Sand zu holen. Was, wenn das, was sie für seine Spitze hielt, bereits das ganze Nugget war? Dann wäre die Enttäuschung groß. Sie überlegte, ob sie Jonathan holen sollte, aber falls es wirklich nicht mehr als ein größeres Staubkorn Gold war, wollte sie ihm nicht unbedingt falsche Hoffnungen machen. Ihr Herz klopfte bis zum Hals, als sie sich daranmachte, den Goldklumpen mit bloßen Händen auszugraben. Immer mehr glitzerndes Gold wurde sichtbar, bis sie einen beachtlichen Klumpen hervorzog und ihn wie ein Wunder von allen Seiten betrachtete.

Vicky erhob sich mit zitternden Knien und hielt Ausschau nach Jonathan, dessen dunklen Haarschopf sie in einiger Entfernung entdeckte. Sie wusste zwar nicht, was ein Klumpen in dieser Größe wert war, aber sie ahnte, dass sie da soeben einen sensationellen Fund gemacht hatte.

Mit heiserer Stimme rief sie nach Jonathan, der erschrocken auf sie zustürzte.

»Was ist geschehen? Eine Schlange?«, rief er besorgt. »Dann rühr dich nicht vom Fleck!«

Und schon war er bei ihr. Wortlos reichte Vicky ihm das Nugget. Jonathan nahm den Klumpen ungläubig zur Hand. »Wo hast du das her?«

»Ich habe ihn hier am Zaun gefunden«, sagte sie.

Jonathan starrte abwechselnd sie und dann wieder das glänzende Gold in seiner Hand an.

»Genügt das für den Anfang?«, fragte sie scherzend.

»Das, das … der ist ein Vermögen wert«, murmelte er überwältigt.

»Sind wir jetzt reich?«, lachte sie.

»Oh mein Gott, das ist Wahnsinn. Dabei habe ich den anderen genau auf der gegenüberliegenden Seite gefunden und habe in dieser Ecke nichts erwartet. Und deshalb auch nicht dort gesucht. Warte!«

Er drückte ihr den Goldklumpen in die Hand, rannte hinüber zur anderen Seite des Grundstücks und kehrte mit seiner Spitzhacke zurück. Dann ließ er sich von Vicky die Fundstelle zeigen. Wie ein Wahnsinniger haute er die Hacke in den Sand, bis er auf einen felsigen Untergrund stieß.

»Wenn darunter eine Goldmine verborgen ist, wäre ich ein gemachter Mann«, seufzte er und setzte sich erschöpft auf den Boden.

»Was heißt das? Es reicht also nicht, den Klumpen zu verkaufen?«, fragte sie neugierig nach.

»Setz dich zu mir«, forderte er sie auf. Vicky ließ sich neben ihm nieder und kuschelte sich in seinen Arm.

»Von diesem Klumpen könnten wir uns ein wenig Land kaufen und Schafe. Wenn wir das Geld aber in diesen Claim stecken und Gerät anschaffen und Männer anstellen, die hier graben und tatsächlich auf eine Mine stoßen, dann haben wir ausgesorgt, und ich kann als feiner Mann bei deinen Eltern um deine Hand anhalten. Entscheide du, was wir mit dem Gold anfangen. Du hast es gefunden.«

Vicky sah ihn entgeistert an. »Ich soll entscheiden, ob wir Farmer werden oder ob …? Was, wenn im Boden gar kein weiteres Gold ist?«

Er zog sie noch näher an sich heran. »Dann würden wir alles verlieren, hätten keine Farm und …«

Sie blickte ihn zweifelnd an. »Was würdest du machen, wenn du keine Rücksicht auf mich nehmen müsstest?«

»Ich würde eine Riesenfarm haben wollen. Die größte überhaupt«, entgegnete er schwärmerisch.

»Dann verfolge dieses Ziel, bitte! Ich vertraue dir. Er gehört dir!« Vicky gab ihm den Goldklumpen zurück.

»Und du willst wirklich das Risiko mittragen, falls letztendlich alles weg sein sollte?«

»Wäre denn die Aussicht auf eine kleine Farm dein Lebenstraum?«, gab sie zurück.

Jonathan schüttelte heftig mit dem Kopf. »Nein, ich habe schon als kleiner Junge davon geträumt, zu den Reichen im Land zu gehören. Wie oft haben mich in Port Arthur meine Fantasien von einem großen Haus, einer Familie, einer angesehenen gesellschaftlichen Stellung davor bewahrt, aufzugeben.«

»Port Arthur? Wo ist das? Hast du dort gelebt?«, hakte Vicky nach.

Jonathan überlegte kurz, ob dies nicht ein geeigneter Zeitpunkt wäre, Vicky in die dunklen Geheimnisse seiner Herkunft einzuweihen, aber er wollte diesen unfassbar glücklichen Augenblick nicht durch die Schatten der Vergangenheit verdüstern. Irgendwann werde ich ihr alles sagen, nahm er sich vor und nickte. »Ich komme aus armen Verhältnissen, wie du weißt«, sagte er leise und verschwieg ihr, dass er der Sohn eines Mörders war, seine Mutter ein Mischling und er dem Tod in dem berüchtigten Kindergefängnis mehr als einmal nur knapp entgangen. Und dass er als Kind in gleißender Sonne im Steinbruch gearbeitet hatte und von sadistischen Wärtern mit Schlägen und Tritten traktiert worden war.

Stattdessen beugte er sich zu ihr herüber und küsste sie. Erst zärtlich und dann immer leidenschaftlicher. Eine geradezu triebhafte Gier, sie hier auf seinem Claim zu entjungfern, nahm seinen Körper in Besitz. Doch als er, während er mit seiner gesunden Hand über den Stoff ihres Kleides unter ihrer Brust strich, ihr pochendes Herz wahrnahm, wachte er auf. Er löste seine Lippen von ihren, zog die Hände zurück und murmelte: »Verzeih mir, mein Liebes, du bist einfach so schön, dass ich mir manchmal wünsche, dich auf der Stelle zu meiner Frau zu machen.«

Vicky hatte seine Leidenschaft allerdings nicht befremdet, hatte sie doch vorhin beim Anblick seiner nackten Arme selbst die Sehnsucht gespürt, ihm ganz zu gehören.

»Das wünsche ich mir auch«, flüsterte sie unbekümmert. »Ich meine, dass du mich zur Frau machst. Meine Freundin Martha hat mir auf der langen Überfahrt von London verraten, was dann alles geschieht. Sie weiß es wiederum von einem ihrer Kindermädchen, die es ihr in allen Einzelheiten geschildert hat. Damals fand ich die Vorstellung grässlich, aber mit dir ist es etwas anderes.«

»Aber doch nicht in freier Natur«, widersprach Jonathan heftig und musste unwillkürlich an sein Erlebnis mit Nicoletta denken.

Vicky sprang auf und zog Jonathan an einer Hand hoch.

»Dann lass uns in mein schönes Zimmer gehen. Wir müssen das Nugget doch gebührend feiern.«

Sie küssten sich noch einmal leidenschaftlich, bevor sie Hand in Hand in die Stadt zurückschlenderten.

13

Die Dämmerung senkte sich bereits über Ballarat, in dessen Hauptstraße sich Mengen von Männern tummelten.

»Ich habe Hunger«, bemerkte Vicky, als sie am Saloon vorbeigingen, aus dem verführerische Essensdüfte bis zur Straße drangen, und zog ihn zum Eingang. Jonathan zögerte, weil er unbedingt eine zufällige Begegnung mit Nicoletta vermeiden wollte. Doch ihm fiel in der Eile keine passende Ausrede ein. So blieb ihm gar nichts anderes übrig, als ihr in das Innere des Saloons zu folgen, der am frühen Abend leer und noch nicht verraucht war wie am späteren Abend.

Vicky steuerte sofort auf einen Tisch in Bühnennähe zu.

»Sieh mal, ein Klavier!«, rief sie sichtlich begeistert aus. Jonathan war nervös und hoffte, dass Nicolettas Auftritt erst später stattfand. »Vielleicht darf ich ein paar Töne spielen, ich meine, ich spiele lange nicht so gut wie mein Bruder, aber ich singe ganz passabel. Was meinst du?«

Jonathan aber stierte an ihr vorbei in Richtung Bühne. Vicky bemerkte, dass er nicht ganz bei der Sache war, aber sie schwieg, vor allem, weil jetzt der Wirt an ihren Tisch trat und ihnen mitteilte, dass es heute Lammbraten gab.

»Ja, den nehmen wir«, sagte Vicky. »Oder?«

Jonathan nickte gedankenverloren. Er fühlte sich absolut unwohl in seiner Haut, zumal der Wirt ihn durchdringend musterte. Hatte er neulich mitbekommen, dass er den Saloon mit Nicoletta verlassen hatte?

»Dazu Whisky oder Bier?«, fragte der Wirt.

»Ich nehme Bier«, erwiderte Vicky keck, obwohl sie noch niemals zuvor Bier getrunken hatte. Bei ihren Eltern gab es bei Tisch, wenn überhaupt Alkohol, dann Wein. Bis auf Jonathans Angespanntheit fand sie das Etablissement enorm spannend, weil sie nie zuvor in einem Pub gesessen hatte.

»Und du?« Der Wirt warf Jonathan einen abschätzigen Blick zu.

»Auch ein Bier!«

Kaum war der Wirt außer Hörweite, fragte Vicky ihn neugierig, ob er schon öfter in diesem Saloon gewesen wäre und was der Kerl wohl gegen ihn hätte.

»Ich kenne den Mann nicht«, log Jonathan.

»Er sieht dich so finster an, als hättest du ihm etwas getan«, entgegnete Vicky. Und mich mustert er, als hätte er noch nie eine Frau gesehen.«

»Na ja, so eine Lady wie dich verschlägt es auch selten nach Ballarat«, erwiderte Jonathan.

Das Essen kam, und Vicky stürzte sich mit Heißhunger auf den Lammbraten, der zwar gewöhnungsbedürftig war und nicht annähernd so gut schmeckte wie der, den Mary zubereitete, aber sie aß die ganze Portion auf. Dazu trank sie gierig das Bier aus und verlangte noch ein zweites, was ihr ein amüsiertes Kopfschütteln von Jonathan einbrachte. »Vorsicht, mein Schatz, da ist Alkohol drin«, ermahnte er sie liebevoll.

»Ich merke, es prickelt schon in meinem Magen. Das ist herrlich«, freute sich Vicky, die sich in einem besonderen Zustand der Euphorie befand, seit sie das Goldnugget gefunden hatte, das Jonathan in einem Korb, den er von seinem Claim mitgebracht hatte, aufbewahrte.

»Kein Mensch ahnt, was in dem ollen Korb ist«, kicherte Vicky übermütig.

»Wenn du das nicht noch lauter in die Welt hinausrufst, wird es auch so bleiben«, erwiderte Jonathan lachend. Langsam entspannte er sich ein wenig. Auch er musste jetzt daran denken, dass sich nun alles zum Guten wenden und er, wenn er tatsächlich auf eine Goldmine gestoßen war, seine Vicky würde heiraten dürfen, ohne mit ihr durchzubrennen und sie in Armut darben zu lassen. Trotzdem wollte er das Schicksal nicht herausfordern und länger im Saloon verweilen als unbedingt nötig.

Deshalb rief er den Wirt zum Bezahlen. Er fasste in die Jackentasche und wurde kreidebleich, denn in der Hast, in der er aus dem Zelt aufgebrochen war, hatte er seine Geldbörse vergessen, und vorhin, als er die Schuhe geholt hatte, hatte er auch nicht daran gedacht.

»Kann ich das vielleicht später löhnen. Ich sehe gerade, dass ich …« Der Wirt musterte ihn mit zusammengekniffenen Augen. »Nein, du kannst bei mir nicht anschreiben.«

»Ich habe meine Geldbörse dabei«, erklärte Vicky hastig und zog aus ihrem Samtbeutel einen Schein, den sie dem Wirt reichte.

»Nun gut«, brummte er. »Mal sehen, ob ich den wechseln kann.« Mit diesen Worten verschwand er in Richtung Tresen.

»Ob er dich verwechselt? Er tut so, als hättest du ein Verbrechen begangen«, bemerkte Vicky.

»Lass uns gehen! Der Mann ist mir nicht geheuer.« Jonathan erhob sich von seinem Stuhl und griff seinen Korb. »Warte du hier. Ich hole das Wechselgeld«, befahl er und trat an den Tresen. Sofort waren die beiden Männer in einen heftigen Disput verwickelt, doch Vicky konnte nicht verstehen, was sie redeten, denn sie bemühten sich zu flüstern.

Komisch, dachte Vicky, ich würde darauf wetten, dass sie sich kennen. In diesem Augenblick betrat eine dunkelhaarige, freizügig gekleidete Dame den Saloon und steuerte geradewegs auf die streitenden Männer zu. Vicky beobachtete fassungslos, wie sie Jonathan zur Begrüßung mit ihren Fingern durchs Haar fuhr. Doch dann deutete der Wirt in Vickys Richtung, und die Miene der Dame versteinerte. Was Vicky dann sah, ließ ihren Atem stocken. Die Lady machte einen Schritt vom Tresen weg, doch Jonathan packte sie am Arm. Die Frau riss sich los und kam auf ihren Tisch zu. Eine Wolke von schwerem Parfüm waberte über den Tisch, als sie sich mit einem knappen »Ich darf doch?«, ohne eine Antwort abzuwarten, ihr gegenübersetzte.

Vicky ahnte intuitiv, was dieser Auftritt zu bedeuten hatte.

»Ich bin Nicoletta«, sagte die fremde Frau, die von exotischer Schönheit war, und reichte ihr die Hand. Aus dem Augenwinkel sah Vicky, dass der Wirt Jonathan am Arm festhielt, weil er auf den Tisch zustürzen wollte. Vicky spürte einen dicken Kloß im Hals, aber sie konnte sich gerade noch beherrschen, vor Nicoletta in Tränen auszubrechen, weil sie begriffen hatte, dass die Dame Jonathan offenbar näher kannte.

»Ich bin Vicky«, entgegnete sie mit fester Stimme und schüttelte die Hand der Dame. »Was wünschen Sie?«

»Ich wollte sie mir nur mal von Nahem ansehen, die schöne reiche Lady aus Melbourne«, entgegnete Nicoletta und starrte ihre Nebenbuhlerin unverfroren an.

»Und was sehen Sie?«, fragte Vicky keck, während sich ihr förmlich die Kehle zuschnüren wollte.

»Eine äußerst aparte Erscheinung. So ganz anders als ich Sie mir vorgestellt habe.«

»Lassen Sie mich raten. Sie haben gedacht, ich hätte elfengleiche Züge, rotblonde Locken und ein Puppengesicht mit großen blauen Augen und einem herzförmigen Mund, oder?« Vicky hielt dem unverschämten Blick ihrer Konkurrentin stand.

Plötzlich hörten sie den Wirt laut brüllen. »Sie hat sich die Augen aus dem Kopf geheult deinetwegen, dass sie kaum singen konnte!«

Die beiden Frauen wandten sich erschrocken zum Tresen, wo Jonathan verzweifelt versuchte, sich dem eisernen Griff des Wirtes zu entwinden. Er überragte den Wirt zwar um Hauptes-länge, aber Vicky vermutete, dass die Krankheit ihn geschwächt hatte. Doch dann wandte sie den Blick zurück und musterte die Schönheit, die ihr gegenübersaß, und plötzlich erschloss sich ihr die ganze Wahrheit: Nicoletta hatte sich Jonathans wegen gegrämt. Was bis jetzt eine vage Ahnung Vickys war, wurde zur Gewissheit: Nicoletta war Jonathan verdammt nahegekommen. Jetzt verstand sie auch die unverhohlene Abneigung, die der Wirt Jonathan entgegenbrachte. Offenbar hatte sich Nicoletta bei ihm ausgeweint.

»Was tun Sie hier?«, fragte Nicoletta Vicky in scharfem Ton.

»Ich besuche meinen Verlobten«, gab sie scheinbar ungerührt zurück, während ihr das Herz bis zum Hals schlug.

Statt Ablehnung sprach aus Nicolettas Augen eine gewisse Bewunderung. »Wissen Ihre Eltern, dass Sie in Ballarat sind?«

»Was geht Sie das an?«, konterte Vicky.

»Ich habe gehofft, dass Jonathan vernünftig geworden ist und eingesehen hat, dass er und Sie, ich meine, dass das nicht gut gehen kann«, erwiderte sie, und Vicky entging nicht, dass Nicoletta verunsichert war.

»Da haben Sie sich geirrt, befürchte ich. Er wird schon bald bei meinem Vater um meine Hand anhalten, und wir werden heiraten.«

»Ach ja? Sind Sie sich sicher, dass Ihr Vater das genauso sieht? Und Ihre Zukunft in die Hände eines armen Schluckers legt?«

Vicky rang sich zu einem Lächeln durch. Sie war plötzlich ganz ruhig.

»Jonathan wird schon bald ein vermögender Mann sein, aber selbst wenn er das nicht wäre, ich liebe ihn und werde seine Frau. Daran werden Sie nichts ändern.«

In diesem Augenblick stürtzte Jonathan, der sich endlich aus dem Griff des Wirtes befreit hatte, auf den Tisch zu und stellte sich schützend vor Vicky.

»Lass Sie in Ruhe. Sie kann nichts dafür!«, zischte er.

»Ich glaube, deine Verlobte …« Nicoletta sprach das Wort mit Todesverachtung aus. »… braucht keinen Beschützer, denn sie ist mutiger als wir beide zusammen!«, fauchte sie zurück.

»Komm, lass uns gehen!«, befahl Jonathan und wollte Vicky am Arm von dem Stuhl ziehen, doch sie wehrte ihn ab. »Bitte lass mich mit der Dame zu Ende plaudern«, sagte sie in einem Ton, der keinen Widerspruch duldete. Jonathan trat erschrocken einen Schritt beiseite.

»Hat Jonathan Ihnen versprochen, Sie zu heiraten?«, fragte sie mit fester Stimme.

Nicoletta schüttelte traurig den Kopf. »Nein, aber ich habe versucht, ihn davon zu überzeugen, dass es nicht gut gehen kann, wenn er sein Herz an ein wohlhabendes Mädchen aus vornehmem Hause hängt. Aber ich glaube, ich habe Sie unterschätzt.«

Mit diesen Worten stand Nicoletta auf und verließ, ohne sich noch einmal umzudrehen, den Saloon.

Vicky fühlte sich mit einem Mal ganz leer. Sie war weder wütend noch traurig, sondern wollte nur noch weg von diesem Ort. Als sie aufstand, kam sie leicht ins Wanken, denn ihr wurde auf einmal schwindlig. Sie hielt sich an der Lehne des Stuhls fest. Jonathans Hand, die sich ihr helfend entgegenstreckte, schob sie weg. Sie atmete ein paarmal tief durch und bewegte sich dann langsam zum Ausgang. Den Wirt, der das Ganze mit offenem Mund beobachtet hatte, würdigte sie keines Blickes. Draußen vor der Tür schnappte sie erneut nach Luft und wehrte sich nicht, als Jonathan ihre Hand ergriff.

Schweigend betraten sie das Hotelgebäude, das gleich neben dem Saloon lag. Vicky ließ es zu, dass er sie zu ihrem Zimmer brachte. Vor der Tür blieb sie abrupt stehen und suchte seinen Blick. Er sah entsetzlich aus. Aus seinen Augen sprach das schlechte Gewissen.

»Vicky, bitte lass mich dir alles erklären. Ich war nur ein einziges Mal mit Nicoletta zusammen, kurz bevor ich an dem Fieber erkrankt bin …«

»Bitte schweig«, sagte sie leise. »Ich muss nachdenken.« In ihrem Kopf ging alles wild durcheinander. Werde ich ihm diesen Betrug je verzeihen können, fragte sie sich und musste plötzlich an Frederik denken. Hatte er nicht gehofft, dass sie enttäuscht, ernüchtert und gedemütigt nach Melbourne zurückkehren würde? Je mehr sie an ihn dachte, desto weniger konnte sie Jonathan einen Verrat vorwerfen. War es nicht vielmehr so, dass sie sich, wenn Jonathan sie nach Hause zurückgeschickt hätte, in Frederiks Arme geflüchtet hätte? Gab es da nicht auch jemanden in ihrem Leben, der ihr mehr bedeutete, als sie sich bislang klargemacht hatte? Konnte sie Jonathan wirklich vorwerfen, dass er sich mit dieser Nicoletta eingelassen hatte, wenn sie unter bestimmten Umständen auch nicht gezögert hätte, sich in Frederiks sichere Arme zu stürzen? Und wäre es richtig, gekränkt aus Ballarat abzureisen, jetzt, wo Jonathan und sie eine Zukunft hatten? Gehörten Frederik und Nicoletta nicht der Vergangenheit an und konnten ihre gemeinsame Zukunft nicht mehr trüben? Ja, nun stand ihrer Liebe nichts mehr im Weg, und sie sehnte sich danach, sich mit ihm zu vereinen.

Vicky wandte ihren Blick ab und schloss die Zimmertür auf. »Komm«, flüsterte sie. Als Jonathan zögerte, nahm sie seine Hand und zog ihn in ihr Zimmer.

»Vicky, du musst mir glauben, ich liebe …«

Sie legte ihm den Finger auf den Mund zum Zeichen, dass er schweigen möge.

»Lass uns kein Wort mehr über Nicoletta verlieren, sondern mach mich endlich zu einer richtigen Frau, zu deiner Frau«, forderte sie ihn zärtlich auf.

»Du ... du willst wirklich, ich meine, nach allem, was du nun weißt ...«

»Pst!« Vicky knöpfte ganz langsam ihre Korsage auf und zog sie aus. Genauso machte sie es mit dem Rock ihres Kleides. Als sie ihr Unterhemd und ihre blütenweißen Hosen ausziehen wollte, trat er auf sie zu und half ihr dabei. Er stöhnte laut auf, als er sie in ihrer nackten Schönheit vor sich stehen sah. Immer noch hatte er leichte Bedenken, ob er dies so einfach tun durfte, aber das Strahlen und Funkeln ihrer Augen sagte mehr als tausend Worte.

»Jetzt du«, sagte sie mit heiserer Stimme.

Jonathan tat, was sie verlangte, und zog sich genauso langsam aus, wie sie es ihm vorgemacht hatte. Er konnte auch kaum schneller, hatte er doch nur seine rechte Hand zur vollen Verfügung. Seine andere Hand, die sich zwar bereits seltener, aber infolge des Fiebers gelegentlich noch verkrampfte, versteckte er hinter dem Rücken. Außerdem genierte er sich offenbar ein wenig, weil er nur noch Haut und Knochen war, aber Vicky gefiel, was sie sah. Unbekümmert starrte sie voller Begierde auf das Zeichen seiner Erregung, trat auf ihn zu und schmiegte sich an ihn. Er schob sie sanft zum Bett, blieb aber selbst davor stehen und betrachtete sie in ihrer vor ihm liegenden Weiblichkeit.

»Du bist wunderschön«, stöhnte er.

»Komm!«, bat sie und breitete die Arme nach ihm aus. Jonathan glitt neben sie auf das weiße Leinen und begann, sie vorsichtig zu streicheln. Vicky schloss die Augen und genoss die sanften Berührungen auf ihrer Haut. Als er zärtlich ihre Brustwarzen berührte, rieselten heiße Schauer durch ihren ganzen Körper. In ihrem Bauch spürte sie ein angenehmes Kribbeln, das sich verstärkte, je weiter er mit seiner Hand nach unten wanderte. Schließlich strich er ihr mit den Fingerspitzen an den Innenseiten der Beine entlang, bis er zwischen ihren Schenkeln angekommen war. Vicky schrie auf und wand sich unter seiner Hand, die sie nun an der geheimen Stelle berührte, die bislang nur sie gekannt hatte. Doch es war ein völlig anderes Gefühl, als wenn sie sich selbst dort streichelte. Sie war überwältigt von der Lust, die sie laut herausschrie.

»Komm!«, feuerte sie ihn an. »Bitte komm!« Sie spürte, dass er noch zögerte, aber ihre Worte schienen ihn so erregt zu haben, dass er vorsichtig in sie eindrang.

Vicky empfand einen kurzen brennenden Schmerz, aber der war sofort wieder vergessen, weil sie so überwältigt war von dem Gefühl, ihrem Liebsten so nahe zu sein. In ihrem Bauch breitete sich ein heißes Prickeln aus, nachdem er heiser ihren Namen geraunt hatte und dann mit einem Aufschrei gekommen war. Er ließ sich stöhnend neben sie gleiten und strich ihr mit den Fingerspitzen über ihre geheime Stelle. Stöhnend bog sie ihm ihren Unterleib entgegen, und er streichelte sie, bis ihr Kopf sich ganz leer anfühlte und sie das Gefühl hatte, ihr ganzer Bauch würde explodieren. Keuchend beugte sie sich ihm noch einmal entgegen, bevor sie sich schließlich erschöpft in die Laken zurückfallen ließ.

»Komm, leg dich in meinen Arm«, bat Jonathan sie mit belegter Stimme. Vicky kuschelte sich dicht an ihn heran. »Ich liebe dich«, flüsterte er in ihr Ohr. Sie aber setzte sich auf und beugte sich über ihn, strich ihm eine schwarze Locke aus der Stirn und griff dann zärtlich nach seiner kranken Hand, die ungeschützt auf der Bettdecke lag. Sein erster Impuls war, sie fortzuziehen, doch Vicky hielt sie fest und strich voller Mitgefühl über die drei mittleren Finger, die wie die Krallen eines Greifvogels gebogen waren.

»Wirst du wieder ganz gesund?«, fragte sie leise.

»Natürlich, das geht wieder weg. Du wirst sehen, in ein paar Tagen kann ich mit dieser Hand wieder alles Mögliche anstellen.«

Vicky lächelte versonnen. »Du bist schon mit einer Hand ein wahrer Meister in Sachen Liebe«, seufzte sie.

»Dann mach dich auf was gefasst, wenn diese Kralle erst wieder beweglich ist«, scherzte er.

Vicky spürte etwas Hartes, das gegen ihren Bauch drückte. Mit einem Blick stellte sie fest, dass er schon wieder bereit war für die Liebe, aber nun wollte sie auch ihm beweisen, wozu ihre zärtlichen Finger in der Lage waren. Sie begann, erst vorsichtig und dann etwas forscher, Jonathan zu berühren. Er verdrehte vor Lust die Augen und stöhnte laut auf. Bald hatte sie den Rhythmus heraus, mit dem sie ihn berühren musste, und umfasste ihn ganz oben mit der Hand. Nun war er es, der sich ihren Händen entgegenbeugte, und voller Erregung machte sie weiter, bis Jonathan unter Seufzen und Keuchen zum Höhepunkt kam.

»Ich liebe dich«, flüsterte sie.

14

Richter Samuel Stewart war bester Stimmung, als er an diesem Dezembertag aus dem Gerichtsgebäude ins Freie trat. Es war ein heißer Tag, und er hatte soeben ein paar Diebe aus Canvas Town zu satten Gefängnisstrafen verurteilt. Außerdem freute er sich riesig auf die Rückkehr seiner Tochter Vicky. Sosehr sie das Leben im Hause Stewart auch mit ihrer quirligen Art durcheinanderzubringen pflegte, die letzten drei Wochen war es zu ruhig gewesen. Jedenfalls für seinen Geschmack. Seine kleine, große, wilde Tochter hatte ihm gefehlt. Deshalb hatte er das Gericht an diesem Tag früher verlassen als üblich und einen Kollegen gebeten, den anstehenden Fall für ihn zu verhandeln, denn er wollte Vicky überraschen und an der Poststation abholen. Eigentlich hatte sie in einem Brief über Steven mitteilen lassen, dass sie von Mister Bradshaw nach Hause gebracht würde, aber Samuel freute sich jetzt schon auf ihr überraschtes Gesicht. Er hatte keinen Menschen in seinen Plan eingeweiht, nicht einmal seine Gattin Anne.

Fröhlich pfeifend überquerte er die Straße und eilte in Richtung Poststation. Er hatte seine Vicky wirklich schmerzlich vermisst und dachte mit gemischten Gefühlen daran, dass seine Jüngste, wenn es nach den Wünschen seiner Frau ging, sehr bald heiraten und aus dem Haus gehen würde. Natürlich war auch er äußerst gespannt darauf, zu erfahren, ob Frederik Bradshaw tatsächlich um ihre Hand angehalten hatte. Er mochte den jungen Mann, wenngleich er sein übergroßes Verständnis für die Goldsucher nicht teilte. Das aber tat seiner gesellschaftlichen Stellung und Beliebtheit unter den Honoratioren der Stadt keinen Abbruch. Die Familie Bradshaw gehörte nun einmal zu den alteingesessenen Bürgern von Melbourne. Daran konnte auch Archibalds ständige Kritik an Frederik Bradshaw nichts ändern. Dass seine Schwiegersöhne Freunde würden, stand jedenfalls nicht zu erwarten.

Samuel Stewart war so in Gedanken, dass er für die Hitze zu schnell ging und bald außer Atem war. Ich sollte weniger essen, dachte er, denn seit er in Melbourne lebte, hatte er ein stattliches Bäuchlein bekommen.

Keuchend und verschwitzt kam er schließlich an der Poststation an. Er sah sich suchend um und steuerte auf eine Bank unter dem schattigen Vordach zu. Flüchtig nahm er wahr, dass dort bereits ein Herr saß, und erst als er näher kam, erkannte er den Mann und blieb überrascht stehen. Das war doch Mister Cunningham. Er rieb sich die Augen, weil er es nicht glauben wollte, doch es gab keinen Zweifel. Bei dem Wartenden handelte es sich unverkennbar um John Cunningham, den Herrn, den er auf dem Schiff aus London kennengelernt hatte und der, wie er, von der Regierung ans andere Ende der Welt geschickt worden war, um einen hohen Verwaltungsposten in der Administration von South New Wales zu übernehmen.

»John, was machen Sie denn in Melbourne?«, schnaufte er, als er sich neben ihn auf die Bank fallen ließ.

»Samuel, das ist ja eine Überraschung. Ich wäre so gern noch bei Ihnen vorbeigekommen, aber ich hatte diverse Gespräche mit Regierungsmitgliedern Ihrer Kolonie, die gar nicht enden wollten. Sie wissen vielleicht, was für ein Chaos bei den Planungen einer gemeinsamen Eisenbahnlinie herrscht.«

»Oh ja, im Argus wurde in regelmäßigen Abständen genüsslich von den Fehlplanungen der beiden Kolonien berichtet.

Und das Blatt erfreut immer wieder mit Karikaturen zu diesem Thema.«

»Tja, und nun ist der Spuk wohl vorbei, und es wird definitiv keine gemeinsame Bahnlinie geben. Wie auch? Unsere Spurbreiten passen nicht zueinander. Wir haben jetzt doch die Normalspuren behalten, während Sie in Victoria bereits zu Breitspur aufgerüstet haben.«

»Ja, verehrter John, aber auch nur, weil bei Ihnen die Breitspur per Gesetz beschlossen worden war. Da haben wir, um die Bahnlinie zu verwirklichen, auch auf Breitspur umgestellt. Also, die Schuld liegt nicht bei uns.«

Mister Cunningham runzelte die Stirn. »Wie dem auch immer sei, wir haben den Plan, eine gemeinsame Bahnlinie zu errichten, jedenfalls vorerst aufgegeben. Sie haben in Victoria jetzt bereits alles umgerüstet, sodass man nicht mehr zurück kann. Jedenfalls tagten wir stets bis in die Nacht hinein. Da blieb keine Zeit für private Besuche. Ich war ja auch nur vier Tage vor Ort und habe auf dem Hinweg eine Kutsche genommen, die die Reise in drei Tagen schafft, weil die Pferde und Kutscher in regelmäßigen Abständen ausgewechselt werden. Und nun muss ich dringend zurück. Die Weihnachtsvorbereitungen rufen«, erklärte er eifrig.

Samuel wischte sich den Schweiß aus dem Gesicht. Zu dem Thema Fehlplanung der Regierung von New South Wales, die seiner Meinung nach die Alleinschuld an diesem Wirrwarr trug, lag ihm noch einiges auf der Zunge, aber er wollte sich nicht mit dem Mann anlegen, in dessen Haus seine Tochter die letzten Wochen verbracht hatte.

»Dann wollen Sie wohl die Kutsche nehmen, die heute nach Sydney geht, oder?«

»Genau, aber die schnelle, und Sie? Was tun Sie hier an der Poststation?«

Der Richter sah Mister Cunningham erstaunt an. »Aber wissen Sie denn nicht, dass Vicky heute aus Sydney zurückkommt. Wie war das Geburtstagsfest Ihrer Tochter? Es war ganz in meinem Sinne, dass Vicky sich doch noch entschieden hat, zu Marthas Fest zu fahren.«

»Vicky?« Jetzt war es an Mister Cunningham, Samuel Stewart verwundert zu mustern. »Ihre Tochter Vicky?«

Samuel Stewart hatte schlagartig ein ungutes Gefühl im Bauch. »Ja, sie ist vor mehr als drei Wochen zu Ihnen gefahren, um den Geburtstag Ihrer Tochter in Sydney zu feiern und dann ihren eigenen. Sie war in Begleitung von Mister Frederik Bradshaw, ihrem …« Samuel zögerte, doch dann sprach er aus, was ihm auf der Zunge lag. »… ihrem Verlobten.«

Mister Cunningham fuhr sich nervös durch seinen Vollbart. »Lieber Samuel, ich weiß nicht, was hier gespielt wird, aber sowohl dieser Bradshaw als auch Ihr Sohn Steven waren bei Marthas Fest anwesend, aber Vicky war nicht bei uns zu Besuch.«

Mister Stewart war nun so übel, dass er befürchtete, sich übergeben zu müssen. »Vicky war nicht bei Ihnen zu Besuch?«, fragte Samuel mit Nachdruck, als müsste er dem Gedächtnis Johns auf die Sprünge helfen.

»Wenn ich es doch sage. Und Mister Bradshaw ist, so weit ich weiß, auch nicht der Verlobte Ihrer Tochter.« Er hüstelte verlegen.

Samuel weigerte sich zu glauben, was ihm der Regierungsbeamte aus Sydney da gerade weiszumachen versuchte. »Vicky war nicht in Sydney?«, wiederholte er wie in Trance.

»Nein, und dieser Frederik Bradshaw zeigte großes Interesse an meiner Tochter Martha, nachdem der Mann, an den sie ihr Herz verschenkt hatte, sich überraschend mit einer anderen Dame verlobt hatte. Er war ihr ganzer Trost, und wir machen uns gewisse Hoffnungen, dass sie und er …«

»Das kann nicht sein«, stöhnte der Richter. »Ich habe es doch mit eigenen Augen gesehen. Mister Bradshaw hat meine Tochter doch selbst in seiner Kutsche abgeholt und wollte mit ihr weiter nach Sydney reisen.«

»Das ist mysteriös«, bemerkte Mister Cunningham kopfschüttelnd. »Bei uns ist sie jedenfalls nicht eingetroffen.«

»Aber was hat denn Ihre Tochter gesagt, als sie nicht kam? Sie muss es doch bemerkt haben. Um Gottes willen, hoffentlich ist ihr unterwegs nichts Schlimmes passiert.« Samuel Stewart war erbleicht.

»Aber dann wäre doch auch Mister Bradshaw nicht zum Fest gekommen. Und er hätte nicht fröhlich getanzt, wenn er gewusst hätte, dass Ihrer Tochter etwas zugestoßen ist. Ihr Sohn hat doch auch mitgefeiert, und außer dass er sehr viel Alk-« Mister Cunningham stockte.

»Was hat das alles zu bedeuten?«, murmelte Richter Stewart verzweifelt. »Steven hat doch aus Sydney geschrieben, dass sie mit der Kutsche heute Nachmittag zurückkehrt. Gemeinsam mit Mister Bradshaw.«

»Das kann nicht sein, denn Mister Bradshaw ist mit mir in der schnellen Kutsche von Sydney nach Melbourne zurückgefahren. Und ich war während meiner Gespräche in Melbourne auch Gast in seinem Haus. Ich wollte Ihnen das nur nicht gleich sagen, weil ich ein schlechtes Gewissen hatte, dass ich Sie nicht besucht habe …« Er legte seine Stirn in grüblerische Falten. »Moment mal, einmal war ich drauf und dran, Ihnen einen Besuch abzustatten. Da hat Mister Bradshaw gesagt, dass er abends wichtige Gäste erwartet, und mich gebeten, bei dem Dinner anwesend zu sein. Und dann fand das Essen aber doch nicht statt, und er hat mich mit in den Herrenclub genommen.« Er warf dem Richter einen durchdringenden Blick zu. »Das könnte bedeuten, dass er weiß, wo Ihre Tochter sich aufhält, und verhindern wollte, dass wir beide zusammentreffen und das geschieht, was jetzt durch Zufall passiert ist«, sinnierte Mister Cunningham. »Das ist eine merkwürdige Geschichte. Aber da kommt die Kutsche! Sie werden gleich erfahren, ob Ihre Tochter drinsitzt, und wenn ja, bei wem sie in Sydney war. Bei uns jedenfalls nicht.«

Das war der Augenblick, als eine vage Ahnung in Richter Samuel Stewart aufstieg, aber er wollte dem nicht nachgeben, bevor er sich davon überzeugt hatte, dass Vicky nicht aus dieser Kutsche stieg.

Mit zitternden Knien erhob er sich und platzierte sich direkt vor dem Haltepunkt der Kutsche. Im Grunde seines Herzens wusste er bereits, dass Vicky sich nicht unter den Fahrgästen aus Sydney befinden würde, weil sie niemals dorthin gereist war …

Mit bangem Blick musterte er die Reisenden, die erschöpft und müde der Kutsche entstiegen, aber es waren ausschließlich Geschäftsmänner.

Bleich lehnte sich Richter Stewart gegen eine Säule des Vordachs. Mister Cunningham war von der Bank aufgesprungen, als er wahrnahm, dass sein Bekannter aus Melbourne wie der Tod aussah.

»Samuel! Ihre Tochter ist nicht in der Kutsche?«

Richter Stewart schüttelte matt den Kopf.

Mister Cunningham atmete ein paarmal tief durch. »Ich schlage Ihnen vor, dass Sie sich mit einem Wagen zum Handelshaus von Mister Bradshaw begeben. Ich befürchte, er weiß mehr. Und wenn er etwas Unrechtes getan hat, dann lassen Sie es mich bitte diskret wissen. Mir wäre, ehrlich gesagt, sowieso lieber, Martha würde einen Mann aus Sydney heiraten.«

An Samuel rauschten diese Worte vorbei, ohne dass er die Kraft gehabt hätte, Mister Cunningham zu widersprechen. Das

Einzige, was ihm ernsthaft ins Bewusstsein drang, war der Vorschlag, diesen Kerl sofort aufzusuchen. Vorsichtig löste er sich von der Säule. »Ich werde Mister Bradshaw augenblicklich zu diesem Vorfall befragen. Er muss Näheres über den Verbleib meiner Tochter wissen«, keuchte Samuel.

Mister Cunningham klopfte ihm freundschaftlich auf die Schulter. »Viel Glück! Ich muss jetzt mein Gepäck abgeben.«

»Ja, und grüßen Sie Ihre Familie«, beeilte sich Samuel, seinem Bekannten mit auf den Weg zu geben.

»Werde ich tun. Und ich verspreche Ihnen eines: Sollte Martha in irgendeiner Form Mitwisserin einer unrechten Sache sein, kann sie etwas erleben. Haben Sie denn gar keinen Verdacht, wo Ihre Tochter stecken könnte? Gibt es da vielleicht irgendwo einen verantwortungslosen Lumpen, mit dem sie auf und davon sein könnte?«

Richter Stewart liefen eiskalte Schauer über den Rücken. Genau das war seine größte Angst: dass Vicky mit diesem Goldgräber durchgebrannt war.

»Nicht dass ich wüsste!«, log Samuel und bat Mister Cunningham mit letzter Kraft um einen Gefallen. »Vielleicht könnten Sie über die Vorfälle schweigen, bis ich Ihnen geschrieben habe, was wirklich vorgefallen ist. Und Ihrer Tochter gegenüber nichts von unserer Begegnung erwähnen?«

»Gut, dann warte ich auf Ihr Schreiben!« Er klopfte Samuel nun auf die andere Schulter. »Wird schon!«, murmelte er und verschwand zu seiner Kutsche.

Samuel Stewart überlegte, ob er das kleine Stück nicht lieber zu Fuß gehen sollte, falls er sich erbrechen musste. Ihm war immer noch entsetzlich übel. Vor seinem inneren Auge sah er seine geliebte Tochter in abgewetzter Kleidung vor einer Hütte stehen und mit schwieligen Händen die Hosen des Goldgräbers waschen. Dieses Bild bekam er nicht mehr aus dem Kopf.

Es war entsetzlich, und er entschied sich, nicht in eine Kutsche einzusteigen. Mit gebeugtem Rücken setzte er langsam einen Fuß vor den anderen und schlich wie ein alter Mann in Richtung des Handelshauses in der Flinders Street.

Als er schließlich schnaufend und ohne anzuklopfen Frederik Bradshaws Büro betrat, wusste er auf den ersten Blick, dass er ins Schwarze getroffen hatte.

Frederik Bradshaw wich sämtliche Farbe aus dem Gesicht, als er den sichtlich angeschlagenen Richter in der Tür auftauchen sah, aber er fing sich sofort wieder.

»Lieber Mister Stewart, schön Sie zu sehen«, begrüßte er ihn, stand auf und reichte ihm überschwänglich die Hand.

»Ob das eine Freude wird, wage ich zu bezweifeln«, gab Samuel zurück. »Wo ist meine Tochter? Wo ist Vicky?«

»Ihre Tochter? Ich denke, sie ist in Sydney.«

»Das denken Sie wirklich? Ja?«

»Ich, ich weiß es natürlich nicht, ich …«

»Wollten Sie nicht mit ihr zusammen zurückkommen? Genauso, wie Sie mit ihr nach Sydney gereist sind?«

»Ich, ich musste früher zurück, ich, also …«, stammelte Frederik. »Vielleicht hat sie die Kutsche lediglich verpasst.«

»Sie schwören also, dass Sie mit meiner Tochter nach Sydney gereist sind und dass sie auf dem Fest von Martha Cunningham mit ihr getanzt haben?«

Ein gefährliches Funkeln in den Augen des Richters hielt Frederik davon ab, ihn anzulügen. »Nein, nun … das … ich weiß jetzt nicht, worauf sie hinauswollen«, versuchte Frederik eine Lüge zu vermeiden, ohne die Wahrheit zu sagen.

Mister Stewart aber hatte sich dem Schreibtisch mit zusammengekniffenen Augen genähert. Er holte aus und ließ seine Faust donnernd auf das schwere Holz krachen.

»Die Wahrheit, Mann. Wo ist Vicky?«

»Ich weiß nicht, ich …«

»Hilft es Ihrem Gedächtnis vielleicht auf die Sprünge, wenn ich Ihnen jetzt verrate, dass ich eben an der Poststation Mister Cunningham getroffen habe, der mir versicherte, dass Sie auf Marthas Fest getanzt hätten, aber meine Tochter niemals dort angekommen ist?«

Das verschlug Frederik Bradshaw die Sprache. Nun musste er sich in der Tat etwas einfallen lassen. Es ging nicht mehr darum, dem Mann vorzugaukeln, dass möglicherweise die Kutsche Verspätung hatte, sondern um eine Erklärung, warum Vicky nicht in Sydney gewesen war.

»Ach ja, und er behauptet, dass Sie Interesse an Martha hätten! Und uns haben Sie vorgegaukelt, Sie hätten sich in Vicky verguckt. Was spielen Sie da für ein perfides Spiel, Mister Bradshaw, und wo ist mein Kind?«

Frederik atmete ein paarmal tief durch und warf einen Seitenblick auf die große Standuhr. Ihm war gar nicht wohl zumute. Er konnte nur beten, dass sie Wort gehalten hatte und mit der Kutsche um sechzehn Uhr aus Ballarat zurückgekehrt war. Das war genau in diesem Augenblick. Wenn nicht, dann hatte nicht nur Vicky ein Problem, sondern er auch. Es half alles nichts. Er musste jetzt die Ruhe bewahren und alles auf eine Karte setzen.

»Mister Stewart, beruhigen Sie sich doch. Nehmen Sie Platz!« Er deutete auf den Besucherstuhl, doch Mister Stewart blieb demonstrativ stehen.

»Wo?«, wiederholte er drohend.

»In der Spencer Street, wenn mich nicht alles täuscht. Wenn Sie nach Hause kommen, können Sie Ihre Tochter wohlbehalten in Ihre Arme schließen.«

Bitte lass das wahr sein, durchfuhr es Frederik Bradshaw eiskalt. Seit Tagen hatte er an nichts anderes gedacht als an Vickys Rückkehr, und er hoffte nur das eine: dass sie kuriert war von ihrer Sehnsucht, eine Goldgräberbraut zu werden.

»Was reden Sie da für einen Unsinn? Sie war nicht in der Kutsche, die eben gerade aus Sydney eingetroffen ist. Wo ist sie?«

Frederiks Atem ging schwer. Sollte er dem armen Mann die Wahrheit sagen oder sich an die Vereinbarung mit Vicky halten und ihm vormachen, er habe nur als Alibi hergehalten und wisse nichts über die Hintergründe. Er entschied sich für das, was er für den Fall, dass alles auffliegen würde, mit Vicky abgemacht hatte. Schuldbewusst senkte er den Kopf und sagte wie vereinbart sein Sprüchlein auf. »Ich habe keine Ahnung. Ihre Tochter hat mich inständig gebeten, ihr ein Alibi zu geben. Sie wollte mir nicht verraten, was Sie vorhatte, aber sie versprach mir hoch und heilig, heute unversehrt von ihrer Reise zurückzukehren.

»Sie haben was?« Mister Stewarts kalkweiße Farbe hatte sich jetzt in ein ungesundes Violett-Rot verwandelt.

»Ich weiß, es war nicht rechtens, aber ich …« Frederik zögerte, ob er zumindest die Wahrheit über seine eigenen Motive, bei Vickys Plan mitzuspielen, offen darlegen sollte. Ihm war danach, den armen Mann nicht auf der ganzen Linie zu beschwindeln. Wenigstens ein Körnchen Wahrheit, dachte Frederik und stieß einen tiefen Seufzer aus.

»Sie wissen doch genau, was Vicky getrieben hat! Sie sind doch nicht so dumm und haben geglaubt, sie würde eine alte Tante besuchen? Hat sie einen Kerl getroffen: ja oder nein?«

In diesem Punkt versuchte Frederik, sich an die Abmachung zu halten. Er zuckte mit den Schultern. »Ich weiß es nicht, aber ich würde Ihnen gern erklären, warum ich mitgemacht habe …« Er stockte.

»Ich höre!« Samuel hatte den Schreibtisch umrundet und

stand direkt vor ihm, die Arme kämpferisch in die Seiten gestemmt.

»Ich habe gehofft, dass Ihre Tochter sich nach dieser Reise dazu durchringen kann, mich zu heiraten …«

»So ein Unsinn! Mister Cunningham hat mir, wie gesagt, selbst erzählt, dass Sie ein Auge auf Martha geworfen haben. Entweder sind Sie ein ausgekochter Lügner oder ein Bigamist. Und das ist auch nicht besser«, schimpfte Samuel Stewart.

Frederik Bradshaw hob den Kopf. »Ich habe Vicky diesen Gefallen getan, weil ich überzeugt war, dass sie nur durch die Reise, die sie auf eigene Faust machen musste, den Weg zu mir finden würde.«

»Aha!« Mister Stewart fuchtelte nun mit dem Finger vor Frederiks Gesicht herum. »Sie ist auf einer Reise! Wohin?«

Frederik räusperte sich. »Mister Stewart, ich verstehe Ihre Sorge …«

»Sie verstehen gar nichts!«

»Bitte. Lassen Sie uns Folgendes vereinbaren: Wenn Sie jetzt nach Hause gehen und Vicky gesund und munter vorfinden, dann denken Sie an das, was ich Ihnen eben anvertraut habe. Und ich kann es Ihnen noch einmal deutlicher versichern: Ich liebe Ihre Tochter und wünsche mir nichts sehnlicher, als dass sie mich heiraten möchte, sobald sie wieder zurück ist. Wenn das der Fall sein sollte, lieber Mister Stewart, dann verzeihen Sie ihr, was sie getan hat. Dann wird alles gut. Ich schwöre es Ihnen …«

»Und wenn nicht?«, knurrte Richter Stewart.

»Wenn Sie sie nicht vorfinden, werde ich der Erste sein, der Ihnen hilft, sie zu suchen!«

»Ich meine, was, wenn sie zurückkommt und Sie nicht heiraten möchte, weil sie mit diesem vermaledeiten Glückssucher ins Unglück rennen will? Was dann? Ich erwarte, mein Lieber, dass Sie meine Tochter dann auch heiraten, ob sie das will oder nicht!«

Frederik nahm all seinen Mut zusammen, um dem verzweifelten Vater in diesem Punkt zu widersprechen. »Nein, verehrter Mister Stewart, das genau werde ich nicht tun. Wenn Vicky sich nicht freiwillig für eine Ehe mit mir entscheidet, werde ich sie niemals gegen ihren Willen heiraten. Wenn, dann soll sie mich aus Liebe heiraten, nicht aus Zwang.«

»Was sind Sie bloß für ein naiver Träumer. Ich hätte mehr von Ihnen erwartet. Ein erfolgreicher Geschäftsmann wie Sie lässt sich von einem Gör wie meiner ungeratenen Tochter auf der Nase herumtanzen. Also, wenn Vicky Sie nicht liebt, dann nehmen Sie als Ersatz ihre Freundin Martha, oder wie haben Sie sich das vorgestellt?«

»Nein, nicht als Ersatz. Ich mag Martha sehr, und wenn ich meine Hoffnungen, dass Vicky mehr für mich empfindet, aufgeben muss, werde ich weitersehen.«

Mister Stewart machte eine wegwerfende Geste. »Was Sie mit Martha Cunningham am Hut haben, ist mir völlig egal. Ich sage Ihnen nur das eine: Sollte meine Tochter sich mit Ihrer Hilfe mit diesem Goldgräber getroffen haben, wäre es Ihre verdammte Pflicht, meine Tochter zu heiraten. Denn nur durch Ihr verdammtes Alibi war das machbar.«

»Mister Stewart, wollen Sie nicht lieber erst einmal zu Hause nach dem Rechten schauen, bevor Sie irgendwelche leeren Drohungen aussprechen? Sie wissen, dass Sie mich nicht nötigen können, Vicky gegen ihren Willen zu heiraten, nicht wahr?«

»Freuen Sie sich nicht zu früh! Sie haben sich der Mittäterschaft schuldig gemacht. Und dafür werden Sie Ihre gerechte Strafe bekommen«, fauchte Mister Stewart.

»Sie wissen doch noch nicht einmal, ob sich überhaupt jemand strafbar gemacht hat, um in Ihrem juristischen Sprachgebrauch zu bleiben«, versuchte Frederik den Richter zu beschwichtigen.

»Oh doch, ich werde alles daransetzen, Sie zur Rechenschaft zu ziehen. Sie haben einer Minderjährigen ermöglicht, von zu Hause durchzubrennen. Und jede Wette, dafür ist vor Ihnen schon mal jemand verurteilt worden!«

»Nun gehen Sie doch erst einmal nach Hause und überzeugen sich davon, dass Vicky dort ist. Wenn nicht, machen Sie mit mir, was Sie wollen, aber gehen Sie endlich, und versprechen Sie mir eines: Lassen Sie mir eine Nachricht zukommen, ob Vicky wohlbehalten in der Spencer Street ist oder nicht.«

Wortlos wandte sich Richter Stewart in Richtung Tür, doch dort drehte er sich noch einmal um. »Ihr steckt alle unter einer Decke, nicht wahr?«

»Ich weiß nicht, was Sie meinen, Sir«, versuchte sich Frederik herauszureden, obwohl er ahnte, worauf der Richter anspielte.

»Wieso hat mir Steven geschrieben, wann meine Tochter und Sie zurückkommen? Und wenn ihr beide schon gemeinsame Sache gemacht habt, gehe ich davon aus, dass auch Martha Cunningham von der Geschichte wusste. Warum? Warum habt ihr alle kein Vertrauen zu mir?«

»Wir wollten Vicky helfen«, erklärte Frederik mit Nachdruck.

»Das ist Ihnen ja prächtig gelungen«, schnaufte Mister Stewart. »Ihr habt sie sehenden Auges in ihr Unglück laufen lassen!«

Mit lautem Knall ließ er die Bürotür hinter sich zufallen.

15

Mary hatte gerade das Haus verlassen und war auf dem Weg zum Markt, als sie die Kutsche in die Spencer Street einbiegen sah. Das kann doch nur Miss Vicky sein, dachte sie aufgeregt, und ließ, als die Kutsche hielt, ihren leeren Korb fallen, um ihr entgegenzulaufen.

»Du siehst blendend aus. Man sieht dir gar nicht die Strapazen der langen Kutschfahrt an«, stieß die Köchin hervor. Vickys sonst so blasse Haut hatte eine leichte Tönung bekommen, und ihre Wangen waren eine Spur runder geworden. Sie schien kein bisschen müde zu sein, wie Mary es nach einer so anstrengenden Reise von Sydney erwartet hätte. »Und wo ist Mister Bradshaw? Wie ich hörte, ist er mit dir gereist?«, fragte sie neugierig.

Vicky spürte die Erleichterung in jeder Pore. Wenn Mary sie so freundlich begrüßte, war alles gut gegangen, und keiner wusste von ihrer Reise auf eigene Faust nach Ballarat.

Sie umarmte die Köchin, während der Kutscher ihr Reisegepäck auslud und bis zur Eingangstür trug. Es war ein seltsames Gefühl, wieder zu Hause zu sein. Sie hatte manchmal schmerzhaftes Heimweh nach der Spencer Street gehabt und sich nach ihrer Familie gesehnt. Auch ihre Mutter und ihre Schwester hatte sie vermisst. Sie durfte gar nicht daran denken, was die wohl dazu sagen würden, wenn in absehbarer Zeit ein gewisser Jonathan Bowl ganz offiziell um ihre Hand anhalten würde.

Die Wochen in Ballarat waren wie im Fluge vergangen. Jonathan hatte für den Goldklumpen alles Erforderliche kaufen können, um auf seinem Claim das Gold in der Tiefe abzubauen. Schon beim ersten Graben hatten die Männer weitere Nuggets gefunden, was bewies, dass sich auf dem Grundstück eine Goldader befand. Allerdings hatten ihn die Lizenzen, um ein Goldbergwerk errichten zu dürfen, ein kleines Vermögen gekostet, doch der Klumpen hatte genügend Geld eingebracht, um auch diese Hürde zu nehmen. Jonathan war der glücklichste Mann der Welt, wie er immer wieder betont hatte. Dieses Glück teilte Vicky mit ihm, denn eines war ihr in Ballarat klar geworden: Sie liebte diesen Mann von Herzen, aber für ein Leben in Armut war sie nicht geschaffen, obwohl die Zeit in Ballarat sehr romantisch gewesen war. Jonathan hatte ein Zelt auf dem Grundstück aufgestellt, damit er seinen Claim bewachen konnte, denn so etwas sprach sich in Windeseile in Ballarat herum. Der Diebstahl von Gold war keine Seltenheit. Er hatte für alles gesorgt, was ihr das Leben in der Wildnis so angenehm wie möglich machte. Und Vicky, die noch nie in ihrem Leben gekocht hatte, hatte ihre Freude daran gehabt, den Männern an der Feuerstelle etwas Essbares zu brutzeln. Die Nächte aber gehörten ihnen allein. Sie liebten sich nächtelang, obwohl Jonathan manchmal sehr erschöpft von der Arbeit an seiner Mine war. Vicky machte sich keine Illusionen. Eine Zeit lang war das ein wunderbares freies und wildes Leben, doch die Aussicht, mit ihm in Wohlstand und in einem eigenen Haus zu leben, war ungleich verlockender. Wir werden eine der größten Farmen Victorias haben, prophezeite er ihr gern, mit Schafen, Pferden, einem riesigen Haus, und wir werden rauschende Feste geben. Wenn Jonathan ins Schwärmen kam, pflegte sie stets zu sagen: Und ich möchte ein Klavier und unsere Gäste unterhalten. Das brachte ihn jedes Mal zum Schmunzeln, und er versicherte ihr stets aufs Neue, dass all ihre Wünsche in Erfüllung gehen sollten.

Wenn ich erst ein ehrbarer und wohlhabender Bürger bin, kann mich dein Vater gar nicht abweisen, betonte er immer wieder. Vicky war insgeheim sehr froh, dass sein Ehrgeiz, auch einmal zur feinen Gesellschaft zu gehören und dort als ihresgleichen anerkannt zu werden, ihn so beflügelte, dass er gar nicht auf den Gedanken kam, sie zu entführen und damit ihrer Familie zu entreißen. Nein, er war so besessen von dem Gedanken, irgendwann einer von ihnen zu sein, dass er keinerlei Zweifel daran hegte, dass er eines fernen Tages Seite an Seite mit ihrem Vater im Herrenclub von Melbourne sitzen und dort über die Welt parlieren würde. Ja, sie war fest davon überzeugt, dass alles gut werden würde und ein Bruch mit ihrer Familie nicht erforderlich war, um ihr Glück zu leben. Jonathan sollte binnen der folgenden sechs Monate genug Gold geschürft haben, um seine Pläne umzusetzen. Danach wollte er sich aus dem Goldabbau zurückziehen und seinen drei Freunden das Bergwerk überlassen. Dann, dessen war er sich sicher, hatte er genug Geld, um sich viel Land, die Tiere und ein Haus nach Vickys Träumen leisten konnte. Wenn sie daran dachte, wie ausgemergelt und hoffnungslos sie ihn in Ballarat vorgefunden hatte – und wie attraktiv und vor Energie nur so sprühend er sie beim tränenreichen Abschied zur Kutsche begleitet hatte! Du musst noch ein paar Monate durchhalten, hatte er sie beschworen, als sie ihn gar nicht hatte loslassen wollen, und dann stehe ich vor eurer Tür und hole dich.

»Kind, träumst du?« Marys Stimme riss Vicky aus ihren schwärmerischen Gedanken. Erschrocken sah sie auf. »Nein, ich bin doch froh, wieder zu Hause zu sein«, sagte sie, und es fiel ihr schwer, ihr Glück nicht in die Welt hinauszuschreien, doch sie musste an Jonathans beschwörende Worte denken: Sprich mit keinem Menschen über deine Pläne, bis ich im feinen Zwirn und als gemachter Mann um deine Hand anhalte.

»Willst du nicht ins Haus gehen? Deine Mutter erwartet deine Ankunft schon sehnsüchtig«, bemerkte Mary mit Nachdruck.

»Ach, liebe gute Mary, ich bin so glücklich«, rief Vicky aus und umarmte die Köchin noch einmal stürmisch, bevor sie zum Eingang eilte. Kaum hatte sie die Türglocke betätigt, als ihre Mutter öffnete und Vicky ihr in die Arme fiel.

»Meine Kleine, ich habe dich so vermisst«, flüsterte Anne unter Tränen. Ach, wie gut das tut, dass sie mich endlich genauso lieb hat wie Louise, dachte Vicky gerührt.

Diese Freude verflog, als ihre Mutter sich aus ihrer Umarmung befreite und suchend in Richtung Straße blickte.

»Wo ist Mister Bradshaw? Will er nicht wenigstens kurz mit ins Haus kommen?«, fragte sie.

»Nein, der wurde dringend im Handelshaus erwartet«, log Vicky und hoffte, dass sich ihre Mutter damit zufriedengab und nicht weiterbohrte, aber da kannte sie sie schlecht.

Kaum hatte Anne die Haustür hinter sich geschlossen, als sie ihre Tochter prüfend musterte. »Gut siehst du aus. So gesund und glücklich. Willst du deiner Mutter nicht sagen, was sich in Sydney alles ereignet hat. Ich platze vor Neugier!«

Vickys eben noch strahlende Miene versteinerte. Ach, deshalb schäumt sie vor Freude über unser Wiedersehen über. Sie glaubt, dass ich mich mit Frederik verlobt habe.

»Um Himmels willen, er wird doch nicht etwa verabsäumt haben, dir einen Antrag zu machen?«, rief Anne entsetzt aus.

»Nein, ich bin nur etwas müde von der Reise. Und du überfällst mich mit all diesen Fragen. Ich würde gern erst einmal ein Bad nehmen und dann, bei einem Tee, erzähle ich dir alles, was du wissen möchtest.«

Ihre Mutter betrachtete sie neugierig. »Aber eines kannst du mir doch verraten. Ist alles gut gelaufen? Ich meine, mit dem Mann deines Herzens?«

Vicky nickte zögernd. Sie wollte das Wiedersehen auf keinen Fall mit einer Lüge beschweren, aber schließlich hatte ihre Mutter nicht namentlich nach Frederik Bradshaw gefragt. Insofern war es sogar die Wahrheit. Mit dem Mann ihres Herzens war in der Tat alles gut gelaufen.

»Ihr seid euch also einig?«, hakte Anne nach.

»Mutter, ich bin erschöpft, aber wenn es dich beruhigt. Ja, wir sind uns einig.«

»Was für eine schöne Nachricht«, jubilierte ihre Mutter und nahm sie gleich noch einmal so fest in den Arm, dass Vicky kaum Luft bekam. Aus dem Augenwinkel sah sie ihre Schwester kommen. Louise schien nicht ganz so begeistert von ihrer Rückkehr zu sein.

»Schön, dass du wieder zu Hause bist, Schwesterchen«, sagte sie kühl.

»Stell dir vor, Mister Bradshaw und sie werden heiraten«, posaunte ihre Mutter die vermeintliche Neuigkeit heraus.

»Meinen Glückwunsch!«, stieß Louise unwirsch hervor.

»Nun sei doch nicht so schrecklich abweisend«, tadelte Anne ihre Ältere. »Wir wissen ja, dass dein Archibald und Vickys Frederik kleine Querelen haben, aber wenn wir erst eine Familie sind, werden sie diese Meinungsverschiedenheiten schon beilegen. Komm, umarme deine Schwester.«

Ihre Mutter trat einen Schritt zurück und schob Louise in Vickys Richtung. Stöhnend tat ihre Schwester, was Anne verlangte. Vicky war das Ganze unendlich unangenehm. Der Umarmung ihrer Schwester mangelte es an jeglicher Herzlichkeit, und Vicky stellte sich voller Grauen vor, was passieren würde, wenn die Wahrheit ans Licht kam und ihre Mutter begriff, dass sie ihre Hoffnungen Frederik Bradshaw betreffend für alle Ewigkeit begraben konnte. In diesem Augenblick ging die Haustür auf, und Samuel Stewart trat in den

Flur. Er war grau im Gesicht und starrte Vicky an wie einen Geist.

»Um Himmels willen, Samuel, wir haben dich noch gar nicht erwartet. Was ist dir denn widerfahren?«, fragte Anne besorgt.

»Du gehst sofort auf dein Zimmer und rührst dich nicht vom Fleck, bis ich es dir erlaube«, befahl ihr Vater mit vor Zorn bebender Stimme, trat einen Schritt auf seine Jüngste zu und hob die Hand, als wollte er sie schlagen. Anne stellte sich schützend vor ihre Tochter.

»Aber, Samuel, was ist denn bloß in dich gefahren? Freust du dich denn gar nicht, dass unser Vickylein zurück ist?«

»Verschwinde auf dein Zimmer. Sonst vergesse ich mich«, brüllte Samuel so laut, dass die drei Frauen zusammenzuckten.

Vicky ahnte, was sein Wutausbruch zu bedeuten hatte, und ging wortlos auf ihr Zimmer. Dort warf sie sich auf ihr Bett und ließ ihren Tränen freien Lauf. Keine Frage, ihr Geheimnis war dem Vater zu Ohren gekommen. Auf welchem Weg auch immer. Am liebsten würde sie heimlich das Haus verlassen und in die nächste Kutsche nach Ballarat steigen. Und dann musste Jonathan sie zurück nach Melbourne begleiten und sofort um ihre Hand anhalten. Er war doch auf dem besten Weg, zu einem akzeptablen Schwiegersohn zu werden. Ja, dann, dann wäre alles gut. Als ihre Tränen versiegt waren, war auch ihr Plan gereift. Auf keinen Fall würde sie sich diesem elterlichen Gewitter ungeschützt aussetzen. Sie wusste doch, was dann geschah. Ihr Vater würde die glänzende Zukunft eines nichtsnutzigen Goldgräbers als Unsinn abtun und ihr wahrscheinlich jeden weiteren Kontakt mit Jonathan untersagen. Sie konnte sich ausrechnen, dass man ihr seine Briefe vorenthalten und sie daran hindern würde, mit ihm jemals wieder Kontakt aufzunehmen. Wahrscheinlich würde ihr Vater ihm keine Gelegenheit geben, zu beweisen, was wirklich in ihm steckte.

Vicky erhob sich von ihrem Bett, wischte sich die Tränen aus dem Gesicht und schlich sich die Treppe hinunter. Aus dem Salon hörte sie die lauten und äußerst aufgebrachten Stimmen ihres Vaters und ihrer Mutter. Das war ein günstiger Augenblick, um dem Inferno, das jetzt unweigerlich über sie hereinbrechen würde, zu entkommen. Sie war schon fast bei der Haustür, als sie auf dem Schränkchen an der Garderobe zwei Briefe stehen sah. Zögernd nahm sie die Post zur Hand. Sie waren beide an sie adressiert. Der eine war von Martha, der andere hatte keinen Absender. Sie schnappte sich die beiden Briefe und wollte sie gerade in ihre Handtasche stopfen, als hinter ihr die Tür zum Salon aufging.

Vicky erstarrte und wagte nicht, sich umzusehen. Stattdessen setzte sie ganz langsam einen Schritt vor den anderen in Richtung der rettenden Haustür. Sie rechnete jede Sekunde damit, dass sich die donnernde Stimme ihres Vaters erheben würde, doch es blieb still. Sie wusste nicht, was sich da in ihrem Rücken abspielte. Ihr einziger Gedanke war: aus der Tür zu sein, bevor sie jemand daran hindern konnte. Schon hatte sie den kalten Griff in der Hand, als sie einen Schmerz am Arm spürte.

»Das könnte dir so passen! Dich feige aus dem Staub zu machen! Nein, so nicht! Du wirst den Eltern erst einmal erklären müssen, wo du gewesen bist und vor allem, mit wem.« Die schrille Stimme gehörte Louise.

Mit klopfendem Herzen wandte sich Vicky um und blickte in Louises triumphierendes Gesicht. »Schön hiergeblieben!«, zischte sie drohend und krallte sich noch heftiger in Vickys Arm. So heftig, dass es gemein schmerzte, aber Vicky verzog keine Miene. »Bitte, lass mich gehen. Ich kann euch alles erklären«, bettelte sie, doch Louise lachte nur hämisch. »Ich denke nicht daran. Glaubst du, ich möchte, dass die Leute mit dem

Finger auf mich zeigen, wenn sie erfahren, dass meine Schwester sich herumgetrieben hat, und das wahrscheinlich nicht allein. Wenn das Archibald erfährt. Hast du nicht eine Sekunde daran gedacht, dass wir einen Ruf zu verlieren haben?«

Vicky sah ihre Schwester mit flehendem Blick an. »Bitte, lass mich gehen. Und alles wird gut. Ich werde der Familie keine Schande bereiten. Ich schwöre es. Im Gegenteil!« In ihrer Verzweiflung war sie versucht, ihrer Schwester die ganze Wahrheit zu sagen, aber hatte sie Jonathan nicht das Versprechen gegeben, zu warten, bis er vor ihrer Tür stand?

»Bitte!«

»Was ist denn hier los?« Das war die wütende Stimme ihres Vaters. Louise ließ ihren Arm los, während Samuel Stewart mit zornverzerrtem Gesicht auf Vicky zutrat und ihr eine schallende Ohrfeige verpasste.

»Du wolltest es gerade schon wieder versuchen, nicht wahr? Dich davonschleichen und wie eine läufige Hündin zu diesem Kerl kriechen! Aber ich schwöre dir, das wird dir nicht mehr gelingen. Nur über meine Leiche! Komm mit!« Er packte sie grob am Oberarm, genau an der Stelle, in die sich Louise gekrallt hatte, zerrte sie unter lauten Flüchen in den Salon und schubste sie dort auf einen Stuhl.

»Wie konntest du uns das nur antun?«, jammerte ihre Mutter, deren Augen vom Weinen rot und verquollen waren.

Vicky zog es vor zu schweigen, bis sich der Sturm gelegt hatte, und dann würde sie trotz ihres Versprechens wohl oder übel die Wahrheit sagen müssen. Was die Eltern von der Sache wissen mochten und woher?

»Weißt du, wie beschämend es für mich war, Mister Cunningham an der Poststation nach deinem Befinden zu fragen und zu erfahren, dass du niemals in Sydney angekommen bist! Was meinst du, was ich für Ängste ausgestanden habe.«

»Aber ich …«

»Halt den Mund!«, herrschte Samuel Stewart seine Tochter an.

»Es war der schwärzeste Augenblick meines Lebens, festzustellen, dass meine Tochter eine verlogene Rumtreiberin ist.«

Vicky öffnete den Mund und wollte etwas entgegnen, aber sie traute sich nicht. Im Blick ihres Vaters lag etwas derart Bedrohliches, dass sie Angst hatte, er würde sie erneut schlagen.

»Und dass dieser Mister Bradshaw dir ein Alibi gegeben hat, verzeih ich ihm nie«, schluchzte Anne.

Vicky wurde noch blasser. Daran, dass sie ihn mit in die ganze Sache hineingezogen hatte, wollte sie lieber gar nicht denken.

»Mister Bradshaw kann nichts dafür. Ich habe ihn händeringend angefleht, dass er mir dieses Alibi gibt.«

»Ja, und das hat dieser Dummkopf doch nur getan, weil er glaubte, du würdest zur Besinnung kommen.«

»Wie kommst du darauf?« Vicky schwante Übles.

»Weil ich ihn aufgesucht habe, um ihn zur Rede zu stellen, nachdem Mister Cunningham mir berichtet hatte, dass sowohl er als auch dein sauberer Bruder in deine Pläne eingeweiht waren. Und ich wollte von ihm wissen, wo du steckst!«

»Und hat er es dir verraten?«

»Nein, er hat geschworen, ich würde dich wohlbehalten in der Spencer Street vorfinden.«

Vicky fiel ein Stein vom Herzen. Frederik hatte genauso wie sie selbst Wort gehalten.

»Es war unrecht von mir, ihn mit in die Sache hineinzuziehen. Er hat mit Engelszungen auf mich eingeredet, es nicht zu tun.«

Samuel Stewart stieß einen zischelnden Unmutslaut aus. »Aber er hat unverantwortlich gehandelt, indem er uns nicht gewarnt hat. Und deshalb gibt es für ihn auch nur eine einzige Chance, die Schande auszubügeln, wenn sich das bewahrheitet, was ich befürchte …«

»Nun sag endlich! Wo warst du?«, mischte sich Louise ungeduldig ein.

»Bei meinem Verlobten in Ballarat«, erwiderte Vicky mit fester Stimme. Sie wunderte sich selbst über ihren Mut, die Wahrheit auszusprechen. Aber warum sollte sie lügen? Sie hatte nur eine einzige Chance, das Blatt noch zu wenden. Sie musste an ihre Eltern appellieren, Jonathan eine faire Chance zu geben.

»Verlobter?«

»Wie bitte?«

»Oh nein!«, keuchten ihr Vater, ihre Mutter und Louise wild durcheinander.

»Ja, ich war bei Jonathan Bowl in Ballarat!«

»Oh Gott, wir sind verloren. Unsere Tochter brennt mit einem Goldgräber durch«, schrie ihre Mutter und schluchzte erneut geradezu hysterisch auf.

»Ich bin nicht mit ihm durchgebrannt, wie ihr seht. Das würde Jonathan nie tun. Nein, er hat eine große Menge Gold gefunden und sich ein kleines Bergwerk auf seinem Claim errichtet. Und wenn er genügend Geld hat, um sich eine große Farm in der Gegend von Melbourne zu kaufen, wird er bei euch ganz rechtmäßig um meine Hand anhalten. Er ist ein anständiger Kerl. Das wird er euch noch beweisen«, erklärte Vicky trotzig.

»Anständig nennst du das? Einen Mann, der ein unbescholtenes Mädchen auf die Goldfelder lockt!«, brüllte Samuel.

»Er wusste nicht, dass ich ihn aufsuchen würde. Ich habe ihn überrascht, nachdem er mir geschrieben hat, dass er mich und die Hoffnung auf sein Glück aufgibt, weil er mir ein Leben an seiner Seite nicht zumuten wollte. Aber ich konnte und wollte das nicht akzeptieren!«

Anne schlug die Hände über dem Kopf zusammen: »Oh weh, oh weh!«

»Meine Schwester wirft sich einem Goldgräber an den Hals. Ich fasse es nicht. Das darf Archibald niemals erfahren. Wir müssen es verschweigen, deine Wahnsinnstat darf nicht nach außen gelangen«, zeterte Louise.

»Ein anständiger Kerl hätte dich in die nächste Kutsche gesetzt, zur Not mit Gewalt!«, bellte Samuel.

»Wir müssen es vertuschen«, wiederholte Louise außer sich.

»Ich denke, in dem Punkt hast du recht. Es gibt nur eine Möglichkeit, wie wir aus dieser Sache ohne Skandal hervorgehen. Du wirst Frederik Bradshaw heiraten!«

»Vater, ich denke nicht daran. Hast du nicht gehört, was ich gerade gesagt habe? Ich bin mit Jonathan Bowl verlobt und werde seine Frau.«

»Ganz sicher nicht!«, widersprach Anne energisch. »Du wirst Mister Bradshaw heiraten, auch wenn ich ihm gerade am liebsten den Hals umdrehen würde.«

»Obwohl ich den überheblichen Typen nicht leiden kann, halte ich das für die beste Lösung«, stöhnte Louise. »Immer noch besser dieser Bradshaw als ein hergelaufener Goldgräber. Und Archibald darf nichts davon erfahren. Hört ihr?«

»Verdammt, jetzt halt auch du deinen Mund. Du denkst wirklich nur an dich. Wir müssen das jetzt vernünftig angehen. Ich denke, ich lasse den Kerl gleich morgen Abend antanzen. Und dann feiern wir Verlobung!«

Vicky sah fassungslos von einem zum anderen. Waren denn alle verrückt geworden?

»Ich heirate Jonathan Bowl und keinen anderen!«, rief sie, aber keiner hörte sie. Ihr Vater und ihre Mutter planten, wann sie Frederik einladen und was es zum Essen geben würde, als wäre sie gar nicht da.

»Ihr könnt mich nicht zwingen, ihn zu heiraten«, versuchte Vicky gegen diese geballte Ignoranz anzutreten.

Es war wie verhext. Alle verhielten sich so, als ob sie gar nicht existierte. Dann kann ich auch gehen, dachte sie und strebte in Richtung Tür. Womöglich würde es gar keiner merken, wenn sie jetzt verschwand. Ihre Hoffnung, ungehindert ins Freie zu gelangen, starb in dem Augenblick, als sie von einer starken Hand gepackt und auf den Stuhl zurückgeworfen wurde.

»Sophie Victoria! Du bleibst hier!«, fauchte ihr Vater. »Schließlich geht es um dein Schicksal und den guten Ruf unserer Familie.«

»Oh Gott, oh Gott, wie gut, dass nichts Schlimmeres geschehen ist«, stöhnte ihre Mutter.

In diesem Augenblick verstand Vicky nicht, was sie ihrer Mutter noch Schlimmeres hätte antun können, als auf eigene Faust zu ihrem Liebsten auf die Goldfelder zu reisen. Doch später sollte sie noch oft an diesen Satz denken!

»Ich schicke jetzt jemanden, der den Kerl morgen zum Essen einlädt. Am liebsten würde ich ihm Schuhsohlen vorsetzen. Unverantwortlich, dass er sie hat ziehen lassen. Der Kerl wusste doch genau, dass unsere naive Tochter zu diesem Nichtsnutz wollte.«

»Jonathan ist kein Nichtsnutz. Wie oft soll ich das noch sagen? Er wird bald ein ehrbarer Mann und einer der größten Farmer Victorias sein«, rief Vicky kämpferisch aus. »Könnt ihr ihm nicht wenigstens eine Chance geben?«

»Nein! Dem werde ich die Lust, sich nach Melbourne zu wagen, gründlich austreiben. Und wenn ich höchstpersönlich nach Ballarat fahre und ihm notfalls mithilfe meiner Fäuste untersage, sich jemals wieder in Melbourne blicken zu lassen!«

»Das kannst du gar nicht. Es gibt keinen Grund!«, erwiderte Vicky.

»Oh doch, mein liebes Kind. Die Entführung einer Minderjährigen kann ihn im Handumdrehen zum Kriminellen machen, was er wahrscheinlich eh schon ist. Und dann droht ihm Gefängnis, sobald er die Stadt betritt.«

Vicky lief es eiskalt den Rücken hinunter. War dieser Mann, der ihren Liebsten mit Gefängnis bedrohte, wirklich ihr Vater?

»Ich werde vor Gericht schwören, dass ich gegen seinen Willen nach Ballarat gereist bin und dass er mich nicht mehr losgeworden ist, weil ich wie eine Klette an ihm gehangen habe«, schnaubte Vicky.

»Bist du wahnsinnig? Du ruinierst uns alle«, zeterte Louise.

»Das werde ich zu verhindern wissen! Du glaubst doch nicht, dass ich dich noch einen Schritt ohne Aufsicht machen lasse, bevor du Misses Bradshaw bist? Du stehst ab sofort unter Hausarrest. Die Türen werden verschlossen sein, und ich werde einen Polizisten anheuern, der Tag und Nacht unser Grundstück bewacht. Man weiß ja, was sich für Elemente in der Stadt herumtreiben, seit der Goldrausch ausgebrochen ist. Es haben schon einige Herren, die ich kenne, für ihre Anwesen einen Schutz bei Tag und bei Nacht angefordert.«

Vicky kämpfte gegen die Tränen an. Sie fühlte sich plötzlich ausgeliefert und gefangen. Nun gab es nur noch eine einzige Möglichkeit, ihre Liebe zu Jonathan zu leben. Sie musste versuchen, aus diesem Haus zu flüchten und mit ihm durchbrennen. Es war zum Verzweifeln.

»Du gehst jetzt auf dein Zimmer und kommst erst morgen zum Abendessen wieder herunter, wenn wir dich holen. Geh mir bloß endlich aus den Augen«, zischte der Vater.

»Vicky, begreif doch endlich, dass es für uns alle das Beste ist, wenn du Mister Bradshaw heiratest«, flehte ihre Mutter.

»Für uns alle?«, schnaubte Vicky. »Für mich nicht!« Mit diesen Worten ging sie hocherhobenen Hauptes zur Tür. Sie wollte jetzt nur noch allein sein und Jonathan einen Brief schreiben, dass ihre Reise nach Ballarat aufgeflogen war und dass sie die nächste Gelegenheit nutzen würde, um diesem Gefängnis zu entkommen. In diesem Augenblick war sie überzeugt davon, dass sie ihrer Familie keine Träne nachweinen würde, zumal ihre Wange noch von der heftigen Ohrfeige ihres Vaters brannte.

»Und deine Briefe, die lässt du hier!«, ertönte da seine Stimme drohend in ihrem Rücken.

Vicky hatte völlig vergessen, dass sie ihre Post noch immer in der Hand hielt.

»Nein, das ist ein Brief von Martha, den dürft ihr nicht lesen«, fauchte sie mit letzter Kraft. Da hatte ihr Vater ihr die beiden Briefe bereits aus der Hand gerissen und an sich genommen.

Sie fühlte sich so entsetzlich hilflos. Wie betäubt musste sie dabei zusehen, wie ihr Vater den Brief von Martha öffnete und laut vorlas.

Liebe Freundin,
ich hoffe, du bist wohlbehalten wieder in Melbourne angekommen und dein kleiner Ausflug ist unentdeckt geblieben. Ich brenne vor Neugier, zu erfahren, wie es dir in Ballarat ergangen ist. Ich wünsche dir alles Glück dieser Welt, und es freut mich zu hören, dass dein Jonathan auf eine Goldader gestoßen ist. Dann werden deine Eltern ihm sicherlich erlauben, dich zu heiraten. Aus deinem Brief aus Ballarat sprach so unendlich viel Freude, dass ich dich fast beneide.

Thomas, der junge Mann, in den ich mich verliebt hatte, hat sich ganz überraschend mit einer anderen Frau verlobt. Du kannst dir vorstellen, dass mich das viele Tränen gekostet hat, aber inzwischen geht es mir besser. Und weißt du, wer es ge-

schafft hat, mich zu trösten? Frederik Bradshaw, der dir geholfen hat, die angebliche Reise zu deinem Geburtstag ohne deine Mutter anzutreten. Du hast mir gar nicht geschrieben, wie unglaublich gut er aussieht. Und dass er noch zu haben ist. Stell dir doch nur vor, ich würde schließlich in Melbourne leben! Wäre das nicht der Traum? Wir beide mit unseren geliebten Männern in einer Stadt?

Mister Stewarts Vorlesung wurde durch einen hysterischen Aufschrei ihrer Mutter unterbrochen. »Das darf doch nicht wahr sein. Martha steckt nicht nur mit dir unter einer Decke, sondern spannt dir den Mann aus! Da hast du es! Mit deiner Verrücktheit hast du ihn in die Arme einer anderen getrieben …«

»Anne, nun beruhige dich doch!«, redete Samuel unwirsch auf seine Frau ein. »Mister Bradshaw wird seine Bekanntschaft mit Martha Cunningham nur intensivieren, wenn Sophie Victoria sich diesen verdammten Kerl nicht aus dem Kopf schlägt!«

Anne und Vicky sahen ihn gleichermaßen erstaunt an.

»Wie kannst du dir da so sicher sein?«, jammerte Anne.

»Weil er es mir durch die Blume zu verstehen gegeben hat. Er hofft darauf, dass unsere missratene Tochter zur Besinnung kommt. Dann wird er sie sofort heiraten.«

»Und ich verspreche dir eins: Du kommst zur Besinnung!«, schnaubte ihre Mutter.

Vicky biss die Lippen fest zusammen. Sie würde sich nicht wiederholen. Von ihrer Seite war alles gesagt! Wenn das bei ihrer Familie auf taube Ohren stieß, dann würde sie nicht länger um Gehör kämpfen. Im Gegenteil, dann sollten sie Frederik morgen Abend ruhig einladen, spätestens dann würden sie begreifen, wie sinnlos das Unterfangen war. Sie würde es, wenn es sein musste, auch in seiner Gegenwart wiederholen.

Ihr Verlobter hieß Jonathan Bowl, und daran gab es nichts zu rütteln!

Ohne Vorwarnung las ihr Vater Marthas Brief weiter laut vor.

Das mit den Briefen war wohl knapp, wie du schreibst. Ich glaube, wenn deine Mutter den Brief von der falschen Martha in die Hände bekommen hätte, hättest du nichts mehr zu lachen gehabt. Wie gut, dass sie so ahnungslos sind. Ich hätte dir gar nicht zugetraut, dass du so lange die brave Tochter spielen kannst, wo du doch sonst nie mit deiner Meinung hinter dem Berg hältst …

Samuel Stewart ließ entrüstet den Brief sinken. »So ist das also. Du hast dir die ganze Zeit über mit diesem verfluchten Goldgräber geschrieben. Und als Absender hat deine liebe Freundin gedient. Was seid ihr nur für verdammte Lügner. Allesamt! Alle haben mitgemacht: dein Bruder, Frederik Bradshaw und Martha Cunningham.« Er schüttelte mit dem Kopf, als würde er das nicht wirklich glauben können.

»Ich hätte dergleichen niemals gedeckt«, protestierte Louise empört.

»Von dir habe ich auch gar nicht gesprochen«, entgegnete der Richter unwirsch.

Daraufhin brach Louise in Tränen aus. »Für mich und mein Glück interessiert sich in diesem Hause keiner mehr. Es dreht sich alles nur noch um meine Schwester, die uns nichts als Ärger bringt. Das ist so gemein.« Schluchzend verließ sie den Salon.

»Da siehst du, was du angerichtet hast!«, giftete Anne ihren Mann an.

Vicky fiel es schwer, auch diesen Anwurf widerspruchslos über sich ergehen zu lassen. Wie ungerecht war das! Was konnte sie dafür, dass ihre Eltern ein solches Theater veranstalteten. Ihr wäre es tausendmal lieber gewesen, sie hätten ihr nach einer gepfefferten Standpauke erklärt, dass man nun den Besuch Jonathans abwarten und dann entscheiden würde. Es war nicht ihre Idee gewesen, morgen Abend Frederik zum Essen einzuladen.

Doch als ihr Vater sich nun daranmachte, den zweiten Brief, den ohne Absender, zu öffnen, raffte sie sich auf und protestierte lautstark. »Vater, bitte, ich weiß doch auch nicht, von wem der Brief ist, bitte, lass ihn mich erst einmal allein lesen, und dann meinetwegen lest ihr ihn.«

»Hältst du uns für dumm? Wir wissen doch alle, wer der Absender ist. Und wir verlangen zu erfahren, was dieser Goldgräber schreibt.« Er riss den Umschlag auf. »Es wundert mich, dass er überhaupt des Schreibens mächtig ist«, fügte Samuel bissig hinzu.

Vicky spürte, wie ihr das Blut aus dem Kopf wich und ihr leicht schwindlig wurde. »Bitte nicht!«, bat sie. »Mir ist nicht gut!«

»Dann setz dich«, bellte ihr Vater, faltete den Brief genüsslich auseinander und begann, ihn laut vorzulesen.

»Sehr geerte Miss Stewart, Sie wundern sich jetzt sicher, dass ich Inen schreibe …«

Mister Stewart hielt inne und runzelte abfällig die Stirn. »Das ist ja kaum lesbar. Wer das auch immer verfasst hat, kann keinen fehlerfreien englischen Satz niederschreiben …«

Vicky hatte in diesem Augenblick keine Ahnung, wer ihr diesen Brief geschrieben haben könnte. Der Absender sprach sie mit Nachnamen an und … Ihr nächster Gedanke galt Jonathan. Ihm war doch hoffentlich nichts zugestoßen. Ihr Atem beschleunigte sich, doch dann fiel ihr ein, dass kein Grund zur Sorge bestand. Heute Morgen in aller Frühe hatte er sie noch putzmunter – bis auf die Hand, die immer noch ein wenig versteift war – zur Kutsche gebracht, und so schnell konnte gar kein Brief aus Ballarat in die Spencer Street gelangt sein. Nein, Jonathan ging es gut … Ihr Herz klopfte bis zum Hals. Sie hatte ein ungutes Gefühl, ohne zu wissen, was noch auf sie zukommen würde. Mister Stewart fuhr nun ungerührt fort:

»Iren Name hab ich von einem seiner Freunde. Ich habe erfaren, dass Sie zurückfaren und warten wollen, bis er um Ire Hand anhält. Jonathan weis nicht, dass ich an Sie schreibe. Ich hab lange überlegt, aber Sie sollen wissen, woher Jonathan kommt und dass Ire Welt und seine nicht zusammen gehörn. Er wird es Inen verschweigen. Zu groß ist seine Angst, das Sie sich dann abwenden. Ich schreibe auch nur, weil ich von Sam erfarn hab, dass Jonathan Gold gefunden hat und nun glaubt, dass er ein feiner Herr werden kann. Aber ich finde, Sie sollen selber entscheiden, ob Sie Jonathan noch heiraten könen, wenn Sie die Wahrheit kennen. Wenn er es Inen schon gesagt hat, dann bitte verzeihen Sie diesen Brief. Dann sind Sie noch grosartiger als ich gedacht hab. Ja, ich bewundere Sie dafür, das Sie die beschwerliche Reise zu den Goldfeldern gemacht haben. Eine Lady aus gutem Haus wie Sie.

Vicky ließ sich kreidebleich auf einen Stuhl fallen. Langsam schwante ihr, wer der Absender war, und sie ahnte auch, dass das nichts Gutes zu bedeuten hatte. Mit gesenktem Kopf hörte sie ihrem Vater zu, der mit angewiderter Miene weiterlas.

»Jonathan ist von dem Farmerehepar Bowl als Kind angenommen worden, als er noch ein Säugling war. Sein Vater saß wegen

Mord in Port Arthur ein und sollte gehänkt werden. Bei einem Fluchtversuch fraßen ihn die Haie …«

»Um Himmels willen! Nein!«, kreischte Vickys Mutter.

Vicky aber war wie betäubt. Warum hatte er ihr das nicht gesagt? Wie oft hatte sie ihn in Ballarat nach seiner Herkunft befragt. Jonathan war ihr bei diesem Thema stets ausgewichen und hatte sie auf später vertröstet. Und nun musste sie es aus dem Munde ihres Vaters erfahren. Der maß seine Tochter mit einem geringschätzigen Blick. »Willst du ihn immer noch heiraten? Den Sohn eines Mörders. Abschaum der Gesellschaft?«

Vickys Mund war so trocken, dass sie befürchtete, keinen Ton hervorzubringen. Ihre Zunge klebte förmlich am Gaumen, und nur unter allergrößter Anstrengung gelang es ihr schließlich zu sprechen. »Ist es denn mein Verdienst, dass du Richter bist, Vater?«, stieß sie mit heiserer Stimme hervor.

»Was soll diese dumme Frage. Was hat das eine mit dem anderen zu tun?«

»So wenig, wie ich etwas dafür kann, dass ich die Tochter eines Richters bin, kann Jonathan etwas dafür, dass er der Sohn eines Mörders ist!«, verkündete Vicky mit bebender Stimme und hoffte, dass keiner merkte, wie schockiert sie über diese Neuigkeit war.

»Das willst du doch nicht etwa vergleichen? Wenn einer aus solchen Verhältnissen kommt, kann sein Charakter gar nicht gut sein. Der Apfel fällt nicht weit vom Stamm.«

Mister Stewart hatte indessen leise weitergelesen und stöhnte laut auf. »Das wird ja immer schlimmer. Das ist ein Skandal. Das kann mich mein Richteramt kosten, wenn herauskommt, dass meine Tochter einen ehemaligen Sträfling heiraten will.« Er hob seine Arme theatralisch nach oben. »Herrgott, was habe ich getan? Warum strafst du mich so?«

Vicky hätte sich am liebsten die Ohren zugehalten, denn sie hatte genug gehört, aber ihr Vater las unbarmherzig weiter.

»Seine Adoptiveltern starben, als er noch ein kleiner Junge wahr. Er gerit auf die schiefe Bahn und wurde beim Stehlen erwischt. So kam auch er nach Port Arthur in das Jungengefängnis. Auch er zog es vor, zu flüchten und hatte mehr Glück als sein Vater. Er kam unversert am anderen Ufer an.

Sie kommen aus einer Welt, in der es derlei Menschen nicht gibt, es sei denn, das Ir Vater diese Leute verurteilt und hinter Gitter bringt, wenn er sie nicht hängen lässt. Wenn Sie einsehen, dass dise Welten nicht zusammenpassen, wär das vernünftig. Aber dann werde ich mich um ihn kümmern. Ich will inen nicht zu nahe treten, aber ich kann im eine gute Frau werden. Ich libe ihn und würde im überall hin folgen und in der kleinsten Hütte mit im leben. Er würde mit mir ein glücklicher Mann, das müssen Sie mir glauben. Stellen sie sich nicht länger zwischen uns. Bitte! Überlegen Sie sich das wohl …

Und das ist noch nicht alles …«

Richter Stewart ließ den Brief sinken und starrte geistesabwesend an Vicky vorbei, während ihre Mutter nach ihrem Riechfläschchen verlangte. Vicky aber weigerte sich zu glauben, was ihr Nicoletta da geschrieben hatte. Das hat sie sich ausgedacht, damit ich mich zurückziehe und Jonathan ihr überlasse, dachte sie, doch schon in demselben Augenblick wusste sie, dass Nicoletta nicht gelogen hatte. Abgesehen von den Tatsachen selbst kränkte sie der Gedanke zutiefst, dass Jonathan dieser Frau offenbar größeres Vertrauen geschenkt hatte als ihr. Nicoletta hatte er das dunkle Geheimnis seiner Herkunft verraten, ihr aber nicht. Die Gedanken gingen in ihrem Kopf wild durcheinander. Die Gekränktheit über diesen Vertrauensbruch wechselte sich mit Verständnis ab. Hatte er es ihr nicht nur aus lauter Sorge verschwiegen, sie könnte ihn dann verlassen? Ihr Schädel brummte. Sie wusste auch nicht mehr, was sie denken sollte. Es war alles schrecklich verwirrend. Was hätte ich denn getan, wenn er es mir anvertraut hätte?, fragte sie sich verzweifelt. Hätte ich nicht doch Abstand genommen von einer Zukunft mit ihm? Wäre ich mit ihm durchgebrannt? Denn daran, dass ihre Eltern niemals die Erlaubnis zu einer Heirat ihrer Tochter mit einem Mann, der schon einmal im Gefängnis gesessen hatte, und mochte er auch noch so jung gewesen sein, gegeben hätten, hegte Vicky nicht den geringsten Zweifel. Und auch nicht daran, dass Jonathan und Nicoletta sich schon sehr, sehr nahegekommen waren …

Aus den Augenwinkeln beobachtete sie, wie ihr Vater mit dem Lesen fortfuhr und sich ächzend auf einen Stuhl fallen ließ. Er sah aus, als wäre er um Jahre gealtert. Der Brief war ihm aus der Hand geglitten und lag nun zu seinen Füßen am Boden. Auch ihre Mutter war plötzlich ganz still und stierte wie betäubt vor sich hin.

Obwohl Vicky sich vor dem, was noch in dem Brief stand, mehr als vor einer Braunschlange fürchtete, erhob sie sich von ihrem Stuhl und griff nach dem Blatt. Ihr Vater hinderte sie nicht daran. Er sah durch sie hindurch.

Mit zitternden Knien schleppte sich Vicky zu ihrem Platz zurück und las nun, was Nicoletta ihr noch über Jonathan mitzuteilen hatte. Erst verschwammen die Zeilen vor ihren Augen, die Buchstaben tanzten einen verwirrenden Reigen, doch dann fügte sich Buchstabe für Buchstabe zu ganzen Sätzen zusammen. Sie überflog das, was sie schon wusste, bis sie bei diesem entsetzlichen Satz angelangt war. *Und das ist noch nicht alles.* Ein Satz, der Vicky frösteln ließ, aber trotzdem heftete sie ihren Blick jetzt auf die folgenden Zeilen.

Seine Mutter ist eine von den letzten überlebenden Ureinwonerinnen, die von Van Diemen's Land nach Flinders Island gebracht werden sollten. Aber weil sie europähische Züge hatte, konnte Jonathans Vater sie vor diesem Schicksal retten und heiraten. Vielleicht ist sie auch tatsächlich ein Mischling. Aber das ändert nichts daran, dass in ihm das Blut der Ureinwoner fließt, das unweigerlich auch in euren gemeinsamen Kindern weiterleben wird. Was, wenn bei der Geburt Ires ersten Kindes plötzlich das Dunkel der Ureinwoner die Oberhand gewinnt? Und Sie keine Ahnung haben, woher das kommt. Nein, es ist nicht gerecht, wenn er Inen all das verheimlicht. Miss Stewart, nun kennen Sie Jonathans Geheimnisse und können eine Entscheidung treffen. Wenn Sie sich für ein Leben mit ihm entscheiden, dann werden Sie wohl mit Irer Familie brechen müssen. Für ein Mädchen aus gutem Hause doch bestimmt nicht leicht. Aber Sie haben mein Wort. Wenn Sie so vil Mut aufbringen, ihn trotz aller Hürden zu heiraten, dann lass ich meine Finger von im.
Ire Inen wohlgesonnene Nicoletta

»Gib her!«, hörte Vicky, kaum dass sie den letzten Satz gelesen hatte, ihre Mutter befehlen, und schon hatte Anne ihr den Brief aus der Hand gerissen.

Vicky fühlte sich mit einem Mal ganz leer. Sie fühlte gar nichts mehr. Weder Wut noch Scham, weder Traurigkeit noch Verzweiflung. Dafür brachen die Emotionen noch einmal in aller Heftigkeit aus ihrer Mutter heraus. Sie schrie, schluchzte und verfluchte ihre Tochter abwechselnd.

»Schwöre mir, dass du keinen Bastard von diesem Kerl erwartest?«, schrie sie schließlich, packte Vicky an der Schulter und schüttelte sie wie von Sinnen.

Vicky entschied sich binnen Sekunden, noch einmal zu lügen. Wenn sie jetzt offenbarte, dass sie das Bett mit Jonathan geteilt hatte, würde ihre Mutter, so befürchtete Vicky, womöglich gänzlich den Verstand verlieren.

»Er hat mich nicht angefasst«, verkündete sie mit Nachdruck, während ihr sofort die Berührungen der verbotenen Nächte in allen Einzelheiten vor Augen standen. So sehr, dass ihr nur beim Gedanken daran heiße Schauer der Begierde durch den Körper rieselten.

»Wenigstens eine gute Nachricht«, seufzte Anne. »Wie gut, dass dir diese Frau das alles geschrieben hat. Nun kannst du Frederik mit gutem Gewissen dein Jawort geben.«

»Das werde ich nicht tun!«, entgegnete Vicky mit allerletzter Kraft, während sich die Gedanken in ihrem Kopf überschlugen. Warum hat er es mir nicht anvertraut?, dachte sie immer wieder, warum nicht? Sie war davon überzeugt, dass sie ihn deshalb nicht weniger geliebt, aber unbedingt darauf gedrungen hätte, die Geschichte seiner Herkunft vor ihrer Familie geheim zu halten. Doch nun war sie wie eine Feuerwand auf sie zugerast und vernichtete jeglichen Restfunken einer Hoffnung, dass die Eltern ihrer Liebe zu Jonathan schließlich doch noch zustimmen würden. Es war nicht die Tatsache, dass sein Vater ein Mörder gewesen war, er in seiner Not gestohlen hatte und seine Mutter von den Ureinwohnern abstammte, nein, es war der Vertrauensbruch, der so sehr an ihr nagte, dass sie zum ersten Mal an Kapitulation dachte. In diesem Augenblick hatte sie das dringende Bedürfnis, sich einfach nur in ihr Bett zu legen und zu schlafen, mit keinem mehr zu reden und sich von der Welt zurückzuziehen.

»Kann ich mich ein wenig ausruhen?«, fragte sie mit matter Stimme.

Samuel nickte knapp. Anne musterte ihre Tochter mit einem flehenden Blick. Vicky konnte die Botschaft auch ohne Worte lesen. *Bitte heirate Frederik Bradshaw.*

»Halt! Eines gilt es noch zu erledigen«, verkündete ihr Vater.

Vicky sah ihn teilnahmslos an. In diesem Augenblick würde sie alles tun, damit man sie endlich in Ruhe ließ.

Der Vater eilte nun zu der Anrichte und holte aus einer Schublade Feder, Tinte und Papier hervor und legte es auf den Esstisch.

»Setz dich, und schreib!«, befahl der Vater.

Vicky befürchtete das Schlimmste. Das bestätigte sich, als ihr Vater ihr zu diktieren begann. *»Lieber Jonathan, zurück in meinem Elternhaus musste ich zu der Erkenntnis gelangen, dass diese Reise ein großer Fehler war. Wir kommen aus verschiedenen Welten, und das wird sich auch nicht ändern, wenn du ein reicher Mann geworden bist …«*

Vicky hatte die Arme vor der Brust verschränkt.

»Schreib, sage ich!«

»Nein, Vater, das kannst du unmöglich von mir verlangen«, widersprach Vicky entsetzt.

»Es gibt nur zwei Möglichkeiten. Entweder, ich lasse ihn in Ballarat wegen Entführung verhaften, oder aber du schreibst ihm einen Abschiedsbrief. Dann bleibt er ungeschoren, auch wenn ich nicht übel Lust hätte, ihn dorthin zurückzubringen, wo er hingehört, in einen Kerker! Es ist deine Entscheidung.«

Plötzlich kam wieder Leben in Vickys abgestumpfte Gefühle. Sie fühlte sich dermaßen in die Enge getrieben, dass sie weinen musste. Unter Tränen schrieb sie, was der Vater ihr diktierte. Wie von ferne hörte sie die grausamen Worte. *»Es wird stets eine Kluft zwischen uns bestehen. Und deshalb ist es mir unmöglich, dich zu heiraten oder mit dir eine Familie zu gründen. Wir werden uns niemals wiedersehen. Aber du weißt doch sicher, dass es eine Frau gibt, die dich sofort zum Mann nehmen würde …«*

»Vater, bitte nicht!«, schluchzte Vicky.

Samuel Stewart aber war ganz in seinem Element. Er rieb sich befriedigt die Hände. Es war gerade so, als würde er ein gerechtes Urteil sprechen.

»Doch, doch, das macht das Ganze glaubwürdig. So wird er nicht darauf kommen, dass du das nicht freiwillig verfasst hast. Das ist gut, sehr gut sogar.«

Vicky war fassungslos, wie ihr Vater sich zum Richter über ihr Leben und das von Jonathan aufspielte und offenbar nicht die geringsten Skrupel empfand, mit unlauteren Mitteln Schicksal zu spielen.

»Vater, bitte lass Nicoletta aus dem Spiel«, flehte sie.

»Nein, diese Hure kommt mir gerade recht. Der verdammte Goldgräber wird dir jedes verdammte Wort abnehmen, wenn du dieses Weib erwähnst. Er wird die Strafe bekommen, die ihm gebührt.«

»Vater, bitte, wie kannst du nur so unbarmherzig sein? Du hast doch ein großes Herz …«

»Aber nicht für Lumpen wie diese, die einem unschuldigen Mädchen den Kopf verdrehen! Los, schreib!«

Mit zitternden Fingern tat Vicky, was er verlangte. *»Nicoletta und du, ihr seid aus einer Welt. Nimm sie zur Frau. Vicky …* nein, da fehlt noch Gefühl, schreib: *Gräm dich nicht, wir beide werden das Glück finden, das wir verdient haben.* Ja, das ist schön. Schreib das, und dann, warte … *In Liebe Vicky.«*

Vicky schrieb es genauso, wie ihr Vater es verlangte, und mit jedem Wort verlor er in ihren Augen an Respekt. Wie hatte sie ihn stets bewundert und geschätzt. Ja, sogar die Ohrfeigen hatte sie ihm beinahe verziehen. Und sogar die heutige würde sie ihm irgendwann nachsehen können, aber nicht diese hinterhältige Gemeinheit. Und er schien sogar seine diebische Freude daran zu haben, den Abschiedsbrief stilecht zu formulieren. Ihre einstige Bewunderung für den Vater schlug in pure Verachtung um. Ihre Tränen versiegten, und dort, wo eben Trauer und Hoffnungslosigkeit gesiegt hatten, wuchs eine neue Kraft, für die sie noch keinen Namen hatte.

»Soll ich noch irgendwelche Liebesschwüre hinzufügen?«, fragte sie mit eiskalter Stimme.

Samuel spürte sofort, dass etwas in seiner Tochter vorgegangen war, denn er versuchte nun, sich für seinen Betrug zu rechtfertigen. »Vicky, versteh doch, es ist nur zu deinem Besten. Wenn er diesen Brief für bare Münze nimmt, haben wir das Problem auf sehr galante Weise gelöst. Und dem elenden Kerl wird nichts geschehen. Er vergnügt sich dann mit seiner Schlampe. Ich meine, hast du denn gar keinen Stolz! Er hat es mit dieser schrecklichen Frau getrieben. Soll sie doch einen Bastard von ihm bekommen. Bete zum Herrn, dass du so klug warst, dich nicht in sein Bett zu legen.«

»Genau, und es ist doch sehr beruhigend zu wissen, dass der Familie Stewart nun kein Skandal droht.«

Der Richter musterte seine Tochter durchdringend. »Es wäre nicht mit einem Skandal getan, wenn herauskäme, dass meine Tochter mit einem kriminellen Mischling durchgebrannt ist. Man würde mich meines Amtes entheben. Und ich lasse es nicht zu, dass mir so einer mein Lebenswerk kaputtmacht. Um das zu verhindern, wäre ich noch zu ganz anderen Dingen fähig!«

Mit diesen Worten riss er ihr das Papier unter den Händen weg und überflog den Brief noch einmal. »Sehr gut«, murmelte er. »Ausgezeichnet! Jetzt kannst du dich schlafen legen. Du sollst ja schließlich morgen hübsch aussehen, wenn dein zukünftiger Mann zum Essen kommt.«

Vicky quittierte diese Gemeinheit ihres Vaters mit einem kalten Blick. Nie wieder würde sie ihm oder ihrer Mutter gegenüber ihre wahren Gefühle offenbaren. Dessen war sie sich sicher. Sie hatte plötzlich das Gefühl, erwachsen geworden zu sein. Wo waren ihre Träume, wo ihre Schwärmereien? Auch der Gedanke an Jonathan konnte sie in diesem Augenblick nicht wirklich erwärmen.

Sie durfte nun endlich das Zimmer verlassen, ohne dass ihre Eltern sie zurückhielten. Oben angekommen, legte sie sich auf ihr Bett und schlief erschöpft ein, bis sie von ihrem eigenen Schreien aus einem entsetzlichen Albtraum aufwachte. Jonathan und ihr Vater zerren an ihr, der eine an einem, der andere am anderen Arm, sodass sie sie fast zu zerreißen drohen, aber keiner will loslassen. Doch dann kommen bewaffnete Polizisten. Sie schießen auf Jonathan, der blutend zusammenbricht, woraufhin ihr Vater in teuflisches Gelächter ausbricht …

16

Die ganze Nacht über war Vicky immer wieder schreiend aus Albträumen erwacht. Sie fühlte sich wie gerädert, als sie am nächsten Tag aufwachte. Am liebsten hätte sie sich die Decke über den Kopf gezogen und wäre gar nicht mehr aufgestanden.

»Gott sei Dank, du bist endlich wach«, hörte sie da ihre Mutter erleichtert sagen. Vicky fuhr hoch. Ihre Mutter stand in der Tür und betrachtete sie voller Sorge. Vicky war auf erneute Vorhaltungen gefasst, aber Anne näherte sich ihr vorsichtig und setzte sich auf die Bettkante.

»Wie geht es dir?«, fragte sie in ungewohnt versöhnlichem Ton. »Du hast so lange geschlafen, dass ich schon befürchtet habe, du seist krank geworden. Es ist schon früher Nachmittag.«

Vicky reagierte mit Verblüffung, die mehr der Freundlichkeit ihrer Mutter galt als der Tatsache, dass sie fast den ganzen Tag verschlafen hatte, doch dann schwante ihr, warum ihre Mutter plötzlich so zugewandt war. Sie wollte ihr wahrscheinlich eine Ehe mit Frederik Bradshaw auf sanfte Art schmackhaft machen, nachdem sie eingesehen hatte, dass sie mit Gezeter, Vorwürfen und Drohungen nicht weiterkam.

»Ich, ich … also, was ich sagen möchte, ich verstehe dich sogar ein bisschen. Ich war ja auch einmal jung«, stieß ihre Mutter schließlich ungelenk hervor.

»Du verstehst, warum ich euch belogen habe, um meinen Liebsten davon zu überzeugen, dass er mich nicht aufgeben soll?«, hakte Vicky ungläubig nach.

»Nein, also, das kann ich so nicht sagen, aber dein Vater war auch nicht der Mann, also der Mann, den ich …«, stammelte Anne.

»Sag bloß, du hast vor Vater einen anderen Mann geliebt?«

Obwohl ihre Mutter den Kopf gesenkt hatte, beobachtete Vicky, dass sie rot wurde.

»Ich war sechzehn, als mein Vater, der ein bekannter Kirchenmusiker in London war, einen Chor für junge Männer aus armen Familien gründete, um sie von der Straße zu holen. Einer von ihnen war Albert. Er war groß und sah blendend aus, aber er war schüchtern, und er hatte etwas Melancholisches an sich. Das fiel auf, weil die anderen ruppige Draufgänger waren, die zum Teil schon einiges auf dem Kerbholz hatten. Ich bin zu jeder Probe in die Kirche gekommen, was mein Vater mir als Frömmigkeit auslegte. Doch ich brannte nur auf eines: mich in den Pausen mit Albert unbeobachtet von den anderen ganz hinten im Kirchenschiff zu treffen und zu unterhalten. Das ging über Wochen so, und keiner hat etwas von den zarten Banden zwischen uns bemerkt. Ausgerechnet an dem Tag, an dem wir uns zum ersten Mal küssten …«

»Mutter, das glaube ich nicht!«, rutschte es Vicky heraus.

Anne hob den Kopf. Sie sah plötzlich aus wie ein junges Mädchen mit ihren geröteten Wangen und den leuchtenden Augen.

»Mein Herz hat bis zum Hals geklopft, als sich unsere Lippen getroffen haben. Ich fühlte mich wie in einem Traum, der ein jähes Ende nahm, als mein Vater um die Ecke bog. Er jagte Albert mit Schimpf und Schande aus der Kirche und verbot mir, jemals wieder zu einer Probe zu kommen. Ich war untröstlich, und schon ein paar Tage später luden meine Eltern Samuel Stewart zu uns ein. Sein Vater und meiner kannten sich aus Schulzeiten. Und meine Eltern ließen keinen Zweifel daran, dass sie sich eine Verbindung zwischen dem jungen Studenten der Rechtswissenschaften und mir wünschten. Du glaubst gar nicht, wie verschlossen ich an dem Abend deinem Vater gegenüber war. Und heute bin ich überglücklich, dass ich mich schließlich dem Wunsch meiner Eltern gebeugt habe.«

»Ach, jetzt verstehe ich. Du willst mich mit dieser Geschichte glauben machen, dass, wenn ich mich einfach eurem Willen unterwerfe, alles gut wird. Hast du Albert noch einmal wiedergesehen?«

»Ja, und das war ein trauriges Kapitel. Er saß bettelnd am Straßenrand.«

»Das unterscheidet ihn von Jonathan! Der ist schon jetzt ein reicher Mann«, fuhr Vicky ihre Mutter wütend an. Sie ärgerte sich am meisten darüber, dass sie für einen kurzen Augenblick so etwas wie Empathie für ihre Mutter empfunden hatte. Ja, sie hatte sich ihr selten so nahe gefühlt. Fast so, als wären sie eine Schicksalsgemeinschaft. Dabei diente diese rührselige Geschichte nur dem Ziel, sie für eine Ehe mit Frederik Bradshaw weichzukochen. Und sie wäre beinahe darauf hereingefallen.

»Mutter, lass gut sein. Ich bezweifle, dass es diesen Albert wirklich gegeben hat. Aber einen Augenblick lang habe ich doch tatsächlich geglaubt, dass du auch ein Herz hast.«

Vicky erschrak, als sich die Augen ihrer Mutter mit Tränen füllten. »Ich habe noch lange Zeit jede Nacht von ihm geträumt«, flüsterte sie kaum hörbar, bevor sie sich energisch vom Bett erhob und das Zimmer verließ.

Ob ich wohl zu hart zu ihr war, fragte sich Vicky, aber dann dachte sie wieder daran, wie hart ihre Eltern sich ihr gegenüber verhielten, und ihr schlechtes Gewissen war wie weggeblasen.

Sie wollte gerade aufstehen, als ihre Mutter noch einmal den Kopf in die Tür steckte. »Bitte denk daran, dich zum Abendessen umzukleiden«, sagte sie in altvertraut strengem Ton. Nein, sie muss mir nicht leidtun, dachte Vicky entschieden.

Missmutig ging sie zu ihrem Kleiderschrank und zog ein beliebiges Kleid hervor. Sie dachte nicht daran, sich für Mister Bradshaw mit Bedacht hübsch zu machen. Dabei mochte sie ihn und hatte ihm viel zu verdanken, aber die Art, wie ihre Eltern ihn ihr als Retter anpriesen, stachelte ihren Trotz an. Auch wenn sie im Moment gar nicht mehr genau wusste, wie sie zu Jonathan stehen sollte, eines war sonnenklar: Auf keinen Fall würde sie sich auf eine Ehe mit Frederik Bradshaw einlassen! Und sie musste Jonathan dringend eine Botschaft zukommen lassen, dass man sie zu dem Abschiedsbrief gezwungen hatte.

Als sie das Kleid über die Krinoline gezogen hatte, betrachtete sie sich im Spiegel. Das, was sie dort sah, gefiel ihr, aber es war ihr gleichzeitig ein wenig fremd. Sie hatte tatsächlich ein wenig zugenommen, doch ihre Wangen waren noch weit davon entfernt, wie die Apfelbäckchen ihrer Mutter und ihrer Schwester zu wirken. Dazu war ihr Gesicht immer noch zu schmal, aber es war auch der leicht gebräunte Teint, der es voller erscheinen ließ. Allerdings vermisste sie das Funkeln in ihren Augen, das ihr in Ballarat jedes Mal beim Blick in den Spiegel entgegengestrahlt hatte. Ich habe ja auch keinen Grund mehr dazu, dachte sie betrübt. Und sie fragte sich, wie es bloß weitergehen sollte mit Jonathan und ihr, jetzt, wo alle Türen, den Segen ihres Vaters für eine Heirat doch noch eines Tages zu bekommen, unwiderruflich zugeschlagen waren.

Ihr Haar war durch die Sonne noch ein wenig heller geworden, und sie verzichtete darauf, es mit einem Hütchen oder gar einer Haube zu bedecken. In Ballarat hatte sie meist einen von Jonathans Herrenhüten getragen, wenn sie ihm und seinen Freunden beim Schürfen zugesehen hatte. Ihr wurde schwer ums Herz, wenn sie daran dachte, wie unbeschwert die

Zeit auf den Goldfeldern gewesen war. Dann schweiften ihre Gedanken zu Nicolettas Brief ab. Sie wunderte sich, dass sie nicht wütend auf diese Frau war, weil sie sie mit der Wahrheit über Jonathans Herkunft konfrontiert hatte. Tief in ihrem Inneren hegte sie ein gewisses Verständnis für ihre Konkurrentin. Die hatte schließlich nicht ahnen können, dass ihr Vater diesen Brief in die Hände bekommen und öffentlich verlesen würde. Und konnte sie es dieser Frau verdenken, dass sie alles tat, um Jonathan für sich zu gewinnen? Vicky brannte ja nicht einmal vor Eifersucht bei der Vorstellung, dass Nicoletta und Jonathan ganz offensichtlich das Bett geteilt hatten. Nicoletta hatte in gewisser Weise in der ihr eigenen Einfältigkeit sogar recht. Die beiden passten besser zueinander als Jonathan und sie. Aber sie liebte Jonathan noch immer, wenngleich sie berechtigte Zweifel hegte, wie sie je zusammenkommen sollten. Noch einmal in die Ferne zu fahren, das würde sie nicht wagen. Außerdem hatte man ihr angedroht, sie rund um die Uhr bewachen zu lassen.

Gedankenverloren verließ Vicky ihr Zimmer und begab sich in die untere Etage. Im Flur begegnete ihr Mary, die eine besorgte Miene aufgesetzt hatte. »Stimmt es, was man in der Küche munkelt? Dass du gar nicht in Sydney gewesen bist?«, fragte sie direkt.

»Nicht so laut. Wenn das meine Eltern hören. Das soll doch keiner wissen! Wer sagt das denn?«, erwiderte Vicky.

»Jane wollte gestern den Tee servieren und wurde Zeugin eines lauten Streits.«

»Sie hat also gelauscht. Bitte sage ihr, sie darf darüber kein Sterbenswort mehr verlieren. Mein Vater bekommt es sonst fertig und feuert sie.«

»Lenk nicht ab, Kind! Wenn du nicht in Sydney gewesen bist, wo hast du dann gesteckt?«

»Glaub mir, es ist besser, wenn du es nicht weißt«, seufzte Vicky.

»Mach bloß keinen Unsinn! Du bist unberechenbar. Bei deinem wilden Wesen muss man sich auf allerlei gefasst machen«, mahnte die Köchin. »Und stimmt es, dass Mister Bradshaw heute zum Abendessen kommt?«

»Leider«, stöhnte Vicky genervt.

»Dann wirst du dich also nicht mit ihm verloben?«

»Nein, auf keinen Fall«, erwiderte Vicky mit Nachdruck und flüchtete vor weiteren unangenehmen Fragen in Richtung Salon.

Ihre Familie war bereits dort versammelt, und zu ihrem großen Unmut hatten sie auch einen Gast: Archibald Cumberland. Der fehlt mir gerade noch, dachte sie, während sie ihn artig begrüßte. Er schien nichts von dem zu ahnen, was heute im Hause Stewart geschehen war. Louise tut sicher alles, um den Skandal vor ihm geheim zu halten, vermutete Vicky.

»Wie ich höre, bist du jetzt doch entschlossen, den werten Mister Bradshaw zu ehelichen«, bemerkte er nicht ohne einen gewissen Spott in der Stimme.

Vicky zog es vor zu schweigen. Alles, was ihr auf der Zunge lag, würde die Familie nur noch mehr gegen sie aufbringen. Die Spannung, die zwischen ihren Eltern, ihrer Schwester und ihr herrschte, konnte sie geradezu körperlich spüren. Was ist dieser Gefängnisdirektor doch für ein Klotz, dass er gar nichts bemerkt, durchfuhr es Vicky verächtlich.

Da ertönte das Geräusch der Haustürglocke, und wenig später führte Jane Frederik Bradshaw in den Salon. Vicky hatte vergessen, wie attraktiv er war, wobei er an diesem Abend sehr angespannt wirkte. Ihm liegt wohl Vaters Überraschungsbesuch in seinem Handelshaus noch im Magen, mutmaßte Vicky. Oder er weiß, was ihm blüht. Dass meine Eltern unsere Verlobung erwarten. Frederik begrüßte jeden höflich mit Handschlag. Erst ihre Eltern, dann ihre Schwester und sogar Archibald Cumberland. Und zuletzt sie. Vicky spürte die neugierigen Blicke der anderen auf Frederik und sich ruhen, aber sie bekamen nichts Aufregendes zu sehen, denn die beiden gaben sich förmlich die Hand wie alle anderen, und seine Miene blieb unbewegt, genau wie ihre.

Natürlich hatte Anne nichts dem Zufall überlassen und die beiden nebeneinanderplatziert. Doch kaum dass sie saßen, beugte sich Frederik verschwörerisch zu ihrem Ohr hinüber. »Tut mir leid, dass das Ganze aufgeflogen ist. Ich hoffe, Sie haben das Donnerwetter überlebt.«

»Kommen Sie nach dem Essen mit mir in den Garten? Ich muss mit Ihnen reden«, erwiderte sie kaum vernehmlich.

Am Tisch herrschte vorwurfsvolles Schweigen. Die Familie hätte zu gern gewusst, was es da zu flüstern gab. Es war Archibald, der als Erster das Wort ergriff und sich direkt an Frederik wandte.

»Was sagen Sie denn dazu, dass Ihre Freunde aus Canvas Town Ihre Gutmütigkeit mit einem neuen Einbruchsversuch in Ihr Handelshaus belohnt haben? Und die Kerle werden sich nun zur Belohnung an die Tafel der Armenspeisung setzen, die Sie Ihnen gedeckt haben.« Seine latente Aggression gegen Frederik war kaum zu überhören.

Frederik straffte die Schultern. »Danke der Nachfrage, aber wir haben die Jungen gestellt, und ich glaube kaum, dass sie es noch einmal machen werden«, entgegnete er in süffisantem Ton.

Archibalds Stirnader schwoll gefährlich an. »Sie wissen, wer das war, und haben Sie etwa nicht vor Gericht stellen lassen? Die Burschen gehören ins Gefängnis!«

»Da bin ich anderer Meinung. Im Hafen sind sie besser aufgehoben. Sie machen sich übrigens prima. Keiner verfrachtet die Waren so schnell und effektiv auf die Schiffe, wie diese Jungen, die endlich eine Aufgabe haben.«

»Sie beschäftigen dieses Pack, statt es seiner gerechten Strafe zuzuführen?«, spuckte Archibald verächtlich aus und warf Mister Stewart einen herausfordernden Blick zu. »Sag doch auch mal etwas, Samuel!«

Der Richter war sichtlich verlegen. Ihm war seine Zerrissenheit förmlich anzumerken. Natürlich hätte er sich unter anderen Umständen der Meinung seines Schwiegersohns in spe angeschlossen, aber er wollte sich an diesem Abend bestimmt nicht mit Mister Bradshaw anlegen. Vicky nahm mit einer gewissen Schadenfreude wahr, wie ihr Vater förmlich um die richtigen Worte rang: »Ja, nein, also, natürlich hast du recht, dass, äh, Gesetzesbrecher ihre Strafe bekommen sollten, aber wenn ein paar von ihnen anders geläutert werden, dann sollten wir vielleicht … also eine Ausnahme machen.« Samuel mied Archibalds Blick.

»Besser wäre es, wir würden von vorneherein mehr Beschäftigungen für die Jungen dort drüben finden. Sie sind teilweise noch nicht einmal zwölf Jahre alt, die Väter auf den Goldfeldern, die Mütter oft illegal mit einem anderen Kerl verheiratet, oder sie sind gezwungen, sich zu prostituieren, um das Überleben der Familie zu sichern«, bemerkte Frederik unerschrocken.

»Das finde ich auch«, pflichtete ihm Vicky bei. »Was können die Kinder dafür, dass ihre Väter Haus und Hof verlassen haben, um hier das große Glück zu suchen? Sie kommen teils von weit her. Es sind Iren, Schotten und immer mehr Chinesen. Es ist doch besser, zu versuchen, ihnen hier eine Arbeit zu vermitteln, als dass sie mit ihren Vätern auf den Goldfeldern schuften. Ich habe da einige Jungen erlebt …«

»Oh, da kommt das Essen«, rief Vickys Mutter mit einem leicht hysterischen Unterton aus, als Mary und Jane sich mit den Schüsseln in der Hand dem Tisch näherten. Samuel warf Vicky einen warnenden Blick zu. Ihr Vater wollte offenbar verhindern, dass sie über das sprach, was doch ohnehin allen am Tisch bekannt war. Dass es einen Unwissenden unter ihnen gab, war ihr in diesem Augenblick schlichtweg entfallen.

»Warum soll ich nicht sagen, was für ein Elend in Ballarat herrscht, wenn es doch hier am Tisch jeder weiß, dass ich aus erster Hand Kenntnis davon habe? Die Knirpse lungern teilweise auf den Straßen herum und …«

»Woher willst du denn wissen, wie es in Ballarat zugeht?«, fragte Archibald lauernd.

Da fiel es Vicky ein: Archibald Cumberland sollte ja nichts von ihrem Ausflug in die Goldgräberwelt erfahren! Sie kämpfte kurz mit sich. Am liebsten würde sie ihre Rücksicht über Bord werfen und die Wahrheit sagen, aber ein flehender Blick ihrer Schwester hielt sie schließlich davon ab.

»Ich meine natürlich, was ich in der Zeitung gelesen habe. Wie sollte ich wohl nach Ballarat kommen?« Vicky lachte künstlich.

»Ich finde, du solltest dich nicht in Gespräche einmischen, die nur die Männer etwas angehen«, kanzelte Archibald sie ab. Das aber konnte und wollte Vicky nicht auf sich sitzen lassen.

»Da bin ich anderer Meinung. Wir Frauen sind doch die Leidtragenden, wenn wir in der Dunkelheit nicht mehr sicher in unseren Straßen sind, weil ihr Männer für die Probleme des stetigen Zustroms von Goldgräbern in unsere Stadt nur nach Strafe und Gefängnis schreit. Da kann man sich nur an Männern wie Mister Bradshaw ein gutes Beispiel nehmen, der nach anderen Lösungen strebt.«

»Samuel! Ich finde, deine Tochter geht zu weit! Du solltest ein Machtwort sprechen.«

»Nun, ich denke, sie hat gar nicht so unrecht«, pflichtete er ihr zu ihrer großen Verwunderung bei. »Jeder mögliche kleine Dieb, den wir auf diese Weise von der Straße holen können, ist doch ein Gewinn für das Klima in dieser Stadt.«

Obwohl Vicky bestimmt nicht zum Lachen zumute war, verspürte sie beim Anblick von Archibalds fassungslosem Gesichtsausdruck ein verdächtiges Kribbeln in der Kehle. Er hatte ja keinen Schimmer, warum an diesem Abend jeder nach Kräften bemüht war, Frederik Bradshaw bei Laune zu halten, sogar Louise.

Sie konnte regelrecht dabei zusehen, wie die Zornesröte seine Wangen färbte. Dass er cholerische Züge hatte, hatte sie immer geahnt, aber dass er jetzt mit der Faust dermaßen auf den Tisch schlug, dass sein mit Braten überhäufter Teller überschwappte und sich die Soße über das weiße Tischtuch verteilte, überraschte sie doch.

»Was ist hier eigentlich los? Ihr redet einem Kerl nach dem Mund, der sich als Anwalt des Gesindels aufspielt? Nur weil eure kapriziöse Jüngste nun doch seine Frau werden möchte. Das ist alles höchst sonderbar. Louise! Du sagst mir jetzt sofort, was hier gespielt wird.«

»Es ist nichts, es ist alles in Ordnung. Ich habe doch nur …«, stammelte Vickys Schwester, während sie gegen die Tränen ankämpfte.

»Samuel! Was hat das alles zu bedeuten? Ihr verheimlicht mir doch etwas! Ich lasse mich nicht verschaukeln und werde mich vor dem da …« Er deutete mit dem ausgestreckten Finger auf Frederik. »… nicht ducken, nur weil ihr eure Tochter so unbedingt unter die Haube bringen wollt. So hässlich ist Sophie Victoria auch wieder nicht, dass sich nicht ein anderer finden würde. Einer, der sich nicht mit den weichen Kissen des ererbten Reichtums im Rücken als Wohltäter aufspielt.«

Jetzt verstand Vicky endlich, warum Archibald Frederik so abgrundtief hasste. Es waren gar nicht seine Ansichten, die ihn so erzürnten, sondern die Tatsache, dass Frederik Sohn reicher Eltern war. Im Gegensatz zu Archibald Cumberland, der sich als Sohn einfacher Farmer mithilfe übermenschlichen Ehrgeizes durch das Studium der Rechtswissenschaft gekämpft hatte.

Es herrschte betretenes Schweigen. Vicky vermutete, dass alle am Tisch ähnlich dachten wie sie.

»Archie, bitte!«, schluchzte Louise in die Stille hinein. »Ich werde dir alles verraten, was du wissen möchtest, wenn du nur nicht mehr derart böse bist.« Sie wollte beschwichtigend seine Hand nehmen, aber Archibald schüttelte sie ab wie ein ekelhaftes Insekt. Er wandte sich an Samuel. »Mein lieber Freund und Mentor, warum tut ihr plötzlich so, als würde dieser Angeber Mister Bradshaw mit seinen abstrusen Vorschlägen den Frieden in unserer Stadt wiederherstellen, der durch die Horden von Kriminellen so empfindlich gestört worden ist?«

Vicky sah dem Schauspiel mit einer Mischung aus Mitgefühl für ihre Schwester und Schadenfreude zu. Mit seinem unkontrollierten Ausbruch hatte sich Cumberland soeben selbst die Maske des zivilisierten Bürgers vom Gesicht gerissen. Sie konnte nur hoffen, dass ihre Schwester nun einen Rückzieher machen und die Verlobung zu diesem Kerl aufkündigen würde, doch in demselben Augenblick wurde ihre Hoffnung bereits zunichtegemacht.

»Archie, ich kann doch gar nichts dafür. Es ist doch alles Vickys Schuld. Sie war nicht in Sydney, sondern ist zu diesem Goldgräber nach Ballarat gefahren. Sie hat alle belogen, und Mister Bradshaw hat ihr ein Alibi gegeben. Und damit das keinen Skandal gibt, wäre es für uns alle das Beste, wenn sie Mister Bradshaw heiratet und Gras über die Sache wächst«, stieß Louise verzweifelt hervor.

»Oh Gott, ich habe es doch gewusst, dass dieses widerspenstige Frauenzimmer nur Unglück bringt.« Archibalds rote Gesichtsfarbe hatte sich grünlich verfärbt.

Vicky hielt den Atem an und warf Frederik einen Seitenblick zu. Seine Miene verhieß nichts Gutes. Seine Gesichtsmuskeln waren zum Zerreißen angespannt, und sein Kiefer mahlte vor Zorn. Sie erwartete, dass ihr Vater jetzt das Wort ergreifen würde, aber der saß wie vom Donner gerührt und in sich zusammengefallen auf seinem Stuhl.

Dafür erhob sich Frederik von seinem Platz. »Danke für die freundliche Einladung, aber ich glaube, es ist Zeit für mich zu gehen«, sagte er kalt und verließ den Salon mit hocherhobenem Kopf. Vicky zögerte keine Sekunde und folgte ihm.

An der Haustür holte sie Frederik, der es offenbar sehr eilig hatte, aus diesem Haus zu flüchten, ein.

»Gehen wir ein Stück zusammen?«, fragte sie ihn.

Er reichte ihr seinen Arm. Schweigend gingen sie eine Weile nebeneinander her. Frederik hatte den Weg zum Fluss eingeschlagen. Vicky fehlten schier die Worte. Stattdessen blieb sie stehen und ließ ihren Blick über den Yarra River gleiten. Seine trübe Farbe entsprach ihrer Stimmung.

»Es tut mir leid«, sagte sie schließlich leise. »Und es ist mir entsetzlich peinlich, wie man Sie nun als Rettung für den Ruf der Familie vor dem drohenden Skandal benutzen will. Sie müssen mich nicht heiraten! Ich wollte dieses Schauspiel nicht.«

»Schauen Sie mich an, Vicky!«

Sie tat, was er verlangte, und war überrascht, wie viel Warmherzigkeit in seinem Blick lag.

»Sie sind mir nicht böse?«

»Nein, ich kann es nicht einmal Ihren Eltern verübeln. Nur dieser Cumberland ist – mit Verlaub – ein unerträglich unangenehmer Mensch. Ich hätte keinen Augenblick länger mit diesem groben Kerl an einem Tisch sitzen können. Haben Sie gesehen, wie er die Hand Ihrer Schwester weggeschlagen hat? In dem Augenblick hatte ich gehofft, sie würde die Verlobung lösen.«

»Sie auch? Genau das habe ich gedacht, aber sie scheint ihn wirklich zu lieben, diesen ungehobelten Mistkerl!«

Ein Lächeln umspielte seine Lippen. »Zwei Menschen, ein Gedanke!«, seufzte er. »Und nun erzählen Sie endlich, wie es Ihnen in Ballarat ergangen ist. Und sind Sie endlich von Ihrem romantischen Abenteuer kuriert?«, fügte er wie nebenbei hinzu.

Das kam so überraschend, dass Vicky nicht recht wusste, was sie sagen sollte. Einerseits hatte sie das Bedürfnis, sich ihm anzuvertrauen, denn schließlich hatte er sich ihr gegenüber absolut loyal verhalten. Doch sein Ton war wieder so überheblich. Als wäre sie eine dumme Göre, die endlich gestehen sollte, dass sie einen dummen Streich bedauerte. Aber ihre Reise war doch kein kindisches Abenteuer gewesen, sondern eine rundherum ernsthafte Angelegenheit.

»Es war kein Kinderstreich, Mister Bradshaw, es ging um Liebe, aber es mag natürlich sein, dass das für Sie dasselbe ist«, entgegnete sie in scharfem Ton.

Frederiks Miene versteinerte. »Verzeihen Sie meine Wortwahl. Ich werde es anders ausdrücken: Hat Ihre ach so vernünftige und gut durchdachte Liebesreise Sie zu dem gewünschten Ziel geführt? Haben Sie Ihren Liebsten davon überzeugen können, dass er Sie zu seiner Goldgräber-Gattin macht?«

Der Spott in seiner Stimme machte Vicky wütend. »Wenn

Sie mich nicht ernst nehmen, bekommen Sie gar keine Antwort«, giftete sie.

Seine Miene wurde weicher. »Entschuldigung, aber Sie müssen verstehen, dass es mich immer noch ärgert, dass ich Ihnen bei diesem Irrsinn geholfen habe. Und deshalb werden Sie mir die Frage erlauben, ob die Sache zu Ihrer Zufriedenheit ausgegangen ist oder eben nicht?«

Vickys Zorn verflog so schnell, wie er gekommen war. Mister Bradshaw war wirklich der Letzte, auf den sie böse sein sollte. Dass die Sache aufgeflogen war, lag gewiss nicht an ihm. Sie würde ihm gern die glückliche Braut vorspielen, damit er sich keine Hoffnung machte, dass sie jetzt in den Chor der Bettler um seine Gunst einstimmte, aber wollte sie den Mann belügen, der ihr so geholfen hatte?

Vicky stieß einen tiefen Seufzer aus, bevor sie sich entschied, ihm die Wahrheit anzuvertrauen. »Ich war sicher, dass ich Jonathans Frau würde, bis ich aus Ballarat zurückkehrte. Da erfuhr ich einige dunkle Geheimnisse seine Herkunft betreffend, die mich, hätte er sie mir verraten, wahrscheinlich nicht davon abgehalten hätten, auf ihn zu warten. Doch ich habe sie durch einen Brief von einer Frau erfahren, die ihn liebt. Der Brief geriet in die Hände meines Vaters, und er wird niemals zustimmen, dass ich einen Mann heirate, dessen Vater wegen Mordes gehängt werden sollte und dessen Mutter eine Ureinwohnerin gewesen ist. Da bleibt nur das Durchbrennen, aber ich vertraue ihm nicht mehr. Ich verstehe nicht, warum er es mir verheimlicht hat.«

Frederik lachte bitter auf. »In dem Punkt verstehe ich ihn dafür umso besser. Ich bezweifle, dass es Sie kaltgelassen hätte, selbst wenn Sie es aus seinem Mund erfahren hätten, zu wissen, wo der Mann herkommt. Das hätte ich Ihnen an seiner Stelle auch so lange wie möglich verschwiegen. Und nun?«

»Ich weiß nicht. Ich bin völlig durcheinander. Außerdem haben meine Eltern mich gezwungen, ihm einen Abschiedsbrief zu schreiben. Natürlich würde ich gern richtigstellen, dass ich ihn nicht freiwillig verfasst habe, aber meine Eltern lassen mich keine Sekunde mehr aus den Augen …« Sie stockte. »Ob Sie meine Nachricht an ihn schicken könnten? Sie haben jederzeit Zutritt zu unserem Haus«, fragte sie ihn bang.

Frederik rollte mit den Augen. »Nein, und noch einmal nein. Ich habe alles getan, damit Sie den Mann treffen können, und habe mich damit in Teufels Küche gebracht. Ich bin nicht der Richtige, um weiterhin Ihr Komplize zu sein.«

»Dann werde ich die Chance nutzen und Ihnen jetzt entkommen und noch einmal nach Ballarat reisen, um Jonathan zu fragen, warum er mir nicht vertraut hat. Und Sie werden mich nicht daran hindern«, erklärte sie trotzig.

»Ich nicht, aber Ihr Vater. Drehen Sie sich nicht um, aber er ist uns gefolgt. Man traut Ihnen nicht mehr, und schon gar nicht in meiner Begleitung.«

»Sie wollen mir also nicht helfen?«

»Nein, ich möchte diesem ganzen Theater endlich ein Ende bereiten. Und deshalb frage ich Sie nun ganz offiziell: Wollen Sie meine Frau werden? Ja oder nein?«

Seine Worte schockierten Vicky in zweifacher Weise. Dass er ihr diese Frage überhaupt stellte, nach allem, was inzwischen geschehen war, und dass er es in derart barschem Ton tat. Plötzlich musste sie an Martha denken. Sie kannte ihre Freundin zu gut, als dass ihr aus den dürren Zeilen, die ihr Vater vorgelesen hatte, entgangen wäre, dass Martha sich bis über beide Ohren in Frederik verliebt hatte. Es wäre nicht recht, ihm schöne Augen zu machen in einem Zustand, in dem sie komplett durcheinander war und überhaupt nicht mehr wusste, was sie denken oder fühlen sollte.

»Ich habe gehört, Sie machen meiner Freundin Martha in Sydney den Hof. Sie glauben doch nicht allen Ernstes, dass ich Sie heirate, wo ich noch gar nicht weiß, ob ich nicht doch mit Jonathan durchbrenne. Und ganz nebenbei auch noch meine Freundin unglücklich mache! Gehen Sie zu ihr. Heiraten Sie Martha!«

Frederik packte sie bei den Schultern und sah ihr tief in die Augen. »Sie empfinden also gar nichts für mich? Dann sprechen Sie es jetzt aus! Ich muss es einmal aus Ihrem Munde hören, damit ich es auch wirklich glaube.«

Vicky wurde schwindlig. Sie wollte wegsehen, aber Frederik legte die Hand unter ihr Kinn und zwang sie, ihm in die Augen zu sehen. Ihr Atem ging stoßweise. Sie war ihm jetzt so nahe, dass sich ihre Gesichter fast berührten, und ein heißer Schauer rieselte durch ihren Körper, als sie sich bei dem Wunsch ertappte, ihn zu küssen. Das kann doch nicht angehen, dachte sie erschrocken, das ist pure Einbildung. Sie wandte abrupt den Blick ab und sah über seine Schulter hinweg ihren Vater auf der anderen Seite unter einem Baum stehen. Dieser Anblick ernüchterte sie. Unvorstellbar, wenn sie ihrem Bedürfnis nachgegeben hätte. Er hätte sich doch am Ziel seiner Wünsche gewähnt, wenn Frederik und sie sich vor seinen Augen geküsst hätten. Hastig trat sie einen Schritt zurück. »Nein, ich empfinde nichts für Sie!«, log sie, drehte sich um und ging auf ihren Vater zu. Dabei klopfte ihr Herz bis zum Hals, weil sie ahnte, dass ihr Frederik hinterhersah. Sie spürte seinen Blick förmlich auf ihrem Rücken brennen.

»Lass uns nach Hause gehen«, sagte sie mit fester Stimme.

»Aber was ist mit Mister Brad-?«

»Der findet den Weg allein. Und damit du es weißt, er wird Martha den Hof machen und nicht mir!«, unterbrach sie ihn barsch.

Den ganzen schweigenden Weg nach Hause versuchte sie sich krampfhaft einzureden, dass sie sich diesen magischen Augenblick zwischen Frederik Bradshaw und sich nur eingebildet hatte und dass dies für alle die beste Lösung war.

2. TEIL

17

John Cunningham war Mitglied der Gesetzgebenden Versammlung der Kolonie New South Wales. Sein Dienstzimmer befand sich im Nordflügel eines Hospitals in der Macquarie Street. In diese Räume war das Parlament im Jahr 1829 eingezogen und breitete sich in dem Gebäude mit wachsenden Mitgliederzahlen immer weiter aus. Allerdings hielt er das belebte Viertel in der Innenstadt nicht zum Wohnen für seine Familie geeignet, denn auch Sydney war vom Goldrausch nicht verschont geblieben.

Cunningham wollte partout nicht, dass sein einziges Kind Martha dort aufwuchs, wo Fremde aus aller Herren Länder die Straßen unsicher machten. Deshalb hatte er ein Haus an der Hermit Bay im malerischen Vaucluse gekauft, das östlich der Innenstadt nahe Port Jackson gelegen war. Das Hermit-Haus, wie es genannt wurde, denn in Vaucluse hatte jedes Haus einen Namen, war im neugotischen Stil errichtet. Es sah aus wie eine kleine Burg mit seinen Türmchen und war von der Architektur eng an das Vaucluse-Haus angelehnt, das bekannteste Gebäude des kleinen Ortes, nach dem es auch benannt worden war. Es lag auf einem Hügel mitten in einem grünen Park, genau der richtige Platz für eine junge Dame wie Martha, wie Mister Cunningham fand, denn fernab des städtischen Treibens ging es beschaulich und ruhig zu. Vaucluse war beliebt unter den Reichen der Stadt, und so fand dort ein reges gesellschaftliches Leben statt. Schließlich musste Mister Cunningham auch an die Zukunft seiner Tochter denken, und die bestand in einer standesgemäßen Ehe.

Natürlich hätte er gern gesehen, wenn sie einen Mann aus Sydney geheiratet hätte. Deshalb hatte es ihm am Anfang gar nicht behagt, dass Martha und seine Frau zu Weihnachten Frederik Bradshaw aus Melbourne eingeladen hatten. Inzwischen aber akzeptierte er ihn als potenziellen Ehemann für seine Tochter, wenngleich er dessen Sohn William nicht gerade in sein Herz geschlossen hatte. Er war ein verstockter Neunjähriger, der stets grimmig dreinblickte und stumm zu sein schien.

Ob Martha sich mit ihrer Mutterrolle für den Knirps nicht zu viel zumuten wird?, fragte er sich, während er gedankenverloren aus dem großen Fenster des Esszimmers bis hin zum Wasser blickte. Vielleicht sollte ich mal mit ihr reden, dachte er, denn noch hatte Mister Bradshaw nicht um Marthas Hand angehalten. Doch es war schwer, seine Tochter momentan ungestört unter vier Augen zu sprechen, seit der Besuch aus Melbourne sie in dauernden Beschlag nahm. Ein Besuch, der ihm nicht wirklich willkommen gewesen war, aber Mister Stewart hatte ihm einen derart verzweifelten Brief geschrieben und ihn förmlich angebettelt, seine Tochter Sophie Victoria und seine Frau Anne für ein paar Wochen im Hermit-Haus aufzunehmen. Wobei Mister Cunningham mit Misses Stewart nicht das geringste Problem hatte, aber mit der Tochter. Er bezweifelte, dass Vicky der richtige Umgang für Martha war. Schon auf dem Schiff von London hatte ihm diese Freundschaft nicht wirklich behagt. Immer, wenn Martha mit ihr zusammen war, wurde aus der ruhigen, gesetzten jungen Lady ein aufgedrehtes, beinahe aufmüpfiges Mädchen.

Genau wie in diesem Augenblick. In der Ferne konnte er beobachten, wie die beiden Freundinnen am Strand entlangspazierten, aber nicht gesittet und wie zwei Damen, nein, diese Vicky hatte Martha offenbar dazu angestiftet, Schuhe und Strümpfe auszuziehen, und nun hüpften sie kichernd durch das

Wasser. Er konnte ihre Stimmen zwar nicht bis hierher hören, aber es reichte ihm, was er sah, um kritisch die Stirn zu runzeln.

Er hätte zu gern gewusst, was diese Vicky wohl angestellt hatte, dass ihr Vater sie mit ihrer Mutter nach Sydney geschickt hatte, doch über den Grund schwiegen sich alle aus. Er wusste nur so viel: dass dieses ungestüme Mädchen, statt zu Marthas Geburtstag zu reisen, auf eigene Faust woanders hingefahren war. Das allein hielt er in höchstem Maße für skandalös. Mister Stewart hatte in seinem Bittbrief auch nicht vergessen zu erwähnen, dass Martha davon gewusst hatte. So hatte sich Mister Cunningham moralisch geradezu verpflichtet gefühlt, die ungezogene junge Dame in seinem Haus aufzunehmen.

Ein paarmal hatte er versucht, seiner Tochter zu entlocken, wo Vicky denn wirklich gewesen wäre, und vor allem mit wem, aber Martha schwieg wie ein Grab. So war Mister Cunningham auf Spekulationen angewiesen, die seine Meinung über Miss Stewart nicht eben besser machten. Er vermutete, dass ein Mann im Spiel gewesen war. Nein, glücklich war er nicht über diesen Besuch. Was habe ich doch ein Glück mit meinem Mädchen, dachte er, ein Glück, das der arme Mister Stewart nicht unbedingt mit seinen Kindern hat. Es war ja nicht nur Vicky, die ihm offensichtlich Kummer bereitete, sondern auch ihr Bruder Steven. Er war Gast bei dem großen Weihnachtsdinner im Hermit-Haus gewesen und hatte sich hemmungslos betrunken. Es war nur seinem Freund Frederik Bradshaw zu verdanken gewesen, dass es keinen Skandal gegeben hatte, weil der ihn noch rechtzeitig in eine Kutsche verfrachtet und in die Stadt zurückgebracht hatte.

John Cunningham stieß einen tiefen Seufzer aus, wenn er sich vorstellte, dass das heute Abend wieder passieren würde. Frederik Bradshaw hatte für das Wochenende nämlich seinen und den Besuch von Steven Stewart angekündigt. Wenn ich doch bloß vorher noch einmal mit Martha sprechen könnte, dachte er, denn er war sich sicher, dass im Laufe des Wochenendes der Antrag erfolgen würde. Und er würde sich nicht querstellen, weil er gegen den wohlhabenden, charmanten Handelsherrn aus Melbourne keine Einwände hatte – bis auf die Tatsache, dass Martha dann nicht mehr in seiner Nähe wäre und sie für Bradshaws schwierigen Sohn William die Mutterrolle würde annehmen müssen …

Als Cunningham nun beobachtete, wie die beiden Freundinnen den Weg vom Strand in Richtung Haus einschlugen, nutzte er die Gelegenheit, öffnete das Fenster und rief seiner Tochter zu, dass er sie dringend in seinem Arbeitszimmer sprechen müsse.

Martha winkte ihrem Vater zu.

»Ja, ich komme sofort«, rief sie zurück, bevor sie sich wieder Vicky zuwandte. »Meinst du, er wird mir erlauben, Frederik zu heiraten?«, fragte sie mit glühenden Wangen.

Vicky zuckte die Schultern. »Ich denke schon. Was soll er dagegen haben?« Wie immer, wenn ihre Freundin auf Mister Bradshaw zu sprechen kam, war sie recht einsilbig. Sie hatte Martha nämlich verschwiegen, dass er ihr selbst kurz vor Weihnachten einen Antrag gemacht hatte. Ihre Freundin war so schrecklich verliebt. Warum sollte sie dieses Glück zerstören? Sie gönnte es Martha von Herzen. Jedenfalls redete sie sich das gebetsmühlenartig ein. Dabei war sie alles andere als entspannt, wenn sie sich vorstellte, Frederik heute Abend das erste Mal nach seinem Heiratsantrag am Yarra River wiederzusehen. Wenn Martha wüsste, dass Vicky sogar ein paarmal von ihm geträumt hatte …

»Lauf ruhig vor. Ich bleibe noch ein bisschen im Park«, seufzte Vicky und war froh, dass Martha sie nun allein zurückließ. Sie hatte Sorge, dass sie sich sonst verraten würde. Kaum war Martha im Haus verschwunden, verspürte Vicky wieder diese schreckliche Übelkeit, die sie quälte, seit sie im Januar nach Sydney gereist war. Sie überkam sie jedes Mal ganz plötzlich und wurde erst besser, nachdem sie sich übergeben hatte. Bislang hatte sie diese Zustände vor den anderen, besonders auch vor ihrer Mutter, verbergen können, aber an ihre Hoffnung, dass sie sich nur den Magen verdorben hatte, klammerte sie sich schon länger nicht mehr. Sie machte sich nichts mehr vor: Ihr Ausflug nach Ballarat war nicht ohne Folgen geblieben! Bald würden alle sehen, dass sie ein Baby erwartete. Dieser Gedanke verschlimmerte ihre Übelkeit so sehr, dass sie sich im letzten Augenblick bücken und unter einem Busch übergeben konnte. Seit sie wusste, was auf sie zukommen würde, hatte sie kaum mehr eine Nacht ruhig geschlafen. Sie hatte zum Glück ein eigenes Gästezimmer bekommen, nachdem sie ihrer Mutter geschworen hatte, dass sie nicht bei Nacht und Nebel aus Vaucluse verschwinden würde, während ihre Mutter, der Wachhund, im Zimmer nebenan schlief. Das hieß nicht, dass sie nicht hin und wieder mit dem Gedanken spielte, ihren Schwur zu brechen und sich nach Ballarat abzusetzen.

Anfangs hatte sie heftig gegen die Zwangsverschickung nach Sydney gekämpft, aber seit sie fern der Heimat war, genoss sie die Tage im Hermit-Haus. Hier war alles so friedlich, und auch ihrer Mutter schien der Aufenthalt am Meer gutzutun. Sie machte ihr keine Vorwürfe, schimpfte nicht mir ihr, sondern verstand sich prächtig mit Misses Cunningham. Die beiden waren richtige Freundinnen geworden. Und je mehr die zwei zusammen unternahmen, desto weniger bewachte Anne ihre Tochter. Es wäre also ein Leichtes zu flüchten, dachte Vicky, als sie sich wieder aufrichtete und ein paarmal tief durchatmete. Jetzt würde sie wieder ein wenig Ruhe vor der Übelkeit haben. Das kannte sie schon.

Was sie bislang davon abgehalten hatte, sich zu Jonathan zu flüchten, war eine tiefe Verunsicherung, die sie nicht mehr losgeworden war, seit sie diese Dinge über seine Herkunft erfahren hatte. Es war nach wie vor die Tatsache, dass er Nicoletta etwas derart Wichtiges hatte anvertrauen können, während er es ihr verheimlicht hatte, die sie zutiefst verunsicherte. Bis zu ihrer Abreise nach Sydney hatte sie immer noch gehofft, dass Jonathan trotz ihres angeblichen Abschiedsbriefes eines Tages vor der Tür stehen würde, weil er den Betrug erkannt hatte. Aber es war noch etwas anderes, das sie davon abhielt, nach Ballarat zu flüchten. Es waren ihre Träume. Immer wieder träumte sie von einem Kuss, doch der Mann, der sie küsste und von dem sie jedes Mal zunächst glaubte, dass es Jonathan war, war ein anderer … Vickys Herzschlag beschleunigte sich bei dem Gedanken, dass sie ihm in ein paar Stunden gegenüberstehen würde – und bei der Gewissheit, dass es nun niemals mehr dazu kommen würde. Wo sie doch das Kind eines anderen erwartete und er im Begriff stand, ihre beste Freundin zu heiraten. Eigentlich kann ich froh sein, dass ich seinen Antrag abgelehnt habe. Unvorstellbar, wenn sich ein paar Wochen nach der Verlobung herausgestellt hätte, dass ich von einem anderen Mann schwanger bin, dachte sie betrübt. So wie sie Frederik Bradshaw einschätzte, würde er sich niemals ein Kuckucksei ins Nest legen lassen. Dazu wäre er viel zu stolz.

Vicky betrat die prachtvolle Veranda des Hermit-Hauses und ging durch die offene Terrassentür ins kühle Innere. Auf dem Weg zu ihrem Zimmer begegnete ihr Anne, die abrupt stehen blieb. »Kind, du bist schon wieder so entsetzlich blass. Was ist nur mit dir los, seit wir in Sydney sind? Es kann doch nicht an der Luft liegen. Die ist so wunderbar frisch und … am besten, du legst dich noch ein wenig hin. Clarissa hat mir nämlich berichtet, dass heute zum Dinner außer Mister Bradshaw und Steven ein paar junge Parlamentarier anwesend sein werden. Vielleicht ist da ein heiratswilliger Mann aus gutem Haus dabei.«

»Ach, Mutter, kannst du an nichts anderes denken als daran, mich endlich unter die Haube zu bringen? Du siehst in jedem Mann einen Heiratskandidaten für mich, oder? Dir ist wohl langsam völlig gleichgültig, wer es sein wird.«

»Du weißt genau, dass ich in dem Punkt alles andere als beliebig bin. Meine Wahl hatte ich bereits getroffen, aber du hast dich ja vehement geweigert, seine Frau zu werden. Und jetzt ist es zu spät. Wie Clarissa mir eben unter dem Siegel der Verschwiegenheit anvertraut hat, wird Mister Bradshaw heute wohl deiner Freundin einen Antrag machen.«

Vicky spürte, dass ihr bei den Worten ihrer Mutter auch noch die restliche Farbe aus dem Gesicht wich. Das entging Anne natürlich nicht.

»Bereust du es etwa?«

»Nein, ich gönne ihn Martha von Herzen.«

»Dann ist ja gut. Und ich weiß wirklich nicht, was du daran so merkwürdig findest, dass ich dir eine gute Partie wünsche.«

»Schon gut.« Vicky hatte es mit einem Mal sehr eilig. Die Gefahr, ihre Mutter könnte sie durchschauen, war zu groß. Und es ist lediglich eine Frage der Zeit, bis sie mir meine Schwangerschaft ansehen, durchfuhr es sie bekümmert. Was sie wohl unternehmen werden? Ob sie Jonathan an den Haaren aus Ballarat herbeischleifen und ihn nötigen, mich auf der Stelle zu heiraten? Vicky musste selbst grinsen bei dieser absurden Vorstellung. Das würde sicher niemals geschehen. Ihr Vater würde Jonathan eher umbringen, wenn er davon erfuhr. Er würde niemals zulassen, dass sie jemanden mit Mischlingsblut in den Adern heiratete. Das war noch weit schlimmer als die Tatsache, dass er ein Goldgräber war. Oder schicken sie mich zu Tante Charlotte nach England, um die Schande zu vertuschen?

Oder sollte ich mich doch auf eigene Faust auf den Weg nach Ballarat machen? Vicky wusste es nicht. Sie war viel zu müde, um Entscheidungen zu treffen. Das war auch eine Beschwernis der Schwangerschaft. Vicky war schnell erschöpft und oft antriebsarm. Jedenfalls würde alles andere geschehen, nur nicht, dass sie unter den jungen Parlamentariern einen Ehemann finden würde.

Müde ließ sie sich auf ihr Bett fallen und starrte teilnahmslos gegen die Decke. Was auch immer ihr die Zukunft bescherte, es sah nicht rosig für sie aus. Zumindest aber hatte sie in einem Punkt Klarheit: Sie würde dieses Kind, das in ihr wuchs, lieben und umsorgen. Ob mit Jonathan an ihrer Seite oder ohne ihn … Vielleicht wird es wirklich in England aufwachsen, dachte sie, aber der Gedanke an eine mögliche Rückkehr nach London, die vor ein paar Monaten noch ihr größter Wunsch gewesen war, konnte ihre Stimmung kein bisschen heben.

Erschöpft schlief Vicky ein und erwachte durch ein Klopfen an ihrer Tür. Sie war noch ganz beseelt von ihrem Traum und dem Kuss, dass sie leise in sich hineinlächelte. Das Lächeln erstarb allerdings, als eine strahlende Martha ins Zimmer trat. Sie war so wunderschön in ihrem rosafarbenen Kleid. Frederik Bradshaw wäre blind, wenn er ihr nicht endlich einen Antrag machen würde. Und dann, so hoffte Vicky, hörten auch endlich die Träume von verbotenen Küssen mit ihm auf!

»Wie findest du das Kleid?«, fragte Martha und drehte sich ein paarmal um die eigene Achse. »Meinst du, es wird ihm gefallen?«

»Du siehst bezaubernd aus«, entgegnete Vicky schwach und hoffte, dass Martha sie nun wieder allein ließ, aber die Freundin setzte sich mit hochroten Wangen auf ihre Bettkante.

»Du kennst ihn doch ein wenig besser. Erzähl mir ein bisschen über ihn«, bat Martha sie zu allem Überfluss.

Vicky rang nach Worten. Schließlich zuckte sie mit den Schultern. »Ich weiß nur, dass er Witwer ist und seine Frau sehr geliebt hat«, stieß sie schließlich zögernd hervor.

»Meinst du, er ist noch gar nicht frei für eine neue Verbindung?«, entgegnete Martha erschrocken.

»Doch, natürlich, ja, aber mehr weiß ich nicht.«

»Immerhin hat er dir ein Alibi gegeben, als er deinen Eltern gegenüber behauptet hat, dass er dich nach Sydney begleitet. Ihr müsst euch doch vertraut sein. Ist etwas zwischen euch vorgefallen, was eure Freundschaft getrübt hat?«

»Nein, wie kommst du darauf?«, erwiderte Vicky vehement. »Das Einzige, was sein kann, ist, dass er mir vielleicht übel nimmt, dass ich ihn da hineingezogen habe.«

»Vater hat mir eben ins Gewissen geredet«, gestand Martha ihrer Freundin nun.

»Und? Was gefällt ihm nicht an Mister Bradshaw?«

»Es ist sein Sohn, dieser William, der ihm Sorgen macht. Er hat das Gefühl, dass der Junge mir das Leben schwer machen könnte.«

Vicky stieß einen tiefen Seufzer aus. »Ich verstehe, was dein Vater meint, aber das ist sicher nur eine vorübergehende Abwehr gegen jede Frau, die sich seinem Vater nähert. Du darfst nicht vergessen, dass er seine Mutter verloren hat.«

»Das habe ich Vater auch gesagt. Es wäre doch gelacht, wenn ich es nicht schaffen würde, mich in das Herz eines neunjährigen Burschen zu spielen«, lachte Martha übermütig. »Ach, ich würde mich so sehr freuen, wenn ich dann in deiner Nähe leben würde.«

Falls ich dann überhaupt noch in Melbourne bin, wenn du Misses Bradshaw bist, ging es Vicky durch den Kopf.

»Was ist mit dir? Du schaust so besorgt? Oder bist du in Gedanken immer noch bei deinem Jonathan?«

»Nein, nein, ich habe eingesehen, dass wir niemals auf legalem Weg zusammenkommen können …«

»Du willst doch nicht etwa mit ihm durchbrennen, oder?« Martha blickte ihre Freundin voller Besorgnis an.

»Nein, nein, keine Sorge. Ich habe vorerst genug von derartigen Abenteuern«, stöhnte Vicky.

»Aber du würdest es wagen, wenn du nicht von dieser Frau all diese schrecklichen Dinge hättest erfahren müssen, nicht wahr?«

»Vielleicht«, erklärte Vicky ausweichend. Was sollte sie ihrer Freundin sagen? Dass sie gar nichts mehr wusste? Dass sie mittlerweile ein viel größeres Problem zu bewältigen hatte?

»Gut, dann will ich dich nicht weiter stören. Du musst dich auch noch umziehen.« Martha schwebte förmlich zum Zimmer hinaus. Vicky empfand eine Spur von Neid, ein Gefühl, das ihr ansonsten völlig fernlag. Sie neidete Martha ihre Unbeschwertheit und … es fiel ihr schwer, das zuzugeben, sogar vor sich selbst: dass sie in den Genuss dessen kommen würde, was sie nur in ihren Träumen erleben durfte!

Missmutig erhob sie sich von ihrem Bett und spielte mit dem Gedanken, ein Unwohlsein vorzuspielen, was ihr in ihrem Zustand nicht sonderlich schwerfallen sollte. Doch die Aussicht, ihren Bruder zu treffen, ließ sie davon Abstand nehmen. Stevens Zustand machte ihr große Sorgen. Er hatte sich Weihnachten in Windeseile betrunken, wie ihr Martha im Vertrauen berichtet hatte. Was Vicky nur wunderte, war die Tatsache, dass ihre Mutter das recht gelassen gesehen hatte. Sie hatte wörtlich gesagt: Das gibt sich schon wieder. Jungen machen eben allerlei Blödsinn! Ob sie das auch so entspannt sieht, wenn sie erfährt, dass ich ein Kind erwarte?, fragte sich Vicky bitter, während sie sich umzog.

18

Wenig später machte sich Vicky lustlos in die untere Etage auf. Dort traf sie eine aufgeregte Misses Cunningham. »Schön, dass du da bist. Geh doch schon zu den anderen in den Salon«, bemerkte sie hektisch. »Lass mich überlegen, habe ich irgendwas vergessen?«, fügte sie murmelnd hinzu. Vicky tat, was Misses Cunningham verlangte, und gesellte sich zu Martha und Anne, die bereits im Salon warteten. Es war ein herrlicher Tag, die Flügeltüren zum Park standen sperrangelweit offen, sodass die frische und salzige Luft vom Meer in den Raum hineinströmte.

»Ach, Vicky, hättest du nicht ein anderes Kleid wählen können. Dieses Beige macht dich ja noch blasser«, kritisierte ihre Mutter sie. »Findest du nicht auch, dass sie unwohl aussieht?«, wandte sie sich nun an Martha.

Martha schüttelte den Kopf. »Nein, sie sieht gut aus wie immer«, sagte sie als treue Freundin, wenngleich in ihrem Blick etwas anderes lag.

Als Männerstimmen laut wurden, wandten sich die drei Köpfe zur Tür. Die ersten Gäste waren unverkennbar Steven und Frederik.

Vickys und Frederiks Blicke trafen sich, kaum dass er den Raum betreten hatte. Täuschte sie sich, oder sprach eine gewisse Besorgnis aus seinen Augen?

Doch da stürzte sich bereits Steven auf seine Schwester, hob sie hoch und drehte sich mit ihr im Arm einmal im Kreis.

»Bist du verrückt geworden?«, juchzte sie.

Steven stellte sie auf die Erde zurück. »Nein, im Gegenteil, es ist mir immer eine besondere Freude, meine kleine Schwester zu begrüßen«, lachte er.

»Vielleicht begrüßt du erst einmal deine Mutter«, ertönte Anne Stewarts Stimme beleidigt aus dem Hintergrund.

»Aber ja doch, mein Mütterlein«, rief Steven überschwänglich. Vicky hegte Zweifel, ob er noch nüchtern war. Eine Fahne hatte sie aber nicht gerochen.

»Guten Tag, Vicky«, sagte Frederik und reichte ihr förmlich die Hand.

»Guten Tag, Frederik«, entgegnete sie nicht minder steif und überlegte, wie sie zumindest eine kleine Konversation mit ihm führen konnte, da hakte sich bereits Martha bei ihm ein und führte ihn zu den neuen Gästen, die jetzt den Salon bevölkerten. Wie Vicky mit einem Blick auf die drei Neuankömmlinge erkannte, war kein Herr dabei, den sie auch nur annähernd spannend fand. Nein, der einzige Mann in diesem Raum, der ihr Interesse erregte, war Frederik Bradshaw. Es war wie verhext. Er wurde mit jeder ihrer Begegnungen attraktiver. Hatte er immer schon diesen souveränen Ausdruck und ein derart markantes Grübchen am Kinn besessen? Vicky musste sich förmlich zwingen, den Blick abzuwenden.

Bevor Clarissa Cunningham zu Tisch bat, wurde von dem Personal Champagner gereicht. Mit Missbehagen beobachtete Vicky aus dem Augenwinkel, wie Steven sein Glas in einem Zug leerte und sofort nach einem zweiten griff. Sie steuerte auf ihn zu und zog ihn am Ärmel auf die Veranda hinaus.

»Na, Schwesterchen, willst du mir jetzt eine Moralpredigt halten. Das käme dann von der Richtigen!«, scherzte er, aber Vicky fand diese Anspielung auf ihre Verfehlung gar nicht komisch.

»Wenn Mutter deinen Alkoholkonsum als Kavaliersdelikt abtut, dann soll sie. Ich mache mir Sorgen. Was ist mit dir los? Du hättest Weihnachten hier fast einen Skandal provoziert, wenn Frederik dich nicht rechtzeitig aus dem Verkehr gezogen hätte«, bemerkte sie streng.

»Gut, ich verspreche, mich heute zurückzuhalten. Was mir nicht schwerfällt, denn ich muss morgen ausgeruht sein«, deutete er geheimnisvoll an.

»Fängt dein Studium an?«

»Welches Studium?«, gab er grinsend zurück.

»Ach, Steven, du weißt doch, was ich meine. Das müsste doch dieser Tage beginnen.«

»Kann schon sein, aber ohne mich. Ich werde keinen Fuß in den öden Hörsaal setzen.«

»Aber du weißt doch, dass Vater sich das so sehr wünscht«, widersprach sie ihm energisch.

»Vater wünscht sich vieles. Zum Beispiel, dass du Misses Bradshaw wirst – und? Hast du ihm diesen Wunsch erfüllt?«

Vicky stieß einen tiefen Seufzer aus. »Nein, habe ich nicht, aber du musst doch irgendetwas tun. Wenn Vaters Freund spitzkriegt, dass du nicht studierst, wird er es ihm verraten.«

Steven lächelte hintergründig. »Solange ich mein eigenes Geld verdiene, hat mir keiner etwas zu sagen.«

»Aber womit willst du eigenes Geld verdienen?«

»Mit dem, was ich am besten kann«, entgegnete er nicht ohne Stolz.

»Du spielst Klavier? Aber wo?«

»Kein Purcell, wenn du das glaubst. Es gibt da ein Theater, das neuerdings Opern spielt, das Royal Victoria. Dort habe ich im Orchester eine Anstellung bekommen. Ich kehre nicht mehr nach Melbourne zurück, nachdem Vater Alba Geld geboten hat, damit sie nach England zurückkehrt – und sie hat es angenommen.«

Vicky legte ihrem Bruder tröstend die Hand auf den Arm, denn er sah aus, als würde er gleich in Tränen ausbrechen. Dann atmete sie tief durch. Ihr Bruder hatte recht. Sie war die denkbar falsche Person, Steven Vorhaltungen zu machen. Gegen das, was noch auf ihren Vater zukommen würde, war seine Verfehlung ungleich kleiner.

»Und wann darf ich dich dort bewundern?«, fragte sie ihn, anstatt sich weiterhin als strenge Schwester aufzuspielen.

»Ach, das lohnt sich nicht. Wir führen eine Oper von Verdi auf. Ich glaube nicht, dass dir das gefällt«, sagte er hastig. »Aber, Schwesterchen, ich kann mich doch darauf verlassen, dass du das kleine Geheimnis für dich behältst, bis ich auf eigenen Füßen stehe, oder?«

Vicky nickte, doch dann kam ihr eine verwegene Idee. »Dafür müsstest du mir auch einen Gefallen tun«, sagte sie listig.

»Du willst mich nicht etwa erpressen, oder?«, lachte er.

»So würde ich es nicht nennen. Du musst nur einen Brief für mich auf den Weg bringen. Vater hat mich gezwungen, Jonathan einen Abschiedsbrief zu schreiben, und ich möchte, dass er die Wahrheit erfährt.«

»Ja, und dann? Du weißt doch, dass Vater dir seinen Segen nie und nimmer gibt.«

»Lass mich nur machen. Ich möchte, dass er nach Melbourne kommt, damit ich mit ihm über alles sprechen kann. Eine nochmalige Flucht wird mir nämlich nicht gelingen. Ich werde rund um die Uhr bewacht.«

»Vicky, lass gut sein. Er ist kein Mann für dich …«

»Das sagt ja genau der Richtige! Ja oder nein?«

»Gut, ja, ich mache es.«

Steven rollte übertrieben mit den Augen.

»Dann gib mir beim nächsten Mal, wenn wir uns treffen, deine Nachricht an ihn.«

»Das duldet keinen Aufschub. Sofort!« Mit diesen Worten hatte sich Vicky auf dem Absatz umgedreht, den Salon wie ein Wirbelwind durchquert und war in ihr Zimmer gerannt. Dort schrieb sie eilig ein paar Zeilen. Endlich hatte sie eine Lösung gefunden. Jonathan musste nach Melbourne kommen, damit er erfuhr, wie die Dinge wirklich standen. Und dann würden sie gemeinsam überlegen. Die Feder flog nur so über das Papier. Zufrieden las sie ihre knappen, klaren Zeilen noch einmal durch.

Lieber Jonathan,
zu dem Abschiedsbrief wurde ich gezwungen, nachdem meine Reise nach Ballarat aufgeflogen war. Seitdem bewachen mich meine Eltern rund um die Uhr, sodass ich nicht einmal schreiben konnte. Zurzeit hat man mich zusammen mit meiner Mutter nach Sydney verbannt. Anfang Februar werden wir in Melbourne zurück sein. Ich muss dich dringend bitten, mich in der Spencer Street aufzusuchen. Und keine Sorge, mein Vater wird dich ins Haus lassen. Warum und weshalb möchte ich dir lieber unter vier Augen sagen. Es ist sehr wichtig und könnte meinen Vater vielleicht doch noch umstimmen. Vicky

Sie stutzte. Das klang alles so schrecklich unpersönlich, als würde sie ihm ein Geschäft vorschlagen. So kann ich ihn unmöglich abschicken, dachte Vicky bekümmert.

Sie knüllte diesen Brief zusammen und warf ihn auf die Erde, um noch einmal von vorne anzufangen. Aber mehr als: *eine dich liebende Vicky* brachte sie als Ergänzung dann doch nicht zustande. Hastig beschriftete sie den Umschlag, stopfte ihn in ihren Samtbeutel und kehrte in den Salon zurück. Die Gesellschaft saß bereits bei Tisch, und Vicky trafen gleich von mehreren Seiten missbilligende Blicke, weil sie zu spät zum

Essen kam, aber das störte sie in diesem Augenblick nicht sonderlich. Zu groß war die Erleichterung, dass sie endlich wieder in der Lage war, etwas zu entscheiden, und nicht länger in Schockstarre verharrte. Neben ihr saß Steven, dem sie den Brief sofort zusteckte.

»Du bist unmöglich«, flüsterte er.

»Du auch!«, gab sie unbeirrt zurück, als sie aus den Augenwinkeln mit ansehen konnte, dass er den Rotwein wie Wasser hinunterspülte.

»Guten Appetit«, hörte sie ihren Tischnachbarn zur Linken, den sie in ihrer Hektik noch gar nicht wahrgenommen hatte, raunen. Wie der Blitz wandte sie sich zu ihm um, sah in seine braunen Augen und stellte überrascht fest, dass aus ihnen wieder jener melancholische Ausdruck sprach wie bei ihrer ersten Begegnung. Warum strahlt er nicht vor Glück?, fragte sich Vicky, während sich ihr Blick in seinen Augen verlor.

»Ja, das wünsche ich Ihnen auch«, erklärte sie hölzern, bevor sie den ersten Blick auf den schon beinahe erkalteten Braten warf. Sie wandte angewidert die Augen ab, da sie den Gedanken an eine Mahlzeit kaum ertragen konnte, als die Übelkeit mit einer solchen Macht über sie kam, dass sie sich nur noch hastig erheben und in den Park hinauslaufen konnte, um umgehend frische Luft zu bekommen. Sie war so heftig aufgesprungen, dass sie den Stuhl umriss. Aber das kümmerte sie nicht. Sie rannte geradewegs zu einem der großen Bäume und hielt dort für einen Moment inne.

Ihr Atem flog, auch, nachdem ihr im Magen wieder wohler war, aber sie befürchtete, dass die Flucht aus dem Salon auch ihrer Mutter nicht verborgen geblieben war. Es war doch nur noch eine Frage der Zeit, wann ihr Zustand bekannt wurde.

Sie traute sich nicht, in den Salon zurückzukehren, nicht in ihrer desolaten Stimmung. Also beschloss sie, zum Strand hinunterzuschlendern, um erst einmal mehr frische Luft zu schnappen. Sie hoffte, dass man ihr keinen Aufpasser hinterherschickte.

Der Strand von Hermit Bay war winzig, aber wunderschön: Weißer Sand und tiefblaues Meer. Sie hatte Schuhe und Strümpfe ausgezogen und sich ganz vorn ans Wasser auf einen Stein gesetzt. Eine Weile konzentrierte sie ihren Blick auf die sanften Wellen, die auf den Strand rollten. Das wirkte beruhigend auf ihre Gedanken ein, die wild durch ihren Kopf tobten.

19

Vicky hatte niemanden kommen hören, deshalb zuckte sie zusammen, als ihr jemand von hinten auf die Schulter tippte.

»Erschrecken Sie nicht. Ich bin es. Frederik.«

Vicky stieß einen Seufzer aus. So gern sie auch von ihm träumte, aber in diesem Augenblick wünschte sie ihn weit weg. Seine Anwesenheit holte sie schmerzhaft in die Realität zurück, die gerade eben ein wenig verschwommen und somit leichter erträglich gewesen war.

»Halten Sie mich nicht für aufdringlich, aber ich mache mir Sorgen um Sie«, gab er zögerlich zu.

»Es ist alles in Ordnung. Ich habe mir nur ein wenig den Magen verdorben. Wahrscheinlich habe ich etwas Falsches gegessen, aber es geht schon wieder. Die gute Luft tut Wunder.«

Frederik nickte zustimmend, aber aus seinem Blick sprach die pure Skepsis. Das verunsicherte Vicky. Sie wollte ihn loswerden, bevor er dumme Fragen stellen konnte. Sie sah es ihm förmlich an, dass ihm etwas auf der Zunge lag. »Sie müssen zurück zu Martha. Es ist nicht höflich, sie allein zurückzulassen. Nicht heute, wo es keiner erwarten kann, dass Sie endlich Ihre Verlobung bekannt geben.«

»Sie auch?« Er musterte sie durchdringend.

»Was meinen Sie damit?«, fragte sie, obwohl sie ganz genau wusste, was er damit sagen wollte.

»Können Sie es denn auch gar nicht mehr erwarten?«, hakte er nach.

»Ich hoffe sehr, Sie tun es endlich! Es ist ja nicht zu fassen, wie Sie sich zieren. Wie eine Diva! Sie hätten schon Weihnachten um Marthas Hand anhalten sollen!«

»So? Das meinen Sie?«

Vicky nickte eifrig. »Genau! Sie wissen doch inzwischen, dass es keine Frau zwischen Melbourne und Sydney gibt, die Sie nicht heiraten will. Reicht Ihnen das nicht?«

»Nicht alle«, entgegnete er ungerührt und musterte sie spöttisch. Der melancholische Zug aus seinen Augen war verschwunden.

Vicky rang um ihre Fassung. Seine Überheblichkeit brachte sie in Rage. Hinzu kam ihr unverändertes Verlangen, sich von ihm küssen zu lassen, besonders, als er sich ganz dicht neben sie auf den Stein setzte. So dicht, dass sie seinen Atem an ihrer Wange spürte.

»Mister Bradshaw, man wird Sie beim Dinner vermissen, und ich glaube kaum, dass Martha sehr erfreut wäre, uns beide in solch trauter Zweisamkeit vorzufinden. Tun Sie mir den Gefallen und kehren Sie zurück, bevor man uns sucht«, sagte sie in scharfem Ton, doch sie hatte das letzte Wort kaum ausgesprochen, als es sie wieder wie eine Welle überkam. Ihr wurde speiübel. Sie sprang auf und lief zu den Büschen hinüber. Dort krümmte sie sich heftig, wenn sie auch gar nichts mehr im Magen hatte, das sie hätte loswerden können. Sie traute sich kaum aufzublicken, weil sie Frederiks Blick förmlich in ihrem Rücken spürte. Doch was konnte er aus dieser Situation schon schließen?

Vicky zwang sich zu einem Lächeln, bevor sie die Schulter straffte und zurück zu dem Stein kehrte.

»Es war wahrscheinlich der Fisch von gestern«, bemerkte sie betont locker, doch seine Miene war wie versteinert.

»Seit wann wissen Sie es?«

»Ich weiß gar nicht, was Sie meinen«, log sie.

»Ich meine, wie lange wissen Sie, dass Sie ein Kind erwarten?«

»Wie kommen Sie denn auf solch einen Unsinn!«, fauchte sie.

»Weil ich Sie nicht für ein naives Mädchen halte, das nicht weiß, was mit ihr los ist!«

Vicky holte ein paarmal tief Luft, während es in ihrem Kopf fieberhaft arbeitete. Sollte sie sich weiter dumm stellen oder ihm ihr Geheimnis anvertrauen? Hatte er sie jemals verraten? Hatte er nicht stets zu ihr gehalten? Warum sollte sie ihm dieses Mal misstrauen?

»Wie kommen Sie darauf, dass ich schwanger bin?«, fragte sie vorsichtig.

»Weil ich das alles schon einmal erlebt habe, als meine Frau mit William schwanger war. Sie hatte dieselben Beschwerden und sah auch genauso käsig aus wie Sie«, entgegnete er in sachlichem Ton.

Vicky setzte sich seufzend neben ihn. »Ja, Sie haben recht«, murmelte sie.

Aus seinen Augen sprach aufrichtiges Mitgefühl. »Und was wollen Sie nun unternehmen? Weiß er es schon?«

Vicky schüttelte den Kopf. »Ich werde es ihm sagen, wenn er nach Melbourne kommt.«

»Sie glauben doch nicht, dass er freiwillig in die Stadt kommt. Sie haben ihm einen Abschiedsbrief geschrieben!«

»Ich weiß, aber er wird demnächst einen weiteren Brief erhalten, in dem ich ihn bitte, dringend nach Melbourne zu kommen.«

»Und dann?«

»Dann wird mein Vater wohl oder übel einer Hochzeit mit Jonathan zustimmen«, erklärte Vicky kämpferisch.

»Das glauben Sie doch selbst nicht. Ihr Vater ist ein Mann, dem dringend daran gelegen ist, zu der sogenannten feinen Gesellschaft zu gehören. Können Sie sich vorstellen, dass ihn noch jemand einlädt, wenn die Herrschaften Wind von der Herkunft seines Schwiegersohnes bekommen?«

Trotzig zuckte Vicky die Achseln.

»Er wird dann ein reicher Mann sein! Wie viele der feinen Herrschaften stammen in Australien von Strafgefangenen ab. Auf diesem Kontinent kann keiner einen makellosen Stammbaum erwarten. Bis auf Ihre Familie hat noch kaum jemand so eine blütenweiße Ahnentafel vorzuweisen«, ereiferte sie sich.

»Es geht nicht darum, dass Mister Bowl ein zu Reichtum gekommener Goldgräber ist, und nicht einmal darum, dass sein Vater ein Mörder war und er als Kind selbst aus Port Arthur geflüchtet ist …«

»Hätte ich Ihnen das bloß nicht erzählt!«, stieß Vicky zornig hervor.

»Wie gut, dass Sie es getan haben. So kann ich Sie vielleicht vor einer großen Dummheit bewahren. Was ist, wenn Ihr Kind nach den Ahnen seiner Großmutter gerät? Was, wenn der Verdacht aufkommt, dass das Blut der Einheimischen durch seine Adern fließt? In dem Punkt versteht man in der vornehmen Gesellschaft keinerlei Spaß. Dass ich diese Einstellung nicht teile, muss ich, glaube ich, nicht betonen. Aber die Gesellschaft, in der sich Ihr Vater bewegt, wird sich von ihm abwenden. Und Ihr Vater weiß darum. Deshalb, liebe Vicky, machen Sie sich keine Illusionen. Er wird Ihnen niemals seine Zustimmung zu dieser Hochzeit geben!«

Vicky kämpfte mit den Tränen. Jedes seiner Worte traf sie wie ein Messerstich, weil er nämlich ganz und gar recht hatte. Niemals würde ihr Vater Jonathan Bowl über seine Schwelle lassen. Und er würde alles tun, um zu vertuschen, dass Vicky bereits ein solches Kind unter dem Herzen trug. Wahrscheinlich würde er sie nach England schicken. Vicky stöhnte bei diesem Gedanken leise auf. Noch vor gar nicht langer Zeit hätte es sie nicht geschreckt, nach England geschickt zu werden, im Gegenteil, aber jetzt? Jetzt würde sie sich mit Händen und Füßen wehren, Australien zu verlassen. Zu groß war ihre Liebe zu dem Mann, von dem sie dieses Kind erwartete. In diesem Augenblick trafen sich Frederiks und ihr Blick. Sie erschrak. Aus seinen Augen sprach die reine Liebe, und sofort begann ihr Herz schneller zu schlagen. Oder hielt sie etwa ein ganz anderer Mann in seinem Bann? Nein, diesen Gedanken wollte sie gar nicht zu Ende zu denken, zumal es zu spät war. Er würde Marthas Mann, und sie war für ihre Lage ganz allein verantwortlich.

»Dann brennen wir eben durch!« In ihrer Stimme lag Verzweiflung.

»Vicky! Seien Sie kein Kindskopf! Sie haben jetzt eine Verantwortung, und zwar nicht mehr nur für sich. Sie wollen doch Ihrem Kind nicht zumuten, in solchen Verhältnissen aufzuwachsen?« Er war immer lauter geworden.

»Schreien Sie mich nicht an«, erwiderte Vicky und spürte, wie ihre Augen schon wieder feucht wurden. Das war auch so eine Folge der Schwangerschaft. Vorher waren ihr nicht so schnell die Tränen gekommen.

Frederik erschrak, als er ihre Reaktion auf seine Worte wahrnahm. »Verzeihen Sie. Das habe ich nicht gewollt. Ich habe doch nur Sorge um Sie. Und …«

Sein Gesicht war ganz nah an ihrem, und Vicky vermochte nicht zu sagen, wie das geschehen konnte, aber sie öffnete den Mund und beugte sich ihm entgegen. Frederik zögerte einen winzigen Augenblick, doch dann küsste er sie mit solcher Inbrunst, dass Vicky schwindlig wurde. Und wenn sie nicht mitten im Kuss an Martha hätte denken müssen, das Spiel ihrer Zungen hätte ewig andauern können. Aber so hielt sie inne und sprang von dem Stein auf.

»Frederik, was haben wir getan?«, keuchte sie.

»Das, was wir schon lange hätten tun sollen«, erwiderte er ungerührt.

Sie sah ihn fassungslos an. »Aber Sie werden Martha heiraten, und ich, ich muss sehen, was mit mir geschieht.«

Frederik stand auf und verschloss ihr den Mund mit einem weiteren Kuss. Dieses Mal versuchte Vicky nicht an Martha zu denken, aber das gelang ihr nicht. Wieder befreite sie sich aus seiner Umarmung. »Frederik, hören Sie auf damit! Das dürfen wir nicht tun.«

Er nahm zärtlich ihr Gesicht in beide Hände. Vickys Knie wurden weich, aber sofort erinnerte sie eine kritische innere Stimme an Jonathan. Das darf ich nicht, dachte sie verwirrt ... selbst wenn ich Jonathan vielleicht niemals wiedersehen werde ... aber ich fühle mich in seinem Arm so geborgen ...

»Frederik, wach auf«, flehte sie. »Es geht nicht ...«

»Was geht nicht?«, fragte er mit sanfter, rauer Stimme.

»Dass ich, nein, lass es gut sein, ich meine, dass wir ...«

Der Hauch eines Lächelns umspielte seine Lippen. »Sprich es aus. Ich möchte es hören. Bitte!«

»Quäl mich nicht!«, entgegnete sie verzweifelt.

»Bitte!«

Vicky holte tief Luft, bevor sie die Worte aussprach, die sie vor ein paar Minuten selbst nicht für möglich gehalten hatte und denen sie auch in diesem Augenblick nicht wirklich traute: »Ich würde dich auch gern küssen, aber das geht nicht!«

Ein Strahlen breitete sich über Frederiks Gesicht, als würde die Sonne aufgehen. Vicky verstand die Welt nicht mehr. »Frederik, bitte, wach doch endlich auch. Und wenn ich es dir hundert Mal versichere, dass ich dich sehr mag, es ändert nichts. Ich erwarte ein Kind, Jonathans Kind, und ich liebe ihn doch immer noch …«

Seine Miene wurde wieder ernst. »Ich werde meine Frau auch immer lieben«, gestand er ihr mit heiserer Stimme.

»Aber du wirst Martha heiraten.«

»Nein, das werde ich nicht tun.«

»Ja, aber mich kannst du auch nicht mehr heiraten! Kein Mann in deiner gesellschaftlichen Stellung – und mag er noch so gut und edel sein – wird eine Frau heiraten, die von einem anderen schwanger ist und dann auf die Gefahr hin, dass das Kind womöglich nach Jonathans mütterlicher Familie schlägt …«

»Ich bin nicht gut und edel«, unterbrach Frederik sie. »Ich tue es aus schlechtem Gewissen. Ich habe dich nach Ballarat ziehen lassen, weil ich ein überheblicher egoistischer Kerl bin, der gehofft hat, dass du nach diesem kleinen Ausflug zu mir kommst und sagst: Frederik, das war alles ein Irrtum! Ich hätte verhindern können, dass du von Jonathan schwanger wirst, und nun muss ich für die Folgen meiner scheinbar großzügigen und doch kleingeistigen Geste, dir ein Alibi zu geben, die Verantwortung tragen. Es ist meine verdammte Pflicht, dich zu schützen!«

Vicky sah ihn fassungslos an.

»Du würdest das nur aus einem Pflichtgefühl heraus tun?« Vicky wandte sich abrupt von ihm ab und wollte gerade gehen, als er sie am Handgelenk festhielt und zu sich heranzog.

»Sagen wir, ich mache es aus purem Egoismus, denn ich möchte mein Leben genau mit der Frau verbringen, nach der ich mich sehne und die ich liebe.«

Zweifelnd betrachtete sie sein Gesicht und stellte mit gemischten Gefühlen fest, dass es verdächtig um seinen Mund zuckte.

»Wenn du einen Scherz mit mir treibst, kannst du was erleben!«, drohte sie ihm. »Und ich fand dich übrigens viel spannender, als du noch melancholisch geschaut hast. Umflort von dieser tragischen Wolke.«

»Tja, daran bist du schuld. Es hat vorher keine Frau geschafft, mir meine Lebensfreude zurückzugeben. Ich wollte viel lieber bei Christine sein als auf dieser Welt. Eigentlich litt ich unter einer latenten Todessehnsucht. Seit ich dich kenne, möchte ich leben und lachen. Ich war früher einmal ein sehr unterhaltsamer Mann.«

»Und was, wenn das Kind ganz offensichtlich dunkelhäutiger ist als wir beide?«

»Dann zaubere ich maurische Vorfahren aus dem Hut!« Er lachte. »Selbst wenn die Leute etwas irritiert wären, sie würden es für sich behalten. Ich verliere meine gesellschaftliche Stellung dadurch mit Sicherheit nicht: Selbstverständlich würde ich jeden Schwur abgeben, es sei von mir.«

»Aber, aber …«

Frederik nahm sie zärtlich in den Arm. »Für das Kind ist es das Beste. Glaub mir!« Er sah ihr tief in die Augen. »Und für uns beide auch.«

Ihr Herzschlag beschleunigte sich merklich. Er hatte ja recht. Eine Ehe mit ihm würde dem Kind eine sorgenfreie Zukunft bescheren. Und Jonathan würde niemals etwas davon erfahren … Sie zuckte zusammen. Dann musste sie ihrem Bruder den Brief schnellstens wieder abnehmen und vernichten! Es wäre eine Katastrophe, wenn Jonathan sie in Melbourne aufsuchen und erfahren wollte, was sie ihm so Dringendes mitzuteilen hätte. Wenn er den Brief nicht erhielt, musste er doch glauben, was in dem erzwungenen Abschiedsbrief stand, und sie würden sich niemals wiedersehen. Dann wird er mit Nicoletta glücklich und mit ihr eine eigene Familie gründen, während sein Kind behütet bei Frederik aufwächst, redete Vicky sich gut zu. Sofort meldete sich ihr schlechtes Gewissen. Aber durfte sie das wirklich tun? Jonathan sein eigenes Kind verheimlichen? Ich muss, dachte sie, als sie an das Wesen dachte, das da in ihrem Bauch heranwuchs. Etwas Besseres, als dass es Frederik zum Vater bekam, konnte ihm gar nicht passieren. Und da Jonathan niemals die Wahrheit erfahren würde, konnte sie ihn damit auch nicht verletzen. Das Wohl meines Kindes soll mir den Preis wert sein, den ich zahlen muss, nämlich ein lebenslanges schlechtes Gewissen, dachte Vicky und musterte Frederik in einer Mischung aus Zweifeln und Bewunderung.

»Du willst es wirklich wagen?«, fragte sie noch einmal ungläubig nach.

»Ich habe nur eine einzige Bedingung.« Seine Stimme klang sehr ernst. Vicky zuckte zusammen. Was wollte er von ihr? Es wäre auch zu schön gewesen, um wahr zu sein, wenn er es einfach aus Liebe zu ihr wagen würde.

»Ich gehe davon aus, dass du Jonathan Bowl niemals wiedersehen wirst, aber wenn, dann darf er niemals die Wahrheit erfahren. Was auch immer kommen mag, ich bin der Vater des Kindes!«

»Ich bin mit allem einverstanden.«

»Du machst mich glücklich«, stieß Frederik erfreut hervor, fasste sie bei den Hüften und drehte sich mit ihr im Kreis, bevor er sie dicht an sich zog. Er wollte sie küssen, aber sie zuckte zurück.

»Ich weiß nicht, ich …«

Er sah ihr tief in die Augen. »Gib mir die eine Chance. Und wenn du merkst, es geht nicht, lasse ich dir alle Zeit der Welt. Ich kann warten.«

»Ich habe es geahnt, dass du vor nichts zurückschreckst«, ertönte da eine aufgebrachte Männerstimme und ließ Vicky und Frederik auseinanderfahren.

Vor ihnen stand ein wutentbrannter Mister Cunningham mit hochrotem Kopf. Er fuchtelte drohend mit dem Finger vor Vickys Gesicht herum.

»Du bist ein ganz verdorbenes Frauenzimmer! Ich habe dir nie getraut. Geh mir aus den Augen. Pack deine Sachen. Ich möchte, dass du heute noch mein Haus verlässt«, brüllte er Vicky an.

Frederik und sie waren derart schockiert, dass ihnen die Worte fehlten.

»Und Sie, junger Mann!« Nun zeigte er mit dem ausgestreckten Finger auf Frederik. »Sie reißen sich jetzt zusammen! Dass sich ein Ehemann hin und wieder amüsiert, das ist normal, aber dass Sie am Tag Ihrer Verlobung eine andere küssen, ist unverzeihlich. Das kommt nie wieder vor, verstanden? So, und jetzt machen Sie meiner Tochter endlich den Antrag, sonst schnappt sie Ihnen einer meiner jungen Kollegen weg, was mich persönlich nicht betrüben würde«, schimpfte Mister Cunningham.

Frederik straffte die Schultern. »Wenn Sie Miss Stewart hinauswerfen, verlasse ich ebenfalls Ihren Besitz«, erklärte er mit Nachdruck.

Mister Cunningham schnappte nach Luft. »Was nehmen Sie sich heraus? Das ist eine bodenlose Frechheit. Seien Sie froh, dass ich nicht die Hand erhebe gegen Sie. Ich bestimme, wen ich in meinem Haus dulde – dieses verdorbene Geschöpf gewiss nicht! Es tut mir nur leid für ihre Mutter. Als hätte sie nicht genug Kummer mit ihren missratenen Kindern!«

Demonstrativ nahm Frederik Vickys Hand. »Komm, wir sagen deiner Mutter Bescheid, dass sie packen soll. Es gibt ein schönes Hotel in der George Street. Das New York Hotel. Dort bleiben wir bis zu unserer Abreise nach Melbourne.«

Mister Cunningham packte Vicky grob am Arm. »Treiben Sie es nicht zu weit, Miss Stewart!«

»Nehmen Sie sofort die Hand von meiner Verlobten!«, befahl Frederik, woraufhin Mister Cunninghams Gesichtsfarbe sich ins Violette färbte.

»Verlobte?«, schnaubte er.

»Ja, Sie können als Erster gratulieren«, bemerkte Frederik, was ihm eine schallende Ohrfeige des Hausherrn einbrachte.

»Komm, schnell fort von hier«, bat ihn Vicky, die Sorge hatte, Frederik würde sich wehren, aber der dachte gar nicht daran.

»Mir aus den Augen!«, schrie Mister Cunningham aufgebracht.

»Ich werde aber erst zu Ihrer Tochter gehen und es ihr selbst sagen«, bemerkte Frederik mit Nachdruck.

»Ich komme mit«, stimmte ihm Vicky zu. Hand in Hand eilten sie durch den Park zum Haus, verfolgt von wilden Flüchen aus Mister Cunninghams Mund, von denen sie sich aber nicht abhalten ließen, gemeinsam in den Salon zurückzukehren. Die Gespräche erstarben, und alle Anwesenden starrten sie an. Vicky merkte als Erste, woran das lag. Sie hielten einander immer noch an den Händen. »Lass es bitte mich Martha erklären«, bat sie ihn, als sie in das entgeisterte Gesicht ihrer Freundin blickte. Frederik nickte verständnisvoll. »Du kannst es ja schon meiner Mutter mitteilen«, flüsterte sie ihm zu, denn auch Anne Stewart stand das Entsetzen ins Gesicht geschrieben. Vicky zog ihre Hand fort und näherte sich beherzt Martha. »Kommst du mit in den Garten? Ich muss dir etwas Wichtiges sagen«, raunte sie ihr zu. Erst jetzt bemerkte sie, dass sich einer der jungen Herrn auf den freien Platz neben Martha gesetzt hatte und das Geschehen so angespannt verfolgte, dass man meinen könnte, er hätte eine ganz besondere Beziehung zu der Tochter des Hauses.

»Ich bin gleich wieder da, Edward«, flötete Martha und erntete einen verliebten Blick. Edward sieht blendend aus, nahm Vicky ganz nebenbei wahr.

»Was war das denn für ein Auftritt von euch beiden?«, fragte Martha neugierig, kaum dass sie im Park waren.

Vicky hätte Martha die Neuigkeiten gern schonend beigebracht, aber ihr fiel beim besten Willen nicht ein, wie sie das hätte anstellen sollen. Nach außen musste das Ganze äußerst skrupellos wirken, wie die Reaktion von Mister Cunningham ihr soeben eindeutig bewiesen hatte. Aber die Wahrheit konnte sie Martha in dieser prekären Lage auch nicht anvertrauen. Nicht auszudenken, dass es sie derart kränkt, dass sie nach Rache sinnt, durchfuhr es Vicky. Dann wird sie die Schwangerschaft womöglich gegen mich verwenden.

»Frederik hat mir einen Antrag gemacht, und ich habe ihn angenommen«, stieß Vicky schließlich ohne Umschweife hervor.

Sie hatte mit allem gerechnet: dass ihre Freundin zetern, weinen oder ihr eine Ohrfeige versetzen würde, aber nicht damit, dass sie sagte: »Dann hat mich meine Ahnung also nicht getäuscht!«

»Wie meinst du das?«

»So, wie ich es sage. Glaubst du, ich habe nicht längst gemerkt, wie du beim Thema Frederik Bradshaw jedes Mal ganz weiß um die Nase geworden bist? Ich habe mich immer wieder gefragt, was da nicht stimmt, aber jetzt wird mir einiges klar. Das ging schon länger mit euch, oder?«

»Du weißt ja, dass meine Eltern sich ihn als Schwiegersohn gewünscht haben, aber ich wollte Jonathan. Als Frederik mir ein Alibi gegeben hat, hatte ich zum ersten Mal eine Ahnung, dass ich ihm mehr bedeuten und er hoffen könnte, dass ich enttäuscht aus Ballarat zurückkäme, um dann ihn …«

»Das war demnach nicht sein erster Antrag, oder?«

»Nein«, gab Vicky zögerlich zu. »Er hat mir im Dezember einen in Melbourne gemacht, aber den habe ich abgelehnt. Und ich hätte es auch wieder getan, wenn ich gekonnt hätte. Glaub mir, ich wollte dich nicht verletzen. Es tut mir so leid.«

»Mir tut es am meisten leid, dass du mir nicht vertraut hast. Wie viel einfacher wäre es gewesen, ich hätte gewusst, dass er in dich verliebt ist. So habe ich das immer nur geahnt. Glaubst du, ich bin blind? Immer, wenn ich an Weihnachten deinen Namen erwähnt habe, bekam er so einen gewissen Blick.«

»Und trotzdem hättest du ihn geheiratet?«

»Nicht ohne Umschweife. Wenn er mir heute einen Antrag gemacht hätte, hätte ich ihn auf seine Gefühle für dich angesprochen.«

»Es tut mir so unendlich leid«, sagte Vicky und kämpfte mit den Tränen. Eigentlich wäre es an Martha gewesen zu weinen, aber Vicky konnte nichts dagegen tun. Sie schluchzte laut auf. Zu ihrer großen Verwunderung nahm Martha sie in den Arm. »Das schaffen wir schon«, versicherte sie. »Dank Edward!«, fügte sie verschwörerisch hinzu.

»Du hast dich doch nicht etwa schon in den nächsten attraktiven Kerl verliebt, in den, der da eben neben dir saß und dich angehimmelt hat?«, hakte Vicky eifrig nach.

»Ach, Vicky, seit mir der junge Arzt das Herz gebrochen hat, bin ich einfach vorsichtiger geworden. Zugegeben, Frederik hat etwas Besonderes an sich, und ich hätte ihn wahrscheinlich eines Tages abgöttisch lieben können, aber ich wäre nicht gewillt, die dritte Geige zu spielen. Seine verstorbene Frau ist doch bereits eine Hypothek, die ich zu tragen gehabt hätte, aber wenn auch noch du in seinen Gedanken herumgegeistert wärst, nein danke!«

»Und bei Edward spielst du die erste Geige?«

Martha lächelte geheimnisvoll. »Das werde ich erfahren, sobald ich zurückgehe und mich ganz und gar nicht mehr so reserviert gebe wie vorhin.«

Sie hielten einander immer noch im Arm. Diese Harmonie wurde abrupt beendet, als Mister Cunningham auf die beiden zusteuerte und sie auseinanderriss.

»Du bist ja immer noch da. Ich sagte: Verlass mein Haus!«

»Aber Vater, Vicky ist meine Freundin!«

Mister Cunningham schnaufte übertrieben durch die Nase. »Deine Freundin? Dass ich nicht lache. Dann werde ich dir mal sagen, was das für eine Freundin ist. Ich habe sie eben gerade unten am Strand mit deinem Verlobten in inniger Umarmung erwischt.«

»Da musst du dich irren, Vater. Er ist Vickys Verlobter, nicht meiner!«

»Wie dem auch immer sei«, stieß John Cunningham bitter hervor. »Sie hat unser Haus auf der Stelle zu verlassen!«

Er hob noch einmal drohend den Zeigefinger und fuchtelte damit vor Vickys Gesicht herum, bevor er sich auf dem Absatz umdrehte und schnaubend im Haus verschwand.

»Er wird dir den Kontakt zu mir verbieten«, sagte Vicky traurig.

»Niemals! Er kann mir keinen Wunsch abschlagen, aber er glaubt, du hast mich hintergangen …«

»Das habe ich ja auch«, seufzte Vicky und schämte sich ganz fürchterlich.

»Sagen wir mal so. Wenn dieser Edward sich tatsächlich in einer Weise für mich interessiert, wie ich es vermute, dann wird Vater schnell wieder versöhnt sein. Mach dir nichts daraus, aber wenn er zornig ist, ist keiner sicher vor ihm. Es wäre nicht ideal, wenn ihr beide weiter unter einem Dach wohnt.«

»Das sehe ich genauso. Frederik hat es hoffentlich Mutter

inzwischen schonend beigebracht, und sie packt bereits. Und das werde ich jetzt auch tun. Wir gehen bis zur Abfahrt in ein Hotel.« Sie umarmte Martha fest. Als ihre Freundin nun zu schluchzen begann, brachen auch bei Vicky erneut alle Dämme, und die beiden weinten um die Wette, während sie sich ihrer ewigen Freundschaft versicherten.

Als sie sich endlich loslassen konnten, musterte Vicky Martha noch einmal voller Bewunderung. »Ich weiß nicht, ob ich so tolerant gewesen wäre, wenn du mir meinen Verlobten ausgespannt hättest«, seufzte sie.

»Das hätte ich dir auch niemals verziehen! Aber in diesem Fall war zwischen euch beiden längst etwas, bevor ich Frederik kennengelernt habe, und du warst nur zu dumm, mir davon zu erzählen. Und allerhöchstens Letzteres nehme ich dir übel.«

»Mir war das Ausmaß doch bis eben selbst nicht ganz klar«, erwiderte Vicky entschuldigend. Und sie fügte in Gedanken hinzu: Und es ist die beste Lösung für alle Beteiligten. Besonders für das unschuldige Wesen, das da in meinem Bauch wächst.

In diesem Augenblick traten Misses Stewart und Frederik auf die Freundinnen zu.

»Es tut mir so leid, Martha, aber ich …«

»Psst! Sie müssen sich nicht entschuldigen. Meinen Segen haben Sie. Aber ich rate Ihnen eines: Behandeln Sie meine Freundin stets mit dem nötigen Respekt! Mehr verlange ich gar nicht von Ihnen.«

Erleichtert umarmte Frederik Martha, was Vicky mit einem Kopfschütteln quittierte. »Kaum hat man einen Verlobten, wirft er sich anderen Frauen an den Hals.« Die Bemerkung brachte ihr einen Rippenstoß ihrer Mutter ein. Anne Stewart stand offensichtlich noch unter Schock und konnte Spaß und Ernst nicht unterscheiden.

»Ich weiß gar nicht, was ich … ich meine, was ich sagen …«, stammelte sie.

»Misses Stewart, für mich ist alles gut, wie es ist. Ich muss mich nur schnell wieder drinnen sehen lassen. Sonst verliert der nette Edward noch das Interesse. Sie küsste zum Abschied alle drei herzlich auf die Wangen.

»Ich kann es noch gar nicht fassen«, stieß Anne ungläubig hervor, während sie ihren Blick zwischen Vicky und Frederik hin und her schweifen ließ. »Ich bin ja so gespannt, was euer Vater dazu sagt«, fügte sie gerührt hinzu.

»Vielleicht helfen Sie Ihrer Tochter beim Packen. Ich bringe derweil Ihre Sachen zur Kutsche. Mister Cunningham hat uns einen seiner Wagen samt Kutscher zur Verfügung gestellt. Er kann uns gar nicht schnell genug loswerden«, bemerkte Frederik und zwinkerte Vicky verschwörerisch zu.

»Ich habe noch etwas mit Steven zu klären«, sagte Vicky hastig und wollte in den Salon zurückgehen, aber ihre Mutter hielt sie zurück.

»Steven ist schon vor einer guten halben Stunde gegangen. Ihm ist der Tischwein offenbar nicht allzu gut bekommen«, behauptete sie. Ein eiskalter Schreck durchfuhr Vicky. Weniger, weil ihre Mutter das Alkoholproblem ihres Bruders wie gewohnt herunterspielte, sondern weil sie nur beten konnte, dass er den Brief an Jonathan noch nicht abgeschickt hatte.

20

Das New York Hotel war von außen ein vornehmes Gebäude im viktorianischen Stil. Auch die Eingangshalle war prachtvoll gestaltet mit edlen Holzvertäfelungen und dicken Teppichen, auf denen man wie auf Wolken ging. Von der Decke hingen riesige Kronleuchter.

Misses Stewart hatte sich ob der aufregenden Neuigkeiten schnell wieder gefangen und schien rundherum zufrieden. »Wir sollten gleich hier dinieren und auf eure Verlobung anstoßen«, schlug sie übermütig vor, nachdem sie einen Blick in den Speisesaal des Hotels erhascht hatte.

Vicky aber war nicht ganz bei der Sache. Ihr ging nur eines im Kopf herum. Dass sie unbedingt ihren Bruder treffen und davon abhalten musste, den Brief zu verschicken. Und dass ihr wohl nichts anderes übrig blieb, als Frederik in das Problem einzuweihen, denn sie konnte sich schlecht allein in das Nachtleben der großen Stadt stürzen.

Die riesige Standuhr in der Lobby zeigte kurz nach acht. Deshalb fragte sie den Portier an der Rezeption, wann die Vorstellungen im Royal Victoria begannen.

»Ich denke, um neun«, erwiderte er.

»Und ist es weit von hier?«

»Etwa fünfzehn Minuten zu Fuß. Soll ich durch einen Boten für morgen Billetts für Sie besorgen?«

»Nicht nötig«, erwiderte sie und folgte Frederik und ihrer Mutter, die schon auf dem Weg zur Treppe waren. Fieberhaft überlegte sie, wie sie noch vor Beginn der Vorstellung mit

Frederik beim Theater sein konnte, ohne dass ihre Mutter Verdacht schöpfte.

»Ich habe keinen großen Hunger. Wenn du vielleicht dinieren möchtest, Mutter. Ich würde mir lieber ein wenig die Füße vertreten. Ob du mich begleitest, Frederik? Ich will mich nur erst ein wenig frisch machen.«

Vicky setzte darauf, dass ihre Mutter derart begeistert von den jüngsten Entwicklungen war, dass sie sich ihnen nicht aufdrängen würde.

»Geht nur, Kinder. Ich komme allein zurecht«, flötete sie.

»Gut, dann treffen wir uns in einer halben Stunde in der Empfangshalle. Schaffst du das?« Er sagte das in lockerem Ton, aber Vicky sah ihm eine gewisse Skepsis an. Offenbar ahnte er, dass sie ihn nicht zu einem Vergnügungsbummel gebeten hatte, sondern dass mehr dahintersteckte.

»Ich bin in zehn Minuten unten«, entgegnete sie, was Frederiks Misstrauen natürlich nur noch steigerte. »Und zieh dir einen Ausgehanzug an!«

»Wie Mademoiselle befehlen«, erwiderte er mit spöttischem Unterton.

Der Page öffnete nun ihrer Mutter und ihr die Zimmertür. Frederik warf ihr eine Kusshand zu, denn sein Zimmer lag auf der gegenüberliegenden Seite des Flures.

Anne schnaufte ein wenig, als sie in das Zimmer traten. »Ich glaube, ich muss mich ausruhen. Es war ein aufregender Tag.« Sie legte sich auf die Überdecke des Bettes und musterte ihre Tochter prüfend. »Ich kann es immer noch nicht fassen, dass ihr beide nun doch … ich bin so gespannt, was dein Vater zu dieser Neuigkeit sagen wird. Ach, ich kann es gar nicht erwarten, es ihm zu erzählen. Aber nun verrate mir endlich, warum du deine Meinung geändert hast. War es die Tatsache, dass er sonst Martha geheiratet hätte?«

»Ach, Mutter, ich weiß es selbst nicht«, erwiderte Vicky in unwirschem Ton. Ihr stand gerade überhaupt nicht der Sinn danach, ihrer Mutter irgendwelche Märchen aufzutischen, und die Wahrheit würde sie ohnehin niemals erfahren dürfen.

»Na ja, Hauptsache, wir feiern im Herbst eine zweite Hochzeit.«

Vicky horchte auf. »Wie meinst du das? Im Herbst eine zweite Hochzeit?«

»Ich sollte es eigentlich noch keinem verraten, aber stell dir vor, Louise und Archibald werden im März heiraten. Dann sollte zwischen den beiden Festen schon ein halbes Jahr liegen.«

»Tut mir leid, Mutter, dass ich dir schon wieder deine schönen Pläne durchkreuzen muss, aber Frederik und ich werden noch im Januar heiraten, und zwar gleich nach unserer Rückkehr.«

»Das kannst du Louise nicht antun!«, rief ihre Mutter voller Empörung aus.

»Doch, Mutter, Frederik und ich werden nämlich auf ein großes Fest verzichten und still und leise im kleinsten Kreis heiraten.«

»Aber warum müsst ihr das so überstürzen?«

»Wegen seines Sohnes«, log Vicky. »Der Junge braucht dringend eine Frau im Haus. Deshalb möchte Frederik, dass ich so schnell wie möglich in sein Haus ziehe. Und das kann ich schlecht tun, ohne mit ihm verheiratet zu sein. Es sei denn, ich würde euch den Skandal bescheren, den ihr so unbedingt vermeiden wollt.«

»Gut, ja, das ist natürlich etwas anderes. Nur lass es mich Louise schonend beibringen, wenn wir wieder zu Hause sind.«

Vicky aber war mit ihren Gedanken schon längst wieder zu dem Brief abgeschweift. Wenn Steven ihn nur noch nicht abgeschickt hat, dachte sie, während sie ihr schönstes Kleid aus dem Koffer hervorzog. Sie wollte es noch einmal genießen, schlank und rank mit Frederik auszugehen. Bald würde ihr ein Bäuchlein wachsen, und dann konnte sie dieses Kleid, das ihre schmale Taille aufs Vorteilhafteste betonte, für längere Zeit nicht mehr tragen.

»Ist das nicht zu fein für einen Spaziergang?«, fragte ihre Mutter skeptisch.

»Mir ist gerade nichts zu fein, was Frederik gefallen könnte«, seufzte Vicky und drehte sich ein paarmal vor dem Spiegel. Das Kleid aus hellblauer Seide besaß mehrere Volants, lange Ärmel und ein weites Dekolleté. Es war ein typisches Abendkleid. Das war wohl auch der Grund, warum sich ihre Mutter wunderte. Zu einem Spaziergang hätte es auch ein Straßenkleid getan, aber Vicky hoffte, dass sie noch rechtzeitig ins Theater kamen.

Sie griff nach Hütchen und Abendtäschchen und gab ihrer Mutter einen flüchtigen Kuss auf die Wange.

»Warte nicht auf mich. Es kann später werden«, murmelte sie.

»Du hast doch nicht etwa vor, zu deinem Verlobten aufs Zimmer zu gehen, oder?«, fragte Anne mit leichtem Vorwurf in der Stimme. Danke, Mutter, für den Ratschlag, ging es Vicky amüsiert durch den Kopf, denn das schien die Lösung für eventuelle Skeptiker, die die Monate vom Hochzeitstermin bis zur Geburt des Kindes akribisch ausrechnen und feststellen würden, dass es da eine kleine Diskrepanz gab. Doch wenn sie heute Nacht so tat, als hätte sie unmoralischerweise im Bett ihres Verlobten gelegen, hätte sie ein paar Wochen gewonnen …

»Aber, Mutter, wie kommst du denn darauf? Das würde ich doch niemals tun«, flötete sie. Am Blick ihrer Mutter konnte sie indessen erkennen, dass sie ihr kein Wort glaubte. Und genau diesen Eindruck wollte Vicky erzeugen.

Fröhlich summend verließ sie das Hotelzimmer und eilte in die Lobby, wo Frederik sie bereits im feinen Zwirn und mit einem Zylinder auf seiner Haarpracht erwartete.

Er reichte ihr den Arm. »So, und nun verrätst du mir, was du schon wieder im Schilde führst«, lachte er, während sie das Hotel verließen und die King Street nach links gingen. Vicky hatte sich genau eingeprägt, wie sie auf schnellstem Weg zum Theater gelangen würden.

Ohne Umschweife berichtete Vicky Frederik von dem Brief, den Steven in ihrem Auftrag an Jonathan schicken sollte und den sie jetzt wiederhaben und vernichten wollte.

»Es ist doch besser, wenn er glaubt, ich hätte ihm einst diesen gewissen Abschiedsbrief geschrieben«, erklärte sie hastig.

»Höre ich da ein Bedauern in deiner Stimme?«, hakte er nach.

Sollte sie ihm etwas vormachen? Nein, sie brauchte wenigstens einen Menschen in ihrem Leben, dem sie vorbehaltlos vertrauen konnte.

»Ich mache das nicht gern. Das will ich nicht verhehlen. Und mir kommen auch zwischendurch immer wieder Bedenken, ob ich einem Vater sein Kind verheimlichen darf, aber ich habe gar keine Wahl …«

»Jedenfalls nicht, wenn ich die Vaterstelle annehme«, ergänzte Frederik streng. »Und glaube mir, ich will ihm nichts nehmen, aber wir müssen jetzt an das Kind denken. Stell dir vor, Jonathan wüsste davon und würde eines Tages kommen und sagen: Du bist mein Fleisch und Blut. Das wäre ein Schock für dein Kind. Wenn ich es als meines annehme, dann werde ich es auch wie ein Vater verteidigen und beschützen. Hoffentlich hat Steven den Brief noch nicht abgeschickt.«

»Ich bete darum!«

Vicky und Frederik beschleunigten ihren Schritt. Vicky bedauerte, dass ihr gar keine Zeit blieb, die Schönheiten der Stadt wahrzunehmen. Als sie vor dem Theater standen, das sich bei näherem Hinsehen als einfacher Holzbau entpuppte, verließen gerade die letzten Zuschauer das Foyer, um sich in den Vorstellungsraum zu begeben. Das Kartenhäuschen am Eingang war noch besetzt.

»Haben Sie noch zwei Billetts?«, fragte Frederik völlig außer Atem.

»Da haben Sie aber Glück, Mister, es sind zwei Gäste nicht gekommen. Dabei ist unser Theater ausverkauft, seit wir angefangen haben, Opern ins Programm aufzunehmen. Wir sind das erste Haus in Australien, das einen Verdi aufführt«, erklärte die Dame voller Stolz. »Ihre Plätze sind in der ersten Reihe, direkt vor dem Orchester, und auf Ihren Stühlen liegen Hefte, in denen Sie die Handlung auf Englisch nachlesen können«, fügte sie hinzu.

Kaum hatten Vicky und Frederik ihre Plätze gefunden, als die Musiker sich an ihre Instrumente, die direkt vor der Bühne in einer leichten Vertiefung standen, setzten. Vicky nahm Frederiks Hand und drückte sie fest. Für einen magischen Augenblick lang war der Brief vergessen, und ihre Gedanken kreisten allein um den Auftritt ihres Bruders. Ob es ihn wohl nervös machte, wenn er sie in der ersten Reihe erkannte? Frederik verstand Vicky auch ohne Worte und beugte sich zu ihr hinüber. »Er spielt bestimmt wie ein junger Gott«, flüsterte er und erwiderte zärtlich den Druck ihrer Hand.

Doch dann erstarrten beide, als sich der Pianist kurz verbeugte, bevor er sich an das Klavier setzte. Es war nicht Steven! Vicky und Frederik sahen einander ratlos an. Am liebsten wäre Vicky aufgesprungen und auf der Stelle gegangen, aber jetzt war es zu spät. Der Vorhang ging auf, und die Vorstellung begann.

Obwohl Vicky mit den Gedanken woanders war, beeindruckte sie das düstere Bühnenbild und auch das entstellte Gesicht, das man Rigoletto geschminkt hatte. Es störte sie auch nicht, dass die Sänger Italienisch sprachen und sangen, aber trotzdem konnte sie die Vorführung nicht genießen. Wo war Steven? Hatte er sie belogen? War er krank geworden? Diese Fragen brannten ihr unter den Nägeln und ließen sie nicht zur Ruhe kommen.

Vicky atmete auf, als der Vorhang sich zur Pause schloss. Sie hoffte, dass ihr irgendjemand Auskunft über ihren Bruder geben konnte.

»Ich muss wissen, wo er ist«, raunte Vicky Frederik zu, der sich genauso wenig wie sie am Zauber der Aufführung hatte ergötzen können. Sie strebten hastig ins Foyer zurück, wo an mehreren Bars Getränke ausgeschenkt wurden.

»Wen können wir bloß fragen?«, stöhnte Frederik, als er die Kartenverkäuferin erblickte. Er nahm Vicky bei der Hand und zog sie eilig in Richtung dieser Dame.

»Entschuldigen Sie, aber der Pianist, das ist nicht Steven Stewart, der hier beschäftigt sein soll.«

»Ich habe keine Ahnung«, erwiderte sie bedauernd. »Aber kommen Sie einfach mit!« Sie eilte voran und öffnete eine Tür, die sie auf einen langen Gang führte. Vickys Herz klopfte bis zum Hals. Sie spürte in jeder Pore die Angst, dass Steven etwas zugestoßen sein könnte. Schließlich klopfte die Kartenverkäuferin an eine Tür, die von Rigoletto geöffnet wurde.

»Sie wünschen?«, fragte er auf Englisch.

»Ich suche meinen Bruder, Steven Stewart.« Der Sänger, der den Rigoletto verkörperte, zuckte mit den Achseln. »Ich weiß nur, dass es da vor ein paar Tagen Ärger gegeben hat beim Orchester, aber fragen Sie mal bei den Musikern. Schräg gegenüber.«

»Ich habe kein gutes Gefühl«, flüsterte Vicky Frederik zu, als sie an der beschriebenen Tür klopfte. Der falsche Pianist öffnete ihnen. »Wir suchen Steven Stewart, der soll eigentlich hier am Klavier sitzen.«

Der Mann sah Vicky und Frederik ratlos an. »Ich bin nur die Vertretung. Ich weiß auch nicht …«

»Wer will etwas über Steven wissen?«, mischte sich nun ein kleiner, drahtiger Glatzkopf ein, der im Orchester Geige gespielt hatte.

»Ich bin seine Schwester, und er sagte mir, dass er hier arbeitet.«

»Gearbeitet hat!«, verbesserte sie der Geigenspieler lakonisch.

»Wären Sie so freundlich, uns zu sagen, wo wir Steven finden?«, hakte Frederik nach.

»Wenn ich das so genau wüsste«, entgegnete der Mann, schob sie auf den Flur hinaus und schloss die Tür hinter sich. »Ich habe da nur so eine Ahnung. Kennen Sie The Rocks?«

Sie sahen den Mann fragend an.

»Das ist ein Viertel am Hafen. Nicht das vornehmste, aber da hat Ihr Bruder in einer der Spelunken gehaust.«

»Aber nein, da irren Sie sich. Er lebt bei einem Freund meines Vaters …«

»Das hat er Ihnen vielleicht erzählt, denn der gute Steven erzählt viel, wenn der Tag lang ist und der Alkohol in Strömen fließt …«

»Hat er im Orchester gespielt? Ja oder nein?«, mischte sich Frederik in unwirschem Ton ein.

»Ja, ein paar Wochen war er bei uns. Er ist ein begnadeter Pianist, aber neulich kam er volltrunken zur Vorstellung und ist mitten in Gildas Arie mit dem Kopf auf die Tasten gekippt und war nicht mehr zu wecken. Wir mussten die Vorstellung abbrechen und den Leuten das Geld zurückgeben. Daraufhin hat der Chef ihn rausgeschmissen.«

Mit Grauen hörte Vicky dem Mann zu, aber wenn sie ehrlich war, wunderten sie seine Schilderungen nicht wirklich. Es hatte früher oder später zur Katastrophe kommen müssen. Frederik legte tröstend den Arm um ihre Schulter und zog sie dichter zu sich heran.

»Und haben Sie eine Ahnung, wo er dort lebt?«

»Genau weiß ich es nicht, nur dass in der Straße ein Pub ist, in dem er sich immer volllaufen lässt. Ich meine, es heißt Corner's Inn. Ich bin einmal nach einer Vorstellung mitgegangen. Fragen Sie nicht, wie es mir am nächsten Tag ging. Da habe ich bei ihm übernachtet, aber ich war so betrunken wie noch nie zuvor. Habe versucht, Ihren Bruder unter den Tisch zu trinken. Das kann wohl so leicht keiner schaffen«, brummte er.

Der Klang einer Glocke ertönte. »Ich muss dann wieder«, sagte der Musiker und verschwand.

»Ich habe es kommen sehen. Es musste eines Tages schiefgehen«, seufzte Frederik.

Vicky nickte eifrig. »Versuchen wir, ihn zu finden?«

»Wir müssen. Und mehr noch. Er kommt mit uns zurück nach Melbourne. Hier in Sydney kommt er ganz schnell unter die Räder.«

»Aber dann wird Vater Wind davon bekommen«, gab Vicky zu bedenken.

»Deshalb können wir ihn ja nicht sehenden Auges vor die Hunde gehen lassen«, entgegnete Frederik.

»Du hast ja recht. Jetzt rede ich schon wie meine Mutter, die stets verkündet, ein Wein wäre schlecht gewesen. Vielleicht erholt er sich zu Hause, und Vater lässt ihn endlich das machen, was er am besten kann: Klavier spielen.«

Eilig machten sie sich auf den Weg in Richtung Hafen. Die

Gegend wurde immer düsterer, aber es tummelten sich Massen von Männern in den engen Gassen. Zumindest waren die Straßen fast alle von Gaslaternen gesäumt. Überall gab es Pubs, und man hörte betrunkene Kerle bis auf die Straße grölen. Die Mehrzahl der Männer sah ärmlich aus mit zerrissener Kleidung und ungepflegten Bärten. Ein bisschen erinnerte Vicky dieses Treiben an das nächtliche Getümmel in der Hauptstraße von Ballarat. Aber hier war es ein ganzes Viertel, in dem man sich verirren konnte. So angestrengt Vicky auch versuchte, im Schein des fahlen Gaslichtes jedes Schild zu entziffern, ein Corner's Inn war nicht dabei. Bis sie bei der allerletzten Gasse angekommen waren, die direkt am Wasser entlangführte. Schon von Weitem hörten sie eine Frau zu lauter Klaviermusik singen. Männer lachten, klatschten und grölten dazu.

»Ich bin mir sicher, da spielt Steven«, sagte Vicky, blieb direkt vor dem Pub stehen, an dem kein Namensschild angebracht war, und lauschte.

»Soll ich allein hineingehen?«, fragte Frederik, doch dann sah er einen Pulk betrunkener Männer vom Hafen kommen und sagte entschieden: »Nein, wir bleiben zusammen.«

Hand in Hand betraten sie das Innere der Spelunke, in der eine Wolke aus blauem Dunst waberte. Vorn auf einer kleinen Bühne sahen sie Steven an einem Klavier sitzen. Eine üppige Rothaarige lehnte sich lasziv dagegen und sang mit ihrer rauen durchdringenden Stimme gerade: »Oh, Susanna! Oh, don't you cry for me! For I come from Alabama with a banjo on my knee.«

Doch dann verstummte sie, weil Steven abrupt aufgehört hatte, sie zu begleiten. Steven, der zum Fürchten aussah, starrte die neu eingetroffenen Gäste aus seinen rot unterlaufenen Augen wie Geister an. Auch die Sängerin stierte in ihre Richtung.

Aus dem Publikum wurden Pfiffe laut, weil die Show so plötzlich unterbrochen war, doch Steven erhob sich wie in Trance und wankte auf seine Schwester zu. Frederik konnte ihn im letzten Augenblick auffangen, als ihm seine Knie den Dienst verweigerten. Lallend hing er in seinem Arm. Vicky konnte kaum verstehen, was er da von sich gab, aber es hörte sich an wie: Schön, dass ihr gekommen seid.

Ohne zu zögern, packte Frederik Steven unter den Armen, sodass er ihn mitschleppen konnte, und bahnte sich mit seiner betrunkenen Fracht einen Weg durch die Menge. Vicky folgte ihnen. Sie war wie vor den Kopf geschlagen. Nicht, dass sie erwartet hätte, einen nüchternen Steven vorzufinden, aber sein desolater Zustand erschreckte sie sehr. Das Haar hing ihm nass geschwitzt ins Gesicht, er roch nach Erbrochenem, und sein weißes Hemd war völlig verschmutzt.

Vicky fragte eine leicht bekleidete Dame am Tresen, wo man eine Droschke bekommen könnte. Sie zuckte mit den Achseln. »Nach The Rocks kommen die Kutscher um diese Zeit nicht.«

Vicky verstand sehr gut, warum sie diesen Stadtteil in der Nacht mieden, nur wie sollten sie Steven den ganzen Weg bis zum Hotel transportieren? Denn dass sie ihn auf der Stelle mitnehmen würden, stand für Vicky außer Frage. Nach allem, was sie heute über ihn erfahren hatte, konnte sie ihn unmöglich seinem Schicksal überlassen. Das sah Frederik genauso. »Vielleicht bekommen wir noch heraus, wo er haust, damit wir seine Habseligkeiten mitnehmen können«, sagte er und stöhnte unter Stevens Last, der immer noch zusammenhangloses Zeug vor sich hinbrabbelte.

»Er muss allein gehen. Sonst schaffen wir es nicht«, bemerkte Vicky und trat einen Schritt auf ihren Bruder zu. »Steven, du musst dich zusammenreißen. Weißt, du, wer ich bin?«

»Schwesterchen, was stellst du für Fragen?«, nuschelte er.

»Versuch, auf deinen eigenen Beinen zu stehen.«

Frederik ließ ihn vorsichtig los, und Steven schwankte zwar ein wenig, aber wenn sie ihn zu beiden Seiten unterhakten, würden sie es bis zum Hotel schaffen.

»Steven, wo wohnst du? Wir wollen deine Sachen holen«, erklärte sie ihm.

»Da!« Steven ruderte wild mit den Armen herum und zeigte auf ein Dachfenster über dem Corner's Inn.

»Ich lauf schnell allein los, wenn du bei ihm bleibst«, schlug Vicky vor und wandte sich an ihren Bruder. »Hast du einen Schlüssel für das Zimmer?«

»Schlüssel? Schlüssel?«, wiederholte er lallend, während er seine Jackentaschen absuchte und ihr tatsächlich einen angerosteten Schlüssel reichte.

Sie nahm ihn hastig entgegen und steuerte auf den schäbigen Eingang neben der Kneipe zu. Die Tür war nicht abgeschlossen, und sie gelangte in ein stinkendes, düsteres Treppenhaus. Sie hätte Stevens Zimmer niemals im Dunkeln gefunden, wenn nicht ein Mann mit einer Gasleuchte in der Hand hinter ihr das Haus betreten hätte. Er sah zum Fürchten aus mit seinem schwarzen Bart, aber Vicky nahm all ihren Mut zusammen.

»Wissen Sie, wo Steven Stewarts Zimmer ist?«

»Stevens?«, brummte er und machte ihr ein Zeichen, ihm zu folgen. Er stieg vor ihr die knarrende Treppe hinauf und blieb vor einer schäbigen Tür stehen. »Hier!«

»Tun Sie mir einen Gefallen. Warten Sie auf mich und geleiten mich wieder nach unten. Es dauert nicht lange«, bat sie ihn.

»Was haben Sie mit Steven zu tun? Wie eine Dirne sehen Sie nicht aus. Oder kommt er tatsächlich aus besseren Verhältnissen, wie er immer behauptet?«

»Ich bin seine Schwester«, entgegnete Vicky knapp. »Und ich nehme ihn jetzt mit nach Hause, nach Melbourne.«

»Besser ist das, bevor wir die Polizei im Haus haben.«

»Polizei?«, erwiderte sie erschrocken.

Er hob abwehrend die Hände. »Ich habe nichts gesagt.«

Mit zitternden Fingern öffnete sie die Tür, und ein entsetzliches Chaos breitete sich vor ihr aus, als der Nachbar in das Zimmer leuchtete. Überall lagen Flaschen am Boden. Auf dem Bett lag nur eine dreckige Decke. Das einzig Brauchbare war sein Koffer, der neben dem Bett stand. Sie warf einen Blick hinein. Dort befanden sich zu ihrer großen Verwunderung saubere Kleidungsstücke. Dann zog ein braunes Fläschchen ihre ganze Aufmerksamkeit auf sich. Es sah aus wie eine Medikamentenflasche. Sie griff danach und las, was auf dem Schild stand. »Laudanum!«

»Tja, ich habe es mir fast gedacht, der Junge ist abhängig. Der hat Läuse und Flöhe.«

»Wie meinen Sie das?«, fragte Vicky, während ihr auf einmal speiübel wurde. Sie konnte sich nur noch abwenden und sich in die Waschschüssel, die auf einer Anrichte stand, übergeben.

»Der säuft und nimmt Opium«, erklärte der Nachbar ungerührt.

»Opium?«, schrie Vicky.

»Nicht so laut!«, zischte der Mann bedrohlich.

»Gut, dann nehme ich seinen Koffer mit«, flüsterte Vicky, immer noch völlig schockiert. Doch da fiel ihr der Brief ein. Sie sah sich suchend in dem Zimmer um, aber der Brief lag nirgendwo. Sie konnte nur hoffen, dass Steven ihn immer noch in seiner Jackentasche bei sich trug. In seinem Zustand hatte er ihn bestimmt nicht bei der Poststelle abgegeben.

Dann verließ sie wie betäubt das Zimmer und ließ sich von dem Mann mit der Gaslampe noch bis zum Ausgang begleiten. Sie vergaß sogar, sich bei ihm zu bedanken, und eilte wortlos auf die gegenüberliegende Straßenseite, wo Frederik und

Steven warteten. Ihr Bruder konnte schon wieder auf seinen eigenen Beinen stehen und winkte ihr überschwänglich zu. »Schwesterchen, wo kommst du denn her?«, fragte er mit verwaschener Stimme.

Vicky ignorierte ihn und wandte sich an Frederik.

»Lass uns zum Hotel gehen. Ich habe seine Sachen dabei.« Sie deutete auf den Koffer in ihrer Hand.

»Gib ihn mir«, sagte er mitfühlend und streichelte ihr über die blassen Wangen. »War es so schlimm?«, fragte er besorgt.

»Schlimmer«, seufzte sie. »Ich erzähl es dir, wenn wir ihn ins Bett verfrachtet haben.«

Sie hakte ihren Bruder unter, Frederik packte ihn an der anderen Seite, und so versuchten sie, das Hotel zu erreichen, ohne großes Aufsehen zu erregen. Das war gar nicht einfach, denn Steven plapperte die ganze Zeit lautstark vor sich hin.

Als sie schweißgebadet das Hotel erreichten, sah Vicky ihren Bruder streng an. »Kannst du bitte deinen Mund halten, bis wir oben im Zimmer sind?«

»Wird gemacht, Schwesterchen!«, lachte er und schwieg tatsächlich, sodass sie die Rezeption passieren konnten, ohne aufzufallen.

Im Zimmer angekommen, ließ sich Steven sofort auf Frederiks Bett fallen und fing schon Sekunden später fürchterlich zu schnarchen an.

Frederik umarmte Vicky, und sie brach augenblicklich in Tränen aus. »Es ist nicht nur der Alkohol«, stieß sie schließlich hervor. »Es ist auch das Opium, das ihn zerstört.«

Erschrocken ließ Frederik sie los. »Wie kommst du darauf?«

»Neben seinem Bett stand ein Fläschchen Laudanum, und sein Nachbar, der mich mit seiner Gaslaterne ins Zimmer begleitet hat, klärte mich darüber auf, dass es sich um eine Opium-Tinktur handelt.«

»Oh, mein Gott«, stöhnte Frederik.

»Was sollen wir bloß tun, um ihm zu helfen?«

»Ihn mit nach Melbourne zu nehmen ist das Beste, was wir für ihn tun können. Wir werden nur nicht umhinkommen, deinen Vater einzuweihen. Wir dürfen es nicht verharmlosen. Er muss davon loskommen.«

»Das weiß ich, aber ich habe meine Zweifel, ob er unter der rigiden Aufsicht meines Vaters wieder auf den richtigen Weg findet«, seufzte Vicky.

»Wenn du nichts dagegen hast, sollte er nach der Hochzeit vielleicht lieber bei uns wohnen«, schlug Frederik vor.

»Dazu wärst du bereit?«, fragte sie gerührt.

»Wenn er überhaupt eine Chance hat, aus dem Teufelskreis auszubrechen, dann unter unserer Obhut«, erwiderte Frederik mit fester Stimme.

Vicky umarmte ihn und hielt sich wie eine Ertrinkende an ihm fest.

»Aber du solltest jetzt zu deiner Mutter ins Zimmer gehen und ihr lieber nichts verraten. Ich glaube, sie kann das nicht verkraften.«

»Das denke ich auch, aber ich würde lieber bei dir im Zimmer bleiben.«

Frederik musterte sie erstaunt. »Aber was wird sie dann denken? Dass ich die erste Gelegenheit beim Schopf gepackt habe, dich zu verführen. Und das ist gerade …« Er deutete auf den schnarchenden Steven. »… nicht die romantische Stimmung, in der ich dir näherkommen möchte.«

Obwohl Vicky alles andere als zum Lachen zumute war, musste sie schmunzeln.

»Das sehe ich genauso. Dass ich bei dir übernachten werde, hat auch einen nicht gerade romantischen Grund. Kannst du dir nicht denken, warum es besser wäre, zumindest den Anschein zu erwecken, dass wir das Bett geteilt haben?« Sie zeigte auf ihren Bauch. Nun zuckte es auch um Frederiks Mundwinkel verdächtig.

»Du bist ja unglaublich raffiniert«, erwiderte er grinsend. »Aber wie machen wir das am besten? Dein Bruder hat ja das ganze Bett in Beschlag genommen.«

»Wir werden ihn auf die Erde verfrachten, ich schlafe im Sessel und du in deinem Bett.«

»Das kommt gar nicht infrage. Mit dem Verfrachten deines Bruders bin ich einverstanden, aber wir beide werden uns das Bett teilen. Stell dir vor, er wacht morgen früh nüchtern auf. Dann sollten wir auch ihm möglichst glaubwürdig vorspielen, dass wir in einem Bett geschlafen haben.«

»Jetzt bist du aber sehr raffiniert«, lachte Vicky und umarmte ihn erneut.

Mit vereinten Kräften hievten sie den schnarchenden Steven auf den Fußboden. Vicky traute ihren Augen nicht, als Frederik jetzt ganz ungeniert seinen Anzug auszog und sich im Unterzeug auf die rechte Bettseite legte.

»Komm, mein Schatz«, sagte er verschmitzt.

Zögernd befreite sich Vicky von ihrem blauen Kleid und sah aus den Augenwinkeln, dass Frederik sie beim Auskleiden beobachtete. Kaum hatte sie sich ihres Kleides entledigt, schlüpfte sie rasch unter die Decke auf der linken Bettseite.

»Unsere erste gemeinsame Nacht habe ich mir durchaus romantischer vorgestellt«, seufzte Frederik, beugte sich über sie und gab ihr einen zärtlichen Kuss auf die Nasenspitze.

Der ganze Raum war erfüllt von Stevens lautem Schnarchen.

»Gute Nacht«, flüsterte sie.

»Gute Nacht«, erwiderte Frederik mit sanfter Stimme und löschte das Licht.

»Komm wenigstens in meinen Arm«, bat er sie. Vicky tat,

was er verlangte, wenngleich sie mit einem Mal ein schrecklich schlechtes Gewissen überfiel. Ist es wirklich rechtens, dass ich im Arm eines anderen Mannes einschlafe, während Jonathan dort draußen auf den Goldfeldern schuftet, nicht ahnend, dass sich seine schwangere Geliebte an die Brust eines anderen kuschelt?, dachte sie bekümmert. Doch je zärtlicher Frederik ihr über die Wangen streichelte, desto mehr verblasste das Bild des armen Jonathan, und sie schlief erschöpft ein.

Sie erwachte von einem Zischlaut an ihrem Ohr. Sie fuhr auf und sah ihren Bruder an ihrer Bettseite stehen. Er starrte sie aus glasigen Augen fassungslos an. Sie drehte sich hastig um. Frederik lag neben ihr und lächelte im Schlaf.

»Wo bin ich? Was ist das hier?«, fragte Steven irritiert.

Vicky setzte sich eilig auf. »Du bist im Hotel, und wir werden dich mit nach Melbourne nehmen!«, teilte sie ihrem Bruder mit strenger Stimme mit, bevor sie aus dem Bett sprang und sich in ihr Kleid quälte.

»Aber was ist denn passiert. Ich will nicht nach Hause!«, erwiderte ihr Bruder und sah sie schreckensbleich an.

»Frederik und ich haben dich in benebeltem Zustand in einer Spelunke aufgegriffen. Und du kommst mit uns. Rühr dich nicht vom Fleck. Glaube mir, es ist das Beste für dich!«

»Aber mir geht es gut«, protestierte er schwach.

»Genau, bis auf deine Probleme mit dem Alkohol und dem Opium.«

»Opium?« Steven war weiß wie eine Wand. »Woher weißt du davon?«

»Ich war in deinem Zimmer, und ich sage nur: Laudanum!«

»Bitte lass mich hier! Was kümmert es euch, wie ich vor die Hunde gehe?« Stevens Stimme bebte.

»Nein, wir lassen dich nicht verrecken. Das ist beschlossene

Sache«, mischte sich Frederik mit verschlafener Stimme ein, während er sich langsam aufsetzte.

»Pass auf ihn auf. Ich gehe jetzt zu Mutter«, sagte Vicky, die es nur mit Mühe geschafft hatte, ihr Kleid ordentlich anzuziehen, und warf Frederik eine Kusshand zu, bevor sie zur Tür eilte. Dort drehte sie sich noch einmal um. »Steven, gibst du mir bitte den Brief an Jonathan.« Sie streckte fordernd die Hand aus.

Ihr Bruder grinste. »Du glaubst wohl, ich war völlig besoffen, was? Nein, den habe ich noch bei der Poststelle abgegeben, bevor ich mein Fläschchen getrunken habe. Ich werde doch nicht vergessen, was mir mein Schwesterchen aufgetragen hat!«

Vicky suchte verzweifelt Frederiks Blick, doch der erhob sich aus dem Bett und kam auf sie zu.

»Mach dir keine Sorgen. Vielleicht kommt er nicht nach Melbourne, und wenn, dann werde ich ihm erklären, dass es zu spät ist«, flüsterte er ihr beruhigend ins Ohr. In ihrem Kopf aber wirbelten die Gedanken wild durcheinander.

»Ich gehe jetzt zu Mutter«, erwiderte sie schwach.

Ihr Herz klopfte bis zum Hals, als sie an der gegenüberliegenden Tür pochte. Nach einer Weile öffnete ihre Mutter und musterte sie mit einer Mischung aus Empörung und Wohlwollen.

»Du bist unmöglich«, sagte sie milde. »Erst zierst du dich, und dann kannst du es nicht bis zur Hochzeitsnacht erwarten.«

Vicky lächelte gequält und weihte ihre Mutter in knappen klaren Worten in das Drama mit Steven ein. Sie ließ nichts aus, doch wie immer fand Anne Stewart sofort eine Ausrede, um das Problem kleinzureden. »Das hat ihm sein Zimmernachbar untergejubelt. Unser Junge und Opium? Das glaubst du doch selbst nicht.«

Vicky war zu erschöpft, um mit ihrer Mutter zu streiten, die ihre Meinung auch nicht revidierte, als ein paar Stunden später Steven wie ein Schatten seiner selbst in der Tür stand.

»Was haben sie bloß mit dir gemacht, diese bösen Menschen? Na, dein Vater wird sich seinen Bekannten aber vorknöpfen müssen. Dass sie dich einfach auf die Straße gesetzt haben.« Mitfühlend tätschelte sie ihm die eingefallenen Wangen.

Vicky beobachtete das ganze Theater kopfschüttelnd und war sich sicher, dass ihr Vater das Ausmaß des Problems erkennen und etwas unternehmen würde, um Steven zu helfen.

»Wo ist Frederik?«, fragte sie ihren Bruder.

»Der ist zur Poststation gegangen, um die Kutschbilletts zu kaufen«, erwiderte Steven müde und ließ sich auf das Bett seiner Mutter fallen.

»Hast du schon etwas gegessen, mein Junge?«, erkundigte sie sich eifrig.

»Kein Hunger«, entgegnete Steven schwach und war gleich darauf eingeschlafen.

»Mutter, Steven hat ein ernsthaftes Problem«, versuchte Vicky ihre Mutter aufzurütteln, aber Anne machte deutlich, dass sie nichts mehr davon hören wollte.

»Ach, hoffentlich geht bald eine Kutsche zurück. Ich kann es ja gar nicht mehr erwarten, Vater die Neuigkeiten zu überbringen. Unsere Kleine heiratet, und unser Großer macht Ferien in Melbourne.«

Nur das Klopfen an der Zimmertür hielt Vicky davon ab, ihre Mutter mittels ein paar klarer Worte zu zwingen, sich endlich den Tatsachen zu stellen. Ein über das ganze Gesicht strahlender Frederik stand vor der Tür. In der Hand die Fahrkarten.

»Wann fahren wir?«, wollte Anne aufgeregt wissen.

»Leider erst in fünf Tagen, die Kutschen sind alle bis auf den letzten Platz belegt«, erwiderte er entschuldigend.

»Aber dann kann ich doch wenigstens einen Brief an Samuel aufgeben mit der freudigen Nachricht, dass ihr heiratet und dass Steven mitkommt«, stieß Anne aufgeregt hervor.

»Mutter, das mit der Hochzeit kannst du Vater schreiben, und er soll zum Pfarrer gehen und seinen nächsten freien Tag für unsere Hochzeit reservieren. Aber mit Steven sollten wir ihn lieber überraschen«, schlug Vicky vor.

»So sollten wir es machen«, pflichtete Frederik Vicky bei und zwinkerte ihr verschwörerisch zu.

»Gut, dann werde ich ihm schnell einen Brief schreiben, und wir gehen gleich zur Poststation. Schade, dass ich sein Gesicht nicht sehen kann, wenn er die gute Nachricht erhält«, zwitscherte Anne und machte sich eilig ans Werk.

21

Richter Samuel Stewart eilte schnellen Schrittes die Spencer Street entlang. Er wollte rechtzeitig an der Kutsche sein und sich vorher noch ein wenig aufs Ohr legen. Nichts würde ihn davon abhalten, seine Familie abzuholen. Sosehr Vicky ihm das Leben in den letzten Wochen auch zur Hölle gemacht hatte, er hatte sie doch vermisst. Und auch Anne. Selbst ihre mitunter allzu aufgeregte Art hatte ihm gefehlt. Louise umsorgte ihn zwar rührend, aber sie war in ihrer stillen, bescheidenen Art manchmal auch ein wenig langweilig. Das würde der Richter sich zwar niemals anmerken lassen, aber ein Alltag ohne Vicky war wie eine Suppe ohne Salz. Nun, daran würde er sich wohl gewöhnen müssen, falls er dem Brief seiner Frau Glauben schenken durfte. Wenn er ihre Schrift nicht ganz eindeutig erkannt hätte, er hätte es für einen Scherz gehalten. Nun heiratete seine Vicky doch Mister Bradshaw, und zwar bereits in weniger als vierzehn Tagen. Bislang hatte er es nicht übers Herz gebracht, Louise die Neuigkeit zu berichten. Nicht zu Unrecht würde sie sicherlich böse auf ihre Schwester sein, weil sie sich jetzt mit ihrem Hochzeitsfest vordrängelte. Eigentlich hatte Louises und Archibalds Heirat das gesellschaftliche Ereignis des Jahres werden sollen, und nun gab es noch in diesem Monat eine Hochzeit. Mit dem Pfarrer hatte er bereits alles besprochen.

Als der Richter sich seinem Haus näherte, sah er einen Chinesen davorstehen, der begehrliche Blicke auf das Grundstück warf. In letzter Zeit hatte es in der Straße einige Einbrüche gegeben. Offenbar sollte der Kerl schon einmal vorab die Lage peilen, aber das würde er ihm gründlich vermasseln. Der Mann hatte den Richter nicht kommen sehen, denn er stand mit dem Rücken zu ihm. Samuel Stewart nutzte das aus und packte ihn von hinten fest am Arm. Erschrocken fuhr der Chinese herum.

»Das könnte dir so passen, Bürschchen, aber da hast du Pech gehabt. Hier ist nichts zu holen. Bestell deinen Komplizen einen schönen Gruß von mir. Wenn ich einen von euch erwische, wie ihr in mein Haus einsteigt, werdet ihr das bitter bereuen …« Der Richter drohte ihm mit der Faust.

Der Chinese hob abwehrend den freien Arm und wollte die Hand schützend vor sein Gesicht halten, aber Samuel Stewart stieß sie beiseite.

»Ich will mir deine Visage gut einprägen, denn auf den ersten Blick seht ihr alle gleich aus, aber wenn ich dich noch ein einziges Mal in dieser Straße erwische, lasse ich dich verhaften.«

»Aber, Sir, ich habe doch gar nichts getan. Was wollen Sie von mir?«

»Ich will, dass du auf Nimmerwiedersehen verschwindest. Und versuch nicht, mich für blöd zu verkaufen: Du bist der Kundschafter einer Diebesbande!«

»Nein, Sir. Ich bin ein anständiger Goldgräber.«

Samuel Stewart lachte hämisch. »Das wäre schon einmal ein Widerspruch an sich. Es gibt keine anständigen Goldgräber.«

»Aber, Sir! Das können Sie doch nicht einfach behaupten. Ich bin Chui, ein wohlhabender Mann, und werde bald mit meinem Freund zusammen viel Land kaufen und …«

»Verschon mich mit dem Unsinn, und mach, dass du wegkommst.« Mister Stewart ließ den Arm des Chinesen los und gab ihm einen leichten Stoß.

»Nein, nicht ehe ich meine Aufgabe erledigt habe«, widersprach der Mann stur und holte aus seiner Jackentasche einen Brief hervor.

»Wohnt hier eine Miss Vicky?«

»Das geht dich gar nichts an!«

»Dann warte ich, bis sie aus dem Haus kommt.«

»Da kannst du warten, bis du schwarz wirst!«

Chui zog es vor zu schweigen und genau das zu tun, was Jonathan ihm aufgetragen hatte: Miss Vicky diesen Brief persönlich auszuhändigen.

»Was ist das für ein Brief?«, fragte der Richter, der nun neugierig geworden war, weil der Chinese ganz offensichtlich kein Kundschafter war, sondern eher ein Bote.

»Das geht nur Miss Vicky etwas an«, erklärte Chui.

»Ich bin ihr Vater. Sie können ihn mir ruhig geben«, erwiderte Samuel schmeichelnd und streckte die Hand nach dem Brief aus. Langsam dämmerte es ihm, wer diesen seltsamen Boten zur Spencer Street geschickt hatte.

Chui aber drückte den Brief fest an seine Brust. »Nein, ich soll ihn Miss Vicky persönlich geben«, protestierte er energisch.

»Was ist denn hier los? Brauchst du Hilfe?«, ertönte plötzlich Archibalds Stimme hinter ihm.

»Nein, nein, mit dem Kerl werde ich schon allein fertig«, erwiderte Samuel. Archibald kam ihm absolut ungelegen, doch sein zukünftiger Schwiegersohn trat näher.

»Wer ist das?«, fragte er und deutete mit dem ausgestreckten Finger auf Chui.

»Keine Ahnung, aber gehe ruhig zurück ins Haus. Ich mache ihm schon Beine.«

Doch weder Chui noch Archibald rührten sich von der Stelle.

»Jetzt gib den Brief endlich her!«, befahl Samuel.

»Nur an Miss Vicky persönlich!«, wiederholte Chui.

»Was ist das für ein Brief?«, fragte Archibald und näherte sich Chui neugierig.

»Nur an Miss Vicky persönlich!«

Archibalds und Samuels Blicke trafen sich. Samuel konnte es seinem zukünftigen Schwiegersohn förmlich ansehen, dass sie dieselbe Ahnung hatten.

»Du gibst den Brief jetzt auf der Stelle her! Verstanden?«

Chui presste ihn noch fester gegen die Brust, doch das half ihm nichts. Mit einem überraschenden Griff entriss Archibald ihm das Schreiben. Samuel beobachtete das Ganze mit gemischten Gefühlen. Auf der einen Seite war er froh, dass Archibald dem sturen Chinesen den Brief abgenommen hatte, andererseits war ihm sehr wohl bewusst, dass es nicht legal war, was er getan hatte.

»So, und jetzt hau ab und lass dich hier nicht mehr blicken«, zischte Archibald, doch Chui baute sich kämpferisch vor ihm auf. »Das werde ich meinem Freund sagen, wenn ich zurück in Ballarat bin. Dann kommen wir wieder und warten auf Miss Vicky, bis wir sie zu Gesicht bekommen.« Samuel Stewart wurde blass. Es gab keinen Zweifel mehr daran, dass dieser Mann ein Freund von diesem Goldgräber aus Ballarat war. Nicht auszudenken, wenn der womöglich in die Hochzeitsfeier platzen würde …

In diesem Augenblick näherte sich ihnen ein Polizist. Samuel fing an zu schwitzen. Er traute diesem Chinesen durchaus zu, dass er behaupten würde, man habe ihm den Brief gestohlen. Mit schreckensweiten Augen wurde er Zeuge, wie Archibald den Polizisten heranwinkte, der sofort angerannt kam und ihn sowie Samuel ehrerbietig begrüßte.

»Guten Tag, Mister Cumberland, guten Tag, Richter Stewart.«

»Sie müssen den Kerl da festnehmen. Er hat versucht, meine Brieftasche zu stehlen«, keuchte Archibald.

»Das ist nicht wahr. Er hat mir den Brief gestohlen«, entgegnete Chui empört.

Der Polizist aber packte den Chinesen und drehte ihm den Arm auf den Rücken. Chui schrie auf vor Schmerz.

»Gut, dass ich in der Nähe war«, sagte der Polizist voller Stolz.

»Bringen Sie ihn ins Gefängnis. Mein Schwiegervater wird sich morgen um die Sache kümmern, nicht wahr?«

Der Richter nickte, ohne zu verstehen, was Archibald mit dieser Verhaftung bewirken wollte, und mit einem gewissen Unbehagen, denn das war der zweite Gesetzesverstoß seines Schwiegersohnes, dem er tatenlos zugesehen hatte.

»Das dürfen Sie nicht. Verhaften Sie die beiden Herren. Die haben mir den Brief gestohlen«, zeterte Chui, doch der Polizist lachte ihn aus. »Du bildest dir doch nicht etwa ein, dass ich einem Chinesen eher glaube als unserem hochverehrten Gefängnisdirektor und unserem allseits geschätzten Richter Stewart?«

»Aber es ist wahr«, insistierte Chui, doch das nützte ihm wenig. Der Polizist führte ihn ab.

Kaum waren die beiden außer Hörweite, fragte Samuel seinen Schwiegersohn, warum er den Polizisten herbeigerufen hatte.

»Willst du die Bande vielleicht demnächst unangemeldet in deinem Haus begrüßen? Wenn das Schlitzauge dem Goldgräber den Vorfall petzt, steht der hier vor der Tür. Jede Wette?«

»Sicher, das wäre keine schöne Sache. Nur ist es nicht gesetzeskonform, wenn wir einen Unschuldigen einsperren.«

»Was nun? Soll ich dem Polizisten hinterherrennen und sagen, dass es sich um einen bedauerlichen Irrtum handelt?«

»Nein, nein, es ist schon gut so. Und wer weiß, was sich der Kerl ausgedacht hat. Ich verstehe überhaupt nicht, dass er sich nach dem Abschiedsbrief, den ich Vicky diktiert habe, noch einmal traut, Kontakt aufzunehmen.«

Archibald reichte ihm den Brief. Samuel riss den Umschlag auf und vertiefte sich in die Nachricht, wobei seine Miene zunehmend versteinerte.

»Lies vor!«, befahl Archibald ungeduldig.

»Meine geliebte Vicky,
ich hätte es mir denken können, dass du den Brief an mich nicht freiwillig verfasst hast … Verzeih mir, dass ich dir nicht vertraut habe. Da dein Vater offenbar zu allem fähig ist, werde ich nicht vor deiner Tür stehen, sondern schicke Chui mit einer Nachricht. Und wenn du sie bekommst, weiß ich, dass du mir den letzten Brief geschrieben hast. Ich werde am 10. Februar am frühen Abend auf der Mitte der Princes Bridge auf dich warten. Kommst du nicht, werde ich so lange an die Tür deines Vaters klopfen, bis er mich einlässt und mir deine Hand gibt. Ich kann dir gar nicht sagen, wie ich mich darauf freue, dich wiederzusehen, und ich bin gespannt, was du mir so Wichtiges zu sagen hast. Wie kannst du dir derart sicher sein, dass dein Vater mich dieses Mal freiwillig in sein Haus lässt? Mir würde eigentlich nur ein Grund einfallen, der ihn dazu bringen könnte, mir deine Hand zu geben, wenn nämlich der Skandal, dass du mich nicht heiratest, größer wäre, als wenn du mich heiratest …

In Liebe Jonathan

Samuel hatte den Brief sinken lassen und starrte ins Leere.

»Was meint der Kerl damit?«, hakte Archibald nach, doch der Richter schien in eine andere Welt abgeglitten zu sein. Gequält murmelte er: »Oh, mein Gott!«

Archibald reichte seinem Schwiegervater besorgt den Arm. »Halt dich fest. Du siehst aus, als würdest du gleich umfallen. Samuel, was soll das bedeuten?«

»Ich bin verloren«, raunte der Richter. »Wir sind alle verloren. Ich muss meinen Posten aufgeben und nach England zurück, dorthin, wo uns keiner mehr kennt, und du, du kannst Louise nicht heiraten.«

Archibald packte Mister Stewart nun grob bei den Schultern und schüttelte ihn. »Samuel! Was ist geschehen? Es gibt für jedes Problem eine Lösung! Du musst mir vertrauen. Wir müssen doch zusammenhalten. Und ich will doch keine andere als Louise.«

»Hast du dich nicht gewundert, warum Vicky es plötzlich so eilig mit dem Heiraten hatte? Und warum sie doch Mister Bradshaw genommen hat?«, fragte der Richter mit heiserer Stimme.

»Vicky heiratet? Mister Bradshaw? Werter Samuel, hast du getrunken?«

Samuel wand sich. »Ja, ich habe es nur noch nicht übers Herz gebracht, Louise davon zu berichten. Die Hochzeit wird schon am 10. Februar stattfinden.«

»Das kann nicht wahr sein, dass sie nun doch diesen Schnösel heiratet. Glaube mir, es erfreut mich keinesfalls, aber ihr seid ja geradezu wild darauf, einen Bradshaw in eurer Familie zu haben«, erklärte Archibald bissig. »Und warum sie es so eilig hatte, ist wohl sonnenklar. Sie wollte ihre Schwester übertrumpfen. Und jede Wette, das macht auch dem feinen Herrn Spaß, mich als Schwiegersohn Nummer eins auszustechen«, fügte er erbost hinzu.

Samuel Stewart schüttelte nur stumm den Kopf. »Nein, das ist nicht der Grund. So dumm und eitel sind weder Vicky noch Mister Bradshaw.«

Archibald kratzte sich nachdenklich am Bart. »Hm, aber sonst fällt mir kein Grund ein, warum man überstürzt heiratet, es sei denn, die beiden haben bereits das Bett miteinander geteilt …« Er stockte.

»Ich befürchte, es waren nicht die beiden«, flüsterte Samuel.

»Du meinst …«

»Psst, sprich es bitte nicht aus!«

Statt in wüste Beschimpfungen auszubrechen, wie Samuel es von seinem Schwiegersohn erwartet hätte, huschte ein boshaftes Grinsen über sein Gesicht.

»Das gönne ich dem Schnösel. Und ich hätte es unserer Vicky niemals zugetraut, dass sie den feinen Herrn derart aufs Kreuz legt!«

Der Richter musterte Archibald fassungslos. »Begreifst du denn nicht? Wenn das dieser Bowl spitzkriegt, dann … Du glaubst doch nicht, dass der zu blöd ist, um sein eigenes Kind zu erkennen.«

»Doch wie soll dieser Kerl jemals davon Wind bekommen?« Archibald nahm seinem Schwiegervater den Brief aus der Hand und riss ihn in der Mitte durch.

»Aber das schützt uns doch nicht vor dem Überraschungsbesuch dieses Lumpen. Wenn der Chinese plaudert, tritt der Kerl bei uns die Tür ein«, klagte der Richter verzweifelt.

»Samuel! Und wenn ich dir schwöre, dass dieser Kerl bis auf Weiteres nichts mehr von seinem Freund hört?«

»Aber wie willst du das verhindern?«

Archibald grinste immer noch. »Vertraust du mir?«

Samuel nickte zögernd.

»Gut, dann lass mich nur machen.«

»Aber nichts Ungesetzliches, bitte!«, flehte der Richter.

»Aber nichts Ungesetzliches, bitte«, äffte Archibald den weinerlichen Ton seines Schwiegervaters nach und packte ihn fest am Arm. »Wach auf! Hier geht es um deine Existenz. Es ist dein Arsch, den ich rette. Ich kann heute noch aus deinem Haus spazieren als freier Mann, weil kein Mensch von mir erwarten würde, am Eheversprechen mit der Schwester einer Dirne festzuhalten. Entscheide dich, mein Lieber! Du hörst auf, mir Vorschriften zu machen, wie ich dich aus dem Dreck hole. Dafür versichere ich dir, dass der schlitzäugige Goldgräber seinem Freund rein gar nichts verraten wird!«

Samuel lag schon wieder eine Ermahnung auf der Zunge, auf keinen Fall etwas Gesetzwidriges zu unternehmen, aber er schluckte diese hinunter. Habe ich eine Wahl?, fragte er sich, und er kam, ohne lange zu grübeln, zu dem Schluss, dass er Archibald blind vertrauen sollte.

»Gut, dann grüße Louise von mir. Und entschuldige mich! Sage ihr, dass man mich dringend im Gefängnis braucht.« Wieder umspielte ein diabolisches Grinsen seinen Mund. »Was ja auch in gewisser Weise stimmt«, fügte er geheimnisvoll hinzu.

»Willst du mir nicht verraten, was du vorhast?«, hakte der Richter nach.

»Lieber nicht, Schwiegerpapa, ich kümmere mich jetzt um den Chinesen und am 10. Februar um den anderen, sollte er es wagen, nach Melbourne zu kommen. Eine liebende Vicky wird ihn jedenfalls nicht auf der Brücke erwarten.«

Samuel lief es eiskalt den Rücken hinunter. Archibald würde doch nicht etwa einen Mord in Auftrag geben?

Anscheinend konnte sein Schwiegersohn in seinem Gesicht wie in einem offenen Buch lesen. »Nein, ich lasse sie nicht umbringen, ich erteile ihnen nur eine kleine Lektion«, versicherte Archibald dem Richter.

Samuel war klug genug, um zu verbergen, wie sehr es ihm gegen den Strich ging, den Goldgräber mit kriminellen Methoden auszuschalten. Das machte sie nicht besser als jene Sünder, über die er Tag für Tag richten musste. Samuel Stewart war als ein Mann mit Prinzipien und großer moralischer Integrität bekannt und wollte sich lieber gar nicht erst vorstellen, was sein Schwiegersohn im Schilde führte. Wenn es hier nicht um das nackte Überleben gehen würde, würde er sich nicht zum Komplizen einer hinterhältigen Tat machen.

Archibald musterte ihn skeptisch. »Du guckst, als müsstest du aufs Schafott. Freu dich doch, dass ich dir die Drecksarbeit abnehme. Glaube mir, wir werden niemals damit in Verbindung gebracht. Das schwöre ich dir.«

Diese Worte waren alles andere als dazu angetan, Samuels Bedenken zu zerstreuen, doch hatte er wirklich eine Wahl?

»Du wirst schon das Richtige tun«, erklärte er halbherzig und schlug dem Schwiegersohn kumpelhaft auf die Schulter.

Archibald schüttelte Samuel die Hand. »Du bist doch mein Freund und hast mich immer gefördert. Ohne dich hätte ich nie diesen Posten im Gefängnis bekommen. Außerdem mag ich deine Tochter, und es gibt etwas Schlechteres in dieser Stadt, als der Schwiegersohn von Richter Samuel Stewart zu sein. Ein Grund zudem, weswegen man mir die Mitgliedschaft im Herrenclub in Aussicht gestellt hat.«

Der Richter ließ sich nicht anmerken, wie ihn bei diesen Worten ein unangenehmes Gefühl befiel. Sollte er sich so in Archibald Cumberland getäuscht haben? Haftete ihm doch das an, was man Emporkömmlingen wie ihm gern unterstellte? Dass sie nahezu krankhaft ehrgeizig waren und notfalls über Leichen gingen?

»Dann werde ich es wohl nicht zur Poststation schaffen, um sie abzuholen. Die Freude ist nun doch etwas gedämpft. Bist du zum Essen zurück?«

»Ich bemühe mich«, sagte Archibald.

Der Richter schlurfte mit gebeugtem Rücken wie ein alter Mann auf sein Haus zu. Er hatte das Gefühl, in der letzten Stunde um Jahre gealtert zu sein. Erst der Schock, dass Vicky schwanger war, und dann die Erkenntnis, dass Archibald es mit der Gesetzestreue nicht so genau nahm. Er wollte sich gar nicht vorstellen, was er mit dem Chinesen anstellte … und am 10. Februar mit diesem Goldgräber. Obwohl er diesen Mann abgrundtief dafür hasste, was er seiner Tochter angetan hatte, den Tod wünschte er ihm nicht. Samuel stutzte. Oder insgeheim vielleicht doch? Dann wäre das Problem, dass er eines Tages auftauchte, jedenfalls für alle Zeiten vom Tisch.

»Vater, hast du einen Geist gesehen?«, fragte Louise erschrocken, als sie ihm die Tür öffnete.

»Nein, nein, ich bin nur müde, viel Arbeit. Ich leg mich noch einen kleinen Augenblick auf mein Bett. Ob du so lieb bist und mich weckst, wenn die Familie eingetroffen ist …« Er stockte. Es war zwar kein idealer Zeitpunkt, Louise von der bevorstehenden Hochzeit zu berichten, aber schlimmer wäre es, sie würde das junge Glück gleich mit eigenen Augen sehen. »Mein Kind, sag Mary, wir brauchen ein Gedeck mehr. Für Mister Bradshaw.«

Louise rollte genervt mit den Augen. »Nicht schon wieder! Hört das denn nie auf. Begreift denn niemand, dass Vicky ihn nicht zum Mann nimmt!«

»Sie hat ihre Meinung geändert. Die beiden heiraten am 10. Februar.«

Louise sah ihren Vater fassungslos an. »Nächstes Jahr im Februar, oder?«

»Nein, in diesem Jahr«, erwiderte er ungerührt.

Louise heulte auf. »Das ist gemein. Hundsgemein! Das macht sie extra. Das werdet ihr doch nicht erlauben, oder?«

»Nun lass gut sein!«, fuhr der Richter seine Ältere unwirsch an. Er konnte jetzt wirklich nicht auf derlei Eitelkeiten Rücksicht nehmen. »Ich möchte mich einen Augenblick ausruhen.«

Mit diesen Worten verschwand er im Schlafzimmer und warf seiner verzweifelten Tochter die Tür vor der Nase zu.

Der Richter wachte auf, als er das Rumpeln einer Kutsche vernahm. Er sprang hoch und eilte zum Fenster. Der Wagen hielt vor seinem Haus. Keine Frage, das war die liebe Familie. Er wollte kaum seinen Augen trauen, als Vicky und Frederik Hand in Hand und mit einem Lächeln der Kutsche entstiegen. Was war seine Jüngste nur für ein durchtriebenes Luder! Warf sich dem charmanten Witwer an den Hals, nur um ihm ein Kuckuckskind unterzujubeln … Nicht zu fassen, dachte er, das hätte ich meiner Kleinen niemals zugetraut! Dann blieb sein Blick an der nächsten Person hängen, die aus der Kutsche stieg. Samuel erstarrte förmlich zur Salzsäule. War diese morbide Gestalt wirklich sein Sohn Steven? Das kann doch nicht alles der Alkohol angerichtet haben, ging es ihm durch den Kopf, bevor er sich hastig vom Fenster zurückzog und zur Haustür eilte, um sich die Sache näher zu betrachten. Vielleicht habe ich mich geirrt, versuchte er sich einzureden, während es keinen Zweifel gab, dass man ihm Steven als abgemagertes Wrack ins Haus zurückgebracht hatte.

Das bestätigte sich, als der Richter ins Freie und wie betäubt auf Steven zutrat.

»Was machst du hier?«, fragte er wenig freundlich.

»Guten Tag, mein lieber Herr Papa, ich mache hier Urlaub, wie Mutter es so schön nennt«, entgegnete er betont freundlich.

Von Nahem sah er noch mehr zum Fürchten aus. Richter Stewart fröstelte.

»Und dein Studium?«

In diesem Augenblick kam Anne. »Samuel, wie schön, dich wiederzusehen«, flötete sie. Er tätschelte ihr geistesabwesend den Kopf.

»Ich erwarte eine Antwort«, sagte er mit Nachdruck.

Steven wandte sich hilfesuchend an seine Mutter. »Vater möchte wissen, was mit meinem Studium ist.«

»Ach, nun wollen wir uns doch erst einmal alle begrüßen …«, versuchte sie abzuwiegeln, da ertönte ein lauter Schrei. »Das ist das Letzte, dass du mir die Hochzeit stiehlst!«

Sie wandten sich alle um. Louise stand mit in die Hüften gestemmten Armen vor ihrer Schwester und funkelte sie zornig an. Vicky war sehr blass um die Nase, und sie hob abwehrend die Arme.

»Ich verzichte auf ein großes Fest«, erklärte sie ihrer aufgebrachten Schwester, die verblüfft mit ihren Beschimpfungen innehielt. »Wir heiraten im engsten Familienkreis, und dann kannst du dein großes Fest so wie geplant feiern.«

»Warum tust du das?«, fragte Louise argwöhnisch.

»Weil Vicky dir gar nichts wegnehmen möchte«, mischte sich Frederik ein und legte zärtlich den Arm um Vickys Schulter.

»Und warum dieses Jahr? Warum heiratet ihr nicht einfach im nächsten?«

»Weil mein Sohn endlich normale Verhältnisse braucht. Deshalb!«, entgegnete Frederik in eindringlichem Ton.

Louise lief rot an. »Entschuldigung, daran habe ich gar nicht mehr gedacht«, sagte sie.

»So, ihr Lieben, jetzt wollen wir aber ins Haus gehen und gemeinsam Marys Lammbraten genießen«, erklärte Anne und zog ihren Sohn mit sich, damit er nicht allein in der Schusslinie der väterlichen Befragungen zurückblieb.

Vicky erschrak, als sie ihren Vater wahrnahm. Er sah krank

und blass aus. Als er Frederik auf sich zukommen sah, wurde er noch bleicher, wie es ihr schien.

Und das war kein Wunder, denn der Gedanke, der Samuel Stewart in diesem Augenblick durch den Kopf ging, ließ ihm förmlich das Blut in den Adern gefrieren: Was, wenn bei Vickys Kind die Gene der Ureinwohner durchschlugen? Dann würde Frederik Bradshaw doch ein Licht aufgehen, dass Vicky ihn ganz furchtbar belogen hatte. Der Richter durfte gar nicht daran denken, weil dann augenblicklich der Boden unter ihm zu schwanken begann. Er sandte einen Blick zum Himmel. Herr, das darf nie geschehen!, betete er stumm.

22

Obwohl es eine kleine Hochzeitsfeier sein sollte, war an diesem 10. Februar der Teufel los im Hause Stewart. Anne, die auch dieses Fest lieber in pompöserem Rahmen ausgerichtet hätte, hatte veranlasst, dass das ganze Haus geschmückt wurde. Dabei hatte sie Vickys Wunsch entsprochen, die Tafel draußen auf der Veranda decken zu lassen, und von dort hatte man einen freien Blick auf den schönsten Blumenschmuck, den es nur gab: die Pflanzen, die im Garten wuchsen.

Der Tisch bog sich unter üppigen Speisen, und der Wein floss in Strömen. Etwas, das Mister Stewart die Schweißperlen auf die Stirn trieb, weil er ununterbrochen zu seinem Sohn Steven hinüberlugte. Bediente er sich am Wein, hatte er heimlich getrunken, oder war er abstinent, wie er steif und fest behauptete?

Dieses Problem hatte beim Richter sogar die Sache mit Vicky in die zweite Reihe der größten Sorgen treten lassen. Wenn er nur daran dachte, trieb ihm das immer mehr Schweiß auf die Stirn. Es machte ihn rasend, wie Anne das Suchtproblem ihres Sohnes herunterzuspielen versuchte. Er hingegen hatte einen befreundeten Arzt konsultiert, der sich seit Stevens Rückkehr nach Melbourne intensiv um ihn kümmerte. Für Samuel Stewart war es allerdings keine Frage, dass sein Sohn nach seiner hoffentlich baldigen Genesung wieder nach Sydney gehen und seine Studien aufnehmen würde. Da halfen auch Vickys Bitten, ihn doch Musiker werden zu lassen, nichts. Er hatte ihr jüngst untersagt, Steven solche Flausen in den Kopf zu setzen. Deshalb war es auch besser für seinen Sohn, dass er bis zu seiner Genesung unter seinem Dach lebte statt in Frederiks Haus. Das hatte der Richter so bestimmt. Es war aber nicht nur Vickys Einfluss, was die Berufswahl seines Sohnes anging, der er nicht traute, sondern er befürchtete überdies, dass Steven im Hause Bradshaw zu viele Freiheiten genießen und doch wieder auf der schiefen Bahn landen würde.

Steven hatte sich, zu seiner großen Verwunderung, ohne zu murren, allen Anordnungen seines Vaters gefügt. Eigentlich hatte alles sehr gut ausgesehen, aber nun war dem Richter zu Ohren gekommen, dass sein Sohn sich auch unter der Obhut des strengen väterlichen Regiments nicht davon abhalten ließ, das Frauenzimmer in der Zeltstadt zu besuchen, dem er damals Geld gegeben hatte, damit es aus Melbourne verschwand. Und nun war das raffgierige Biest zurückgekehrt, aber darum werde ich mich nach der Hochzeit kümmern müssen, dachte Samuel und war sich sicher, dieses Problem erneut mit Geld aus der Welt schaffen zu können.

Immerhin war er überzeugt davon, dass sein Sohn nicht getrunken hatte. Er hatte einen klaren Blick, und seine Wangen waren längst nicht mehr so aufgequollen wie vor zwei Wochen, als sie ihn aus Sydney mitgebracht hatten. Der Schreck, den er bekommen hatte, als er dieses menschliche Wrack aus der Kutsche hatte steigen sehen, saß ihm immer noch in den Knochen. Nein, dagegen wirkte sein Sohn an diesem Tag wie das blühende Leben.

Sein Blick schweifte zu seiner kleinen Vicky. Samuel konnte gar nicht umhin, sein strahlendes Mädchen mit anderen Augen zu sehen. Sie war zwar immer noch schlank wie eine Gerte, aber das wird sich bald ändern, dachte Samuel, während er seine große blonde Tochter mit einer Mischung aus Wohlwollen und einem gewissen Befremden musterte. Niemals hätte er der stets aufrechten Vicky zugetraut, dass sie sich derart unanständig verhielt. Dann sah er zu Archibald hinüber, der ihm verschwörerisch zuzwinkerte, als wollte er sagen: Ich erledige den Goldgräber, der auf der Brücke auf sie wartet. Genauso wie den Chinesen! Samuel lief es allein bei dem Gedanken, was er wohl mit dem armen Mann angestellt haben mochte, eiskalt den Rücken hinunter. Jeden Tag hatte er die Zeitung nach einer Meldung von einem tot aufgefundenen Chinesen abgesucht. Vergeblich! Entweder hatte man seine Leiche noch nicht gefunden, oder er … Samuel mochte den Gedanken kaum zu Ende denken … er verschimmelte in einer Zelle in Archibalds Gefangenenreich. Letzteres hielt der Richter für wahrscheinlicher und stellte sich vor, dass es dem leiblichen Vater seines Enkelkindes bald ähnlich gehen würde … Aber er steckte den Kopf in den Sand, verurteilte das Ganze moralisch und nahm es einfach hin.

Samuel schüttelte sich vor sich selbst. Er hatte Angst vor dem Augenblick, an dem Archibald das Fest verlassen würde, um die Angelegenheit zu aller Zufriedenheit aus der Welt zu schaffen. Aber würde er, Samuel Stewart, die Kraft haben, sich etwas anderes auszudenken, wie er diesen verdammten Goldgräber von Vicky fernhalten konnte? Plötzlich hatte er eine Idee. Der Mann wollte partout die gesellschaftliche Leiter emporklettern. Dazu brauchte er Geld, denn an Vickys Märchen, dass dieser Kerl zu den glücklichen Schürfern gehörte, wollte der Richter nicht recht glauben. Gab es da nicht noch das Ersparte, das er von seinen Eltern geerbt und niemals angerührt hatte? Das sollte einmal für eine ganz große Sache ausgegeben werden. Und was gab es Größeres, als den Störenfried auf legale Weise loszuwerden?

Samuel Stewart schreckte aus seinen Gedanken, als jemand mit dem Löffel gegen ein Glas stieß. Eine Rede stand an. Wer will das Wort ergreifen, fragte er sich, als er an Annes herausforderndem Blick hängen blieb. Sie hatte das Zeichen für ihn gegeben.

Schwerfällig erhob sich der Richter und räusperte sich ein paarmal. Der sonst so eloquente Redner brauchte ein paar Minuten, um sich zu sammeln und seine Gedanken zu ordnen.

Vicky spürte sofort, dass ihr Vater angespannt war, während er seine Rede hielt. Es waren nicht die Worte, die sie zu dieser Einschätzung trieben, sondern seine Gesten. Fast nach jedem zweiten Satz fuhr sich der Vater durch sein Haar, ein sicheres Zeichen, dass er nervös war.

Ihre Mutter weinte während der Worte ihres Mannes gerührt, während Frederik unter dem Tisch verstohlen ihre Hand drückte. Vor seinem Sohn William hielt er sich mit demonstrativen Zärtlichkeitsbezeugungen zurück. Der Junge nahm jede noch so kleine Annäherung zwischen Vicky und Frederik wahr und kommentierte sie mit schweigender Missbilligung.

Das verstohlene Händchenhalten des frischgebackenen Ehepaars blieb ihm nicht verborgen. Vicky fing gerade einen derart abschätzigen Blick des Knaben auf, dass es sie fröstelte. Ihr erster Impuls war es, ihre Hand unauffällig wegzuziehen, aber dann würde sie sich dem Diktat des kleinen Tyrannen beugen und hatte verloren. Sie hielt seinem Blick so lange stand, bis er grimmig zur Seite sah. Obwohl William erst neun Jahre war, wurde Vicky den Verdacht nicht los, dass es für ihn auch ein Machtspiel war, bei dem er soeben eine Partie verloren hatte, was noch lange nicht bedeutete, dass er aufgeben würde. Im Gegenteil, eine kleine Niederlage stachelte ihn offenbar umso mehr an, was der neuerliche Blick bewies, den er seiner Stiefmutter jetzt zuwarf. Wenn der töten könnte, dachte Vicky erschrocken. Sie nahm sich fest vor, sich nach der Hochzeit intensiv diesem Kind zu widmen in der Hoffnung, dass es sich, wenn es erst Zutrauen zu ihr gefasst hatte, nicht mehr so impertinent und düster verhalten würde. Dem Jungen fehlt einfach nur die Mutter, vermutete sie zugunsten des Knirpses und nahm sich vor, ihm diesen Verlust, so gut sie konnte, zu ersetzen.

Auch ihre Schwester Louise blickte eher grimmig vor sich hin als dem freudigen Anlass entsprechend. Sie hatte es Vicky sehr übel genommen, dass sie vor ihr heiratete. Auch die Tatsache, dass Vicky und Frederik sich mit einer kleinen Feier abgaben, um ihr nicht die Schau zu stehlen, hatte Louise letztlich nicht wirklich beschwichtigen können.

Dagegen waren Frederiks Bruder und seine Frau in bester Stimmung. Benjamin und Georgia hatten Vicky ganz herzlich in die Familie aufgenommen, obwohl Frederiks jüngerer Bruder ein eher reservierter Mensch war. Er war in der Regel sehr ernst und von vornehmer Zurückhaltung, während Georgia vor Temperament nur so sprühte und sehr humorvoll war.

»Es ist langweilig hier«, murrte William.

»Dann komm mit mir in den Garten. Ich zeige dir die Papageien. Wir haben rote, grüne und bunte Loris«, schlug Vicky vor.

William sah sie entgeistert an. »Vögel interessieren mich nicht ein bisschen!«, entgegnete der Junge unwirsch.

»Will, bitte, Vicky meint es doch nur nett«, tadelte Frederik seinen Sohn. »Nun geh schon!«

William verzog angewidert sein Gesicht. »Bitte, Will. Sei lieb!«, bettelte sein Vater.

»Nein, du musst nicht, wenn du keine Lust dazu hast«, mischte sich Vicky hastig ein. Ihr war allzu klar, dass es den Jungen nur noch mehr gegen sie aufbringen würde, wenn Frederik ihm ihre Gegenwart förmlich aufdrängte. Aus den Augenwinkeln beobachtete sie, wie interessiert seine Schwägerin diesem kleinen Disput folgte.

»Will, dort draußen ist es bestimmt spannender für dich als am Tisch mit uns Erwachsenen. Und freu dich doch, wenn Vicky sich die Zeit für dich nimmt«, mischte Georgia sich mit sanfter Stimme ein.

Der Junge rollte genervt mit den Augen, aber er stand auf. »Na gut«, stöhnte er.

Vicky war die Lust, den griesgrämigen Jungen bei Laune zu halten, inzwischen mehr als vergangen, aber das ließ sie sich nicht anmerken. Lächelnd erhob sie sich ebenfalls. »Na, dann wollen wir mal.« Frederik drückte ihr zum Dank sanft ihre Hand. Das bekam der Junge mit und kommentierte die Geste mit einem Blick, der puren Ekel ausdrückte.

Trotzdem trottete er ihr in den Garten hinterher. »Schau, da hinten in den Bäumen, da ist alles voll von den Papageien. Hörst du sie schon?«, fragte Vicky bemüht, um Begeisterung in ihm zu wecken.

Er aber steckte die Hände in die Hosentaschen und sah statt der Bäume Vicky mit einem vernichtenden Blick an.

»Bilde dir ja nicht ein, dass du meine Mutter sein kannst. Ich hasse dich. Du bist dumm und hässlich. Ich habe übrigens keine Angst, dass du es meinem Vater petzt. Er kann mich nicht zwingen, dich zu mögen!«

Das kam so überraschend, dass es Vicky die Tränen in die Augen trieb, was William nicht entging und ihn offenbar kalt ließ. »Heul doch!«, stieß er in einem gemeinen Ton hervor. »Dann weiß ich ja, wie ich es schaffen kann, dass du wieder verschwindest. Ich bringe dich jeden Tag zum Weinen.« Er lachte böse auf.

Vickys Tränen versiegten auf der Stelle, und sie ballte die Fäuste. Obwohl der Knabe erst neun Jahre alt ist, besitzt er die Gemeinheit eines Erwachsenen, dachte sie erschrocken.

»So, mein lieber Junge«, gab sie in strengem Ton zurück.

»Erstens, ich will und kann deine Mutter nicht ersetzen, aber du wirst akzeptieren müssen, dass es mich jetzt im Leben deines Vaters und damit auch in deinem gibt. Ich bin seine Frau …«

»Er hat dich doch nur geheiratet, weil er ein schlechtes Gewissen hat, wenn er mich so viel allein lässt«, unterbrach William sie heftig.

»Zweitens, du wirst es nicht schaffen, mich zu vergraulen. Das schwöre ich dir«, fuhr Vicky ungerührt fort, bevor ihr Blick an einer Riesenspinne hängen blieb, die aus der Rinde des Baumes hervorgeschossen kam, um ein Insekt zu jagen. Vicky hatte schon von der Existenz der Riesenkrabbenspinne gehört, aber noch kein Exemplar zu Gesicht bekommen. Sie war wirklich groß und mit ihren braunen und behaarten Beinen keine Augenweide. Doch Vicky gehörte nicht zu den Frauen, die beim Anblick von Spinnen oder Schlangen in hysterisches Geschrei ausbrachen. Im Gegenteil, sie beobachtete fasziniert, wie das Viech sich vom Stamm auf den Boden fallen ließ.

»Aber wenn ihr ein Kind bekommt, dann bringe ich es um!«, stieß William in diesem Augenblick drohend hervor und zertrat die große Spinne mit hasserfüllter Miene.

Vicky lief es eiskalt den Rücken hinunter. Sie befürchtete zwar nicht, dass wirklich etwas geschehen könnte, aber allein die Vorstellung, dass er dergleichen in Gedanken durchspielte, machte ihr Angst. Und auch die Art, wie er ein harmloses Spinnentier zertrat, stieß sie ab. Das konnte sie nicht wortlos durchgehen lassen!

Sie packte ihn also bei der Schulter und sah ihm fest in die Augen. »William, du hast Glück, dass ich das alles, was hier gerade eben geschehen ist, für mich behalte. Aber sag so etwas nie wieder! Außerdem weißt du doch gar nicht, wie das ist, ein Geschwisterchen zu bekommen. Vielleicht änderst du deine

Meinung, wenn du so ein kleines Wesen zum ersten Mal in der Wiege liegen siehst …«

»Aua! Aua! Du tust mir weh«, brüllte William in diesem Augenblick und verzog schmerzhaft das Gesicht. Erschrocken nahm sie die Hände von seinen Schultern.

»Was ist denn hier los?«, hörte Vicky da Georgias Stimme, und ihr wurde schlagartig bewusst, was der Bengel für ein perfides Spiel spielte.

»Sie hat mich geschüttelt und wollte mich schlagen«, jammerte William mit weinerlicher Stimme.

Georgia sah fragend zwischen Vicky und William hin und her.

»Ich habe dem Jungen etwas erklären wollen und ihn an der Schulter festgehalten. Ich habe ihn weder geschüttelt noch geschlagen«, erwiderte Vicky mit fester Stimme.

»William, wie oft habe ich dir gesagt, du sollst nicht lügen«, ermahnte Georgia, die Vicky offensichtlich uneingeschränkt glaubte, ihren Neffen.

»Sie lügt!«, schrie William mit hochrotem Kopf und stampfte mit dem Fuß auf. In diesem Moment kam Frederik herbeigeeilt.

»Sie hat mich geschlagen, und Tante Georgia will mir nicht glauben«, brüllte William.

Frederik legte Vicky behutsam den Arm um die Schulter. »Das glaube ich auch nicht, mein Sohn, und ich verlange, dass du dich bei ihr entschuldigst!«

William musterte seinen Vater fassungslos. »Sie hat mich gehauen!«

»Wo denn?«, fragte Frederik lauernd.

»Ins Gesicht«, log der Bengel dreist.

Vicky wollte die Sache gerade richtigstellen, da hatte Frederik seinen Sohn genauso bei den Schultern gepackt, wie Vicky es zuvor getan hatte.

»Sieh mich an! Wir wissen beide, dass das nicht stimmt. Warum sollte sie das getan haben?«

»Sie hat verlangt, dass ich sie ›Mutter‹ nenne«, heulte William jetzt auf. Vicky stockte förmlich das Blut in den Adern. Sie hätte im Leben nicht gedacht, dass Kinder derart verschlagen sein konnten wie dieser Junge.

»Du lügst!«, entgegnete Frederik streng. »Ich habe Vicky gebeten, dass du sie ›Mutter‹ nennen darfst, doch sie hat mir widersprochen, weil sie findet, das könne man nicht von dir erwarten. Also, was ist geschehen?«

Jetzt schwieg William verstockt.

»Dann frage ich eben Vicky. Schatz, worüber habt ihr euch gestritten?«

Vicky wurde abwechselnd heißt und kalt. Das war die einmalige Gelegenheit, die Wahrheit zu sagen, ohne als Petze dazustehen. Und doch hielt sie etwas davon ab, Williams Gehässigkeiten wiederzugeben. Frederik würde mit Sicherheit richtig böse auf seinen Sohn sein, wenn er erfuhr, was er Vicky alles an den Kopf geworfen hatte. Womöglich würde er seinen Sohn sogar bestrafen. Aber würde William nicht letztendlich ihr die Schuld daran geben? Wenn ich schweige, setze ich ein Zeichen, dass ich nicht seine erklärte Feindin bin, dachte Vicky.

»Es ist schon gut«, sagte sie leise. »Wir haben uns ein wenig gezankt, aber ich schlage vor, wir beide geben uns jetzt die Hand und vertragen uns. Was meinst du, William?«

Die Miene, mit der William Vicky musterte, zeigte keinerlei Regung von Dankbarkeit, aber immerhin nahm er ihre Hand und schüttelte sie kurz. »Tschuldigung!«, murmelte er.

»Schon vergeben«, erwiderte sie halbherzig und erschrak, als sich ihre Blicke trafen. Es war reiner Hass, der aus seinen Augen funkelte.

»Gut, dann komm mit mir auf die Veranda zurück. Es gibt

einen herrlichen Apple Pie«, sagte Georgia und zog den Jungen mit sich fort.

Frederik nahm Vicky in den Arm und suchte ihren Blick. »Willst du mir nun verraten, was der Junge dir an den Kopf geworfen hat? Es ist zwar sehr nobel von dir, dass du ihn nicht verpetzt hast, aber er muss lernen, dass er damit nicht durchkommt«, erklärte Frederik.

»Nein, nein, es ist alles in Ordnung«, wiegelte Vicky ab.

»Soll ich dir auf die Sprünge helfen? Hat er in etwa so Dinge gesagt, dass du niemals seine Mutter sein wirst, dass du abhauen sollst und dass er dich hasst?«

Vicky wandte den Blick verlegen zu Boden. Sie wollte ihm nicht ins Gesicht lügen, und wenn sie schwieg, würde er ihr die Wahrheit an den Augen ansehen.

»Ich hatte vor dir kurzzeitig Interesse an einer jungen Dame, die mir das wortgetreu zugetragen und den Vorschlag unterbreitet hat, den Jungen nach England auf ein Internat zu geben. Der Junge war sechs! Ich habe dann lieber auf ein weiteres Treffen mit der Dame verzichtet.«

Vicky sah auf, ein Lächeln umspielte ihren Mund. Aber nicht, weil er wieder einmal alles wusste, sondern weil ihn seine Art, Probleme anzugehen, schier unwiderstehlich machte. Und weil er sie nicht drängte, den Jungen zu verraten. Überhaupt war dies ein schöner Tag für sie. Verstohlen blickte sie an den Ring an ihrer Hand. Sie hätte es nie für möglich gehalten, dass ihr das einmal so viel bedeuten könnte. Wenn sich zwischendurch nicht immer wieder dieses schlechte Gewissen einschleichen würde, sobald mir Jonathan in den Sinn kommt, ich wäre wunschlos glücklich als frischgebackene Misses Sophie Victoria Bradshaw, dachte sie und gab Frederik einen zärtlichen Kuss auf den Mund. Und die Sache mit dem Jungen, die werden wir auch noch meistern, fügte sie rasch in Gedanken hinzu.

In diesem Augenblick stapfte Archibald mit schweren Schritten durch den Garten in Richtung Straße.

»Willst du schon gehen?«, fragte Vicky ihn entgeistert.

»Ich habe einen dringenden beruflichen Termin«, gab er knapp zurück. »Vielleicht seid ihr so gut und bringt Louise schonend bei, dass ich nicht zurückkehre.«

»Vielleicht sollten Sie ihr das lieber selbst sagen«, mischte sich Frederik in süffisantem Ton ein. »Sie wissen doch, dass gern der Bote geköpft wird.«

»Stets ein Schlauberger«, zischte Archibald und rauschte von dannen.

»Warum musstest du meinen lieben Schwager auch unbedingt ärgern?«, fragte Vicky mit gespieltem Vorwurf.

»Weil er ein ungehobelter Kerl ist, der mit deiner Schwester mies umgeht. Dringender Geschäftstermin? Dass ich nicht lache, das weiß man doch vorher. Ich glaube, der will sich einfach nur drücken, weil er uns unser Glück missgönnt«, ereiferte sich Frederik.

»Und wir dürfen uns den Rest des Abends an Louises Leichenbittermiene erfreuen«, ergänzte Vicky genervt und nahm ihren Mann bei der Hand. »Aber wenigstens wir beide sollten der Feier nicht allzu lange fernbleiben.«

»Warum nicht? Wir hätten jedes Recht dazu. Noch nie etwas von Hochzeitsnacht gehört, Misses Bradshaw?«

Oh doch, ging ihr durch den Kopf, sie hatte seit Tagen schon so manchen Gedanken darauf verschwendet, wie es wohl sein würde, wenn sie sich nach der Hochzeit gemeinsam in das neu eingerichtete Schlafzimmer in seinem Haus zurückzogen …

»Hochzeitsnacht, Mister Bradshaw, es heißt nicht Hochzeitsnachmittag! Da müssen Sie sich noch ein wenig gedulden«, flötete sie.

Ihre traute Zweisamkeit wurde gestört, als Vickys Vater mit hektischem Blick auf die beiden zutrat.

»Habt ihr Archibald gesehen?«

»Ja, er ist sehr eilig in die Spencer Street eingebogen. Aber das war wahrscheinlich unsere Anwesenheit. Er behauptete, er habe noch einen beruflichen Termin«, bemerkte Vicky spöttisch.

Ohne ein Wort wandte sich der Richter um und verließ sein Grundstück.

Er vermutete, dass sein Schwiegersohn erst zum Gefängnis gehen würde, denn es war noch nicht einmal siebzehn Uhr. Was sollte er also jetzt schon auf der Brücke wollen?

Samuel ging, so schnell er konnte. Schweiß rann ihm bis in die Augen und verschleierte seinen Blick, doch er behielt sein Tempo unverändert bei. Da erblickte er tatsächlich in der Ferne seinen Schwiegersohn. Er stand an einer Straßenecke und war in das Gespräch mit zwei finsteren Gestalten vertieft. Die beiden Kerle sahen aus, als wären sie soeben aus dem Gefängnis getürmt. Als Samuel näher kam, erkannte er sie an ihren Visagen. Er höchstpersönlich hatte sie zu mehreren Jahren Gefängnis verurteilt, nachdem sie einen kleinen Ladenbesitzer ausgeraubt hatten. Ihm wurde übel, denn diese Allianz bestätigte seine schlimmsten Befürchtungen. Die beiden Männer hätten sich noch lange nicht auf freiem Fuß befinden dürfen. Er schüttelte sich vor Abscheu: Ja, er, Richter am Obersten Gericht und der Hüter von Recht und Gesetz, machte sich mit Verbrechern gemein. Das bestätigte ihn in seinem Plan, Jonathan ganz legal auszuschalten.

Keuchend erreichte er das Trio. Archibald war gar nicht erfreut, als er seinen Schwiegervater erkannte.

»Was willst du hier? Ich habe doch gesagt, dass ich das erledige«, schnauzte er ihn vor den beiden Kerlen an.

Samuel aber bewahrte Haltung und bat ihn, mit ihm unter vier Augen sprechen zu dürfen. Widerwillig folgte Archibald seinem Schwiegervater zu einer Häuserecke.

»Was soll das?«, herrschte Archibald ihn an.

»Ich habe dir genug zugemutet. Den Goldgräber übernehme ich«, erklärte Samuel kämpferisch.

»Du?«, fragte Archibald und musterte den Richter abschätzig. »Wie denn?«

»Das lass meine Sorge sein. Ich habe dir bei dem Chinesen freie Hand gegeben, und du mir jetzt bei dem Goldgräber.«

»Und wie soll das gehen?«

Samuel holte tief Luft, bevor er verkündete, dass er das lieber für sich behalten würde, bevor er sich auf dem Absatz umdrehte, doch dann blieb er noch einmal stehen. »Archibald, es wäre schön, wenn du bald zum Fest zurückkehrst, damit wir gemeinsam Hochzeit feiern können.«

»Ja, ja, ich komm gleich. Geh schon mal vor!«, knurrte Archibald, bevor er zu den beiden Ohrfeigengesichtern zurückkehrte, während Samuel schnellen Schrittes in Richtung der Spencer Street verschwand. Der Richter fühlte sich ein kleines bisschen besser. Nun blieb ihm zu hoffen, dass sein Plan auch von Erfolg gekrönt sein würde!

23

Es wurde schon dämmrig, als Jonathan Bowl die Swanston Street entlang in Richtung Princes Bridge eilte. Immer wieder blieb er stehen und vergewisserte sich, dass er nicht verfolgt wurde. Er hatte am Nachmittag stundenlang am Treffpunkt Ecke Elizabeth Street und Victoria Street auf seinen Freund gewartet. Dort hatten sie sich verabredet, damit Chui ihm berichten konnte, ob er Vicky den Brief hatte aushändigen können, aber sein Freund war nicht gekommen. Doch er konnte auch noch nicht auf dem Schiff sein, das ihn nach China zurückbringen sollte. Das legte nämlich erst in einer Woche ab. Jonathan konnte nur hoffen, dass sein Verschwinden nichts mit der Briefübergabe zu tun hatte, wobei er eher befürchtete, dass Chui in einer der neuen Opiumhöhlen der Stadt versackt war.

Die Chinesen, die es zunehmend auf die Goldgräberfelder trieb, hatten diese Unart mit nach Australien gebracht. Chui hatte bereits vor seiner Abreise nach Melbourne davon geschwärmt, dass er unbedingt seinen Freund Chung besuchen würde, der, wie er voller Stolz berichtet hatte, dort das erste Etablissement, in dem man Opium rauchen konnte, eröffnet hatte. Chui liebte es, Opium zu rauchen, und in Gesellschaft, auf einem Divan liegend, mit anderen ein Zeremoniell zu teilen, schien ihm das höchste Glück. Jonathan hatte für dieses Vergnügen nichts übrig. So wie er niemals ein echter Trinker geworden war, missfiel ihm auch der Hang der Chinesen, sich mittels Opiums zu berauschen.

Jonathan fluchte leise vor sich hin und sah sich ständig um für den Fall, dass seinem Freund etwas zugestoßen war und der Brief – und damit die Information über den Treffpunkt – in unbefugte Hände gelangt war. Doch er konnte nichts Auffälliges erkennen. Die meisten Menschen, die zu dieser Zeit auf die aus flachen Steinbögen gemachte Brücke zustrebten, waren Händler mit ihren Karren, die vom Markt zurückkehrten.

So weit er erkennen konnte, wartete dort in der Mitte der Brücke noch niemand auf ihn, sodass er seinen Schritt verlangsamte. Wie er darauf brannte, Vicky in seine Arme zu schließen. Prüfend sah er an sich hinunter. Er hatte sich für dieses Wiedersehen extra einen neuen Anzug machen lassen und fand, dass er vom Äußeren den feinen Herren, die in der Stadt flanierten, durchaus das Wasser reichen konnte. Seine Goldmine war äußerst ergiebig, und es würde nicht mehr allzu lange dauern, bis er am Ziel seiner Träume war. Chui hatte bereits genug verdient, um zu Hause in Shanghai einen kleinen Laden aufzumachen, und wartete nur noch darauf, an Bord seines Schiffes zu gehen. Auch Sam war bereits in seine Heimat Irland zurückgekehrt, um dort einen eigenen Pub zu eröffnen. Nur Ian wollte in Australien bleiben und sich genau wie Jonathan eine große Farm kaufen. Jonathan schätzte, dass er selbst noch ein paar Monate brauchen würde, bevor er sich seinen Traum von dem weiten Land, auf dem er ein Traumhaus errichten und Schafe züchten wollte, erfüllen konnte. Wolle wurde immer gebraucht, und diejenigen, die das Geschäft im großen Stil betrieben, hatten ausgesorgt.

Das Einzige, was ihm auf der Seele lag, war die Art und Weise, wie er sich von Nicoletta getrennt hatte. Nachdem er Vickys Abschiedsbrief erhalten hatte, war er untröstlich gewesen, und Nicoletta hatte ihm ihre weiche Schulter und ihren willigen Schoß geboten. Er hatte es dankend angenommen und ihr damit Hoffnungen auf eine feste Verbindung gemacht. Doch dann war Vickys Brief gekommen, und er hatte nicht lange gefackelt, sondern Nicoletta noch am selben Tag den Laufpass gegeben. Niemals würde er ihren verletzten Blick vergessen. Wie ein waidwundes Tier hatte sie ihn angesehen, bevor sie ihn gebeten hatte zu gehen. Er hatte befürchtet, sie würde schreien, wüten, um ihn kämpfen, versuchen, ihn zurückzuhalten, aber sie hatte nur gemurmelt: »Sie ist noch mutiger, als ich dachte!«, und ihn dann aus ihrem Zimmer hinauskomplimentiert. Er aber hatte nicht gehen wollen, ohne ihr ein kleines Vermögen zu hinterlassen, doch sie hatte die Scheine mit Todesverachtung vom Tisch gefegt. »Ich bin nie deine Hure gewesen!«, hatte sie gezischt und dann leise hinzugefügt: »Wenn du nicht auf der Stelle dein verdammtes Geld nimmst und gehst, vergesse ich mich.«

Ihm war nichts anderes übrig geblieben, als ihrem Befehl zu folgen. Keine Frage, Nicoletta war eine stolze Frau, aber hätte er sie wirklich jemals heiraten können? Selbst wenn Vicky sich nie wieder gemeldet hätte? Hätte man Nicoletta die feine Dame der Gesellschaft je abgenommen? Trotz ihres zügellosen und ungestümen Wesens, das ihn einerseits faszinierte, aber würde das je in die Zukunft passen, die er sich ausmalte?

Er konnte nur hoffen, dass sein Freund Ian ihr mehr Glück bringen würde als er. Ian hatte ihn, nachdem sich Nicoletta bei ihm ausgeweint hatte, schüchtern um die Erlaubnis gefragt, ob er es bei ihr versuchen dürfte. Jonathan hatte die behutsame Anfrage seines Freundes zu Tränen gerührt, weil sich die anderen Kerle auf den Goldfeldern einfach nahmen, was sie wollten, doch dieser vierschrötige irische Hüne hatte das Benehmen eines Lords. Er hatte ihm von Herzen alles Gute gewünscht. Ian würde Nicoletta jedenfalls niemals verletzen, sondern sie auf Händen tragen. Jonathan befürchtete nur, dass sie ihm ihre Gunst nicht schenken würde.

Jonathan war dermaßen in Gedanken versunken, dass er für einen Augenblick vergessen hatte, sich seinem Ziel mit aufmerksamen Sinnen zu nähern. Als er wieder aufblickte, sah er wenige Schritte vor sich das Gesicht von Vickys Bruder auftauchen. Er hatte ihn zwar nur ein einziges Mal gesehen, aber das Gesicht hatte sich ihm eingeprägt. Seine Züge waren etwas aufgequollener als damals, aber ansonsten handelte es sich unverkennbar um Steven Stewart.

»Du?«, fragte er erstaunt. »Wo ist Vicky?«

Steven hob beschwichtigend die Hände. »Nun wollen wir uns erst mal begrüßen, alter Junge.« Er musterte den Goldgräber von oben bis unten und stieß einen anerkennenden Pfiff aus.

»Chapeau, du hast dich aber herausgemacht! Edler Zwirn, und das ist nicht mal der, den ich dir geliehen habe. Du siehst nach feinem Herrn aus. Sollte es etwa stimmen, was mein Schwesterchen gesagt hat? Dass du das goldene Nugget gefunden hast?«

Jonathan war einerseits geschmeichelt, andererseits brannte er vor Ungeduld. Wo war Vicky, oder hatte sie … Er mochte den Gedanken gar nicht zu Ende führen.

»Hat sie dich geschickt? Bist du der Bote, der mir ihre Nachricht überbringen soll?«, fragte er atemlos.

»Nein, sie weiß nicht, dass ich hier bin.«

»Aber warum ist sie nicht gekommen?«

Steven stöhnte auf. »Sie hat deinen Brief nicht bekommen, aber bitte, lass uns irgendwo hingehen, wo wir in Ruhe reden können.« Steven fühlte sich gar nicht wohl in seiner Haut. Sein Vater hatte ihm klare Instruktionen gegeben, den Goldgräber zu belügen. Er durfte ihm nicht einmal sagen, dass Vicky gerade einen anderen geheiratet hatte, sondern sollte ihm das Geld bieten mit einem Gruß seines Vaters und der verhohlenen Drohung, dass dies das letzte friedliche Angebot wäre. Trotzdem hatte Steven zugesagt, für seinen Vater den Boten zu spielen, schon allein, weil dies bedeutete, einen Abend in Freiheit zu genießen.

»Wieso hat sie den Brief nicht bekommen?«

»Der Bote hat den Brief meinem Vater gegeben. Deshalb weiß er, dass du hier wartest«, erklärte ihm Steven geduldig.

»Bestimmt nicht freiwillig! Und wo ist Chui jetzt? Er ist nicht zu dem Treffpunkt mit mir gekommen. Hat der Richter meinen Freund verschwinden lassen?« Jonathans Stimme überschlug sich fast vor Empörung.

»Bitte, ich verstehe ja, dass du erbost bist, aber mein Vater ist der oberste Hüter des Gesetzes. Er ist absolut integer. Komm …« Er packte Jonathan am Arm. Ich kenne da einen Ort, an dem wir ungestört sind.

Jonathan ließ sich widerwillig mitziehen. Auf der anderen Seite der Brücke begann Canvas Town, die Zeltstadt, von der er schon viel gehört hatte, in der er jedoch noch nie zuvor gewesen war. Steven hingegen schien hier fast wie zu Hause zu sein. Er steuerte zielsicher zwischen den Zelten durch, bis sie an einen sandigen Weg gelangten, der zu beiden Seiten mit Bretterbuden bebaut war.

In eine dieser notdürftigen Unterkünfte führte Steven Jonathan, der nach einem kurzen Blick sofort wieder umkehren wollte. Die Bretterbude entpuppte sich als Pub. An ein paar Tischen saßen Männer, die Whisky tranken.

»Hier haben wir unsere Ruhe. Glaube es mir. Aber wir gehen dort hinein.« Steven zog Jonathan zu einem schmuddeligen Vorhang und öffnete ihn. Auch in diesem schummrigen Raum gab es Tische, zudem ein paar Holzbänke, auf denen

Männer Pfeife rauchten. Jonathan hatte keinen Zweifel, wo er gelandet war. In einer perfiden Mischung aus Pub und Opiumhöhle.

»Das ist nicht dein Ernst«, schimpfte Jonathan. »Wir gehen jetzt vor die Tür, und du sagst mir auf der Stelle, was dein Vater im Schilde führt.«

Steven klopfte ihm beruhigend auf die Schulter. »Ruhig Blut, ich will dir ja alles sagen, aber warum sollen wir es uns dazu nicht gemütlich machen?«

»Pah, gemütlich?«, zischte Jonathan verächtlich.

»Meinst du nicht auch, ein Drink könnte deine Nerven beruhigen?«, fragte Steven lauernd.

»Du gibst ja sonst keine Ruhe«, seufzte Jonathan.

»Gut, dann nehmen wir diesen Platz«, schlug Steven vor und zog Jonathan in die dunkelste Ecke, in der ein kleiner Tisch stand und ein paar dreckige Kissen als Sitzgelegenheiten am Boden lagen.

Jonathan sah sich angewidert um. »Ich weiß nicht«, murmelte er.

»Nach dem ersten Whisky wird dir das schon besser gefallen«, versprach Steven, verschwand hinter dem Vorhang und kam wenig später mit einer Flasche und zwei Gläsern zurück.

»So, und nun rede endlich!«, forderte Jonathan Steven ungeduldig auf.

Steven aber öffnete erst einmal die Flasche, goss zwei Gläser voll, reichte Jonathan eines, stieß mit ihm an, stürzte seinen Whisky in einem Zug hinunter und füllte sich gleich ein zweites bis zum Rand, während Jonathan noch nicht einmal das erste angerührt hatte.

»Trink!«, forderte Steven ihn auf. Widerwillig leerte Jonathan sein Glas, was Steven mit einem befriedigenden Grinsen quittierte, bevor er ihm das nächste eingoss. Er hatte sich vom Alkohol etwas Entspannung erhofft, doch während sich das Zeug durch seinen Magen brannte, spürte er die Wut auf seinen Vater noch mehr als zuvor. Wie konnte er ihn auf diese Mission schicken? Nun hatte er es plötzlich sehr eilig, seine Botschaft loszuwerden, um es endlich hinter sich zu haben. Er zog aus einem Beutel das in Zeitungspapier eingewickelte Geld hervor und legte es vor Jonathan auf den Tisch.

»Was soll das werden?«, fragte der skeptisch.

»Ein Gruß von meinem Vater. Das ist alles, was er hat! Geld, damit du dich nicht mehr in Melbourne sehen lässt«, erklärte Steven hastig.

Jonathan musterte ihn fassungslos. »Du willst mir Geld anbieten, damit ich aus Vickys Leben verschwinde?«

»Nicht ich, mein Lieber! Ich verabscheue solche Methoden, aber mein Vater pflegt unliebsame Partner seiner Kinder auf diese Weise loszuwerden. Alba, meine spanische Geliebte, ist zum Schein darauf eingegangen und für einige Monate woanders untergekommen, aber sie hat ihre Behausung nie wirklich aufgegeben. Was wirst du tun?«

Jonathan wickelte das Geld aus und begann zu zählen. »Junge, Junge, hübsches Sümmchen«, murmelte er.

»Du nimmst es? Kluge Entscheidung. Dann bleibt es mir erspart, dir den zweiten Teil der Botschaft zu überbringen.«

»Doch, doch, lass hören!«, forderte Jonathan und kniff seine Augen zu gefährlichen Schlitzen zusammen.

»Wenn du das nicht nimmst und dich noch einmal in die Spencer Street wagst, kann Vater für nichts garantieren, auch nicht für dein Leben«, ratterte Steven seinen Text herunter.

»Darauf ein Prosit!«, spottete Jonathan, trank hastig das zweite Glas aus und goss sich ein drittes ein.

Das Verhalten des Goldgräbers verunsicherte Steven. Er hatte einen Wutausbruch des Mannes erwartet. Womöglich kam der ja noch, überlegte Steven. »Und?«, fragte er, kaum dass er das dritte Glas geleert hatte.

»Willst du wissen, ob ich bestechlich bin oder ob ich nun vor Angst zittere?«, gab Jonathan zurück.

»Die Sache ist nicht auf meinem Mist gewachsen. Ich bin nur der Bote. Mir kannst du also ruhig sagen, wie du zu Vaters Vorschlag stehst.«

»Gut, dann richte ihm aus, dass ich weder bestechlich noch ängstlich bin.«

»Und was heißt das?«

»Dass ich demnächst mit ein paar Leuten vor eurer Tür stehen und mich nicht fortrühren werde, bis ich Vicky gesprochen habe«, sagte er drohend.

Steven kämpfte mit sich. Wäre das nicht der geeignete Zeitpunkt, Jonathan reinen Wein einzuschenken und zu stecken, dass Vicky dann gar nicht mehr in der Spencer Street, sondern bei ihrem Mann wohnen würde. Ein Blick in die gefährlich funkelnden Augen seines Gegenübers hielt ihn davon ab, sich als Held der Wahrheit aufzuspielen. Sollte sein Vater doch selbst ausbaden, was er sich mit dieser Lüge einbrockte. Nachher würde dieser Jonathan noch auf ihn losgehen. Nein, er erfüllte seinen Teil der Abmachung. Mehr nicht! Außerdem setzte bereits eine gewisse Wirkung des Alkohols ein und entspannte ihn zunehmend. Er deutete auf das hübsche Sümmchen, das dort auf dem Tisch vor ihnen lag.

»Und was machst du damit?«

Jonathan kratzte sich nachdenklich am Kinn. »Tja, was machen wir damit?«, wiederholte er in einem fast bedrohlichen Ton. Er musterte Steven aus glasigen Augen. Auch er spürte die Wirkung des Alkohols bereits. »Was würde dein Vater eigentlich dazu sagen, wenn er dich in so einer Spelunke betrunken auffände?«

Steven lachte verlegen. »Sagen wir mal so. Ich bin in Melbourne unter seiner Aufsicht, damit ich die Finger davon lasse. Deshalb hat er mir alle Geldmittel gekürzt, sodass ich nicht mal mehr ein Pfeifchen rauchen könnte.«

»Du würdest aber gern?«, fragte Jonathan lauernd.

Steven nickte.

»Gut, dann bediene dich!« Er deutete mit einem teuflischen Grinsen auf den Packen Geld.

»Du meinst, ich kann mir etwas nehmen?«

»So viel du willst. Meinetwegen steck alles ein.«

Steven überlegte kurz, doch dann konnte er nicht widerstehen. Er nahm das Geld und stopfte es in die Tüte zurück.

»Und nun feiern wir!«, sagte Jonathan in einem Ton, der keinen Widerspruch duldete.

Ein bisschen unheimlich war Steven das Verhalten des Goldgräbers, aber nach drei Whisky würde er mit Sicherheit nicht »Nein« sagen, zumal er ohnehin vorhatte, bei Alba, seiner spanischen Flamme, die in einem der Holzverschläge ein Stück den Weg hinauf wohnte, zu nächtigen. In diesem Zustand konnte er unmöglich seinem Vater unter die Augen treten. Und zu ihr konnte er auch betrunken kommen, war sie doch selbst dem Alkohol nicht abgeneigt. Ihr eifersüchtiger Ehemann war weit weg auf den Goldfeldern. Sonst würde Steven Alba sicherlich keinen Besuch abstatten, hatte der Kerl ihn doch beim letzten Mal in der Hütte erwischt und ihm gedroht, sollte er seinen Arsch noch einmal nach Canvas Town bewegen, würde er ihm die Eier abschneiden.

»Dann hole ich noch eine Flasche.« Steven schwankte schon leicht, als er aufstand. »Und bring doch etwas von dem Opium mit«, rief ihm Jonathan hinterher. Er wollte nur noch eines: sich betäuben und keinen Gedanken mehr daran verschwenden, was für Drecksäcke doch die sogenannten Herren waren.

Boten ihm Geld und bedrohten ihn mit dem Tod! Aber er würde wiederkommen, und zwar nicht allein. Für den Besuch würde er eine kleine Kampftruppe aus Ballarat zusammenstellen. Wo nur Chui abgeblieben ist, fragte er sich zum wiederholten Mal, und seine Hoffnung, dass er in einer Opiumhöhle versackt war, schwand dahin. Er traute diesem Mister Stewart alles zu. Aber wenn man Chui etwas angetan hatte, würde er seinen Tod bitter rächen! Jonathan hielt mitten im Gedanken inne und musste plötzlich an Vickys letzten Brief denken. Er hatte insgeheim gehofft, dass sie womöglich schwanger war und ihr Vater unter diesen Umständen sogar ihre Ehe mit einem zu Reichtum gekommenen Goldgräber würde dulden müssen. Da bin ich leider auf dem Holzweg, dachte er bedauernd, denn den Vater seines Enkelkindes würde dieser Mann mit Sicherheit nicht mit dem Tod bedrohen. Aber was wollte sie mir dann wohl sagen, fragte er sich und goss sich den Rest aus der Flasche ins Glas. Sosehr er das Teufelszeug auch verachtete, in diesem Augenblick tat es gute Dienste.

Steven kehrte mit dem Alkohol, zwei Klumpen von rauchbarem Opium und den Pfeifen zurück.

»Am besten, du machst es dir auf den Kissen bequem«, schlug ihm Steven fachmännisch vor. Der macht das nicht zum ersten Mal, dachte Jonathan und folgte dem Ratschlag. Steven reichte ihm Feuer. Es dauerte eine Zeit, bis wirklich etwas Rauch aus seiner Pfeife drang. Jonathan, der keinen Tabak rauchte, bekam sofort einen Hustenanfall und wollte das ganze Unternehmen schon abbrechen, aber dann nahm er noch einen Zug und gewöhnte sich an das Zeug.

Nach ein paar Minuten fiel alles von ihm ab. Er fühlte sich angenehm betäubt, und das wilde Toben der Gedanken in seinem Kopf wurde zu einem ruhigen Fluss, bis das Grübeln einer berauschten Entspanntheit wich.

Mit der Ruhe war es jäh vorbei, als plötzlich ein in einer für Jonathans fremden Sprache fluchender Mann auf Steven zugeschossen kam. In der rechten Hand hielt er eine Flasche mit einem abgebrochenen Flaschenhals, die er wie eine Waffe führte.

»*Marrano! Marrano!* Du hast zum letzten Mal meine Frau gefickt!«, brüllte er und versuchte sich mit der Flasche auf Steven zu stürzen, der in seinem Rausch völlig weggetreten zu sein schien. Trotzdem konnte er dem Angriff gerade noch rechtzeitig ausweichen und wehrte sich nun mit Händen und Füßen. Er schaffte es sogar, dem Kerl das mörderische Ding zu entwenden, und zwar so geschickt, dass er die richtige Seite der Flasche zu fassen bekam. Daraufhin stürzte sich der Mann auf Steven und versetzte ihm einen Boxhieb auf die Nase. Jonathan sah diesem Kampf mit schreckensweit aufgerissenen Augen zu. Er versuchte sich aufzurappeln, um Steven zu helfen, den Berserker abzuwehren, aber er konnte sich nicht rühren, er war wie gelähmt und schaffte es dann aber wenigstens, sich kurz aus den Kissen zu erheben, in die er aber sogleich grob zurückgestoßen wurde. Hilflos musste er mit ansehen, wie sich plötzlich eine gewaltige Blutfontäne über die Kissen ergoss und der Angreifer lautlos in sich zusammensackte. Jonathan wollte erneut aufspringen, aber er hatte keinerlei Kraft. Seine Muskeln wollten ihm partout nicht gehorchen. Außerdem wurde ihm schummrig, und er spürte ein Kribbeln im ganzen Körper. Ein sicheres Zeichen, dass sein Kreislauf ihm den Dienst versagte. Wie durch eine Nebelwand hörte er lautes Geschrei, und er fühlte, wie jemand stark an ihm zerrte. Er wollte dagegen protestieren, aber er brachte keinen Ton heraus. Das Letzte, was er hörte, waren die Worte des chinesischen Betreibers der Opiumhöhle. »Werft sie auf die Straße, und verpisst euch, bevor die Polizei kommt!« Dann war alles schwarz.

24

William war zu später Stunde schließlich auf seinem Stuhl eingeschlafen, nachdem er am Essen herumgenörgelt und dem Hund – angeblich versehentlich – mit voller Wucht auf den Schwanz getreten war. Vicky und Frederik beratschlagten nun, ob sie ihn wecken oder vorsichtig auf den Divan im Salon legen sollten.

»Ich finde, wir sollten keine schlafenden Hunde wecken«, lachte Vicky.

»Du meinst wohl, das kleine Stinktier«, entgegnete Frederik scherzhaft, doch dann musterte er seine Frau entschuldigend. »Es tut mir so leid, dass er dir das Leben schwer macht.«

Vicky strich Frederik zärtlich über die Wangen. »Wenn wir zusammenhalten, kann er doch gar nichts ausrichten. Und wenn er eines Tages merkt, wie schön es ist, eine Familie zu haben, wird er sich früher oder später mit seiner ›neuen Mutter‹ anfreunden.«

»Gut, aber ich finde, heute verfrachten wir ihn so sanft aufs Sofa, dass er nicht aufwacht.«

»Und wir? Willst du mich denn nicht in deine Höhle schleppen?«

»Nein, heute noch nicht. Ich habe da eine andere Idee«, entgegnete er geheimnisvoll.

»Und die wäre?«

»Ich übernachte mit dir in deinem Zimmer.«

Vicky brach in lautes Gekicher aus. »Du hast vielleicht Gelüste«, zog sie ihn auf, obwohl sie die Vorstellung, eine gemeinsame letzte Nacht unter dem Dach ihrer Eltern mit Frederik zu verbringen, durchaus reizte.

Und schon hatte Frederik seinen schlafenden Sohn mit einem geschickten Griff auf den Arm genommen und ihn auf dem Sofa abgelegt. Vicky holte ein warmes Plaid aus dem Schrank, zog ihm die Schuhe aus und deckte ihn zu. Wie friedlich er so dalag, konnte man meinen, dieses Kind wäre der reine Engel. Eine blonde Locke fiel ihm in die Stirn, und seine Züge waren so weich, wie man sie bei ihm im wachen Zustand nicht kannte.

»Ach, was würde ich darum geben, wenn er eines Tages so entzückend wäre, wie er jetzt gerade aussieht.«

»Er ist so hübsch, wenn er nicht die Lippen zusammenpresst«, ergänzte sie und strich dem Jungen über sein schlafendes Gesicht, was er mit einem Lächeln quittierte. Erschrocken zog Vicky die Hand weg. »Das kenne ich ja gar nicht von William.«

»Das war ein Anfang. Warte nur, wenn er morgen früh aufwacht, ist er ein Herzchen. Er hat doch einen guten Kern und könnte keiner Fliege etwas zuleide tun.

Vicky kostete es sehr viel Überwindung, ihm nicht die Sache mit der Riesenkrabbenspinne zu erzählen, aber sie nahm sich einfach vor, den Jungen im Auge zu behalten und sich in Zukunft intensiv um ihn zu kümmern.

»Dann tragen Sie mich mal über meine Zimmerschwelle, Mister Bradshaw«, lockte Vicky ihn keck.

»Nichts lieber als das, Misses Bradshaw«, erwiderte er.

Hand in Hand verließen sie den Salon. Im Flur begegnete ihnen Louise im Morgenrock.

»Was macht ihr denn noch hier?«, erkundigte sie sich missmutig. »Wolltest du nicht längst in deinem neuen Heim sein?«

»Es ist etwas dazwischengekommen. William schläft so süß.

Und da wollten wir ihn nicht aufschrecken, sondern bleiben einfach hier«, erklärte Vicky.

Louise stand die Kritik an der lockeren Art ihrer Schwester förmlich auf der Stirn geschrieben. Sie musterte Frederik abfällig.

»Na, dann viel Spaß«, stieß sie uncharmant hervor.

»Ich kann nichts dafür, dass sich dein Verlobter vorhin ohne einen Kuss von dir verabschiedet hat«, entgegnete Vicky spitz.

»Gute Nacht, Louise, träum schön!«, wünschte Frederik seiner Schwägerin in versöhnlichem Ton.

»Du bist aber auch biestig«, schalt er seine Frau scherzhaft, als Louise außer Hörweite war.

»Hast du das nicht gesehen? Er ist aufgesprungen und hat gesagt, er ginge jetzt. Er hat sich von niemandem verabschiedet. Also, ich würde nie einen solchen Klotz heiraten wollen«, sagte sie im Brustton der Überzeugung.

»Ich gebe zu, ich würde deiner Schwester auch einen charmanteren Mann als diesen Dummkopf wünschen.«

Sie waren jetzt vor der Tür angekommen. Frederik packte Vicky mit einem Griff und hob sie hoch. »Du willst mich wirklich tragen?«, lachte sie. Frederik ächzte und keuchte übertrieben, als er sie auf der anderen Seite sicher absetzte.

Ihre Blicke trafen sich. »Hast du gedacht, dass wir uns einmal so gut verstehen würden?«, fragte sie geradeheraus.

Frederik nickte. »Das habe ich ziemlich bald geahnt. Deshalb wollte ich dich ja unbedingt heiraten. Ich wollte wieder lachen und das Leben genießen. Und das kann mit dir eine wahre Freude werden.«

»Und hast du heute an deine Frau gedacht?« Vicky schlug sich die Hand auf den Mund, kaum dass sie die Frage ausgesprochen hatte. Das ist wirklich nicht passend, so direkt vor der Hochzeitsnacht, ermahnte sie sich.

»Du bist unmöglich. Andere Frauen würden dieses Thema geflissentlich vermeiden. Hast du gar keine Angst vor der Antwort?«

Vicky schüttelte eifrig den Kopf. »Es ist doch viel besser, wenn wir darüber sprechen, als es zu verstecken wie ein schmutziges Geheimnis.«

»Als wir vor den Altar traten. Für den Bruchteil einer Sekunde sah ich sie vor mir stehen, als wir damals geheiratet haben, aber dann hatte ich nur noch Augen für dich!«

Vicky lächelte verschämt. »Das ging mir ganz genauso. Als du zum Altar kamst, habe ich mir Jonathan vorgestellt, wie er wohl aussehen würde in seinem festlichen Anzug, doch dann war er wieder fort, und dein Wesen hat die Kirche und mein Herz erfüllt.«

Frederiks Lippen näherten sich ihren, und Vicky beugte sich ihm entgegen und öffnete den Mund. Das Spiel ihrer Zungen war innig, aber nicht aufgeregt. So als hätten sie alle Zeit der Welt, sich einfach nur zu küssen. Vicky wunderte sich, dass ihre Knie nicht weich wurden, so wie damals bei Jonathan, aber dafür breitete sich in ihrer Brust eine angenehme Wärme aus. Vicky spürte in jeder Pore, dass es anders war als jemals mit Jonathan. Nachdem sich ihre Lippen voneinander gelöst hatten, führte Frederik sie zu ihrem Bett.

»Ich möchte dich gern ausziehen«, schlug er heiser vor. Sie nickte und lächelte ihn an, bevor sie es zuließ, dass er ihr das Hochzeitskleid, ihre Korsage und die Unterkleider förmlich vom Körper streichelte. Er ließ sich viel Zeit und strich mit den Fingerspitzen ganz zart über jedes Stück nackter Haut, das sich seinen aufmerksamen Augen bot.

Als sie ungeduldig anfing, an seinem Hemd zu nesteln, bat er sie, ganz ruhig zu liegen. »Wir haben alle Zeit der Welt«, flüsterte er sichtlich erregt. Vicky folgte seinem Befehl, lag einfach nur da und genoss, wie er jeden Zoll ihres Körpers betrachtete. Dann fing er an, ihren nackten Körper zu küssen. Er ließ keine Stelle aus. Weder ihre Brust noch ihren Schoß. Als er seine Zunge zwischen ihren Schenkeln spielen ließ, spürte sie, wie alles in ihr zu pochen begann und sie unter seinen weichen Lippen explodierte. Sie umklammerte ihn und hauchte ihm Liebesworte ins Ohr. Nun aber wollte sie mehr, machte sich erneut an seinem Hemd zu schaffen, doch Frederik spielte mit ihr. Ihm schien es zu gefallen, ihre Ungeduld zu reizen. »Warte!«, sagte er heiser, bevor er sich ganz entspannt auf den Rücken legte.

Für Vicky das Zeichen, dass sie ihn nun endlich von seiner Kleidung befreien durfte. Sie fand Spaß an dem Spiel und machte sich langsam und genüsslich daran, ihn auszuziehen. Er war sehr muskulös, was Vicky gut gefiel. Nachdem sie ihn betrachtet und gestreichelt hatte, kuschelte sie sich in seinen Arm. Als er in sie eindrang, war sie ganz still. Sie wollte auf keinen Fall ihre Familie an ihrem Glück teilhaben lassen, aber Frederiks und ihre Augen waren in dem Augenblick ihrer Vereinigung tief ineinander versunken. Vicky hatte sich in ihrem ganzen Leben noch keinem Menschen so nahe gefühlt wie Frederik Bradshaw, ihrem Ehemann. Als er viel später zärtlich über ihren immer noch flachen Bauch streichelte, vergaß sie für den Bruchteil eines Augenblickes, dass er nicht der Vater ihres Kindes war.

25

Nachdem der letzte Gast gegangen war, wanderte Samuel nervös im Garten auf und ab. In dieser Nacht war Vollmond, sodass sich seine Gestalt im fahlen Mondlicht abzeichnete. Seine Sorge galt Steven. Er war gegen alle Absprachen nicht zum Fest zurückgekehrt. Dabei hatte er dem Brautpaar versprochen, noch ein paar Lieder am Klavier zum Besten zu geben. Nun hatten sie vergeblich auf seinen musikalischen Festbeitrag gewartet. Vicky schien darüber sehr enttäuscht gewesen zu sein. Sie hatte sich auf Frederiks Bitte hin dann selbst ans Klavier gesetzt und ihrem Mann ein bezauberndes Ständchen gebracht. Ach, wenn es doch mit Steven auch so ein gutes Ende nehmen würde, dachte er und befürchtete in demselben Augenblick, dass er in seiner Mission gänzlich versagt hatte und dass die Gefahr noch nicht gebannt war und dieser Goldgräber in seinem Garten stehen würde …

»Na, ist dein famoser Plan schiefgelaufen?«, hörte er plötzlich eine hämische Stimme hinter sich sagen. Samuel fuhr herum und blickte in Archibalds schadenfreudiges Gesicht. Der Richter verdrehte die Augen. »Hast du mich erschreckt! Wo kommst du her?«

»Nachdem du einem Gespräch unter vier Augen den ganzen Abend ausgewichen bist, habe ich beschlossen, noch einmal zurückzukehren, und zwar in der Hoffnung, dich wach vorzufinden. Ich finde es albern, dass du mir nicht sagst, wie du diesen Goldgräber ausgeschaltet hast.«

Samuel stieß einen tiefen Seufzer aus. Die Angst, dass etwas schiefgelaufen war, saß ihm in allen Knochen. Trotzdem zögerte er, sich Archibald anzuvertrauen.

»Nun rede schon! Was ist passiert?«

Der Richter zog seinen Schwiegersohn in den Schatten eines Riesenbaumes. Er sah ein, dass er keine Wahl hatte. Allein würde er es nicht schaffen. Dazu war das Gefühl in seinem Bauch, dass sein Plan missglückt war, zu stark.

In knappen Worten berichtete er Archibald, dass er Steven zu dem Treffen auf der Brücke geschickt hatte. Der Gefängnisdirektor fasste sich theatralisch an den Kopf. »Um Himmels willen, Samuel, bist zu wahnsinnig? Du kannst doch unmöglich deinen labilen Sohn mit einem Haufen Geld zu diesem Kerl schicken. Der nimmt es ihm im Handumdrehen ab und lässt sich doch nicht von ein paar butterweichen Worten davon abhalten, bei euch vor der Tür zu stehen!«

»Gut, das war vielleicht leichtsinnig, aber ist es wirklich besser, sich zwei verurteilte Verbrecher zu Handlangern und damit zu Komplizen zu machen?«

Archibald setzte ein unschuldiges Gesicht auf. »Komplizen? Wie meinst du das?«

»Wie ich es sage. Verkauf mich nicht für dumm. Die beiden haben den Chinesen doch auf dem Gewissen und dich damit in der Hand. Hast du dir vorher einmal überlegt, was das heißt?«

»Aber Samuel, wovon redest du?«

»Von den beiden Kerlen, die ich verurteilt habe und die in deinem Gefängnis gelandet sind. Und mit denen du einträchtig beieinandergestanden hast!«

»Ach so, die beiden Verbrecher! Meine Komplizen, ich muss doch sehr bitten! Die beiden Galgenvögel sind gerade bei dem Versuch, einen Chinesen im Hof des Gefängnisses zu ermorden, von den Wachen erschossen werden. Und wen meinst du mit ›dem Chinesen‹? Meinst du das Schlitzauge mit dem Namen Chui, das bei mir einsaß, weil es Opium bei sich hatte?«

Samuel sah seinen zukünftigen Schwiegersohn fassungslos an.

»Wer hat ihn denn verurteilt?«

»Ach, mein Lieber, du weißt so gut wie ich, dass wir ihn keinem deiner Kollegen vorführen können, weil ihm dann womöglich tatsächlich noch jemand die Geschichte abnehmen könnte, die ihm vor dem Haus des ehrenwerten Richters Stewart widerfahren ist. Aber du wirst lachen. In den Sachen, die wir in seinem Hotel gefunden haben, war tatsächlich Opium. Und dir wird bekannt sein, dass es illegal ist.«

»Habt ihr es ihm untergeschoben?«, hakte Samuel unwirsch nach.

»Ich muss doch sehr bitten«, lachte Archibald.

Wieso habe ich zuvor nie gemerkt, dass dieser Mann in der Tat mit allen Wassern gewaschen ist, ging es Samuel schuldbewusst durch den Kopf, er hat aber auch an alles gedacht. Sogar daran, die Mitwisser rechtzeitig auszuschalten. Und keiner würde ihm je etwas nachweisen können.

»Und den Chinesen? Wirst du ihn auch verschwinden lassen?«, fragte der Richter.

»Wo denkst du hin? Der Mann ist inzwischen sicher auf einem Schiff nach China unterwegs. Ich musste ihn nach dem Schreck des Mordversuchs aus dem Gefängnis entlassen. Er war dort nicht mehr sicher. Dieser Chui war mir unendlich dankbar, auch, dass ich ihm sein Hab und Gut gelassen habe. Bis auf das Opium natürlich.« Archibald grinste breit.

Samuel atmete ein paarmal tief durch. »Und was machen wir nun? Ich habe solche Angst, dass Steven etwas zugestoßen ist.«

»Dann müssen wir uns wohl auf die Suche machen. Ich nehme an, dass er bei diesem Weibsbild in Canvas Town ist«, bemerkte Archibald abfällig.

Samuel wurde noch blasser. »Woher weißt du von dieser Frau?«

»Glaubst du, Louise bekommt nichts mit von dem, was ihre nichtsnutzigen Geschwister so treiben? Du hast die Ratte auch schon mal bezahlt, damit sie Melbourne verlässt. Das hätte dir eine Lehre sein müssen, dass Geld kein Mittel ist, um so einem Pack beizukommen!«

Archibald und Samuel verließen eilig das Grundstück und machten sich auf zur verrufenen Zeltstadt auf der anderen Seite des Flusses. Je näher sie dem Fluss kamen, desto belebter wurden die nächtlichen Straßen. Auch auf der Princes Bridge herrschte reges Treiben. Viele betrunkene Männer wankten in die Stadt zurück. Es war bekannt, dass es in den Bordellen von Canvas Town für jeden noch so ausgefallenen Männergeschmack etwas gab, und vor allem, dass es die Damen aus aller Welt billiger machten als die einheimischen Dirnen.

»Was ist nur aus unserer Stadt geworden?«, seufzte Archibald. »Ein Moloch!«, fügte er angewidert hinzu.

»Hast du schon jemals einen Fuß nach Canvas Town gesetzt?«, fragte Samuel skeptisch, als sie der Zeltstadt im fahlen Mondlicht immer näher kamen.

»Nein, und das hatte ich eigentlich auch nicht vor«, entgegnete Archibald energisch.

»Ich war einmal hier, als ich der gewissen Dame das Geld geboten habe, damit sie verschwindet. Ich befürchte, sie ist niemals fort gewesen, sondern hat mich nur ausgenommen. Hoffentlich finde ich den Weg.«

Archibald rümpfte die Nase. »Das will ich hoffen, denn ich möchte hier keine Sekunde länger verweilen als nötig.«

Samuel erinnerte sich dunkel, dass sie durch die Zeltreihen hindurch zu einer Art Hauptstraße gelangten, wo es ein paar notdürftig zusammengezimmerte Bretterbuden gab. Dort hatte er der Frau das Geld gebracht. In gewisser Weise konnte er seinen Sohn sogar verstehen, denn dieses Weib war von außerordentlicher Schönheit mit ihrem pechschwarzen, dicken Haar, ihren feurigen Augen und ihrem sinnlichen Mund. Ihm persönlich war das zwar zu exotisch, aber es war kein Wunder, dass ein junger Kerl wie sein Sohn dieser spanischen Versuchung erlegen war.

»Sind wir bald da? Hier stinkt es«, bemerkte Archibald angeekelt.

Mit seinen Worten riss er Samuel aus seinen Gedanken, und just in diesem Augenblick erreichten sie den Weg, den der Richter gesucht hatte. Die vom fahlen Mondlicht beschienenen Bruchbuden zu beiden Seiten boten ein trostloses Bild.

»Ich glaube, es war auf der anderen Seite des Weges«, sagte Samuel und sah sich prüfend um. Sein Blick blieb an drei menschlichen Körpern hängen, die vor einem Haus im Dreck lagen. Er konnte es von ferne nicht genau erkennen, aber in seinem Inneren breitete sich ein unangenehmes Gefühl aus. Diese Menschen bedeuteten nichts Gutes. Ob wir umkehren und flüchten sollten?, fragte sich der Richter, doch Archibald war bereits zielstrebig auf diese Leute zugegangen. Was, wenn sie gleich aufspringen und uns ausrauben oder Schlimmeres?, ging es Samuel panisch durch den Kopf.

Das schien Archibald nicht zu kümmern, denn er begann jetzt zu rennen, direkt auf die Leute zu. Ob sie ihrer Hilfe bedurften? Samuels Augen waren in den letzten Jahren merklich schlechter geworden. Er hatte wirklich einiges an Sehkraft eingebüßt, und manchmal befürchtete er, im Alter zu erblinden. Doch dann, als er nur noch ein paar Schritte entfernt war und beobachtete, wie sich Archibald über eine der Gestalten beugte, durchzuckte ihn ein eisiger Schreck. Der Mann, der mit dem Rücken an der Bretterbude kauerte, war sein Sohn Steven, aber wer waren die beiden anderen, die im Staub der Straße lagen und sich nicht mehr rührten?

Samuel wurde übel, doch er setzte ganz mechanisch einen Fuß vor den anderen. Sein Sohn war unzweifelhaft am Leben. Er brabbelte Unverständliches vor sich hin. Er war jedenfalls lebendiger als die beiden anderen Kerle. Der eine war der Goldgräber, was Samuel nicht sonderlich erschütterte. Das hätte er sich beinahe denken können, nachdem er seinen Sohn erkannt hatte. Er näherte sich dem Goldgräber, um sich davon zu überzeugen, dass er am Leben war. Ja, sein Herz schlägt noch, dachte der Richter, und er wandte sich dem zweiten Mann zu, der am Boden lag. Es war ein dunkler Lockenkopf. Das Gesicht konnte der Richter nicht sehen, weil er bäuchlings im Staub lag. An seinem Hals klaffte eine tiefe Wunde, und überall war Blut. Und es gab auch keine Frage, womit man ihn aufgeschlitzt hatte. Neben seinem Kopf lag eine Flasche mit einem abgebrochenen Hals, die blutverschmiert war.

Samuel hockte sich neben den toten Mann, als er Archibald zischeln hörte: »Halt den Mund, Junge, lass uns machen!«

Erschrocken hob der Richter den Kopf. Archibald hatte Steven bei den Schultern gepackt und schüttelte ihn wie eine Stoffpuppe hin und her. Der Blick seines Sohnes war teilnahmslos.

Samuel drehte derweil den Mann auf den Rücken. Er hatte einen dunklen Teint und braune Augen, aber die waren unnatürlich weit aufgerissen. Der Richter konnte sich gerade noch abwenden, bevor er sich in den grauen Sand übergab.

»Jetzt komm doch endlich her!«, rief Archibald. Der Richter – weiß wie eine Wand – robbte sich über den Sand zu Steven hin. »Ich habe ihn nicht umbringen wollen, Vater, glaube mir«, jammerte der.

»Halt doch endlich deinen betrunkenen Mund!«, herrschte Archibald seinen zukünftigen Schwager an.

»Nein, rede!«, befahl ihm der Richter.

»Vater, er war plötzlich da, Albas Mann, drohte mir, mich mit der Flasche abzustechen, aber ich habe sie ihm entwendet, wir haben gerangelt, da spritzte das Blut aus seinem Hals. Mehr weiß ich nicht.«

Steven streckte seine zitternde Hand nach der seines Vaters aus. Samuel nahm sie und drückte sie fest. »Es wird alles gut, es wird alles wieder gut«, redete er beruhigend auf seinen Sohn ein. »Es war Notwehr. Jedes Gericht wird dich freisprechen!«

»Bist du von allen guten Geistern verlassen?«, mischte sich Archibald ein, dessen Anwesenheit Samuel für den Bruchteil einer Sekunde vergessen hatte. Er fuhr erschrocken herum. »Aber er hat doch in Notwehr gehandelt. Das wird jeder meiner Kollegen genauso sehen«, versuchte er, sich zu verteidigen.

»Dein Sohn hat gar nichts getan«, verkündete Archibald in scharfem Ton.

»Und was ist das?« Samuel deutete auf den toten Spanier.

»Hat er nicht! Hörst du?« Archibald hatte sich bedrohlich über seinen Schwiegervater gebeugt.

»Aber …«

»Dieser Kerl da …« Er deutete auf Jonathan. »Der hat den Spanier niedergestreckt!«

»Nein, hörst du nicht, was Steven uns da zu beichten versucht?« Die Stimme des Richters klang leicht verzweifelt.

»Samuel! Muss man dir wirklich alles erklären? Der Goldgräber hat den Spanier abgestochen! Und deshalb nehme ich ihn mit ins Gefängnis!«

»Aber du kannst doch nicht schon wieder einen Mann spurlos verschwinden lassen. Ohne Prozess und ohne Urteil.«

Archibald lachte hämisch auf. »Wer sagt denn, dass er keinen gerechten Prozess bekommt? Nicht bei dir vielleicht, aber bei einem deiner Kollegen. Sie werden ihn garantiert zu einer Gefängnisstrafe verurteilen.«

»Aber er hat nichts getan!«, protestierte Samuel verzweifelt.

»Doch, er hat einen Menschen abgestochen«, entgegnete Archibald ungerührt. »Und dafür gibt es einen Zeugen.« Er fasste Steven brutal unter das Kinn. »Du kannst doch bezeugen, dass es der Kerl da war, der mit der Flasche auf den anderen los ist, oder?«, fragte er mit unerbittlicher Strenge.

»Nein, ich habe den Mann …«, erwiderte Steven.

»Du irrst dich. Der Goldgräber hat den Spanier umgebracht! Und wir brauchen dich vor Gericht als Zeugen, lieber Steven.« Archibald tätschelte seinem Schwager die Wangen.

»Aber das ist …«, entgegnete Samuel schwach, doch da hatte Archibald ihn bereits unsanft am Arm gepackt. »Sieh mich an! Du willst keinen Mörder in der Familie haben, oder?«

Der Richter schüttelte den Kopf.

»Gut, dann sag deinem Sohn, was er zu tun hat. Sonst kannst du dich morgen vom Dienst abmelden. Ein oberster Richter, dessen Sohn des Mordes verdächtigt ist, ich glaube kaum, dass du dann noch im Gericht erwünscht bist«, bemerkte Archibald drohend.

Samuel Stewart wusste in diesem Augenblick, dass er verloren hatte. Seine ganze moralische Integrität war mit einem Schlag beim Teufel. Archibald hatte recht. Er als Richter konnte sich einen Mörder als Sohn wahrlich nicht leisten. Genauso wenig wie einen glückssuchenden Schwiegersohn, in dessen Adern das Blut der Ureinwohner floss und der seine Tochter geschwängert hatte. Nein, er musste jetzt an sich denken und zwei Fliegen mit einer Klappe schlagen. Der Richter holte tief Luft, bevor er sich an seinen Sohn wandte.

»Hörst du mich?«, fragte er.

Steven nickte.

»Wenn du unbeschadet aus dieser Sache hervorgehen willst, dann folge genau meinen Anweisungen«, bellte er.

»Ja, Vater, ich tue alles, wenn ich nur nicht ins Gefängnis muss«, winselte Steven.

»Musst du nicht, wenn du das tust, was ich von dir verlange!«, verkündete Samuel. »Du wirst schwören, dass der Goldgräber dem Spanier den Hals aufgeschlitzt hat.«

»Der Goldgräber hat dem Spanier den Hals aufgeschlitzt!«, wiederholte Steven wie ein Papagei.

»Gut, dann werde ich jetzt einen Polizisten holen, dem du deine Geschichte erzählen wirst.«

Schon war Archibald im Dunkel der Nacht verschwunden.

»Vater, wird man ihn verurteilen?«, fragte Steven ängstlich.

»Das kommt auf deine Aussage an. Wenn du behauptest, dass der Goldgräber ihn bei einer Prügelei abgestochen hat, könnten ein paar Jahre dabei rausspringen.«

»Aber, das wäre doch hundsgemein, wenn er für etwas ins Gefängnis müsste, was er gar nicht getan hat«, widersprach Steven seinem Vater.

»Junge, Junge, du willst wohl nicht begreifen, dass wir keine andere Chance haben.« Mit diesen Worten stand der Richter auf, schnappte sich die blutige Flasche und drückte sie Jonathan, der nun leise vor sich hinstöhnte, in die Hand.

Jonathan öffnete die Augen und fasste sich an den Schädel. »Was ist passiert?«, fragte er heiser und starrte erst den Richter an und dann Steven. »Wo ist der Kerl mit der Flasche?«

»Der liegt da drüben in seinem Blut«, entgegnete Samuel

ungerührt. Jonathan richtete sich stöhnend auf und warf einen Blick auf den toten Mann. »Ach, ja, jetzt erinnere ich mich dunkel. Ihr Sohn hat in Notwehr gehandelt. Der Kerl ist mit dem Ding auf ihn los«, erklärte er entschuldigend.

»Ich glaube, du träumst, Bürschchen. Du hast den Spanier aufgeschlitzt, oder was ist das da?«

Jonathan blickte entgeistert auf die Flasche in seiner Hand. »Nein, ich habe den Kerl nicht angerührt.«

»Das kannst du der Polizei erzählen, wenn sie kommt.«

»Steven, sag deinem Vater, wie es gewesen ist. Dass du es warst!«, flehte Jonathan, dem Übles schwante.

»Aber warum soll ich lügen?«, fragte Steven. »Du warst es. Du hast dich mit dem geprügelt und ihm die Flasche in den Hals gerammt.«

»Steven, ich weiß ja, dass man unter Opiumeinfluss Dinge sieht, die es gar nicht gibt, aber ich habe ganz wenig von dem Zeug genossen. Ich weiß es noch genau.«

In diesem Augenblick kehrte Archibald mit einem Polizisten zurück. Bevor er sich überhaupt ein Bild von dem Tatort machen konnte, begann Jonathan ihm zu schildern, was er dunkel in Erinnerung hatte.

Der Polizist aber stierte die ganze Zeit auf die Flasche in Jonathans Hand.

»Ist das die Tatwaffe?«, fragte er.

Jonathan nickte.

»Und wie kommt sie in Ihre Hand?«

»Ich weiß es nicht«, entgegnete er verzweifelt.

»Weil er den Spanier aufgeschlitzt hat«, bemerkte der Richter mit Nachdruck. »Mein Sohn war Augenzeuge des Mordes. Er wird das auch vor Gericht beschwören.«

Jonathan schüttelte verzweifelt den Kopf. »Das ist Unsinn, ich habe den Mann nicht angerührt. Ich habe doch auch gar keine Verbindung zu dem Kerl. Er hatte es auf Steven abgesehen, weil der ein Verhältnis mit seiner Ehefrau hatte.«

Richter Stewart lächelte süffisant. »Ich glaube kaum, dass mein Sohn es nötig hat, sich Frauen in Canvas Town zu suchen.«

»Das wage ich auch zu bezweifeln«, mischte sich Archibald ein. Jonathan sah entsetzt von einem zum anderen. Er begriff, dass man ihm in diesem Komplott die Rolle des Verlierers zugedacht hatte.

Jonathan sah nur noch eine Möglichkeit, aus dieser Falle unbeschadet zu entkommen. Er sprang mit einem Satz auf und versuchte wegzurennen, doch der Polizist war schneller und packte ihn am Kragen.

»Schön hiergeblieben, Bürschchen, das war das Schuldeingeständnis. Wir werden dem Kerl wohl eines Ihrer komfortablen Zimmer spendieren, Mister Cumberland«, spottete der Polizist.

Widerstandslos ließ sich Jonathan festnehmen. Er wusste, dass ihm Leugnen und Gezeter nichts nützen würden. Im Gegenteil, das machte ihn nur noch verdächtiger. Er warf Steven einen letzten flehenden Blick zu, doch der wandte sich hektisch ab.

Archibald brachte Jonathan wie einen Verbrecher ins Gefängnis und dort in die kleinste, mieseste und dreckigste Zelle.

»Das werden Sie bereuen. Die Wahrheit wird ans Licht kommen«, zischte Jonathan, der wieder völlig nüchtern war, dem Gefängnisdirektor zu, der die Gittertür zur Zelle mit einem hämischen Lachen zuschloss.

»Was glaubst du, wem das Gericht Glauben schenken wird? Dem Sohn des obersten Richters oder einem hergelaufenen Goldgräber?«

Jonathan fühlte sich in diesem Augenblick so hilflos wie noch nie in seinem Leben. Er setzte sich stumm auf die harte Pritsche und versuchte, an etwas Schönes zu denken, doch gerade als er sich die erste gemeinsame Nacht mit Vicky ins Gedächtnis rief, kam eine Ratte unter dem Strohsack hervorgekrochen und sah ihn aus ihren Knopfaugen interessiert an. Über Jonathans Rücken rieselte ein eiskalter Schauer, als er begriff, dass diese sogenannten feinen Leute Macht über ihn und sein Leben hatten. Ob man ihm einen Prozess machte oder ihn einfach ohne Urteil in der Zelle vergaß, Hauptsache war für diese Kerle doch, dass er Vicky niemals wiedersehen würde …

3. TEIL

26

Das viktorianische Haus mit den vielen Türmchen und Erkern, das direkt am Brisbane River lag und nur das »Schloss« genannt wurde, hatte sich Jonathan Melrose, wie er sich nannte, nachdem er nach über einem Jahr Haft aus dem Gefängnis entlassen worden war, nach eigenen Entwürfen bauen lassen. Archibald Cumberland hatte ihn damals vor die Wahl gestellt: nach Brisbane oder Darwin zu gehen und den Wunsch zu begraben, Vicky je wiederzusehen, oder bis zum Ende seiner Tage im Gefängnis zu verrotten. Jonathan hatte sich für das Leben entschieden, und die Tatsache, dass Vicky inzwischen mit einem anderen Mann verheiratet war, wie ihm der Gefängnisdirektor gesteckt hatte, hatte es ihm leicht gemacht. Es gab Tage, an denen er beinahe vergessen konnte, was ihm Vickys Familie angetan hatte. Aber nur beinahe. Tief in seinem Inneren war er fest entschlossen, sich für den Mord zu rächen, den man ihm einst in die Schuhe geschoben hatte. Und immer wieder quälte ihn die Frage, ob Vicky von dieser Schweinerei gewusst hatte.

Nun lebte er schon viele Jahre in Freiheit und war einer der reichsten Männer Brisbanes geworden. Nur seine Pläne von der Farm hatte er aufgegeben, weil er die Tochter des reichsten Bergbau-Besitzers Brisbanes geheiratet hatte. Elizas Vater hatte ihm die Leitung des Unternehmens anvertraut. Der alte Herr hatte nicht die Nase gerümpft, als er erfahren hatte, dass Jonathan sein sagenhaftes Vermögen auf den Goldfeldern gemacht hatte. Und als Ehemann von Eliza Tucker gehörte

Jonathan zur ersten Gesellschaft von Brisbane. Nach der Entlassung aus dem Gefängnis war er damals direkt nach Ballarat gereist, um mit seinem Kompagnon Ian zu klären, was die Goldmine inzwischen erwirtschaftet hatte. Es war wesentlich mehr gewesen, als er sich jemals zu erträumen gewagt hatte. Bei dem Aufenthalt hatte er damals auch Nicoletta wiedergesehen. Sie wäre sofort mit ihm nach Brisbane gegangen, und auch Jonathan war nicht ganz abgeneigt gewesen. Bis sie ihm, um reinen Tisch zu machen und in der Hoffnung, dass er es ihr nachträglich verzeihen würde, offenbart hatte, dass sie Vicky damals über seine Herkunft aufgeklärt hatte.

Nach diesem Geständnis konnte er Nicolettas Nähe nicht mehr ertragen, und er war, ohne sich von ihr zu verabschieden, bei Nacht und Nebel nach Brisbane gegangen. Schon bald darauf hatte er Eliza kennengelernt, die er überstürzt geheiratet hatte. Und er allein wusste, warum. Sie sah Vicky entfernt ähnlich. Sie war genauso groß und blond wie die Liebe seines Lebens. Ein Mal hatte er sie beim Liebesspiel sogar versehentlich »Vicky« genannt. Eliza hatte vornehm zu dem Fauxpas geschwiegen, und er hoffte, dass ihr diese Verwechslung im Eifer des Gefechts entgangen war. Jonathan war zufrieden mit seinem Leben, er liebte seine beiden Söhne, die Zwillinge Henry und Daniel, die der Grund gewesen waren, warum er Eliza Tucker so schnell geheiratet hatte, und er vergötterte seine Tochter Claire, die zwei Jahre später geboren wurde. Wenn in ihm nicht immer wieder der alles verzehrende Hass auf die Stewarts und Archibald Cumberland aufgelodert wäre, dann wäre er vielleicht ein glücklicher Mann gewesen.

»Schatz, wir müssen los«, ertönte die Stimme seiner Frau. Eliza war eigentlich immer gut aufgelegt. Schlechte Stimmungen kannte er bei ihr kaum. Nur wenn sie ihm ansah, dass er in Gedanken ganz weit in eine vergangene Welt abgetaucht war, zu der sie keinen Zugang hatte, konnte sie so traurig gucken, dass es ihm schier das Herz brechen wollte.

Jonathan, der sich doch so sehr gewünscht hatte, zur feinen Gesellschaft zu gehören, ging es mitunter auf die Nerven, wenn er jeden Abend irgendeine gesellschaftliche Verpflichtung hatte. Heute feierte ein deutscher Reeder ein großes Fest. Brisbane war im Gegensatz zu Melbourne und Sydney eher dörflich, obwohl es der Regierungssitz der 1859 von New South Wales abgespaltenen Kolonie Queensland war. Aber hier oben im Norden, unweit der subtropischen Küste, tickten die Uhren anders. Allein das warme und feuchte Klima ließ alles ein wenig langsamer gehen. Und die Bevölkerungszahlen waren nicht derart explodiert wie in Melbourne und Sydney, weil das abgelegene Brisbane nie vom Goldrausch profitiert hatte. Und somit war die feine Gesellschaft überschaubar.

Bewundernd musterte Jonathan seine Frau. Sie trug ein Kleid, das er noch nie zuvor an ihr gesehen hatte. Es war hellblau und schulterfrei. Der Rock besaß durch die Tournüre, die – zurzeit der neueste Schrei aus dem Mutterland – nur am Hinterteil ausladende Maße besaß, während der Rest Elizas schmale Silhouette betonte.

»Wie eine Prinzessin«, schwärmte Jonathan. Eliza schenkte ihrem Mann ein bezauberndes Lächeln und hakte sich bei ihm unter.

»Mutter!«, rief Claire begeistert aus, als sie ungestüm, wie es ihre Art war, ins Zimmer platzte. »So ein Kleid hätte ich auch gern. Darf ich mir das einmal ausleihen?«

Claire war mit ihren sechzehn Jahren inzwischen genauso groß wie Eliza. Jonathan betrachtete seine Tochter wohlwollend. Sie erinnerte ihn sehr an die junge Vicky, wie er sie damals vor den Strolchen gerettet hatte.

Wie sie wohl heute aussieht?, fragte er sich plötzlich, und

wie so oft überkam ihn aus dem Nichts die Sehnsucht, sie noch einmal im Leben wiederzusehen und aus ihrem Mund die Wahrheit zu erfahren: Hatte sie möglicherweise von dem Komplott ihres Vaters und ihres Schwagers gewusst und ihn ihrem Bruder zuliebe in seiner Zelle schmoren lassen? Und wie immer, wenn er an Vicky dachte, kam ihm auch die Rache an diesem Schweinehund von Cumberland in den Sinn. Immer, wenn er mit den Gedanken zu dieser Geschichte abschweifte, die ihn ein wertvolles Jahr seines Lebens gekostet hatte, ballte er die Fäuste, und seine Miene wurde derart finster, dass dem Gegenüber angst und bange werden konnte.

»Vater, woran denkst du? Doch hoffentlich nicht an das Pferd, das ich mir wünsche?«, lachte Claire und riss ihren Vater aus seinen quälerischen Gedanken.

»Nein, meine Süße, daran dachte ich gerade nicht, auch wenn mir so ein Gaul die Haare vom Kopf fressen wird.«

»Du wirst es mir also kaufen? Oh, Dad!« Claire fiel ihrem Vater um den Hals.

»Junge Dame, das mache ich aus ganz eigennützigen Gründen. Eigentlich wollte ich Farmer werden, und so habe ich beschlossen, dass ich mit meinem Hengst eine kleine Zucht aufbaue. Er ist einfach ein Prachtstück, dessen Erbe weitergegeben werden soll. Zu dem Zweck werde ich ihm eine Stute kaufen.«

»Aber ich kann doch nicht warten, bis die beiden Kinder haben«, bemerkte Claire voller Empörung.

Jonathan schmunzelte. »Nein, ich werde gleich ein paar mehr Pferde kaufen. Auch eine hübsche junge Stute extra für dich, die ich nicht zur Zucht verwenden werde.«

»Und wo willst du die Pferde halten? Die kleine Koppel und der Stall reichen doch nicht aus, um eine ganze Herde unterzubringen. In unserem Park vielleicht?«, lachte Eliza.

»Ich dachte eigentlich, sie wären auf unserer Veranda gut aufgehoben«, erwiderte Jonathan schelmisch. »Nein, keine Sorge, das weite Land hinter unserem Haus wird verkauft, und ich habe es bereits erworben. Dann hätten wir so etwas wie eine Farm.«

»Du bist verrückt, und ich erfahre es wieder mal als Letzte«, scherzte Eliza. »Aber ich wollte immer schon Farmersfrau werden. Doch nun lass uns gehen. Unser Gastgeber, Mister Meier, legt Wert auf Pünktlichkeit, und außerdem ist es ein besonderes Fest.« Sie senkte verschwörerisch die Stimme. »Er heiratet.«

»Aber er ist doch ein älterer Herr«, protestierte Jonathan mit gespielter Empörung.

»Er war lange Witwer und hat wohl eine deutschstämmige Dame kennengelernt. Man munkelt, er habe sie …« Eliza blickte ihre Tochter an. »Das ist nicht für deine Ohren bestimmt«, sagte sie und beugte sich zu Jonathans Ohr hinüber. »Er soll sie in einem Bordell kennengelernt haben«, kicherte sie.

Jonathan zuckte mit den Achseln. Er war zwar ein Mitglied der feinen Gesellschaft geworden, aber ihm würde nie dergleichen Menschliches fremd sein, und er würde nie auf andere Menschen herabsehen. Auch wenn er sich jetzt Melrose nannte, hatte er die wahre Geschichte von Jonathan Bowl, dem Sohn eines Mörders, niemals vergessen. Allerdings ging er damit auch nicht hausieren. Eliza und ihr kürzlich verstorbener Vater ahnten nichts von diesem Teil seiner Biografie. Weder von seinem Gefängnisaufenthalt in Melbourne, dem Jugendgefängnis, der Geschichte seines Vaters noch von den Aborigines-Genen seiner Mutter. Und es war auch bei seinen drei Kindern nichts durchgeschlagen, was einen Klärungsbedarf erfordert hatte. Claire kam ganz nach Eliza und deren Vater, die hellhäutig und blond waren, die Jungen hatten seine schwarzen Locken geerbt, aber die helle Haut ihrer Mutter.

Arm in Arm verließen die Eheleute Melrose schließlich das Haus und ließen sich von ihrem Kutscher zur anderen Seite des Brisbane River bringen, dorthin, wo die Innenstadt lag.

Mister Meier besaß eine prachtvolle Stadtvilla am unteren Teil der Edward Street, wo sie am Ufer des Brisbane River endete. Als deutschstämmiger Einwanderer hatte er keine besondere Vorliebe für den viktorianischen Baustil. Die Fassade seines Hauses war aus schlichtem Kalkstein. In der Einfahrt standen bereits die ankommenden Kutschen Schlange. Livrierte Bedienstete halfen den Gästen aus ihren Wagen.

»Das ist aber alles ein wenig übertrieben«, raunte Eliza ihrem Mann ins Ohr.

»Lass ihn doch! Er hat sich seine Reederei auf den Goldfeldern in Bendigo erschürft. Wir haben allesamt das unstillbare Bedürfnis, in der feinen Gesellschaft anerkannt zu werden.«

»Aber meines Wissens stecken nur Adelige ihre Bediensteten in solche albernen Kostüme«, widersprach Eliza und rümpfte ihre Nase.

Man stieg zum Portal des Hauses eine steinerne Treppe hinauf. Dort warteten wieder livrierte Diener, um den Gästen die Mäntel oder Capes abzunehmen. Dabei war es so schwül und heiß an diesem Nachmittag, dass die wenigsten überhaupt etwas zum Überziehen mitgenommen hatten.

In der großen Empfangsdiele stand der Gastgeber am Fuß der Treppe und hieß jeden Gast persönlich willkommen, bevor es nach oben in den Salon zum Begrüßungsschluck ging.

Mister Meier war ein kleiner, untersetzter Glatzkopf mit listigen Augen und von einer großen Vitalität. Er sah nicht wie ein Frauenheld aus, aber Jonathan konnte sich vorstellen, dass er es mit Charme und Geld geschafft hatte, eine attraktive Ehefrau zu finden. Als Eliza und er auf den Hausherrn zuschritten, hatte sich die Dame gerade abgewandt, sodass er sie nur von hinten sehen konnte. Sie war etwas größer als ihr Mann und hatte pechschwarzes Haar, das sie zu einer Lockenfrisur hochgesteckt hatte. Außerdem trug sie auch eine Tournüre.

»Ach, wie schön, Sie zu sehen, Mister Melrose«, begrüßte Mister Meier Jonathan. Es war kein Geheimnis, dass der Herr mit deutschen Wurzeln jeden in sein Herz geschlossen hatte, der wie er Glück auf den Goldfeldern gehabt hatte.

»Sie sehen bezaubernd aus, gnädige Frau«, fügte Mister Meier hinzu. »Und darf ich Ihnen meine Frau vorstellen?«

»Entschuldigen Sie bitte, ich musste dem Personal noch kurz eine Anweisung geben.« Mit diesen Worten drehte sich die frischgebackene Misses Meier zu ihnen um.

Sie erstarrte, als sie Jonathan erkannte: »Mister Melrose? Habe ich das richtig verstanden?«, fragte sie nach.

Er verbeugte sich vor der Frau des Gastgebers und war sichtlich bemüht, seinen Schrecken über dieses Wiedererkennen zu überspielen. Die Dame des Hauses war keine Geringere als Nicoletta. Sie hatte sich zwar deutlich verändert, was nicht zuletzt an der feinen Kleidung lag, die sie an diesem Tag trug, und der ordentlichen Hochfrisur, aber das Glühen in ihren Augen, immer, wenn sie ihn angesehen hatte, war offenbar nicht erloschen. Sie ist erstaunlich jung geblieben für ihr Alter, schoss es ihm durch den Kopf, während er ihr beherrscht die Hand zur Begrüßung reichte.

»Guten Tag, Misses Meier«, sagte er, ohne dass seiner Stimme die geringste Irritation anzumerken war.

Eliza aber war nicht entgangen, dass die Begrüßung zwischen Misses Meier und ihrem Mann merkwürdig verlaufen war. Sie musste sich schon sehr täuschen, wenn sich die beiden eben gerade das erste Mal in ihrem Leben begegnet waren.

Kaum waren sie außer Hörweite, sprach sie ihren Mann ohne Umschweife auf ihren Verdacht an.

»Woher kennst du Misses Meier?«, fragte sie.

Jonathan zuckte zusammen. »Ich? Ich weiß jetzt gar nicht …«, stammelte er.

»Du bist kein guter Lügner, Jonathan«, erwiderte sie. »Du hättest deine schreckensweiten Augen sehen sollen.«

Seufzend wandte sich Jonathan seiner Frau zu. »Gut, ja, ich habe sie vor langer Zeit flüchtig gekannt. Sie hat in Ballarat im Saloon gesungen.«

Eliza schluckte das, was ihr auf der Zunge lag, hinunter. Nein, flüchtig war diese Bekanntschaft nicht gewesen. Ob sie der Grund war, dass er manchmal mit seinen Gedanken in die Vergangenheit abschweifte? Sie hegte schon lange den Verdacht, dass dahinter eine Frau steckte, die ihm einmal viel bedeutet haben musste. Ja, sie war manchmal sogar eifersüchtig auf diese Unbekannte, aber das hier war nicht der richtige Ort, diese Angelegenheit zu klären. Sie würde darauf zurückkommen, sobald sie wieder zu Hause waren.

Eliza rang sich zu einem Lächeln durch und hakte sich bei ihm unter. »Gut«, flötete sie und trat an seinem Arm in den festlich geschmückten Saal.

Plötzlich hielt sie inne und winkte einer dunkelhaarigen Frau zu. »Ach, wie schön«, rief sie aus. »Schau, das ist Emma, meine Freundin aus Jugendjahren. Ich wusste gar nicht, dass sie in der Stadt ist. Sie hat kurz vor uns beiden geheiratet und ist von einem Tag auf den nächsten zu ihrem Mann nach Melbourne gezogen.«

Eliza zog Jonathan in Richtung der alten Freundin, die genauso erfreut zu sein schien wie sie. »Eliza Tucker, ich wäre in den nächsten Tagen vorbeigekommen, um dich zu besuchen«, sagte sie aufgeregt.

»Was machst du hier? Ach, entschuldige, dass ich so unsensibel bin. Ich habe ja gehört, dass dein Vater vor ein paar Wochen gestorben ist, aber da waren wir gerade für einige Tage in Bundaberg. Bist du hier, um die Farm zu verkaufen?« Sie nahm gerührt Emmas Hand. »Verzeih mir, ich rede zu viel.«

»Nein, nein, das tust du nicht. Es gibt nur so schrecklich viel zu erzählen. Wir sind aus mehreren Gründen hier. Das Handelshaus, für das mein Mann arbeitet, erwägt, eine Zweigstelle in Brisbane zu eröffnen. Mein Mann möchte schon lange fort von Melbourne. Sein Traum wäre es, auf der Farm zu leben. Im Augenblick wird die Farm von Vaters Verwalter bewirtschaftet, aber mit seiner Hilfe würde ich es schaffen, sie weiterzuführen.«

»Das wäre ja wunderbar. Dann wären wir ja endlich wieder so etwas wie Nachbarinnen. Oh, bevor ich es vergesse, darf ich dir meinen Mann vorstellen? Jonathan Melrose, so heiße ich übrigens auch schon seit der Hochzeit. Eliza Melrose.«

Emma und Jonathan begrüßten sich freundlich.

»Es ist so schade, dass du damals fortgegangen bist. Ich habe dich sehr vermisst, aber keine zehn Pferde hätten Jonathan je zu einem Besuch in Melbourne verleiten können. Er sagt, er kann die Stadt nicht leiden, nicht wahr, Schatz?«

Jonathan rang sich zu einem Lächeln durch. »Na ja, ich habe ohnehin keine Zeit zu reisen«, bemerkte er entschuldigend.

»Und sag, hast du Kinder, Eliza?«

»Daniel und Henry, meine Zwillinge, und meine Claire. Und du?«

»Leider nur eine Tochter. Sophie. Wir haben sie nach ihrer Tante genannt, weil sie ihr so ähnlich ist. Wir dachten schon, dass wir keine Kinder mehr bekommen. Mein Mann ist viel krank, egal, ich muss ihn dir vorstellen. Du hast ihn noch nie gesehen?«

Eliza lachte. »Nein, wie denn? Du bist damals mit deinen Eltern nach Melbourne gereist, und da hat er dich vom Fleck weg geheiratet.«

Obwohl Jonathan Elizas Freundin Emma außerordentlich sympathisch fand, hatte er ein merkwürdiges Gefühl im Magen. Er schob es darauf, dass er es nicht für wichtig hielt, Leute aus Melbourne kennenzulernen. Man wusste doch, wer wen kannte. Melbourne war zwar kein so kleines Örtchen wie Brisbane, aber die bessere Gesellschaft bestand doch stets aus einem überschaubaren Kreis von Menschen. Und dieser Emma konnte man förmlich ansehen, dass sie sich in den besseren Kreisen bewegte. Dabei machte sie keinesfalls einen hochnäsigen Eindruck, aber ihre Kleidung verriet sie. So viel verstand Jonathan von edlen Stoffen. Ihr Kleid war jedenfalls aus Seide gefertigt. Sein Bedarf, alte Bekannte wiederzusehen, war für diesen Tag mehr als gedeckt. Er zupfte seine Frau ungeduldig am Arm.

»Ich glaube, wir sollten die anderen Gäste begrüßen«, sagte er und wandte sich hastig an Emma. »Schön, Sie kennengelernt zu haben. Vielleicht kommen Sie uns einmal besuchen.«

Jonathan war gerade dabei, seine verblüffte Frau von ihrer alten Freundin wegzuziehen, da winkte Emma jemandem zu und rief: »Steven, komm schnell, ich habe meine alte Freundin Eliza wiedergetroffen. Du musst sie unbedingt kennenlernen.«

Jonathan wurde heiß und kalt. Allein der Name Steven spülte die Erinnerung an die feuchte, kalte Zelle, den grausamen Fraß, die Schufterei im Steinbruch bei mörderischer Hitze und die Misshandlungen durch die Wächter in ihm hoch. Und er ahnte es, bevor er sich zu dem Mann umdrehte. Auch wenn der Name kein ausgefallener war: Emmas Mann war Steven Stewart!

Schreckensbleich drehte er sich um und blickte in die vor Entsetzen geweiteten Augen des Mannes, für dessen Tat er schuldlos im Gefängnis gesessen hatte und der damals vor dem Richter mit gesenktem Kopf und bebender Stimme behauptet hatte, er könne den Mord bezeugen. Heute wie damals empfand Jonathan beim Anblick dieses Mannes keinen Hass, nur Verachtung und eine Spur von Mitleid. Er sah nicht mehr ganz so heruntergekommen aus wie vor nunmehr fast zwanzig Jahren, aber es war unverkennbar, dass er immer noch mit seiner Sucht kämpfte. Er hatte tiefe Ränder unter den Augen, seine Haut war aschfahl, und er sah älter aus, als er wirklich war. Das kann aber auch an seinem schütteren Haar liegen, dachte Jonathan, während die beiden Männer sich stumm gegenüberstanden.

»Steven, das ist Jonathan Melrose, der Mann meiner alten Freundin Eliza«, sagte Emma und stieß ihm sanft in die Seite zum Zeichen, dass er doch bitte aufwachen möge aus seiner Erstarrung.

»Sagt mal, kennt ihr beiden euch?«, fragte Eliza neugierig, denn es war unübersehbar, dass die beiden Männer gleichermaßen um ihre Fassung rangen.

»Nein, ich kenne den Herrn nicht. Ich dachte zuerst, er wäre ein alter Freund aus Ballarat, aber er ist es nicht. Guten Tag, Mister Stewart«, begrüßte Jonathan Steven höflich.

Eliza aber erstarrte innerlich. Jonathan hatte sich soeben verraten. Der Name Stewart war in diesem Gespräch noch gar nicht gefallen. Und doch hatte ihr Mann ihn so genannt. Sie kannten einander. Genauso wie er die frischgebackene Misses Meier von irgendwoher kannte. Sie war sich sicher, dass das alles mit den Geheimnissen aus seiner undurchsichtigen Vergangenheit zusammenhing. Was ihr zu Anfang so gut an Jonathan gefallen hatte, dieses Flair des Abenteuers, das ihn umwehte, war ihr nun mehr als suspekt.

»Guten Tag, Mister Melrose«, entgegnete Steven gequält. Er war lange kein so guter Schauspieler wie Jonathan. Seine Augenlider flatterten, und seine rechte Hand, die er Jonathan entgegengestreckt hatte, zitterte.

Jonathan hatte den Eindruck, dass der Kerl kurz vor dem Kollaps stand. Er legte Steven scheinbar freundschaftlich die Hand auf die Schulter.

»Was halten Sie davon, Mister Stewart, wenn wir beiden Männer zur Bar gehen und uns einen Whisky genehmigen? Ich glaube, wir stören unsere Damen bei ihrem Wiedersehen. Wir lassen euch einen Augenblick allein.« Mit diesen Worten zog er Steven mit sich fort. Er spürte die neugierigen Blicke seiner Frau förmlich auf seinem Rücken brennen. Elizas Augen hatte er sehr wohl angesehen, dass ihr das Ganze höchst merkwürdig vorkam.

»Was war da denn los?«, stieß sie verblüfft hervor, als die beiden Männer im Trubel der Festgesellschaft verschwunden waren.

»Das wüsste ich auch gern. Glaubst du, sie kennen sich?«, gab Emma ebenso verwirrt zurück.

»Und ob! Dein Mann war ja die Nervosität selbst, als er Jonathan begrüßt hat.«

Emma beugte sich dicht zu ihrer Freundin hinüber. »Steven ist in letzter Zeit sehr kränklich. Vielleicht ist ihm das alles zu viel. Ich habe ihn gegen seinen Willen auf dieses Fest geschleppt, damit er unter Leute kommt. Vielleicht war er nur ein wenig überfordert«, flüsterte sie.

»Das glaube ich nicht, denn Jonathan hat ihn angesehen, als wäre er ein Geist. Aber wo könnten sie einander schon einmal begegnet sein? Ich wüsste nicht, dass mein Mann je in Melbourne gelebt hat«, sinnierte Eliza. »Er ist damals aus seiner Heimat Tasmanien direkt zu den Goldfeldern aufgebrochen.«

»Hm, ich habe den Namen Jonathan Melrose auch noch nie zuvor gehört. Ich meine, wenn die beiden sich kennen, wüssten wir das doch, es sei denn …« Sie stockte. »Steven hat eine Zeit lang in Sydney gelebt. Vielleicht kennen sie sich daher. Aber ich werde, sobald ich zurück bin, sofort Vicky fragen. Die weiß immer alles.«

»Wer ist Vicky?«, fragte Eliza neugierig.

»Meine Schwägerin, seine Schwester, die kennt jeden. Und vielleicht weiß sie, ob Steven aus der Zeit in Sydney einen Jonathan Melrose kennt.«

In diesem Augenblick begann Mister Meier eine Begrüßungsrede zu halten, und die zwei Frauen verstummten, doch in ihren Gedanken waren sie beide weiter mit der Frage beschäftigt, was das alles zu bedeuten hatte.

Eliza hatte ein durch und durch ungutes Gefühl, als wäre dieser Steven der Schlüssel zu Jonathans Geheimnissen. Aber wollte sie es wirklich wissen? Sie stieß einen tiefen Seufzer aus.

Doch auch Emmas Gedanken kreisten um diese Begegnung, und sie hatte zudem schon einen Verdacht, woher diese Bekanntschaft rühren konnte, aber das konnte sie ihrer Freundin unmöglich anvertrauen. Sie befürchtete, dass Jonathan ein alter Kumpel ihres Mannes aus den schlimmen Zeiten war, die er einst durchgemacht hatte. Er war in jungen Jahren auf die schiefe Bahn geraten, hatte sich mit Alkohol und Opium betäubt. Steven hatte ihr das offen gestanden, damals, als sie sich in ihn verliebt hatte. Den Augenblick würde sie niemals vergessen. Es war auf einem Fest von Frederik Bradshaw, dem Mann ihrer späteren Schwägerin Vicky, gewesen. In dessen Handelshaus arbeitete Steven zu der Zeit. Zu später Stunde unterhielt er die illustre Gesellschaft am Klavier und sang dazu. Auch zusammen mit seiner Schwester. Emma war völlig hingerissen von Stevens Vortrag, und noch am selben Abend im Garten des Hauses hatte er sie geküsst. Und ihr dann frank und frei von seiner Vergangenheit berichtet. Emma liebte Steven über alles, auch wenn er ein schwacher und oftmals sehr trauriger Mann war und sie in ständiger Angst lebte, die Drogen könnten ihn wieder einholen. Emma war eine anpackende Frau, die auf einer großen Farm vor den Toren Brisbanes aufgewachsen war. Ihr war nichts Menschliches fremd, und sie hatte bei ihrer ersten Begegnung mit ihm intuitiv gespürt, dass der labile Steven eine bodenständige Frau wie sie brauchte. Emma war sich durchaus dessen bewusst, dass sie sein ganzer Halt war. Sie und ihre gemeinsame Tochter Sophie.

Emma war sicher, dass sich Jonathan und Steven aus diesen dramatischen Zeiten in Sydney kannten und beide nicht an diese unrühmliche Vergangenheit erinnert werden wollten.

Sie wurde von einem leichten Stoß in die Seite aus ihren Gedanken gerissen. »Ist dir etwas eingefallen?«, fragte Eliza leise.

»Nein«, log Emma. »Vielleicht war es alles nur ein dummer Zufall.«

Steven war Jonathan widerstandslos auf die Veranda gefolgt, die direkt am Brisbane River lag. Hier war es menschenleer, weil sich die Gäste alle zur Ansprache des Gastgebers im großen Saal des Hauses versammelt hatten.

Jonathan hatte den Mann, für den er unschuldig gebüßt hatte, keines Blickes mehr gewürdigt. Erst hier unten am Fluss sah er ihn zornig an.

»Warum, Steven? Warum? Ich habe Sie damals für einen anständigen Menschen gehalten!«, stieß er gepresst hervor.

Steven hielt den Kopf gesenkt, seine Schultern waren eingefallen und seine Hände hatte er derart ineinander verknotet, dass die Knöchel weiß schimmerten. Er blieb Jonathan eine Antwort schuldig.

»Ich habe Sie etwas gefragt, und ich finde, dass mir eine Antwort zusteht. Warum haben Sie nicht nur gelogen bei der Frage, wer die Tat begangen hat, sondern auch noch bei der Frage, wie das an jenem Abend alles abgelaufen ist?«

Stevens Antwort war ein gequältes Aufstöhnen.

»Warum? Und schauen Sie mich gefälligst an, wenn ich mit Ihnen rede«, herrschte Jonathan Steven an.

Als der jetzt ganz langsam den Kopf hob, erschrak Jonathan. Dem Mann liefen dicke Tränen über die Wangen.

»Glauben Sie, ich hätte seitdem eine einzige Nacht ruhig geschlafen? Sie sind mir im Schlaf erschienen, um sich an mir zu rächen«, schluchzte er.

Jonathan ging der Anblick dieses Häufchen Elends durch und durch, aber er durfte jetzt keine Empathie für den Kerl zeigen, der ihm mit seinem Meineid vor Gericht ein gutes Jahr seines Lebens gestohlen hatte.

»Hören Sie auf, Sie selbstmitleidiger Jammerlappen. Sie tun ja gerade so, als wären Sie das Opfer! Ich habe ein wertvolles Jahr meines Lebens in der feuchten Zelle mit den Ratten verbracht, meine Haut hing mir in Fetzen von den Fingern, ich wurde von den Wächtern misshandelt. Nicht Sie, verdammt! Warum? Wenn Sie schon allein Ihre jämmerliche eigene Haut haben retten wollen, warum haben Sie nicht gesagt, dass es Notwehr gewesen ist? Dann hätten Sie nicht nur Ihren Hals, sondern auch meinen gerettet!«

»Ich hatte keine Wahl«, entgegnete Steven kaum hörbar.

»Hat man Sie mit vorgehaltener Waffe dazu gezwungen?«

»Archibald und mein Vater hatten nur ein einziges Interesse. Dass Sie nie wieder in Vickys Nähe kommen. Und dafür musste ich den Meineid schwören.«

»Was sind das nur für Menschen« spuckte Jonathan verächtlich aus. »Und das schimpft sich nun feine Gesellschaft. Aber jetzt, wo ich Sie hier sehe und mir bei Ihrem Anblick speiübel wird, werde ich nicht länger schweigen. Ich werde Ihrer Schwester sagen, was für Verbrecher ihr allesamt seid!«

In diesem Augenblick sprach zum ersten Mal etwas anderes als Selbstmitleid aus Stevens Blick. »Tun Sie das nicht. Sie treffen die Falsche. Sie machen meine Schwester unglücklich. Das hat sie nicht verdient. Sie wird am meisten leiden. Archibald Cumberland kann nicht leiden, denn er hat ein Herz aus Stein, allenfalls meine Schwester Louise wird es für ihn tun. Meinen Vater wird Vickys Zorn umbringen, denn sein Herz ist schwer krank. Bitte, rächen Sie sich an mir! Machen Sie mit mir, was Sie wollen. Ich nehme alle Schuld auf mich, aber lassen Sie meine Familie aus dem Spiel!«

»Verraten Sie mir eines: Wusste Vicky von diesem gemeinen Komplott?«

Steven schüttelte heftig den Kopf. »Nein, Archibald und mein Vater haben ihr vorgelogen, dass Sie unter den Opfern der Eureka Stockade waren. Dass Sie einer der zweiundzwanzig Goldgräber waren, die bei dem Aufstand in Ballarat im Dezember 1854 von der Armee erschossen worden sind.«

»Sie haben ihr vorgelogen, ich wäre tot? Während ich in dem Rattenloch gehockt habe und meine Freunde beim Marsch auf Melbourne gar nicht unterstützen konnte?«, fragte Jonathan fassungslos.

»Ihre Angst, Sie ständen vor der Tür, war so unendlich groß, denn der Tag, an dem Sie meine Schwester treffen wollten, war ihr Hochzeitstag.« Steven sah Jonathan jetzt panisch an, so als würde er jede Minute damit rechnen, dass der Mann ihn mit der Faust niederstrecken würde. Und Steven würde es sogar verstehen.

»An dem Tag hat sie geheiratet?«, fragte Jonathan ungläubig. »Ich meine, dass sie inzwischen verheiratet ist, steckte mir der

Dreckskerl von Cumberland, aber an dem Tag?« Diese Neuigkeit machte Jonathan fassungslos.

»Ja, sie hat Frederik Bradshaw geheiratet. Ich habe mich auch sehr gewundert, weil sie ihn doch vorher gar nicht wollte, sondern nur Sie. Aber dann plötzlich hieß es, die beiden würden heiraten. Und das geschah an jenem Tag, an dem mein Vater mich mit dem Bestechungsgeld zur Princes Bridge geschickt hat und dann …« Stevens Stimme brach ab.

Auch wenn Vicky nichts von dem Komplott geahnt hat, so hat sie sich Hals über Kopf dem nächsten Kerl an den Hals geworfen, durchfuhr es Jonathan eiskalt. Sein Körper bebte, und alles in ihm schrie nach Rache. Es waren so viele Jahre vergangen, aber seine Gefühle waren so intensiv und mächtig, dass er es selbst kaum fassen konnte.

»Das wird sie mir büßen«, stieß er hasserfüllt aus. »Dann war sie doch sicher sehr froh, dass ich keine Gefahr mehr für ihr neues Glück war.«

»Sie irren. Vicky war untröstlich, lief tagelang mit verheulten Augen herum. Sie wollte es nicht glauben, hat in der Zeitung die Namen studiert, Ihren nicht gefunden, – schließlich hat ihr Mann ihr eingeredet, Sie wären wohl unter den vier Goldgräbern, deren Identität man nicht hat klären können.«

»Ach, der steckte also auch mit unter der Decke der ganzen feinen Familie, wie?«

»Nein, Frederik hat das wirklich geglaubt.«

»Und wie kam er zu dieser abenteuerlichen Annahme?«

»Er war damals Herausgeber einer Zeitung, die aufseiten der Goldgräber stand, und er war froh, dass es einen namenlosen Toten weniger zu beklagen gab. So gerieten Sie tatsächlich auf die Liste der Opfer. Und es wundert mich, dass Sie das nach Ihrer Entlassung nicht herausgefunden haben, wobei …« Er stockte. »Sie heißen ja jetzt Melrose.«

Jonathan dröhnte der Kopf. Es waren so viele Neuigkeiten, die er verarbeiten musste! Und zugleich war ihm, als ob die ganze unglückliche Vergangenheit, all die tiefe Verzweiflung, das erlittene Unrecht mit ungeahnter Macht über ihn kamen und ihn zu zermalmen drohten. Eines aber wurde ihm immer klarer: Er dachte nicht daran, Vicky mit der Wahrheit zu verschonen. Und zwar in der vollen Absicht, ihr wehzutun! Er sah nicht ein, dass sie weiter glücklich und unbeschwert in ihrer heilen Welt leben konnte, während er so über die Maßen leiden musste. Und wenn darüber sein eigenes Glück in Scherben ginge! Jonathan ballte die Fäuste.

Er musterte Steven mit einem gequälten Blick. Es war wirklich verrückt. Den Menschen, der ihn mit seiner Aussage ins Gefängnis gebracht hatte, konnte er beim besten Willen nicht hassen. Es war so offensichtlich, dass dieser Tag Steven mindestens so unglücklich gemacht hatte wie ihn.

»Ich kann keine Rücksicht auf Ihre Schwester nehmen. Sie wird es erfahren. Warum sollte ich sie verschonen?«, murmelte Jonathan und wollte sich auf dem Absatz umdrehen und gehen. Er hatte genug gehört. Genug, um zu wissen, dass er nicht darum herumkam, andere Menschen unglücklich zu machen, wenn er jemals einen Schlussstrich ziehen wollte, um seinen inneren Frieden wenigstens halbwegs wiederzuerlangen. Doch Steven versuchte, ihn am Ärmel festzuhalten.

»Bitte, Jonathan, nicht!«, bettelte er.

Jonathan riss sich los. »Halten Sie Ihren Mund!«, herrschte er ihn an.

»Bitte, tun Sie es nicht. Wenn ich Ihnen verspreche, dass ich heldenhaft dafür büßen werde, dass ich die ganze Verantwortung übernehme, werden Sie Vicky dann mit der Wahrheit verschonen und meinen Vater in Frieden sterben lassen?«

Jonathan musterte den armen Kerl von Kopf bis Fuß und

kämpfte erneut gegen sein Mitleid an. Aber hatte Steven Mitleid mit ihm gehabt, als man ihn in jener Nacht in Canvas Town wie einen Verbrecher abgeführt und ins Gefängnis geworfen hatte? Hatte er Mitleid gehabt, als der Richter das Urteil »Schuldig« gesprochen und ihn zu zehn Jahren Kerker verdonnert hatte? Oder als Stevens Schwager und Vater ihn einfach für tot erklärt hatten?

»Was wollen Sie schon Heldenhaftes tun, um diese Schuld wiedergutzumachen?«, zischte Jonathan verächtlich und ging, ohne sich noch einmal umzudrehen, zurück ins Haus.

Steven aber straffte die gebeugten Schultern und beschloss, seine Schwester durch eine mutige Tat zu retten. Die mutigste, die er je gewagt hatte!

Aber erst einmal musste er sein Abschiedskonzert geben. Mister Meier, dem Emma von seinen musikalischen Talenten vorgeschwärmt hatte, hatte ihn gebeten, zur Zerstreuung der Gäste eine kleine Kostprobe seines Könnens zu geben. Eigentlich hatte er ein paar launige Lieder präsentieren wollen, nun aber entschied er sich für das Sterbelied des Bajazet aus Händels Oper »Tamerlano«.

Hocherhobenen Hauptes betrat er den Saal und schritt zum Klavier. Er nahm die Menschen nur schemenhaft wahr, bis auf Emma, der er eine Kusshand zuwarf, bevor er sich verbeugte und auf den Klavierhocker setzte.

Und dann begann er zu spielen. Er brauchte keine Noten. Diese Arie hatte er in Stunden der Verzweiflung schon so oft gespielt und gesungen. Während der ersten Takte nahm er noch das entfernte Gemurmel jener Gäste wahr, die nicht begriffen hatten, dass die Vorführung begonnen hatte, denn gewöhnlich kündigte der Gastgeber den Vortragenden an. Diese Töne kamen aus dem Nichts, doch als sein Bariton erklang, herrschte Totenstille im Saal.

In diesem Augenblick war Steven schon weit entrückt, eins mit den Tönen und den italienischen Worten, die er im Schlaf hätte singen können.

Einige Damen im Publikum wischten sich verstohlen Tränen aus dem Gesicht, nur Emma verfolgte den Vortrag ihres Mannes wie betäubt.

»Er hat eine betörende Stimme«, seufzte Eliza ergriffen.

Ich habe ihn noch nie so inbrünstig singen hören, dachte Emma, und doch war das Gefühl, das ihren Körper bei jedem neuen Ton eiskalt durchrieselte, weder Stolz noch Rührung, sondern nackte Angst.

27

Vicky war damit beschäftigt, sich im Gästezimmer ihrer Schwägerin Emma einzurichten. Die Gästezimmer lagen im oberen Stockwerk von Emmas Elternhaus, der Calden-Farm, einem riesigen Landbesitz, auf dem Schafe gezüchtet wurden. Was für ein Trauerspiel, dachte Vicky voller Mitgefühl, Emma war nur hierhergekommen, um ihren Vater zu beerdigen, und nun war ihr Mann auf diese grauenhafte Weise umgekommen. Und die Arme hat ihn gefunden. An einem Baum hatte er sich erhängt. Vicky erschauderte bei dem Gedanken. Vor lauter Mitleid für die anderen war Vicky noch gar nicht richtig dazu gekommen, selbst zu trauern. Dabei war er ihr stets sehr nahe gewesen. Sie war erst vor ein paar Stunden auf der Farm angekommen und noch völlig erschöpft von der Reise. Die Fahrt nach Brisbane war sehr beschwerlich gewesen. Es gab keine durchgängige Eisenbahnlinie von Melbourne nach Brisbane, und so hatten sie ein Schiff genommen. An Bord hatten sie zwar alle Bequemlichkeiten genossen, aber die Fahrt dauerte über eine Woche. Doch Emma war es sehr wichtig, dass die Familie bei der Trauerfeier anwesend war, und so hatte sie die Beerdigung etwas hinausschieben und für den folgenden Tag organisieren können.

Steven hatte einen Abschiedsbrief hinterlassen, in dem er darum gebeten hatte, in Brisbane beerdigt zu werden. Ansonsten bestand er nur aus fünf Wörtern: *Verzeiht mir! Ich liebe euch!* Emma hatte Vicky den Brief gleich bei der Ankunft gezeigt. »Verstehst du das?«, hatte sie unter Tränen gefragt.

»Nein«, hatte Vicky geantwortet. Über das »Warum?« grübelte sie vergeblich, seit die Nachricht von Stevens Tod sie erreicht hatte und sie gleich am nächsten Tag an Bord besagten Schiffes gegangen waren. Sie waren nur zu viert gereist. Vicky mit ihren drei Kindern, Annabelle, George und Amelie. Frederik war zurzeit beruflich in Neuseeland und würde erst in ein paar Wochen zurückkehren. Deshalb ahnte er noch nichts von dem Drama, denn Vicky wollte ihm davon nicht schreiben, sondern warten, bis sie ihm die schreckliche Nachricht persönlich überbringen konnte. Und ihre Eltern waren nicht mitgekommen, denn die Nachricht vom Tod seines Sohnes hatte Richter Stewart endgültig auf das Krankenlager gezwungen. Einmal abgesehen davon, dass Anne die meiste Zeit an seinem Bett verbrachte und ihn versorgte, wäre sie auch seelisch kaum in der Lage gewesen, an der Beerdigung ihres Sohnes teilzunehmen. Seit die Nachricht in der Spencer Street eingetroffen war, stand sie unter Schock. Sie wollte partout nicht wahrhaben, dass ihr geliebter Sohn seinem Leben ein gewaltsames Ende gesetzt hatte. Die Vorstellung, dass er sich an einem Baum erhängt hatte, raubte ihr schier den Verstand.

Nun musste die treue Mary allein die Stellung in der Spencer Street halten, denn Louise war angeblich auf der Treppe gestürzt und hatte sich in ihrem Zimmer eingeschlossen. Sie war nicht einmal herausgekommen, nachdem ihr Vicky die Nachricht von Stevens Tod durch den Türschlitz gesteckt hatte. Archibald war seitdem verschwunden. Es hieß, er übernachtete in seinem Büro im Gefängnis, weil zurzeit so viel zu tun war. Vicky aber ahnte, was wirklich vorgefallen war, denn es war nichts Neues, dass Louise sich tagelang in ihr Zimmer einschloss und dann, wenn sie wieder aus ihrer Höhle kroch, frisch verschorfte Wunden an Kopf und Gesicht hatte. Im Hause Stewart sprach keiner aus, was der Grund für Louises gehäuft auftretende angebliche Unfälle war, aber Mary hatte Vickys Verdacht inzwischen bestätigt. Seit das kinderlose Ehepaar in die Spencer Street gezogen war, wachten die Bewohner des Öfteren nachts von Archibalds Gebrüll und Louises Wimmern auf. Außerdem war Mary die Einzige, die zu Louise vordrang, wenn sie sich in ihrem Zimmer versteckte, weil sie ihr das Essen brachte.

»Ach, Vicky, es ist ein Kreuz, sie liegt im Halbdunkel stumm auf ihrem Bett und starrt die Decke an. Sie dreht nur ihr Gesicht weg, wenn ich komme, damit ich die vielen Verletzungen nicht sehen kann«, hatte sie ihr unter Tränen an jenem Tag gestanden, an dem die Todesnachricht bei ihr eingetroffen war. Emma hatte sie nicht in die Spencer Street geschickt, sondern an Vicky mit der Bitte, es den Eltern schonend beizubringen. Vicky hatte ihr Bestes gegeben und tapfer verbergen können, dass sie selbst unter Schock stand. Samuel hatte sich ans Herz gefasst und war vor ihren Augen zusammengebrochen, und Anne hatte wirres Zeug gemurmelt. »Der Junge kommt bald wieder. Das werdet ihr sehen. Er hat nur einen kleinen Schwächeanfall.«

Dann hatte Vicky versucht, Louise zu Hilfe zu holen, aber die hatte sich in ihrem Zimmer verbarrikadiert.

Erst bei Mary in der Küche – so wie früher – hatte Vicky endlich ihren Tränen freien Lauf lassen können. Mary und sie hatten sich tröstend in den Armen gelegen. Und dann hatte Mary eine Flasche Whisky hervorgeholt, und sie hatten sich ein paar tiefe Schlucke genehmigt. Die brennende Flüssigkeit in ihren Bäuchen hatte ihnen ein wenig von der Verzweiflung genommen. Aber nur ein wenig. Vicky erinnerte sich an jedes Wort, das sie am Küchentisch in alter Vertrautheit gesprochen hatten.

»Weißt du noch, wie du dich hier meinem Richard an den Hals geworfen hast?«, fragte Mary kichernd.

»Und ob. Ich erinnere mich noch an sein entsetztes Gesicht, als ich ihn fragte, ob er nicht mein Mann werden könnte.« Es war ein befreiendes Lachen, das aus Vickys Kehle drang. Wenn Menschen keine Tränen mehr haben, dann lachen sie manchmal in ihrer Verzweiflung, war ihr durch den Kopf gegangen.

»Ich habe dich recht grob zurechtgewiesen. Dabei war es doch eigentlich so komisch, aber ich fand es damals gar nicht lustig.«

»War es ja auch nicht. Ich wollte unbedingt nach London zurück«, seufzte Vicky. »Und nun bin ich schon mehr als zwanzig Jahre in diesem Land und könnte mir auf der ganzen Welt keinen schöneren Ort vorstellen.«

»Wer hätte das gedacht? Unsere kleine Vicky eine waschechte Australierin!«

Vicky wurde plötzlich ganz ernst. »Mary, was können wir dagegen tun, dass Archibald meine Schwester misshandelt?«

Vicky wusste auch nicht, warum ihr das gerade jetzt in diesem Trauerhaus durch den Kopf ging, in dem sie doch eigentlich ihres Bruders gedenken sollte. Aber das schaffte sie nicht. Noch nicht. Sie brachte es nicht einmal über sich, an die gemeinsamen Erlebnisse mit Steven zu denken, und sie waren in den letzten Jahren sehr oft zusammen gewesen. Schließlich arbeitete Steven in Frederiks Handelshaus, wobei diese Anstellung eigentlich mehr eine Tarnung war, damit Samuel Stewart aufhörte, seinen Sohn zu malträtieren, weil er niemals das Studium der Rechtswissenschaft begonnen hatte. Mit der gut dotierten Stelle im Rücken war Steven in der Lage, seine kleine Familie zu ernähren und sich ein Häuschen in Richmond, einem Vorort, zu leisten. Er besaß ein Büro im Handelshaus seines Schwagers, aber keiner wusste, ob er dort wirklich arbeitete oder seinen Tagträumen von einer großen Karriere als Musiker nachhing. Er blühte jedes Mal auf, wenn er sich auf

Festen und Empfängen ans Klavier setzen durfte. Emma hatte es geschafft, ihn von den Rauschmitteln fernzuhalten.

Das leise Klopfen an ihrer Zimmertür riss Vicky aus ihren Gedanken.

»Herein!«

Emmas blasses Gesicht erschien in der Tür. »Störe ich dich gerade?«, fragte sie zaghaft.

»Aber nein, komm rein.« Vicky legte das Kleidungsstück, das sie die ganze Zeit gedankenverloren in der Hand gehalten hatte, beiseite und umarmte ihre Schwägerin herzlich.

»Komm, setz dich aufs Bett, und lass uns ein wenig plaudern. Ich sehe doch, dass du etwas auf dem Herzen hast.« Vicky meinte, unabhängig von der Trauer, die Emma umflorte, noch etwas anderes in ihrem Ausdruck zu entdecken. Als würde sie etwas Schreckliches quälen.

Emma atmete ein paarmal tief durch. »Ich bin so froh, dass du gekommen bist«, stöhnte sie.

»Aber das ist eine Selbstverständlichkeit. Du brauchst mich doch jetzt.« Sie strich ihrer Schwägerin zärtlich eine rote Strähne aus dem Gesicht. Ihr Haar zeigte noch keinerlei Anzeichen von Grau.

»Vicky, ich bin schuld an seinem Tod«, brach es nun unvermittelt aus Emma heraus.

»Rede doch keinen Unsinn. Du warst immer sein Schutzengel. Wenn du nicht gewesen wärest, Steven wäre längst tot«, redete Vicky beruhigend auf ihre Schwägerin ein.

»Nein, nein, ich hätte es merken müssen. Ich hätte ihn keine Sekunde aus den Augen lassen dürfen an jenem Abend!«

Vicky sah sie fragend an. »Wie kommst du darauf?«

»Sein Auftritt bei den Meiers, der war gespenstisch. Er hat eine so traurige Arie gesungen. Ich habe zwar kein Wort verstanden, weil es Italienisch war, aber es war wie ein Abschied. Verstehst du?«

»Steven konnte alles singen. Traurige und auch lustige Lieder«, bemerkte Vicky hastig, der die Worte ihrer Schwägerin ein wenig unheimlich wurden. Emma war bestimmt keine Frau, die Gespenster sah.

»Er hat es gewusst, und ich habe es geahnt. Nach seinem Auftritt wollte er unbedingt zurück auf die Farm. Ich habe darauf bestanden, ihn zu begleiten, aber er hat das vehement abgelehnt. Er wollte allein sein. Ich habe ihn regelrecht angebettelt, aber er blieb dabei. Und dann hat er mich in den Garten von Mister Meiers Anwesen gezogen und mich geküsst. Das war kein leidenschaftlicher Kuss, das war der Kuss des Todes …« Emmas Stimme brach, und sie fing an zu weinen.

Vicky nahm sie in den Arm und wiegte sie sanft hin und her.

»Das bildest du dir nur ein, weil du nicht verstehen kannst, dass er fort ist. Wir können es doch alle nicht verstehen.«

Emma sah Vicky aus großen, verheulten Augen an. »So glaube mir doch. Er hat es gewusst. Ich hätte mich nicht abwimmeln lassen dürfen. Dann hätte ich verhindern können, dass er sich wenig später einfach erhängt! Eigentlich hatte ich schon ein ungutes Gefühl, als er diesen Mann getroffen hat.« Aus ihrer Stimme sprach die pure Verzweiflung.

»Welchen Mann?«

»Den Mann meiner alten Freundin Eliza. Jonathan Melrose.«

»Jonathan?«, wiederholte Vicky gedankenverloren.

»Kennst du ihn vielleicht. Ist das jemand, mit dem er früher durch die Opiumhöhlen gezogen ist?«

»Nein, nein, ich kannte nur mal einen Jonathan, aber der hieß nicht Melrose. Aber was war mit ihm?«

»Die beiden Männer kannten sich. Steven lief der Schweiß nur so übers Gesicht, als er ihm vorgestellt wurde. Und auch Mister Melrose hat sich ganz merkwürdig benommen.«

»Vielleicht war das ein Zufall.«

»Ganz bestimmt nicht. Da war was Unheimliches zwischen ihnen. Ich schwöre es dir!« Emma hatte aufgehört zu weinen.

»Dann frag doch deine Freundin. Vielleicht weiß die etwas«, schlug Vicky vor.

»Eliza war genauso ratlos wie ich.«

»Und wenn du Mister Melrose direkt ansprichst? Ich meine, wenn diese Begegnung wirklich mit seinem Selbstmord zusammenhängt, wird er es dir nicht übel nehmen, wenn du nach dem, was geschehen ist, danach fragst.«

»Vielleicht werde ich es tatsächlich tun, aber bestimmt nicht gleich morgen auf der Beerdigung. Später, wenn alles vorüber ist.«

»Natürlich, mein Herz, das wäre wirklich keine passende Gelegenheit«, gab Vicky ihr seufzend recht.

»Darf ich dich auch etwas sehr Persönliches fragen?«

»Alles, was du willst.«

»Warum ist William nicht mitgekommen?«

»Er ist mit Frederik in Neuseeland«, erwiderte Vicky mit Nachdruck.

»Dann bin ich beruhigt. Ich dachte schon, er hätte den traurigen Anlass schon wieder genutzt, um dich …« Sie stockte. »Na, du weißt schon.«

»Ich weiß, was du meinst«, seufzte Vicky. »Es hat sich nichts geändert. Du kennst ihn doch.«

»Oh ja, zur Genüge«, pflichtete Emma der Freundin bei. »Ich werde nie vergessen, wie ich ihn dabei erwischt habe, als er Annabelle dazu überreden wollte, in den Fischteich zu springen. Damals war er elf Jahre alt und die Kleine zwei. Und ich werde auch nie vergessen, dass ich ihm eine schallende Ohrfeige verpasst und ihm gedroht habe, er solle es ja nie wieder wagen, seiner kleinen Schwester etwas anzutun.«

»Ich glaube, er hasst uns alle. Annabelle und mich sowieso, aber er verhält sich auch George und Amelie gegenüber nicht gerade wie ein Bruder. Was meinst du, wie ich gehofft habe, dass er irgendwann einmal eine eigene Familie gründet und aus dem Haus geht, damit ich endlich nicht mehr mit ihm und den Kindern unter einem Dach wohnen muss!«

»Es ist ein Wunder, dass er es in all den Jahren nicht geschafft hat, einen Keil zwischen Frederik und dich zu treiben. Er hat doch wirklich nichts unversucht gelassen.«

»Das ist wirklich ein Wunder, aber das Geheimnis unserer Liebe ist eben, dass wir immer über alles offen sprechen konnten. Frederik hat sich nie wie ein Löwe vor sein Junges geworfen und behauptet, er wäre doch gar nicht so schlimm. Ganz anders als Mutter, die bis zum Schluss behauptet hat, Steven hätte niemals ernsthafte Probleme gehabt.«

»Wie hat sie es überhaupt aufgenommen?«

»Willst du es wirklich wissen? Es ist so traurig«, entgegnete Vicky zögernd.

»Das lenkt mich von meinem eigenen Schmerz ab.«

»Gut, sie will es nicht wahrhaben. Sie redet ständig davon, dass Steven bald wiederkommt. Mit diesem Unsinn quält sie Vater, der sich nach der Herzattacke nicht wehren kann. Sie aber sitzt stundenlang an seinem Bett und schmiedet Pläne, was es zum Essen gibt, wenn ihr drei das nächste Mal zu Besuch kommt.«

»Um Gottes willen! Meinst du, sie wird es noch einmal begreifen können?«

Vicky zuckte die Schultern. »Ich habe keine Ahnung. Der Doktor meint, es wäre der Schock, aber er kann uns nicht versprechen, dass es wieder wird. Wenn wenigstens Louise ihr zur Seite stehen würde.«

»Ja, was ist eigentlich mit ihr? Du sagtest, sie wäre krank und deshalb nicht mitgekommen.«

Vicky kämpfte kurz mit sich, ob sie die arme Emma in ihrer Lage mit noch mehr schaurigen Familiengeschichten belasten solle, aber da hörte sie ihre Schwägerin bereits fragen: »Was ist mit Louise?«

Vicky räusperte sich ein paarmal, bevor sie mit der Wahrheit herausrückte. Emma ballte bei den Schilderungen ihrer Schwägerin die Fäuste. »Ich habe diesen Cumberland von der ersten Sekunde an verabscheut. Was ist er nur für ein Teufel! Warum lässt sie sich nicht endlich scheiden?«

»Das würde Louise niemals tun. Sie hat viel zu viel Angst davor, was die Leute sagen. Scheidung, das macht man nicht. Eher lässt sie sich von ihm totschlagen. Ich weiß noch, wie es anfing. Es war, als klar wurde, dass sie keine Kinder bekommt …«

»Arme Louise, dann ist ihr wohl nicht zu helfen«, stieß Emma voller Mitgefühl hervor. Erneut nahm Vicky Emma in den Arm.

»Deine Empathie für andere in allen Ehren, aber ich bin auch wütend, dass sie sich das gefallen lässt und nichts unternimmt«, stieß Vicky zornig hervor.

»Es kann nicht jeder diese enorme Kraft besitzen wie du« entgegnete Emma. »Ich weiß nicht, was ich getan hätte, wenn ich einen Stiefsohn hätte, der mir das Leben zur Hölle macht. Oder hat es keine neuen Vorkommnisse mehr gegeben?«

»Oh doch, gerade neulich. Das war die Krönung. William hat beim Essen vor versammelter Familie zu Annabelle gesagt, ihre Haut sei so hässlich dunkel wie die der Aborigines. Sie würde wahrscheinlich von den Affenmenschen abstammen.«

»Das passt zu William. Und wie hat deine Tochter reagiert?«

»Du kennst ja Annabelle. Sie hat ganz ruhig geantwortet, dass es, wenn es Affenmenschen gäbe, was sie bezweifle, die Frage sei, wer von ihnen abstamme. Er oder sie.«

Emma schenkte ihrer Freundin stellvertretend für Annabelle einen bewundernden Blick.

»Und das hat sie sicherlich in ihrer unverkennbar sanften Art zum Besten gegeben, oder?«

Vicky nickte.

»William ist wutschnaubend aufgesprungen vom Tisch, während meine Tochter in aller Seelenruhe weitergegessen hat, aber Frederiks Stirnadern waren so mächtig geschwollen, dass ich schon befürchten musste, er würde vor Zorn platzen. Und er hat finster geschwiegen.«

»Das ist doch entsetzlich! Diesen William wirst du ja nie mehr los. Der Kerl ist bald dreißig und macht nicht die geringsten Anstalten, eine eigene Familie zu gründen. Dabei könnte er doch jedes heiratswillige Mädchen in Melbourne bekommen. Ich meine, er sieht fantastisch aus.«

Ein feines Lächeln huschte über Vickys Lippen. »Ich verrate dir ein Geheimnis. Dieser Zwischenfall war für meinen Mann der Tropfen, der das Fass zum Überlaufen gebracht hat. Frederik ist nicht nur in Auckland, um dort eine Niederlassung seines Handelshauses aufzubauen, sondern er hat auch konkrete Pläne, wer dieses Haus leiten soll.«

»Du meinst, er will William nach Neuseeland abschieben. Weiß der schon von seinem Glück?«

»Frederik wollte es ihm drüben sagen. Vielleicht hat er es ihm inzwischen mitgeteilt. Er ist jedenfalls fest entschlossen, diesem Terror ein Ende zu bereiten. William wird gar keine andere Wahl haben, als die Niederlassung in Auckland zu übernehmen. Und fernab der Heimat wird er vielleicht auch noch sein persönliches Glück machen«, erwiderte Vicky hoffnungsvoll und reichte ihrer Freundin die Hand. »Komm, wir wollen schauen, was die Kinder machen. Meine Kleider kann ich später in den Schrank hängen.«

»Und dann können wir auch essen. Es ist gleich fertig. Das wollte ich dir eigentlich sagen. Ich habe eine neue Haushaltshilfe, die wunderbar kocht«, schwärmte Emma.

Hand in Hand gingen die beiden Frauen zur Veranda, wo die Kinder vertraut beieinandersaßen. In der Tür blieben die beiden Frauen stehen und betrachteten das Idyll.

Vickys Herz ging auf, als sie sah, wie Annabelle tröstend den Arm um ihre in Tränen aufgelöste Cousine Sophie gelegt hatte. Vicky liebte ihre Kinder gleichermaßen, aber Annabelle rührte sie in einer ganz besonderen Weise. Sie war Jonathan wie aus dem Gesicht geschnitten. Als die Hebamme ihr damals dieses schwarzhaarige Bündel Mensch in den Arm gelegt hatte, hatte ein Gefühl von unendlicher Liebe sie durchströmt, gepaart mit einer Spur von Sorge. Würde Frederik dieses Kind wirklich so von Herzen annehmen können, wie er es geschworen hatte?, war ihr damals durch den Kopf gegangen. Wo Annabelle so unverkennbar nach ihrem Vater geraten war? Niemals würde sie seinen zärtlichen Blick auf dieses winzige Geschöpf vergessen, womit er ihr alle Zweifel im Handumdrehen genommen hatte. Er liebte die Kleine von der ersten Sekunde an und Annabelle ihn. Und sie war zu einer echten Vatertochter herangewachsen, was nicht bedeutete, dass sie ihre Mutter weniger liebte. Vicky würde aber auch niemals Williams hasserfüllten Blick vergessen können, als er Annabelle zum ersten Mal gesehen hatte. Er hatte in den folgenden Jahren keine Gelegenheit ausgelassen, seine kleine Schwester zu demütigen, doch Annabelle hatte es mit ihrem sanftmütigen Wesen stets geschafft, diese düsteren Emotionen an sich abprallen zu lassen. Allerdings tat sie es nicht stumm oder leidend. Oftmals fiel ihr eine lebenskluge Antwort auf seine Gemeinheiten ein, mit der sie nicht hinter dem Berg hielt. Vielleicht spürte sie, dass ihre Eltern hinter ihr standen. Was Vicky ein wenig Sorge bereitete, war Annabelles völliges Desinteresse an den jungen Männern, die sie gern etwas näher kennengelernt hätten. Immerhin war Annabelle inzwischen neunzehn. Wobei sie sich in ihrer Tochter auch ein wenig selbst wiedererkannte. Hatte sie als junge Frau nicht selbst die Nase gerümpft bei dem Gedanken, sich einmal von einem Mann küssen zu lassen? Bis sie Jonathan begegnet war? Neulich erst hatte sie ganz offen mit Annabelle über dieses Thema gesprochen, nachdem ihre Tochter einem Verehrer einen Korb gegeben hatte. Sie hatte es nicht laut und frech, sondern leise und höflich getan, sodass der junge Mann nicht gekränkt gewesen war. Vicky war erstaunt, aber auch ein wenig stolz auf Annabelle gewesen, als sie ihrer Mutter erklärt hatte, sie habe nichts gegen die jungen Burschen, aber sie warte eben auf den Mann, bei dessen Anblick ihr Herz höherschlagen würde, und das wäre ihr noch bei keinem auch nur annähernd geschehen. Vicky musste sich sehr zwingen, sich keine Sorgen zu machen, dass Annabelle ehelos bleiben würde. Auf keinen Fall wollte sie wie ihre Mutter werden und der Tochter ständig das Gefühl geben, dass sie ohne Ehemann an ihrer Seite nichts wert war, und ihr womöglich Heiratskandidaten ins Haus schleppen, wie Anne es einst getan hatte. Und doch würde Vicky es sehr, sehr schade finden, wenn Annabelle keine Familie gründete. Denn bestimmt würde sie eine wunderbare Mutter werden …

Auch Emma beobachtete voller Rührung, mit welcher Empathie Annabelle ihre Tochter zu trösten versuchte.

»Sie ist ein Schatz, deine Bella«, seufzte Emma.

In diesem Augenblick sah George von seinem Buch auf und erblickte seine Mutter und seine Tante im Türrahmen.

»Beobachtet ihr uns schon lange?«, lachte er.

»Nein, wir sind gerade erst von oben heruntergekommen und wollten sehen, was ihr so treibt«, erwiderte Vicky. George war von seinem Äußeren her das genaue Gegenteil seiner Schwester. Er kam nach seiner Mutter, war groß und blond und ein zielstrebiger junger Mann, der, wenn er sich etwas in den Kopf gesetzt hatte, es auch umsetzte. Schon als kleiner Junge hatte er einen aus dem Nest gefallenen Vogel mit ins Haus gebracht, um ihn zu retten. Zu seinem sechsten Geburtstag hatte er sich ein Hörrohr gewünscht, statt einer Holzeisenbahn wie seine Freunde, und hatte sich mit Feuereifer darangemacht, seine Eltern und Geschwister zu untersuchen. Nur William hatte sich den kindlichen Arztspielen seines Bruders verweigert und ihn damit ständig aufgezogen. Einmal war Vicky hinzugekommen, als William George weismachen wollte, dass er viel zu blöd wäre, Arzt zu werden. Vicky hatte sich eingemischt und ihrem Sohn versichert, dass er das bestimmt schaffen werde, wenn er nur daran glauben würde. Aber auch George war stets erstaunlich unempfänglich gegen die Gehässigkeiten des zwölf Jahre älteren großen Bruders gewesen. Er ließ dessen Unkerei in der Regel an sich abprallen und William einfach auflaufen. Für diese Entspanntheit bewunderte Vicky ihre beiden Großen über die Maßen. Nur die Jüngste, Amelie, litt unter den ständigen Versuchen Williams, sie zu demütigen. Am meisten konnte er sie verletzten, indem er gemeinerweise behauptete, sein Vater hätte ihre Mutter nur geheiratet, weil er eine Betreuung für ihn gesucht hätte. Da konnte Vicky ihrer Tochter hundertmal versichern, dass Frederik und sie sich von Herzen liebten, Amelie fiel immer wieder auf die bösartigen Lügen ihres Bruders herein, weinte jedes Mal bittere Tränen und war ständig bemüht, Williams Wohlwollen zu erringen. Das nutzte Frederiks Sohn weidlich aus, machte Amelie

Komplimente, behandelte sie zuvorkommend, um sie dann wieder schwer zu beleidigen, woraufhin Vickys Jüngste regelrecht zusammenbrach.

»Lass ihn doch links liegen, so wie Annabelle es macht«, pflegte Vicky ihr manchmal in ihrer Verzweiflung zu raten, doch vergeblich. Im Gegenteil, dann richtete sich Amelies ganzer Zorn jedes Mal in voller Härte gegen sie, und sie sagte Dinge wie: »Ja, deine liebste Annabelle, die macht immer alles richtig!«

Amelies Herz brannte so sehr vor Eifersucht auf ihre ältere Schwester, dass dies Vicky manchmal ernsthaft Sorge bereitete. Und für sie als Mutter war es gar nicht einfach, in solchen Auseinandersetzungen gerecht zu bleiben, denn Amelie war vom Wesen ungleich schwieriger als ihre ältere Schwester. Sie konnte schrecklich jähzornig sein und dann auch wieder zuckersüß, besonders Frederik gegenüber. Jedes Mal, wenn es am Tage einen heftigen Streit zwischen Mutter und Tochter gegeben hatte, lief sie ihrem Vater abends, wenn Frederik aus dem Handelshaus nach Hause kam, direkt in die Arme und umschmeichelte ihn. So kritisch Frederik auch William gegenüber war, Amelies Charme war er geradezu verfallen. Und Vicky war nicht die Person, die ein Kind anschwärzte. So wiegte sich Frederik in dem Glauben, dass William der Einzige in dieser Familie war, an dem Neid, Missgunst und Hass nagten.

Vicky stieß einen tiefen Seufzer aus. Ja, ihre Jüngste konnte bezaubernd sein, aber dann auch wieder eine missmutige kleine Diva, die sich zurückgesetzt fühlte.

»Kinder, wir können essen. Meeri hat etwas Wunderbares gekocht«, sagte Emma, bevor sie ihre Schwägerin unterhakte und mit ihr zurück ins Haus ging.

Die Tafel war festlich gedeckt. Als alle saßen, servierten Emmas neue Köchin Meeri und ein Dienstmädchen das Essen.

Emma deutete auf eine Platte mit Hackbällchen und eine andere mit tropischen Früchten und verkündete voller Stolz: »Meeri hat ein bisschen Farbe in unsere strenge englische Küche gebracht. Sag, woher kennst du das Rezept?« Sie wandte sich an die Köchin, die europäische Züge sowie die der Ureinwohner besaß.

»Das ist eine Speise, die meine Mutter uns Kindern bereitete«, sagte Meeri in fehlerfreiem Englisch. »Sie stammt aus der Küche ihrer Familie, die dem Stamm der Turrbal angehörte …«

Meeris Worte wurden durch eine spöttische Stimme unterbrochen.

»Ich denke, die Ureinwohner ernähren sich von Insekten. Auf keinen Fall esse ich das, was die da gekocht hat!«

Alle Augen waren entsetzt auf Amelie gerichtet. Vicky gewann als Erste die Fassung zurück. »Amelie, das war ungezogen. Du entschuldigst dich sofort bei Meeri«, forderte sie streng.

Amelie aber musterte sie hochnäsig. »Ich denke nicht daran. Das ist die Wahrheit.«

»Wie kommst du auf den Unsinn?«, fragte Vicky empört.

»Das weiß ich von William, und der kennt sich aus«, erwiderte Amelie trotzig.

»Dummes Zeug«, entgegnete Vicky harsch. »Du tust, was ich dir sage!«

»Lassen Sie doch, Missy. Die Vorurteile gegen uns und unsere Kultur, die kenne ich. Sie meint es sicher nicht so«, bat Meeri mit sanfter Stimme.

Vicky beeindruckte diese Geste der jungen Frau, die eigentlich noch ein halbes Kind und kaum älter als Amelie war, sehr, und sie wandte sich beschämt an ihre Tochter. »Amelie, du entschuldigst dich auf der Stelle. Sonst musst du den Tisch verlassen.«

Ohne ein weiteres Wort sprang Amelie auf und verließ das Esszimmer.

»Es tut mir leid«, sagte Vicky. »Ich freue mich auf das Essen, das Sie für uns vorbereitet haben.« Sie kämpfte mit sich, ob sie Amelie hinterhergehen und sie zur Rede stellen sollte, aber da legte Annabelle ihr die Hand auf den Arm. »Lass gut sein, Mom, Amelie kann nichts dafür. Sie plappert nur nach, was William ihr vorgebetet hat.«

Vicky zögerte einen Moment, doch dann folgte sie dem Rat ihrer Ältesten.

»Gut, dann entschuldige ich mich im Namen meiner Tochter« erklärte sie sanft. Innerlich aber bebte sie vor Zorn.

Das Essen verlief stumm, weil jeder für sich über den peinlichen Zwischenfall nachgrübelte.

Was für ein Glück, dass William nicht in unser Haus zurückkehren wird, dachte Vicky, ein Segen für uns alle, aber besonders für Amelie, die offenbar mehr unter seinem zerstörerischen Einfluss steht, als ich es je für möglich gehalten hätte.

28

Jonathan war wild entschlossen, das traurige Ereignis zu nutzen, um Vicky die Augen über die Machenschaften ihrer Sippschaft zu öffnen. Selbst auf das Risiko hin, dass es für sie ein unfassbarer Schock sein würde, wenn am Grab ihres heiß geliebten Bruders ein längst Totgeglaubter auftauchte. Hatte er nicht auch einen Schock erlitten, als man ihn unschuldig in das Rattenloch gesperrt und ihn der Wahrheit und seiner Pläne beraubt hatte?

Aus dem Spiegelbild blickte ihm ein vom Grübeln zerfurchtes Gesicht entgegen. Es hatte so gar nichts von der Vorfreude auf baldige Rache.

Plötzlich tauchte hinter ihm Elizas blonder Lockenkopf auf. Ihre Miene verhieß nichts Gutes. »Jonathan, darf ich dich etwas fragen, bevor wir zu Steven Stewarts Beerdigung gehen?«

Unwirsch wandte sich Jonathan zu seiner Frau um. Natürlich wusste er genau, was sie von ihm wollte. Schon am Abend nach dem unsäglichen Fest bei den Meiers hatte sie ihn mit neugierigen Fragen gelöchert. Ob er Steven Stewart schon vorher gekannt hätte und falls ja, woher? Und ob dieser Mann etwas mit dem Geheimnis zu tun hätte, das er vor ihr verbergen würde? Und auch nach Nicoletta hatte sie ihn ausgefragt. Ob er sie einst näher gekannt hätte?

Jonathan hatte all diese Fragen schroff verneint und Eliza recht unfreundlich aufgefordert, ihn in Zukunft mit diesen unhaltbaren Mutmaßungen zu verschonen.

Seitdem herrschte zwischen ihnen eine eisige Stimmung.

Eliza glaubte ihm kein Wort, aber sie hielt sich an das, was er von ihr verlangte. Sie schwieg, aber nicht nur zu dem unseligen Thema, sondern zu allem. Jedenfalls wenn die Kinder nicht dabei waren. Im Familienverbund verhielt sie sich wie immer, doch kaum waren sie allein, stand der stumme Vorwurf, dass er sie belog, im Raum.

»Wenn es unbedingt sein muss«, entgegnete er mürrisch.

Eliza straffte die Schultern. »Ja, ich glaube schon. So kann es jedenfalls nicht weitergehen. Ich weiß, dass du mich belügst, was Steven Stewart angeht. Und deshalb möchte ich dir einen Vorschlag machen. Was auch immer geschehen ist, ich werde es dir niemals im Leben vorwerfen oder gegen dich verwenden, ja, ich werde es auch nie wieder erwähnen, solltest du dein Gewissen vor der Beerdigung erleichtern wollen.«

Jonathan rollte genervt mit den Augen. »Fängst du schon wieder an?«

»Ich muss, denn ich werde den Verdacht nicht los, dass es einen Zusammenhang gibt zwischen Steven Stewarts grausamer Tat gegen sich selbst und eurer Begegnung auf dem Fest«, erklärte sie mit fester Stimme.

Jonathan lag bereits eine heftige Erwiderung auf der Zunge, wollte er doch, dass sie endlich ihren Mund halten sollte, aber dann dachte er an seinen heutigen Plan. Am Grab würde er noch nichts sagen, sondern sich still an Vickys Trauer und ihrem Entsetzen weiden, aber dann, wenn sie alle beim Leichenschmaus an der festlichen Tafel saßen, würde er aufstehen und eine kleine Trauerrede auf den Verstorbenen halten, die all das Unrecht ans Licht bringen würde. Natürlich hatte er abgewogen, ob das seinem Ansehen in der Stadt schaden könnte, aber er war zu dem Schluss gekommen, dass man mit ihm, dem Opfer, fühlen würde. Dieses Vorgehen hatte zur Folge, dass auch Eliza Zeugin dieser Rede sein würde. Wäre es da nicht klüger, ihr einen Hinweis zu geben, statt sich weiter in Schweigen zu hüllen?

Er hatte den Gedanken noch gar nicht zu Ende geführt, als er sich sagen hörte. »Gut, ich will dir eines verraten. Ja, es gibt einen Zusammenhang, aber ich bitte dich noch um etwas Geduld. Du wirst alles erfahren, und zwar früher, als dir lieb ist.«

Eliza wich sämtliche Farbe aus dem Gesicht. »Du machst mir Angst. Schau dich nur im Spiegel an. Du siehst aus, als würdest du einen Mord planen.«

»So etwas in der Art. Nur, dass es keine Toten geben wird«, murmelte er.

Eliza holte tief Luft, wollte etwas entgegnen, aber Jonathan wandte sich abrupt ab und verließ den Raum.

Eliza blieb wie betäubt zurück. Jonathan war ihr seit dem Abend bei den Meiers so schrecklich fremd geworden. War sie manchmal schon an dem abwesenden Jonathan verzweifelt, der in einer anderen Welt zu sein schien, war seine unterdrückte Wut schier unerträglich. Sie würde niemals den Augenblick vergessen, als sie ihm vom Selbstmord des Ehemannes ihrer Freundin berichtet hatte. Die Emotionen in seinem Gesicht hatten sich in gespenstischem Tempo abgewechselt. Erst pures Entsetzen, gefolgt von einem Moment der ehrlichen Trauer, und dann war da nur noch Zorn gewesen.

»Begleitest du mich zur Beerdigung?«, hatte sie ihn zaghaft gefragt.

Er hatte nur mit den Achseln gezuckt.

Danach hatte sich Jonathan in seinem Arbeitszimmer eingeschlossen und war erst am Abend wieder hervorgekommen. Seitdem loderte der nackte Hass aus seinen Augen, aber er hatte ihr zugesagt, dass er mit zur Beerdigung kommen würde. Und nun war ihr gar nicht mehr so wohl, dass Jonathan sie begleitete. Was hatte er vor? Sie hatte ein ungutes Gefühl im

Bauch. Es übertraf ihre Neugier, endlich hinter sein Geheimnis zu steigen.

Ihr war übel, als sie das Schlafzimmer verließ. Sie vermutete ihren Mann auf der Veranda, aber dort war er nicht. Eliza rief seinen Namen, aber sie bekam keine Antwort.

Jonathan hörte ihr verzweifeltes Rufen, aber er rührte sich nicht aus seinem Versteck. Er saß ganz am Ende des Gartens hinter einem riesigen Baum und grübelte. Noch einmal ging er das Für und Wider seines Planes durch. Und immer wieder spürte er auch die Versuchung, die Vergangenheit ruhen zu lassen und eine Begegnung mit Vicky zu vermeiden, denn es war ja gar nicht Steven Stewart, den er damit treffen wollte, einmal abgesehen davon, dass der nichts mehr davon mitbekommen würde. Wenn er ehrlich war, tat ihm der arme Teufel sogar leid. Offenbar war er der einzige Beteiligte an diesem Komplott gewesen, der so etwa wie ein schlechtes Gewissen besaß. Wäre es nicht edelmütiger, wenn ich mein Geheimnis für mich behalte, sodass sich Stevens Opfer gelohnt hat? Die letzten Worte des Verzweifelten hämmerten in seinem Ohr. *Wenn ich Ihnen verspreche, dass ich heldenhaft dafür büßen werde, dass ich die ganze Verantwortung übernehme, werden Sie Vicky dann mit der Wahrheit verschonen und meinen Vater in Frieden sterben lassen*?

Jonathan ballte die Fäuste, und sein Kiefer mahlte vor lauter Anstrengung, während er sich den Kopf darüber zerbrach, welchem Impuls er folgen sollte: dem Durst nach Rache oder dem Bedürfnis nach Verzeihen.

»Ach, hier bist du.« Elizas Stimme ließ ihn aufschrecken. Er blickte auf, und das, was er sah, wollte ihm schier das Herz brechen. Seine Frau sah so blass und traurig aus in ihrem schwarzen Kleid, und über ihrem schönen Gesicht lag ein dunkler

Schatten. Die Spuren der vergangenen Tage, in denen er sich ihr auf grobe Weise entzogen hatte. Ein Schamgefühl überkam ihn. Was konnte sie dafür, dass ihn seine Vergangenheit mit solch brutaler Vehemenz eingeholt hatte? Was hatte er sich auch eingebildet. Sie in Brisbane für immer ablegen zu können, wie ein zerschlissenes Kleidungsstück? Und mit einem Mal wurde ihm klar, warum er ihr nicht die Wahrheit sagte. Wenn sie von dem Komplott erfuhr, würde sie doch mit Sicherheit auf seiner Seite sein. Nein, was er ihr verheimlichen wollte, war noch etwas ganz anderes. Bei dieser Erkenntnis erschütterte ein inneres Beben seinen ganzen Körper. Er hatte Eliza niemals annähernd so geliebt wie Vicky … und würde sie auch niemals so hassen. Seine Rache galt weder Archibald Cumberland noch Richter Stewart, sondern Vicky! Ihr wollte er durch die Wahrheit einen Schock versetzen, sie sollte nie wieder ruhig schlafen können, denn sie hatte ihn verraten. Als er noch an die einzigartige Liebe geglaubt und sich ihretwegen in die Höhle des Löwen gewagt hatte, hatte sie sich längst in das Bett eines anderen Mannes gelegt. Während man ihn ins Gefängnis geschleppt hatte, hatte sie ihre Hochzeitsnacht zelebriert.

Als Eliza in das schmerzverzerrte Gesicht ihres Mannes blickte, wurde sie ganz weich. Vergeben waren die letzten Tage, vergeben seine schroffe Abwehr und seine offensichtlichen Lügen. Sie ließ sich auf den Boden neben ihn gleiten und nahm ihn in den Arm. Ein eisiger Schreck durchfuhr sie, als sie ihn laut aufschluchzen hörte. Noch nie zuvor hatte Jonathan auch nur eine Träne vergossen. Sanft fuhr sie mit den Fingerspitzen durch sein dichtes Haar.

»Du musst mir dein Geheimnis nicht verraten«, flüsterte sie. »Nicht, wenn es dir so wehtut. Mir ist nur eines wichtig: dass du mich über alles liebst.«

Jonathan hob den Kopf und sah sie traurig an. Wie gern würde er ihr genau das in diesem Augenblick aus vollem Herzen versichern, aber wie sollte er die Worte über die Lippen bringen, wenn er doch genau wusste, dass es nur die halbe Wahrheit wäre? Er nahm ihre Hand und führte sie zu seinem Mund. Verzweifelt bedeckte er sie mit Küssen.

»Eliza, du hast recht. Es gibt ein Geheimnis, vor dem ich zu fliehen versuchte und das mich durch die Begegnung mit Steven Stewart eingeholt hat. Ich verspreche dir, eines Tages werde ich es dir offenbaren. Aber nicht heute. Lass mir bitte Zeit. Vertrau mir, alles wird wieder gut.«

In Elizas Augen schimmerte es feucht. »Ich vertraue dir, mein Lieb. Aber wir müssen jetzt aufbrechen, oder möchtest du lieber zu Hause bleiben?«, fragte sie ihn behutsam.

Er nickte schwach.

»Ich werde dich entschuldigen. Mach dir keine Gedanken.« Eliza erhob sich, klopfte den Schmutz von ihrem Kleid und strich ihm noch einmal durchs Haar.

Jonathan blieb wie betäubt unter dem Baum sitzen. Er war völlig durcheinander. Die Entscheidung, auf Stevens Beerdigung keinen Skandal zu provozieren, fühlte sich richtig an. Und nun? Was blieb, war der verzweifelte Hass auf Vicky und die Vorstellung, dass sie sich zu dieser Stunde nur wenige Meilen entfernt von ihm entfernt aufhielt und er die Gelegenheit hätte, sie noch einmal zu sehen. Je intensiver er sich in diese Vorstellung verlor, desto größer wurde sein Drang, sie wenigstens von ferne zu betrachten. Vielleicht sind meine Gefühle erkaltet, wenn ich sie sehe, dachte er. Dann kann ich mein Leben fortführen, als wäre nichts geschehen. Jonathan glaubte in diesem Moment fest daran, dass das die Lösung wäre, sich aus seinen Seelenqualen zu befreien, ohne andere Leben zu zerstören. Ja, er ersehnte sich förmlich ein Gefühl völligen Gleichmuts bei ihrem Anblick.

Beflügelt von der Idee, mit diesem einen Blick sein Herz für immer von Sophie Victoria Stewart befreien zu können, sprang er beinahe leichtfüßig auf und kleidete sich hastig um. Er entledigte sich seines schwarzen Anzugs und zog die Reitkleidung an. Auf dem Weg zu seinem Pferd begegnete ihm Claire, die ihn erstaunt musterte.

»Bist du denn gar nicht mit auf der Beerdigung von diesem Mister Stewart, dem Mann von Mutters Freundin Emma?«

»Nein, ich habe mich nicht wohlgefühlt, aber ich denke, ein kleiner Ausritt wird mir guttun.«

»Sag, wann kommen die Pferde? Ich bin schon ganz gespannt. Und denk daran, dass du Mister Evans fragst, ob er mich unterrichten wird.« Als Claire den Namen des Reitlehrers nannte, strahlten ihre Augen. Und Jonathan wusste genau, warum. Mister Evans war der beste Reitlehrer in der Stadt, aber auch ein attraktiver Frauenheld, den er von seiner Tochter am liebsten fernhalten würde, doch Claire war ganz vernarrt in ihn. So sehr, dass es ihm Sorge bereitete. Der Mann war schon über dreißig und als Herzensbrecher bekannt. Und zu seinem großen Kummer hatte Claire anscheinend eine Vorliebe für ältere Herren.

»Wenn ich ehrlich bin, meine Kleine, würde ich dir lieber einen anderen Reitlehrer besorgen. Mister Evans kann sicherlich keine neuen Schülerinnen mehr aufnehmen.«

Ein geheimnisvolles Lächeln umspielte Claires sinnliche Lippen. »Ich weiß, er hat viel zu tun, aber ich habe ihn neulich bei meiner Freundin Anna getroffen und ihn schon einmal vorsichtshalber gefragt. Er würde mir gern Unterricht erteilen.«

Jonathans Miene verfinsterte sich. Ihm stand in diesem Augenblick überhaupt nicht der Sinn danach, sich mit seiner Tochter auseinanderzusetzen.

»Wir werden sehen«, erwiderte er ausweichend. »Ich möchte jetzt meinen Ausritt machen.«

Claire gab ihm zu seiner Überraschung einen Kuss auf die Wange. Offenbar hatte sie seine Worte als Zustimmung verstanden. Er nahm sich fest vor, mit ihr ein ernstes Wort zu reden, nachdem er wieder frei sein würde, um sich dem Wohl seiner Familie aus vollem Herzen zu widmen.

Browny schien seine Nervosität zu spüren, denn als Jonathan aufsteigen wollte, stupste ihn sein Hengst an, was er nur tat, wenn ihm die Aufmerksamkeit fehlte, die er von Jonathan gewohnt war.

»Ist ja schon gut«, sprach er beruhigend auf sein Pferd ein. »Ich weiß, ich habe dich nicht richtig begrüßt.« Er klopfte Browny auf den Hals, um ihm seine Zuneigung zu beweisen.

Je näher er dem Friedhof kam, desto größer wurden seine Zweifel, ob dieser heimliche Blick auf Vicky ihn wirklich von seiner Pein würde erlösen können. Trotzdem setzte er seinen Weg fort.

Vor dem Friedhof band er Browny an einem Baum fest. Der Schweiß lief ihm in Strömen den Rücken hinunter. Es war nicht nur ein besonders heißer Tag, sondern auch seine widerstreitenden Gedanken hatten ihn mächtig ins Schwitzen gebracht. Er fuhr sich mit dem Handrücken übers Gesicht, weil ihm das Nass auch in die Augen getropft war.

Schließlich straffte er die Schultern und näherte sich vorsichtig dem Eingang. Er musste ab jetzt sehr achtsam sein. Nicht, dass ich der Trauergesellschaft auf dem Weg begegne, dachte er. Mit einem Blick auf seine Taschenuhr beruhigte sich sein fliegender Atem ein wenig. Noch mussten sie in der Kirche sein. Also pirschte Jonathan sich an die kleine Kapelle heran. Plötzlich hörte er von drinnen eine Frau das Lied »Amazing Grace« singen. Ihm wollte schier der Atem stocken, als er Vickys tiefe, klare und volle Stimme erkannte. Die Emotionen übermannten ihn derart, dass er sich abwenden wollte, doch dann lauschte er den Worten: *Ja, wenn dieses Fleisch und Herz versagen, und das sterbliche Leben vergeht, werd' ich hinter dem Schleier führen, ein Leben voll Freude und Frieden.* Tränen traten Jonathan in die Augen, und er flüchtete sich unter einen Eukalyptusbaum außer Hörweite. Mit pochendem Herzen lehnte er sich an den Baumstamm und atmete ein paarmal tief durch, bevor er sein Auge auf die Tür der Kapelle heftete. Nun gab es kein Zurück mehr. Er würde warten, bis er sie mit eigenen Augen sah, und er hoffte, dass ihn ihr Anblick nicht so bewegen würde wie der Klang ihrer Stimme.

Als die Tür aufging, sprang er zurück in die Deckung des Baumstammes und wagte den Kopf nur so weit vor, dass er mit einem Auge sehen konnte, was vor der Kapelle geschah. Zuerst wurde der Sarg herausgetragen, ihm folgte der Pfarrer, und dann erkannte er Emma, die Freundin seiner Frau, die gestützt wurde von Vicky. Er hatte gehofft, sie wäre alt und faltig geworden, aber die Frau, die er fassungslos anstarrte, war wunderschön, noch schöner als damals! Sein verzweifelter Hass flog davon wie ein Blatt im Wind, und er spürte in jeder Pore, dass er niemals aufgehört hatte, sie zu lieben. Er war so beseelt von diesem Anblick, dass er jegliche Vorsicht außer Acht ließ und sich weiter hinter dem Stamm hervorwagte, als es die Vernunft geboten hätte.

In diesem Moment wandte sie den Kopf und ließ den Blick zu seinem Eukalyptusbaum schweifen. Jonathan war wie gelähmt. Er konnte sich nicht rühren, befürchtete schon, entdeckt zu sein, aber dann richtete Vicky die Augen wieder zurück auf den Sarg. Wie betäubt zog sich Jonathan hinter den Stamm zurück, und es gelang ihm, von dort ungesehen vom Friedhof zu flüchten.

Erst als er wieder bei seinem Pferd war, begriff er, dass ihm dieser eine Blick keinerlei Erleichterung verschafft hatte. Im

Gegenteil, er hatte nicht nur alte Wunden aufgerissen, sondern ihm die Erkenntnis beschert, dass er immer nur sie geliebt hatte und sein schönes neues Leben nichts anderes war als ein blasseres Abziehbild dessen, was er sich einst mit Vicky erträumt hatte.

Jonathan vergrub sein Gesicht in Brownys Mähne und weinte hemmungslos. Doch als er schließlich den Kopf wieder hob, war er nicht mehr der Alte. In diesem Augenblick wusste er, dass er nie mehr unbeschwert in sein Leben würde zurückkehren können. Aber was soll ich denn tun?, fragte er sich verzweifelt. Ich kann meine Familie nicht einfach sang- und klanglos verlassen. Und vor allem, wo sollte er hin? Er hatte sich eine bürgerliche Existenz in Brisbane aufgebaut, war an der Spitze der Gesellschaft angekommen, genau wie er es sich immer erträumt hatte. Das konnte er doch nicht einfach hinter sich lassen. Und was würden die Kinder denken, wenn er plötzlich aus ihrem Leben verschwand?

Die Lösung für seine Probleme fand er an einem der nächsten Tage auf seinem Schreibtisch vor. Ein Bergwerkbesitzer aus Darwin bot ihm seine Kohlewerke zum Verkauf an. Er hatte keine Nachkommen und wünschte sich, dass sie unter Jonathans Führung weiterarbeiteten. Normalerweise hätte er ein solches Angebot rigoros abgelehnt. Was sollte er mit einer Zweigstelle, die eintausendsiebenhundert Meilen entfernt war? Selbst um sie für seine Söhne zu erwerben, lagen sie zu weit weg, aber nun bot sich ihm mit einem Mal die einmalige Gelegenheit, seinem Leben bis auf Weiteres zu entfliehen. Jonathan schrieb Mister Henderson einen Brief, in dem er ihm mitteilte, er hätte Interesse und würde ihn in Kürze in Darwin aufsuchen.

Jonathan war nicht ganz wohl zumute, als er mit dem Schreiben fertig war. Er war sich sicher, dass Eliza sehr wohl spüren würde, dass er vor etwas flüchtete, aber er hatte keine andere Wahl.

Eilig sprang er auf und beschloss, erst einmal mit Browny auszureiten, um seine angeschlagenen Nerven zu beruhigen.

29

Emma und Vicky saßen auf der Veranda der Calden-Farm und warteten auf den Besuch zum Tee. Vicky liebte es, den Blick über das weite Land schweifen zu lassen. Bis zum Horizont war es grün und fruchtbar. Dahinter beginnt sehr bald das Buschland, hatte ihr Emma erklärt und ihr von den Weiten im Inneren des Landes vorgeschwärmt. Als Kind wäre sie mit ihrem Vater manchmal in die Einsamkeit der unendlichen Steppe geritten, hatte sie Vicky erzählt.

Vicky hatte zwar schon oft Geschichten aus dem Inneren des Kontinents gehört, aber hier oben im Norden war sie dem Kern, in dem angeblich nicht nur die Sonne blutrot war, sondern sogar der Sand, viel näher als in Melbourne. Der weite Blick erlaubte es ihr, sich ihren diversen Gedanken hinzugeben, vor allem aber dem einen, der sie seit Stevens Beerdigung nicht mehr losgelassen hatte. Es war nur der Bruchteil eines Augenblicks gewesen, als ihr die Fantasie einen bösen Streich gespielt hatte, denn sie hatte hinter einem Eukalyptusbaum auf dem Friedhof Jonathans Gesicht auftauchen sehen. Das hatte sie sich natürlich nur eingebildet. Dessen war sie sich sicher, doch das Bild war ihr so real erschienen, dass es sich ihr unauslöschlich ins Gedächtnis gebrannt hatte. Dabei wusste sie doch, dass es gar nicht sein konnte, einem Toten zu begegnen. Trotzdem hatte sie sich auf dem Friedhof sogar noch einmal umgesehen, aber da war er fort gewesen. Vicky schob dieses Trugbild auf ihren emotionalen Ausnahmezustand, denn langsam hatte auch bei ihr die tiefe Trauer über den Tod des geliebten

Bruders eingesetzt. Sie vermisste ihn ganz schrecklich, wobei sie das aus Rücksicht auf Sophie und Emma für sich behielt. Insgeheim bewunderte sie ihre Schwägerin, die sich erstaunlich tapfer zeigte, während Sophie vor Schmerz über den Verlust schier zu verzweifeln schien.

»Es ist ein Paradies, nicht wahr?« Emmas Stimme riss Vicky aus ihren Gedanken.

»Einfach traumhaft. Wird es dir nicht schwerfallen, das Land zu verkaufen?«, erkundigte Vicky sich mitfühlend.

Emmas Antwort war ein tiefer Seufzer. »Ich werde es nicht verkaufen«, sagte sie mit Nachdruck.

»Aber willst du es denn deinem Verwalter überlassen?«, fragte Vicky erstaunt.

»Nein, ich werde es selbst bewirtschaften. Mit seiner Hilfe.«

»Du willst in Brisbane bleiben?« Vicky stand die Panik ins Gesicht geschrieben.

Emma legte ihrer Schwägerin besänftigend die Hand auf den Arm. »Ich wollte es dir eigentlich gleich nach deiner Ankunft mitteilen, aber dann war so viel anderes zu tun. Die Beerdigung …«

»Du brauchst dich nicht zu entschuldigen«, unterbrach Vicky ihre Schwägerin mit belegter Stimme. »Es ist egoistisch von mir, dass ich dich auch in Zukunft in meiner Nähe wissen möchte.«

»Der Gedanke, nicht mehr jederzeit zu dir zum Tee kommen zu können und vertraut mit dir zu plaudern, ist mir auch das Ärgste an meiner Entscheidung, aber ich kann nicht mehr in dem Haus leben, in dem ich mit Steven glücklich war. Alles würde mich an ihn erinnern. Hier bin ich zu Hause. Hier habe ich eine Aufgabe, denn es steht nicht gut um die Farm, wie mir der Verwalter gebeichtet hat. Vater war schon zu lange krank und hat einiges schleifen lassen. Auf der Calden-Farm werde ich gebraucht.«

Vicky umarmte ihre Schwägerin. »Ich verstehe dich gut. Wer weiß, was ich tun würde, wenn Frederik etwas zustoßen würde …«

»Das ist ja zum Glück sehr unwahrscheinlich«, unterbrach Emma sie hastig.

»Natürlich denke ich nicht an so etwas, aber ich versuche, mich in deine Lage zu versetzen. Ich möchte dir nur versichern: Es ist eine gute Entscheidung. Und was sagt Sophie?«

Emmas Miene verdüsterte sich. »Ich kann ihr das in ihrem Zustand nicht sagen. Sie isst kaum noch, vergräbt sich in ihrem Zimmer. Ich habe keinen Zugang mehr zu ihr. Offenbar gibt sie mir die Schuld an Stevens Tod.«

»Aber nein, wie kommst du darauf?«

»Sie wirft mir beständig anklagende Blicke zu. Wahrscheinlich muss sie einen Schuldigen suchen, um all das zu verkraften. Ich meine, welche Sechzehnjährige kann schon verstehen, wenn sich ihr Vater umbringt. Das hätte ich ja gern vor ihr geheim gehalten, aber die ganze Stadt redet darüber.«

»Sag mal, warum war der Mann deiner Freundin Eliza, dieser Jonathan Melrose, eigentlich nicht auf der Beerdigung?«

»Das kannst du sie gleich selbst fragen, wenn sie zum Tee kommt«, seufzte Emma. »Sie hat ihn mit einer Krankheit entschuldigt.«

»Ist das nicht merkwürdig, nach allem, was du mir von seiner Begegnung mit Steven auf dem Fest erzählt hast?«

»Sicher, aber ich kann sie schließlich nicht der Lüge bezichtigen. Und selbst wenn er Steven gekannt hat, heißt das noch lange nicht, dass Eliza mehr darüber weiß. Vielleicht wäre es besser, dieses heikle Thema gar nicht erst anzuschneiden«, bemerkte Emma nachdenklich.

»Keine Sorge, ich werde deine Freundin nicht mit neugierigen Fragen löchern. Es ist nur so: Ich mache mir natürlich auch meine Gedanken und frage mich, warum er es zu diesem Zeitpunkt getan hat. In Stevens Leben lief doch alles zur Zufriedenheit. Er hatte dich, Sophie, eine Arbeit …«

»Bitte, Vicky, mach mir das Herz nicht unnötig schwer. Dann mache ich mir gleich wieder Vorwürfe, dass ich seine Todessehnsucht nicht erkannt habe …«

»Hör auf damit! Das konntest du nicht! Das hat kein Mensch erkennen können. Dann müsste ich mir genauso Vorwürfe machen. Ich habe ihm auch nichts angemerkt!« Vickys Stimme war lauter geworden als beabsichtigt. Nicht weil sie ihrer Schwägerin einen Vorwurf machen, sondern weil sie ihr diese Anwandlungen endgültig austreiben wollte.

»Und deshalb wüsste ich natürlich allzu gern, was es mit diesem Mister Melrose auf sich …«

»Verzeihen Sie, Misses Stewart, aber Misses Melrose ist da«, unterbrach Meeris Stimme Vicky.

»Führ sie auf die Veranda«. Emma warf ihrer Schwägerin einen Blick zu. Vicky verstand: kein Wort über eine mögliche Verbindung zwischen Steven und Mister Melrose.

Vicky hatte Eliza sofort gemocht. Schon auf der Beerdigung, wo sie aber kaum ein Wort miteinander gewechselt hatten. Vielleicht liegt es an ihrem Aussehen, ging es Vicky durch den Kopf, während sich die beiden Freundinnen herzlich begrüßten. Eliza Melrose war ein ähnlicher Typ wie sie. Groß, blond und sehr schlank.

Vicky erhob sich von ihrem Korbstuhl, um die Besucherin höflich zu begrüßen.

»Schön, dass Sie geblieben sind, um Emma in diesen schweren Tagen beizustehen«, bemerkte Eliza anerkennend.

»Das ist dem Umstand geschuldet, dass mein Mann beruflich in Neuseeland zu tun hat und erst in ein paar Wochen zurückkehren wird. So kann ich noch ein wenig bleiben.«

»Ach, das ist aber auch nicht einfach für Sie, dass Ihr Mann Ihnen nicht beistehen kann. Schließlich haben Sie Ihren Bruder verloren«, sagte Eliza mitfühlend.

»Das ist wahr, aber auf diese Weise kann ich mich hier in Brisbane nützlich machen. Ich fürchte mich nur vor dem Augenblick, in dem ich es meinem Mann sagen muss. Er ahnt doch gar nichts. Und die beiden standen sich sehr nahe. Steven hat im Handelshaus meines Mannes gearbeitet.«

»Nun setzt euch erst einmal wieder«, befahl Emma und rief nach Meeri, die sofort mit Tee und Gebäck herbeigeeilt kam.

»Jonathan lässt grüßen, und ich soll sein Fernbleiben von der Beerdigung noch einmal in aller Form entschuldigen. Er war wirklich erkrankt«, verkündete Eliza nun im Brustton der Überzeugung, aber Vicky nahm wahr, dass aus ihren Augen etwas anderes sprach. Wahrscheinlich hat er sich gedrückt, vermutete Vicky, warum auch immer. Sie war leicht zusammengezuckt, als Eliza den Namen Jonathan ausgesprochen hatte. Dabei war es ja gar kein exotischer Name, aber seit sie diese Erscheinung bei dem Eukalyptusbaum gehabt hatte, musste sie ständig an ihn denken. Auch in diesem Augenblick. Vicky, sei nicht albern, er ist tot, redete sie sich gut zu.

»Stammt Ihr Mann aus Brisbane?«, hörte sie sich Sekunden später interessiert fragen.

Emma musterte ihre Schwägerin mit warnendem Blick, als wollte sie sagen: Wir hatten doch abgemacht, keine Fragen zu der möglichen Bekanntschaft zwischen Steven und Jonathan zu stellen. Vicky ignorierte diesen stummen Vorwurf. Sie konnte einfach nicht anders, als zu versuchen, dieser Sache auf den Grund zu gehen.

»Nein, er wurde in Tasmanien, also dem früheren Van Diemen's Land, geboren.«

Wieder zuckte Vicky leicht zusammen. Das war auch Jonathan Bowls Heimat. Wenn ich nicht genau wüsste, dass Jonathan unter den erschossenen Aufständischen der Eureka Stockade gewesen ist, ich befürchte, ich würde jetzt abenteuerliche Vermutungen hegen, dachte sie.

»Greift doch zu, ihr Lieben«, forderte Emma ihre Gäste auf, doch da hatte Vicky ihre Befragung bereits fortgesetzt. »Und wie kam er dann nach Brisbane?«

Als Vicky merkte, dass Eliza ihre neugierigen Fragen etwas verblüfften, fügte sie hastig hinzu: »Entschuldigen Sie, bitte, ich wollte Ihnen natürlich auf keinen Fall zu nahe treten. Es ist nur so: Ich kannte in meiner Jugend einst einen Burschen, der Jonathan hieß und aus Tasmanien stammte.«

»So? Von dem habe ich ja noch nie was gehört«, bemerkte Emma skeptisch.

»Er war auch nur auf der Durchreise in Melbourne«, erwiderte Vicky und errötete. Wie kam sie dazu, den Damen gegenüber Jonathan Bowl zu erwähnen? Er war das bestgehütete Geheimnis der Familie Stewart. Sein Name war in dem Haus spätestens seit Vickys Hochzeit nie mehr gefallen. Wobei sie schon vor Jahren das Gefühl beschlichen hatte, dass ihr Vater etwas ahnte. Er sah Annabelle manchmal derart durchdringend an, wenn er sich unbeobachtet fühlte, dass Vicky sich beinahe sicher war, Samuel hatte eine Ahnung, wer Annabelles Vater war. Doch er ließ sich ansonsten nichts anmerken.

»Sie müssen sich nicht entschuldigen, werte Vicky«, sagte Eliza schließlich. »Ich finde das Vorleben meines Mannes unglaublich spannend, sodass ich gern darüber rede …« Sie stockte, und ihre Miene verfinsterte sich. »Jedenfalls über das, was ich weiß«, ergänzte sie. »Er hat sein Geld auf den Goldfeldern von Ballarat gemacht und hatte den Traum, die größte Farm Australiens zu kaufen, aber dann lernte er mich kennen, und mein Vater besaß nun einmal das größte Bergwerk des Nordens. Niemals hätte er es erlaubt, dass sein Schwiegersohn Farmer wird. Ja, und so wurde er zum Bergwerksbesitzer.«

Vicky lief es bei Elizas Worten eiskalt den Rücken hinunter. Das passte alles so perfekt auf Jonathan Bowl, dass sie kaum mehr an Zufälle glauben wollte – wenn Elizas Mann nicht Melrose heißen würde und Jonathan Bowl nicht schon seit Jahren tot wäre.

»Ist Ihnen nicht gut?«, fragte Eliza erschrocken.

»Doch, doch, ich finde das hochinteressant, was Sie über Ihren Mann erzählen, Misses Melrose.« Am liebsten hätte Vicky sie einfach gefragt, ob ihr Mann früher einmal Bowl geheißen hatte, aber sie konnte sich gerade noch beherrschen, denn Emma schien jetzt ernsthaft erbost über die unverhohlene Neugier ihrer Schwägerin.

»Liebste Freundin, es ist entschieden, ich bleibe in Brisbane«, verkündete sie nun mit Nachdruck. Vicky verstand ihre Botschaft sofort. Das Thema »Mister Melrose« war für den restlichen Abend tabu!

»Ach, das ist eine so schöne Nachricht«, rief Eliza voller Begeisterung aus.

Vicky aber verfiel in nachdenkliches Schweigen und hörte nur mit halbem Ohr zu, was ihre Schwägerin und Eliza miteinander plauderten. Ihre Gedanken drehten sich ausschließlich um Mister Melrose. So viele Zufälle konnte es doch nicht geben, schoss es ihr durch den Kopf, und immer wieder fiel ihr das Trugbild ein, das ihr auf dem Friedhof einen Streich gespielt hatte.

Sie wurde erst aus ihren Gedanken gerissen, als Annabelle und Sophie auf die Terrasse traten. Artig blieben sie in der Tür stehen. »Wir möchten nicht stören, aber ich wollte fragen, ob Sophie und ich in die Stadt fahren dürfen. Sophie möchte so gern zum Friedhof.«

Emma runzelte die Stirn. »Aber wir fahren doch morgen zu Vaters Grab.«

»Lass sie doch«, raunte Vicky ihrer Schwägerin zu. »Ich glaube, das tut Sophie ganz gut.«

»In Ordnung, nimm den kleinen Pferdewagen, Sophie, den könnt ihr handhaben«, ordnete Emma an.

Keine der beiden Schwägerinnen achtete in diesem Augenblick auf Eliza, deren Herzschlag bei Annabelles Erscheinen beinahe ausgesetzt hätte. Diese junge Frau ist Jonathan wie aus dem Gesicht geschnitten, durchfuhr es sie eiskalt. Sie brauchte ein paar Minuten, um sich wieder zu fassen, und war froh, dass Emma und ihre Schwägerin beschäftigt waren. Doch kaum hatte sie sich gefangen, konnte sie nicht länger an sich halten.

»Wollt ihr mir die beiden jungen Damen gar nicht vorstellen?«, fragte sie mit gespieltem Vorwurf.

»Oh, verzeih mir«, entschuldigte sich Emma und wandte sich an die beiden jungen Frauen. »Das ist meine Freundin Eliza Melrose, und ihr beiden sagt am besten selbst, wer ihr seid.«

Die Mädchen traten auf Eliza zu und begrüßten sie höflich. Erst Sophie, dann Annabelle.

Eliza musste ihre gesamte Kraft aufbringen, um Fassung zu bewahren, als die groß gewachsene junge Frau, die nicht nur dieselben dicken schwarzen Locken besaß wie ihr Mann, sondern auch seine unverkennbaren, markanten Züge, ihr die Hand reichte. Eliza erschauderte. Ihre Finger waren genauso schmal und lang wie Jonathans.

»Ich bin Annabelle Bradshaw, die Tochter von Onkel Stevens Schwester Vicky«, stellte sie sich lächelnd vor. Vicky! So hatte Jonathan einst im Bett gestöhnt. Vicky! Vicky! Das gab Eliza den Rest, und es hätte nicht viel gefehlt, und sie hätte ihre Fassung verloren. Aber sie konnte sich gerade noch beherrschen, denn wenn dies kein unwahrscheinlicher Zufall war, gab es nur eine einzige Erklärung: Nicht diese in ihren Augen etwas vulgäre frischgebackene Misses Meier war das eigentliche Geheimnis aus Jonathans Leben, sondern die feine Misses Vicky Bradshaw aus Melbourne. Dann müsste ihr eigener Ehemann jener Jonathan gewesen sein, den diese Person in jungen Jahren gekannt hatte. In derselben Sekunde, in der sie diesen Schluss zog, verwandelte sich ihre Sympathie für die kluge und schöne Frau aus Melbourne in abgrundtiefe Ablehnung. So sehr, dass sie es kaum ertragen würde, länger mit ihr an einem Tisch zu sitzen, aber es würde auffallen, wenn sie sofort aufsprang. Ich werde mich wohl noch ein wenig zusammenreißen müssen, sprach sie sich gut zu und atmete ein paarmal tief durch. Als sie sich einigermaßen beruhigt hatte, rang sie sich zu einem falschen Lächeln durch und wandte sich an Vicky.

»Und wie lange werden Sie Ihrer Schwägerin noch in Brisbane zur Seite stehen?«

»Ich denke, wir werden noch ein paar Tage bleiben und uns dann auf den Rückweg machen, damit ich meinen Mann vom Schiff abholen kann«, erwiderte Vicky arglos.

Eliza atmete innerlich auf. Jonathan fuhr morgen früh nach Darwin, wo er sich ein Bergwerk ansehen wollte. Damit war die Gefahr, dass er Misses Bradshaw oder ihrer Tochter begegnete, gebannt. Vielleicht irre ich mich auch, versuchte Eliza sich einzureden, und es handelt sich um eine zufällige Ähnlichkeit zwischen diesem Mädchen und meinem Mann, doch eine innere Stimme signalisierte ihr mehr als deutlich, dass das kleine Grübchen, das diese Annabelle am Kinn hatte, keinerlei Zweifel an seiner Vaterschaft zuließ. Und dann dieser Name. Das gestöhnte »Vicky« klang ihr in den Ohren, als wäre es gestern gewesen.

Eliza war nun redlich bemüht, das Gespräch auf unverfängliche Themen zu bringen wie die Vor- und Nachteile einer Tournüre. Während sie sich scheinbar lebhaft an diesem Geplänkel beteiligte, schweiften Elizas Gedanken immer wieder zu der erschreckenden Ähnlichkeit zwischen Jonathan und dieser jungen Frau ab. Offenbar war diese Vicky aber völlig ahnungslos, dass es sich bei dem Jonathan, den sie früher einmal gekannt hatte, um Elizas Ehemann handeln könnte. Wieso war sie nicht über seinen Namen gestolpert, selbst, wenn die beiden sich aus den Augen verloren hatten? Aus welchem Grund auch immer, fügte Eliza in Gedanken hinzu.

»Sagen Sie, werte Vicky, Sie erwähnten ja vorhin, dass Sie auch einst einen Jonathan gekannt hätten. Was ist denn aus ihm geworden?«

Vickys Miene verfinsterte sich, und Emma musterte ihre Freundin fragend. »Er ist unter den Anführern der Eureka Stockade gewesen.« Vicky stockte. »Ich weiß gar nicht, ob man hier in Brisbane je von dem legendären Aufstand der Goldgräber in Ballarat gehört hat. Sie protestierten damals gegen die ungerechte Behandlung der Schürfer und wurden an der Straße nach Melbourne von der Armee angegriffen. Zweiundzwanzig Männer wurden erschossen. Und Jonathan Bowl war unter ihnen.«

Den Namen Bowl höre ich gerade auch zum ersten Mal, dachte Eliza erleichtert. Als Jonathan nach Melbourne kam, hatte er jedenfalls »Melrose« geheißen, aber war es nicht ein Leichtes, sich einen neuen Namen zuzulegen, zumal, wenn man ein dunkles Geheimnis zu verbergen versuchte? Hatte Jonathan ihr gegenüber nicht sogar einmal erwähnt, dass er sich für den schönen Namen »Melrose« entschieden hatte, um seine Goldgräbervergangenheit abzulegen? Eliza konnte das nicht mit Gewissheit sagen, und es war auch nicht wichtig. Ungeachtet dessen hegte Eliza nicht mehr den geringsten Zweifel daran, dass es sich um ein und denselben Mann handelte, zumal der Jonathan, von dem Misses Bradshaw sprach, auch Goldgräber in Ballarat gewesen war. Plötzlich fiel ihr ein, wie sie möglicherweise einen weiteren Hinweis auf eine Verbindung zwischen Vicky und ihrem Mann erhalten könnte.

»Was hältst du eigentlich von der neuen Misses Meier?«, fragte Eliza Emma scheinheilig.

Emma zuckte die Achseln. »Ich weiß nicht. Man zerreißt sich ja in der Stadt das Maul über sie. Angeblich soll sie eine zweifelhafte Vergangenheit haben, aber ob das stimmt, ist fraglich.«

»Findest du nicht, dass sie etwas vulgär aussieht? Darüber können auch ihre feinen Kleider nicht täuschen …« Eliza sah Vicky entschuldigend an. »Verzeihen Sie, dass wir über Menschen tratschen, die Sie gar nicht kennen. Wir wollen Sie ja nicht ausschließen, Vicky. Darum eine kleine Erklärung zu der Person, über die wir uns soeben das Maul zerreißen. Sie soll seinerzeit in einem Bordell gearbeitet haben. Mein lieber Mann hat sehr nervös reagiert, als er der Dame des Hauses neulich vorgestellt wurde.«

»Eliza!«, mischte sich Emma in scharfem Ton ein. »Das interessiert meine Schwägerin sicherlich ganz und gar nicht.«

Vicky aber war heilfroh, dass Eliza nun dem Klatsch frönte, denn sie bereute im Nachhinein, das Thema Jonathan Bowl überhaupt aufgebracht zu haben. Sie hätte ihn gar nicht erwähnen dürfen. Schon gar nicht vor ihrer Schwägerin, die sich natürlich wunderte, weil sie diesen Namen noch nie gehört hatte, obwohl sie inzwischen fast zwanzig Jahre zur Familie gehörte. Und alles nur, weil Vicky sich einbildete, sein Gesicht hinter einem Baum gesehen zu haben. Es wurde Zeit, dass sie mit diesem Unsinn aufhörte und wieder auf dem Boden der Realität ankam. Offenbar hat mich der Tod Stevens doch so sehr erschüttert, dass meine Nerven etwas überreizt sind, mutmaßte sie.

»Ich habe ganz und gar nichts gegen ein bisschen Tratsch einzuwenden, wobei ich nicht zu den Frauen gehöre, die auf die Huren mit den Fingern zeigen. Für viele arme Mädchen war es die einzige Chance, ihre Familien zu ernähren, indem sie sich auf den Goldfeldern verkauft haben«, bemerkte Vicky.

»Es ist wahrscheinlich nur ein dummes Gerücht, weil keiner weiß, wo die Frau herkommt, aber ich gönne Mister Meier sein Glück. Auf seinem Fest wirkte er doch ganz glücklich, und seine frischgebackene Ehefrau war doch liebreizend zu ihm«, bemerkte Emma leicht verärgert.

»Welche halbwegs anständige Frau heißt denn auch schon Nicoletta mit Vornamen?«

»Eliza, so kenne ich dich gar nicht!«, stieß Emma empört hervor.

Sie hasste Klatsch und Tratsch und wunderte sich, wieso ihre alte Freundin Eliza so erpicht darauf war. Früher war sie jedenfalls nie ein solches Klatschweib gewesen. Sie hackte ja geradezu penetrant auf dieser Sache herum. Wenn sie mit mir im Vertrauen über diesen Verdacht reden würde, verstünde ich das ja noch, dachte Emma irritiert, aber vor Vicky? Woher wollte Eliza wissen, dass ihre Schwägerin keine von diesen Damen war, die die Moral für sich gepachtet hatten und Huren sowie deren Freier in Grund und Boden verdammten?

Eliza aber ignorierte völlig, dass Emma ihr Verhalten befremdlich fand, sondern musterte Vicky durchdringend. Volltreffer, dachte sie, als sie verräterische rote Flecken in Vickys Ausschnitt blühen sah. Ein sicheres Zeichen, dass sie der Name in helle Aufregung versetzt hatte. Jetzt, wo Vicky in der Falle zappelte, wollte sie Gewissheit.

»Ich bin mir sicher, dass mein Mann diese Dame von früher kannte, aber das war ihm offenbar sehr peinlich. Wahrscheinlich war er in jungen Jahren selbst ein Kunde dieser Dame. Ich mache mir diesbezüglich nichts vor. Die ausgehungerten Goldgräber haben alle die Dienste der Damen in Anspruch genommen. Sie waren ja monatelang fern ihrer Familien, und ein Junggeselle wie mein Mann wird nicht lange gezögert haben. Aber mein Gatte schweigt eisern. Ich denke mal, er ist einfach ein Gentleman. Sie kennen ja sicher den Ausspruch: Der Gentleman genießt und schweigt, nicht wahr?« Eliza lachte gekünstelt auf und beobachtete ganz genau, wie Vicky mit ihrer Fassung rang.

»Eliza! Was redest du da?«, ermahnte Emma sie. »Selbst wenn es so wäre, geht es uns doch nichts an. Ich würde dir empfehlen, deine Gedanken in dieser Sache lieber für dich zu behalten. Das könnte nicht nur peinlich für Mister Meier werden, sondern auch für deinen Mann. Wenn das an die falsche Adresse gerät, erzählt man womöglich schon morgen in der ganzen Stadt, dass dein Mann etwas mit Misses Meier hatte. Du kennst doch unsere Klatschtanten.«

»Ach, liebste Emma, du hast ja so recht«, gab Eliza mit gespielter Zerknirschtheit zu. »Da sind einfach die Pferde mit mir durchgegangen. Natürlich werde ich derlei nicht wiederholen.« Sie wandte sich mit scheinheiligem Bedauern an Vicky. »Oh, meine Liebe, Sie sind ja ganz blass um die Nase. Ich wollte Sie nicht schockieren. Hier oben im Norden geht es vielleicht manchmal deftiger zu als bei Ihnen. Sie müssen mir verzeihen.« Eliza weidete sich förmlich an Vickys gequälter Miene. Ihr sagt der Name Nicoletta etwas, keine Frage, ging es Eliza durch den Kopf, aber sie war überhaupt nicht mehr erpicht darauf, dem Zusammenhang auf den Grund zu gehen. Im Gegenteil, sie hatte nur die Sicherheit gebraucht, dass sie richtiglag. Und nun würde sie alles daransetzen, dass Misses Bradshaw weiterhin daran glaubte, dass Jonathan tot war. Für diese Frau soll er bis in alle Ewigkeit mausetot bleiben, beschloss sie bitter, denn es lag etwas in der Luft, das ihr in der Gegenwart dieser Person die Luft zum Atmen nahm. Eliza spürte es in jeder Pore: Diese Frau war für ihre Ehe mit Jonathan brandgefährlich.

Und deshalb würde sie auch keine Minute länger an diesem Tisch verweilen.

»Ich muss mich leider von den Ladys verabschieden«, seufzte sie theatralisch. »Mein Mann fährt morgen auf eine Geschäftsreise nach Darwin, und ich muss noch seinen Koffer packen«, säuselte sie.

»Schade, aber wir haben ja in Zukunft genügend Gelegenheiten, uns zum Tee zu treffen«, sagte Emma scheinbar bedauernd. Dabei war sie froh, dass ihre Freundin aufbrach. Das Gespräch beim Tee hatte seltsame Blüten getrieben, und sie konnte nicht sagen, wer von beiden sie stärker befremdete.

Vicky aber nahm gar nicht mehr wahr, was um sie her vor sich ging. Ihre Gedanken kreisten fieberhaft um die Frage, was das alles zu bedeuten hatte, und sie wusste auch schon, wem sie in den nächsten Tagen einen kleinen Besuch abstatten würde: Misses Nicoletta Meier! Natürlich könnte sie auch gleich mit der Tür ins Haus fallen und Eliza fragen, ob ihr Mann in einem früheren Leben einmal »Bowl« geheißen hatte, aber selbst, wenn Misses Melrose das überhaupt wusste, was wollte sie der Dame sagen? *Schön, dass er noch lebt, dann könnte er die Gelegenheit ergreifen, seine Tochter kennenzulernen?* Nein, ich sollte auf keinen Fall schlafende Hunde wecken, beschloss Vicky. Das Einzige, was sie für ihr Seelenheil brauchte, war die Gewissheit, dass es sich um ein und denselben Jonathan handelte, verbunden mit der Frage, warum man ihr vorgegaukelt hatte, er wäre tot. Und Nicoletta würde ihr kaum die Auskunft verweigern. Vicky wusste nur noch nicht, wie genau sie es anstellen sollte. Am besten, ich statte ihr einen Überraschungsbesuch ab, dachte sie gerade, als Eliza Melrose ihr die Hand zum Abschied hinstreckte. Die Blicke der beiden Frauen trafen sich. Elizas ernste Miene heiterte sich ein wenig auf. »Wir haben Glück mit unserem hellen Haar«, bemerkte sie. »Das wird nicht so schnell grau.«

Vicky nickte verunsichert. Etwas in den Augen der Frau alarmierte sie. Ob sie Katz und Maus mit mir spielt, durchfuhr es Vicky eiskalt, und sie weiß, wer ich bin? Doch sie verwarf den Gedanken in demselben Augenblick. Wenn Eliza tatsächlich die Ehefrau von Jonathan Bowl wäre und die ganze Geschichte kennen würde, warum sollte sie schweigen? Dann würde sie doch den Triumph ausspielen, dass sie mit ihm eine Familie gegründet hatte.

Vicky sah Eliza, die von Emma zur Tür begleitet wurde, noch gedankenverloren hinterher, als sie längst im Haus verschwunden war. Sie spürte ihre innere Unruhe in jeder Pore und hing erneut ihren Gedanken nach. Was sie genau denken sollte, wusste sie auch nicht. Entweder war das alles wirklich nur ein merkwürdiger Zufall, und Jonathan Melrose hatte nichts mit Jonathan Bowl zu tun, oder man hatte ihr seinen Tod nur vorgegaukelt. Sie erinnerte sich genau daran, dass sie ihrem Bruder und ihrem Vater damals nicht hatte glauben wollen. Es war Frederik gewesen, der ihr bestätigt hatte, dass Jonathan Bowl unter den Toten der Eureka Stockade gewesen wäre. Er hatte damals sogar einen Beweis vorgelegt, eine Nachricht an Jonathans Kompagnon Ian, die ihn allerdings erst nach dem Aufstand erreicht hatte. Frederik hatte sie, nachdem Ian sie ihm überlassen hatte, Vicky gezeigt. Sie entsann sich noch an jedes einzelne Wort: *Verzeih, dass ich mich nicht mehr gemeldet habe, lieber Ian, ich musste dringend nach Darwin, aber ich komme zurück, um mit den Aufständischen zu kämpfen. Sei nicht böse, wenn ich mich auch nach meiner Rückkehr nicht gleich bei dir melde. Wir haben viel vorzubereiten. Sollte die Armee ihre Drohungen wahrmachen und es mich erwischen, führe die Goldmine in meinem Sinn weiter.*

Wer sollte diese Zeilen verfasst haben, wenn nicht Jonathan? Vicky stieß einen tiefen Seufzer aus. Das war alles so schrecklich verwirrend, und immer, wenn sie fest davon überzeugt war, dass Jonathan lebte, machte sich erneut der Zweifel in ihr breit. Wenn dem so war, dann musste ja jemand seinen Tod fingiert haben, aber wer und warum?

Während Vicky noch angestrengt vor sich hinbrütete, wurde plötzlich Geschrei laut. Vicky horchte auf.

In diesem Augenblick kam Meeri ganz aufgeregt auf die Veranda gerannt und brüllte: »Misses Bradshaw, schnell, es ist ein Unglück geschehen. Ihre Tochter …«

Wie der Blitz sprang Vicky auf und eilte dem Lärm entgegen, der aus Richtung Tür durch das ganze Haus schallte. Vickys Herz klopfte bis zum Hals, als sie die offene Haustür und davor einen Pulk aufgeregter Menschen stehen sah. Sie eilte auf die Gruppe zu, und da sah sie es auch schon: Annabelle hockte am Boden, Blut rann über ihr Gesicht, daneben saß George, der ihren Kopf in seinen Händen hielt.

»Um Gottes willen, was ist mit dir geschehen?«, schrie Vicky, und schon war sie bei ihren Kindern, die allerdings weniger aufgeregt als ihre Mutter waren. »Es ist nur eine kleine Platzwunde über dem Auge. Das sieht schlimmer aus, als es ist«, versuchte George seiner Mutter zu erklären, aber die zog Annabelle ungeachtet des vielen Blutes fest an sich. »Was ist passiert?«

»Mutter, es ist halb so schlimm. Annabelle hat noch Glück gehabt. Sophie hat es schlimmer getroffen. Sie hat sich den Arm so verletzt, dass wir nach dem Doktor geschickt haben.«

Er deutete auf den Rasen, auf dem eine leichenblasse Sophie lag. Emma kniete hilflos neben ihr. Auch sie war weiß wie eine Wand, aber sie jammerte nicht. Vicky atmete ein paarmal tief durch und genierte sich für ihren hysterischen Auftritt, aber jedes Mal, wenn sie sich Sorgen um ihre Kinder machte, drehte sie förmlich durch. In diesem Augenblick bewunderte sie Emmas Gelassenheit. Sie hätte allen Grund, loszuschreien, dachte Vicky verschämt, hat sie doch gerade erst ihren Mann verloren.

»Aber nun sag schon, wie konnte es dazu kommen?«, fragte Vicky und versuchte, gefasst zu klingen.

Annabelle rang sich zu einem Lächeln durch, während George sich Sophie zuwandte, die seine Hilfe offenbar dringender benötigte als seine Schwester.

»Bei unserer Kutsche ist ein Rad gebrochen«, berichtete Annabelle und stockte. Vicky hatte große Mühe, ihre Ungeduld im Zaum zu halten, aber da fuhr ihre Tochter bereits fort. »Es ging alles ganz schnell. Wir flogen in hohem Bogen vom Kutschbock und landeten auf dem Boden, das heißt, ich bin in einem Busch gelandet, der mich abgefangen hat, nur mein Gesicht ist auf den Boden geschlagen …« Annabelle sah ihre Mutter bestürzt an. »Habe ich schlimme Blessuren?«

»Nein, meine Kleine, nur über dem einen Auge hat es dich erwischt, aber das wächst schnell wieder zu. Dein Bruder wird dich schon richtig verarzten«, sagte Vicky tröstend, wobei sie vergaß, die Kratzer an den Wangen zu erwähnen, die Annabelles wunderschönes Gesicht ein wenig verunzierten, aber nicht entstellten.

»Und wie seid ihr nach Hause gekommen? Oder ist es direkt vor der Tür geschehen?«

»Nein, wir waren schon fast in der Stadt, da kam das Schlagloch. Wir haben es sogar noch gesehen, aber da war es schon passiert. Die arme Sophie ist viel härter gefallen als ich.«

»Und dann?«

»Wir lagen kaum am Boden, da kam ein Reiter vorbei, der uns einfach auf sein Pferd gesetzt und zurückgebracht hat. Er ist den ganzen Weg zur Calden-Farm zu Fuß gegangen.«

Vicky sah sich suchend um.

»Und wo ist er abgeblieben, euer Retter? Ich würde mich ja gern bei ihm bedanken.«

Annabelle zuckte die Achseln. »Ich glaube, er hatte es sehr eilig. Er hat uns vor das Haus gesetzt, und nachdem er die Glocke betätigt hat, ist er auf sein Pferd gesprungen und war weg …« Sie stockte erneut. »Der Mann war sowieso etwas merkwürdig.«

»Wieso?«

Zögernd gab Annabelle preis, inwieweit das Verhalten ihres Helfers etwas befremdlich gewesen war.

»Er hat erst Sophie geholfen, weil sie so geweint hat, danach kam er zu mir, und er hat mich derart seltsam gemustert, dass mir ganz unheimlich zumute wurde. Er fragte nach meinem Namen. Ich habe ihm gesagt, wie ich heiße. Ich schwöre dir, Mutter, da wurden seine Augen feucht, aber er hat sich gleich wieder gefangen, uns auf sein Pferd gesetzt und bis zur Calden-Farm geführt.«

In diesem Augenblick wusste Vicky, dass sie sich ihren Besuch bei Nicoletta Meier sparen konnte.

»Wie … wie sah er denn aus?«, hakte sie mit bebender Stimme nach.

»Er war sehr groß und schlank, hatte schwarzes Haar, das mit ein paar grauen Strähnen durchzogen war, sein Gesicht war kantig und …« Annabelle kicherte. »Er hatte ein Grübchen am Kinn, genau wie ich.«

»Schade, dass euer Retter nicht gewartet hat. Emma hätte ihm bestimmt auch gern gedankt«, sagte Vicky mit fester Stimme und wunderte sich selbst, dass sie überhaupt ein Wort herausbrachte. Dann nahm sie ihre Tochter fest in den Arm und wollte sie gar nicht mehr loslassen. Was für ein Segen, dass Annabelle keinen Argwohn hegte, dachte Vicky erleichtert und blickte sich noch einmal suchend um. Sie konnte sich nicht helfen, aber sie war sich sicher, dass Jonathan sie aus einem sicheren Versteck beobachtete. So wie er es auf dem Friedhof getan hatte. Ihr Herz klopfte bis zum Hals, während sie sich fragte, was sie mit dieser Erkenntnis anfangen sollte: ihn aufsuchen oder nach Melbourne zurückfahren, als sei nichts gewesen, und die Angelegenheit tief in ihrem Herzen vergraben?

»Mutter, du zerdrückst mich ja«, lachte Annabelle und befreite sich sanft aus der verzweifelten Umklammerung.

Vicky stand hastig auf und half ihrer Tochter, sich vom Boden zu erheben. Auch Sophie stand inzwischen wieder auf eigenen Beinen. »Kleines, alles gut?«, fragte Vicky mitfühlend.

Sophie nickte. »Es ist der dumme Arm, der schmerzt, aber George hat schon einen Doktor geholt. Doch wo ist der Mann, der uns nach Hause gebracht hat?«, fragte sie interessiert.

Vicky überhörte diese Frage ihrer Nichte, legte je einen Arm um Sophie und um ihre Tochter und führte die beiden zum Haus. In der Tür stand Amelie und blickte zweifelnd von einer zur anderen. »Wie seht ihr denn aus?«

»Deine Schwester und deine Cousine hatten einen kleinen Unfall. Das Rad der Kutsche ist gebrochen«, entgegnete Vicky und hoffte, dass Amelie etwas Tröstendes sagen würde.

Stattdessen schüttelte ihre Jüngste missbilligend den Kopf. »Wie kann denn so etwas passieren? Ihr seid wahrscheinlich wie der Teufel gefahren! Na ja, Mutter kümmert sich ja rührend um euch.« Aus ihren Augen sprach nicht die Spur von Empathie.

In diesem Augenblick fand Vicky die Antwort auf ihre drängende Frage, was zu tun war. Niemals würde sie das Risiko eingehen, eines Tages Jonathan gegenüberzustehen und ihm ins Gesicht lügen zu müssen, wenn er fragen würde: *Ist das Mädchen meine Tochter?* Und dazu wäre sie in so einer Lage wohl oder übel gezwungen, wollte sie ihr Versprechen Frederik gegenüber nicht brechen. Sie hatte ihm damals geschworen, Annabelle als seine Tochter auszugeben, komme, was wolle.

Streng wandte sie sich an ihre Jüngste. »Amelie, wir können Gott danken, dass den beiden nicht mehr geschehen ist! Das war ein Unfall, und ich finde es nicht fair, wenn du ihnen unterstellst, sie hätten selbst Schuld.«

»Ja, ja, immer nur deine allerliebste Annabelle. Ich weiß ja, dass du sie lieber hast als mich!« Mit diesen Worten drehte sich Amelie auf dem Absatz um und rannte zurück ins Haus.

»Was hat sie denn nun schon wieder?«, fragte Annabelle verzweifelt.

»Mach dir nichts draus«, versuchte Sophie ihre Cousine zu trösten. »Sie ist entsetzlich eifersüchtig auf dich.«

»Dabei habe ich euch beide gleich lieb«, seufzte Vicky und fragte sich zugleich, ob das tief in ihrem Inneren der Wahrheit oder nur ihrem Wunschdenken als gerechter Mutter entsprach.

30

Auf der Calden-Farm hatte es einen herzzerreißenden Abschied gegeben. Emma, Annabelle und Sophie hatten sich immer wieder weinend in den Armen gelegen. Sogar Amelie hatte ein paar Tränen vergossen. Bis George zum Aufbruch gemahnt hatte.

Als die Kutsche, die sie zum Hafen von Brisbane bringen sollte, losfuhr, fragte sich Vicky, wann sie einander wohl wiedersehen würden. Es fiel ihr sehr schwer, die beiden geliebten Menschen zurückzulassen, wobei Emma guten Mutes war, dass sie die Farm wieder auf Vordermann bringen würde. Und was gibt es für eine Frau in Emmas Lage Besseres, als eine richtige Aufgabe zu haben? Mit diesen Gedanken versuchte Vicky, sich zu trösten.

»Wir schreiben uns«, rief Emma, die ein Stück neben der Kutsche herlief.

»Und ob«, erwiderte Vicky und wischte sich eine Träne aus dem Gesicht. Sie spürte, wie sich Annabelles Hand in ihre schob, und in diesem Augenblick fühlte sie auch eine gewisse Erleichterung, Brisbane zu verlassen. Sie hatte sich in den letzten Tagen kaum mehr aus dem Haus getraut aus lauter Sorge, Jonathan doch noch über den Weg zu laufen. Ihre Schwägerin hatte sie, nachdem sie den Schreck über den Unfall der Kinder überwunden hatte, an jenem Abend bei einem Glas Wein direkt nach Jonathan gefragt. Vicky bereute zutiefst, dass sie sich dazu hatte hinreißen lassen, seinen Namen zu erwähnen. Sie hatte das Ganze als Jugendschwärmerei abgetan, doch Emma hatte immer weiter nachgebohrt. Vicky hatte es schließlich geschafft, alle Fragen zu beantworten, ohne sich in allzu viele Lügengeschichten zu verstricken. Bis ihr eine Frage schier die Sprache verschlagen hatte: »Hat Steven deinen Jonathan gekannt?«

Nachdem Vicky ihre Fassung wiedererlangt hatte, hatte sie Emma ins Gesicht gelogen. »Nein, meine Familie hat ihn niemals kennengelernt! Wo denkst du hin? Du weißt doch, dass Goldgräber für meinen Vater stets nichts als Abschaum der Gesellschaft waren.«

»Mutter, wir sind da!«, sagte George. Vicky fuhr hoch. Nun war sie in Gedanken schon wieder bei Jonathan und der mysteriösen Geschichte, die sie doch eigentlich hatte verdrängen wollen.

Im Hafen herrschte buntes Treiben. Das Schiff, das sie nach Melbourne bringen sollte, lag schon zur Abfahrt bereit. Die Wilhelm war ein modernes deutsches Dampfschiff, das Auswanderer von Hamburg bis nach Brisbane brachte und nun auf der Rückfahrt zurück nach Deutschland war. Helfer trugen ihr Gepäck zum Schiff. An der Kaimauer drängten sich die Passagiere, die auf dem bequemsten Weg nach Sydney oder Melbourne wollten, weil die Reise über Land noch immer sehr umständlich war.

Vicky hielt sich etwas abseits von dem Gedränge auf. Schließlich hatte sie ihre Kabine sicher und brannte nicht darauf, als Erste auf dem Schiff zu sein. Ihre Kinder hatten sich bereits in die Menge der Wartenden gestürzt. Plötzlich drängelte sich eine sehr auffällige Dame vor. Auf ihrer überdimensionalen Lockenpracht trug sie ein Kapotthütchen, das üppig geschmückt war. Während Vickys Hut mit einer einzigen Schleife gebunden war, zierten diesen Hut Blumen, Spitzen und Volants. Vicky grinste in sich hinein. Diese Dame wollte ganz offensichtlich zeigen, dass sie das teuerste Hütchen weit und breit besaß. An ihrer Seite war ein untersetzter schnaufender Glatzkopf, dem es offenbar missfiel, wie seine Gattin die Ellenbogen gebrauchte, um nach vorne zu gelangen.

»Nicoletta, bitte, wir haben unsere Kabine doch sicher«, redete er beschwörend auf sie ein. Der Name der Dame zog Vickys ganzes Interesse auf sich. Ob das jene Frau war, die ihr damals aus Ballarat geschrieben und sie über die wahre Herkunft Jonathan Bowls aufgeklärt hatte?

Vicky versuchte, einen weiteren Blick auf die Dame zu erhaschen, aber da hatte sie ihren Mann schon in das Getümmel gezogen. Ist doch gleichgültig, ob es sich um diese Frau handelt, wollte sie sich einreden, aber das gelang ihr nicht wirklich. Zu groß war die Versuchung, sie zu fragen, was sie über Jonathans Verwandlung zu Mister Melrose wusste. Wenn sie es wirklich ist, dann gehe ich doch kein Risiko ein, wenn ich sie auf offener See anspreche, dachte Vicky. Brisbane und Jonathan liegen dann weit hinter uns.

Die Gelegenheit, sie anzusprechen, kam früher, als Vicky erhofft hatte. Es war noch an demselben Abend. Die See war ruhig, obwohl ein leichter Wind wehte, und der fahle Mond geheimnisvoll auf das Deck schien. Vicky hatte eine Kabine für sich und war nach dem Dinner noch einmal nach draußen gegangen, um frische Luft zu schnappen. Sie lehnte verträumt an der Reling, als sie neben sich eine Stimme schwärmerisch sagen hörte: »Was für ein Sternenhimmel. Schauen Sie nur, ich habe das Kreuz des Südens noch nie in solcher Klarheit gesehen.«

Vicky wandte sich der aufgeregten Dame zu und erstarrte. Es war keine Geringere als die Dame von der Kaimauer mit dem Namen Nicoletta. Sie sah völlig anders aus mit dem vom Wind zerzausten Haar und ohne Hütchen auf dem Kopf.

»Ja, es ist wunderschön. Ich weiß noch, als ich in Australien ankam, habe ich vergeblich nach dem Großen Wagen gesucht.«

Nicoletta lachte. »Das ging mir genauso. Wenn überhaupt, kann man ihn nur halb sehen.«

Vicky kämpfte mit sich. Wenn sich eine Gelegenheit bot, diese Frau auf Jonathan anzusprechen, dann jetzt, selbst auf die Gefahr hin, dass sie gar nicht jene Nicoletta war, die er einst gekannt hatte.

Da streckte ihr Nicoletta die Hand entgegen. »Ich bin übrigens Nicoletta Meier und mit meinem Mann auf der Hochzeitsreise nach Deutschland. Es ist verrückt, aber ich hatte den Wunsch, einmal im Leben in mein Dorf zurückzukehren als wohlhabende Frau. Wahrscheinlich lebt meine Mutter längst nicht mehr, aber ich muss das einfach tun.«

»Sie kommen aus Deutschland?«, fragte Vicky mit belegter Stimme, denn nun hatte sie die Gewissheit, dass es sich um besagte Nicoletta handelte.

»Ja, aber ich wurde schon als junges Mädchen an einen Fliegenwedelhändler verkauft, und so landete ich auf den Goldfeldern in Ballarat …« Sie stockte. »Sie schauen so entsetzt. Wahrscheinlich, weil wir Hurdy-Gurdy-Girls den Ruf haben, als Prostituierte zu enden.« Sie lachte und warf ihren Kopf in den Nacken. »Ich habe zwar so begonnen, konnte mich aber dank meiner Stimme als Saloonsängerin über Wasser halten. Und Sie? Mit wem habe ich es zu tun, wenn ich fragen darf?«

Vicky räusperte sich ein paarmal, aber dann beschloss sie, dem Schicksal seinen Lauf zu lassen.

»Mein Name ist Sophie Victoria Bradshaw aus Melbourne. Ich war zu Besuch bei meiner Schwägerin. Ein trauriger Anlass. Mein Bruder hat sich erhängt …« Vicky legte eine Pause ein, denn Nicolettas Gesichtszüge waren wie festgefroren. »Jetzt ist es an Ihnen, mich entsetzt anzusehen. Mit Recht, denn Sie kennen mich unter dem Namen Vicky Stewart. Sie haben mir einst einen Brief geschrieben, der mein Leben verändern sollte …«

»Oh Gott«, stieß Nicoletta erschrocken hervor. »Das habe ich im Nachhinein bitter bereut. Das war nicht recht. Ich habe es nur aus einem einzigen Grund getan: damit Sie Jonathan freigeben. Das haben Sie dann ja auch getan, aber es hat mir wenig genützt«, fügte sie in bitterem Ton hinzu.

»Wieso? Sie haben doch einen reichen Mann geheiratet«, bemerkte Vicky spitz.

Nicoletta lachte gequält auf. »Ja, aber ich habe nur einen geliebt. Sie kennen ihn. Doch nun haben wir ihn beide nicht bekommen. Ich meine, Sie haben ihn verschmäht, und er hat mich verschmäht.«

»Ich habe ihn nicht verschmäht, wie Sie das so abfällig nennen«, widersprach Vicky energisch.

»Wie wollen Sie es denn nennen? Sie haben immerhin ziemlich bald nach Erhalt meines Briefes einen anderen geheiratet, nicht wahr?«, fragte Nicoletta provozierend.

»Ich hatte meine Gründe«, entgegnete Vicky ausweichend. Auf keinen Fall würde sie diese Frau in ihr Schicksal einweihen und mit Sicherheit nicht Annabelle ins Spiel bringen.

»Haben Sie eigentlich gewusst, wie übel Ihre saubere Sippe Jonathan mitgespielt hat?« Jegliche Freundlichkeit war aus Nicolettas Gesicht verschwunden, und ein düsterer Schatten hatte sich über ihre Züge gelegt.

Vicky spürte, wie sich ihr Herzschlag merklich beschleunigte. »Was wollen Sie damit sagen?«

»Tun Sie nur nicht so unschuldig. Sie können mir nicht erzählen, Sie hätten von nichts gewusst. Oder haben Sie sich nie gefragt, warum Jonathan Bowl von einem Tag auf den anderen spurlos verschwunden war?«

»Aber ich habe geglaubt, er sei tot. Man habe ihn als einen der Anführer der Eureka Stockade erschossen.«

Nicoletta musterte Vicky prüfend. »Entweder sind Sie eine gute Schauspielerin, oder Sie waren tatsächlich ahnungslos und haben gefressen, was man Ihnen vorgesetzt hat!«

»Ich weiß inzwischen, dass es nicht stimmt, denn offenbar lebt Jonathan unter dem Namen Melrose als reicher Bergwerksbesitzer in Brisbane.«

»Genau, aber das habe ich auch nicht gewusst, bevor ich ihn auf meiner Hochzeitsfeier wiedergetroffen habe. Melrose, was für ein lächerlicher Name, aber das passt zu ihm. Er wollte ja immer schon hoch hinaus, und da war ihm der Name Bowl wohl hinderlich.«

Vicky wunderte sich ein wenig über den galligen Ton Nicolettas, aber das war nicht das, worum sie sich in diesem Augenblick scherte. Was ihr kalte Schauer über den Rücken jagte, war die Gewissheit, dass die Wahrheit zum Greifen nahe war. Diese Frau weiß etwas, durchfuhr es sie eiskalt. Noch kann ich davor weglaufen, in meine Kabine flüchten und sie erst in Melbourne verlassen, ohne dieser Person erneut zu begegnen. Die Kälte in ihrem Inneren verwandelte sich bei diesem Gedanken in Hitze. Sie spürte, dass ihr Gesicht wie ein Feuerball glühte.

»Nun fragen Sie schon! Was ist Jonathan Schreckliches widerfahren?«

»Ich weiß nicht, ich glaube … nein, ich bin mir nicht sicher, ob ich es … ich meine, ob ich es wirklich wissen möchte«, stammelte Vicky.

»Sie wollen! Ganz bestimmt wollen Sie das! Oder möchten Sie sich lieber in schlaflosen Nächten mit der Frage peinigen, was Ihre Familie Jonathan angetan hat? Damals, als er Sie auf der Princes Bridge treffen wollte und stattdessen Ihr Bruder dort auftauchte?«

Der Boden unter Vickys Füßen begann zu schwanken, und sie hielt sich mit beiden Händen an der Reling fest.

»Was hat Steven damit zu tun?«, hakte sie mit bebender Stimme nach.

»Die Wahrheit?«

»Ja, sicher. Ich habe keine andere Wahl. Wie Sie wissen, hat sich mein Bruder noch am Tag Ihrer Hochzeitsfeier umgebracht, nachdem ihm Mister Melrose begegnet ist. Jetzt, wo ich die Gewissheit habe, dass es sich um Jonathan handelt, frage ich mich natürlich, ob es da einen Zusammenhang gibt. Aber ich wüsste nicht, welchen. Mein Bruder stand damals auf meiner Seite, als es um Jonathan ging. Er hat ihn gemocht.«

»So! So! Er hat ihn gemocht. Merkwürdige Art, seine Zuneigung zu zeigen«, spottete Nicoletta.

»Was ist damals geschehen? Nun reden Sie doch endlich!« Vicky war laut geworden.

»Jonathan hat Ihnen damals einen Brief geschrieben …«

»Ich habe ihn niemals bekommen!«

»Ihre Familie hat den Brief abgefangen und Steven mit einem hübschen Sümmchen Geld zu dem Treffpunkt geschickt, um Jonathan davon abzuhalten, sich jemals wieder in Melbourne sehen zu lassen …«

»Das kann nicht wahr sein«, murmelte Vicky.

»Aber statt das Geld anzunehmen, verprassten Ihr Bruder und Jonathan alles in einer Opiumhöhle«, fuhr Nicoletta ungerührt fort.

Vicky schlug sich die Hände vors Gesicht. Sie wusste nicht, welches Geheimnis Nicoletta sogleich offenlegen würde, aber sie spürte in jeder Pore, dass es grausam sein würde.

»Sie sind weiß wie eine Wand. Wollen Sie wirklich, dass ich Ihnen mehr erzähle?«, fragte Nicoletta. In ihrer Stimme lag jetzt eine Spur von Mitgefühl.

Vicky nickte schwach.

»Gut, dann müssen Sie jetzt sehr stark sein …« Sie stockte und musterte Vicky skeptisch.

»Ich schaffe das«, sagte Vicky und straffte die Schultern. »Also, was ist dann geschehen?«

»Sie wissen sicher, dass Ihr Bruder eine Geliebte in Canvas Town hatte?«

»Ja, ja, aber bitte sagen Sie endlich, was geschehen ist!«

»Der Ehemann der Dame hatte Steven aufgespürt und ist mit einem abgeschlagenen Flaschenhals auf ihn zu, aber er konnte ihm das Teil entwenden und hat es dem Kerl in den Hals gerammt …«

»Moment«, unterbrach Vicky Nicolettas Redefluss. »Woher wollen Sie das eigentlich alles so genau wissen? Waren Sie dabei?«

»Nein, aber ich traf Jonathan ein Jahr später in Ballarat wieder, und er schilderte mir das Unrecht, das ihm widerfahren war, in allen Einzelheiten. Er hat sich damals seinen Anteil aus der Goldmine geholt, und ich wäre mit ihm ans Ende der Welt gegangen, aber er glaubte offenbar, nur mit einer Dame wie Ihnen an seiner Seite in die feine Gesellschaft aufzusteigen. Außerdem konnte er mir nicht verzeihen, dass ich Ihnen die Augen über seine Herkunft geöffnet habe.«

Vicky überhörte den bitteren Unterton. Etwas anderes hatte ihr förmlich das Blut in den Adern gefrieren lassen.

»Ein Jahr später? Wo ist er in der Zwischenzeit gewesen?«, fragte Vicky sie atemlos.

»Das versuche ich Ihnen ja gerade zu schildern. Aber gut, greifen wir der Geschichte vor. Jonathan saß in Melbourne im Gefängnis.«

Erneut wurde Vicky schwindlig, weil langsam, ganz langsam, eine vage Ahnung in ihr aufzusteigen begann.

»Fahren Sie fort! Bitte!«, flehte sie Nicoletta an.

»Jonathan beobachtete den Kampf, aber beim Anblick des ganzen Blutes hat er das Bewusstsein verloren. Er wachte auf, als Archibald Cumberland ihn an der Schulter gepackt hatte und schüttelte. Und dann ging alles ganz schnell. Ihr Vater und Ihr Schwager behaupteten, Jonathan hätte den Mann getötet. Ihr Bruder plapperte das nach. Er stand unter Drogen und war noch betrunken …«

»Hören Sie auf! Das ist ein gemeines Verbrechen«, stieß Vicky entsetzt hervor.

»Genau, ein unverzeihliches Verbrechen sogar! Plötzlich tauchte ein Polizist auf, der Jonathan ins Gefängnis brachte. Bis zuletzt hat er gehofft, Ihr Bruder würde ihn entlasten, denn Ihr Bruder hatte ja gar nichts zu befürchten. Jonathan konnte beschwören, dass es Notwehr gewesen war. Ihr Bruder log im Prozess und behauptete, Jonathan habe zugestoßen.«

»Ist das alles?«, fragte Vicky scheinbar gefasst und spürte derweil nur noch, wie alles um sie herum schwarz wurde und ihre Beine nachgaben.

Als sie aufwachte, lag sie in ihrer Koje. Ihre drei Kinder blickten besorgt auf sie hinunter.

»Sie schlägt die Augen auf«, rief Annabelle erleichtert aus.

Vicky sah wie betäubt von einem zum anderen. »Wo ist die Frau?«, fragte sie leise.

»Meinst du Misses Meier?«

Vicky nickte schwach.

»Die ist eben gegangen und lässt dich grüßen. Sie hat übrigens gleich Hilfe geholt, als du ohnmächtig geworden bist. Ich habe ihren Hilfeschrei zufällig gehört, weil ich auf der Suche nach dir war«, bemerkte Annabelle eifrig.

»Die Frau hat dich also gesehen?«

Annabelle zuckte die Achseln. »Sicher, wir haben dich

doch gemeinsam zu deiner Koje gebracht. Und dann habe ich George geholt.«

»Und? Hat sich die Frau irgendwie seltsam verhalten? Ich meine, dir gegenüber?«

»Nein, sie hat nur gefragt, wie alt ich bin. Daran ist doch gar nichts Seltsames zu finden, oder?«, lachte Annabelle.

Danach konnte Vicky tagelang keinen klaren Gedanken mehr fassen. In ihrem Kopf drehte sich alles wie in einem rasenden Karussell. Hatte sie das alles nur geträumt, oder hatten sich Archibald Cumberland, ihr Vater und Steven eines solch gemeinen Frevels gegen Jonathan schuldig gemacht? Und wenn das alles kein böser Traum gewesen war, war Nicoletta dann bei Annabelles Anblick kein Licht aufgegangen? Sonst hätte sie ihre Tochter doch niemals nach ihrem Alter gefragt. Nach ein paar Tagen konnte Vicky den Gedanken schließlich zulassen, dass das alles wirklich passiert war und dass Nicoletta nun ahnte, dass sie eine Tochter von Jonathan hatte. Und sie allein wusste, dass die Schandtat seitens ihrer Familie an Perfidie nicht zu überbieten war. Ihr Schwager und ihr Vater hatten wirklich an alles gedacht. Sogar daran, dass Jonathans Verschwinden in Ballarat auffallen und zu unangenehmen Nachfragen führen könnte. Deshalb hatten sie Ian, Jonathans Kompagnon, einen gefälschten Brief geschickt, sodass er nur den einen Schluss hatte ziehen können: dass sein Freund unter den Opfern des Aufstands gewesen war. Und damit hatten sie auch Frederik, der damals mit seiner Zeitung viel für die Rechte der Goldgräber getan hatte, auf die falsche Fährte gelockt. Und schließlich auch sie vom Tod Jonathans überzeugt. Vicky fragte sich natürlich verzweifelt, welchen Anteil ihr Vater an der ganzen Schweinerei trug und welchen Archibald Cumberland. Sie bezweifelte stark, dass Steven an der Ausführung beteiligt gewesen war. So sensibel wie er gewesen war, hatte er sich bestimmt nur dem Druck unterworfen und sich dann zeitlebens mit einem schlechten Gewissen herumgequält. Wenigstens verstand Vicky nun endlich die Motivation für seinen Freitod. Sie war fest entschlossen, die überlebenden Beteiligten zur Rede zu stellen, sobald sie zurück in Melbourne war.

Vicky fühlte sich wie zerschlagen, unfähig, ihre Kabine zu verlassen. So schützte sie eine Magenverstimmung vor. George wich daraufhin nicht von ihrer Seite und kredenzte ihr ständig irgendwelche Tees, die ihren Bauch wieder in Ordnung bringen sollten. Er wird bestimmt ein guter Arzt, dachte sie wiederholt, wenn er sie mit ernster Miene untersuchte. Sie hatte ein schlechtes Gewissen, ihn derart in Aufregung zu versetzen, aber die Furcht, an Deck noch einmal Nicoletta über den Weg zu laufen, hielt sie davon ab, auch nur ein einziges Mal frische Luft zu schnappen, obwohl ihr der Blick in den Spiegel zeigte, dass sie immer blasser und dünner wurde. So wird die Krankheit wenigstens glaubwürdig, redete sie sich dann gut zu.

Sogar Amelie verbrachte viele Stunden an ihrem Bett. Annabelle bestellte ihr mehrfach Grüße von Misses Meier, verbunden mit der Bitte, ob sie einmal nach ihr sehen dürfte. Vicky aber schärfte ihrer Tochter ein, der Dame mitzuteilen, dass sie in ihrem Zustand keinen Besuch empfangen könnte.

Doch an dem Tag, an dem das Schiff in Melbourne einlaufen sollte, hatte sie keine Wahl mehr. Sie musste aufstehen. Schon Tage zuvor versicherte sie, sie würde sich wieder viel besser fühlen, wäre aber noch zu schwach, um an Deck zu gehen, was George gar nicht behagte. Er war der Meinung, die frische Seeluft würde ihrer Genesung durchaus zuträglich sein.

Als sie an diesem heißen Tag endlich die Kabine verließ, fühlte sie sich tatsächlich wackelig auf den Beinen, so als wäre sie von einer schlimmen Krankheit genesen, Gestützt von George verließ sie das Schiff und versuchte, nicht links und rechts zu schauen. Nicht, dass ich Nicoletta doch noch einmal begegne, dachte sie ängstlich. Der feste Boden unter ihren Füßen ließ sie erleichtert aufatmen, aber dann tat sie etwas, das sie, so oft sie später auch darüber nachdachte, partout nicht verstehen wollte. Sie blieb stehen und drehte sich noch einmal um. Mit dem Blick schweifte sie an den Passagieren entlang, die die Ankunft in Melbourne von ihren Decks aus beobachteten und aufgereiht wie eine Perlenkette an der Reling standen. Ihr Blick blieb an Nicoletta hängen, die sie genau im Auge hatte. Ihre Blicke trafen sich. In dem Augenblick lächelte Nicoletta ihr zu und legte demonstrativ ihre Hand quer über ihren Mund.

Vicky verstand die stumme Botschaft, rang sich ebenfalls zu einem Lächeln durch und winkte ihr mit knappem Gruß zu. Nicolettas Geste nahm Vicky zwar nicht die ungeheure Last von der Seele, die sie schier erdrücken wollte, seit sie wusste, was ihre Familie Jonathan angetan hatte, aber sie gab ihr die Sicherheit, dass Nicoletta niemals ausplaudern würde, dass sie ahnte, wer Annabelles leiblicher Vater war.

31

Kaum war Vicky zurück in ihrem wunderschönen Haus in Melbourne, lebte sie trotz der schweren seelischen Last binnen weniger Stunden wieder auf. Es erwartete sie ein Brief von Frederik, der ihr Herz höherschlagen ließ. Am Abend ihrer Ankunft aus Brisbane nahm sie diesen Schatz mit ins Bett. Sie wollte auf keinen Fall bei ihrer Lektüre gestört werden. Mit klopfendem Herzen öffnete sie den Umschlag und las, was Frederik in seiner gestochen scharfen Schrift geschrieben hatte.

Mein Lieb,
es vergeht kein Tag, an dem ich nicht an dich denke. Ich vermisse dich so sehr. Nie wieder will ich so lange ohne dich sein. Manchmal erwische ich mich dabei, dass ich Selbstgespräche führe, aber in Wirklichkeit unterhalte ich mich mit dir und frage dich nach einem Rat.

Es ist vollbracht! Ich habe mit William ein ernstes Gespräch geführt und ihm den Posten in Auckland quasi aufgedrängt. Erst war er sehr erbost und hat mir an den Kopf geworfen, dass er nur auf den Tag gewartet hat, an dem ich ihn loswerden will. Doch am nächsten Morgen hat er sich bei mir entschuldigt und mir versichert, er sei mir sehr dankbar für diese Chance, sein eigenes Leben zu führen. Er hat nur eine Bitte geäußert: Er möchte mit mir zurückreisen, um sich von allen Menschen in Melbourne zu verabschieden und seine persönlichen Sachen, die ich ihm sonst geschickt hätte, selbst zu packen. Das konnte ich ihm schlecht abschlagen, oder? Er wird dann in ein paar

Wochen endgültig nach Auckland ziehen. Natürlich fällt es mir auch schwer, ihn »abzuschieben«, aber ich habe keine Wahl. Schließlich haben wir noch drei andere Kinder, deren Wohl mir am Herzen liegt. Ach, wie geht es ihnen? Ich kann es gar nicht erwarten, meine Annabelle in die Arme zu schließen. Und wie geht es unserem angehenden Arzt, Dr. George? So wie ich ihn kenne, bereitet er sich intensiv auf seine Studien vor. Ich glaube, er wird ein guter Mediziner! Ich bin stolz auf ihn. Und was macht unsere Amelie? Ich denke, ich werde mich bei meiner Rückkehr ein bisschen mehr um sie kümmern. Sie hat auf ihre Art am meisten unter William gelitten, weil sie im Gegensatz zu den beiden Großen an ihm hängt.

Wenn ich mir etwas wünschen dürfte, dann wäre es wunderbar, wenn du mich vom *Schiff abholen würdest. Ich möchte noch ein paar Tage mit dir in unser Strandhaus nach St. Kilda fahren. Du verstehst? Ich möchte das Wiedersehen mit dir allein und gebührend feiern. Seit dem Tod meines Bruders hatte ich kaum mehr Zeit für dich, was ich sehr bedauere. Manchmal wünschte ich mir, dass unser George sich für das Geschäft interessieren würde und ich ihn zu meinem Nachfolger ausbilden könnte. Aber wir wollen ja nicht denselben Fehler machen wie dein Vater mit Steven. Soll er nur Arzt werden, und ich muss mich beizeiten um einen Nachfolger kümmern. Vielleicht heiratet ja eine unserer Töchter einen geeigneten Mann für das Handelshaus. Nein, mein Liebling, darauf spekuliere ich nicht, wenngleich ich nicht Nein sagen würde … Aber so lange kann ich nicht mehr warten. Ich muss dich bald spüren, deine Lippen, deine weiche Haut, und …*

Vicky ließ den Brief sinken. »Mein Schatz, ich liebe dich«, seufzte sie und war fest entschlossen, seinem Wunsch nachzukommen. Sie hatte ohnehin schon entschieden, ihn ohne die

Kinder abzuholen, allerdings, um ihm schonend die Nachricht von Stevens Selbstmord zu überbringen. So aber war es natürlich viel besser. Sie würden Zeit füreinander haben, um all diese schrecklichen Dinge miteinander zu besprechen. Und sie würde ihm auch ihre Erlebnisse in Brisbane nicht verschweigen … Ihr war ganz warm ums Herz, als sie weiterlas.

Ich habe es William schon mitgeteilt, dass wir nach meiner Rückkehr ein paar Tage zusammen verreisen. Natürlich nicht, warum. Ich sehne mich so nach deinen Küssen und mehr … Er hat wohl geahnt, dass ich einfach nur ein paar schöne Stunden mit dir verbringen möchte, denn er warf mir vor, dass ich seine Mutter nie geliebt hätte. Mein Herz, ich habe ihm versichert, dass ich sie nie vergessen habe, aber ich habe auch dazu gestanden, dass du mir ein zweites Leben geschenkt hast und dass ich dich wirklich liebe. Ist es nicht verrückt? Da stehe ich wie ein Schuljunge vor meinem erwachsenen Sohn und gestehe ihm meine Liebe zu dir? Du kannst dir vielleicht den Blick vorstellen, mit dem er mich gemustert hat. Und dann hat er gesagt: Und deine neuen Kinder liebst du sicher auch mehr als das alte, nicht wahr? Vickylein, wenn ich nicht schon so viel mit ihm erlebt hätte, mir wäre das Herz gebrochen, aber ich hege keine Hoffnung mehr, dass er mir das jemals verzeihen wird. Es sei denn, er findet hier in Auckland endlich eine passende Frau und hat eigene Kinder. In dem richtigen Alter wäre er ja. Wenn ich mir vorstelle, dass ich in seinem Alter bereits Witwer war und den schönsten Trost der Welt geheiratet habe. Versteh mich nicht falsch, du warst von unserer ersten Begegnung an mehr für mich. Das Einzige, was ich bereue, ist meine Überheblichkeit, als ich dir für Ballarat ein Alibi verschafft hatte nach dem Motto: Nach der Erfahrung wird sie erkennen, was sie an dir hat. Andererseits hätten wir dann nicht unsere bezaubernde Annabelle, auf die ich im Leben nicht verzichten möchte. Gib ihr und den anderen einen Kuss von mir. Ich zähle die Stunden, bis ich dich wieder in meine Arme schließen kann. In ewiger Liebe Frederik

Mit einem seligen Lächeln auf den Lippen schlief Vicky ein, und genauso wachte sie auch wieder auf. Sie hatte von Frederik und heißen Küssen geträumt. Eigentlich hätte sie erwartet, dass ihr körperliches Interesse aneinander irgendwann abebben würde, aber das war nicht geschehen. Auch wenn die Liebesstunden ihr keine weichen Knie mehr bereiteten, das vertraute Zusammensein hatte auch seinen Reiz.

Noch einmal schlafen, dann können wir uns endlich wieder in die Arme sinken, dachte sie mit einem Glücksgefühl im Bauch. Außerdem brannte sie darauf, sich mit ihrem besten Freund, der Frederik auch für sie war, über all das auszutauschen, was sie erlebt hatte. Bestimmt wusste er einen klugen Rat, wie sie sich verhalten sollte. Am liebsten würde sie Archibald und ihren Vater noch heute, wenn sie einen Besuch im Haus ihrer Eltern machte, mit der Wahrheit konfrontieren, doch wäre es nicht gerade schlau, alles Pulver zu verschießen. Nein, das musste wohl überlegt werden, und wer war in allen Lebenslagen ein besserer Ratgeber als Frederik.

Vicky stand auf und betrachtete sich im Spiegel. Zufrieden stellte sie fest, dass sie nicht mehr so grau im Gesicht war wie auf dem Schiff. Sie freute sich sogar auf das gemeinsame Frühstück mit den Kindern. Frederiks treue Haushaltshilfe Alice hatte bereits alles vorbereitet, als sie erfrischt und mit guter Laune in den Salon kam.

»Mutter, du siehst aus wie das blühende Leben«, rief George begeistert aus.

»Ja, dank der treusorgenden Behandlung unseres zukünftigen Arztes«, lachte Vicky. »Ich gehe nachher zu den Großeltern in die Spencer Street. Möchte mich jemand begleiten?«, fragte sie in die Runde.

»Ich würde mich lieber hinter meinen Büchern verkriechen, wenn ich darf«, sagte George entschuldigend.

»Und ich möchte für Vaters und Williams Ankunft das Haus schmücken«, erklärte Amelie aufgeregt.

»Ich helfe dir, wenn ich darf«, bot Annabelle eifrig an.

»Gern. Es gibt viel zu tun«, erwiderte Amelie.

Vicky blickte gerührt von einem zum anderen. Selten hatte so eine Harmonie geherrscht, besonders erfreute sie Amelies sichtlich gute Stimmung. Deshalb hatte sie ein schlechtes Gewissen, Amelies Vorfreude auf die Rückkehr des Vaters ein wenig trüben zu müssen.

»Das ist süß von euch, aber Vater und ich haben beschlossen, dass wir direkt vom Hafen aus ein paar Tage nach St. Kilda fahren werden«, gab sie schuldbewusst zu.

»Oh ja!«, rief Amelie begeistert aus. »Ich möchte mal wieder an den Strand und Muscheln sammeln. Wir waren so lange nicht dort. Das ist eine gute Idee!«

»Du hast deine Schule vergessen«, sagte Vicky. »Die fängt morgen wieder an.«

Amelie machte eine wegwerfende Handbewegung. »Die paar Tage kann ich ruhig fehlen.«

»Nein, das geht nicht, und es ist so, ja, also Vater und ich brauchen ein paar Tage für uns allein«, stammelte Vicky.

Amelies Miene verfinsterte sich. »Du kannst uns Vater doch nicht nehmen, nachdem er so lange fort gewesen ist«, stieß sie empört hervor.

»Lass die beiden doch. Sie haben sich so viele Wochen nicht gesehen«, versuchte Annabelle sie zu beschwichtigen.

Amelie aber sprang mit hochrotem Kopf vom Tisch auf und rannte wortlos aus dem Zimmer.

Vicky blieb hilflos zurück und machte sich Vorwürfe, dass sie die schöne Stimmung zerstört hatte.

»Soll ich nach ihr sehen?«, fragte Annabelle.

Vicky nickte. »Ja, das wäre sehr lieb von dir. Ich mache mich dann gleich zu den Großeltern auf. Ich weiß ja nicht, wie es meinem Vater geht. Vielleicht wäre es wirklich besser, ich ginge allein«, seufzte sie. Dabei war dies nur die halbe Wahrheit. In Wirklichkeit wusste sie nicht, wie sie ihrem Vater und schon gar nicht, wie sie ihrem Schwager gegenübertreten würde, jetzt, nachdem sie Bescheid wusste. Diese erste Begegnung würde sie gern ohne ihre Kinder hinter sich bringen. Ohne einen Bissen angerührt zu haben, erhob sie sich vom Tisch. Sie gab George und Annabelle je einen Kuss auf die Wange und verließ wenig später das Haus.

Je weiter sie sich der Spencer Street näherte, desto unruhiger wurde sie. Ihre Sorge, dass sie sich nicht würde zusammenreißen können, wuchs mit jedem Schritt. Vor ihrem Elternhaus angekommen, blieb sie erst einmal stehen und holte tief Luft, ehe sie den Weg durch den Vorgarten einschlug.

Erleichtert atmete sie auf, als Mary ihr öffnete, doch die besorgte Miene der guten Seele verhieß nichts Gutes.

»Was ist geschehen?«, fragte Vicky bang. Noch mehr schlechte Nachrichten kann ich eigentlich nicht verkraften, dachte sie, und ein weiterer Gedanke durchzuckte sie, für den sie sich entsetzlich schämte. Tief im Inneren hoffte sie, dass Archibald etwas zugestoßen war und keinem ihrer Familienmitglieder.

»Komm erst einmal ins Haus, mein Kind.« Mary schob Vicky in den Flur und schloss die Haustür hinter ihr.

»Nun sag schon. Ist etwas mit meinem Vater?«

»Ach, es ist ein Kreuz. Dein Vater ist nicht mehr ansprechbar. Er dämmert vor sich hin, und manchmal verliert er das

Bewusstsein. Der Arzt sagt, man könne nichts mehr tun. Nur hoffen!«

Vicky entspannte sich ein wenig. Natürlich hatte sie gehofft, ihren Vater in einem besseren Zustand vorzufinden. Andererseits würde sein Dämmerzustand sie daran hindern, ihn mit Vorwürfen zu überfallen.

»Gut, liebe Mary, ich habe nichts anderes erwartet«, stöhnte Vicky.

Die Haushaltshilfe sah sie gequält an. »Mister Cumberland hat deine Mutter fortgebracht.«

»Wie … fortgebracht?«, fragte Vicky irritiert.

»Sie hat so schrecklich geschrien und um sich geschlagen, aber er hatte kein Erbarmen. Sie hätte doch im Haus bleiben können. Ich hätte mich doch um sie gekümmert …«

»Aber wohin hat er sie gebracht und warum?«

»Deine Mutter hat, seit sie von Stevens Tod erfahren hat, kein vernünftiges Wort mehr gesprochen. Sie hat stundenlang am Bett deines Vaters gesessen und ihn Albert genannt.«

Albert? Vicky schwante etwas. Hatte so nicht jener junge Mann aus dem Chor geheißen, in den ihre Mutter sich einst unsterblich verliebt hatte?

»Aber, aber, das ist doch kein Grund, sie wegzubringen«, entgegnete Vicky fassungslos. »Wohin um Himmels willen hat er sie denn gebracht?«

Mary rang mit den Tränen. »In ein Krankenhaus in Kew, wo sie neuerdings Menschen behandeln, die im Kopf nicht mehr ganz richtig sind.«

»In das Kew Lunatic Asylum? Ist er wahnsinnig geworden? Nur, weil sie in ihrem Schmerz über Stevens Tod Unsinn redet, ist sie doch nicht geisteskrank!«, stieß Vicky empört hervor.

»Das war leider nicht alles. Sie hat, ich meine, sie wollte, also sie …«, schluchzte Mary laut auf.

»Was ist geschehen?« Vicky nahm Mary tröstend in den Arm.

»Sie erkennt Mister Cumberland nicht mehr und hat ein paarmal versucht, ihn unter groben Beschimpfungen des Hauses zu verweisen.«

Vicky ballte die Fäuste. »Das würde ich auch gern, wenn ich könnte. Diesen Mistkerl ins Outback verbannen, dorthin, wo die Erde rot ist und die Sonne alles verglüht!«, sagte Vicky voller Wut.

»Schön, dass ich es endlich aus deinem Mund höre, was ich mir immer schon gedacht habe. Du verabscheust meinen Mann!«

Vicky fuhr herum. Hinter ihr stand ihre Schwester, das Gesicht zu einer hasserfüllten Fratze verzogen, die Vicky erschreckte. Aber noch etwas anderes ließ sie erschaudern: Louises rechtes Augen war zugeschwollen und blühte in allen erdenklichen Grüntönen.

Vicky aber ignorierte beides gleichermaßen. »Was fällt deinem Mann ein, unsere Mutter in eine Irrenanstalt zu stecken?«

»Unsere Mutter ist nicht mehr bei Trost und hat Archibald schwer beleidigt!«

»Das ist kein Grund, sie in meiner Abwesenheit aus dem Haus zu jagen!«

»Du hast keine Ahnung, was wir hier durchgemacht haben, während du dir ein paar schöne Tage in Brisbane gemacht hast!«

Vicky schnappte nach Luft vor lauter Empörung. »Hast du vergessen, warum ich die weite Reise gemacht habe? Unser Bruder ist beerdigt worden!«

»Nachdem er sich selbst umgebracht hat!«, ergänzte Louise spöttisch.

Vicky trat einen Schritt auf ihre Schwester zu und hob die Hand. Es hätte nicht viel gefehlt, und sie hätte ihr eine saftige

Ohrfeige versetzt, doch Mary ging im letzten Augenblick dazwischen.

»Bitte, es nützt niemandem, wenn ihr beide euch auch noch erzürnt. Seid vernünftig«, bat sie inständig.

»Sag das mal unserer Prinzessin, die im Leben alles bekommen hat, was sie wollte. Einen Mann, der sie liebt, und drei Kinder, während ich …« Louise brach ihren Satz ab, drehte sich um und rannte weg.

Vicky blieb wie vom Donner gerührt stehen. »Was ist bloß aus meiner Schwester geworden? So gefühllos!«, schimpfte sie.

»Das würde ich so nicht sagen«, bemerkte Mary leise. »Hast du ihr Auge gesehen?«

Vicky nickte, und sie ahnte auch, wer die Schuld daran trug, aber sie konnte in diesem Augenblick nicht den Funken von Mitgefühl empfinden.

»Ich habe den Streit der beiden mit angehört«, flüsterte Mary. »Es ging um deine Mutter. Louise hat wie eine Löwin dafür gekämpft, dass eure Mutter im Haus bleiben kann, aber irgendwann muss er sie mit einem Faustschlag zum Schweigen gebracht haben.«

»Aber warum lässt sie sich das bloß gefallen?«, fragte Vicky zornig.

»Es kann nicht jede Frau so mutig sein wie du, mein Kind«, erwiderte Mary mit Nachdruck.

»Aber das ist kein Leben!«

»Das sagst du, aber deine Schwester liebt diesen Kerl nun einmal.«

»Das ist keine Liebe«, spuckte Vicky verächtlich aus. »Das ist die pure Angst vor einem Gesichtsverlust. Aus lauter Sorge, was man von ihr denken könnte, wenn sie sich von ihrem Mann trennt, würde sie sich lieber von dem Mistkerl umbringen lassen.«

»Ich verstehe dich ja«, seufzte Mary. »Aber sie hat keinen Menschen, der zu ihr steht. Vielleicht könntest du ganz in Ruhe mit ihr reden.«

»Ich? Ich wäre die Letzte, der sie ihr Herz ausschütten würde.«

»Willst du es nicht wenigstens einmal versuchen?«

Vicky stöhnte laut auf. »Gut, ich mache es, aber nicht heute. Ich muss nach meinem Vater sehen, dann nach Kew fahren, um Mutter dort herauszuholen, und wenn ich sie mit zu mir nehme …« Da fiel ihr Frederik ein und seine morgige Rückkehr. Nein, auch in dieser Sache sollte ich nichts überstürzen, sprach sie sich gut zu, ich werde auch das mit ihm beratschlagen. »Ich gehe jetzt zu ihr. Und berede alles mit Frederik, sobald er morgen zurück ist. Ich bin mir aber sicher, er wird es genauso sehen wie ich und befürworten, dass wir Mutter zu uns nehmen. Das ist immer noch besser, als sie in der Anstalt zu lassen.«

Vicky gab Mary einen Kuss auf die Wange und begab sich ins oberste Stockwerk, wo sich die Wohnung ihrer Schwester befand. Archibald hatte all die Wände zu den alten Kinderzimmern einreißen und dort oben einen prächtigen Salon einrichten lassen.

Sie klopfte zaghaft, und als keine Antwort kam, öffnete sie vorsichtig die Tür. Das Bild, das sich ihr bot, ging ihr bei aller Wut auf ihre Schwester mitten ins Herz. Louise saß auf einem Stuhl, hatte den Kopf auf den Esstisch gelegt und wimmerte so jämmerlich, wie Vicky es selten zuvor bei einem Menschen gehört hatte.

Louise hob nicht einmal den Kopf, als sie sich ihr leise näherte. Offenbar hatte sie sie nicht kommen hören. Vicky setzte sich auf den Stuhl neben ihr. »Erschrick nicht, Louise, ich bin es, Vicky.«

Ihre Schwester hob den Kopf und sah sie aus verquollenen

Augen an. Sie wirkte wie ein verlorenes Kind. Vicky musterte Louise durchdringend und erschrak. Wie lange hatte sie ihre Schwester nicht mehr richtig wahrgenommen? Abgesehen von dem blauen Auge sah sie auch sonst zum Fürchten aus. Ihr einst schönes Gesicht war von tiefen Falten durchzogen, und in ihrem Haar zeigten sich weiße Strähnen. Außerdem war es dünn und strähnig geworden wie bei einer alten Frau. Vicky wollte es kaum glauben. Ihre Schwester sah mindestens so alt aus wie ihre Mutter Anne. Und schon machte sie sich Vorwürfe, dass sie sich niemals um dieses unglückliche Geschöpf gekümmert hatte.

»Louise, ich komme nicht im Streit«, sagte Vicky leise.

»Wozu sonst? Du hast doch immer recht, willst allen deinen Willen aufdrängen, hast unseren armen Eltern stets Kummer gemacht und wurdest trotzdem mehr geliebt als ich.«

Widerspruch regte sich in Vicky, und ihr lagen bereits die passenden Worte auf der Zunge: Du mit deinem verdammten Selbstmitleid! Aber sie biss sich auf die Lippen, weil sie genau wusste, würde sie dergleichen aussprechen, wären sie sofort in einen erbitterten Streit verstrickt.

»Wenn ich dir sage, dass ich früher genauso gedacht habe? Ich meine, dass du das gehätschelte Lieblingskind unserer Eltern bist und ich das schwarze Schaf?«

»Das glaube ich dir nicht. Sie haben dir doch alles verziehen. Sogar als du diesem Goldgräber nachgereist bist und dich in sein Bett gelegt hast.«

Es kostete Vicky sehr viel Selbstbeherrschung, sich gegen die geballte Boshaftigkeit ihrer Schwester nicht in der gewohnt scharfen Art zu wehren, aber ein Blick auf ihr verletztes Auge hielt sie davon ab.

»Wie oft schlägt er dich?«, fragte sie stattdessen mitfühlend und griff nach Louises Hand.

Ihre Schwester war so verblüfft, dass sie diese Berührung zuließ.

»Wie oft?«, hakte sie nach.

»Immer, wenn ich ihm Widerworte gebe«, entgegnete Louise zu Vickys großer Überraschung ganz offen.

Vicky war nicht ganz sicher, ob das ernst gemeint war, weil das, wenn es den Tatsachen entsprach, einfach abstoßend war.

»Du glaubst mir nicht, oder?« Louise sah ihre Schwester prüfend an.

»Doch, schon, aber das ist so unfassbar grausam.«

»Ach, diese Faustschläge sind nicht das Schlimmste. Das geht schnell, tut furchtbar weh, aber ich habe mehr gelitten, als er mich anfangs unter Prügel gezwungen hat, mit ihm zu schlafen, weil er glaubte, dann würde ich doch noch schwanger.«

Einem plötzlichen Impuls folgend nahm Vicky ihre Schwester in den Arm und drückte sie fest. Louise ließ sich das zu ihrer Verwunderung gefallen.

»Du musst nicht bei ihm bleiben. Hörst du?«

»Doch, weil er mir nach dem letzten Mal hoch und heilig versprochen hat, dass ihm nie wieder die Hand ausrutscht.«

»Die Hand ausrutscht?«, wiederholte Vicky ungläubig. »Er prügelt brutal auf dich ein.«

»Aber es tut ihm jedes Mal danach leid. Und dann ist er ganz lieb zu mir.«

»Und du glaubst allen Ernstes, dass er sich ändern wird?«

»Ja, das wird er«, entgegnete Louise trotzig und entzog sich der Umarmung ihrer Schwester.

»Dann versprich mir bitte eines: Wenn es noch ein einziges Mal vorkommt, wirf ihn aus dem Haus!«, riet Vicky ihr.

»Es kommt nicht mehr vor«, erklärte Louise mit fester Stimme. »Und jetzt ist genug geredet.«

Vicky stieß einen tiefen Seufzer aus. »Gut, ich werde jetzt nach Vater sehen, und wenn Frederik zurück ist, werde ich mich mit ihm beratschlagen, ob wir Mutter nicht zu uns holen.«

»Aber sie hat wirklich den Verstand verloren. Geh hin, und du wirst dich mit eigenen Augen davon überzeugen können.«

»Ich werde sie morgen zusammen mit Frederik besuchen«, sagte Vicky entschlossen, und sie nahm sich fest vor, diesen Besuch hinter sich zu bringen, bevor sie nach St. Kilda weiterfuhren. Ihr fehlte die Kraft, sich ganz allein vom Zustand ihrer Mutter zu überzeugen. »Ich werde jetzt nach Vater sehen und mich dann gleich wieder auf den Heimweg machen. Frederik kommt morgen, und wir werden noch ein paar Tage zusammen am Meer verbringen. Falls wir uns also gleich nicht mehr sehen: Ich besuche euch, sobald ich zurück bin«, fügte sie hinzu, gab ihrer Schwester einen flüchtigen Abschiedskuss und wandte sich zum Gehen, doch dann blieb sie nachdenklich stehen. »Sollte Archibald entgegen aller Schwüre noch einmal die Hand gegen dich erheben, versprich mir, dass du dich mir anvertraust. Für den Fall, dass du deine Konsequenzen ziehen willst, sollst du wissen, dass wir dir beistehen. Du bist nicht allein.«

»Danke, aber ich glaube, das ist nicht nötig«, entgegnete Louise.

»Ich wünsche es dir«, seufzte Vicky und eilte zum Zimmer ihres Vaters.

Das Zimmer war abgedunkelt, und aus dem düsteren Raum wehte ihr der Geruch von Krankheit entgegen. Sie tastete sich quer durch das Zimmer, zog die schweren Samtvorhänge beiseite und öffnete weit das Fenster. Erst als sie die einströmende frische Luft eingeatmet hatte, drehte sie sich zum Bett ihres Vaters um und erschrak. Er war nur noch ein Schatten seiner selbst. Sein inzwischen kahler Schädel lag wie ein Totenkopf auf den weißen Kissen.

Sie setzte sich auf einen Stuhl neben sein Bett und nahm vorsichtig seine knochige Hand, aus der die Adern bläulich hervorstachen. Sein Atem ging so unmerklich, dass Vicky schon befürchtete, er wäre tot, aber sein Brustkorb hob und senkte sich noch.

»Vater, Vater, was hast du nur getan?«, fragte sie leise, aber gegenüber diesem Mann, der dem Tod näher als dem Leben war, konnte sie keine echten Rachegedanken hegen für das, was er Jonathan angetan hatte. Mit ihm würde sie nicht mehr abrechnen können. Es blieb nur noch Archibald, aber den würde sie sich erst vorknöpfen, wenn sie in Frederik eine entsprechende Unterstützung bekam. Archibald würde jedenfalls nicht ungeschoren davonkommen. Und sie hatte überdies schon einen Plan. Wenn er es auch nur noch ein einziges Mal wagte, sie anzufassen, würde sie ihn schlichtweg erpressen. Sein Verschwinden gegen ihr Schweigen. Wenn er blieb, würde sie ein Schreiben an die Regierung schicken und den Vorfall in Sachen Jonathan Bowl schildern. Vicky war sich sicher, dass er den lautlosen Abgang vorziehen würde. Sie war sehr gespannt, was Frederik zu ihrem Plan sagen würde …

In diesem Moment stöhnte ihr Vater laut, aber er hielt die Augen geschlossen und wälzte sich unruhig im Bett hin und her. Auch wenn er schwere Schuld auf sich geladen hat, kann ich es schwerlich ertragen, den einst so starken Mann so hilflos daliegen zu sehen, dachte Vicky traurig, und ihr fielen unzählige Situationen aus ihrer Kindheit und Jugend ein, die sie mit ihrem Vater erlebt hatte.

Es fiel ihr schwer, seine eiskalte Hand loszulassen, denn sie wusste, dass es das letzte Mal sein konnte, dass sie ihn lebend sah. Aber ist er nicht schon tot?, durchfuhr es Vicky beklommen.

»Vielleicht ist es besser, dass du von alledem nichts mehr mitbekommst. Dir bleibt ein Streit erspart, der uns beide wohl bis an dein Ende entzweit hätte. Nun hast du dich vorher aus der Verantwortung gestohlen«, flüsterte sie und blickte ihn an, als erhoffte sie sich eine Reaktion, aber er lag immer noch in seinen Kissen wie tot.

Vicky schloss das Fenster, aber sie ließ die Vorhänge offen, bevor sie in die Küche ging, um sich von Mary zu verabschieden. Die war gerade dabei, einen Berg Geschirr abzuwaschen, was Vicky sehr verwunderte.

»Wo kommt das denn alles her?«, fragte sie, während sie sich wie in alten Zeiten ein Handtuch griff, um Mary beim Abtrocknen zu helfen.

»Mister Cumberland gibt fast jeden Abend irgendwelche Gesellschaften, meistens Herrenabende«, erwiderte Mary abfällig.

»Obwohl mein Vater dort oben vor sich hindämmert, er meine Mutter in die Irrenanstalt gebracht hat und seine Frau verprügelt? Was für ein Dreckskerl!«, stieß Vicky wütend hervor.

»Tja, Ihnen kann ich es ja sagen. Sobald dein Vater gestorben ist …« Mary schlug sich erschrocken die Hand vor den Mund.

»Lass gut sein. Ich weiß, dass seine Tage gezählt sind«, sagte Vicky hastig.

»Und wenn deine Mutter nicht mehr zurückkehrt, dann verlasse ich dieses Haus. Deine Schwester tut mir zwar sehr leid, aber das Elend ertrage ich nicht länger.«

»Das kann ich gut verstehen, aber wohin willst du gehen? Du hast doch keine Verwandten in Australien. Du bist doch damals einfach mit meinen Eltern mitgekommen.«

Mary zuckte mit den Achseln.

»Vielleicht nehme ich ein Schiff nach England.«

»Zieht es dich wirklich nach London zurück? Sind wir nicht längst waschechte Australierinnen geworden?«

»Das ist wahr, mein Kind, aber wohin soll ich sonst?«

»Wohin wohl? Wenn du hier nicht mehr erwünscht bist, gibt es da an der anderen Seite der Stadt ein wunderschönes Haus mit Blick auf den Fluss. Dort wohnen nette Leute, und Platz ist auch genug«, lachte Vicky. »Aber ich hoffe, dass meine Schwester noch aufwacht und den Kerl aus dem Haus jagt«, fügte sie verschwörerisch hinzu.

»Schön wäre es«, stöhnte Mary. »Und du lässt jetzt das Abtrocknen sein und gehst nach Hause«, befahl sie, während sie ihr das Handtuch aus der Hand nahm.

Vicky umarmte Mary zum Abschied herzlich und machte sich auf den Nachhauseweg.

Nachdenklich schlenderte Vicky durch die belebten Straßen der Stadt, tief in Gedanken versunken. Deshalb sah sie Archibald Cumberland nicht kommen. Sonst hätte sie vielleicht noch rechtzeitig die Straßenseite gewechselt. So stießen sie beinahe zusammen.

»Hoppla, Schwägerin, wo bist du denn mit deinen Gedanken?«, fragte er statt einer Begrüßung.

»Bei der Frage, mit welchem Recht du meine Mutter einsperren lässt?«, fuhr sie ihn an.

»Oh, gleich so kratzbürstig, wie immer. Das soll mal ein Mann verstehen, wieso dich überhaupt jemand geheiratet hat«, versuchte er zu scherzen.

»Es gibt eben auch anständige Männer, die ihre Frauen nicht schlagen, wenn sie eine eigene Meinung haben«, konterte Vicky, obwohl sie sich vorgenommen hatte, die Konfrontation mit ihrem Schwager erst zu suchen, wenn Frederik wieder zurück war.

Archibalds Miene verfinsterte sich. »Deine Schwester weiß genau, warum sie manchmal einen Klaps verdient hat, und sie nimmt es mir nicht übel.«

»Du gibst es also zu? Aber du irrst, meine Schwester hält nur aus Angst den Mund. Und keine Frau schreit danach, dass der Mann ihr das Gesicht verunstaltet! Wage es nie wieder, sie anzufassen!«

»Sie ist meine Frau! Was ich mit ihr anstelle, geht dich Blaustrumpf gar nichts an!«

Vicky stemmte kämpferisch die Hände in die Hüften. »Louise ist nicht dein Eigentum. Und wenn du sie noch ein einziges Mal anfasst und ich davon Wind bekomme, dann, mein Lieber, wirst du dich noch wundern!«

»Oho, du willst mir drohen? Da zittere ich aber vor Angst!«, spottete Archibald.

»Dazu hast du auch allen Grund! Ich glaube, die Regierung wäre nicht begeistert zu erfahren, dass einer ihrer Gefängnisdirektoren einen Unschuldigen hat einsperren lassen und Zeugen zu Falschaussagen angestiftet hat.«

Noch im selben Augenblick ärgerte Vicky sich maßlos darüber, dass sie nun doch schon all ihr Pulver verschossen hatte, aber sie weidete sich andererseits daran, dass es dem Großmaul für einen Augenblick tatsächlich die Sprache verschlagen hatte.

»Glaubst du allen Ernstes, es interessiert irgendwen, was ein drogensüchtiger Selbstmörder zu Papier gebracht hat?«, giftete er schließlich.

Vicky zuckte unmerklich zusammen. Er leugnete nicht einmal, dass er der Kopf dieses Komplotts gewesen war, und er vermutete offenbar, dass sich Steven seine Schuld noch vor seinem Selbstmord von der Seele geschrieben hatte. Dann sollte ich ihn in diesem Glauben lassen, dachte sie, aber ganz wohl war ihr nicht dabei, dass sie den Kerl nun derart spontan mit seinem Verbrechen konfrontiert hatte.

»Das werden wir ja sehen, wem die Herren mehr glauben«,

sagte sie mit fester Stimme. »Den Abschiedsworten meines Bruders oder deinen verdammten Lügen«, fügte sie hinzu.

Archibald lachte gehässig auf. »Ich bin der einzige überlebende Zeuge, meine Liebe. Man wird mir Glauben schenken, denn das sogenannte Opfer dieses angeblichen Komplotts ist ja tot.«

Vickys Herz klopfte bis zum Hals. Es war ein großer Fehler, mich im Vorübergehen mit ihm anzulegen, dachte sie verzweifelt, aber nun muss ich kämpfen.

»Ach ja, Jonathan Bowl ist tot? Bist du sicher?«

Vicky hatte ins Schwarze getroffen: Archibald wurde leichenbleich, doch dann entspannte sich seine Miene.

»Ach, meine Liebe, ich glaube, du überhebst dich gerade, wenn du meinst, mir Angst machen zu können. Was auch immer geschehen würde, ich würde den heiligen Eid schwören, dass der wahre Schuldige nicht mehr zur Rechenschaft gezogen werden kann, weil er halb tot daniederliegt.«

Jetzt war es Vicky, der sämtliche Farbe aus dem Gesicht wich. »Du würdest wirklich Vater alles eiskalt allein in die Schuhe schieben«, murmelte sie fassungslos.

Archibald lachte dreckig. »Ich empfehle mich, werte Schwägerin. Und schau doch mal wieder bei uns vorbei«, verkündete er mit gespielter Freundlichkeit.

Vicky blieb wie betäubt zurück. Wie konnte ich nur so dumm sein, meinen Trumpf leichtfertig zu verspielen, nur weil ich diesen Kerl so verabscheue? Schade, dass ich Jonathan nicht als Zeugen benennen kann, dachte sie bekümmert, aber das darf ich nicht tun! Viel zu groß ist die Gefahr, dass Jonathan dann hinter das Geheimnis von Annabelles Herkunft kommen könnte. Ach, Frederik, ich brauche dringend deinen Rat, schoss es ihr durch den Kopf, während sie schnellen Schrittes weiterging.

32

Vicky hatte fast die ganze Nacht wachgelegen. Zu groß war ihre Vorfreude auf Frederik und zu belastend all die Sorgen, die sie in ihrem Kopf wälzte.

Am frühen Morgen hielt sie es nicht mehr in ihrem Bett aus und stand auf. In der Küche machte sie sich einen Tee und setzte sich damit auf die Veranda. Die Dämmerung lag noch über dem üppig blühenden, subtropischen Garten, und die Papageien kreischten laut in den Bäumen.

»Mutter, bist du aus dem Bett gefallen?«, fragte Annabelle mit verschlafener Stimme und setzte sich im Nachthemd neben sie.

»Ich bin ein wenig aufgeregt bei dem Gedanken, dass dein Vater heute zurückkommt. Wir haben uns über zwei Monate nicht gesehen«, gab Vicky mit einem zärtlichen Blick auf ihre Älteste zu. »Und du? Was treibt dich schon so früh in den Garten?«

»Ich habe schlecht geträumt.« Annabelle rutschte mit ihrem Stuhl so dicht an Vicky heran, dass sie den Arm um ihre Mutter legen konnte.

»Kannst du dich an den Traum erinnern?«

Annabelle nickte versonnen. »Ich war umgeben von dunkelhäutigen Menschen, die beschwörend auf mich eingeredet haben, aber das war gar nicht so schlimm, denn sie waren mir wohlgesonnen, ich hatte keine Angst, aber dann kamen weiße Männer mit Gewehren und schossen auf meine Freunde. Einer nach dem anderen fiel tot um, aber mich traf kein einziger Schuss, obwohl sie doch in meine Richtung zielten, und dann bin ich aufgewacht …«

Vicky lief ein kalter Schauer über den Rücken. »Ach, meine Kleine, jetzt ist ja alles gut«, murmelte sie ihrer Tochter tröstend zu und deutete dann aufgeregt zum Fluss. »Schau nur, die Sonne geht auf.«

Gebannt beobachteten Mutter und Tochter, wie der glühende Ball das Yarra-Tal in rot-gelbes Licht tauchte, und ein herrlich sonniger Tag erwachte.

Auch im sonnendurchfluteten Garten erwachte das Leben. Dafür war das Kreischen der Papageien verstummt, die nun zu ihren Futterplätzen ausgeschwärmt waren und erst in der Abenddämmerung mit lautem Gekreische zu ihren Bäumen im Garten zurückkehren würden.

»Ich hab dich lieb«, sagte Annabelle.

»Ich dich auch«, erwiderte Vicky und gab ihrer Tochter einen Kuss auf die Wange, bevor sie ins Haus ging, um sich anzuziehen. Sie wählte mit Bedacht Frederiks Lieblingskleid, ein schlichtes hellblaues aus Seide. Das Haar steckte sie sich auf, und statt eines Hutes wählte sie als Schmuck für ihre Frisur nur eine einzige Blume.

Als George an den Frühstückstisch kam, stieß er einen anerkennenden Pfiff aus. »Mutter, du siehst aus wie zwanzig«, rief er begeistert aus.

Meine Kinder scheinen sich von Herzen mit mir zu freuen, dachte Vicky verzückt, als Amelie mit einer derart mürrischen Miene hinzukam, dass sie fast ein schlechtes Gewissen hatte. Amelie hatte ihr offenbar immer noch nicht verziehen, dass Vicky Frederik erst einmal für sich allein haben wollte.

»Ach, Schatz, wir sind doch in vier Tagen wieder bei dir«, sagte sie entschuldigend.

»Das ist mir egal«, knurrte Amelie.

»Soll ich dich mit der Kutsche zur Bahn bringen?«, bot ihr George an.

Vicky nahm dankend an, froh über die persönliche Begleitung zum Bahnhof.

Der Zug nach Sandridge, dem Vorort von Melbourne, in dem sich der Hafen befand, stand schon auf dem Gleis bereit.

»Grüß Vater, und habt schöne Tage«, wünschte George ihr zum Abschied.

»Und du, achte mir auf Amelie, dass sie auch zur Schule geht, und heitere sie ein wenig auf«, rief sie ihm aus dem geöffneten Fenster zu.

»Ich werde mein Bestes tun, auch wenn mein Bestes sicherlich nicht gut genug für die kleine Lady ist«, lachte George.

Vicky winkte ihm zu, bis der Zug um eine Biegung fuhr und George aus ihrem Blickfeld entschwand. Erschöpft ließ sie sich auf den Sitz fallen. Sie spürte die schlaflose Nacht in allen Knochen, aber in St. Kilda würden ihre Lebensgeister mit Sicherheit schnell wieder erwachen. Sie liebte das kleine Häuschen am Meer und bedauerte, dass sie es so selten aufsuchten. Wenn ich nicht mehr arbeite, werden wir uns wochenlang dort verschanzen, pflegte Frederik stets zu versprechen, wenn sie den Umstand beklagte, dass sie es viel zu selten nutzten.

Ach, Frederik, dachte Vicky voller Vorfreude und schloss die Augen. Plötzlich kam ihr in den Sinn, wie er sie damals im Garten der Cunninghams in Sydney um ihre Hand gebeten hatte. Sie, das gefallene, schwangere Mädchen. Und wie sie damals befürchtet hatte, dass Martha ihr deshalb gram sein würde. Aber die hatte sich bereits am selben Abend unsterblich in Edward verliebt, und zwar so heftig, dass die beiden sich am Strand geliebt und ihren gemeinsamen Sohn Walter gezeugt hatten. Er war genau drei Monate jünger als Annabelle. Da Edward ein hoher Regierungsbeamter war, hatte der strenge Mister Cunningham nichts gegen die Ehe der beiden einzuwenden gehabt. Sie hatten dann noch eine Tochter bekommen, Myriam. Bei dem Gedanken an ihre Freundin wurde Vicky ganz melancholisch zumute. Sie hatten einander seit Jahren nicht mehr gesehen. Weder Frederik noch Edward hatten Zeit für lange Besuche unter Freunden. So blieb den beiden nur ein reger Briefverkehr zwischen Sydney und Melbourne.

Vicky war so in Gedanken versunken, dass sie gar nichts von der schönen Landschaft mitbekam. Erst als der Hafen in der Ferne auftauchte, blickte sie aus dem Fenster. Draußen auf dem Meer entdeckte sie ein großes Schiff und war fest davon überzeugt, dass es der Dampfer aus Neuseeland war. Ihr Herz tat schier einen Sprung.

Voller Vorfreude verließ sie den Zug und eilte zur Pier. Den Koffer ließ sie in einer Aufbewahrungsstelle im Bahnhof. Und tatsächlich, das Dampfschiff, das sie vom Abteilfenster aus gesehen hatte, machte nun mit großem Getöse an der Kaimauer fest. Aufgeregt wanderte Vickys Blick die Reihen der Passagiere entlang, die auf den Decks warteten, um das Schiff verlassen zu können, aber einen winkenden Frederik konnte sie zu ihrer großen Enttäuschung nirgends erspähen.

Sie konzentrierte sich nun auf die Treppe, über die die ersten Gäste das Schiff verließen. Ihr Herzschlag beschleunigte sich, als sie Williams Lockenkopf in der Menge entdeckte. Dann konnte auch Frederik nicht mehr weit sein.

Als William die Kaimauer erreicht hatte, sah er sich suchend um, und Vicky winkte ihm eifrig zu. Er winkte kurz zurück, aber seine Miene war wie versteinert. Eigentlich sollte sie das nicht sonderlich erschrecken, weil William selten lächelte, aber sie zuckte trotzdem unmerklich zusammen.

Voller innerer Unruhe wartete sie vor dem Tor, durch das die Passagiere auf die andere Seite des Zauns gelangten, nachdem sie die Einreisekontrollen hinter sich gebracht hatten. Ihr Blick wanderte immer wieder zur Treppe in der Hoffnung, endlich Frederik zu entdecken, aber vergeblich.

Es dauerte eine gefühlte Ewigkeit, bis William durch das Tor kam und gemessenen Schrittes auf sie zutrat, denn sie hatte sich mittlerweile in die vordere Reihe der Wartenden durchgekämpft.

Vicky konnte sich nicht helfen. Etwas in seinem Gesichtsausdruck war anders als sonst.

»Wo ist Frederik?«, fragte sie zur Begrüßung, wohl wissend, dass es unklug war, erst nach seinem Vater zu fragen, bevor sie ihn willkommen hieß.

»Lassen Sie uns erst einmal diesem Gedränge entkommen«, sagte er und schob sie vor sich her durch die Menge, bis sie sich ein ganzes Stück von den anderen Wartenden entfernt hatten. Das ungute Gefühl, das Vicky die ganze Zeit über beschlichen hatte, verwandelte sich in nackte Panik.

»Wo ist Frederik?«, wiederholte sie mit bebender Stimme.

Statt ihr zu antworten, schob William sie zu einer der Bänke in einem Park, der hinter der Kaimauer begann. Dort wollte er ihre Hand nehmen, etwas, das er noch nie zuvor getan hatte. Vicky hatte einmal vor vielen Jahren, als William noch ein kleiner Junge gewesen war, versucht, ihn in den Arm zu nehmen. Niemals würde sie sein hasserfülltes Gesicht und den herausgepressten Satz: »Fass mich nicht an!« vergessen. Danach hatte sie nie wieder den Versuch gemacht, William zu berühren, und er hatte auch nie Anstalten gemacht, ihr näherzukommen. Jetzt war sie so überrascht, dass sie ihre Hand hastig wegzog. Stattdessen blickte sie ihm direkt in die Augen und konnte beobachten, dass seine Lider nervös flatterten.

»William, bitte! Verrate mir nur eines: Wo ist mein Mann? Warum hat er nicht mit dir das Schiff verlassen?«, fragte sie mit belegter Stimme, während ihr die Panik regelrecht die Kehle zuschnüren wollte.

»Er wird nicht kommen, nicht jetzt und auch nicht später, Miss Stewart. So nannte William Vicky unbeirrt seit vielen Jahren, obwohl Frederik es ihm streng untersagt hatte, seine Frau derart ungezogen mit ihrem Mädchennamen anzureden. Normalerweise reagierte Vicky gar nicht, wenn er sie so nannte, aber in diesem Augenblick war es ihr sogar gleichgültig, ob er sich respektlos verhielt oder nicht. In ihrem Kopf hämmerten nur diese Worte, die ihr vor lauter Angst schier die Kehle zuschnüren wollten: *Er wird nicht kommen, nicht jetzt und auch nicht später.*

»Was heißt das? Er wird nicht kommen?« Während sie das fragte, ahnte sie tief im Inneren bereits, was es bedeutete, aber sie wollte den Gedanken um keinen Preis zulassen. Ihr wurde plötzlich so kalt, dass ihre Zähne klappernd aufeinanderschlugen.

»Vor ein paar Tagen gab es auf See einen heftigen Sturm. Trotz der Warnung des Kapitäns ging Vater an Deck …« William schluckte. »Und er kam nicht wieder. Das Meer hat ihn geholt.«

Vicky aber sprang wie der Blitz von der Bank auf. »Das glaube ich nicht! Das ist nicht wahr! Natürlich ist er an Bord des Schiffes.«

»Nein, die Mannschaft hat jeden Winkel durchsucht. Mein Vater ist tot.«

Durch Vickys Kopf hämmerte nur ein einziger Gedanke: Das kann nicht sein! Frederik lebt! Und dann wusste sie, was sie zu tun hatte. Sie musste auf das Schiff, ihren Mann finden.

Ohne ein Wort der Erklärung rannte sie los, hin zu dem Tor, man ließ sie passieren, als sie behauptete, sie hätte an Bord etwas vergessen. Kurz vor der Treppe holte William sie schnaufend ein.

»Was um Himmels willen hast du vor?« Er vergaß sogar, Vicky zu siezen.

»Ich werde meinen Mann suchen. Und ich werde ihn finden«, entgegnete Vicky und stürmte die Treppe nach oben. Dort stieß sie beinahe mit einem der Matrosen zusammen. »Wo ist der Kapitän?«, fragte sie schroff. Der Seemann wies ihr den Weg.

»Seien Sie doch vernünftig, Misses Bradshaw, es ist nicht zu ändern. Es ist tragisch, aber …«

Vicky hörte ihm gar nicht zu. Energisch betrat sie das Steuerhaus, in dem der Kapitän gerade eine Eintragung ins Logbuch tätigte.

»Wo ist mein Ehemann, Frederik Bradshaw?«

Die Züge des Mannes wurden weicher, und er bot ihr höflich einen Platz an.

»Ich will nicht sitzen. Ich möchte zu meinem Mann, und zwar sofort«, herrschte Vicky ihn an.

»Bitte beruhigen Sie sich. Ich kann verstehen, dass es ein Schock für Sie ist …« Er warf William einen missbilligenden Blick zu. »Haben Sie es ihr wirklich schonend beigebracht? Ich hatte Ihnen doch angeboten, dass wir das gemeinsam erledigen. Jetzt haben wir ein Problem«, zischte er.

»Ich möchte jetzt endlich zu meinem Mann. Wo ist er?«, schrie Vicky wie von Sinnen.

Der Kapitän wandte sich eilig an William. »Gehen Sie. Suchen Sie den Schiffsarzt. Er ist noch an Bord«, befahl er. William zögerte einen Augenblick, doch dann verließ er das Steuerhaus.

»Misses Bradshaw. Sie müssen mir jetzt gut zuhören«, redete er beschwichtigend auf Vicky ein. »Und ich möchte, dass

Sie sich dafür setzen.« Er stand auf und schob Vicky sanft auf einen Stuhl.

Dann holte er ein paarmal tief Luft. »Es tut uns so unsagbar leid, aber Ihr Mann ist bei Sturm über Bord gegangen«, stöhnte er.

Vicky sah durch ihn hindurch. Es erreichte sie nicht wirklich, was er da redete. Sind denn alle verrückt geworden?, fragte sie sich, oder ist das hier nur ein schlechter Traum?

»Hören Sie! Was immer Sie hier für ein Theater spielen, nun ist es genug«, sagte sie mit Nachdruck. »Ich möchte jetzt zu meinem Mann!«

Der Kapitän trat einen Schritt auf Vicky zu und legte ihr die Hand auf die Schulter. »Misses Bradshaw, bitte regen Sie sich nicht auf. Der Arzt kommt gleich.«

Vicky aber fegte seine Hände beiseite und sprang auf. »Ich brauche keinen Arzt. Ich möchte einfach nur zu meinem Mann«, schrie sie verzweifelt. »Und wenn Sie mir nicht helfen, dann werde ich ihn eben auf eigene Faust suchen gehen!« Vicky machte Anstalten, das Steuerhaus zu verlassen, aber der Kapitän hielt sie fest und bugsierte sie zurück auf den Stuhl.

»Bitte, Misses Bradshaw, Sie können Ihren Mann nicht wieder lebendig machen. So glauben Sie mir doch. Es war genau vor drei Tagen. Draußen tobte ein heftiger Sturm. Die Passagiere wurden aufgefordert, nicht mehr an Deck zu gehen. Warum ihr Mann dennoch nach draußen ging, weiß kein Mensch. Sein Sohn meldete ihn wenig später als vermisst. Wir haben alles nach ihm abgesucht, aber schließlich haben wir die Hoffnung aufgegeben, ihn lebend zu finden.«

Ganz langsam sickerte die grausame Wahrheit in Vickys Bewusstsein. Wie das Gift eines Schlangenbisses, das nach und nach den Körper lähmte. Sie hatte das Gefühl, keine Luft mehr zu bekommen, und begann zu röcheln. Wie durch einen Nebel hörte sie den Kapitän brüllen: »Verdammt noch mal, hol doch endlich jemand den Arzt!«

Vicky wollte etwas sagen, doch ihre Stimme gehorchte ihr nicht mehr. Sie konnte sich auch nicht mehr rühren. Selbst, als ein Fremder ihr eine ekelhaft schmeckende Flüssigkeit einflößte. Sie wollte das Zeug ausspucken, aber sogar das gelang ihr nicht. Dann spürte sie nur noch, wie sie von einer bleiernen Müdigkeit erfasst wurde.

Als Vicky aufwachte, hatte sie keinen Schimmer, wo sie sich befand und was geschehen war. Irritiert riss sie die Augen auf und blickte in die besorgten Mienen zweier Fremder. Dahinter stand William. Aus seinem Blick sprach etwas anderes als Sorge, aber sie konnte es nicht deuten.

»Wir haben Ihnen ein Betäubungsmittel geben müssen, weil Sie unter Schock standen«, erklärte ihr der eine der beiden Männer, ein älterer Herr mit einem weißen Bart.

»Wo bin ich?«, fragte sie.

»In meiner Kajüte«, entgegnete der andere Mann, der ihr bei näherem Hinsehen entfernt bekannt vorkam.

»Kajüte?«, entgegnete Vicky ungläubig.

»Sie befinden sich an Bord der Albert, dem Schiff, mit dem Ihr Mann heute aus Neuseeland zurückkehren sollte.«

»Mein Mann«, murmelte sie, während sie sich mit einem Mal an die Worte des Kapitäns erinnerte. *Wir haben alles nach ihm abgesucht, aber schließlich haben wir die Hoffnung aufgegeben, ihn lebend zu finden.*

»Mein Mann ist bei Sturm über Bord gegangen, sagen Sie?«, fragte Vicky scheinbar gefasst. In ihr war in diesem Augenblick nicht die Spur einer Emotion. In ihrem Inneren herrschte nur noch Leere.

»Ja, Misses Bradshaw, das ist die traurige Wahrheit.«

Vicky erhob sich mit einem Ruck, woraufhin ihr sofort schwindlig wurde. »Ich muss nach Melbourne, es meinen Kindern sagen«, murmelte sie.

»Bitte, gnädige Frau, bleiben Sie noch einen Augenblick liegen. Ich habe Sorge, dass Sie noch nicht sicher auf den Beinen sind«, gab der Arzt zu bedenken.

Vicky ließ ihren Blick von einem zum anderen schweifen. Er blieb an William hängen, und in dem Augenblick erkannte sie zum ersten Mal tiefe Emotion in seinen Augen, aus denen sonst nichts als Kälte und Teilnahmslosigkeit sprach. Aber es war keine Trauer … Vicky musterte ihren Stiefsohn mit solcher Intensität, dass er ihrem Blick nicht standhielt. Er sah zu Boden. Doch Vicky hatte auch so genug gesehen, um ein gewisses Schuldgefühl daraus lesen zu können. Und sie ahnte, warum.

»Habt ihr beiden eine Kabine geteilt?«, fragte sie ihn jetzt.

William nickte.

»Hast du gesehen, dass er bei dem Sturm nach draußen gegangen ist?«, hakte sie nach.

Vicky war sicher, dass sie auf dem richtigen Weg war, denn William, der ansonsten so berechnende und gefühllose Zyniker, wand sich förmlich.

»Ja, Vater sagte, ich schaue mir das Unwetter einmal von Nahem an, und da war er schon draußen«, erklärte er verunsichert.

»Wo lag eure Kabine?«

»Misses Bradshaw, ich weiß nicht, ob das der richtige Augenblick ist, eine derartige Befragung durchzuführen. Kommen Sie doch erst einmal wieder ganz zu sich«, mischte sich der Kapitän ein.

Vicky ignorierte seine Worte und starrte ihren Stiefsohn weiterhin unverwandt an.

»Wo war eure Kabine?«

»Wir hatten eine Außenkabine auf dem obersten Deck«, erwiderte William zögernd.

»Es waren also nur ein paar Schritte bis zur Reling?«

William nickte.

»Und du willst uns weismachen, dein Vater ist bei dem Unwetter freiwillig nach draußen gegangen? Ist es nicht vielmehr so, dass du ihn tot oder lebendig bis zur Reling geschafft hast?«

»Misses Bradshaw, ich muss doch sehr bitten«, ermahnte sie der Kapitän. »Wir verstehen ja, dass Sie unter Schock stehen, aber das ist wirklich ein starkes Stück, was Sie hier an Verdächtigungen in die Welt setzen.«

»Nein, lassen Sie meine Stiefmutter nur. Ich nehme es ihr nicht übel. Halten wir das ihrem Zustand zugute«, bemerkte William ganz ruhig. Er hob den Blick, und Vicky wusste sofort, dass sie ins Schwarze getroffen hatte. William hatte die Fassung zurückerlangt, und aus seinen Augen, in denen vorher die Schuldgefühle deutlich sichtbar gewesen waren, loderte nichts als nackter Hass.

Ich darf ihm nicht so offen zeigen, dass ich ihn durchschaut habe, durchfuhr es Vicky eiskalt, und sie räusperte sich ein paarmal.

»Entschuldige, William, es tut mir leid, dass ich so einen Unsinn rede. Ich kann es nur nicht fassen. Verstehst du?«, stieß sie bedauernd hervor, ohne ihren Stiefsohn aus den Augen zu lassen. Was sie nun in seinem Blick erkannte, bestätigte sie in ihrem Verdacht. Ein gewisser Triumph blitzte aus seinen Augen. Vicky wäre jetzt gern in Tränen ausgebrochen, aber sie konnte nicht, denn der Schmerz hatte sich so tief in ihr Inneres verkrochen, dass sie ihn nicht fühlen konnte. Sie wusste nur, dass er dort lauerte und der Augenblick kommen würde, in dem er aus ihr hervorbrechen würde wie Eiter aus einer entzündeten Wunde.

33

Vicky hatte sich mit der Beerdigung Zeit gelassen, weil sowohl ihre Freundin Martha mit Familie aus Sydney als auch ihre Schwägerin Emma ihr Kommen zugesagt hatten. Da der Sarg ohnehin leer war, mussten sie sich nicht beeilen, hatte Vicky entschieden. Außerdem fürchtete sie den Tag mehr als alles andere. Sie hatte entsetzliche Angst, dass sie vor allen Leuten zusammenbrechen würde. Nun aber gab es kein Entrinnen mehr.

Die Beerdigung von Frederik Bradshaw war für den folgenden Tag auf dem Melbourner Friedhof geplant. Vicky fühlte sich, seit sie von seinem Tod erfahren hatte, wie eine leblose Hülle. Ihre Miene war wie versteinert, und sie agierte so, als wäre nichts geschehen. Alle bewunderten ihre Tapferkeit, aber sie allein wusste, dass es nur ein Panzer war, der eines nicht allzu fernen Tages von ihr abfallen und ihren ganzen Schmerz offenlegen würde. Deshalb stand ihr auch die Beerdigung derart bevor. Nicht, dass sie die Fassung verlieren würde, wenn sie gerade »Amazing Grace« für ihn singen würde. Sie verstand ja selbst nicht, warum der Schmerz sich nicht auf normalem Weg Bahn brach, ja sie gruselte sich sogar ein wenig vor sich selbst, weil sie noch keine Träne um Frederik geweint hatte.

Unermüdlich spendete sie ihren Töchtern Trost in einer Art, als wäre sie selbst unverletzlich. Annabelle und Amelie merkten nicht, was für ein Vulkan im Inneren ihrer Mutter brodelte. Nur George durchschaute, dass sie nicht einfach nur gefasst reagierte, sondern so unmenschlich, dass er sich vor dem Tag fürchtete, an dem die Fassade seiner Mutter Risse bekam.

»Ich fühle wirklich nichts. Alles in mir ist wie abgestorben«, hatte Vicky ihrem Sohn gestanden, nachdem er sie auf ihr unnatürliches Verhalten angesprochen hatte. »Ich werde dich nicht aus den Augen lassen und bei dir sein, wenn du unter all dieser Belastung zusammenbrichst«, hatte er ihr geschworen. »Mach dir keine Sorgen, ich werde nicht zusammenbrechen. Ihr braucht doch jetzt eine Mutter, die für euch da ist«, hatte sie ihm geantwortet und war kurz versucht gewesen, ihm das anzuvertrauen, was sie eigentlich mit Macht zu verdrängen versuchte. Dass Frederik niemals so unvernünftig gewesen wäre, sein Leben leichtfertig zu riskieren, sondern dass sein eigener Sohn ihn auf dem Gewissen hatte. Aber sie wollte George nicht unnötig belasten, jedenfalls nicht vor der Beerdigung.

William und sie hatten über das, was im Steuerhaus geschehen war, eisern geschwiegen. Ihr Stiefsohn hatte sich seit jenem Tag völlig zurückgezogen. Man sah und hörte kaum etwas von ihm, und das war Vicky nur recht. Allerdings machte sich Amelie, die selbst unendlich unter dem plötzlichen Tod ihres Vaters litt, Sorgen um ihren Stiefbruder. »Ich habe Angst, dass er sich etwas antut«, hatte sie ihrer Mutter anvertraut. »Keine Sorge, er fängt sich schon wieder«, hatte Vicky erwidert. Amelie hatte ihrer Mutter vorgeworfen, dass sie gefühllos wäre. Und Vicky hatte es widerspruchslos geschluckt.

Das alles ging Vicky durch den Kopf, während sie auf das Eintreffen der Gäste wartete. Die Türglocke riss sie aus ihren Gedanken. Das muss Emma mit ihrer Tochter sein. Was für eine Ironie des Schicksals, ging es Vicky durch den Kopf, erst vor wenigen Wochen war sie nach Brisbane gereist, um ihre Schwägerin über den Verlust ihres Mannes hinwegzutrösten, nun war sie selbst Witwe, und Emma kam als Trösterin.

Emma fiel Vicky, kaum dass sie ihr die Tür geöffnet hatte, weinend um den Hals. »Es tut mir so leid, Liebste«, schluchzte sie. Vicky war dieser emotionale Ausbruch ihrer Schwägerin ein wenig unangenehm, aber sie versuchte, dieses Gefühl vor Emma zu verbergen, die sich an sie klammerte wie eine Ertrinkende.

Erst nachdem Emma sie wieder losgelassen hatte, entdeckte sie im Hintergrund die blasse Sophie, die immer noch von dem Kummer über den Tod ihres Vaters gezeichnet war, aber sie war zu Vickys großer Verwunderung nicht allein. Ein hoch aufgeschossenes blondes Mädchen stand neben ihr und sah Vicky mit großen Augen an.

»Ach, liebste Vicky, ich konnte dir nicht mehr schreiben, dass Sophie ihre Freundin aus Brisbane mitbringt. Ich hoffe, es ist dir recht. Sonst suchen wir uns ein Hotel.«

»Nein, nein«, beeilte sich Vicky zu sagen. Platz war im Haus genug. Vicky bat die Gäste erst einmal herein und zeigte den beiden jungen Frauen ein Gästezimmer, in dem sie zusammen übernachten konnten; Emma bot sie ein Zimmer für sich allein an.

Kaum waren die Schwägerinnen unter sich, sah sich Emma bemüßigt, sich für diesen Überfall, wie sie es nannte, zu entschuldigen. »Weißt du, das kam alles ganz plötzlich. Meine Freundin Eliza, die du auch kennengelernt hat, besuchte uns, kurz nachdem du fort warst, gemeinsam mit ihrer Tochter Claire, und die beiden Mädchen waren vom ersten Augenblick an ein Herz und eine Seele. Und als Eliza mich bat, ob Claire nicht ein paar Tage bei uns bleiben könnte, habe ich zugesagt, und dann kam deine schreckliche Nachricht …« Emma stockte und brach erneut in Tränen aus. Vicky musste sich sehr zusammenreißen, um eine neuerliche Umarmung über sich ergehen zu lassen. Sie war stocksteif, weil sie die überbordende Emotionalität ihrer Schwägerin nur schwerlich ertragen konnte, zumal sie innerlich erst einmal verarbeiten musste, dass Emma ihr ganz offensichtlich Elizas und Jonathans gemeinsame Tochter ins Haus gebracht hatte.

»Du musst dich nicht entschuldigen. Wenn das Mädchen gerade in deiner Obhut ist, war es die richtige Entscheidung, sie mitzubringen.« Natürlich lag ihr die Frage auf der Zunge, warum Emma die Tochter ihrer Freundin hatte aufnehmen müssen. Man gab sein Kind nicht grundlos zu fremden Leuten. Vicky biss sich aber noch rechtzeitig auf die Lippen, um keine indiskreten Fragen zu stellen.

»Meine Freundin ist von ihrem Mann verlassen worden«, flüsterte Emma verschwörerisch, nachdem sie sich aus der Umarmung mit Vicky gelöst hatte. »Das musst du dir einmal vorstellen. Aus heiterem Himmel verschwindet er nach Darwin, angeblich um ein Bergwerk zu kaufen …«

Vickys Herz klopfte bis zum Hals. »Aber hat er ihr gesagt, dass er sich von ihr trennt?«, fragte sie und war sichtlich bemüht, nicht durchblicken zu lassen, wie sehr sie diese Nachricht berührte.

»Nein, das hat er nicht, aber Eliza ist eine kluge Frau, die sich nichts vormachen lässt. Er ist bei Nacht und Nebel fort, hat sich nicht einmal von ihr verabschiedet. Das deutet sie mit Recht als Flucht. Sie ist sonst eine echte Kämpferin, aber das hat sie derart verletzt, dass sie an nichts mehr Freude hat. Und da die beiden Söhne zurzeit in Bundaberg sind, um das Bergbaugeschäft von der Pike auf zu lernen, möchte sie die Zeit nutzen, um über den Schock seines Verschwindens hinwegzukommen. Und da dachte ich, ich könnte Claire mitbringen, aber wenn dir das zu viel ist …«

»Nein! Wie oft soll ich dir das noch versichern? Auf einen Gast mehr oder minder kommt es wirklich nicht an«, entgegnete Vicky in einem allzu schroffen Ton, der sie selbst ein wenig erschütterte.

Emma musterte ihre Schwägerin entgeistert. »Vicky, was ist los mit dir? Du wirkst so, als ständest du immer noch unter Schock und könntest nicht glauben, was geschehen ist.«

Vicky rang sich zu einem gequälten Lächeln durch. »Du kennst mich einfach zu gut. Es stimmt, was du sagst. Ich fühle nichts, und ich ahne, warum. Ich will es nicht wahrhaben, dass ich Frederik nie wieder in die Arme schließen kann. Die Angst, dass ich seinen Tod in dem Moment, in dem ich um ihn trauere, akzeptieren muss, lähmt mich. Ich will es nicht glauben. Verstehst du? Ich habe seinen toten Körper nicht gesehen. Darf ich nicht hoffen, dass er wiederkommt?«

»Du solltest dein Herz nicht betrügen«, entgegnete Emma nachdenklich. »Was fühlst du, wenn du an ihn denkst? Lebt er oder lebt er nicht?«

Vicky schluckte ein paarmal, bevor sie in der Lage war, wahrheitsgemäß zu antworten. »Ich weiß, dass Frederik tot ist, und ich weiß auch, wer ihn umgebracht hat«, stieß sie bitter hervor.

»Umgebracht?« wiederholte Emma ungläubig.

Erst jetzt wurde Vicky bewusst, dass sie soeben ihr größtes Geheimnis ausgeplaudert hatte, etwas, das sie keinem Menschen je hatte verraten wollen, denn es war und blieb ein bloßer Verdacht.

»Was redest du da?«, hakte Emma nach.

Vicky zuckte leicht zusammen. »Ach, ich weiß auch nicht. Seit Frederiks Tod rede ich allerlei Unsinn«, wiegelte sie ab.

Emma aber durchbohrte sie förmlich mit ihrem Blick. »Nein, meine Liebe, du magst noch so verwirrt sein, aber dass du solchen Unsinn redest, das nehme ich dir nicht ab. Bitte, verrate mir, was du damit gemeint hast.«

Vicky kämpfte mit sich. Sollte sie sich nicht wenigstens einem Menschen anvertrauen? Und wenn es überhaupt einen gab, dann wäre es Emma.

Zögernd weihte sie ihre Schwägerin in die düsteren Gedanken ein, die sie bislang in ihrem Herzen verschlossen hatte.

»Ich würde es diesem Kerl zutrauen«, entfuhr es Emma, nachdem sie ein paarmal hatte schlucken müssen.

»Vergiss es!«, bat Vicky ihre Schwägerin inständig. »Es ist nur ein Verdacht, der vielleicht ganz und gar unberechtigt ist!«, fügte sie hastig hinzu. Ich darf kein Wort mehr über meine Vermutungen verbreiten, so lange ich keine Beweise habe, ermahnte sich Vicky streng.

»Willst du meine Meinung hören?«, fragte Emma.

Vicky nickte halbherzig.

»Gut, ich glaube nicht, dass du Gespenster siehst. Und ich bin der festen Überzeugung, du hast Beweise. Woran hast du erkannt, dass sein Sohn die Finger im Spiel hat?«

»Ich weiß es nicht«, stöhnte Vicky. »Ich habe nur so eine Ahnung. Frederik wäre nie an Deck gegangen, nachdem die Passagiere seitens der Mannschaft gewarnt worden waren, ihre Kabinen zu verlassen. Ich kenne meinen Mann. Das hätte er niemals riskiert.«

»Ich verstehe, aber als Beweis taugt eine solche Ahnung natürlich nicht«, stöhnte Emma.

In diesem Augenblick erklang erneut die Türglocke.

»Verzeih, aber ich glaube, dass das meine Freundin Martha ist«, sagte Vicky entschuldigend und eilte zur Haustür.

Martha war ohne ihren Mann gekommen, aber in Begleitung ihres Sohnes Walter und ihrer Tochter Myriam. Auch ihnen zeigte Vicky die Gästezimmer, bevor sie Mary bat, das Essen zu servieren. Die treue Seele hatte noch an demselben Tag, als sie von Frederiks Schicksal erfahren hatte, die Spencer Street verlassen und war zum Haus der Familie Bradshaw geeilt. Seitdem führte sie Vicky den Haushalt und sorgte dafür, dass Vicky und ihre Kinder genug aßen.

Im Salon war für die Familie und die Gäste festlich gedeckt. Sogar William kam zu dem Abendessen aus seinem Zimmer und kümmerte sich auffallend um Claire Melrose, was Vicky ganz und gar missfiel. Jonathans Tochter war nach ihrer Schätzung gerade einmal siebzehn Jahre alt, aber William behandelte sie wie eine reife Lady. Er machte ihr regelrecht den Hof, was das junge Mädchen offenbar überhaupt nicht störte. Im Gegenteil, sie schien es sichtlich zu genießen, dass der attraktive William sich so auffällig um sie bemühte. Vicky wusste nicht, ob ihr das missfiel, weil Claire Jonathans Tochter war, oder ob sie es prinzipiell unpassend fand, dass der dreißigjährige Mann einem halben Kind den Hof machte.

»Kann ich dich nach dem Essen unter vier Augen sprechen?«, fragte sie ihren Stiefsohn. Der war zunächst etwas irritiert, doch dann nickte er zustimmend, bevor er sich wieder seiner Tischdame Claire zuwandte, was diese sichtlich genoss.

Vicky mochte gar nicht hingucken, obwohl die beiden ihr gegenübersaßen. Allein, dass Claire ständig kicherte, wenn William ihr etwas zuflüsterte, ärgerte sie maßlos. Schließlich waren sie keine fröhliche Festgesellschaft, sondern zusammengekommen, um Frederik einen würdigen Abschied zu bereiten. Williams Verhalten an diesem Abend bestätigte sie in ihrem Verdacht, dass der junge Mann nicht unschuldig am Tod seines Vaters war. Wie konnte er sonst so gefühllos sein, sich in dem Trauerhaus wie ein verliebter Gockel aufzuführen? Sosehr Vicky ihm schon seit Langem eine Frau gewünscht hatte – wie er die junge Claire umgarnte, missfiel ihr außerordentlich und zeigte deutlich, dass William über den Tod seines Vaters nicht annähernd so betroffen war wie seine Halbgeschwister.

Emma, die neben ihr saß, bemerkte, wie bitter Vicky diese gute Laune ihres Stiefsohns aufstieß. »Ich finde sein Betragen unmöglich, aber was soll ich tun? Claire Melrose scheint nahezu verzückt von seinem Charme«, flüsterte sie ihrer Freundin schuldbewusst zu.

»Das liegt nicht in deiner Verantwortung«, raunte Vicky zurück und war sichtlich bemüht, das provokante Benehmen ihres Stiefsohnes den Rest des Essens über zu ignorieren, was ihr nur schwerlich gelang, da die beiden unentwegt scherzten und lachten.

Sie bekam kaum einen Bissen herunter, und als alle mit dem Essen fertig waren, entschuldigte sie sich bei ihren Gästen und bat William, ihr in Frederiks Arbeitszimmer zu folgen.

Vicky hielt sich nicht lange mit Vorreden auf, sondern sprach ihren Stiefsohn unverblümt auf seinen Flirt mit Claire an. »Findest du es richtig, einem so jungen Mädchen den Kopf zu verdrehen und mit ihr herumzualbern, als wäre das heute ein Freudenfest?«

Zu ihrer großen Verwunderung setzte William gar nicht seine typische abweisende Miene auf, sondern er grinste seine Stiefmutter frech an.

»Sonst werfen Sie mir ständig vor, dass ich keine eigene Familie habe, und wenn ich die Frau finde, die ich heiraten werde, sind Sie auch nicht zufrieden, Miss Stewart. Wie ich es mache, ist es verkehrt. Ihnen kann ich es gar nicht recht machen!«

Vicky verschlug es für einen Augenblick die Sprache, doch dann fing sie sich wieder.

»Du willst Claire Melrose heiraten? Sie ist noch ein halbes Kind!«, stieß Vicky empört hervor. Einmal abgesehen davon, dass sie Claire zu jung zum Heiraten fand, behagte ihr der Gedanke, dass William sich ausgerechnet Jonathans Tochter ausgeguckt hatte, überhaupt nicht.

»Nun spielen Sie sich bloß nicht so auf«, sagte William abfällig. »Sie haben sich einen Mann gegriffen, während er noch um die Frau getrauert hat, die er wirklich geliebt hat, meine

Mutter! Sie haben alle Ihre Verführungskünste eingesetzt, damit er sie vergisst. Sie haben sie ihm aus dem Herzen gerissen und ihm lauter Blagen angedreht.«

Vicky schnappte nach Luft. Dass er ihr das nach so vielen Jahren immer noch vorwarf und die Realität verdrehte, machte sie fassungslos.

»Du weißt genau, dass das nicht stimmt! Ich habe niemals versucht, deine Mutter aus dem Herzen deines Vaters zu verdrängen, aber Frederik und ich, wir haben uns auch sehr geliebt!« Ihre Stimme bebte vor Zorn. »Ich verlange, dass du Claire Melrose in Zukunft in Ruhe lässt. Du siehst doch, dass sie noch jung und unbedarft ist und sich geschmeichelt fühlt, wenn du ihr deine Aufmerksamkeit schenkst! Such dir eine Frau, die schon weiß, worauf sie sich einlässt, wenn sie dir das Jawort gibt, aber kein junges Ding, das Schwärmerei mit Liebe verwechselt.«

»Du hast mir gar nichts zu sagen. Ich werde die Kleine heiraten. Basta! Was sind schon dreizehn Jahre Altersunterschied? Das ist lächerlich, was du da von dir gibst!«

»Du glaubst doch nicht allen Ernstes, dass ihre Eltern es zulassen, wenn ihre Tochter mit dir nach Neuseeland geht?«

William lachte gehässig auf. »Werte Miss Stewart, wer sagt Ihnen denn, dass ich nach Neuseeland gehe?« Von einer Sekunde zur anderen erstarb sein Lachen, und er trat bedrohlich einen Schritt auf Vicky zu.

»Du hast es also gewusst, dass er mich abschieben wollte. Und nicht nur das! Wahrscheinlich hast du ihn dazu angestiftet. Hast du wirklich geglaubt, dass ich mir das gefallen lasse? *Es ist zu deinem Besten, mein lieber Sohn …*« William äffte Frederiks Ton nach. »*Du siehst doch ein, dass du nicht mehr länger mit uns unter einem Dach wohnen kannst. Du musst dein eigenes Leben leben, und deshalb möchte ich, dass du die*

Niederlassung in Auckland übernimmst … So hat Vater versucht, mir diese Gemeinheit schmackhaft zu machen. Und ich habe sofort gewusst, dass du ihn dazu getrieben hast, weil du mich nie leiden konntest!«

Vicky wurde blass, und während sie noch nach den richtigen Worten rang, setzte William seine anklagende Rede bereits fort. »Habt ihr wirklich geglaubt, damit durchzukommen? Ihr habt mich kolossal unterschätzt!« Er trat noch einen Schritt auf Vicky zu. »Eigentlich hätte die Antwort dir gebührt, aber nun büßt er für dich gleich mit«, zischte er.

Vicky wurde abwechselnd heiß und kalt. Täuschte sie sich, oder war das eben ein Geständnis gewesen?

»Du gibst es also zu? Du hast deinen Vater umgebracht?«, fragte sie entsetzt.

William grinste teuflisch. »Nein, um Himmels willen. Sie sehen Gespenster, Miss Stewart! Ich glaube, Sie verlieren den Verstand, aber das liegt bei Ihnen ja in der Familie. Ihre Mutter ist ja bereits in der Irrenanstalt gelandet.«

Ganz unvermittelt holte Vicky aus und versetzte dem gemeinen Kerl eine deftige Ohrfeige. Sie hoffte, dass ihm sein widerliches Grinsen vergehen würde, aber genau das Gegenteil war der Fall. Es wurde noch breiter und fieser.

»Und du glaubst, damit kannst du mich schrecken? Gib es zu, das hast du all die Jahre unterdrückt. Du hättest mich liebend gern geschlagen und am liebsten aus dem Weg geräumt, weil ich dir und deinen ungeratenen Blagen immer schon ein Dorn im Auge war. Komm, schlag noch einmal zu! Damit wirst du meinen Vater allerdings auch nicht wieder lebendig machen.«

In diesem Augenblick wurde der Verdacht in ihr zur Gewissheit: William hatte seinen Vater umgebracht, aber die Erkenntnis, die damit einherging, raubte ihr schier die Luft zum Atmen: Sie würde ihm das niemals nachweisen können!

In diesem grausamen Moment spürte Vicky, wie ihr die lang ersehnten Tränen kamen, und sie unterdrückte sie nicht, sondern ließ ihnen freien Lauf. Sie machte sich Vorwürfe, dass sie William vieles zugetraut hatte, aber keinen Vatermord. Sie versuchte, sich in Frederiks letzte Gedanken hineinzuversetzen. Wie grausam musste für den geliebten Mann die Erkenntnis gewesen sein, dass sein bösartiger Sohn auch vor Mord nicht zurückschreckte. Vicky schluchzte laut auf, was William mit einem gehässigen Lachen quittierte.

»Raus!«, befahl sie unter Tränen. »Du verlässt augenblicklich mein Haus!«

»Dein Haus?«, erwiderte er eiskalt. »Ich glaube, da liegt ein bedauerlicher Irrtum vor.« Er holte ein Schriftstück hervor und hielt es Vicky unter die Nase. »Ich wollte es dir eigentlich erst morgen nach der Beerdigung verkünden, aber du hast es so gewollt. Lies es!«

Vicky nahm das Dokument zur Hand, war aber nicht in der Lage, durch den Tränenschleier hindurch überhaupt ein einziges Wort zu entziffern. William riss ihr das Schriftstück grob aus der Hand.

»Mein letzter Wille«, las er mit getragener Stimme. »Hiermit setzte ich meinen ältesten Sohn William Bradshaw zu meinem Alleinerben ein. Ihm soll alles gehören, was ich bei meinem Tod besitze: mein Haus, mein Vermögen, mein Handelshaus und auch mein Strandhaus in St. Kilda.«

»Das hätte er niemals getan. Das ist gefälscht«, widersprach Vicky mit schwacher Stimme.

»Ist das seine Unterschrift? Ja oder nein?«

Vicky wischte sich mit dem Ärmel ihres Kleides die Tränen aus dem Gesicht und starrte entgeistert auf die Unterschrift unter dem Dokument. Es war unverkennbar die Schrift ihres Mannes. Vicky wusste nicht, wie William dazu gekommen war, aber sie wusste auch, dass es nicht wirklich Frederiks letzter Wille war, nur würde sie auch diese Schandtat ihres Stiefsohnes niemals beweisen können.

Wie durch eine Nebelwand drangen Williams Worte zu ihr durch. »Ich möchte, dass deine Blagen und du morgen nach der Beerdigung das Haus verlassen. Und nehmt nichts mit, was euch nicht gehört!«

In diesem Augenblick hörte Vicky einen unmenschlichen Schrei, der nicht enden wollte, und sie begriff erst nach einer ganzen Weile, dass sie es war, die diesen Schrei ausstieß. Sie hörte erst auf, als George herbeigeeilt kam und sie fest an sich drückte.

34

Vicky saß völlig erschöpft auf der Veranda der Calden-Farm. Sie hatte ihrer Schwägerin den ganzen Tag bei der Schafschur geholfen und spürte die Anstrengung in allen Knochen.

Ihre Gedanken schweiften zu den sechs Monaten ab, die sie nun schon mit ihren Töchtern bei Emma lebte. Und immer wieder trat ihr der Abschied von Melbourne schmerzhaft ins Gedächtnis, als wäre es gestern gewesen. Es war ihr immer noch ein Rätsel, wie sie Frederiks Beerdigung in Würde hinter sich gebracht hatte, nachdem der Mörder ihres Mannes ihr das gefälschte Testament präsentiert und ihre Kinder und sie des Hauses verwiesen hatte. George hatte ihr ein Mittel zur Beruhigung geben müssen, weil sie sonst wohl nie mehr zu schreien aufgehört hätte.

So hatte sie auch die anschließende Prügelei zwischen George und William nur wie durch einen dichten Nebel erlebt. Der stets besonnene George war schier außer sich geraten, nachdem William ihm das Testament gezeigt hatte. Er war wie Vicky fest davon überzeugt, dass sein Stiefbruder das Dokument gefälscht hatte. »Mörder!«, hatte er gebrüllt. »Du verdammter Vatermörder!« Als William ihn daraufhin des Hauses hatte verweisen wollen, hatte George zugeschlagen. William hatte versucht, sich zu wehren, aber George war stärker und wendiger als er und hätte ihn wohl halb totgeprügelt, wenn Emma und Martha nicht dazwischengegangen wären. Aber die Einzige, die ihn wirklich hatte besänftigen können, war Marthas Tochter Myriam gewesen. »Du willst dich doch wegen dieses Dreckskerls nicht unglücklich machen«, hatte sie George in ihrer bedachten Art geraten, woraufhin George sofort von dem am Boden liegenden und blutenden William abgelassen hatte. In dieser Sache hatten sie alle auf Georges Seite gestanden. Keiner traute Frederik zu, dass er seine restliche Familie enterbt hatte. Nur Claire bekam einen Weinanfall, als sie William so sehen musste. »Ihr seid so gemein!«, schrie sie und stürzte sich auf William, um ihm mit einem Taschentuch die blutende Nase abzuwischen. Während William sich aufrappelte, warf er Vicky einen vernichtenden Blick zu. »Hören Sie gut zu, Miss Stewart, ich ziehe bis morgen in ein Hotel, und morgen nach der Beerdigung meines Vaters sind Ihre Brut und Sie aus meinem Haus verschwunden!« Er wandte sich an Claire: »Bis auf Sie, Miss Melrose, Sie können meine Gastfreundschaft gern weiter in Anspruch nehmen. Sie gehören ja nicht zu der Sippe meiner sogenannten Stiefmutter.«

»Nein, Claire kommt mit uns. Worauf Sie sich verlassen können!«, hatte sich Emma daraufhin in scharfem Ton eingemischt. »Sie ist siebzehn Jahre alt, und ich trage die Verantwortung für sie, Mister Bradshaw.« Dieses beherzte Eingreifen hatte ihr einen bitterbösen Blick Claires eingebracht.

»Wir gehen, William Bradshaw, aber wir kehren zurück«, hatte Vicky schließlich in kaltem Ton erwidert. »Das schwöre ich Ihnen, denn eines Tages wird man Sie für Ihre Tat zur Rechenschaft ziehen, und glauben Sie mir, ich werde alles in meiner Macht Stehende unternehmen, dass man Ihnen Ihr unfassbares Verbrechen an Ihrem Vater nachweist.«

George hatte ihr zuerst applaudiert, und dann hatten die anderen ihr ebenfalls Beifall gezollt.

William hatte das Haus daraufhin mit hochrotem Kopf und wild fluchend verlassen, doch Vicky hatte die Panik in seinen Augen gesehen.

Für sie war es keine Frage gewesen, wo sie mit ihrer Familie und ihren Gästen Unterschlupf finden würde: in der Spencer Street. Platz war dort genug für alle, sodass sie nach der Beerdigung, zu der weder ihre Schwester noch ihr Schwager Archibald erschienen waren, mit Sack und Pack dorthin gefahren war. Auch William war nicht zur Beerdigung seines Vaters erschienen, was keiner der Gäste bedauerte. Im Gegenteil, so war es eine schöne und würdige Trauerfeier geworden, zu der viele Menschen aus ganz Melbourne geströmt kamen. Die Kirche war erfüllt gewesen von lautem Schluchzen, als Vicky ihrem geliebten Frederik »Amazing Grace« gesungen hatte. Als sie hinter dem Sarg her zum Grab gegangen waren, hatte George seine Mutter stützen müssen.

Obwohl sie wusste, dass der Sarg leer war, zitterte sie am ganzen Körper und konnte sich kaum auf den Beinen halten.

Die eisige Begrüßung ihrer Schwester in der Spencer Street würde Vicky ebenfalls nie vergessen, aber Louise ließ sie, ihre Familie und ihre Freundinnen wenigstens ins Haus und wies ihnen Gästezimmer zu.

Nachdem sie Marys Essen genossen hatten, war Vicky zu ihrem Vater ins Schlafzimmer gegangen, wie immer in der Hoffnung, dass sich sein Zustand gebessert haben könnte, aber sein kahler Kopf und sein eingefallenes Gesicht lagen leblos, alt und grau in den weißen Kissen. Sein Atem ging leise, aber immerhin noch regelmäßig. Sie nahm seine weiße, knochige Hand und streichelte mitfühlend über die pergamentartige Haut.

»Mutter geht es gut«, flüsterte sie, was ganz und gar nicht der Wahrheit entsprach. Ihre Mutter erkannte sie nicht einmal mehr und lebte in einer fernen Welt, in der es lediglich den Chorsänger Albert und sie gab. Der Arzt hatte Vicky dringend geraten, Anne in dem Heim zu lassen. »Sie können sie nicht unbeaufsichtigt lassen«, hatte er sie gewarnt. Schweren Herzens hatte sie Anne daraufhin in der Anstalt zurückgelassen. Sooft sie konnte, besuchte sie ihre Mutter, die immerhin stets freundlich lächelte, wenn sie Vicky, Annabelle oder George sah. Amelie aber weigerte sich, ihre Großmutter zu besuchen, seit sie ein einziges Mal dort gewesen war.

Nachdem Vicky damals am Tag von Frederiks Beerdigung das Schlafzimmer ihres Vaters verlassen hatte, war ihr Archibald, dessen Miene nichts Gutes verhieß, begegnet.

»Du willst doch nicht etwa in der Spencer Street bleiben?«, fragte er, ohne sie zu begrüßen oder ihr etwa zu kondolieren.

Vicky hatte nicht viel von ihm erwartet, aber doch, dass er sich in einer solchen Situation zu benehmen verstand. Sie war regelrecht schockiert über seine Kaltblütigkeit.

»Ich hab keine andere Wahl«, erwiderte sie scheinbar gefasst. »William Bradshaw hat meine Kinder und mich aus dem Haus gejagt und gibt sich mittels eines gefälschten Testaments als Alleinerbe aus. Ich bin also mittellos.«

»Damit das klar ist. Hier könnt ihr nicht bleiben. Wir beide unter einem Dach, das ist unmöglich. Ich muss dich also bitten, deinen Kindern und dir in den nächsten Tagen eine andere Bleibe zu suchen. Wie du sicher weißt, hat dein Vater Louise das Haus vererbt.«

»Ach, noch ein gefälschtes Testament. Das macht wohl Schule«, gab sie furchtlos zur Antwort.

In diesem Augenblick kam Louise hinzu. »Streitet doch nicht schon wieder«, bat sie.

»Dein Mann will meine Familie und mich an die Luft setzen«, entgegnete Vicky ungerührt.

»Aber das kannst du nicht tun«, protestierte Louise. »Es ist auch ihr Haus.«

Der Blick, den Archibald daraufhin seiner Frau zuwarf, ließ Vicky das Blut in den Adern gefrieren. Wenn Blicke töten könnten, durchfuhr es sie eiskalt. »Solltest du es wagen, meiner Schwester etwas anzutun, weil sie mehr Anstand hat als du, wird hier einer gehen, und das bist du!«, zischte sie.

»Das wirst du noch bereuen«, erwiderte er und streckte den Arm nach seiner Frau aus, die erschrocken einen Schritt zurückwich und intuitiv ihr Gesicht mit den Händen schützte. Archibald aber näherte sich Louise trotzdem und legte den Arm um sie. »Ich gebe dir eine Woche, und dann bist du verschwunden, du Unruhestifterin, Sophie Victoria«, sagte er mit einem gefährlichen Unterton und zog Louise mit sich.

Vickys Herzschlag raste. Selbst, wenn er kein Recht hatte, sie aus ihrem Elternhaus zu werfen, Archibald und sie konnten tatsächlich nicht unter einem Dach leben. Und wenn sich ihre Schwester nicht endlich von diesem brutalen Kerl trennte, musste sie wohl oder übel einen anderen Ausweg aus ihrer Misere suchen, als in der Spencer Street Zuflucht zu finden.

Während Vicky an diese grausamen Tage zurückdachte, stieß sie mehrfach tiefe Seufzer aus, aber es war schließlich noch schlimmer gekommen. Am Abend hatte Emma festgestellt, dass Claire spurlos verschwunden war. Vicky hatte das sofort an ihre eigene Geschichte erinnert. War sie nicht auch bei Nacht und Nebel nach Ballarat zu ihrem Liebsten gefahren, weil ihre Eltern ihn nicht hatten akzeptieren wollen? Und dennoch schien es einen entscheidenden Unterschied zu geben. William besaß bei Weitem keinen so integren Charakter wie Jonathan. Emma war außer sich vor Sorge gewesen und hatte sich in Begleitung ihres Sohnes Walter und Georges unangemeldet zum Haus Bradshaw aufgemacht. Doch das Dienstmädchen teilte ihr mit, dass Mister William und seine Braut das Land verlassen hätten und nach Neuseeland gereist wären. Walter und George hatten das zunächst nicht glauben wollen und sich Zutritt zum Inneren des Hauses verschafft. Nachdem sie jeden

Winkel abgesucht hatten, waren sie sicher, dass William und Claire tatsächlich gemeinsam die Stadt verlassen hatten, um in Neuseeland zu heiraten. »Er wird vor seiner Schuld nicht fortlaufen können, und wenn er ans Ende der Welt flüchtet«, hatte Vicky mit heiligem Ernst verkündet. Für sie war diese überstürzte Abreise nach Neuseeland ein eindeutiges Geständnis. Und sie war sich sicher, dass er nicht ungeschoren davonkommen würde! Offenbar hatten ihre klaren Worte den Mistkerl doch in Angst und Schrecken versetzt, dass er vorsichtshalber das Land verlassen hatte. Gemein war nur, dass er Claire mitgenommen hatte, die doch nicht ahnen konnte, was für einem Teufel in Menschengestalt sie sich da anvertraut hatte.

Emma war am Boden zerstört. »Wie soll ich das bloß Eliza beibringen, dass ihre Tochter mit einem Mann durchgebrannt ist?«, jammerte sie. Martha und Vicky konnten sie nur allzu gut verstehen. Schließlich hatten sie selbst Töchter, aber es war schließlich nicht Emmas Schuld. Claire hatte sich bei Nacht aus dem Haus geschlichen. Schließlich schafften es die Freundinnen, ihr ein wenig von ihrem schlechten Gewissen zu nehmen.

Emma und Martha aber halfen auch Vicky, eine Entscheidung zu treffen. Sie hatte ihnen anvertraut, wie feindselig sich ihr Schwager verhielt.

»Das ist doch ganz einfach«, bemerkte die praktische Martha. »Entweder kommst du mit nach Sydney …«

»… oder nach Brisbane«, ergänzte Emma eifrig.

Ausschlaggebend dafür, dass Vicky sich schließlich für Brisbane entschieden hatte, war die Tatsache, dass Emmas Farm sich zurzeit in großen Schwierigkeiten befand. Ihre Schwägerin war dem Berg an Arbeit nicht gewachsen, und überdies hatte der Verwalter ihres Vaters gekündigt und war zur Konkurrenz übergelaufen, dem größten Farmer der Region, James Caldwell. Der wiederum hatte Emma schon diverse Kaufangebote für die Farm unterbreitet. Er wollte unbedingt ihr Land erwerben und legte Emma, wo er nur konnte, Steine in den Weg, weil sie sich stur zeigte. Emma konnte also dringend Unterstützung gebrauchen. Vicky lag es ganz und gar nicht, mittellos bei anderen zu leben. Und bei Martha gab es nicht viel zu tun. Ihre Freundin war sehr traurig, als sie sich für Emma entschied, aber es gab wenigstens einen kleinen Trost für Martha: George wollte auf keinen Fall mit nach Brisbane gehen, sondern in Sydney Medizin studieren. Als Martha ihm anbot, bei ihnen zu wohnen, nahm er das Angebot sofort an und brachte ganz nebenbei Myriam zum Strahlen. Vicky fiel es natürlich unsagbar schwer, auf die Gesellschaft ihres Sohnes zu verzichten, aber Emma brauchte sie nun einmal.

Und so hatte sie heute tatkräftig bei der Schafschur geholfen. Eigentlich war sie mit ihrer Entscheidung, nach Brisbane zu gehen, sehr zufrieden, und ihre anfängliche Sorge, womöglich Jonathan über den Weg zu laufen, war völlig unbegründet. Der hielt sich offenbar immer noch in Darwin auf. Und auch mit Eliza gab es keine Berührungspunkte, denn die ohnehin schwer angeschlagene Frau hatte alle Schuld bei Emma gesucht und ihr die Freundschaft gekündigt. Claire hatte ihrer Mutter inzwischen einen Brief geschrieben und ihr mitgeteilt, dass William und sie sich in Auckland niedergelassen hatten. Das nahm Eliza Melrose Emma ganz persönlich übel und hatte jeglichen Kontakt zu ihrer ehemals engen Freundin abgebrochen. Und was man an Gerüchten über Eliza Melrose hörte, war sie über den ganzen Kummer wohl schwermütig geworden.

»Schläfst du?«, fragte plötzlich Annabelle.

Vicky schreckte hoch. Sie war vor Erschöpfung ein wenig eingedöst.

»Nein, meine Süße, ich habe nur ein wenig in den Tag hineingeträumt«, erwiderte sie.

Annabelle ließ sich auf den Stuhl neben sie fallen. Ihr war es regelrecht anzusehen, wie gut sie sich in Brisbane eingelebt hatte. Sie hatte sich eng mit ihrer Cousine Sophie angefreundet und war hier im Norden zu einer wunderschönen jungen Frau aufgeblüht.

Vicky sah ihr an, dass sie etwas auf dem Herzen hatte. »Nun sag schon, was kann ich für dich tun?«, fragte sie.

»Heute Abend gibt es bei Freunden von Sophie ein Tanzfest, das wir gern zusammen besuchen würden. Darf ich?«, entgegnete sie in einschmeichelndem Ton.

Vicky musterte ihre Älteste wohlwollend. »Erlaubt Emma es Sophie denn?«

Ein verschmitztes Grinsen umspielte ihre Lippen. »Ich denke schon. Sie fragt sie auch gerade.«

»Also, wenn Emma es gestattet, habe ich nichts dagegen. Du bist schließlich ein großes Mädchen.«

»Mädchen?«, lachte Annabelle. »Ich bin schon eine junge Dame. Schließlich werde ich bald zwanzig.«

»Ja, das weiß ich doch, und meinen Segen hast du, aber die Frage wird sein, wer euch zur Calden-Farm zurückbringt.«

Ein Strahlen erleuchtete Annabelles Gesicht. »Also, da gäbe es zwei junge Männer, die uns wohlbehalten zu Hause abliefern würden. Das hat Sophie bereits geklärt.«

»Zwei junge Männer? Da machst du mich aber neugierig. Willst du deiner alten Mutter nicht ein bisschen mehr über sie erzählen?«

»Morgen weiß ich vielleicht mehr. Wenn du dich noch so lange gedulden könntest«, scherzte Annabelle lachend.

Vicky verdrehte übertrieben die Augen. »Nun gut, dann werde ich mich in Geduld üben. Aber die beiden jungen Männer wissen hoffentlich, dass ihr zwei wohlerzogene Damen seid, nicht wahr?«

»Mutter, du bist altmodisch!«, erwiderte Annabelle mit gespielter Empörung. »Was denkst du von uns? Wir werden uns doch nicht mit ihnen in ein Bett legen!«

Ach, meine Kleine, wenn du wüsstest, dachte Vicky wehmütig, was deine altmodische Mutter riskiert hat, um ihrer großen Liebe nahe zu sein.

In diesem Augenblick kam Sophie mit triumphierendem Lachen auf die Veranda gelaufen. »Ich darf zum Fest«, jubelte sie. »Du hoffentlich auch!«

Annabelle nickte eifrig.

»Dann komm, wir haben nicht viel Zeit, um uns umzuziehen«, drängelte Sophie ihre Cousine und zog sie mit sich ins Haus.

Vicky lächelte versonnen. Die beiden Mädchen taten einander wirklich gut. Eigentlich hatte Vicky gedacht, dass Amelie und Sophie dicke Freundinnen werden würden, zumal die beiden gleich alt waren, während Annabelle fast drei Jahre älter war als Sophie, aber es hatte sich anders entwickelt. Das lag sicher an Amelie, die seit Frederiks Tod unzugänglich und verschlossen war und bis auf die Schulbesuche kaum aus dem Haus ging. Vielleicht sollten die beiden Amelie mit zu diesem Fest nehmen, ging Vicky durch den Kopf, aber sie verwarf den Gedanken sofort wieder. Wenn Amelie überhaupt mitgehen würde, dann würde sie Annabelle und Sophie mit ihrer schlechten Stimmung eher den Spaß verderben.

Amelie litt nicht nur sehr unter Frederiks Tod, sie hatte überdies nie verwunden, dass ihr großer Bruder Hals über Kopf diese Claire geheiratet hatte und aus ihrem Leben für immer verschwunden war. Offenbar hat sie mehr an ihm gehangen, als ich je vermutet habe, dachte Vicky, als sie ihre Schwägerin mit einem Tablett kommen sah, auf dem sich eine Flasche Wein und zwei Gläser befanden.

»Ich dachte, meine frischgebackene Schafschurmeisterin könnte eine kleine Erfrischung vertragen« lachte Emma und goss Vicky ein Glas Rotwein an.

Vicky betrachtete die Flasche näher und stieß einen anerkennenden Pfiff aus. »Wie kommst du zu einem so edlen Tropfen? Ich habe noch nie einen italienischen Wein getrunken.«

Emma zierte sich ein wenig und lächelte verlegen. »Ich weiß auch nicht, wie ich zu der Ehre komme, aber Mister Caldwell hat mir eine Kiste Barolo schicken lassen.«

Vicky hob erstaunt den Kopf. »Dein Erzfeind, dieser Halsabschneider? Was will er damit erreichen? Erst wirbt er dir deinen Verwalter ab und nun so ein teures Geschenk? Soll das eine Entschuldigung für seine Gemeinheiten sein, oder ist das etwa ein Bestechungsversuch? Hat er nicht neulich gerade den hinteren Zaun eingerissen mit der Folge, dass einige deiner Schafe auf seinen Weiden gelandet sind?«

Seufzend ließ sich Emma auf einen Stuhl fallen, goss sich selbst ein Glas ein und erhob es. »Erst einmal zum Wohl!«

Sie nahmen beide einen kräftigen Schluck. Vicky spürte, wie ihr der Wein sofort durch die Adern rieselte und ein warmes angenehmes Gefühl im Bauch erzeugte.

»Das hier lag der Kiste bei«, sagte Emma und reichte ihrer Schwägerin eine Karte.

Vicky betrachtete unschlüssig die Zeilen, die darauf geschrieben standen. Sie hielt es für indiskret, die Nachricht zu lesen, die ganz offensichtlich für ihre Schwägerin bestimmt war.

»Lies es ruhig! Ich bitte sogar darum, denn ich weiß nicht so recht, was ich damit anfangen soll«, befahl Emma.

Vicky las die Zeilen laut vor.

Sehr geehrte Misses Stewart,
Sie wundern sich wahrscheinlich, dass ich Ihnen ein Geschenk überbringen lasse, aber sehen Sie es als Versöhnungsangebot. Statt uns zu bekämpfen, sollten wir uns lieber ein bisschen näher kennenlernen. Ich bin mit Ihrem Vater doch immer gut ausgekommen. Deshalb würde ich Sie und Ihre Familie gern am kommenden Samstag zu einem Dinner in mein Haus einladen. Bitte, tun Sie mir diesen Gefallen. Ich verspreche Ihnen, diese Gelegenheit nicht zu nutzen, um Ihnen Ihr Land abzuschwatzen. Im Gegenteil, ich habe eine gute Idee, wie wir unseren kleinen Zwist friedlich beilegen. Ihr Nachbar James Caldwell, der gar nicht so böse ist, wie Sie immer glauben.

Vicky ließ die Karte sinken und runzelte die Stirn. »Was ist denn in das alte Ekel gefahren? Der will doch was von dir, aber was?«, murmelte sie.

Emma zuckte die Achseln. »Ich habe keine Ahnung. Nur scheinen das keine leeren Worte zu sein, denn stell dir bloß vor: Der Zaun ist repariert worden, und alle Tiere, die mir gehören, hat man zurück auf mein Land getrieben.«

»Um Himmels willen«, rief Vicky entsetzt aus. »Der will doch nicht etwa …? Hast du mir nicht erzählt, dass er seit zwei Jahren Witwer ist?«

Emma nickte verständnislos. »Schon, aber was hat das mit seinem Verhalten zu tun? Meinst du nicht, er hat schlichtweg begriffen, dass es unfair ist, eine Witwe wie mich zu bekämpfen?«

»Ach, Süße, du scheinst wirklich sehr arglos zu sein. Wie alt ist der Mann? Ich habe ihn ja erst ein paarmal von Weitem gesehen.«

»Ich weiß gar nicht. Mitte vierzig vielleicht.«

»Und er scheint ganz ansehnlich zu sein.«

»Ich habe ihn mir noch nicht so genau angeschaut«, erwiderte Emma, nichtsahnend, worauf ihre Schwägerin hinauswollte.

»Das solltest du vielleicht einmal nachholen. Ich befürchte, der Herr hat eine geniale Idee, wie er auf friedlichem Weg an deine Farm kommt.«

»Du sprichst in Rätseln. Was willst du damit sagen?«

Vicky musste sich ein Grinsen verkneifen. »Überleg doch mal, was er mit seiner Idee, den Konflikt friedlich beizulegen, gemeint haben könnte? Du bist Witwe und noch dazu eine sehr attraktive, er ist Witwer …«

»Meine Güte, wo denkst du hin!«, entfuhr es Emma empört. »Du glaubst doch nicht im Ernst, dass er Absichten hegt?«

»Warum lädt er uns wohl sonst zum Essen ein? Willst du die Einladung annehmen?«

Emma überlegte. »Ich denke, ja, ich bin diesen ewigen Streit so leid«, seufzte sie.

»Dann denk an meine Worte, wenn wir ihn besuchen und er dir den Hof macht.«

Emma tippte sich an die Stirn. »Niemals! Du wirst es sehen. Er wird mir ein Kaufangebot machen, von dem er glaubt, dass ich es nicht ablehnen kann.«

»Abwarten!«, lachte Vicky. »Aber würdest du überhaupt noch einmal heiraten wollen?«

Emma wurde rot. »Nein! Ich denke nicht daran. Aber warum fragst du so interessiert? Würdest du es denn tun?«

Vicky zuckte die Schultern. »Ich kann es mir überhaupt nicht vorstellen. Aber du kennst mich ja. Ich würde nie etwas rigoros ausschließen, weil ich gelernt habe, dass das Leben sich immer eigene Wege bahnt, auf deren Tücken wir nur begrenzten Einfluss haben.«

Emma horchte auf. »Das hörte sich ja fast so an, als hättest du schon jemanden im Auge.«

»Blödsinn!«, widersprach Vicky energisch. »Oder hast du mich im letzten halben Jahr auch nur ein einziges Mal mit einem einzigen Herrn kokettieren sehen?«

»Nein, das habe ich auch nicht so gemeint. Ich weiß doch, wie sehr du um Frederik trauerst. Und ich weiß aus eigener Erfahrung, wie es ist, den einzigen Mann zu verlieren, den man je geliebt hat.«

Vicky nickte zustimmend, obwohl es sich bei ihr etwas anders verhielt. Immerhin hatte sie vor Frederik schon einmal einen Mann geliebt, aber das konnte und durfte sie ihrer Schwägerin nicht anvertrauen, ohne ihr Verhältnis zu Jonathan Melrose zu verraten. In den letzten Tagen hatte sie oft an ihn denken müssen. Warum er wohl so Hals über Kopf seine Frau verlassen hatte? Ob er in Annabelle seine Tochter erkannt hatte, als er Sophie und Annabelle nach dem Kutschunfall zur Calden-Farm zurückgebracht hatte? Hatte ihn diese Erkenntnis derart schockiert, dass er die Flucht angetreten hatte? Offiziell hatte er ein gut gehendes Bergwerk in Darwin gekauft und war dort unabkömmlich.

»Vicky? Wovon träumst du?«, holte Emma sie aus ihren Gedanken.

»Ach nichts. Ich bin einfach müde und werde heute sicher ganz früh ins Bett gehen.« Vicky gähnte demonstrativ. Eigentlich verspürte sie nur das starke Bedürfnis, ihren Gedanken ungestört nachzuhängen.

In diesem Augenblick kamen die jungen Damen in ihren Ballkleidern auf die Veranda getanzt, eine schöner als die andere. Sophie war gut einen Kopf kleiner als ihre Cousine und besaß ein Puppengesicht. In ihrem rosafarbenen Kleid sah sie aus wie eine kleine Prinzessin. Dagegen wirkte Annabelle wie eine geheimnisvolle exotische Schönheit aus einer anderen Welt. In dem nachtblauen Ballkleid aus Satin sah sie atemberaubend aus. Wahrscheinlich werden sich die Herren heute Abend darum drängeln, mit den beiden zu tanzen, dachte Vicky stolz.

»Wir lassen uns mit der Kutsche bringen«, erklärte Sophie. Ihre Wangen waren vor lauter Aufregung gerötet. »Und zurück werden wir gebracht«, sagte sie ausweichend.

Vicky und Emma warfen sich einen wissenden Blick zu. Es war an den strahlenden Mienen der beiden jungen Damen unschwer zu erkennen, dass sie die beiden jungen Herren offenbar schon länger kannten.

»Haben die beiden auch Namen?«, hakte Emma neugierig nach. Für diese unverhohlene Neugier versetzte Vicky ihr liebevoll einen winzigen Rippenstoß.

»Wir wollen gar nicht wissen, wie sie heißen«, sagte Vicky.

»Ich schon«, protestierte Emma in scherzhaftem Ton.

»Gut, kleiner Kompromiss«, lachte Sophie. »Die jungen Herren heißen Henry und Daniel, aber Nachnamen werden nicht genannt.«

»Hm.« Emma legte ihre Stirn in grüblerische Falten. »Daniel? Daniel? Ach, vielleicht Daniel Bennetton, der Sohn unseres obersten Richters?«

»Mutter, hör auf!«, ermahnte Sophie sie.

Emma hob abwehrend die Hände. »Schon gut, ich lasse mich überraschen und erwarte, dass die beiden Herren sich bei mir vorstellen, wenn sie euch zurückbringen.«

»Aber das ist peinlich. Außerdem schläfst du dann schon längst.«

»Du irrst, meine Sophie, ich werde mich wach halten, und bis elf Uhr sollte mir das wohl gelingen.«

»Elf Uhr schon?«, beschwerte sich Sophie. »Da wird es doch erst richtig lustig.«

»Du bist noch keine achtzehn. Schon vergessen, mein Schatz?«, erwiderte Emma streng.

»Aber Annabelle ist schon bald zwanzig.« Annabelle winkte ab. »Komm, lass gut sein, Sophie, wir fahren lieber los, damit wir bloß keine Zeit verlieren.« Sie gab ihrer Mutter einen Kuss auf die Wange, bevor sie ging. Sophie folgte ihr murrend.

»Das hätte ich nicht gedacht, dass du so streng sein kannst«, bemerkte Vicky.

»Hast du denn keine Sorge, dass sich Annabelle von so einem jungen Spund schwängern lässt?«, fragte Emma empört.

»Doch, aber, ich meine, das wäre, also, ja ...«, stammelte Vicky, die sich in diesem Augenblick fragte, was wohl ihre Schwägerin dazu sagen würden, wenn sie erführe, wessen Kind Annabelle war.

»Stell dir das doch nur mal vor! Und wenn der Mann sie dann nicht heiraten würde! Man könnte sich doch nirgends mehr blicken lassen«, ereiferte sich Emma.

Vicky atmete ein paarmal tief durch. Dass ihre geliebte Schwägerin so strenge Moralvorstellungen hatte, war ihr bislang gar nicht klar gewesen. Wie gut, dass ich ihr mein Geheimnis nie anvertraut habe, durchfuhr es Vicky erleichtert. Womöglich würde sie mich verurteilen für das, was ich getan habe.

Natürlich wünschte sie sich für Annabelle keinesfalls dasselbe Schicksal.

»Ich glaube, du musst dir keine Sorgen um unsere Töchter machen«, versicherte Vicky mit Nachdruck.

»Das glaube ich ja auch nicht. Und doch würde ich gern wissen, wer sich hinter diesen beiden jungen Männern verbirgt. Nachher sind das irgendwelche hergelaufenen Farmer aus der Gegend.«

Vicky meinte beinahe, ihre Eltern aus Emmas Mund reden zu hören.

»Das werden zwei ganz anständige junge Herren sein. Bedenke, es ist ein Tanzfest.«

»Du hast ja recht. Und es findet schließlich bei der Familie Jones statt. Der Mann arbeitet bei der Regierung von Queensland. Ich bin an dem Punkt wohl ein bisschen zu ängstlich. Aber Sophie ist unser einziges Kind …«, seufzte Emma.

»Ich hätte gar nicht gedacht, dass du darauf so großen Wert legst. Ich meine, du hast schließlich meinen Bruder geheiratet, der alles andere als einen geradlinigen Lebensweg hatte.«

»Aber er kommt aus einer angesehenen Familie. Euer Vater war oberster Richter. Ich möchte nicht, dass Sophie mit irgendeinem Viehhirten durchbrennt«, entgegnete Emma und musterte ihre Schwägerin irritiert. »Die Herkunft ist nicht unwichtig. Dem wirst du sicher zustimmen. Ich meine, du hast in eine der angesehensten Familien Melbournes eingeheiratet.«

Vicky sah ein, dass es wenig Sinn haben würde, ihrer Schwägerin weiterhin zu widersprechen. Sie schien überdies ihre Gedanken soeben auf ein ganz anderes Thema zu richten, denn sie hatte ihre Stirn in grüblerische Falten gelegt.

»Wer könnte das sein. Daniel und Henry?«, murmelte sie, doch dann setzte sie sich kerzengerade auf und fasste sich an den Kopf. »Jetzt ahne ich, wer das sein könnte. Das sind die Melrose-Zwillinge. Henry und Daniel, natürlich! Oje, das wird Eliza aber gar nicht schmecken, dass unsere Töchter mit ihren Söhnen ausgehen. Aber mich würde es beruhigen. Die beiden sollen inzwischen die Leitung des väterlichen Bergwerks in Brisbane übernommen haben, jedenfalls solange er sich in Darwin aufhält.«

Es kostete Vicky viel Kraft, die Fassung zu bewahren. Die Tatsache, dass die beiden jungen Männer aus diesem guten Hause stammten, was Emma offensichtlich beruhigte, versetzte Vicky einen derartigen Schock, dass es ihr kurzfristig die Sprache verschlug.

»Du siehst aus, als hättest du einen Geist gesehen. Macht es dir Sorgen, weil es zwischen Mister Melrose und Steven womöglich eine Verbindung aus den wilden Zeiten deines Bruders gibt?«

»Nein, nein, es ist alles gut«, log Vicky und gab vor, so müde zu sein, dass sie nun sofort ins Bett gehen würde. Vicky erhob sich, ohne die Antwort ihrer Schwägerin abzuwarten, und verschwand eilig im Haus. Kaum war sie Emmas Blickfeld entschwunden, lehnte sie sich schwer atmend gegen eine Wand aus Sorge, dass sie das Bewusstsein verlieren könnte. Und wenn sie eine Sekunde länger auf der Veranda geblieben wäre, hätte Emma sie sicher intensiv mit Fragen gelöchert. Ihrer Schwägerin konnte sie nichts vormachen, und der Schock war ihr ins Gesicht geschrieben, wie sie feststellte, als ihr Blick in den gegenüberliegenden Spiegel fiel.

Als sie sich wieder halbwegs sicher auf den Beinen fühlte, eilte sie schnellen Schrittes zu ihrem Zimmer und ließ sich stöhnend auf ihr Bett fallen. Was soll ich bloß tun, wenn es sich bei den beiden Galanen tatsächlich um die Melrose-Zwillinge handelt?, ging es ihr verzweifelt durch den Kopf. Ich kann doch nicht zulassen, dass sich Annabelle womöglich noch in ihren Halbbruder verliebt.

Da gab es nur eines: Sie musste wach bleiben und auf die Rückkehr ihrer Tochter warten. Auch wenn sie Frederik geschworen hatte, das Geheimnis um Annabelles Herkunft niemals zu offenbaren, hatte sie für den Fall, dass es Jonathans Sohn war, keine andere Wahl, als die Wahrheit zu sagen. Und sie war sich sicher, dass Frederik sie in dieser Notlage ohne Wenn und Aber von dem Schwur entbinden würde. Niemals würde er zulassen, dass seine geliebte Annabelle sich unwissend in die Arme ihres Halbbruders stürzte.

35

Vicky wachte von lautem Gekicher auf, denn sie war vor lauter Erschöpfung eingeschlafen. Sie setzte sich senkrecht im Bett auf. Das Gelächter kam von draußen. Vicky schlich sich zu dem geöffneten Fenster und riskierte einen Blick nach unten. Dort standen zwei Paare, beide in inniger Umarmung, beide küssten sich. Vickys Herz klopfte bis zum Hals. Sie betete, dass der Mann, der Annabelle eng umschlungen hielt, keiner von Jonathans Söhnen war. Am ganzen Körper bebend trat sie einen Schritt zurück. Plötzlich fiel ihr ein, dass seine Söhne jünger sein mussten als Annabelle. Sie klammerte sich an die Hoffnung, dass Annabelle sich doch bestimmt nicht in einen Achtzehnjährigen verlieben würde. Trotzdem brauchte sie Gewissheit. Während sie noch darüber nachgrübelte, wie sie das anstellen sollte, hörte sie von unten Emmas Stimme. »Wollt ihr mir eure Bekannten nicht vorstellen?«

Danach erklang aufgeregtes Gemurmel, bis die Haustür klappte. Emma hatte die beiden Verehrer der Mädchen offensichtlich ins Haus geholt.

Vielleicht sollte ich in meinem Zustand lieber hier oben bleiben und Annabelle morgen zur Rede stellen, dachte Vicky, aber sogleich merkte sie, dass sie die Ungewissheit nicht länger ertragen würde. Sie brauchte Klarheit, und zwar sofort. Vicky wankte mit wackeligen Knien zu ihrem Spiegel und wusch sich das Gesicht mit kaltem Wasser aus dem Krug. Dann ordnete sie notdürftig ihr Haar und strich sich den Rock glatt. Auf der Farm hatte sie sich angewöhnt, im Alltag schlichte zweiteilige

Kleider ohne Tournüre zu tragen. Die Unterröcke störten nur bei der Arbeit. Emma hatte eine gute Schneiderin, die solche praktischen Röcke mit der passenden Korsage für die Wohlsituierten unter den Farmerfrauen herstellte.

Vicky holte noch ein paarmal tief Luft, bis sie sich traute, ihr Zimmer zu verlassen. Unten aus dem Salon drang angeregtes Geplauder. Vor der Tür hielt Vicky noch einmal inne, bevor sie sich hineintraute.

»Mutter, wo kommst du denn her?«, rief Annabelle, die sie als Erste entdeckt hatte, überrascht. Ihre Wangen waren verräterisch gerötet, und aus ihren Augen strahlten funkelnde Sternchen. So hat sie sich stets die Liebe gewünscht, durchfuhr es Vicky fast bedauernd, während ihr Blick an dem dunklen Lockenkopf neben ihrer Tochter hängen blieb und ihr schwindlig wurde. Das war Jonathans Schopf, und der junge Mann zweifelsohne sein Sohn.

Die beiden jungen Männer erhoben sich hastig und begrüßten sie wohlerzogen. Vicky setzte sich zögernd mit an den Tisch. Sie bewahrte nach außen die Fassung, während sie sich fieberhaft fragte, wie sie die Katastrophe aufhalten sollte, ohne gebrochene Herzen zu hinterlassen, aber das würde ihr wohl schwerlich gelingen, wie sie den verliebten Blicken entnehmen konnte, die sich Annabelle und der Zwilling, der sich ihr als Henry vorgestellt hatte, zuwarfen.

Sie beschloss, die nächtliche Plauderstunde beherrscht hinter sich zu bringen und Annabelle die Wahrheit zu sagen, nachdem die Melrose-Jungen gegangen waren. Doch das schien noch eine Weile zu dauern, weil Emma sie interessiert ausfragte. Artig und höflich antworteten die beiden abwechselnd auf die mütterliche Befragung. Für Vicky wurde allerdings jede weitere Minute, die diese beiden im Haus waren, zur Qual. Sie beteiligte sich kaum an dem Gespräch und hoffte inständig, Emma würde endlich Ruhe geben und die Jungen nach Hause schicken.

Demonstrativ sah sie auf die Standuhr. »Es ist schon spät. Müssen Sie nicht nach Hause?«, fragte Vicky die beiden jungen Männer ganz direkt.

Henry wollte sofort aufstehen, aber Emma war noch nicht fertig mit ihrer Befragung. »Und wie geht es Ihrem Vater?«

Henrys Miene verdüsterte sich. »Er ist heute mit dem Schiff aus Darwin eingetroffen. Wir haben ihn allerdings noch nicht gesehen, weil wir zu dem Fest gegangen sind.«

»Sie haben recht. Misses Bradshaw, wir sollten uns auf den Heimweg machen.« Auch ihm war anzusehen, dass es ihm unangenehm war, Fragen nach seinem Vater zu beantworten.

»Wir bringen euch zur Tür«, sagte Sophie hastig und stand auf. In diesem Augenblick erklang die Glocke am Eingang.

»Wer kann das denn so spät noch sein?«, murmelte Emma und eilte zur Tür. Vicky beobachtete aus dem Augenwinkel, wie Henry unter dem Tisch nach Annabelles Hand griff. Was sollte sie tun? Es unterbinden, den Verliebten die Wahrheit ins Gesicht schleudern? Nein, ich muss die paar Minuten durchhalten, bis die Melrose-Zwillinge endgültig das Haus verlassen, redete sie sich gut zu und wandte sich um, denn hinter ihr ertönten Emmas erregte Stimme und die eines Mannes. Vicky stockte der Atem. Der Mann, dem sie gehörte, war kein Geringerer als Jonathan! Sie starrte ihn wie einen Geist an.

»Vater?«, riefen seine Söhne wie aus einem Munde aus.

»Guten Abend, Jungs. Es tut mir leid, dass ich hier so hereinplatze, aber eure Mutter sagte, ich meine, auf dem Fest der Jones sagte man mir, dass ihr die beiden jungen Damen nach Hause bringt.«

Täuschte sich Vicky oder musterte er, während er sprach, die ganze Zeit verstohlen Annabelle?

Dann wandte er den Blick von Annabelle ab und fixierte Vicky durchdringend. »Misses Bradshaw, darf ich Sie kurz unter vier Augen sprechen?«

Vicky nickte schwach und folgte ihm in den Flur. Sie spürte förmlich die neugierigen Blicke der anderen in ihrem Kreuz brennen.

Er sieht gut und eindrucksvoll aus, schoss es ihr völlig unpassend durch den Kopf, während sein unverhoffter Anblick ihre Knie zum Zittern brachte.

»Ich habe schon damals gewusst, dass deine Schönheit zeitlos ist«, stieß Jonathan schließlich mit heiserer Stimme hervor. Er verschlang sie förmlich mit seinen Blicken.

»Was willst du? Warum tauchst du mitten in der Nacht bei meiner Schwägerin auf?« Vicky wunderte sich, dass sie überhaupt einen Ton herausbrachte, so trocken war ihr Mund. Vor ihrem inneren Auge spulten sich ihre gemeinsamen Tage in Ballarat ab, aber ihr Ton war schroffer, als sie es eigentlich wollte, um ihre plötzliche Gefühlswallung zu überspielen.

»Ich bin hergekommen, um die Katastrophe zu verhindern, auf die das Ganze hier zusteuert, wenn wir nicht eingreifen.«

»Wie meinst du das?«, fragte sie, obwohl es keinen Zweifel mehr gab, dass er über seine Vaterschaft Bescheid wusste.

»Ist sie meine Tochter? Ja oder nein? Und versuch nicht, mich zu belügen! Du kannst es der Kinder wegen nicht verantworten. Noch können wir sie davon abbringen, sich wie Mann und Frau zu lieben.« Er sah ihr herausfordernd in die Augen.

Vicky konnte seinem Blick nicht standhalten und sah zu Boden. »Seit wann weißt du es?«

»Seit ich sie nach dem Kutschunfall zum ersten Mal gesehen habe«, erwiderte er leise. Er fasste sanft unter Vickys Kinn und zwang sie, ihn anzusehen. »War sie der Grund, dass du so überstürzt einen anderen geheiratet hast?«, fragte er und seine Züge wurden ganz weich.

Vicky nickte. Ohne Vorwarnung nahm er sie in den Arm. »Ach, mein Herz. Jetzt verstehe ich, warum du das getan hast. Ich war so verzweifelt, als ich davon erfuhr.«

Vicky erstarrte, obwohl sich die Umarmung nicht unangenehm anfühlte. Im Gegenteil, diese Nähe zu ihm war so vertraut, als lägen zwischen diesem Wiedersehen und dem Abschied damals in Ballarat nur Stunden und keine zwanzig Jahre. Es waren seine Worte, die sie erschreckten. Jonathan glaubte doch nicht etwa, dass sie beide noch einmal ein Paar würden, zumal er mit Eliza verheiratet war.

Hastig befreite sie sich aus der Umarmung. »Jonathan, was redest du da?«, stieß sie hervor. »Du hast eine Familie. Du bist verheiratet!«

»Ich lasse mich scheiden. Was meinst du, warum ich meine Frau Knall auf Fall verlassen habe und nach Darwin geflüchtet bin?«

Vicky zuckte die Achseln.

»Hast du es getan, nachdem du erkannt hast, dass wir eine Tochter haben?«, fragte sie zaghaft.

»Nein, dass ich mit Eliza nicht mehr zusammenleben kann, wurde mir bewusst, als ich dich wiedergesehen habe«, seufzte er.

»Wann hast du mich wiedergesehen?«, erwiderte sie, obgleich sie ahnte, wann das gewesen war.

»Vor der Kirche bei der Beerdigung deines Bruders.«

»Also doch, für den Bruchteil einer Sekunde meinte ich, dich gesehen zu haben«, gab Vicky zu. »Hat sich Steven umgebracht, weil eure Begegnung auf dem Fest ihn schmerzlich an die Schuld erinnerte, die er auf sich geladen hat, als er den Meineid schwor?«, fügte sie mit Nachdruck hinzu.

Jonathan wurde noch blasser, als er ohnehin schon war. »Du weißt von der Geschichte? Dann musst du doch eingeweiht gewesen sein.«

»Nein, das war ich nicht, aber ich bin Nicoletta über den Weg gelaufen. Und sie hat mir berichtet, was mein Vater, mein Bruder und der Widerling Cumberland verbrochen haben.«

»Dein Bruder hat mir beinahe leidgetan, als ich ihn auf dem Fest getroffen habe. Er hat im Gegensatz zu der Ratte von Cumberland und deinem Vater ein Gewissen …«

»Mein Vater ist ans Bett gefesselt und ohne Bewusstsein. Er wird irgendwann in den Tod hinüberdämmern. Nur Cumberland treibt ungestraft weiterhin sein Unwesen und misshandelt meine Schwester«, stöhnte Vicky.

»Dein Bruder hat sich selbst gerichtet, um mich davon abzuhalten, dir von der Schweinerei zu erzählen.«

»Wie bitte?«

»Ja, ich war sehr verbittert und fest entschlossen, dich auch leiden zu sehen, weil ich doch nicht wusste, warum du einen anderen geheiratet hast. Ich habe ihm angedroht, dich aufzusuchen und dich damit zu quälen. Da hat er gesagt, dass er etwas Heldenhaftes tun wird, das mich hoffentlich davon abhalten wird, dich mit der Wahrheit zu belasten.«

»Und du hast wirklich Abstand davon genommen, als du von seinem Tod erfahren hast?«, fragte Vicky.

»Nein, ich war blind vor Gram und Zorn, sogar Rachegelüste trieben mich um, bis ich dich auf dem Friedhof gesehen und gewusst habe, dass ich dich immer noch liebe. In den folgenden Tagen habe ich wenigstens versucht, mein altes Leben fortzusetzen, aber es ging nicht mehr. Ich konnte meine Frau nicht einmal mehr berühren. Sie hat es natürlich gemerkt, aber ich habe ihr nie verraten, was mich derart durcheinandergebracht hat. Da wusste ich, dass ich weit fort muss, aber ich bin geblieben, habe gehofft, dass mein Verstand wieder einsetzt. Und dann traf ich auf Annabelle, und noch in derselben Nacht bin ich nach Darwin aufgebrochen und konnte mich nicht einmal von meiner Frau verabschieden. Nur weit weg von hier, das war mein einziger Impuls.«

Vicky spürte, wie ihr die Tränen kamen. Jonathans Offenheit berührte sie zutiefst. Er nahm ihre Hand und bedeckte sie mit Küssen. Sie ließ ihn gewähren.

»Ich kam zurück mit dem festen Vorsatz, mein Leben wieder aufzunehmen, als wäre nichts geschehen, und dich zu vergessen. Ich dachte an meine Tochter Claire, an meine Söhne, an Eliza, die immer loyal mir gegenüber gewesen ist. Als ich heute gegen frühen Abend nach Hause kam, fand ich eine gebrochene Frau vor, verbittert und voller Zorn. Sie schleuderte mir die Wahrheit über Claires Hochzeit entgegen wie eine Axt. Und dann sagte sie in hämischem Ton: »Wie fühlt sich ein Vater, dessen Kinder das Bett teilen werden wie Mann und Frau?« Ich verstand nicht, was sie damit sagen wollte, aber sie lachte nur, als ich sie inständig bat, deutlicher zu werden. Da schüttelte ich sie so lange, bis sie mir mitteilte, dass meine Tochter und unser Sohn im Begriff waren, sich zu verlieben. Ich war erschüttert und wollte wissen, woher sie überhaupt von Annabelle wusste. Sie zischte, dass ein Blick auf dieses Ebenbild von mir genügte, um die Wahrheit zu kennen. Ich fragte sie, warum sie Henry nicht zurückgehalten hätte, Annabelle zu dem Fest abzuholen. Sie faselte etwas von Strafe und dass ich leiden solle. Ich habe mich dann sofort auf mein Pferd geschwungen und bin zu den Jones geritten, aber da waren die Kinder schon fort.« Jonathan sah sie mit gequältem Blick an. »Meinst du, sie haben schon, ich meine …«

Jetzt war es Vicky, die seine Hand nahm. »Nein, sie haben sich geküsst, mehr nicht. Dessen bin ich mir sicher«, versuchte sie ihn zu beruhigen. »Wir müssen es ihnen sagen«, fügte sie mit belegter Stimme hinzu.

»Getrennt oder zusammen?«, fragte Jonathan.

Vicky dachte nach. Ihr Verstand riet ihr, es sei vernünftiger, wenn er es Henry und sie es Annabelle beibringen würde, aber ihr Herz brannte darauf, diesen Augenblick mit Jonathan zu teilen, weil sie dann nicht allein sein würde mit der Schuld …

»Ich würde es Ihnen gern mit dir zusammen sagen, und zwar gleich«, raunte Jonathan.

»Dann komm. Worauf warten wir noch?« Hand in Hand machten sie sich auf, doch bevor sie den Salon betraten, küsste Jonathan Vicky auf den Mund. Sie war völlig überrascht, aber sie erwiderte seinen Kuss. Zu ihrer Verwunderung fühlte es sich genauso wie damals in Ballarat an, und ihr Körper reagierte auf seine Zärtlichkeit ebenso heftig. Erschrocken fuhr sie zurück.

»Du schmeckst noch genauso wie früher«, flüsterte Jonathan. Vicky zog es vor zu schweigen, denn das, was eben geschehen war, durfte nicht sein. Wegen Eliza und auch wegen Frederik. Sie kam sich vor, als würde sie ihn betrügen.

»Sagst du es, oder sage ich es ihnen?«, fragte sie mit heiserer Stimme.

»Ich denke, aus deinem Mund ist die Wahrheit für die beiden nicht ganz so schockierend.« Jonathan drückte ihre Hand noch einmal zärtlich, bevor er sie losließ und seufzend die Türklinke hinunterdrückte.

Aller Augen waren auf sie gerichtet, als sie den Salon betraten.

Vickys Herz klopfte bis zum Hals. Sie wollte endlich reinen Tisch machen, es hinter sich bringen in der Hoffnung, dass die beiden jungen Leute sie nicht dafür hassen würden, was sie ihnen nun zu sagen hatten.

»Wir müssen euch etwas mitteilen, was euch im ersten Moment schockieren wird, aber es duldet keinen Aufschub …« Sie stockte. So gern sie es auch loswerden wollte, sie hatte schlichtweg Angst davor. Sie brachte keinen Ton mehr raus.

»Nun, ich werde versuchen, es euch zu erklären«, begann Jonathan. »Es betrifft euch beide, dich, Henry, und dich, Annabelle. Es ist unschwer zu erkennen, dass ihr euch herzlich zugetan seid. Und das soll auch so bleiben, nur …« Jetzt geriet auch Jonathan ins Stocken und wandte sich hilfesuchend an Vicky.

Sie räusperte sich ein paarmal und setzte Jonathans Rede fort. »Ja, eure Vertrautheit, das, was ihr füreinander fühlt, ist anders, als ihr vielleicht denkt …«

»Mutter, was redest du da?«, fragte Annabelle und musterte Vicky verstört.

»Ich spreche davon, dass Henrys Vater und ich uns schon lange kennen. Wir sind uns in einer Zeit begegnet, in der ich jünger war als du jetzt. Und wir haben uns damals ineinander verliebt.«

Annabelle sah entgeistert von Vicky zu Jonathan und zurück. Bei Jonathan blieb sie mit ihrem Blick hängen, und die Erkenntnis ließ ihre Miene versteinern. Sie sprang auf, aber Henry hielt sie fest. »Gleichgültig, was die beiden uns offenbaren. Ich bin bei dir. Hörst du?«, verkündete Henry. Und als Annabelle sich wieder setzte, legte Henry beschützend den Arm um sie.

»Ich bin hinter dem Rücken meiner Eltern nach Ballarat gefahren, um bei Jonathan zu sein. Als ich zurückkam, stellte ich fest, dass ich ein Kind erwartete. Und habe Frederik geheiratet.«

Annabelle hatte die Augen schreckensweit aufgerissen. »Du hast meinen Vater belogen, weil der da dich geschwängert hat?

Du hast ihm ein Kind untergeschoben?«, schrie die sonst so ruhige und sanftmütige Annabelle.

»Nein, Frederik hat es gewusst. Ich musste ihm versprechen, es niemals preiszugeben, dass du nicht seine Tochter bist. Er hat dich wie ein eigenes Kind geliebt.«

»Das kann doch alles nicht wahr sein, Vicky!«, mischte sich Emma empört ein. »Jetzt wird mir einiges klar!«, fügte sie vorwurfsvoll hinzu. Vicky ignorierte Emmas Worte und hatte nur Augen für Annabelle. Deshalb bemerkte sie auch nicht, dass die Tür leise aufgegangen war und Amelie wie zur Salzsäule erstarrt Zeugin des Geschehens geworden war.

Jonathan war ein paar Schritte auf Annabelle zugegangen, aber da sprang Henry auf und stellte sich schützend vor sie. »Du fasst sie nicht an! Verstanden? Oder glaubst du allen Ernstes, sie wird dir jetzt um den Hals fallen und dich Vater nennen? Überleg lieber, wie du es Mutter beibringst!« Aus Henrys Augen funkelte der blanke Zorn.

»Sie weiß es«, entgegnete Jonathan schwach.

»Wärest du doch bloß in Darwin geblieben und nie wieder zurückgekommen«, sagte Daniel ebenso hasserfüllt wie sein Bruder.

»Es tut mir leid, aber ich habe es doch selbst nicht gewusst«, brachte Jonathan entschuldigend hervor.

»Aber du, du hast damit die ganzen Jahre gelebt!«, stieß Annabelle in vernichtendem Ton hervor und zeigte anklagend mit dem Finger auf ihre Mutter.

»Annabelle, bitte beruhige dich doch. Ich hatte es meinem Mann geschworen. Er wollte, dass du seine Tochter bist. Und wenn ihr beide euch nicht ineinander verliebt hättet, ich hätte dieses Geheimnis mit ins Grab genommen«, seufzte Vicky schwer.

»William hatte also recht. Du bist eine unaufrichtige und

verlogene Person«, ertönte nun Amelies Stimme. Vicky stürzte auf sie zu, wollte sie in den Arm nehmen, aber Amelie zischte nur: »Fass mich nicht an!«

Vicky standen Tränen in den Augen. Jonathan, dem das nicht entgangen war, trat auf sie zu und legte ihr tröstend den Arm um die Schulter.

»Ihr seid also immer noch ein Liebespaar«, stöhnte Emma missbilligend. »Die arme Eliza. Der arme Frederik! Das hätte ich nie von dir gedacht.«

»Wir sehen uns heute das erste Mal seit zwanzig Jahren wieder!«, verbesserte Jonathan sie mit Nachdruck.

Vicky holte ein paarmal tief Luft. »Ich würde vorschlagen, dass du dich jetzt mit deinen Söhnen auf den Nachhauseweg machst. Ich muss mit meinen Töchtern allein sein.«

»Ja, das ist eine gute Idee.« Jonathan wandte sich an seine Kinder. »Wollen wir gemeinsam nach Hause fahren und nach Mutter sehen?«

»Ich gehe nirgendwo hin mit dir«, erwiderte Henry feindselig und nahm Annabelles Hand. »Komm, wir verschwinden.« Die beiden machten Anstalten, den Salon zu verlassen.

»Aber Annabelle, bleib bitte hier. Wir müssen miteinander reden. Ich werde dir alles erklären«, flehte Vicky sie an.

Doch da waren Annabelle und Henry schon bei der Tür. »Ich gehe mit Henry. Er ist der einzige Mensch, dem ich noch vertrauen kann«, fauchte Annabelle.

»Aber das geht nicht. Ihr dürft nicht zusammen sein, ich meine, ihr dürft nicht …«, stammelte Jonathan.

»Wenn das deine einzige Sorge ist, Vater«, spuckte Henry verächtlich aus. »Ich kann dich beruhigen. Ich werde mich nicht an meiner Schwester vergreifen, aber ich werde das für sie tun, was in meiner Macht steht. Sie aus diesem verlogenen Haus zu retten.«

»Das nehmen Sie sofort zurück!«, forderte Emma empört. »Es ist ganz und gar nicht in meinem Sinn, was ich da eben alles erfahren musste.«

»Verzeihen Sie, Misses Stewart«, mischte sich Daniel ein, der die ganze Zeit Sophies Hand hielt. »Das meint mein Bruder nicht so. Sie können doch nichts dafür.«

»Daniel hat recht. Ich meine nicht Sie, sondern die beiden Lügner da.«

Das waren Henrys letzte Worte, bevor er zusammen mit Annabelle das Haus verließ.

»Ich gehe auch nicht mit dir nach Hause, Vater! Ich würde es nicht ertragen, Mutter deswegen leiden zu sehen.« Daniel gab Sophie einen zärtlichen Kuss auf die Wange und wollte gehen, doch Sophie hielt ihn zurück.

»Mutter, wir haben noch ein freies Gästezimmer. Wirst du Daniel erlauben, dort zu übernachten? Es wäre nicht richtig, ihn allein in die Nacht hinauszuschicken. Nach allem, was er eben erfahren musste.« Sophie bedachte Vicky und Jonathan mit bösen Blicken.

Emma überlegte. »Gut, wenn du heute Nacht in meinem Zimmer unter meiner Aufsicht schläfst, dann kann der junge Mann bleiben.«

»Dann werde ich mich in die Stadt aufmachen«, seufzte Jonathan.

»Ich bringe dich zur Tür«, bot ihm Vicky an. Als Jonathan Emma zum Abschied die Hand geben wollte, weigerte sie sich, diese anzunehmen.

Schweigend gingen Vicky und Jonathan zur Haustür. Dort drehte sich Jonathan noch einmal um und musterte Vicky liebevoll. »Ich hoffe, es werden sich alle wieder beruhigen.« Mit diesen Worten versuchte er, Vicky zu trösten, wenngleich er selbst nicht so recht daran glaubte.

»Ich werde ein bisschen Zeit verstreichen lassen und mein Glück dann noch einmal bei unserer Tochter versuchen. Aber glaub mir, bei Henry ist sie vorerst gut aufgehoben. Er ist ein feiner Kerl, der ihr sicher ein guter Bruder sein wird.«

»Aber wo können sie denn hin sein, jetzt, mitten in der Nacht?«, erkundigte sich Vicky besorgt.

»Ich vermute, sie sind zu meinem Geschäftshaus gefahren. Dort gibt es eine kleine Wohnung, weil ich oft bis in die Nacht hinein arbeiten musste.«

»Und du meinst, sie werden uns verzeihen?«, fragte Vicky verzagt.

»Unsere Tochter bestimmt«, entgegnete Jonathan ausweichend. »Früher oder später.«

»Bitte sei lieb zu deiner Frau. Das ist alles schwer genug für sie«, bat Vicky ihn.

Seine Miene verdüsterte sich. »Ich werde nicht so rücksichtslos sein, dass ich sie bereits heute Nacht vor vollendete Tatsachen stelle.«

»Was meinst du damit?«, wollte Vicky wissen, obwohl sie längst ahnte, was das zu bedeuten hatte.

»Ich werde ihr noch nicht sagen, dass ich sie endgültig verlasse, weil ich die Frau wiedergefunden habe, die ich niemals aufgehört habe zu lieben!«, sagte Jonathan.

»Aber … aber du kannst sie doch nicht einfach verlassen, ich meine, du glaubst doch nicht, dass wir beide, ich …«, stammelte Vicky.

»Doch, mein Herz, daran glaube ich fest. Wir beide sind füreinander bestimmt und sollten nicht so dumm sein, unsere zweite Chance ebenfalls zu verspielen.« Jonathan nahm zärtlich ihr Gesicht in beide Hände und blickte ihr in die Augen. »Ich liebe dich wie am ersten Tag. Und ich werde alles für unser gemeinsames Glück tun.«

»Jonathan, aber das geht doch nicht. Denk an deine Frau, an deine Kinder, und ich muss Rücksicht auf meine Kinder nehmen. Sie würden es mir niemals verzeihen, wenn ich eine Ehe zerstörte und mich einem anderen Mann zuwenden würde als ihrem Vater«, protestierte Vicky leise.

»Denk an unsere Tochter, mein Lieb, und daran, warum du diesen anderen Mann geheiratet hast. Du warst verzweifelt und hast an das Wohl unseres Kindes gedacht. Und dass du einen Mann gefunden hast, der sie als Tochter angenommen hat, war eine Fügung des Schicksals, aber das alles kann unserer einzigartigen Liebe nicht im Weg stehen«, sagte Jonathan.

Ehe Vicky etwas erwidern konnte, ertönte aus dem Dunkel des Flurs eine höhnische Stimme. »Wie schön, dass sich die Liebenden wieder in den Armen liegen können. Ich werde bei meinem Bruder William Abbitte leisten müssen, weil ich ihm nie glauben wollte, was für eine falsche Schlange meine Mutter ist!«

Entsetzt wandte sich Vicky um. »Amelie, bitte! Das ist nicht wahr, das …«

Doch da war ihre Tochter bereits die Treppen hinaufgerannt, und Vicky hörte nur, wie im oberen Stockwerk eine Tür mit lautem Knall ins Schloss fiel.

36

Jonathans nächtlicher Besuch hatte Vickys angenehmem Leben auf der Calden-Farm ein jähes Ende bereitet. Inzwischen waren ein paar Wochen vergangen, und nichts war mehr wie vorher. Der Vorfall mit Jonathan lag wie ein düsterer Schatten über allem. Auch das liebevolle Verhältnis zwischen Vicky und Emma war seitdem mehr als getrübt.

Wie so oft in letzter Zeit standen sich die Schwägerinnen beinahe feindselig gegenüber.

»Du hast kein Recht, dich schmollend in dein Zimmer zurückzuziehen«, schimpfte Emma. »Du bist selbst schuld, dass deine Kinder nichts mehr von dir wissen wollen.«

Vicky hatte keine Kraft mehr, den Anwürfen ihrer Schwägerin zu widersprechen. Emmas sittenstrenge Moralpredigten erreichten ihr Inneres nicht. Seit ihre Schwägerin von ihrem Verhältnis mit Jonathan Melrose wusste, war sie wie ausgewechselt. Natürlich spielte Vicky unter diesen Umständen verstärkt mit dem Gedanken, die Calden-Farm zu verlassen. Doch wo sollte sie hin? Die Spencer Street bot keine brauchbare Alternative. Aber lange würde sie es in diesem Haus auch nicht mehr aushalten. Sophie redete so gut wie gar nicht mit ihr, und Emma malträtierte sie in einer Tour mit Schuldvorwürfen. Doch was war das gegen den Schmerz, den das Verhalten ihrer Töchter in ihr verursachte? Beide hatten sich von ihr abgewandt, nachdem bekannt geworden war, dass sich Eliza Melrose, die zunehmend schwermütig geworden war, das Leben genommen hatte. Und zwar ihretwegen, was Daniel Sophie brühwarm berichtet hatte. Eliza hatte einen Abschiedsbrief hinterlassen, in dem sie beklagte, ihren Mann an eine gewisse Sophie Victoria Bradshaw verloren zu haben.

»Du kannst dich nicht so abkapseln!«, hakte Emma energisch nach. »Du wirst heute Abend mit uns dinieren, ob du willst oder nicht! Sonst sieht das aus wie ein Schuldgeständnis, und James glaubt womöglich, was in der Gerüchteküche brodelt. Dass du der Grund bist, warum Eliza ins Wasser gegangen ist.« Emma warf ihrer Schwägerin einen strafenden Blick zu.

Vicky hob abwehrend die Hände. »Ja, ja, ich werde dabei sein, wenn du deine Verlobung feierst«, seufzte sie. »Aber bist du dir wirklich sicher, dass er der richtige Mann für dich ist?«

»Ja!«, entgegnete Emma entschieden. »Er kann mir eine unbeschwerte Zukunft bieten, die Farm bleibt in der Familie, und meine Sorgen haben ein Ende.«

»Ich meinte eigentlich, ob du ihn liebst?«, hakte Vicky nach.

Emma schnaufte verächtlich. »Wo die Liebe einen hinführen kann, haben wir ja beide erfahren. Du hast ein Kind von einem anderen Mann, und mein Ehemann hat sich einfach aus dem Leben gestohlen. Aber ich muss weiterleben, und deshalb gehe ich jetzt den bequemsten Weg. Bei Steven lastete die ganze Verantwortung auf meinen Schultern, James hingegen brennt darauf, mich auf Händen zu tragen.«

»Schon gut, ich möchte ja nur, dass du glücklich wirst.«

»Dann mach heute Abend gute Miene, und halte dich am besten auf der ganzen Linie mit deiner Meinung zurück.«

»Ja, ja, ich werde dich schon nicht kompromittieren.«

»Es hat mich einige Überzeugung gekostet, die Melrose-Zwillinge zum Kommen zu überreden. Sie haben seit dem Abend, an dem ihr Vater hier aufgetaucht ist, keinen Fuß mehr in dieses Haus gesetzt, aber so wie es aussieht, wird Daniel Sophie heiraten.«

»Emma! Du musst dich nicht entschuldigen, warum du Jonathans Kinder einlädst. So lange du ihn nicht einlädst.«

»Das hätte ich vielleicht sogar gemacht, aber die Jungs wünschen keinen Kontakt mehr zu ihrem Vater.« Emma musterte ihre Schwägerin durchdringend. »Hast du ihn eigentlich noch einmal gesehen?«

Vicky schüttelte missbilligend den Kopf. »Wann denn? Ich bin nicht ein einziges Mal außer Haus gewesen, seit das alles über mich hereingebrochen ist«, seufzte sie.

»Also von Hereinbrechen kann wohl kaum die Rede sein«, spottete Emma.

»Gut, wann beginnt das Fest?« Vicky wandte sich zum Gehen. Die Gesellschaft ihrer Schwägerin war wirklich nicht mehr besonders erbaulich.

»Um neunzehn Uhr. Und nun sei doch nicht gleich beleidigt. Es ist nur so, ich verstehe das alles nicht. Ich hätte nie gedacht, dass du so etwas fertigbringen würdest.«

Das klang entschuldigend, aber Vicky drehte sich blitzartig um und funkelte Emma wütend an. »Wie oft möchtest du mir das noch sagen? Es ist hier drinnen …« Sie tippte sich an den Kopf. »… angekommen, dass mein Verhalten nicht mit deinen moralischen Ansprüchen konform geht. Weißt du was? Ich halte es nicht mehr aus. Ich werde deine Gastfreundschaft nicht länger strapazieren«, fauchte sie.

»Aber wo willst du denn hin?«

»Zu Martha nach Sydney vielleicht«, gab sie wütend zurück.

»Aber das kannst du Annabelle nicht antun!«

Vicky schnappte nach Luft. Wenn der Einwand ihrer Schwägerin nicht den Nagel auf den Kopf treffen würde, sie hätte die Beherrschung verloren. Doch leider hatte Emma recht. Der Weg nach Sydney war ihr versperrt, denn dorthin hatte sich Annabelle geflüchtet. Vicky hatte sie, nachdem sie die Calden-

Farm in jener Nacht in Henrys Begleitung verlassen hatte, nie mehr wieder gesehen. Henry hatte sie am nächsten Tag auf ein Schiff nach Sydney gebracht, und Martha hatte sie bei sich aufgenommen. Sie hatte ihr einen langen Brief geschrieben, dass es das Beste für Annabelle wäre, erst einmal bei ihr zu bleiben. Martha war auch schockiert gewesen ob der verschwiegenen Vaterschaft, aber sie hatte sich nicht annähernd so moralisch entrüstet wie Emma. Im Gegenteil, sie hatte Vicky Hoffnung gemacht, dass Annabelle ihr diesen »Betrug« früher oder später verzeihen würde. *Eines Tages kommt sie zu dir zurück. Ich schwöre es dir*, hatte sie ihr wörtlich geschrieben. Und Vicky klammerte sich an diese Hoffnung wie eine Ertrinkende.

George hatte seiner Mutter gleichfalls ein paar Zeilen geschrieben und versprochen, sich um seine Schwester zu kümmern. Aber er hatte auch offen zugegeben, dass er etwas Abstand zu Vicky brauchte, um den Schock, dass Annabelle nur seine Halbschwester war, zu verarbeiten.

Vicky hatte also bloß noch Amelie, aber die strafte ihre Mutter mit Verachtung, wo immer sie konnte.

»Ich weiß. Nach Sydney kann ich nicht«, seufzte Vicky.

Emma musterte ihre Schwägerin mit schuldbewusstem Blick. »Gut, ich werde mich in Zukunft zusammenreißen. Es ist wirklich nicht besonders nett von mir, dich ständig mit der alten Geschichte zu drangsalieren. Aber Eliza war eben eine Freundin aus Jugendzeiten, und wenn ich mir vorstelle, dass sie deinetwegen …« Emma unterbrach sich hastig. »Verzeih mir, natürlich ist es nicht deine Schuld. Schließlich hast du ihr nicht den Ehemann ausgespannt, auch wenn böse Zungen behaupten, du würdest ihn umgarnen.«

»Liebe Emma, selbst wenn du dich bemühst, mir das nicht länger vorzuwerfen, mir haftet in dieser Stadt nun einmal an, dass ich Eliza Melrose in den Tod getrieben habe. Ich werde mir langfristig überlegen müssen, wohin ich gehe. Manchmal spiele ich mit dem Gedanken, nach London zu ziehen …«

»Aber ohne mich, nur damit das klar ist!«, ertönte Amelies erboste Stimme. Wieder einmal hatte sie sich auf leisen Sohlen angeschlichen und etwas mitgehört, was nicht für ihre Ohren bestimmt gewesen war.

»Amelie, das war nur so ein Gedankenspiel«, versuchte Vicky ihre Tochter zu beschwichtigen, aber es gelang ihr nicht.

»Schönes Gedankenspiel, wirklich. Dir ist doch alles zuzutrauen! Warum ziehst du nicht in das Melrose-Haus? Da ist doch jetzt genügend Platz, und Annabelles Vater wird sich bestimmt freuen, wenn ihr wieder zusammenkommt.«

»Amelie, das geht zu weit!«, maßregelte Emma ihre Nichte.

»Wieso? In der Schule gibt es Wetten, wann meine Mutter Misses Melrose wird«, entgegnete Amelie schnippisch.

Vicky drehte sich wortlos auf dem Absatz um und verschanzte sich in ihrem Zimmer. Dort setzte sie sich an den Schreibtisch und versuchte, einen Brief an Annabelle zu schreiben. Der Fußboden war übersät mit unbefriedigenden Entwürfen. Sie konnte sich nicht helfen. Ihr fehlten einfach die richtigen Worte, um ihrer Tochter ihr langjähriges Schweigen zu erklären, ohne sich stereotyp hinter dem Schwur, den sie gegenüber Frederik abgeben hatte, zu verschanzen. Es war ja auch durchaus in ihrem eigenen Interesse gewesen, das Geheimnis unter den Teppich zu kehren. Auch Amelie hatte sie ein paarmal zu erklären versucht, dass Frederik nicht bloß von der Schwangerschaft gewusst, sondern auch darauf bestanden hatte, Annabelle als seine Tochter aufwachsen zu lassen. Amelie weigerte sich allerdings, ihr auch nur ein Wort zu glauben. Sie warf ihrer Mutter vor, Frederik ein Kind untergeschoben zu haben. Neulich erst war Vicky daraufhin in Tränen ausgebrochen und hatte geschworen, dass sie die Wahrheit sagte. Doch da hatte

Amelie nur gezischt: »Mein Vater kann sich ja nicht mehr wehren gegen deine Lügen. Ich glaube dir kein Wort!« Allein bei der Erinnerung an diesen erniedrigenden Vorfall wurden ihre Augen feucht. Sie hoffte, dass wenigstens Annabelle ihr eines Tages glauben würde, dass Frederik eingeweiht gewesen war.

Es gelang Vicky beim besten Willen nicht, ihre wahren Gefühle in die richtigen Worte zu fassen. Schließlich gab sie auf. Die Zeit, es Annabelle überzeugend zu erklären, ohne sich ständig für alles zu entschuldigen, war noch nicht reif. Trotzdem vermisste sie ihre Älteste schmerzhaft. Erst jetzt, wo sie fort war, hatte Vicky begriffen, was für eine enorme emotionale Stütze sie all die Jahre für sie gewesen war. Annabelle, die sanfte und verständnisvolle Person, die sich selten zu einem lauten Wort hinreißen ließ und der die Harmonie in der Familie stets ein Herzensanliegen gewesen war. Und nun war Annabelle vom Leben schwer enttäuscht worden und hatte offenbar das Vertrauen in ihre Mutter verloren. Wie so oft in letzter Zeit bedauerte es Vicky, dass sie diesen Kummer über die Abkehr ihrer Tochter nicht mit dem Vater teilen konnte, aber wie sollte sie den Kontakt zu einem Mann suchen, dessen Frau sich wegen seiner angeblich unverbrüchlichen Liebe zu ihr umgebracht hatte?

Wie immer verbrachte Vicky den Nachmittag mit Grübeln, doch sosehr sie sich auch das Hirn zermarterte, es waren keine Lösungen in Sicht. Selbst eine Flucht nach London schien ihr kein geeigneter Ausweg. Amelie würde sich gewiss verweigern, und Vicky würde nichts unternehmen, womit sie auch noch ihr letztes Kind zu verlieren drohte.

Am liebsten würde sie sich vor der heutigen Verlobungsfeier drücken, denn sie konnte sich bereits ausmalen, wie skeptisch man sie von allen Seiten beäugen würde. Dass die Melrose-Zwillinge nicht gut auf sie zu sprechen waren, konnte sie noch halbwegs verstehen, aber sie fürchtete, dass auch Mister Caldwell ihr mit Vorurteilen begegnen würde. Bislang hatte sie jegliche Begegnung mit dem Verehrer ihrer Schwägerin vermieden. Er war zwar schon ein paarmal zum Tee auf der Farm gewesen, aber an diesem Tag würde ihr wohl keine Ausrede etwas nützen. Emma bestand auf ihrer Anwesenheit.

Lustlos zog sie sich für das Fest um und steckte ihr Haar auf. Bei einem Blick in den Spiegel wunderte es sie, dass sie nicht schlimmer aussah. So wie sie sich fühlte, hatte sie eigentlich ein graues, trauriges Gesicht erwartet, aber sie sah, wie sie selbst zugeben musste, wesentlich besser aus, als sie sich fühlte. Und dennoch hätte sie einiges darum gegeben, der Verlobungsfeier fernzubleiben.

Missmutig verließ sie schließlich ihr Zimmer und machte sich auf den Weg in den Salon. Als sie die Treppe hinunterschritt, stand Meeri unten am Fuß und starrte sie bewundernd an. »Sie sehen so schön aus, Misses Bradshaw«, stieß die junge Frau begeistert aus. »Als wenn Sie die Braut wären.«

Vicky drohte ihr scherzhaft mit dem Finger. »Das lass aber nicht Misses Stewart hören«, lachte sie.

»Ich habe Misses Stewart ja noch gar nicht in ihrem Festkleid gesehen. Sie ist bestimmt auch wunderhübsch«, versuchte Meeri sich herauszureden, aber Vicky gab ihr zu verstehen, dass das nur ein Scherz gewesen war. Sie mochte diese junge Frau von Herzen und genoss es, dass wenigstens eine im Haus ihr noch zugetan war und sie nicht mit stillem Vorwurf strafte.

»Misses Bradshaw, darf ich Sie etwas fragen?«, erkundigte sich Meeri schüchtern.

Vicky nickte.

Meeri aber trat ganz nah an sie heran und beugte sich zu ihrem Ohr. »Mögen Sie Mister Caldwell?«

Vicky wunderte sich ein wenig über diese Frage, denn ein

gewisser Unterton signalisierte ihr, dass Meeri ihn nicht eben gut leiden konnte.

»Ich kenne ihn gar nicht und werde mir heute erst ein Urteil über ihn bilden können. Als Schwester von Mister Stewart bin ich da natürlich voreingenommen«, erklärte sie.

»Er mag mich nicht«, flüsterte sie.

»Wie kommst du darauf?«

»Ich kenne diese Blicke der Weißen, die uns verabscheuen, zur Genüge. Und genau das spricht aus seinen Augen.«

»Aber Meeri, das bildest du dir bestimmt nur ein«, versuchte Vicky der Hausangestellten ihre Vorbehalte auszureden, wenngleich sie sich fest vornahm, Mister Caldwell in diesem Punkt auf den Zahn zu fühlen.

»Nein, er wird mich entlassen, wenn er erst einmal Herr im Haus ist«, entgegnete Meeri traurig.

»Aber das kann er gar nicht. Das würde Misses Stewart niemals zulassen.«

»Danke, Misses Bradshaw«, flötete Meeri, während sich ihre Miene sichtlich aufhellte und sie erleichtert davonlief.

Als Vicky den Salon betrat, waren die Melrose-Zwillinge bereits eingetroffen. Zu ihrer großen Verwunderung waren Amelie und Henry in ein angeregtes Gespräch vertieft. So zugewandt hatte sie ihre Tochter selten erlebt. Sie will doch nicht etwa Annabelles Nachfolge in seiner Gunst antreten?, fragte sie sich irritiert. Doch die Art und Weise, wie ihre Jüngste Henry anhimmelte, ließ keinen Zweifel daran: Amelie wollte Henry Melrose bezirzen.

Die jungen Männer begrüßten Vicky höflich, aber alles andere als herzlich. Etwas anderes hatte sie nicht von ihnen erwartet. Das kann ein unterhaltsamer Abend werden, ging es Vicky durch den Kopf, aber Emma zuliebe würde sie ihre Befindlichkeiten wohl zurückstellen müssen.

Als es an der Tür läutete, war Emma, die in ihrem neuen Kleid bezaubernd aussah, sichtlich aufgeregt und schwebte förmlich zur Tür. Vicky gab es einen kleinen Stich, weil Emma für sie immer noch die Frau war, die ihren Bruder über alles geliebt hatte. Und nun hatte sie sich für einen anderen Mann herausgeputzt. Es war nicht so, dass Vicky sie bis ans Lebensende in schlichter Trauerkleidung zu sehen wünschte, aber in ihrem geblümten, schulterfreien Kleid wirkte sie wie ein junges, verliebtes Mädchen.

James Caldwell war ein mittelgroßer Mann mit grauen Schläfen. Er hatte ein prägnant geschnittenes Gesicht und braune Augen, aus denen er Vicky sehr aufmerksam musterte. Er trug elegante Kleidung, begrüßte sie formvollendet und ließ sich nichts anmerken, obwohl er sicher über den ganzen Skandal bestens informiert war.

Trotzdem mochte Vicky ihn nicht. Sie konnte indessen nicht sagen, warum, und schob es auf die Tatsache, dass er in ihren Augen Steven nicht annähernd das Wasser reichen konnte.

Emma gab jedenfalls eine charmante Gastgeberin und bat die Gäste zu Tisch. Sie bemühte sich überdies, beim Aperitif eine Konversation in Gang zu bringen und Vicky mit einzubeziehen. Man sprach über das Wetter und den stetig wachsenden Export von Wolle nach Europa. Vicky tat interessiert und nickte eifrig, wenn es darauf ankam, während ihre Gedanken immer wieder zu der Frage abschweiften, wohin sie gehen sollte, denn dass ihre Zeit in Brisbane abgelaufen war, daran hegte sie keinen Zweifel mehr. Sie konnte sich nicht helfen, aber jetzt, wo Mister Caldwell in das Leben ihrer Schwägerin getreten war, sah sie ihre Tage im Norden gezählt.

Schließlich war sie so in ihre Gedanken versponnen, dass sie das Gespräch nur noch mit halbem Ohr verfolgte. Erst als James Caldwell sich erhob, um die Verlobung offiziell bekannt zu geben und einen Toast auf seine Braut auszusprechen, zwang sie sich, dem Geschehen bei Tisch ihre ganze Aufmerksamkeit zu schenken. Sie rang sich sogar zu einem Lächeln durch, während sie ihrer Schwägerin und deren zukünftigem Mann alles Gute für die gemeinsame Zukunft wünschte. Sosehr sie sich auch bemühte, sich von dem Vergleich mit Steven zu lösen, es gelang ihr nicht recht. Als Mister Caldwell mit einer besitzergreifenden Geste den Arm um seine Braut legte, zuckte Vicky unmerklich zusammen.

Zum Glück kam nun Meeri mit dem Essen herein und lenkte sie von dem Anblick ab. Vicky musste plötzlich an die Worte der Haushaltshilfe denken und beobachtete verstohlen, wie Mister Caldwell auf die junge Aborigine reagierte. Sie erschrak, als sie in der Tat eine gewisse Abscheu in seinem Blick wahrnahm. Sollte Meeris Eindruck sie doch nicht getäuscht haben? Mister Caldwell aber schien seine ablehnende Haltung nicht einmal verbergen zu wollen.

»Was ist das?«, fragte er angewidert und deutete auf die Platten mit der Vorspeise.

»Das sind Muscheln, Sir«, erwiderte Meeri artig.

»Ich habe dich nicht gefragt, sondern Misses Stewart«, fauchte Mister Caldwell sie an.

»Meeri hat recht, das sind Muscheln. Wir kannten diese Delikatesse auch nicht, bevor Meeri zu uns kam, aber sie brachte uns dieses schmackhafte Essen nahe, und wir lieben diese Meeresfrüchte seitdem«, flötete Emma.

»Du bist nicht böse, wenn ich bei der Vorspeise passe, oder?«, fragte James Caldwell jetzt wieder in höflichem Ton.

»Aber nein«, erwiderte Emma irritiert. »Vielleicht kann Meeri dir etwas anderes servieren?«

»Nein, danke«, sagte Mister Caldwell und durchbohrte Meeri förmlich mit seinem Blick. »Was guckst du so? Du kannst gehen«, zischte er. Und Meeri lief mit hochrotem Kopf aus dem Zimmer.

Vicky sah den Grobian entsetzt an, dann ihre Schwägerin, die verlegen den Blick gesenkt hatte. »Wie reden Sie denn mit dem Mädchen? Sie hat Ihnen doch nichts getan«, stieß sie empört hervor.

»Mutter, misch dich da bitte nicht ein!«, knurrte Amelie.

Mister Caldwell wandte sich, ohne eine Miene zu verziehen, an Vicky. »Liebe Misses Bradshaw. Ich weiß nicht, wie das bei Ihnen in Melbourne ist, aber ich bin es nicht gewohnt, Ureinwohner im Haushalt zu beschäftigen. Ich finde, sie gehören nicht in ein weißes Haus.«

»Das ist aber nicht Ihr Haus, sondern das meiner Schwägerin«, schnaubte Vicky ungeachtet der warnenden Blicke, die ihre Jüngste ihr zuwarf.

»Wie Sie vielleicht wissen, werden wir nach der Hochzeit auf Wunsch meiner lieben Braut in diesem Haus leben. Also wird es früher oder später auch mein Wohnsitz sein, und da denke ich doch, dass es angebracht ist, störende Einflüsse im Vorwege zu beseitigen«, erwiderte er süffisant.

»Störende Einflüsse? Beseitigen? Wollen Sie damit sagen, dass Sie Meeri loswerden wollen?«

»Loswerden? Wie sich das anhört!« James Caldwell stieß ein meckerndes Lachen aus. »Nun, es ist keine Frage der Gefühle, sondern eine Tatsache, Misses Bradshaw. Ich umgebe mich nicht gern mit diesen verschlagenen schwarzen Elementen. Und auf so etwas …« Er deutete angeekelt auf die Muscheln. »… können meine Frau und ich in Zukunft verzichten.«

Vicky blieb vor Schreck der Mund offen stehen. Sie schickte ihrer Schwägerin einen flehenden Blick.

»Emma, nun sag endlich etwas. Du hast Meeri doch eingestellt. Hast du mir nicht erzählt, dass sie die uneheliche Tochter eines eurer weißen Landarbeiter ist, der zum Spaß über eine schwarze Frau hergefallen ist, und hat diese Frau, als sie wusste, dass sie nicht mehr lange zu leben hatte, dich nicht angefleht, Meeri in deinem Haus arbeiten zu lassen?«

Emma lief knallrot an. »Bitte, Vicky, das müssen wir doch nicht am Tisch bereden. Und nicht vor den Kindern!«

»Sie sind erwachsen und wissen genau, wie wenig das Leben und die körperliche Unversehrtheit der Ureinwohner zählt. Aber du hast der Frau versprochen, Meeri zu beschützen, also sprich ein Machtwort. Dass in deinem Haus nicht in diesem Ton mit ihr geredet wird!«

»Mutter, das geht dich gar nichts an!«

Es wollte Vicky zwar schier das Herz zerreißen, dass ihre Tochter ihre Einmischung offenbar nur als störend und peinlich empfand, aber sie konnte nicht zulassen, dass dieser Kerl das Zepter im Haus übernahm, wenn er solche Verachtung Meeri gegenüber an den Tag legte.

»Bitte, Emma, nun sag doch was«, flehte Vicky.

»Ich möchte jetzt in Ruhe essen. Und wünsche euch allen einen gesegneten Appetit.« Sie wandte sich an James und lächelte ihn an. »Und ich achte darauf, dass man dir nie wieder Muscheln serviert.«

»Danke!«, säuselte er. »Ich bin ganz deiner Meinung. Und dann werden wir unter vier Augen klären, was wir mit dem Mädchen machen.«

»Was wollen Sie denn mit dem Mädchen machen?«, fragte Vicky fassungslos.

»Werte Misses Bradshaw, das lassen Sie bitte unsere Sorge sein. Es gibt am Brisbane River ein Protektorat, in dem die Aborigines unter sich leben können.«

»Aber Meeri fühlt sich im Haus meiner Schwägerin wohl«, widersprach Vicky ihm empört.

Mister Caldwell lächelte blasiert. »Aber nicht in meinem Haus, liebe Misses Bradshaw!«

Ohne zu überlegen, sprang Vicky so heftig von ihrem Stuhl auf, dass er mit lautem Gepolter umkippte.

»Dann fühle ich mich ebenfalls unwohl unter Ihrem zukünftigen Dach, Mister Caldwell«, verkündete Vicky energisch und verließ den Salon, ohne sich noch einmal umzudrehen.

»Mutter! Wie kannst du nur!«, hörte sie ihre Tochter verzweifelt rufen, doch das kümmerte sie nicht. Sie zitterte vor Wut und begab sich geradewegs in die Küche, wo Meeri gerade damit beschäftigt war, den Hauptgang zuzubereiten.

»Du hast recht, der Mann will dich aus dem Haus vertreiben«, stieß Vicky erregt hervor. »Du packst jetzt deine Sachen, und morgen fahren wir gemeinsam nach Melbourne.«

Meeri sah Vicky entgeistert an.

»Ich meine, wenn du mitkommen möchtest. Es ist nur so eine Idee.«

Ehe sich Vicky versah, war ihr Meeri weinend um den Hals gefallen. »Und wie!«, schluchzte sie. »Aber sollte ich nicht erst das Essen herrichten?«

»Nein, ich glaube nicht, dass dem Herrn schmeckt, was du zubereitest. Geh in dein Zimmer, und warte, bis wir morgen früh zum Hafen aufbrechen und das nächste Schiff nach Melbourne nehmen.«

Das ließ sich Meeri nicht zweimal sagen. Sie verließ eilig die Küche. Vicky blieb mit klopfendem Herzen zurück. Ganz wohl war ihr nicht. Hatte sie mit diesem beherzten Eingreifen nicht das gute Verhältnis zu ihrer Schwägerin unwiderruflich zerstört? Aber ich kann nicht anders, dachte sie entschlossen.

Vicky begab sich zu ihrem Zimmer im ersten Stock und fing an, ihre Sachen zu packen. Das nahm einige Stunden in Anspruch, in denen ihr bisheriges Leben an ihr vorüberzog. Und zum ersten Mal erfüllte es sie es mit Stolz und nicht mit Scham, wenn sie daran dachte, dass sie vielleicht eines besaß, was anderen Frauen fehlte: Mut!

Plötzlich ging ihre Tür auf, und wie eine Rachegöttin stand Emma vor ihr.

»Du bist schuld, dass er sich sinnlos betrunken hat«, brüllte sie.

»Wer hat sich betrunken?«, fragte Vicky ganz ruhig, obwohl sie die Antwort kannte.

»James war außer sich, wie du ihn in meinem Haus behandelt hast. Ich konnte ihn schließlich dazu überreden, im Gästezimmer zu schlafen. Aber so habe ich mir meine Verlobung nicht vorgestellt. Du hast mein Glück zerstört!«

»Keine Sorge«, erwiderte Vicky ungerührt. »Wir werden morgen früh abreisen und nehmen Meeri mit nach Melbourne. Dann kannst du ungestört Mister Caldwell heiraten! Und jetzt würde ich gern schlafen.«

»Schön, dass du das auch so siehst«, entgegnete Emma, die sichtlich um ihre Fassung rang. »Ihr beide unter einem Dach, das kann nicht gut gehen.«

»Emma.« Vicky trat einen Schritt auf ihre Schwägerin zu und legte ihr versöhnlich die Hand auf den Arm. »Verzeih mir, dass ich mich nicht beherrschen konnte und dir dein Fest verdorben habe, aber ich kenne dich nicht wieder. Du warst mir stets so nahe, weil du, wie ich, immer ein Herz für die Geschundenen dieser Welt hattest …«

»Ich glaube, du verstehst gar nichts! Es geht um meine Zukunft, um meine Farm, und die lasse ich mir von niemandem kaputt machen. Ich habe keine Wahl. Eine Ehe mit James ist meine einzige Rettung!«

»Das mag sein, aber ich glaube nun einmal an die Liebe«, entgegnete Vicky gequält.

Emma lachte bitter auf. »Ja, du glaubst an die Liebe und daran, dass du dir alles nehmen kannst, was du begehrst. Du gehst über Leichen, wenn es sein muss. Findest du es edler, einen wunderbaren Mann wie Frederik Bradshaw dermaßen zu hintergehen und ihm ein fremdes Kind unterzuschieben? Das ist mindestens so jämmerlich wie meine Entscheidung, einen Mann zu heiraten, den ich niemals so sehr lieben werde wie Steven!«

Vicky erblasste. »Ich habe dir doch erzählt, dass Frederik mich aus freien Stücken geheiratet hat, wohl wissend, dass ich von Jonathan schwanger war.«

»Ein schönes Märchen, das du uns allen auftischst, um in gutem Licht dazustehen. Du bildest dir doch hoffentlich nicht ein, dass dir das irgendjemand abnimmt? Damit kannst du weder deine Töchter noch mich täuschen!«

Vicky spürte, wie ihr schwindlig wurde. »Aber es ist die Wahrheit«, presste sie heiser hervor.

»Deine Wahrheit vielleicht, aber dir steht es nicht zu, über mich zu richten. Hörst du? Dir nicht!«

In diesem Augenblick trat Amelie, bleich wie eine Wand, ins Zimmer.

»Was machst du da?«, fragte sie ängstlich und deutete auf die gepackten Koffer.

»Packen! Und das solltest du auch tun, denn wir werden dieses Haus morgen früh verlassen.«

»Wer, wir?«

»Meeri, du und ich!«

»Nein, nein! Niemals!«, schrie Amelie wie von Sinnen.

Vicky ging einen Schritt auf sie zu und wollte sie in den Arm nehmen, aber Amelie schlug die Hand ihrer Mutter mit voller Wucht weg.

»Du kannst mit dieser Schwarzen hinfahren, wohin du willst.

Ich bin ja nur froh, wenn ich dich nicht mehr sehen muss, du Lügnerin«, brüllte sie.

»Bitte, Amelie, wir werden über alles reden. In Ruhe. Lass uns nur erst einmal nach Hause fahren«, versuchte Vicky ihre Tochter zu besänftigen, doch die griff nach der Hand ihrer Tante.

»Ich möchte bei dir bleiben«, raunte sie. »Darf ich?«

»Das kommt gar nicht infrage. Du bist meine Tochter!«, protestierte Vicky verzweifelt.

»Nein, ich gehöre hierher. In diesem Haus fühle ich mich wohl«, entgegnete Amelie und blickte ihre Tante erwartungsvoll an.

»Du kannst nicht auf der Calden-Farm bleiben!«

»Ich freue mich, wenn du bei uns lebst!«, sagte Emma und legte den Arm um Amelie.

Vicky ließ sich langsam auf ihr Bett sinken und vergrub das Gesicht in den Händen.

Als sie aufsah, hatten Emma und Amelie ihr Zimmer verlassen.

37

Vicky und Meeri erreichten Melbourne an einem kühlen Tag im Mai. Ein Sturm tobte über der Stadt. Das herbstliche Wetter hatte ihnen bereits auf See sehr zu schaffen gemacht. Meeri hatte die ganze Reise über im Bett verbracht. Doch es war nicht allein die Seekrankheit der jungen Frau, die Vicky Sorgen bereitet hatte, nein, es war deren verändertes Verhalten. Sie sprach kaum mehr und schien unter Schock zu stehen. In diesem Zustand hatte Vicky sie am Abreisemorgen in ihrem Zimmer vorgefunden. Wie ein verletztes Tier hatte sie in einer Ecke des Zimmers gekauert.

»Bereust du vielleicht, dass du mitkommen willst? Hast du Angst vor der fremden Stadt?«, hatte Vicky sie gefragt, doch Meeri hatte immer nur heftig mit dem Kopf geschüttelt. Vicky hatte sich anschließend keine intensiven Gedanken um ihren desolaten Zustand machen können, weil sie mit der Organisation der Abreise beschäftigt gewesen war. Außerdem hatte sie sich unbedingt von Amelie verabschieden wollen, aber die ließ sich nicht blicken. Nur Emma bekam Vicky, bevor die Kutsche sie abholte, noch einmal kurz zu Gesicht.

»Es ist besser so!«, sagte sie im Vorbeigehen. Das war alles. Kein Abschied, kein Bedauern, keine Hoffnung.

Als Vicky bereits in der offenen Kutsche saß, trat Mister Caldwell aus dem Haus. Er sah entsetzlich aus. Es war ihm anzusehen, dass er am Abend zuvor reichlich dem Alkohol zugesprochen hatte.

Ihre Blicke trafen sich, aber Vicky verzog keine Miene. Dass in diesem Augenblick Meeri ihre Hand ergriff und sich wie ein verängstigtes Kleinkind an sie kuschelte, bemerkte sie zwar, aber die Tragweite dieser Geste sollte sich ihr erst viel später erschließen.

Es hatte Vicky große Überwindung gekostet, vom Hafen in die Spencer Street zu fahren, aber sie hatte keine andere Wahl. Außerdem würde sie nur für eine kurze Zeit in ihrem Elternhaus bleiben, denn inzwischen stand ihr Entschluss fest: Sie würde mit Meeri nach London reisen in der Hoffnung, dass ihre Kinder inzwischen den Weg zu ihr zurückfanden und man sich nach ihrer Rückkehr versöhnlich in die Arme sinken würde.

Wohl war ihr trotzdem nicht, als sie in Sturm und Regen mit Meeri an der Hand samt ihrem Gepäck an der Tür ihres Elternhauses läutete.

Im Inneren nahten Schritte. Vicky atmete ein paarmal tief durch und dann erleichtert auf, als Marys verdutztes Gesicht im Türrahmen auftauchte. Die beiden Frauen fielen einander um den Hals. Vicky war froh, dass die treue Haushaltshilfe immer noch so vital war. Wie oft hatte sie in der Ferne an die treue Seele denken müssen.

»Lass dich anschauen, mein Kind!« Mary betrachtete Vicky von Kopf bis Fuß. »Du siehst gut aus. Der Norden scheint dir bekommen zu sein. Du hast ja richtig Farbe!«

»Das kommt von der Arbeit draußen bei den Schafen«, erwiderte Vicky gerührt. »Aber du siehst auch unverändert aus.«

Mary hatte nun Meeri erblickt, die im Hintergrund der herzlichen Begrüßung zusah. »Wen haben wir denn da?«

»Das ist Meeri, die dir die nächsten Tage sicher gern zur Hand gehen wird. Sie ist eine wunderbare Köchin. Und das ist Mary, die gute Seele des Spencer-Castle.«

Meeri reichte Mary artig die Hand.

»Ist der Mister zu Hause?«, fragte Vicky lauernd.

»Nein, aber kommt doch erst ins Haus.« Ein Schmunzeln umspielte Marys Lippen.

»Zeig du doch Meeri ihr Zimmer. Ich möchte als Erstes nach Vater schauen«, sagte Vicky aufgeregt.

Marys Miene verdüsterte sich. »Richter Stewart ist vor einigen Wochen gestorben«, seufzte sie.

»Oh, dann bin ich also zu spät.« Vicky wunderte sich, dass ihr nicht gleich die Tränen kamen, aber es war die Sicherheit, dass es für ihren Vater gut so gewesen war, die sie tröstete. Und sie verspürte eine gewisse Erleichterung, dass sie ihn nun nie mehr mit seiner Schuld Jonathan gegenüber würde konfrontieren müssen. Sie konnte nur hoffen, dass er in Frieden gegangen war.

»Er war seit Monaten ohne Bewusstsein, hat nur vor sich hingedämmert. Er hätte dich ohnehin nicht mehr erkannt. Aber es ist doch schön, dass Louises Brief dich erreicht hat und du gleich gekommen bist.«

Vicky stutzte. Glaubte Mary, sie wäre nach Melbourne zurückgekehrt, weil sie die Nachricht vom Tod ihres Vaters erhalten hatte? Sie überlegte kurz, ob sie den Irrtum gleich ausräumen sollte, aber dazu würde sie in den nächsten Tagen noch Zeit haben. Erst einmal wollte sie die Begrüßung Louises hinter sich bringen. Wahrscheinlich wird sie mich mit Vorwürfen überschütten, befürchtete Vicky.

»Ob du Meeri trotzdem ihr Zimmer zeigen könntest, ich würde dann gern meiner Schwester Guten Tag sagen. Ist sie zu Hause?«

»Ich denke, sie sitzt auf der Veranda unter der Überdachung. Das macht sie bei Wind und Wetter. Mir wäre das viel zu kalt.«

»Gut, dann werde ich das hinter mich bringen«, seufzte Vicky und ging langsam in Richtung Terrasse. Schon durch das Fenster des Salons konnte sie eine in sich zusammengesunkene, in eine Decke gewickelte Gestalt auf einem Stuhl erkennen. Von ferne sah sie aus wie Anne.

Offenbar hörte Louise ihre Schwester nicht kommen, denn sie schreckte zusammen, als Vicky ihr zart auf die Schulter tippte.

»Sophie Victoria, dass du wirklich gekommen bist«, rief sie aus, und das klang zu Vickys großer Verwunderung nicht unfreundlich. Offenbar glaubte sie ebenfalls, dass Vicky auf Grund ihres Briefes nach Melbourne zurückgekommen war.

Plötzlich entdeckte Vicky neben dem Stuhl ihrer Schwester eine Krücke. »Um Himmels willen, was ist das? Hast du dir etwas gebrochen?«, fragte sie erschrocken.

Louise musterte sie irritiert. »Hast du denn meinen Brief nicht gelesen?«

»Nein, Mary hat ihn auch schon erwähnt. Er hat mich nicht mehr erreicht. Da war ich wohl schon unterwegs. Ich hatte andere Gründe, nach Melbourne zurückzukehren. Von Vaters Tod habe ich eben erst erfahren.«

Louise griff nach Vickys Hand. Sie ließ es zu, auch wenn es ungewohnt war, dass ihre Schwester körperliche Nähe zu ihr suchte.

»Du weißt es also nicht«, murmelte sie. »Vater ist noch einmal aufgewacht, bevor er die Augen für immer geschlossen hat. Ich konnte ihn zwar kaum verstehen, aber das eine war unmissverständlich. Sag Vickylein, dass ich bereue, was ich ihr angetan habe!«

Vicky traten Tränen in die Augen.

»Weißt du, was er damit meint?«, erkundigte sich Louise.

»Ja, ich weiß es! Und was meinen Besuch angeht, hab keine Sorge, dass ich zu lange bleibe. Ich werde hoffentlich schon in den nächsten Tagen eine Schiffspassage nach London bekommen.«

»London? Was willst du in London?«

»Das ist eine lange Geschichte. Lass mich erst einmal ankommen. Ich wollte nur, dass du es weißt, damit du deinen Ehemann beruhigen kannst, denn der wird kaum erfreut darüber sein, dass ich hier wohne, zumal ich ein junges Mischlingsmädchen aus Brisbane mitgebracht habe.«

»Archibald wohnt hier nicht mehr. Er ist weit weg in Perth!«

»Perth? Ich verstehe nicht ...«

Louises Miene erhellte sich.

»Die Regierung hat ihn versetzt, um einen Skandal zu vermeiden.«

Vicky sah ihre Schwester mit großen Augen an. »Versetzt? Skandal? Ich verstehe gar nichts!«

»Vater hat ein Testament hinterlassen. Darin gesteht er, dass er mit Archibald zusammen einst ein Komplott gegen deinen Goldgräber ausgeheckt hat und dass sie Steven gezwungen haben mitzumachen. Sie haben ihm den Mord an ...«

»Ich weiß es schon lange«, sagte Vicky leise.

»Aber du weißt nicht, dass Vater mich beauftragt hat, dieses Geständnis nach seinem Tod beim Obersten Gericht abzugeben und uns beiden all sein Vermögen vererbt hat.«

»Und du hast das wirklich getan?«, fragte Vicky skeptisch.

»Ja, auch wenn ich einen hohen Preis dafür bezahlt habe.«

Louise schob die Decke beiseite, und Vicky erschrak. Ihr linker Unterschenkel steckte in einem martialischen Gipsverband.

»Aber ... aber was hat er ... ich meine, was hat er damit zu tun?«, stammelte Vicky.

»Er wollte mich davon abhalten, Vaters Geständnis dem Gericht zu übergeben. Und als ich auch mit blutender Nase nicht davon abzubringen war, hat er mich die Treppe hinuntergestoßen. Zum Glück hatte ich mir nur das Bein gebrochen, und Mary kam dazu. Sie hat sich mit einem Schürhaken auf ihn gestürzt und ihn aus dem Haus getrieben. Und während ich im Krankenhaus lag, ist sie mit dem Dokument zum Gericht gegangen. Man hat mich von offizieller Seite bekniet, es nicht öffentlich zu machen. Ich habe mich darauf eingelassen, aber unter einer Bedingung: dass man Archibald zwingen würde, die Stadt zu verlassen und weit wegzugehen. Sie hatten in Perth eine Stelle für ihn.«

»Du Tapfere«, stieß Vicky bewundernd hervor und deutete auf das Bein ihrer Schwester. »Und, wirst du wieder ganz gesund?«

»Das werden wir in den nächsten Tagen erfahren, wenn sie mir den Verband abnehmen. Ich hätte eigentlich die ganze Zeit liegen müssen, aber ich wollte nicht. Wo ich doch schon mein ganzes Leben verschlafen habe«, stöhnte Louise. »Und du kannst zu meiner Genesung etwas beitragen.«

»Alles, was du willst«, entgegnete Vicky ergriffen.

»Bleib bei mir. Geh nicht nach London. Wir haben so viel versäumt. Und dann können wir vielleicht sogar Mutter nach Hause holen.«

Vicky umarmte ihre Schwester und hielt sie lange im Arm.

Der Zustand von Anne Stewart war unverändert. Sie wähnte sich im London ihrer Jugend, und alle Pfleger waren für sie Albert. Dabei war sie beinahe von einer kindlichen Freude erfüllt. Die Ärzte waren zunächst nicht begeistert davon, dass die Stewart-Schwestern ihre Mutter nach Hause holen wollten, aber schließlich gaben sie klein bei.

Anne erwies sich keineswegs als große Belastung. Sie saß nur den ganzen Tag an ihrem Fenster und hielt Ausschau nach Albert. Sie erkannte weder Vicky noch Louise, sondern hielt sie für Personal. Am liebsten ließ sie sich von Meeri versorgen, die sie nach ein paar Wochen sogar mit Namen kannte.

Doch Meeri machte Vicky zunehmend Sorgen. Sie sah schlecht aus und schien sich nicht für das Leben in der neuen Stadt zu interessieren. Wenn sie nicht bei Mary in der Küche war oder bei Anne, um ihr Märchen vorzulesen, zog sie sich in ihr Zimmer zurück. Vicky hatte gar keinen Zugang mehr zu ihr, was sie sehr bedauerte.

Es war Mary, die sie mit der Nase auf die Ursache von Meeris apathischem Verhalten stieß. Wie früher verbrachte Vicky viel Zeit am Küchentisch, um mit Mary zu plaudern.

»Was ist bloß mit Meeri passiert? Ob sie unglücklich hier ist? In Brisbane war sie so ein fröhliches Mädchen. Sie hat gesungen und getanzt.«

»Hast du schon einmal daran gedacht, dass sie schwanger sein könnte?«

»Schwanger? Meeri. Nein! Sie hatte noch keinen Freund.«

»Dann muss ich mich wohl täuschen.«

Vicky verließ die Küche an diesem Tag tief in Gedanken versunken und machte sich auf die Suche nach Meeri. Auf dem Flur begegnete ihr Louise in Hut und Mantel. Sie benötigte immer noch eine Krücke, aber die Ärzte waren guten Mutes, dass sie sich irgendwann wieder ohne Gehhilfe würde fortbewegen können. Vicky schmunzelte beim Anblick ihrer Schwester. Sie hatte sich regelrecht herausgeputzt. Seit einiger Zeit ließ sie sich regelmäßig in einen Damenclub zum Whist-Spielen fahren und war ganz versessen darauf. Die anderen Damen waren Witwen. Louise hatte ihre diebische Freude daran, sich als Witwe Cumberland auszugeben.

Vicky fand Meeri allein auf der Veranda vor. Sie überlegte, wie sie das Gespräch möglichst sensibel auf die Frage bringen sollte, was Meeri so quälte.

»Setz dich einen Augenblick zu mir«, bat sie die junge Frau, die schrecklich elend aussah.

Vicky musterte sie voller Mitgefühl, und dann wurde sie ganz direkt. »Meeri, ich mache mir große Sorgen um dich. Irgendetwas stimmt nicht mit dir, und zwar seit wir Brisbane verlassen haben.«

Meeri senkte den Blick.

»Ich meine, du musst es mir nicht sagen, aber wenn ich dir helfen kann, würde ich das gern versuchen.«

»Mir kann keiner helfen!«, brach es verzweifelt aus der jungen Frau heraus. Und jetzt bemerkte Vicky auch das kleine Bäuchlein unter Meeris Schürze. Sollte an Marys Verdacht tatsächlich etwas dran sein?

Ehe sie weiter darüber nachdachte, hörte sie sich bereits fragen: »Wenn du schwanger sein solltest, finden wir eine Lösung.«

Meeri sah Vicky aus schreckensweiten Augen an. »Wie … wie, kommen Sie … ich meine, woher wissen Sie?«

»Mary hat mich darauf gebracht, aber ich hätte es wohl auch selbst merken müssen.«

»Ich glaube, ich kriege ein Kind. Ich weiß es ja nicht, aber nachdem Mister Caldwell über mich hergefallen ist, blieben meine Blutungen aus.«

»Mister Caldwell hat dich … oh Gott! Warum hast du es uns nicht gleich gesagt?«

»Ich habe mich schuldig gefühlt. Und wenn Misses Stewart davon erfahren hätte, hätte sie Mister Caldwell bestimmt nicht mehr geheiratet, und dann hätte er ihr die Farm fortgenommen.«

»Aber, Kind, das mag ja alles sein, doch das, was Mister Caldwell getan hat, ist großes Unrecht.«

»Es war so ekelhaft, als er einfach in mein Zimmer geschlichen kam und sich zu mir ins Bett gelegt hat. Er stank nach Alkohol und hat mir den Mund zugehalten und dann …« Meeri schluchzte auf.

»Er ist ein gemeiner Schweinehund!«

»Und er hat mir gedroht. Wenn ich etwas verrate, wird er mich töten!«

Meeri nahm die junge Frau in den Arm und drückte sie fest an sich. »Keine Sorge, mein Kind, du bekommst dein Baby, und wir ziehen es bei uns im Haus auf. Und was Mister Caldwell angeht, werde ich mir überlegen müssen, ob ich meine Schwägerin über diesen Dreckskerl aufkläre.«

»Tun Sie es nicht, dann verliert Misses Stewart ihre Farm.«

»Wenn ich es ihr nicht sage, heiratet sie einen Dreckskerl! Aber du legst dich jetzt erst mal ins Bett und lässt dich von Mary mit Tee und Plätzchen verwöhnen. Ich glaube, du solltest ein paar Tage Pause machen.«

»Sie sind der beste Mensch auf der ganzen Welt«, stieß Meeri dankbar hervor und wollte gehen, doch dann drehte sie sich noch einmal um. »Misses Vicky, ich habe trotzdem wahnsinnige Angst. Ist es schlimm, ein Kind zu kriegen?«

»Es ist ein wenig schmerzhaft. Wer das Gegenteil behauptet, beschönigt, was eine Geburt für eine Frau bedeutet, aber glaube mir, der Schmerz einer jeden Wehe ist vergessen, sobald du dein Kind im Arm hältst.«

Meeri schien nicht ganz überzeugt.

»Und es kann wirklich nichts geschehen?«

Vicky nahm Meeri tröstend in den Arm. »Nein, mein Kind. Es wird alles gut.«

»Ich will Ihnen so gern glauben«, seufzte Meeri. »Ich werde die bösen Geister verscheuchen, die mir Angst machen.« Sie sah Vicky immer noch zweifelnd an. »Wenn mir etwas zustößt, soll das Kind auf jeden Fall Victoria heißen.«

Vicky war angesichts dieser düsteren Stimmung der jungen Frau ganz unheimlich zumute, und sie versprach es Meeri hoch und heilig.

Meeris Tochter kam im Februar zur Welt. Ein kerngesundes blondes Mädchen, das keinerlei Ähnlichkeit mit seiner Mutter besaß, was Meeris Liebe zu diesem schreienden Bündel keinerlei Abbruch tat, doch dann bewahrheitete sich Meeris Ahnung auf tragische Weise. Die Geburt verlief noch ganz unkompliziert, und Meeri entspannte sich sichtlich. Voller Glück hielt die junge Mutter ihr Mädchen im Arm und strahlte wie schon lange nicht mehr. Ihre bösen Ahnungen schienen verflogen, aber dann bekam sie Fieber. Das war nur der Vorbote eines Kindbettfiebers, das die junge Frau wie ein böser Fluch überfallen hatte. Die Druckschmerzen im Unterleib und der Wochenfluss wurden immer stärker. Schließlich litt sie an Übelkeit und Erbrechen sowie an Schocksymptomen. Ihr Atem flog, und ihr Blutdruck sank dramatisch. Der herbeigerufene Arzt versuchte alles, um ihr Leben zu retten, aber am Ende der zweiten Woche starb die völlig entkräftete junge Mutter in Vickys Armen. Vicky war untröstlich, aber ihr blieb nicht viel Zeit zum Trauern. Das Baby musste versorgt werden. Mary, Louise und sie wechselten sich ab. Sie leisteten in den ersten Wochen nahezu Übermenschliches, und das Kind gedieh prächtig. Sie tauften es Victoria, wie Meeri es sich gewünscht hatte. Nicht ein einziges Mal stellten sich die Schwestern und die treue Haushaltshilfe die Frage, ob sie das Mädchen in ein Waisenheim geben sollten. Obwohl sich Vicky sehr wohl mit der Frage marterte, was wohl wäre, wenn ihnen allen etwas zustoßen sollte. Mary war bereits über sechzig und Louise und sie über vierzig. Und nicht nur in dieser verzwickten Lage wünschte sie sich von Herzen ihre Annabelle zurück.

Aber sie hatte von ihr seit dem Zerwürfnis nie wieder etwas gehört. Nur Martha berichtete hin und wieder über sie und versuchte, Vicky mit Nachrichten über die große Liebe, die zwischen Annabelle und ihrem Sohn Walter entbrannt war, zu trösten. Sobald er das Medizinstudium beendet hatte, wollten die beiden heiraten. Das erfreute Vickys Herz genauso, wie es ihr einen Stich gab. Wie es aussah, war nicht damit zu rechnen, dass sie zur Hochzeit ihrer eigenen Tochter eingeladen würde. Und auch Georges Briefe waren seltener geworden.

Vicky hatte Victoria gerade in ihr Bettchen gelegt und spielte mit dem Gedanken, Martha von dem Familienzuwachs zu schreiben, als die Hausglocke läutete.

Sie öffnete die Tür und erschrak beim Anblick des Überraschungsgastes. Es war kein Geringerer als Jonathan, der furchtbar elend aussah. Sie bat ihn ins Haus, doch er zögerte.

»Ich möchte auf keinen Fall Archibald Cumberland oder deinem Vater begegnen. Sonst vergesse ich mich«, entgegnete er heiser.

»Vater ist tot und Archibald nach Perth strafversetzt, nachdem meine Schwester das Geständnis meines Vaters den Behörden übergeben hat. Komm bitte ins Haus«, bat sie ihn.

Jonathan folgte ihr schließlich. Sie setzten sich in den Salon, wo die Wiege mit der kleinen Victoria stand. Jonathan näherte sich vorsichtig dem Baby, warf einen Blick in die Wiege.

»Wer ist dieses Kind?«

»Ach, das ist eine lange Geschichte, aber erst einmal erzähle mir doch bitte, was dich nach Melbourne treibt.«

Stöhnend ließ Jonathan sich auf einen Stuhl fallen.

»Du hast also noch nichts davon gehört?«

»Wovon?«

»Vom Untergang der Gothenburg«, erwiderte er gequält.

Vicky erinnerte sich, dass sie in der Zeitung etwas vom dramatischen Untergang dieses Schiffes, das am Great Barrier Reef zerschellt war, gelesen hatte, und wusste, dass das Unglück über hundert Menschen das Leben gekostet hatte.

»Doch schon, aber was hast du damit zu tun?«

»Ich habe dir einen Brief von deiner Schwägerin Emma mitgebracht«, seufzte er und holte ein Schreiben hervor, das er ihr reichte.

»Von Emma?«

Er nickte schwach. Täuschte sie sich oder standen ihm Tränen in den Augen?

»Willst du mir nicht lieber sagen, was los ist?«

Er schüttelte den Kopf.

»Nein, am besten liest du es selbst. Dann können wir reden.«

Widerwillig vertiefte sich Vicky in die Zeilen, die ihre Schwägerin in ihrer schönen Handschrift zu Papier gebracht hatte.

Liebe Vicky,
es hat mir schier das Herz gebrochen, dass wir in Unfrieden auseinandergegangen sind, aber nun sollst du wissen, dass das Schicksal mir auf grausame Weise mitgespielt hat.

Sophie und Daniel haben geheiratet. Auf ihrer Hochzeitsreise nach Darwin haben wir sie begleitet. Zusammen mit Amelie. Daniel wollte sich mit seinem Vater versöhnen, und Jonathan war überglücklich, und es schien so, als würde alles gut. Die Rückfahrt nach Brisbane traten wir auf der Gothenburg an, einem Segelschiff, das von Darwin nach Adelaide über Brisbane und Melbourne fährt. Jonathan musste noch einiges vor Ort klären und nahm das nächste Schiff.

Wir hatten zunächst gutes Wetter, doch dann, als wir Queensland erreichten, bekamen wir Sturm und Regen. Die Wetterlage wurde immer heftiger und der Sturm schließlich zum Zyklon. Dann geschah das Unglück: Das Schiff kollidierte mit solcher

Kraft, dass es hoch auf das Riff geschoben wurde und dort festsaß. Wir Passagiere blieben ganz ruhig. Wir nahmen an, dass sich die Gothenburg bei der nächsten Flut von den Felsen lösen konnte, und gingen in unsere Kabinen, aber dann, bei den Versuchen, das Schiff freizubekommen, wurde ihr bisher unbeschädigter Rumpf von den Felsen aufgeschlitzt. Wasser drang ins Schiff. Meinem Mann und mir gelang es, uns an Deck zu begeben. Ich suchte verzweifelt nach Sophie, aber von ihr war keine Spur. Auch nicht von Daniel. Ich befürchtete bereits das Schlimmste, aber James drängte mich zu den Rettungsbooten. Eines der Boote war bereits mit Frauen und Kindern überfüllt, doch James wollte unbedingt an Bord. Als ich mich weigerte, sprang er trotz des Befehls eines Besatzungsmitglieds, nur Frauen und Kindern Platz zu geben, hinein. Das Boot kenterte wenige Minuten später vor meinen Augen, aber ich konnte keine Trauer empfinden. Mein Mann hätte mich eiskalt zurückgelassen. Dann erblickte ich im zweiten Steuerbordboot, das noch in seinen Befestigungen hing, Sophie. Sie winkte mir zu und schrie, dass Amelie in ihrer Kabine gefangen sei. Da wurde das Boot von einem Brecher erfasst und mitsamt seinen Insassen ins Meer gerissen. Das Schiff bekam Schlagseite, aber mir war das gleichgültig, doch dann dachte ich an Amelie. Ich wollte unter Deck, aber man konnte kaum noch stehen. Da tauchte Amelie auf. Daniel hatte sie offenbar aus ihrer Kabine befreit. Amelie wurde von Daniel festgehalten, doch dann holte die See Daniel. Ich konnte Amelie packen und auch ein stabiles Teil der Takelage. Dort hielt ich mich fest und zwang mich, nicht einzuschlafen. Neben mir wurden ein paar Goldsucher, die ihre Funde nicht der See überlassen wollten, von dem Gewicht in die Tiefe gezogen …

Vicky war leichenblass geworden, während sie Emmas Schilderungen las. Sie traute sich nicht, den Blick zu heben aus lauter Sorge vor der Wahrheit, die sich in Jonathans Gesicht widerspiegeln könnte: Sein Sohn Daniel war ertrunken.

Am ganzen Körper bebend las sie weiter:

Das Meer war übersät von Leichen, aber ich hielt mich fest und schaffte es, auch Amelie zu ermutigen, nicht aufzugeben. Schließlich ließ der Zyklon nach, und die Männer – wir waren die einzigen überlebenden Frauen – schafften es, eines der gekenterten Rettungsboote aufzurichten, auszuschöpfen und eine nahe gelegene Insel zu erreichen. Wir ernährten uns von Vogeleiern und Regenwasser, bis die Männer uns zu einer benachbarten Insel ruderten, die den viel befahrenen Schifffahrtsstraßen näher zu sein schien. Man fand uns und brachte uns nach Bowen. Dort angekommen, hofften wir zu erfahren, dass es noch andere Überlebende gab, aber nur wir – zweiundzwanzig an der Zahl – haben das Unglück überlebt. Ich muss dir wohl nicht schreiben, dass ich den Verlust meiner Tochter niemals verwinden werde, aber Amelies Zorn hat dieses Unglück leider nicht besänftigen können. Sie möchte bei mir bleiben. Und nun frage ich dich: Soll ich sie zwingen, nach Melbourne zurückzukehren, oder wirst du ihrem Wunsch Folge leisten, dass sie bei mir auf der großen Farm bleiben darf? Denn nun gehört mir plötzlich alles; James hatte keine eigenen Kinder. Gib mir schnell eine Antwort. Entweder über Jonathan, wenn er überhaupt nach Brisbane zurückkehrt, oder per Post. Ich würde auf jeden Fall für Amelie sorgen wie für mein eigenes Kind. Deine Emma

Vicky wendete all ihre Kraft auf, nicht in Tränen auszubrechen, weil sie ihre Tochter an Emma verloren hatte. Das ist nichts im Gegensatz zu dem, was Emma oder Jonathan widerfahren ist, denn sie haben ihre Kinder für immer verloren, dachte sie beschämt. Sie nahm Jonathan fest in den Arm, und die beiden klammerten sich aneinander wie zwei Ertrinkende.

»Es tut mir so leid«, flüsterte sie.

»Das ist die Strafe, weil ich Eliza verlassen habe und sie sich meinetwegen umgebracht hat«, schluchzte er.

Vicky trat entsetzt einen Schritt zurück. »Nein, Jonathan, so etwas darfst du nicht einmal denken. Das war ein schreckliches Unglück. Bitte, mach dir keine Vorwürfe«, flehte sie ihn an.

Jonathan hörte auf zu weinen und sah sie mit einer Mischung aus Schuldgefühlen und liebevoller Zuwendung an.

»Meinst du, wir könnten gemeinsam darüber wegkommen?«

»Ich, ich … ich verstehe nicht«, stammelte Vicky.

»Ich habe doch nur noch das eine Kind, denn Claire hat sich niemals mehr bei mir gemeldet. Sie ist nicht einmal zur Beerdigung ihres Bruders und Sophies gekommen. Henry war dort, aber er hat so getan, als wäre ich Luft. Und jetzt, wo Amelie bei Emma bleiben will … Wir haben doch nur diese eine Tochter.«

Vicky atmete ein paarmal tief durch. »Annabelle hat den Kontakt zu mir damals abgebrochen.«

Enttäuschung machte sich in Jonathans Gesicht breit. »Aber ich dachte, dass das Baby da in der Wiege vielleicht ihr Kind ist, und wir beide …« Er stockte.

»Das Kind ist von Emmas ehemaliger Köchin Meeri, die bei der Geburt gestorben ist.« Vicky kämpfte mit sich, ob sie ihm an dieser Stelle die ganze Wahrheit über Meeri erzählen sollte, aber sie hatte das Gefühl, dass sie dem angeschlagenen Jonathan nicht noch mehr zumuten durfte, jedenfalls nicht in diesem Augenblick.

»Trotzdem wäre es doch ein Irrsinn, wenn wir beide nicht endlich offen zu unserer Liebe stehen würden«, stieß Jonathan verzweifelt hervor. »Es gab doch in deinem wie auch in meinem Leben nur die eine große Liebe. Du hast nur einen anderen geheiratet, um unserer Tochter ein angenehmes Leben zu bieten.«

Ein eiskalter Schauer durchrieselte Vicky. Jonathan glaubte, dass sie Frederik niemals geliebt hatte! Das musste sie richtigstellen. Sie durfte Frederik nicht verraten. Aber war dies der richtige Zeitpunkt? Während sie noch fieberhaft darüber nachgrübelte, wie sie sich verhalten sollte, hatte Jonathan die Wahrheit bereits in ihren Augen gelesen.

Seine Miene versteinerte. »Du hast deinen Mann also wirklich geliebt!«

»Ja, Jonathan, ich habe ihn geliebt.«

»Du hast mich also nie geliebt?«

Plötzlich wurde Vicky ganz ruhig.

»Doch, Jonathan, ich habe dich geliebt, aber als ich damals den Brief von Nicoletta bekam, in dem sie mir die Wahrheit über deine Herkunft schrieb, war ich gekränkt, weil du ihr Dinge über dich anvertraut hast, die du mir in Ballarat verheimlicht hast. Ich weiß, es ist schwer zu verstehen, aber ich habe mich dann in Frederik verliebt.«

»Gut, dann habe ich hier nichts mehr verloren«, murmelte Jonathan und machte sich zum Gehen bereit.

In diesem Augenblick erwachte Victoria und fing an zu schreien.

»Nun lauf doch nicht schon gleich wieder fort. Ich bin doch auch nicht gleich fortgelaufen, nachdem ich gemerkt habe, dass du mit Nicoletta geschlafen hast und sie dir mehr bedeutet hat, als du jemals zugeben konntest«, bat Vicky Jonathan mit sanfter Stimme und nahm das Baby auf den Arm. Die kleine Victoria beruhigte sich, wie immer, wenn sie auf Vickys Arm war.

»Komm, schau sie dir von Nahem an. Sieh nur, die braunen Augen, die hat sie von ihrer Mutter. Ihre Mutter ist vom Stamm der Turrbal.«

Jonathan näherte sich vorsichtig Vicky und dem kleinen Mädchen. Ihm standen erneut Tränen in den Augen. »So in etwa hätten die Kinder von Daniel aussehen können«, sagte er leise.

Vicky suchte seinen Blick über das Kind auf ihrem Arm hinweg. Sie sahen einander lange und intensiv an. Ihr wurde warm ums Herz. Es verursachte ihr nicht mehr annähernd das Zittern der Knie wie damals, aber sie spürte ihre tiefe Verbundenheit zu ihm in jeder Pore.

»Wir haben viel Platz in unserem Schloss. Willst du nicht doch bleiben, und wir sehen, was wird?«, fragte sie ihn in zärtlichem Ton.

Jonathans Miene wurde weich. Ein Lächeln umspielte seine Lippen.

»Und das sagst du nicht nur aus Mitleid?«

»Nein, das sage ich nur, weil die Kleine einen Großvater braucht«, lachte Vicky erleichtert.

»Gut, wie heißt sie denn überhaupt?«

»Victoria.«

»Victoria?« Sein Lächeln wurde breiter. »Dann bleibe ich. Victoria zuliebe«, fügte er zweideutig hinzu und gab ihr einen liebevollen Kuss auf die Wange.

38

Als Vicky und Jonathan sich nach ein paar Monaten zum ersten Mal liebten, war das nicht mehr wie ein reißender Bach, der ihnen die Sinne raubte, so wie damals in Ballarat, sondern wohltuend wie ein ruhiger Fluss an einem warmen Frühlingstag.

Ihre Körper waren einander schnell wieder vertraut, und es war Louise, die eines Abends wie nebenbei fragte: »Wollt ihr nicht heiraten?«

Ein paar Tage später machte Jonathan Vicky einen Antrag, und sie zögerte nicht lange. Sie taten einander gut in diesen schweren Zeiten, in denen sie aus unterschiedlichen Gründen kinderlos waren, bis auf die kleine Victoria, die alle sehr auf Trab hielt.

Vicky nutzte dieses Ereignis, um George und Annabelle zu ihrem Fest einzuladen, genau wie Martha und ihre Kinder. Sie machte sich allerdings keine allzu großen Hoffnungen, dass sie ihrer Einladung folgen würden. Enttäuscht aber war sie, weil sie nicht einmal einen Brief bekam, auch nicht von Martha. Und sie konnte Jonathan dazu überreden, Henry eine Einladung zu schicken, der allerdings auch mit keinem Wort darauf reagiert hatte.

Deshalb war ihre Stimmung gedrückt, als sie sich ihr Brautkleid anzog. Es war cremefarben und mit Rosen bestickt. Sie hatte es mit Louise bei der Schneiderin in Auftrag gegeben. Ihre Schwester hatte ihr gut zugeredet, sich für diesen verspielten Stoff zu entscheiden, den sie zunächst ein wenig zu mädchenhaft fand, wenngleich er sie sofort fasziniert hatte.

»Du siehst wunderbar jung aus«, hatte Louise ihr geschmeichelt. »Das musst du nicht verstecken.«

Nun war sie glücklich, dass sie sich getraut hatte, denn das Kleid stand ihr perfekt, wie sie feststellen musste, als sie sich jetzt im Spiegel betrachtete. Das Haar hatte sie kunstvoll hochgesteckt. Ihr helles Blond war mittlerweile von ein paar weißen Strähnen durchzogen, die sich ihrer Haarfarbe aber hervorragend anpassten.

Nur die tief eingekerbte Grübelfalte auf ihrer Stirn störte sie, aber sie wusste ja, woher die kam. Die hatte sie den letzten Nächten zu verdanken, in denen sie manchmal stundenlang wachgelegen und darüber nachgedacht hatte, wie anders ihr Leben verlaufen wäre, wenn sie damals nicht zu Jonathan nach Ballarat gereist wäre. Hätte sie die Gunst ihrer Kinder dann nicht verspielt? Doch sie kam immer wieder zu demselben Schluss. Dann hätte sie niemals Annabelle bekommen, die sie schmerzlich vermisste. Genauso intensiv wie George. Natürlich zerbrach sie sich den Kopf auch darüber, was sie bei Amelie falsch gemacht hatte. Hätte sie sich Frederik anvertrauen müssen, als sie wahrgenommen hatte, dass dieses Kind ihr zunehmend entglitt? Darauf hatte sie bei allem Grübeln keine befriedigende Antwort gefunden. Manchmal fragte sie sich auch, ob es nicht besser gewesen wäre, auf ihr spätes Glück mit Jonathan zu verzichten. Aber hätte sie Amelie dann wirklich zurückgewinnen können? Vicky hatte sowohl Emma als auch Amelie in einem Brief mitgeteilt, dass sie beabsichtigte, Jonathan zu heiraten. Emma hatte ihr immerhin geantwortet und ihr versichert, dass es die richtige Entscheidung wäre. Aber sie hatte auch um Verständnis gebeten, dass sie nicht in der Lage wäre, zu diesem Fest zu kommen. Amelie hatte auf die Nachricht und die damit verbundene Einladung geschwiegen, aber Emma hatte ihr geschrieben, dass Amelie im Begriff stand, einen benachbarten wohlhabenden Farmer zu heiraten, was ihr natürlich sehr zusagte, weil sie die Zukunft der Calden-Farm damit gesichert sah. Vicky gönnte es Emma von Herzen, obwohl es ihr einen Stich versetzte, dass sie selbst dieses Kind offenbar rettungslos verloren hatte.

Vicky strich sich mit den Fingern gedankenverloren über die verräterische Grübelfalte in der Hoffnung, sie auf die Weise ein wenig glätten zu gönnen, was ihr aber nicht recht gelingen wollte, als das Läuten der Hausglocke ertönte. Wer das wohl sein kann?, dachte sie, wir erwarten doch gar keine Gäste. Ach, das wird wohl der Priester sein, denn sie hatten ihn ins Haus bestellt, weil sie sich einig waren, eine kleine Hochzeit zu feiern. Dann schweiften Vickys Gedanken zu ihrem letzten Besuch an Frederiks Grab ab. Obwohl sie genau wusste, dass sein Körper gar nicht dort war, sondern auf dem Grund des Meeres ruhte, fühlte sie sich an dem Ort seltsam getröstet. Wie immer, wenn sie ihn besuchte, redete sie laut mit ihm, und es war ihr nicht nur so, als ob er ihr antwortete, nein, manchmal hatte sie das Gefühl, er würde sie tröstend in den Arm nehmen. Wie auch an jenem Tag.

»Ich werde morgen Jonathan heiraten«, hatte sie ihm anvertraut. »Ich hoffe, du hast nichts dagegen«, hatte sie seufzend hinzugefügt. Und genau in dem Augenblick hatte sie ein sanfter Windzug gestreift, sodass sie sich wie gestreichelt fühlte.

Vicky war froh, dass sie Jonathan von Anfang an nicht verschwiegen hatte, dass sie Frederik geliebt hatte und dass er immer ein Teil von ihr bleiben würde. Zunächst war er ein wenig eifersüchtig gewesen, aber mittlerweile hatte er seinen Frieden damit geschlossen, dass Frederik immer einen Platz in ihrem Herzen behalten würde. Vicky hatte mit ihrer Aufrichtigkeit sogar erreicht, dass Jonathan zugeben konnte, dass er auch sehr glückliche Zeiten mit Eliza erlebt hatte und am Anfang auch sehr verliebt in sie gewesen war. Und er hatte endlich über die Sache mit Nicoletta gesprochen. Und zugegeben, dass sie damals auch sein Herz zumindest ein wenig berührt hatte. Diese Offenheit verstärkte letztlich das Vertrauen zwischen Vicky und Jonathan.

Eines Tages hatte Jonathan Vicky gefragt, ob er auf die Anrichte im Wohnzimmer auch ein Bild seiner Frau stellen dürfte. Dort war nämlich der feste Platz einer frühen Daguerreotypie-Aufnahme Frederiks. Vicky hatte nichts dagegen. Im Gegenteil, für sie war es ein Zeichen, dass er sich auch mit seiner Vergangenheit versöhnte. Als sie ihn fragte, ob er nicht eine Aufnahme von Daniel besäße und sie aufstellen wollte, brach Jonathan in Tränen aus. Wenig später stellte er tatsächlich ein Bild seines Sohnes Daniel auf. Vicky rührte es zu sehen, wie sehr es ihn zu trösten schien, dass er ihn auf diese Weise immer in seiner Nähe wusste. Wie oft schielte er verstohlen zu dem dunkel gelockten Knaben, der ernst in die Kamera blickte.

Es klopfte an der Tür, und eine aufgeregte Louise trat ein. Sie hatte sich seit der Trennung von Archibald Cumberland regelrecht verjüngt. Von einer verhärmten ältlichen Frau hatte sie sich in eine stattliche Dame mittleren Alters verwandelt. Sie war ein wenig übergewichtig, aber das stand ihr gut zu Gesicht. Mittlerweile war sie Vorsitzende des örtlichen Whist-Clubs für Damen und hatte mit ihren Freundinnen eine Armenspeisung ins Leben gerufen. Ihre einstmals ängstlichen Augen funkelten voller Leben.

»Stell dir vor, Mutter hat Victoria eben ›meine kleine Vicky‹ genannt. Vielleicht geschieht ein Wunder und sie kommt doch wieder in der Gegenwart an.«

»Lieber nicht«, lachte Vicky. »Stell dir vor, sie kriegt spitz, dass Jonathan, wie sie es ja neuerdings glaubt, gar nicht ihr Vater ist, sondern der hergelaufene Goldgräber, den ich damals heiraten wollte – dann wird es fürchterlich.«

Louise fiel in ihr Gelächter ein, auch etwas, das Louise in ihrem zweiten Leben entdeckt hatte. Sie lachte viel und gern.

»Du siehst bezaubernd aus«, stieß Louise begeistert hervor.

Vicky stand auf und drehte sich einmal um die eigene Achse.

»Entzückend!«

»Du meinst, so kann ich in den Stand der Ehe treten?«

»Komm, hak dich bei mir unter!« Louise bot ihrer Schwester den Arm und gemeinsam schritten sie die Treppe hinab.

Unten wartete eine Gruppe von festlich gekleideten Menschen auf sie.

»Louise, was ist das? Wir haben doch gar niemanden eingeladen«, flüsterte Vicky ihrer Schwester ins Ohr, doch da ertönte bereits tosender Applaus, als würde sie auf einer Bühne stehen. Und in diesem Augenblick erkannte Vicky in der Menge ihre Tochter Annabelle, die sie mit diesem warmherzigen Lächeln anstrahlte, das sie so sehr vermisst hatte. Und neben ihr stand Walter.

Vicky blieb wie angewurzelt auf der Treppe stehen und ließ ihren Blick schweifen. Links von Annabelle stand George, der Myriam im Arm hielt. Und auf der anderen Seite Martha mit ihrem Mann. Im Hintergrund entdeckte sie einen dunkelhaarigen jungen Mann. Es war kein Geringerer als Henry! Neben ihm stand Jonathan, der sich verstohlen eine Träne aus dem Augenwinkel wischte.

»Ich falle gleich tot um«, stöhnte Vicky gerührt.

»Halte dich schön fest«, mahnte Louise, die tatsächlich leicht ins Wanken gekommen war.

»Und du hast es gewusst?«

»Nicht nur ich. Jonathan auch!«

Wie in Trance schritt Vicky an Louises Arm bis zur Mitte der

Treppe hinab. Dort nahm sie Jonathan in Empfang. »Unsere Ehe fängt ja schön an«, raunte sie ihm zu. »Du hast also Geheimnisse vor mir!«

»Es ist mir nicht leichtgefallen«, gab er übertrieben zerknirscht zu. »Aber ich habe noch etwas, das du vor unserer Trauung sehen solltest.« Jonathan holte einen Umschlag aus der Jacke seines perfekt sitzenden Anzugs. Vicky wollte ihren Augen nicht trauen, als sie den Absender sah. Amelie Bradshaw. Ungeduldig riss sie ihn auf und las begierig den Text. Es war eine Hochzeitseinladung an Sophie Victoria Melrose und ihren Gatten Jonathan Melrose. Vicky strahlte über das ganze Gesicht, obwohl die Karte nicht ein persönliches Wort enthielt, aber das hätte sie auch gar nicht von ihrem Sorgenkind Amelie erwartet.

»Kommen Sie bitte in den Salon«, bat der Priester, den Vicky noch gar nicht wahrgenommen hatte.

»Einen Augenblick!«, rief Vicky aus und eilte auf ihre Kinder zu. Sie wusste gar nicht, wen sie zuerst küssen und umarmen sollte. Die Wiedersehensfreude fand kein Ende. Auch Henry ließ sich von ihr umarmen, nachdem Annabelle ihn an die Hand genommen und zur Braut geführt hatte. »Ist es nicht schön, dass mein Bruder den Weg nach Melbourne gefunden hat?«, fragte Annabelle strahlend. »Ja, und wie, ich freue mich über jeden von euch«, entgegnete Vicky gerührt.

Erst als ihre Mutter Anne laut dazwischenfragte, wen ihr Vater denn da im Arm hielt, besann sich Vicky darauf, zu welchem Fest sie heute zusammengekommen waren.

Vor Glück strahlend gab sie Jonathan ihr Jawort. Ihr Gesicht leuchtete immer noch, als sie sich zu später Stunde ans Klavier setzte und die Hymne an das Land, das ihr zur Heimat geworden war, zum Besten gab. Schließlich schmetterten alle voller Inbrunst wie aus einer Kehle: *And all above is azure bright – Australia!*